HEYNE BÜCHER

W0355194

SCIENCE FICTION

Herausgegeben
von Wolfgang Jeschke

Aus der Serie »Die Abenteuer des Raumschiffs ›Enterprise‹«
in der Reihe HEYNE SCIENCE FICTION & FANTASY
sind bereits erschienen:

Vonda N. McIntyre, *Star Trek II: Der Zorn des Khan* · 06/3971
Vonda N. McIntyre, *Der Entropie-Effekt* · 06/3988
Robert E. Vardeman, *Das Klingonen-Gambit* · 06/4035
Lee Correy, *Hort des Lebens* · 06/4083
Vonda N. McIntyre, *Star Trek III: Auf der Suche nach Mr. Spock* · 06/4181
S. M. Murdock, *Das Netz der Romulaner* · 06/4209
Sonni Cooper, *Schwarzes Feuer* · 06/4270
Robert E. Vardeman, *Meuterei auf der Enterprise* · 06/4285
Howard Weinstein, *Die Macht der Krone* · 06/4342
Sondra Marshak & Myrna Culbreath, *Das Prometheus-Muster* · 06/4379
Sondra Marshak & Myrna Culbreath, *Triangel* · 06/4411
A. C. Crispin, *Sohn der Vergangenheit* · 06/4431
Diane Duane, *Der verwundete Himmel* · 06/4458
David Dvorkin, *Die Trellisane-Konfrontation* · 06/4474
Vonda N. McIntyre, *Star Trek IV: Zurück in die Gegenwart* · 06/4486
Greg Bear, *Corona* · 06/4499
John M. Ford, *Der letzte Schachzug* · 06/4528
Melinda Snodgrass, *Die Tränen der Sänger* · 06/4551
Jean Lorrah, *Mord an der Vulkan Akademie* · 06/4568
Janet Kagan, *Uhuras Lied* · 06/4605
Laurence Yep, *Herr der Schatten* · 06/4627
Barbara Hambly, *Ishmael* · 06/4662
J. M. Dillard, *Star Trek V: Die letzte Grenze* · 06/4682

STAR TREK: DIE NÄCHSTE GENERATION:
David Gerrold, *Mission Farpoint* · 06/4589
Gene Deweese, *Die Friedenswächter* · 06/4646

STAR TREK: DIE ANFÄNGE:
Vonda N. McIntyre, *Die erste Mission* · 06/4619
Margaret Wander Bonano, *Fremde vom Himmel* · 06/4669

Das STAR TREK-HANDBUCH:
hrsg. von Ralph Sander · 06/4670

Diese Liste ist eine Bibliographie erschienener Titel
KEIN VERZEICHNIS LIEFERBARER BÜCHER!

VONDA N. McINTYRE

DIE ERSTE MISSION

Raumschiff ›Enterprise‹

Die Anfänge

Science Fiction Roman

Deutsche Erstausgabe

WILHELM HEYNE VERLAG
MÜNCHEN

HEYNE SCIENCE FICTION & FANTASY
Band 06/4619

Titel der amerikanischen Originalausgabe
ENTERPRISE: THE FIRST ADVENTURE
Deutsche Übersetzung von Andreas Brandhorst
Das Umschlagbild schuf Boris Vallejo

2. Auflage

Redaktion: Rainer Michael Rahn

Printed in Germany 1990
Umschlaggestaltung: Atelier Ingrid Schütz, München
Satz: Kort Satz GmbH, München
Druck und Bindung: Ebner Ulm

ISBN 3-453-03490-2

Für Linda M., Katya, Rosie, Dottie, Mary,
Liz und Beth.
Für Ann, Anne und Vera.
Für Susan & Danny,
für die vielen Donnerstagabende.
Und auch für Pat und Staarla.

PROLOG

Blut fließt, bildet seltsame Muster in der Schwerelosigkeit...

Jim Kirk schrie, sprang und streckte die Arme aus...

»Gary, nein...!«

Gary Mitchell brach zusammen, und Jim näherte sich ihm, versuchte, ihn im Auge zu behalten, kämpfte gegen den Schock an, gegen die Ohnmacht, gegen die Schmerzen im zerschmetterten Knie, im Brustkasten, gegen den Druck in seinen Lungen, die sich langsam mit Blut füllten. Wenn er diesen Kampf verlor, drohte seinem besten Freund der Tod.

Ein scharlachrotes Netz verschleierte seinen Blick, und er glaubte sich blind.

Jim schreckte hoch, schnappte nach Luft. Ein Traum. Nur ein Traum. »Carol...?« Er wollte sich an sie schmiegen, sie festhalten, sich auf diese Weise davon überzeugen, daß er neben ihr im Bett lag, die Katastrophe von Ghioghe überstanden hatte.

Dann erinnerte er sich, und es schien, als erwache er aus einem zweiten Traum: Er wohnte nicht mehr in Carol Marcus' Haus, schlief nicht mehr in ihrem Bett. Er war allein.

Die Sensoren des Zimmercomputers reagierten auf ihn, schalteten das Licht ein. Kirk berührte die Narbe auf seiner Stirn, wischte kalten Schweiß fort. Ghioghe... Bevor die Schwerkraftgeneratoren ausfielen, strömte Blut aus der Wunde, tropfte ihm in die Augen.

Er sehnte sich, wieder schlafen zu können — ohne den Alptraum; doch wenn er die Lider schloß, kehrten die Schreckensvisionen zurück. Außerdem: Die Bettdecke war klamm und zerwühlt, feucht von seinem Schweiß. Er schob sie beiseite.

Jim Kirk, gerade zum Captain von Starfleet befördert, der jüngste Offizier in diesem Rang, Held von Axanar und jetzt auch Ghioghe, der neue Kommandant des Raumschiffs *Enterprise* — seit zwei Wochen wohnte er in einer gemieteten Schlafkammer für Reisende, in einer von hundert identischen Ruhenischen, die einen großen Block bildeten, einen von hundert anderen am Raumhafen.

Ein ganz besonderer emotionaler Zustand hinderte ihn daran, sich der Schäbigkeit seiner Umgebung bewußt zu werden: Aufregung über sein neues Kommando, Besorgnis in bezug auf Gary Mitchell, Seelenschmerz und Verwirrung in Hinsicht auf das Ende seiner Beziehung zu Carol Marcus. Kirk sah sich um: Seine eigenen Möbel, die er für die Dauer des Abstechers zur Erde in einem entsprechenden Lager deponiert hatte, waren nicht viel besser als der Kunststoffstandard solcher Schlafkammern. Es handelte sich dabei größtenteils um abgenutzte Überbleibsel aus seiner Studentenzeit. Abgesehen von einigen Gegenständen aus massiver Eiche, die aus dem Farmhaus in Iowa stammten, und einem kleinen Perserteppich, den er in einer Laune gekauft hatte, ohne zuvor nach dem Preis zu fragen.

Die Ruhenische bot kaum genug Platz, um aufrecht zu stehen. Kirk blieb auf der schmalen Koje liegen, widerstand der Versuchung, sich zu strecken, ließ den Blick durch die Kammer wandern. Vergeblich trachtete er danach, seine Umgebung mit den Begriffen ›Heim‹ und ›Gemütlichkeit‹ zu assoziieren. Er wäre nicht einmal in der Lage gewesen, Einzelheiten zu beschreiben. Gleichgültigkeit verwandelte sich plötzlich in Abscheu.

Er zog den Koffer aus der kleinen Ablage, öffnete ihn und stopfte seine wenigen Besitztümer hinein: einige Bücher — darunter auch eins, das seinem Vater gehört hatte —, mehrere Familienfotos, einen Brief von Carol. Er spielte mit dem Gedanken, ihn zu zerknüllen und wegzuwerfen, zweifelte jedoch daran, ob das den Heilungsprozeß seiner inneren Wunden beschleunigte.

»Computer.«

»Bereitschaft.«

»Streich mich aus der Wohnliste.«

»Bestätigung.«

Jim schloß den Koffer und verließ die Schlafkammer, ohne sich noch einmal umzudrehen.

Draußen herrschte noch immer die Dunkelheit der Nacht, obwohl es nicht mehr lange bis zur Morgendämmerung dauern konnte. Kirk streifte die letzten Reste der Müdigkeit von sich ab, verdrängte die Unheilsbilder des Alptraums, die am Rande seines Blickfeldes lauerten. Es war immer der gleiche Traum: Nie ging es um die Destrukturierung des Musters, die Mißverständnisse und fehlerhafte Kommunikation, die schließlich zur Konfrontation führten, nicht einmal um den Kampf selbst. Der Traum verwehrte ihm sogar Erinnerungen an die eigenen Entscheidungen, die viele Besatzungsmitglieder vor dem Tod bewahrten, sein Schiff – die *Lydia Sutherland* – jedoch als Wrack im Raum zurückließen. Statt dessen wiederholten sich ständig die wenigen Minuten in der Rettungskapsel, jene Szenen, die den schwerverletzten Gary Mitchell zeigten.

Jim ging die Treppe vor dem Ausbildungskrankenhaus Starfleets hoch und achtete darauf, das rechte Knie nicht zu sehr zu belasten. Heute stellte es keine große Behinderung dar. Er wanderte zur Regenerationsabteilung, und niemand hielt ihn auf. Er hatte Bitten formuliert, hatte gefordert, sich an Vorgesetzte gewandt und Beziehungen spielen lassen, um eine außerordentliche Besuchserlaubnis zu erhalten. Schließlich entschied er, die Vorschriften schlicht und einfach zu ignorieren, und inzwischen waren alle daran gewöhnt.

Seit seiner Entlassung aus dem Reg-Tank besuchte er Gary jeden Tag. Er betrat das Zimmer, beobachtete den reglosen Mann, der bis zum Hals in grünem, durchsichtigem Heilgel lag.

Gary hatte es stets gehaßt, krank zu sein, und gerade deshalb bot er einen bedrückenden Anblick. Die Spezialisten versicherten immer wieder, er mache enorme Fortschritte, aber Jim sah einen dünnen, ausgemergelten Körper, gewann einmal mehr den Eindruck, als sauge das Gel die Jugend aus Mitchell heraus. Vor einer Weile hätte er seinen dreißigsten Geburtstag feiern sollen, doch die Regenerierungsstarre hinderte ihn daran. Jim war anderthalb Jahre jünger als sein Freund, gerade neunundzwanzig geworden. Die Nachwirkungen seiner eigenen Verletzungen erfüllten ihn nach wie vor mit Unruhe, mit dem Verlangen, wieder aktiv zu werden, und er wünschte Gary eine rasche Genesung.

Er setzte sich neben ihn und sprach, als könne Gary ihn hören.

»Die Ärzte meinen, du würdest bald erwachen«, sagte Jim. »Ich hoffe, das stimmt. Du liegst hier schon viel zu lange, und das ist nicht fair. Du hättest Ghioghe ohne einen Kratzer überstanden, wenn du nicht wegen mir zurückgekommen wärst.« Jim streckte das rechte Bein, beugte versuchsweise das Knie. Allmählich vertraute er dem neuen Gelenk. Durch die Bewegungstherapie gewann es an Stabilität, so daß er nicht dauernd das Gleichgewicht verlor und fiel. Man erwartete von ihm, daß er die Übungen jeden Tag fortsetzte.

»Sie behaupten auch, in deinem jetzigen Zustand könntest du mich nicht hören. Aber sie irren sich. Und es ist mir völlig gleich, ob man mich für übergeschnappt hält, weil ich mit dir rede.« Kirk entsann sich an seine letzten Tage in der Regeneration, an ein mentales Zwielicht aus Halbschlaf, Verwirrung und Träumen. »Ich ahnte bei Ghioghe, daß etwas schiefging. Ich konnte die Entwicklung voraussehen. Es ist mir nach wie vor ein Rätsel, wieso Sieren ein solcher Fehler unterlief. Ich... Himmel, es mag sich seltsam anhören, Gary, aber ich sah das sich anbahnende Muster. Ich *wußte*, daß wir die Krise überstehen würden, wenn sich alle Beteiligten nur dreißig Sekunden lang beruhigten, wenn die Kommandeure noch eine Minute mit dem Feuerbefehl warteten. Aber das war nicht der Fall. Meine

Güte, ich habe Sieren bewundert.« Jim konnte Sierens Versagen nicht fassen — ein Fehler, der so viele Todesopfer verlangt hatte. Er holte tief Luft. »Ich sah das Muster, und ich wußte auch, worauf es ankam, um es in Ordnung zu bringen. Aber mir waren die Hände gebunden. Erging es Sieren ähnlich? Mußte auch er sich den Schicksalskräften der Situation fügen? Axanar hätte ebenfalls in einer Katastrophe enden können, aber statt dessen geschah das Gegenteil. Wir überstanden die Gefahren, kehrten ruhmvoll und mit einem Friedensvertrag heim. Nur ein Glücksfall?«

Jim glaubte zu sehen, wie Garys Lider zuckten. Vielleicht nur ein Reflex. Oder seine Phantasie.

»Mach dir nichts draus«, fuhr er fort. »Schlaf. Erhol dich wieder. Ich muß bald zur *Enterprise,* aber ich bin sicher, das Raumschiff kommt einige Monate lang ohne einen Ersten Offizier zurecht. Ich habe dich für diesen Posten vorgeschlagen, und du wirst ihn sofort nach deiner Entlassung bekommen.«

»Guten Morgen, Captain.«

Jim beugte sich vor, strich eine dunkle Haarsträhne aus Garys Stirn.

»Captain?«

Kirk sah auf. Christine Chapel stand neben ihm; sie gehörte zum Medo-Team der Intensivstation. Jim hatte sie gehört, aber nicht begriffen, daß sie ihn meinte. Er mußte sich erst an seinen neuen Rang gewöhnen. Er war noch während seiner Behandlung im Regenerationstank befördert worden, schlief als Kommandant eines zerstörten Kreuzers ein — und erwachte als Captain eines Raumschiffs der Constellation-Klasse. »Entschuldigen Sie, Miß Chapel. Guten Morgen.«

»Commander Mitchells Biotelemetrie ist bereits besser geworden. Ein gutes Zeichen.« Christine Chapel sah hinreißend aus, trug ihr blondes Haar hochgesteckt.

»Warum erwacht er dann nicht?« fragte Jim.

»Das wird er«, erwiderte Chapel. »Wenn er sich ganz erholt hat.«

Sie reichte ihm einen dünnen Ausdruck.

Jim kannte sich inzwischen mit solchen Dingen aus und brummte zufrieden, während er die grafischen Darstellungen beobachtete, die Datenangaben las. Das wulstartige Neuronenknäuel in Garys wachsender Wirbelsäule wirkte nun wieder stabil und strukturiert, und aus den geisterhaften Schatten der Knorpel waren neue, feste Wirbelknochen geworden. Die verletzten inneren Organe schienen vollständig geheilt zu sein. Jim gab den Ausdruck zurück.

»Offenbar hat er das Herz eines Achtzehnjährigen«, sagte er.

Chapel lächelte. Dieser Regenerationswitz war ein alter Hut – und hatte Dutzende von Pointen. Eine der möglichen Antworteten lautete: »Ja, in einem Einmachglas, das in seinem Nachtschränkchen steht.«

»Hat sich Dr. McCoy nach ihm erkundigt?«

»Nein«, antwortete Chapel.

»Seltsam. Man erwartet uns im Raumdock, und ich hoffte, Gary könne uns begleiten...«

»Vielleicht hat Dr. McCoy beschlossen, seinen Urlaub ein wenig zu verlängern.«

»Durchaus möglich.« Jim lächelte reumütig. »Anscheinend habe ich meine Überzeugungskraft unterschätzt, als ich ihm riet, er solle für ein paar Tage ausspannen. Ich weiß nicht einmal, wo er ist.«

»Darf ich Sie etwas fragen?«

»Natürlich.«

»Warum nennt Dr. McCoy Commander Mitchell ›Mitch‹, während Sie ihn mit ›Gary‹ ansprechen?«

»Alle nennen Gary ›Mitch‹ – ich bin die einzige Ausnahme. Diesen Spitznamen hatte er schon während unseres ersten Ausbildungsflugs. Doch damals kannte ich ihn bereits seit einem Jahr, und ich konnte mich einfach nicht umgewöhnen.«

»Wie spricht er Sie an?«

Jim spürte, wie ihm das Blut ins Gesicht schoß, und er fragte sich, ob er mit einer Lüge durchkam, ob er behaupten sollte, Gary nenne ihn Jim, wie alle anderen. Doch die Wahrheit kam spätestens ans Licht, wenn er erwachte.

»Er nennt mich ›Junge‹«, sagte er. »Ich bin ein wenig jünger als er, und daran erinnert er mich dauernd.« Er ließ unerwähnt, daß seine Klassenkameraden mindestens ein Jahr älter gewesen waren als er, ahnte Chapels Antwort: »Ziemlich frühreif, nicht wahr?« Wenn man mit fünfzehn oder gar zwanzig als ›frühreif‹ bezeichnet wurde — nun gut, es gab Schlimmeres. Doch einem Neunundzwanzigjährigen gegenüber klang so etwas absurd und lächerlich.

»Sie kennen Commander Mitchell schon seit einer ganzen Weile, nicht wahr?«

»Seit zehn Jahren. Nein, seit elf.« Jim hatte drei Monate im Reg-Bett verbracht. Er machte sich im Frühling auf den Weg nach Ghioghe, als der Winterregen die Hügel im Osten der Stadt in ein grünes Gewand kleidete. Als er erwachte, nur zwei subjektive Wochen später, lösten goldene Farbtöne und trockene Sommerhitze die smaragdenen Farben ab. Jetzt begann der Herbst, und Gary ruhte noch immer im Genesungstank.

»Er *wird* sich erholen, Captain. Das verspreche ich Ihnen.«

»Danke, Miß Chapel. Äh...«

»Ja, Captain?«

»Darf ich Sie um einen Gefallen bitten?«

»Kommt ganz darauf an.«

Jim zögerte und erinnerte sich an die Meinung der Spezialisten, die seine Bemühungen belächelten. »Ich weiß, daß man so etwas für Unsinn hält, aber kurz vor meinem Erwachen aus der Regeneration... Ich glaubte, etwas zu hören, doch ich konnte die Augen nicht öffnen, hatte keine Ahnung, wo ich mich befand und was geschehen war. Würden Sie mit... Gary sprechen, während er schläft? Erklären Sie ihm alles. Sagen Sie ihm, er brauche sich keine Sorgen zu machen.«

Chapel nickte. »Gern.«

»Vielen Dank.« Jim stand widerstrebend auf. »Ich muß

bald zum Raumdock. Kann ich Gary eine Nachricht hinterlassen?«

»Im Büro dort drüben finden Sie etwas zum Schreiben.«

Es fiel Kirk nicht leicht, die richtigen Worte zu finden, aber schließlich gelang es ihm, einige aufmunternde Sätze zu formulieren.

Als er zurückkehrte, blieb er in der Tür stehen. Carol Marcus kehrte ihm den Rücken zu, stand mit Dr. Eng, einer der Reg-Spezialistinnen, neben Garys Tank. Sie prüften die Anzeigen der Lebensindikatoren und verglichen sie mit einigen Soll-Werten. Carol war keine Ärztin wie Dr. Eng, sondern Genetikerin. Sie hatte das Behandlungsprotokoll für Gary und Jim entwickelt.

Kirk erinnerte sich an ihre erste Begegnung, an die ersten Worte, die Carol an ihn richtete. Als er mit der Bewegungstherapie begann, hielt er zunächst nur für Minuten lang durch. Schweißgebadet zitterte er vor Erschöpfung, und sein ganzer Körper schmerzte. Er kam sich wie ein Schwächling vor, spürte Carols sondierenden Blick auf sich ruhen und hätte sich am liebsten in Luft aufgelöst. Es war ihm mehr als nur peinlich, daß ihn jemand in diesem Zustand sah. Die gluckenhafte Fürsorge Dr. McCoys genügte ihm völlig.

Aber Carol achtete weder auf Jims Schwäche noch auf seine Stirnnarbe und das nasse Haar, das an den Schläfen klebte. Sie sagte schlicht: »Ich wollte den Mann mit diesem Chromosomensatz kennenlernen.«

Sie war ernst und elegant, lustig und humorvoll, gehörte zu den wenigen Wissenschaftlern, deren intellektuelle Sprünge bahnbrechend sein konnten. Eine außergewöhnlich schöne Frau, mit langem blondem Haar und großen blauen Augen. Jim fühlte sich sofort zu ihr hingezogen. Zwar erforderte ihre Arbeit keine Besuche in der Intensivstation, und sie brauchte auch nicht die Therapie zu überwachen, aber trotzdem kam sie häufig, um sich nach seinen Fortschritten zu erkundigen.

Sie begleitete Jim, als er das Krankenhaus zum erstenmal verließ, führte ihn in einen nahen Park. Sie verliebten sich ineinander, und als er entlassen wurde, bot sie ihm an, bei ihr zu wohnen.

Drei Monate später zog er wieder aus, und inzwischen hatte er sie seit zwei Wochen nicht mehr gesehen. Kirk verspürte den irrationalen Drang, von der Tür zurückzuweichen und im Büro zu warten, bis sie das Behandlungszimmer verließ.

Sei kein Narr, dachte er. Wir sind beide erwachsen und sollten uns auch so benehmen.

Er ging auf sie zu.

»Was haben Sie jetzt vor?« fragte Dr. Eng. Sie strich ihr kurzes schwarzes Haar hinters Ohr zurück und deutete auf den Ausdruck.

»Was ich vorhabe?« erwiderte Carol. »Ich leite all die Maßnahmen ein, die unter den gegebenen Umständen erforderlich sind. Halten Sie die bisherigen Erfolge vielleicht für einen Zufall?«

»Nein, natürlich nicht, aber... Oh, Captain Kirk! Nett, Sie zu sehen. Sie scheinen sich gut erholt zu haben.«

Carol drehte sich um, und erstaunlicherweise wirkte sie nervös. »Jim...«

»Hallo, Carol.« Kirk blieb stehen. Er wollte ihr all das sagen, was er auf dem Herzen hatte — oder schweigen. Er wollte sie lieben — oder für immer vergessen.

»Wir sprechen uns später«, sagte Dr. Eng taktvoll und trat auf den Flur.

»Wie geht es dir, Jim?«

Er überhörte die Frage, fühlte, wie sich sein Pulsschlag beschleunigte. »Es freut mich, daß wir uns noch einmal begegnen. Ich muß bald los. Können wir... Ich würde mich gern mit dir unterhalten. Darf ich dich zu einem Drink einladen?«

»Lieber nicht«, sagte sie. »Aber was hältst du von einem kleinen Spaziergang?«

Jim verharrte neben Gary, hoffte noch immer, daß er die Augen aufschlug. Doch Mitchell schlief. »Bis bald, mein Freund«, sagte er und reichte Chapel den Zettel, auf dem er eine kurze Nachricht für den Genesenden notiert hatte.

Sie brauchten sich nicht auf ein Ziel für die Wanderung zu einigen. Dafür kam nur der Park in Frage. *Ihr* Park.

Es steckte zwar keine bewußte Absicht dahinter, aber Jim stieß immer wieder gegen Carol. Seine Schulter berührte die ihre, und mit den Fingerkuppen strich er über den Handrücken der jungen Frau. Zunächst rückte sie von ihm fort.

»Ach...«, machte sie dann, griff entschlossen nach Jims Hand und drückte sie. »Wir *sind* noch immer Freunde, oder?«

»Ja«, sagte Jim. Er wollte sich davon überzeugen, daß das erotische Prickeln zwischen ihnen nicht mehr existierte, spürte es jedoch viel zu deutlich. In Carols Nähe fühlte sich Kirk in eine energetische Aura gehüllt, die Leidenschaft und Begehren verstärkte.

»Schläfst du jetzt besser?« fragte sie.

Jim zögerte zwischen Wahrheit und Lüge. »Ich kann nicht klagen«, antwortete er.

Carol musterte ihn kurz, und Jim begriff, daß sie ihn durchschaute. Sie hatte ihn zu oft in ihren Armen gehalten, wenn sich seine Gedanken des Nachts in den Entsetzensbildern des Alptraums verloren.

»Wenn du darüber sprechen möchtest...«, begann sie.

»Nein«, entgegnete er scharf und schüttelte den Kopf. Entsprechende Schilderungen halfen ihm nicht, gaben ihm nur einen Vorwand für Kummer und Bedauern. Gerade von diesen Empfindungen wollte er sich befreien, und bestimmt lag der jungen Frau nichts daran, derartige Dinge zu hören. Außerdem: Wenn er Carol jetzt eingestand, daß er noch immer aus dem Schlaf schreckte, gefangen im Grauen, umgeben von schweißfeuchten Laken und Erinnerungsfetzen, die sich einfach nicht auflösen wollten, ihm Blut und Tod zeigten... Wenn er ihr berichtete, daß er in einer der viel zu engen, unbequemen und eintönigen

Schlafkammern untergekommen war... Wenn er ihr sagte, daß er dort vergeblich versuchte, Ruhe zu finden, stundenlang wach lag und sich verzweifelt wünschte, ihren warmen Körper an seiner Seite zu spüren... Vielleicht glaubte sie dann, er appelliere an ihr Mitleid, damit sie ihn erneut bei sich aufnahm.

»Nein«, wiederholte er, etwas sanfter. »Ich möchte nicht darüber sprechen.«

Sie hielten sich noch immer an den Händen, erreichten den kleinen Park und folgten dem Verlauf des Pfads, der am Teich vorbeiführte. Enten schwammen dicht vor dem Ufer und schnatterten laut.

»Wir vergessen immer, ihnen etwas mitzubringen«, sagte Carol. »Wie oft sind wir schon hierhergekommen, und immer wollten wir Brot mitnehmen, um die Enten zu füttern.«

»Wir waren mit den Gedanken... woanders.«

»Ja.«

»Carol, es muß doch irgendeine Möglichkeit geben...«

Jim brach ab, als sich die junge Frau plötzlich versteifte.

»Zum Beispiel?« fragte sie.

»Wir... wir könnten heiraten.«

Sie sah ihn an, und einige Sekunden lang befürchtete Jim, sie würde ihn auslachen.

»Was?« brachte sie hervor.

»Wir könnten heiraten. Im Raumdock. Admiral Noguchi wäre sicher bereit, uns zu trauen.«

»Warum denn ausgerechnet eine Heirat?«

»In meiner Familie ist so etwas üblich«, erwiderte Jim steif.

»Aber nicht in meiner«, entgegnete Carol. »Und außerdem würde es kaum klappen.«

»Warum denn nicht? Diese Tradition besteht schon seit vielen Generationen, und sie funktioniert bestens.« Wobei meine Eltern allerdings eine Ausnahme bilden, fügte er in Gedanken hinzu. »Carol, ich liebe dich. Du liebst mich.

Wenn ich auf einem Wüstenplaneten strande und in der Lage wäre, einen Begleiter zu wählen, würde ich mich sofort für dich entscheiden. Wir hatten eine Menge Spaß miteinander. Erinnerst du dich, als wir das Dock aufsuchten und uns zu einer ganz privaten Besichtigungstour an Bord der *Enterprise* schlichen...?« Er unterbrach sich erneut, als er Carols Gesichtsausdruck bemerkte. »Das stimmt doch, oder?«

»Ja, du hast recht«, bestätigte sie. »Und ich habe dich vermißt. Ohne dich erscheint mir mein Haus viel zu leer und still.«

»Dann bist du also einverstanden?«

»Nein. Wir haben das alles doch schon ausführlich diskutiert. Eigentlich spielt es gar keine Rolle, wie wir uns entscheiden. Ich kann nicht bei dir sein, und du mußt mich verlassen.«

»Nicht unbedingt. Wenn ich um eine Versetzung zum Hauptquartier bitte...«

»Jim...!« Carol drehte sich zu ihm um, griff nach beiden Händen und sah ihm in die Augen. »Ich weiß noch, wie glücklich du warst, als man dir das Kommando über die *Enterprise* gab. Ich liebe dich zu sehr, um dir diese Freude zu nehmen. Und was ist mit dir? Könntest du mich noch lieben, wenn ich dich dazu zwänge, auf die *Enterprise* zu verzichten?«

»Ich liebe dich«, sagte Kirk. »Ich möchte dich nicht verlieren.«

»Ich dich auch nicht. Aber ich *habe* dich bereits verloren, als ich dich zu lieben begann. An die Stille und Leere kann ich mich gewöhnen. Nicht aber daran, daß du nur für einige Wochen zurückkehrst, um dann wieder aus meinem Leben zu verschwinden, für viele Monate, vielleicht sogar Jahre.«

Jim suchte nach einer anderen Lösung, obgleich er wußte, daß es keine gab.

»Du hast recht«, murmelte er niedergeschlagen. »Ich dachte nur...«

In Carols dunkelblauen Augen glänzte es feucht.

Sie küßten sich, ein letztes Mal. Sie schlang die Arme um ihn, und er legte den Kopf auf ihre Schulter, das Gesicht zur Seite gewandt. Er war ebenfalls den Tränen nahe.

»Ich liebe dich, Jim«, hauchte sie. »Aber wir leben nicht auf einem Wüstenplaneten.«

Im sumpfigen Teil der Insel, dort, wo seichtes, warmes Salzwasser ans Ufer reichte, wuchsen Mangrovenbäume aus dunklem Schlamm. Die Ebbe setzte ein, und das Meer wich zurück, hinterließ einen durchdringenden, modrigen Geruch. Die Nacht begann, und der irdische Mond ging auf, eine pockennarbige Scheibe, die silbern auf den Ozean herabschimmerte.

Commander Spock von Starfleet, wissenschaftlicher Offizier der *Enterprise*, Bürger des Planeten Vulkan, beobachtete den Sumpf, lauschte und schnupperte. In diesem Bereich der Insel zeigten sich keine Spuren von Menschen oder anderen intelligenten Wesen. Das üppige Ökosystem faszinierte ihn. Er hörte den akustischen Dopplereffekt, der diesmal von Moskitos stammte: ein dumpfes Brummen, wenn sie sich näherten, ein höherfrequentes Surren, wenn sie sich entfernten. Eulen schrien, und er vernahm auch die Ultraschallsignale von Fledermäusen, das ledrige Knistern ihrer Schwingen. Die Eulen flogen in eleganten, anmutigen Bögen, während die Fledermäuse ebenso häufig wie abrupt die Richtung änderten. Eine Schlange kroch über den Schlamm und verschwand im Wasser, und das Geräusch des Gleitens veränderte sich kaum, als sie das Meer erreichte. Kleine Krabben tanzten über den Morast. Die Krallen eines großen Waschbären kratzten über Mangrovenborke, und kurz darauf berührten die Pfoten feuchten Boden — ein leises, dumpfes Pochen, wie ein kaum hörbarer Trommelschlag in der Ferne. Zähne mahlten und knirschten. Am nächsten Morgen erinnerte vermutlich nur noch ein zerfetzter Panzer an die gefangene Krabbe.

Die Bewohner der Insel meinten, einige wilde Pumas

durchstreiften noch immer das Dickicht, aber Spock argwöhnte, diese Behauptungen dienten nur dazu, Touristen anzulocken.

Als der Morgen dämmerte, segelte ein blauer Reiher vom immer noch dunklen Himmel herab und landete im seichten Wasser. Der große Vogel stakte umher, starrte nach unten, stieß dann und wann mit dem langen Schnabel zu. Spock fragte sich, was er jagte. Der Vulkanier streifte die Stiefel ab, rollte die Hosenbeine hoch und watete durch den Schlamm. Unter den Sohlen spürte er vibrierendes Leben, einem schwachen elektrischen Strom gleich. Der große Zeh stieß an etwas Hartes. Spock bückte sich, griff nach dem Gegenstand, spülte ihn im Meer ab.

Eine Molluske, etwa halb so lang wie sein Daumen. Das Gehäuse der einschaligen Muschel wies ein komplexes Muster aus schwarzen und weißen Tönen auf, und am Ende zeigten sich mehrere spiralförmige Spitzen. Das kleine Geschöpf hatte sich in die Schale zurückgezogen, und das hornige Operculum schloß die Öffnung. Spock stand völlig reglos, wartete, bis der Gastropode langsam Fühler und Kopf ausstreckte. Der Rest des Körpers folgte, und einige Sekunden später kroch der Bauchfüßer über die Hand des Mannes.

Spock legte die Muschel wieder ins Wasser, drehte sich um und ging in Richtung Konferenzzentrum zurück. Er wählte einen Umweg, wanderte übers Ufer, und allmählich wich der Sumpf weißem Strand, Dünengras und Palmen. Kurze Zeit später stieg die Sonne über den Horizont, und Spock erreichte eine kleine Bucht. Er sprang ins Meer, schwamm, maß seine Kräfte mit der Strömung.

Er hatte nicht schon als Kind schwimmen gelernt. Auf seiner Heimatwelt Vulkan, die heiß und trocken eine alte, karmesinrote Sonne umkreist, existierten keine großen und offenen Wasserflächen. Die natürliche Feuchtigkeit genügte gerade als Grundlage für das Ökosystem. Früh am ersten Morgen der Konferenz, bevor alle anderen aufstanden, hatte sich Spock allein auf den Weg zum Strand gemacht und zu schwimmen versucht. Sein großer, schlanker Körper tauchte sofort unter, aber nach einigen vergeblichen und recht ungeschickten Bemühungen gelang es ihm, wenigstens den Kopf über Wasser zu halten. Er analysierte das entsprechende Bewegungsmuster von Armen und Beinen, lernte schnell.

Einige hundert Meter vor der Küste verharrte er und sah sich um. Die Insel schien geschrumpft zu sein, bestand nur noch aus einer dünnen weißen Linie — der Strand —, an die sich eine niedrige grüne Mauer anschloß, die Vegetation. Der Vulkanier atmete tief durch und hielt die Augen geöffnet, als er sich unter die Wasseroberfläche sinken ließ. Ein Barrakuda beobachtete ihn aus starr blickenden Augen, der silbrige, torpedoförmige Körper völlig reglos, abgesehen vom gelegentlichen Zucken einer Flosse. Spock vermutete, daß es sich um einen Raubfisch handelte, horchte in sich hinein, hielt in seinem mentalen Kosmos nach Furcht Ausschau. Er fand keine solchen Empfindungen. Die vulkanische Selbstdisziplin bewahrte emotionalen Gleichmut sogar unter den außergewöhnlichsten Umständen, aber Spock forderte dieses Ideal immer wieder heraus, unterzog sich ständigen Selbsttests. Er widerstand Furcht und Schmerz, und mit dem gleichen Erfolg schaffte er es, Stolz und Verzweiflung auf Distanz zu halten, Freude und Kummer. Und auch Liebe.

Der Barrakuda starrte ihn einige Sekunden lang an, und dann sauste er fort. Wie ein lebender Pfeil zuckte er davon, und Spock war wieder allein. Vielleicht interessierte sich der Raubfisch nicht für das grüne, auf Kupfer basierende Blut des Alien. Oder er war nicht hungrig.

Spock schwamm wieder zum Ufer, trocknete sich ab und glättete das kurze schwarze Haar. Dann zog er sich an und überquerte den Strand. An den weißen Sand schloß sich Dünengras an, und es folgten Büsche und Bäume. Es hatten sich bereits einige Menschen eingefunden und nahmen ein Sonnenbad. Der Homo sapiens besaß einen natürlichen Schutz vor der ultravioletten Strahlung — der Vorteil einer langen Evolution unter dem gelben Gestirn –, aber Spock fand trotzdem, daß die Männer und Frauen ein unnötiges Risiko eingingen. Einige von ihnen trugen Badekostüme, was ihm unlogisch erschien. Einerseits schützte jene Kleidung nicht vor der Sonne, und andererseits behinderte sie nur beim Schwimmen. In Hinsicht auf die ästhetischen Aspekte einer derartigen Kleidung wagte er kein Urteil.

Helles Tageslicht fiel auf das Konferenzzentrum, als Spock das Foyer betrat und feststellte, daß niemand an den Tischen saß. Die meisten Teilnehmer waren entweder am Vortag abgereist, nach der Präsentation der letzten Dokumente, oder hatten bis tief in die Nacht gefeiert und schliefen noch. Insbesondere die Deltaner zeigten in dieser Hinsicht ein bemerkenswertes Talent: Tagsüber wurden sie nicht müde, intellektuelle Diskussionen zu führen, und den größten Teil der Nacht verbrachten sie mit fröhlichen Zechgelagen. Allerdings veranstalteten sie ihre ausschweifenden Parties in privaten Zimmern und behaupteten, sie wollten ihre Kollegen mit weniger Durchhaltevermögen nicht zu sehr belasten. Die ›Kollegen‹, zu denen auch Menschen gehörten, fühlten sich dadurch herausgefordert. Das lärmende Durcheinander, das jeden Abend begann, half Spock bei dem Beschluß, die lauten Bereiche des Konferenzzentrums zu meiden und seine Nächte statt dessen in der stillen Wildnis zu verbringen.

»Bitte entschuldigen Sie, Commander Spock. Es ist ein Paket für Sie eingetroffen.«

Der Vulkanier trat an den Tresen heran. Jemand hatte viel Geld ausgegeben und sich große Mühe gemacht, um ihm etwas zu schicken, anstatt die betreffenden Dinge am Zielort synthetisieren zu lassen. Dutzende von Beförderungsmarken klebten auf dem Karton. Spock nahm ihn entgegen, las die Adresse – die Handschrift seiner Mutter.

Er zog sich in seine Unterkunft zurück und betrachtete das Paket eine Zeitlang, bevor er die Siegel löste. Zwar befand er sich schon seit einigen Monaten auf der Erde, und derzeit weilten auch seine Eltern auf diesem Planeten, aber bisher hatte er es vermieden, sie zu besuchen oder sich mit ihnen zu verständigen. Sein Vater Sarek, vulkanischer Botschafter, mißbilligte Spocks Entscheidung, in die Dienste Starfleets zu treten. Der Bruch zwischen ihnen dauerte nun schon seit einigen Jahren, und Spock fand sich damit ab, da er keine Möglichkeit sah, die Beziehung zu seinem Vater zu verbessern. Auch zu seiner Mutter unterhielt er nurmehr sporadische Kontakte. Im Gegensatz zu Sarek akzeptierte sie es, daß ihr Sohn sein Leben selbst in die Hand nahm, eigene Entscheidungen traf: Sie versuchte nie, ihn für den Standpunkt ihres Mannes zu gewinnen. Aber der Zwist zwischen Sarek und Spock brachte sie in eine unangenehme Situation; in gewisser Weise stand sie zwischen den Fronten. Die Entfremdung führte bei Spock zwar nicht zu einer emotionalen Belastung, doch den Gefühlen seiner Mutter stand er keineswegs gleichgültig gegenüber.

Wer ihm begegnete, sah einen hochgewachsenen, schlanken Mann, der sich völlig in der Gewalt hatte, nie die Beherrschung verlor. Die Haut offenbarte eine olivfarbene Tönung, und die Augenbrauen bildeten zwei gewölbte Linien. Darunter glänzten dunkle, tief in den Höhlen liegende Augen. Das kurze, schwarze Haar war glatt zurückgekämmt, und die Ohren liefen spitz zu. Ein typischer Vulkanier, mochte man meinen. Und doch verband ihn eine genetische Brücke mit dem Leben auf der Erde, denn seine Mutter, Amanda Grayson, stammte von dieser Welt. Sie besaß all die Gefühle, die Menschen auszeichneten. Manchmal wünschte sich Spock, sie sei in der Lage, ihren Emotionen wenigstens manchmal zu entkommen, aber er machte sich nichts vor: Die Spannungen zwischen ihm und Sarek setzten ihr sehr zu. Die einzige, wenn auch nicht besonders zufriedenstellende Lösung bestand darin, sich von ihr fernzuhalten.

Er öffnete das Paket. Es enthielt eine kleine Grußkarte, mit der ihm Amanda alles Gute wünschte, sein Schweigen unerwähnt ließ und kaum zu erkennen gab, was sie empfand. Nur die Unterschrift unterschied sich von dem kühlen Tonfall: »In Liebe, Amanda.«

Spock packte den Karton aus, fand ein Hemd aus braunem Samt, mit goldenen Stickmustern am Kragen und den Ärmeln. Er starrte verwundert darauf herab und fragte sich, was seine Mutter dazu bewegt hatte, ihm ausgerechnet so etwas zu schicken. Solche Kleidungsstücke trug man bei einer Party, und Amanda wußte sicher, daß er nur die offiziellen Empfänge besuchte, die Starfleet-Uniformen erforderten. Als Mensch war seiner Mutter ein subtileres Wesen zu eigen, und ihr Denken ging über die strenge vulkanische Logik hinaus — was jedoch nicht bedeutete, daß es ihrem Verhalten an Bedeutung und Intention mangelte. Spock überlegte eine Zeitlang und glaubte sie zu verstehen. Das Hemd stellte ein Symbol dar: Amanda hoffte, daß er nicht nur in seiner Arbeit Erfüllung fand, sondern auch in anderen — privaten — Dingen. Sie wünschte ihm Glück.

Er streifte das Hemd über, und es überraschte ihn nicht, daß es perfekt paßte. Der Stoff fühlte sich angenehm an, erfüllte durchaus seinen Zweck, fand Spock. Er faltete das Geschenk seiner Mutter zusammen, legte es zu seinen anderen Habseligkeiten, unter ihnen einige Memorialmoduln und eine gebundene Kopie der Papiere, die er für die Konferenz mitgebracht hatte.

Sein Urlaub war zu Ende. Es wurde Zeit, zur *Enterprise* zurückzukehren.

Kadett Hikaru Sulu tänzelte zurück, sprang dann plötzlich vor und wich zur Seite, bevor seine Wettkampfgegnerin zum entscheidenden Stoß ausholen konnte. Er griff schnell hintereinander an — und irgendwann, nach einer halben Ewigkeit, gab die Anzeigetafel den Sieger bekannt.

Hikaru Sulu hatte den letzten und entscheidenden Punkt bei den Fechtmeisterschaften der Inneren Planeten gewonnen.

Er achtete kaum auf die Reaktion des Publikums, schnappte nach Luft, von dem langen Kampf erschöpft.

Keuchend hob er die Maske und grüßte seine Gegnerin. Sulu war auch während der interkontinentalen Meisterschaft gegen sie angetreten, nach zehn Jahren der erste Starfleet Akademie-Fechter, der ins panirdische Team aufgenommen wurde. Die Frau, die nun vor ihm stand, hatte damals die Position des Teamcaptains bekleidet, und die meisten anderen Gruppenmitglieder gehörten zu ihrer Schule.

Zum erstenmal war es ihm gelungen, sie zu schlagen.

Sie hielt den Kopf gesenkt, und die Spitze des Degens deutete zu Boden. Zweimal hintereinander hatte sie diese Meisterschaft gewonnen. Sie betrachtete den Titel als ihr *Eigentum*, erhob im Namen von Tradition und Herkunft Anspruch darauf. Sie stammte aus einer der einflußreichsten Familien in der ganzen Föderation, aus der Finanzaristokratie, die sich auf ihren alten Lorbeeren ausruhte. Das Fechten erachtete sie als ihre Domäne. Wie konnte es ein Amateur von der Starfleet Akademie, ein Provinzler und praktisch sogar Kolonist, wagen, ihre Führungsrolle bei dieser Kampftechnik in Frage zu stellen, sie zu demütigen?

Als sie die Maske hob, blitzten ihre Augen so verblüfft und zornig, daß Sulu befürchtete, sie könne die Höflichkeitsregeln vergessen.

Er zog den einen Handschuh ab, streckte seiner Gegnerin die rechte Hand entgegen. Für gewöhnlich bewegte sie sich mit athletischem Geschick, so anmutig und elegant wie eine Katze, aber jetzt wirkte sie ungelenk, als sie seinen Gruß erwiderte.

An der Seitenlinie versuchte Sulu, einige aufmunternde Worte an sie zu richten, aber die Frau schleuderte Maske und Degen zu Boden, stieß den Trainer beiseite, der sie trösten wollte.

Sie starrte Hikaru an. »Du ungebildeter Prolet!« fauchte sie und marschierte in Richtung Umkleidekabine davon, gefolgt vom Trainer, ihren Teamkameraden und Fans.

»›Ungebildeter Prolet‹?« Hikaru fühlte sich versucht, aus einem klassischen Werk zu zitieren, um das Gegenteil zu beweisen. Wenn die Eltern seiner Gegnerin, die nur von Erinnerungen lebten und eifersüchtig auf ihre gesellschaftliche Stellung achteten, literarische Ambitionen hatten, so standen in ihren Regalen bestimmt auch einige Bücher von Sulus Vater. Zum Beispiel *Kaltes Feuer* oder *Neun Sonnen.*

Vermutlich ungelesene Ausgaben, dachte er verdrießlich.

Einer seiner Gruppenkameraden blieb zurück. »Na, bist du jetzt stolz auf dich?«

»Ja«, sagte Hikaru. »Das bin ich.« Zwar wußte seine Gegnerin nicht, wie man mit Anstand und Würde verlor, aber sie war die beste Fechterin, die er kannte. Er hatte nicht damit gerechnet, sie zu besiegen.

»Sie wäre die erste von uns gewesen, die dreimal hintereinander den Titel errang.«

»Was erwartest du jetzt von mir?« erwiderte Hikaru aufgebracht. »Soll ich aus lauter Reue Selbstmord begehen?«

Der andere Mann schnitt eine finstere Miene und ging fort.

Hikaru hatte gehofft, von seinen Kameraden akzeptiert zu werden, wenn er im Umgang mit dem Degen ausreichendes Geschick bewies. Aber sie erinnerten ihn ständig an seine einfache Herkunft, an die Armut seiner Familie, respektierten nur ihresgleichen. Von Anfang an sahen sie einen Außenseiter in ihm, und nun zeigten sie ihm endgültig die kalte Schulter. Selbst wenn die beruflichen Laufbahnen seiner Eltern erfolgreicher gewesen wären: Die Bewertungsmaßstäbe der anderen beschränkten sich auf altes Geld, auf alten Ruhm, auf alte Beziehungen.

Trotz dieser Überlegungen begann Hikaru plötzlich zu lachen. Endlich machte ihm der Snobismus seiner ›Freunde‹ nichts mehr aus. In seinem inneren Fokus rückten sie jetzt ins rechte Licht, traten auf die Bühne der Lächerlichkeit. Sulu empfand fast so etwas wie Mitleid für sie.

Er nahm seine Medaille entgegen, ließ die Siegerehrung über sich ergehen, verstaute den Degen und kehrte im Anschluß daran sofort zur Akademie zurück, um sein Studium fortzusetzen.

Hikarus Mutter arbeitete als agronomische Beraterin, und deshalb hatte er seine Kindheit auf verschiedenen Welten verbracht. Auf einigen Fachgebieten war seine Bildung lückenlos, auf anderen so gut wie nicht existent. An der Akademie mußte er sich dauernd bemühen, mit den anderen Studenten Schritt zu halten. Gelegentlich aber kam es auch vor, daß er besser als der Professor hätte unterrichten können.

Starfleet hatte ihm den gewünschten Posten in Aussicht gestellt, doch ob er ihn auch wirklich bekam, hing von seinem Offizierspatent ab. Und dafür mußte er gute Noten vorweisen, nicht nur ein weniger als mittelmäßiges ›Ausreichend‹.

Hikaru hielt die kühle Medaille in der Hand, in der anderen den Degenkasten. Er dachte an seine Teamkameraden, die nun irgendwo die Niederlage ihres Champions beklagten, anstatt seinen Sieg zu feiern, und er fragte sich, ob es nicht besser gewesen wäre, die Gruppe schon vor einigen Monaten zu verlassen. Das hätte ihm mehr Zeit für die Akademie gegeben. Andererseits: Er liebte das Fechten, und im Training fand er die Kraft fürs Studium. Außerdem stellte es einen guten Ausgleich dar. Selbst als er begriff, daß er den bevorzugten Sport einer ganz anderen sozialen Schicht gewählt hatte, fand er zu großen Gefallen daran, um einfach aufzuhören.

Jetzt, eine Woche später, wanderte Hikaru allein über den Strand, trat nach kleinen Steinen und versuchte, die Erinnerungen an die Fechtmeisterschaft aus seinem Gedächtnis zu löschen. Er beobachtete kleine Wellen, die über glattgeschliffene Kiesel spülten. Das Meer, der Sand, der Wind — allem haftete der kühle Hauch des beginnenden Herbstes an.

Er hatte sowohl die Meisterschaft gewonnen als auch seinen akademischen Grad bekommen. Er besaß nun das ersehnte Offizierspatent und auch die Versetzungspapiere.

Das Fechten, die Abschlußprüfungen der Akademie – Vergangenheit.

Er kehrte zu seinem Strandlager zurück. Der Geruch des Feuers vermischte sich mit dem salzigen Tangaroma des Ozeans. Funken stoben, als er ein Stück Treibholz in die Glut schob.

Hikaru nahm Platz, lehnte sich an den wie poliert wirkenden, silbrig glänzenden Stamm einer entwurzelten Zeder. Der obere Rand der Sonne glitt hinter dem Horizont hervor, und die Luft war so rein, der Himmel so klar, daß die Farben des Tages nur zögernd aus der Nacht krochen. Im Osten erhellte sich das Firmament, und weit oben verharrte ein dunkles, glühendes Indigo. Im Westen funkelten nach wie vor die Sterne.

Nur noch wenige Stunden, bevor Hikarus Landurlaub zu Ende ging – einige Stunden des Friedens, der Ruhe und Einsamkeit auf seiner Heimatwelt. Er war auf der Erde geboren, doch seine Kindheits- und Jugenderinnerungen verbanden sich mit vielen anderen Planeten. Die letzten drei Jahre hatte er hier verbracht, aber Studium und Fechten beanspruchten seine ganze Zeit. Bis jetzt.

Er verbrachte seine freien Tage nicht etwa deshalb am Meer, weil das seinem Wunsch entsprach, sondern weil ihm das nötige Geld für eine bessere Urlaubsgestaltung fehlte. Als Zwanzigjähriger hatte er Berge gesehen, die höher emporragten als der Himalaya, größere, trockenere und ödere Wüsten als die Sahara. Er war mit Dutzenden von planetaren und stellaren Wundern vertraut. Die Geschichten von der Schönheit der Erde beeindruckten ihn nicht.

Doch nach einigen Tagen allein an der See genoß er die Pracht seiner unbekannten Heimatwelt.

Bisher glaubte ich, mich überall zu Hause fühlen zu können, dachte er. Aber jetzt weiß ich, daß ich nie eine richtige Heimat hatte. Wie schön, am Ufer des größten irdischen Ozeans zu sitzen...

Bald mußte er aufbrechen. Bald begann seine Reise zum Rand, zur *Aerfen* Captain Hunters.

Sulu schauderte wohlig in der Wärme des flackernden Feuers und döste ein.

Koronin schritt über das dunkle Landefeld und ignorierte die schäbigen Konturen im Staub. Raumschiffe, die das Arktur-System ansteuerten, hatten die besten Jahre längst hinter sich, ganz gleich, woher sie stammten: aus der Föderation oder dem klingonischen Imperium. Bei einigen Kreuzern handelte es sich um seltsam anmutende, zusammengeflickte Hybriden. Die Schweißnähte auf den Hüllen bildeten komplexe Zickzackmuster.

Ein Schiff aber unterschied sich von allen anderen.

Der kalte, böige Nachtwind zerrte an Koronins Mantel und wehte feinen Sand über ihre Stiefel, zupfte an ihrem langen, kupferfarbenen Haar, strich über die hohe Stirn, die vorgewölbten Brauenhöcker. Der lose Schleier flatterte wie eine Fahne.

Koronin blieb einige Schritte vor dem schnittigen Raumschiff stehen. Sternenlicht glänzte auf den glatten Flanken. Nein, niemand im Arktur-System hatte jemals ein solches Schiff gesehen. Sie betrachtete die breiten Schwingen, die lange, dünne Mittelsektion, den kugelförmigen Bug — deutliche Hinweise auf die beim klingonischen Militär übliche Konstruktionstechnik. Doch in diesem besonderen Fall war das Ergebnis einzigartig.

Und nun gehörte der Kreuzer Koronin, einer Geächteten auf der Flucht.

Sie schob den Schlüssel in die Abtastöffnung des geschlossenen Schotts, und es erfolgte eine intensive elektronische Kommunikation zwischen dem Codegeber und den Bordcomputern. Koronin dachte an die Möglichkeit, daß der Schlüssel eine vorbereitete Falle aktivieren konnte, irgendeinen Zerstörungsmechanismus, aber sie versuchte, an ihrer Philosophie des Fatalismus festzuhalten. Die Aufregung darüber, das Raumschiff zu übernehmen, dominierte alle anderen Gefühle.

Das Schott öffnete sich, und sie betrat die Schleuse.

Der Kommandobalkon konnte warten. Koronin trat auf die Pforte der Betriebskammer zu, und dicker Stahl schob sich vor ihr beiseite.

»Mein Lord...« Der Sergeant brach ab, als er Koronin sah. Seine Brauenhöcker zuckten, und verblüfft musterte er die Frau.

Koronin ahnte seine Verwirrung und fand Gefallen an der Situation. Schweigend blieb sie stehen, gab keinen Ton von sich.

»Lady«, sagte der Sergeant rasch. »Der Aufenthalt hier in der Betriebskammer geziemt sich nicht für eine... Bürgerin Ihres Standes. Wenn Sie gestatten, zeige ich Ihnen den Weg zum Kommandobalkon, wo Sie es wesentlich bequemer haben. Ich schlage vor, Sie warten dort auf meinen Lord.«

Koronin lächelte. Es amüsierte sie, für die Partnerin des vorherigen Schiffseigentümers gehalten zu werden. Anerkennend stellte sie fest, daß sich der Sergeant schnell von seiner Überraschung erholte — oder sie verbarg. Sie sah einen fähigen Assistenten in ihm. Vorausgesetzt natürlich, es gelang ihr, ihn ihren Interessen zu unterwerfen.

Sie hob eine dünne, goldene Kette, an deren Ende eine Lebensscheibe baumelte. Die Farben verblaßten bereits, wichen dem klaren Grau des Todes.

»Dein Lord wird nicht zurückkehren«, sagte sie. »Dieses Schiff gehört jetzt mir.«

Die anderen Besatzungsmitglieder hatten ihr nur flüchtige Beachtung geschenkt, hatten ebenfalls geglaubt, sie sei die neue Gespielin des Bordherrn. Als sie jetzt Anspruch auf seinen Posten erhob, fühlte sie verwunderte und auch erschrockene Blicke auf sich ruhen. Einige reagierten mit Freude und Erleichterung, bevor sie begriffen, daß Koronin nur eine geringe Chance hatte, das Schiff zu behalten. Sofort entschieden sie sich, einen neutralen Standpunkt einzunehmen und abzuwarten.

Der Sergeant starrte sie groß an und versuchte, die Frau zu verstehen. »Sie haben meinen Lord getötet, ihn... bestohlen?« stieß er hervor – und unterbrach sich erneut. Niemand konnte einen elektronischen Schlüssel entwenden und damit an Bord kommen. Einige speziell programmierte Sicherheitskomponenten schlossen diese Möglichkeit aus.

»Dein Lord hat das Schiff auf mich übertragen. Er verlor es bei einem ehrlichen Spiel. Aber nachher wollte er sich nicht an die getroffene Übereinkunft halten.«

Ruckartig bewegte sich die Kette, und dadurch zuckte die Lebensscheibe nach oben. Koronin fing sie auf, krümmte ihre Finger um die scharfen Kanten. Als sie die Scheibe an ihrem Gürtel befestigte, wandte sie dem Sergeant mit voller Absicht den Rücken zu.

Er griff sofort an, und Koronin wirbelte um die eigene Achse, wehrte den ersten Hieb ab. Die Wucht des Schlages ließ sie taumeln, aber ihr Widerstand raubte dem Mann das Gleichgewicht. Er winkte, riß einen Blaster hervor. Seine Gegnerin hielt es für unter ihrer Würde, eine Energiewaffe einzusetzen. Statt dessen zog sie die Duellklinge und stieß damit nach dem Arm des Sergeants. Er gab einen schmerzerfüllten Schrei von sich, ließ den Blaster fallen. Koronin ergriff den Strahler und steckte ihn ein.

Der Mann hockte auf dem Boden und versuchte, die Blutung zu stillen. Eine große Lache bildete sich auf dem Stahl, aber eigentlich war es keine sehr schlimme Wunde. Koronin hatte sorgfältig darauf geachtet, nicht die wichtigsten Adern zu verletzen. Sie wollte niemanden umbringen, den sie vielleicht noch brauchte.

»Steh auf.« Sie hielt die Klingenspitze an die Kehle des Sergeants.

Er stöhnte entsetzt, trachtete erneut danach, sich zu widersetzen. Dann gab er auf. Die Brauenhöcker erblaßten im Schock. Zitternd erhob er sich, und sein Blick klebte an der Klinge fest. Koronins gläserne Waffe absorbierte die Flüssigkeit, die darauf glitzerte, und das Blutschwert gewann eine dunklere Tönung.

»Dieses Schiff gehört mir«, wiederholte die Frau.

»Ebenso du und die restliche Mannschaft. Ich erlaube es dir, dein Schicksal selbst zu bestimmen. Du kannst mir einen Treueschwur leisten — oder sterben.«

Der frühere Eigentümer des Schiffes hatte Schande auf sich geladen. Entweder akzeptierte der Sergeant diese Schande oder er lehnte sie ab und diente Koronin.

Er entschied sich für die Ehre.

»Die Besatzung und ich schwören Ihnen Treue.« Er zögerte.

»Ich heiße Koronin.«

»Ich füge mich Ihrem Willen, Koronin.«

Sie ließ die Klinge sinken, schob sie in die Scheide zurück. Ein einzelner Blutstropfen rann über den Hals des Sergeants. »Meine Sachen treffen bald ein. Wenn du sie auf dem Kommandobalkon verstaut und das Schiff für den Start vorbereitet hast, darfst du dich um deine Wunde kümmern.«

Der Mann nickte, bestätigte damit Koronins Recht, ihren Angelegenheiten absoluten Vorrang zu geben. »Danke, Lady.«

»Mein Name ist Koronin!« erwiderte sie zornig, und ihre rechte Hand schloß sich erneut um den Griff des Blutschwerts.

Der Sergeant zögerte. Er hatte ihr den Titel aus reiner Höflichkeit angeboten, aber sie lehnte ihn ab. Der Grund dafür blieb ihm ein Rätsel. Schmerz, Schock und Furcht veranlaßten ihn dazu, eine entsprechende Frage zu stellen.

»Ich benutze keine Titel«, antwortete Koronin. Ihre Stimme klang scharf, aber nicht mehr wütend. »Führ jetzt deine Befehle aus.«

Langsam sank er vor ihr auf die Knie. »Ja, Koronin.«

Sie drehte sich um, wandte ihm und der Crew erneut den Rücken zu. Niemand unternahm etwas gegen sie, und ein dünnes Lächeln umspielte ihre Lippen. Sie verließ die Betriebskammer, verriegelte das Schott nur für die anderen Besatzungsmitglieder, nicht für den Sergeant. Dann eilte sie zum Kommandobalkon und begann, sich mit den Kontrollen vertraut zu machen.

Sie wollte eine möglichst große Entfernung zwischen sich und das Arktur-System legen, bevor die Herrscher des klingonischen Imperiums von ihrem neuesten Verlust erfuhren.

Koronin plante bereits erste Raubzüge im stellaren Territorium der Föderation.

KAPITEL 1

Commander Spock zögerte vor der Kabine, die dem Kommandanten des Raumschiffs *Enterprise* als Unterkunft diente. In elf Jahren hatte er sie nicht ein einziges Mal betreten, obgleich er mit Christopher Pike enger zusammenarbeitete als mit irgendeinem anderen Menschen. Pike legte großen Wert auf seine Privatsphäre, und der Vulkanier billigte die Reserviertheit des Captains.

Spock klopfte an und rechnete nicht mit einer Antwort.

»Herein.« Die Tür glitt beiseite.

Der wissenschaftliche Offizier blieb auf der Schwelle stehen, wußte nicht so recht, was er sagen sollte.

Pike saß an seinem Schreibtisch, die Arme angewinkelt, das Kinn auf die Hände gestützt. Er beobachtete mehrere bunte und unterschiedlich geformte Kristalle, die vor ihm lagen: Einige enthielten bewegungslose Bilder, andere Szenen, die sich ständig veränderten. Spock bemerkte vertraute Porträts und Landschaften, erfuhr erst jetzt, daß Captain Pike Andenken an die Welten sammelte, die er mit seinem Schiff besucht hatte.

Pike sah auf, und der nachdenkliche Ausdruck in seinen Zügen verflüchtigte sich. Er hob die Hand, strich über die Memorialkristalle, die daraufhin sofort durchsichtig wurden. Die Bilder in ihnen lösten sich auf.

»Guten Tag, Mr. Spock.«

»Commodore Pike...«

»Nein, nicht ›Commodore‹! *Noch* nicht. Bis heute abend bleibe ich Captain.« Pike griff nach den Kristallen und verstaute sie in einem Beutel. Es klirrte leise.

»Wie Sie meinen, Captain«, sagte Spock.

»Was führt Sie hierher?«

»Die *Enterprise* ist für den Kommandowechsel bereit, Sir.«

»In Ordnung.« Pike zog die Schnüre zu, legte den Beutel in einen fast leeren Koffer. »Nicht viel für elf Jahre, oder?«

»Captain?«

»Schon gut. Ach, ich glaube, ich werde langsam alt.«

Spock überlegte. Captain Pike war Ende Vierzig – nach dem Terra-Standard. Auf Vulkan hielt man ihn nach wie vor für einen jungen Mann. Vermutlich freute er sich auf seine Reife.

»Ja, Captain. Herzlichen Glückwunsch, Sir.«

»Wie bitte?«

»Ich meine Ihre Beförderung. Ihren größeren Verantwortungsbereich.«

»Oh, ja.« Pike lächelte schief und humorlos.

Spock verstand die Reaktion seines Vorgesetzten nicht.

»Möchten Sie irgend etwas Besonderes mit mir besprechen, Mr. Spock?« fragte Pike.

»Der Kommandowechsel gibt nur wenig Gelegenheit für Konversation, Captain. Ich bin nur gekommen, um mich von Ihnen zu verabschieden.«

»›Nur‹?«

»Ja«, bestätigte Spock. »Die üblichen Abschiedsgrüße sind eigentlich nicht logisch, da sie auf Aberglauben basieren: Man wünscht sich gegenseitig viel ›Glück‹ und dergleichen...« Spock suchte nach den richtigen Worten. »Ich habe viel von Ihnen gelernt, Captain.«

»Das ist ein großes Kompliment, Mr. Spock«, sagte Pike. »Vielen Dank.«

»Vielleicht bekommen wir irgendwann Gelegenheit, erneut zusammenzuarbeiten.«

»Belastet Sie das, Mr. Spock?«

»Captain?«

»Ich habe Sie nicht gefragt, ob Sie ebenfalls befördert und von der *Enterprise* versetzt werden möchten. Ich hätte eine entsprechende Empfehlung an Starfleet Command richten können. Dann wären Sie jetzt vermutlich mein Adjutant und mit mir auf dem Weg zu einer Starbase.«

»Dieser Tradition bin ich mir durchaus bewußt, Sir«, erwiderte Spock. »Captain Kirk hat zwei seiner Senioroffiziere für Posten an Bord der *Enterprise* vorgeschlagen. Das ist sein gutes Recht. Und Sie haben die Möglichkeit, die Zusammensetzung Ihres Mitarbeiterstabs zu bestimmen.«

»Ich hätte darüber mit Ihnen reden sollen«, sagte Pike. Er rückte die wenigen Gegenstände in seinem Koffer zurecht, schloß ihn dann. »Statt dessen habe ich Ihnen die Entscheidung abgenommen – weil ich befürchtete, Sie mit einem Angebot unter Druck zu setzen. Sie zu zwingen, die *Enterprise* zu verlassen. Verstehen Sie?«

»Sir?« fragte der Vulkanier verwirrt.

»Sie haben ein ausgeprägtes Verantwortungsbewußtsein, Mr. Spock. Für gewöhnlich treffen Sie nicht die Wahl, die am besten für Sie ist.«

Spock interpretierte Pikes Bemerkung als Kritik, wußte jedoch nicht, worauf er hinauswollte. »Der Bedeutungsinhalt des Ausdrucks ›am besten‹ wird durch subjektive Erwägungen definiert, Captain«, entgegnete er. »Vulkanier sind immer bestrebt, bei ihren Entscheidungen nicht auf die eigene Person zu achten. Das Ziel eines Vulkaniers mit meinem Ausbildungshintergrund besteht darin, den von intelligenten Wesen angehäuften Wissensschatz zu vergrößern.«

»Nun, dann habe ich offenbar richtig gehandelt.« Captain Pike holte tief Luft. »Wenn sich Menschen mit meinem Ausbildungshintergrund verabschieden, schütteln sie sich die Hände. Bei Vulkaniern...«

»Wenn Sie möchten, bin ich gern bereit, Ihnen die Hand zu reichen, Sir«, sagte Spock.

Der Captain und sein wissenschaftlicher Offizier berührten sich zum ersten und letzten Mal.

Uhura beamte sich an Bord der *Enterprise*, zufrieden, ausgeruht und glücklich darüber, zurück zu sein. Gleichzeitig aber bedauerte sie, daß das Festival bereits zu Ende war. Sie verstaute das Gepäck in ihrer Kabine, programmierte dann den Kommunikator: Das Gerät sollte sie benachrichtigen, wenn die Lieferung eintraf, solange sich das Schiff noch im Dock befand. Das hielt sie zwar für wenig wahrscheinlich, aber sie konnte diese Möglichkeit nicht ausschließen. Kurz darauf streifte sie das Festkostüm ab, ein langes, dunkelrotes Gewand mit keltischen Stickereien am Kragen und an den Ärmeln, kleidete sich statt dessen in ihre Uniform. Aus Uhura, der Musikerin, Bürgerin der Bantu-Nation des Vereinten Afrika, wurde ein Lieutenant von Starfleet, Kommunikationsoffizier an Bord der *Enterprise.*

Für einen Fremden mußte die auf der Brücke herrschende Aktivität den Eindruck von Chaos erwecken, doch Uhura kannte diese Art von Hektik, sah eine Struktur darin, die Regelmäßigkeit von Ebbe und Flut. Das Durcheinander veränderte und entwickelte sich. Uhura rechnete in diesem Zusammenhang sogar mit einem evolutionären Sprung, mit dem Umschlagen von Quantität in eine neue Qualität.

Captain Pike war befördert worden, und am Abend würde er das Kommando seinem Nachfolger übergeben. Überall im Schiff vermischten sich Aufregung und Neugier in bezug auf den neuen Captain mit Niedergeschlagenheit angesichts der Trennung von einem allseits beliebten und respektierten Kommandanten.

Der Geräuschpegel auf der Brücke sank rapide.

Commander Spock trat aus der Kabine des Turbolifts, und daraufhin schwiegen alle. Nicht etwa aus Furcht, Antipathie oder der Sorge, getadelt zu werden, sondern weil Spocks Gegenwart zu einer ernsteren Haltung riet.

Der Vulkanier ließ seinen Blick durch den Brückenraum schweifen, ging dann zur wissenschaftlichen Station, schien gar nicht zu bemerken, welche Auswirkungen seine Präsenz auf die anderen Offiziere hatte. Doch Uhura bezweifelte, ob ihm irgend etwas entging, das mit der *Enterprise* in Verbindung stand.

»Guten Morgen, Mr. Spock«, sagte sie.

»Lieutenant Uhura...«

»Wie war Ihr Urlaub?«

»Er hat mich intellektuell stimuliert«, lautete die Antwort des Vulkaniers. Uhura hatte ihn seit rund einem Monat nicht mehr gesehen, und er wirkte noch unnahbarer und beherrschter als sonst.

»Ich habe eine irische Harfe gekauft«, sagte Uhura.

»Bitte?«

»Beim Festival der irischen Harfen in Mandela City. Dort nahm ich die gute Gelegenheit wahr, ein solches Musikinstrument zu bestellen. Vielleicht wird Siobhan mit der Arbeit fertig, bevor wir aufbrechen. Wenn nicht... Nun, dann muß ich mich eben bis zu unserer Rückkehr gedulden.«

»Warum wurde ein Festival irischer Harfen ausgerechnet in Mandela City veranstaltet? Jener Ort liegt doch gar nicht in Irland.«

»Derzeit finden praktisch überall auf der Erde Harfenkonzerte statt, Mr. Spock. Es ist sogar eins auf dem Mond geplant. Meine Güte, inzwischen gibt es mehr Harfenspieler als Iren. Man braucht nicht einmal rotes Haar vorzuweisen.« Uhura lächelte. »Siobhan *ist* rothaarig — aber sie hat noch dunklere Haut als ich. Sie stellt die wundervollsten Harfen her, die ich kenne.«

»Ich würde gern erfahren, wie man auf einem solchen Instrument spielt.«

»Ich zeig's Ihnen — vorausgesetzt, es trifft rechtzeitig ein. Irgendeine Ahnung, wohin wir fliegen? Und wie lange wir unterwegs sind?«

»Der Einsatzbefehl wird natürlich zuerst dem neuen Captain übermittelt«, erwiderte Spock. »Aber...«

Normalerweise leistete der Vulkanier keine Beiträge für die Gerüchteküche an Bord, doch meistens war er bestens über irgendwelche Veränderungen in den Plänen und der Politik Starfleets informiert.

»Ja, Mr. Spock?« hakte Uhura nach.

»Die *Enterprise* hat nicht genug Vorräte für eine lange

Reise an Bord, und außerdem muß der wissenschaftliche Stab erst noch vervollständigt werden. Das läßt den Schluß zu, daß der Flug von kurzer Dauer ist.«

»Ich verstehe.« Uhura fühlte sich enttäuscht. Man munkelte von neuen Forschungsunternehmen der Föderation, und alle Besatzungsmitglieder hofften, an einer derartigen Mission teilnehmen zu können.

Die beiden Türhälften des Turbolifts schoben sich auseinander, und Chefingenieur Montgomery Scott stürmte auf die Brücke.

»Ich bin Onkel!« platzte es aus ihm heraus. »Möchten Sie eine Zigarre, Lieutenant Uhura? Mr. Spock, eine Zigarre, um das Ereignis zu feiern!«

Scott begann mit einer hastigen Runde, verteilte dunkle, zylinderförmige Objekte. Uhura fragte sich, was sie mit dem zusammengerollten Tabak anstellen sollte.

»Herzlichen Glückwunsch, Mr. Scott«, sagte sie, als der Chefingenieur zu ihr zurückkehrte und vor Stolz strahlte. »Vielen Dank. Allerdings sollten wir besser darauf verzichten, die Dinger hier zu rauchen.«

»Welchem Zweck dient dieser Gegenstand?« erkundigte sich der Vulkanier.

»Es ist eine Zigarre, Mr. Spock. Die Tradition verlangt, Zigarren zu verschenken, wenn ein Baby geboren wurde. Meine kleine Nichte ist zwei Tage alt. Dannan Stuart, so heißt sie. Ein heroischer Name! Ich bin zum erstenmal Onkel geworden.« So leise, als verrate er ein Geheimnis, fügte er hinzu: »Allerdings ist das Mädchen noch ziemlich klein.«

Uhura lächelte. »Es wird bestimmt größer, Mr. Scott. Verlassen Sie sich drauf.«

»Ich begreife noch immer nicht, was es hiermit auf sich hat. Mit der ›Zigarre‹.« Spock drehte sie zwischen seinen langen Fingern. Der Tabak knisterte.

»Seien Sie vorsichtig, Mr. Spock! Sonst zerquetschen Sie sie noch. Und so etwas mögen Zigarren nicht.«

»Ganz offensichtlich besteht das Objekt aus trockenen

Blättern«, sagte Spock. »Wie können Blätter etwas ›mögen‹ oder nicht...? Er hob den Zylinder, schnupperte daran, ließ ihn rasch wieder sinken. »Das ist Tabak, Mr. Scott. Er enthält giftige Substanzen.«

»Aye, das stimmt schon«, gab der Chefingenieur zu. »Aber es ist eine *Tradition*, verstehen Sie?«

Der Vulkanier starrte auf die Zigarre. »Ja, ich glaube schon«, erwiderte er nach einigen Sekunden. »Während einer Überbevölkerungskrise erforderte die Geburt eines Kindes den Tod eines Erwachsenen, um ein Gleichgewicht zu schaffen. Aus diesem Grund wurde eine Art Lotterie entwickelt, mit der man entschied, wer sterben mußte. Ihre Bräuche sind... faszinierend. Nicht besonders wirkungsvoll, aber interessant.«

»Ich glaube, das sehen Sie falsch, Mr. Spock...«

Der wissenschaftliche Offizier gab ihm die Zigarre zurück. »Ich erachte Ihr Angebot als eine Geste der Höflichkeit, doch ich ziehe es vor, auf eine Teilnahme an Ihrer Lotterie zu verzichten.«

Als Jim Kirk das Raumdock erreichte, dachte er erneut an Carol, verfluchte sich dafür, ihr einen Heiratsantrag gemacht zu haben. *Himmel, ich kannte ihre Antwort, wußte, daß sie ablehnen würde. Und sie hat recht. Erinnerst du dich nicht mehr daran, was es bedeutet, zur Familie eines Starfleet-Offiziers zu gehören? Was ist mit deinem festen Vorsatz, andere vor so etwas zu bewahren?*

»Jäm? Jäm Kirk!«

Er drehte sich um, als er die vertraut klingende Stimme vernahm. »Agovanli!«

Das große Wesen vor ihm griff mit den Kniezangen nach seinen Waden und drehte sich auf dem mittleren Bein. Jim hielt sich an der langen Mähne fest. Agovanli setzte ihn wieder ab, schnaufte ihm seinen warmen, duftenden Atem ins Gesicht – das Äquivalent einer Umarmung.

»Härzlichen Glückwunsch«, sagte Vanli. Sein Dröhnen konnte Bilder von den Wänden reißen. »Härzlichen

Glückwunsch dafür, daß Sie die *Enterprise* bekommen haben. Ich bin ganz außer mir vor Aufregung, gespannt darauf, was Sie mit dem Schiff anstellen wärden.«

»Das verstehe ich als Kompliment«, sagte Kirk. »Glaube ich jedenfalls.«

»Ich gebe Ihnen ein Essen und einen Drink aus. Um zu feiern.«

Das hielt Jim für eine gute Idee.

Vanli führte ihn in sein Lieblingsrestaurant: Drei Viertel der Halle waren wie eine tropische Insel bei Nacht gestaltet, und der Rest entsprach einer Raumstation. Sie nahmen in einem Bereich Platz, der im Dock als *al fresco** galt. Es handelte sich dabei um eine Aussichtsblase, die aus der Seite der Station ragte und einen Blick auf die Sterne gewährte. Ein riesiger, gelbrot fluoreszierender Rhododendron ragte hinter Kirks linker Schulter auf.

»Jäm, während meiner letzten Dienstsequenz habe ich eine erstaunliche Feststellung gemacht. Einige Menschen — oh, bei Ihrem Volk gibt es so viele unterschiedliche Kulturen; vielleicht wissen Sie nichts davon — mischen verschiedene alkoholische Spezialitäten, um näue Empfindungen zu schaffen.«

»Davon habe ich schon gehört«, sagte Kirk.

»Oh, wunderbar. Lassen Sie uns einige ausprobieren.« Vanli richtete den Blick auf die im Tisch eingelassene elektronische Anzeige der Speisekarte, zwinkerte mit seinen großen, orangefarbenen Augen. »Ah, das klingt interessant.« Er verknotete mehrere Tentakel seiner Hände und betätigte die Bestelltaste. Eine Klappe glitt beiseite, und eine kleine, tablettartige Plattform schob sich aus der Öffnung.

Jim starrte auf die beiden Gläser, beobachtete darin mehrere, unterschiedlich gefärbte Flüssigkeitsschichten. Strohhalme und Fruchtstücke ragten daraus hervor.

---

* *al fresco:* kommt aus dem Italienischen und bedeutet soviel wie ›im Freien‹; Anmerkung des Übersetzers.

»Ein ›tropischer Sommbi‹«, bemerkte Vanli. »Ist meine Aussprache rächtig?«

»Fast. Sie meinen ›Zombie‹.«

»Ein herrliches Wort. Sehr klangvoll. Sind Sie mit dem Idiom vertraut? Kennen Sie die Bedeutung des Ausdrucks?«

»Nun, ich weiß nicht, aus welcher Sprache er stammt, aber mir ist durchaus klar, was damit gemeint ist. Zombies sind Tote, die herumlaufen und glauben, sie seien noch immer lebendig.«

»Wie originell. Ach, Ihre Bräuche entzücken mich immer wieder. Und worauf bezieht sich das ›tropisch‹?«

»Vermutlich auf die Früchte.«

»Oh, natürlich. Selbst Sommbis müssen essen.«

Jim hob vorsichtig sein Glas.

»Nein, nein, nein!« grunzte Vanli. »Benutzen Sie den Strohhalm! Sonst beleidigen Sie denjenigen, der die Schichten gebaut hat.«

»Vanli, niemand ›baut‹ diese Drinks. Der Tisch synthetisiert sie für uns.«

»Was jedoch nichts am Prinzip ändert. Die Getränke werden in Schichten serviert und müssen daher auch in Schichten getrunken wärden.«

»Na schön. Wenn Sie unbedingt wollen...«

Jim nahm einen kleinen Schluck vom dunkelsten Segment im Glas.

Der bernsteinfarbene Flüssigkeit schien ihm auf der Zunge zu explodieren, brannte sich durch die Kehle. Kirk war ziemlich sicher, daß das Zeug mindestens hundertachtzigprozentig war. Er schnappte nach Luft und unterdrückte einen Hustenanfall, wodurch dichter, ätzender Dunst in seine Atemwege geriet. Jim fühlte sich innerlich in Flammen gehüllt.

»Köstlich«, sagte Vanli und achtete nicht auf die Reaktion des Menschen. »Värmutlich wissen Sie, daß ich Alkohol nicht besonders gut vertrage, aber dieses Getränk schmeckt wirklich hervorragend. Was meinen Sie?«

»Darauf gebe ich Ihnen nach einer Operation an meinen Geschmacksknospen Antwort«, keuchte Kirk.

Vanli trank erneut. »Eine wahre Gaumenfreude«, behauptete er kühn.

»Bitte entschuldigen Sie«, sagte Jim und kippte die Obstscheibe über den Rand des Glases. »Das Fruchtstück ist zu Boden gefallen.« Er bückte sich und schüttete den größten Teil des Zombies in den Rhododendrontopf. Die Pflanze beugte sich näher heran, als verlange sie nach mehr.

Nur noch einige wenige Tropfen erinnerten an Vanlis Drink.

»Ausgezeichnet«, sagte er. »Ein höchst vergnügsames kulinarisches Experiment. Vielleicht sollte ich mich nicht mit einem begnügen. Möchten Sie noch etwas, Jäm?«

»Wie wär's mit einer Jungfrau Maria?« Im Raumdock mochte gerade die Cocktailstunde begonnen haben, aber nach Kirks Empfinden war es noch immer früh am Morgen.

Vanli musterte den Mann. »Sie scherzen, nicht wahr?«

»Zombies haben's echt in sich«, sagte Jim. »Es kann sicher nicht schaden, zwischendurch auch mal mit Mineralwasser oder Tomatensaft nachzuspülen.« Er fühlte den Rum in seinem Magen, so heiß wie eine glühende Kohle. Er hatte kein Frühstück eingenommen und entsann sich an Vanlis Einladung zum Essen. Alkoholhaltige Getränke enthielten Enzyme, die langfristige Vergiftungserscheinungen verhüteten, aber das änderte nichts an den kurzfristigen Auswirkungen — und die bekam er nun zu spüren.

»Jäm, Jäm, Sie wissen doch, daß ich näue Drinks nur vorsichtig probiere, nie ganz trinke.« Offenbar übersah er das leere Glas. »Oh, das hier klingt verlockend. ›Schwarzer Samurai‹.«

»Nein«, sagte Kirk. »Ich kapituliere vor Saki und bitterem Lakritzlikör. Das Zeug muß man in Flaschen aufbewahren, die für Positronendepots gedacht sind.«

Vanli schmollte und deutete auf die elektronische Liste. »Was halten Sie von einem Fruchtpunsch? Ist bestimmt ganz harmlos.«

Er betätigte die Taste, bevor Kirk widersprechen konnte. Diesmal lieferte der Tisch zwei Kugeln, die eine vage Ähnlichkeit mit Ananas aufwiesen. Ganz offensichtlich stellte der Synthesizer die Früchte in geschlossenem Zustand her, füllte sie anschließend mit einer Spezialität. Die einzige Öffnung bestand aus einem kleinen Loch für den Strohhalm.

Jim fragte sich, wie er diesen Drink in den Rhododendrontopf schütten sollte, begriff dann, daß Vanli gar nicht feststellen konnte, ob er seine Ananaskugel ausgetrunken hatte. Es sei denn, er griff danach und schüttelte sie — was ihm durchaus zuzutrauen war.

Vanli sog nur noch leere Luft und gestikulierte zufrieden. »Schmeckt's Ihnen?«

Trotz seiner ersten Erfahrung ließ sich Jim dazu hinreißen, den neuen Drink zu probieren. Er versuchte zu antworten, aber Feuer lähmte Zunge und Stimmbänder. Rasch bestellte er das erste Getränk, dessen Name Kühle und einen geringen Alkoholgehalt versprach. Als es aus der Klappe glitt, schloß er die Hand ums Glas und setzte es an die Lippen. Er nahm ein scharfes Pfefferminzaroma wahr, und das Brennen ließ allmählich nach.

Vanli sah wieder auf die Karte. »Was trinken Sie da? Einen ›Fließenden Frühling‹? Ich glaube, ich genehmige mir auch einen. Ach, was für phantasievolle Namen!« Vanli schnurrte und brummte anerkennend.

Jim warf erneut einen Blick auf die elektronische Darstellung. Ein ›Fließender Frühling‹ bestand aus Wodka und Pfefferminz. Der ›Fruchtpunsch‹ enthielt mehrere fermentierte und destillierte Fruchtsäfte, weder Ananas noch anderes irdisches Obst; hinzu kam eine großzügige Portion Ingwer. Als der Pfefferminzgeschmack nachließ, fühlte sich seine Zunge wie ein Aschefladen an. Kein Wunder.

Und vor seinen Augen begann sich alles zu drehen.

Jim tastete nach einer kleinen, unzerbrechlichen Vase auf dem Tisch, ließ sie fallen — diesmal steckte mehr Zufall als Absicht dahinter — und nutzte die Gelegenheit, um den Rest seines Fließenden Frühlings im Rhododendrontopf verschwinden zu lassen. Er hoffte nur, daß die Pflanze den Aufenthalt im Restaurant genutzt hatte, um sich an Alkohol zu gewöhnen. Ein Zweig sank auf seine Schulter herab, als wolle sich der Rhododendron abstützen – oder als brauche er jemanden, der ihn nach Hause fuhr.

Besser er als ich, dachte Kirk. Außerdem: Bestimmt bin ich nicht der erste, der den hiesigen Pflanzen hochprozentigen Dünger gibt. Existiert vielleicht eine Gesellschaft zur Verhütung von Grausamkeit gegenüber Rhododendrons? Wenn ja, bin ich in Schwierigkeiten.

Er prüfte seine jüngsten Gedankengänge und kam zu dem Schluß, daß seine Probleme bereits begonnen hatten.

Kälte weckte Hikaru Sulu, und er sah, daß das Lagerfeuer erloschen war. Sein Atem kondensierte, wehte als graue Fahne von den Lippen. Die aufgehende Sonne projizierte ein purpurnes Glühen über den östlichen Horizont. Hikaru schob feuchten Sand über die graue Asche und kletterte die grasbewachsene Uferböschung hoch.

Er hörte das Piepen des Kommunikators, noch bevor er die Tür der kleinen Hütte öffnete. Rasch trat er ein, zog die Reisetasche auf und fand das Gerät ganz unten.

»Hier Sulu.«

»Raumdock. Wir versuchen schon seit Stunden, Sie zu erreichen.«

»Ich habe Urlaub.«

»Es sind neue Anweisungen für Sie eingetroffen. Bereiten Sie sich auf den Transfer vor.«

»Ich brauche eine Weile, muß mich erst noch anziehen und packen.«

»Fünf Minuten, mehr nicht, Lieutenant.«

Hikaru streifte sich die Uniform über, stopfte die anderen Kleidungsstücke in seine Tasche, stülpte den Trageriemen des alten Degens über die Schulter. Aufregung entstand in ihm. Vielleicht hatte Starfleet eine Transportmöglichkeit für ihn gefunden, ein Schiff, das ihn zum Rand bringen sollte. *Man schickt mich zu Captain Hunter und seiner* Aerfen! dachte er.

»Sind Sie fertig, Lieutenant?«

»Ja.« Diese Chance will ich nicht verpassen, fuhr es ihm durch den Sinn.

»Transferkontrolle wird an *Enterprise* übergeben. Bitte warten Sie.«

»*Enterprise?* He, einen Augenblick. Das muß ein Irrtum sein. Ich...«

Das kalte Prickeln des Entmaterialisierungsstrahls erfaßte ihn...

Einen Sekundenbruchteil später stand er auf der Transporterplattform eines Raumschiffs.

»Willkommen an Bord der *Enterprise.* Ich bin Kyle.« Der Transfer-Techniker schüttelte ihm die Hand. Ein hochgewachsener Mann mit glattem, hellbraunem Haar. Er lächelte freundlich, und daraufhin bildeten sich kleine Falten in den Augenwinkeln.

»Ich heiße Sulu. Wer ist der Kommandant dieses Schiffes?« Seine gute Laune war wie weggewischt.

»Nun«, erwiderte Kyle nachdenklich, »Commodore Pike hat uns bereits verlassen, und Captain Kirk ist noch nicht eingetroffen. Der Kommandowechsel findet erst heute abend statt. Damit bleibt nur Mr. Spock.«

»Wo kann ich ihn erreichen?«

»Überall und nirgends«, sagte der Transfer-Techniker mit beabsichtigter Doppeldeutigkeit. »Versuchen Sie's auf der Brücke.«

Hikaru stellte seine Tasche ab und ging durch die Tür.

»He, warten Sie!« rief ihm Kyle nach. »Sie haben Ihre Sachen vergessen.«

»Nein«, widersprach Hikaru. Sobald er alles in Ordnung gebracht hatte, wollte er in den Transporterraum zurückkehren und sich zusammen mit seinem Gepäck zurückbeamen lassen.

Sulu befand sich nun zum erstenmal an Bord eines Raumschiffs der Constellation-Klasse. Während der Ausbildung war es ihm mit List und einigen kleinen Tricks gelungen, die kleineren und wesentlich wendigeren Schiffe zu fliegen, die ihn am Rand erwarteten.

Schon nach wenigen Minuten bedauerte er es, Kyle nicht nach dem Weg gefragt zu haben. Mißmutig marschierte er durch den Korridor, ohne zu wissen, wohin er sich wenden sollte — und geriet prompt in eine Sackgasse. Seine Stimmung verschlechterte sich weiter, als er zurückkehrte, die Codezeichen an den Abzweigungen beobachtete und schließlich den Turbolift fand.

»Ziel?« fragte die Sprachprozessorstimme des Liftcomputers.

»Brücke.«

Einige Sekunden später öffnete sich die Tür, und Sulu verließ die Kabine. In dem Raum vor ihm wimmelte es von Technikern, Offizieren und anderen Besatzungsmitgliedern. Jeder schien mit mehreren Dingen gleichzeitig beschäftigt zu sein. Eine Frau eilte in Richtung Lift, stieß fast gegen Hikaru, weil sie den Blick auf einen elektronischen Kontrollblock gerichtet hielt und mit einem Lichtstift bestimmte Punkte abhakte.

»Entschuldigen Sie...« Sie versuchte, sich an ihm vorbeizuschieben.

Hikaru versperrte ihr den Weg, und die Frau hob verwundert den Kopf.

»Wer ist Mr. Spock?« fragte er.

Sie deutete zur wissenschaftlichen Station, und Sulu sah eine hochgewachsene, in Blau gekleidete Gestalt, die vor der Computerkonsole saß, still und reglos. Der Rücken schien eine Barriere zu bilden, die den Mann vom Rest der Welt abschirmte.

»Mr. Spock?« Hikaru wartete. »Mr. Spock!«

Der Mann drehte sich um, erhob sich mit einer fließenden, geschmeidigen Bewegung und starrte auf den Neuankömmling herab. Wenn ihn die Störung verärgerte, so ließ er sich nichts anmerken. Sulu erkannte ihn als Vulkanier.

»Ja?«

»Ich heiße Sulu...«

»Der neue Navigationsoffizier. Dort ist Ihre Station.« Commander Spock wandte sich von ihm ab.

Hikaru zupfte an seinem Ärmel, und der Vulkanier versteifte sich. Sein Gesicht blieb völlig ausdruckslos, als er einen Schritt zur Seite trat, so daß Sulu ihn nicht länger berührte.

»Gibt es sonst noch etwas?«

»Ja. Es muß ein Mißverständnis vorliegen. Eigentlich habe ich hier überhaupt nichts verloren.«

»Sie sind der *Enterprise* zugewiesen worden.«

»Woher wollen Sie das wissen? Sie haben sich nicht die Versetzungsliste angesehen, keine Überprüfung vorgenommen!«

Mit unerschütterlicher Geduld trat Spock an den Computer heran, und seine Finger tanzten über die Tasten. Hikarus Name glühte in goldenen Lettern auf dem Schirm. Hikaru Sulu. Navigationsoffizier. Raumschiff *Enterprise.*

»Das verstehe ich nicht«, sagte der junge Mann. »Ich hatte andere Befehle. Ich sollte auf dem Weg zum Rand sein, um mich dort Captain Hunters Schwadron anzuschließen.«

»Dann seien Sie froh, daß die Anweisungen geändert wurden«, erwiderte Spock ruhig.

»Ganz im Gegenteil! Ich habe mich bereits darauf gefreut, zu Captain Hunters Gruppe zu gehören!«

»Tatsächlich?« meinte Spock. »Faszinierend.«

»Starfleet hat mir versprochen...«

Der Vulkanier hob eine Braue. »In dieser Hinsicht verspricht Starfleet nie etwas.«

»Aber...«

»Starfleet berücksichtigt bei der Personalzuweisung sowohl das individuelle Fähigkeitspotential als auch allgemeine Nützlichkeitsfaktoren. Die Anfrage eines Captains hat dabei Vorrang gegenüber persönlichen Wünschen. Captain James Kirk hat um Ihre Versetzung zur *Enterprise* gebeten.«

»Warum?« fragte Hikaru verwirrt.

»Darauf kann ich Ihnen leider keine Antwort geben«, entgegnete Spock.

»Ich habe nicht die geringsten Erfahrungen in bezug auf die Navigation eines Raumschiffs der Constellation-Klasse. Er muß mich mit jemandem verwechselt haben. Oder vielleicht ist ihm schlicht und einfach ein Fehler unterlaufen. Das ist doch lächerlich!«

»Wenn Sie Ihrem vorgesetzten Offizier mitteilen möchten, daß Sie ihn für einen Narren halten, so ist das Ihre Angelegenheit«, sagte Spock. »Wir dem auch sei: Meine Beobachtungen des menschlichen Humors deuten darauf hin, daß derartige Bemerkungen nicht gerade mit Freude zur Kenntnis genommen werden.«

»Ich möchte wieder der *Aerfen* zugewiesen werden.«

»Ist es Ihnen wirklich lieber, in der Randpatrouille zu dienen anstatt an Bord der *Enterprise,* die eine genügend große Reichweite hat, um die Grenzen des erforschten Raums weiter hinauszuschieben?«

»Ja«, antwortete Hikaru sofort.

»Das verstehe ich nicht.«

»Dann sind Sie nie auf Ganjitsu gewesen.« Sulu biß sich auf die Lippe, wünschte sich, die letzten Worte zurücknehmen zu können. Er war wütend, wollte weder über Ganjitsu noch die *Aerfen* oder Captain Hunter sprechen. Innerlich bereitete er sich darauf vor, daß der wissenschaftliche Offizier ihn mit einem durchdringenden Blick maß und eine Erklärung verlangte.

Aber zu Sulus Überraschung reagierte Spock völlig anders.

»Ganjitsu«, sagte er nachdenklich. »Das erklärt eine Menge. Nun, derzeit läßt sich nichts ändern. Morgen verläßt die *Enterprise* das Dock, und in so kurzer Zeit können wir keinen anderen Navigationsoffizier finden. Beantragen Sie einen späteren Transfer.«

»Und dann?«

»Dann gedulden Sie sich.«

Hikaru seufzte enttäuscht.

»Und in der Zwischenzeit...«, sagte Spock. »Der Bordcomputer hat Ihrer Station eine Liste der Aufgaben übermittelt, die erledigt werden müssen.«

Sulu nahm die neue Situation als zeitweiligen Rückschlag hin.

»Sie wissen sicher, daß der Captain Ihren Versetzungsantrag billigen muß, bevor Sie ihn an Starfleet richten können«, fügte der Vulkanier hinzu.

»Nein«, erwiderte Hikaru. »Das wußte ich nicht.« Aber es hätte mir klar sein sollen, dachte er. Er ging am Sessel des Befehlsstands vorbei, blieb an der Navigationskonsole stehen.

Zu seinen Pflichten gehörte auch ein Beitrag für die Startvorbereitungen des Schiffes, und darüber hinaus enthielt die Liste Informationen über seine Unterkunft, die Zeremonie des Kommandowechsels und die Order, einen Termin mit dem Bordarzt zu vereinbaren, um sich gründlich untersuchen zu lassen. Hikaru schnitt eine Grimasse. Er haßte derartige Kontrollen, überlegte, ob er sich irgendwie davor drücken oder das Ergebnis manipulieren konnte, ließ diese Idee jedoch fallen. Wenn er nicht gesund genug war, um an Bord der *Enterprise* zu bleiben, die über eine moderne und voll ausgerüstete Krankenstation verfügte, schickte man ihn wohl kaum zum Rand, wo man sich mit medizinischer Flickschusterei begnügen mußte.

Die Scheide seines Degens stieß an den Sessel, als er vor der Station Platz nahm. Er streifte den Riemen ab, legte das Futteral mit der Waffe unter die Konsole.

Er hatte nie ein Raumschiff dieser Größe geflogen, doch von den Simulatoren her wußte er, wie sich Einheiten der Constellation-Klasse verhielten: Sie waren träge und schwerfällig und langsam.

Sulu dachte an die Möglichkeit, sich inkompetent zu geben, um von der *Enterprise* versetzt zu werden, kam dann aber zu dem Schluß, daß er damit nichts erreichte. Gespielte Unfähigkeit würde nur seiner Reputation schaden und konnte außerdem das Raumschiff in Gefahr bringen. Andererseits: Vielleicht verdiente er sich seinen Transfer, wenn er es seinem Nachfolger gestattete, ihn ohne große Probleme abzulösen.

Mit anderen Worten: Er mußte sich Mühe geben.

Sulu machte sich an die Arbeit, konzentrierte sich so sehr, daß er die Zeit vergaß.

Koronin räkelte sich in geschmuggelter Seide. Sie genoß die vielen Schichten aus weichem Samt, die dicken, exotischen Pelze, erinnerte sich voller Wohlbehagen an den Oligarchietransporter, den sie überfallen und ohne Schwierigkeiten aufgebracht hatte. Der Kommandobalkon ihres Schiffes enthielt nun die Beute. Koronin dachte nicht daran, welcher Preis sich dafür auf den zentralen Welten des klingonischen Imperiums erzielen ließ. Sie mochte Profit, aber sie zog Luxus vor.

Der Kommandobalkon ihres Kreuzers erstreckte sich über der Betriebskammer. Durch polarisierte Bodenfenster, die den Blick nur in einer Richtung gestatteten, konnte man die Besatzungsmitglieder beobachten. Armierte Sensoren wachten mit elektronischer Unermüdlichkeit. Koronin hielt nichts von diesen Sicherheitsvorkehrungen. Der Sergeant in der Kammer hatte ihr Treue geschworen, und es gab niemanden, der den Tod des Regierungsoffiziers und früheren Besitzers des Schiffes bedauerte.

Zweifellos war er der Crew gegenüber ebenso gleichgültig und indifferent gewesen wie in bezug auf seine Verwandten. Als er das Schiff an Koronin verlor, verkaufte er damit auch die Zukunft der Familie, denn die Regierung würde nicht zögern, seine Angehörigen zu ruinieren, um den Verlust wettzumachen. Er hätte es besser wissen müssen, als er einen Einsatz anbot, den er sich gar nicht leisten konnte. Nun, Tote kannten keine Sorgen.

Die *Quundar*, wie Koronin ihren Kreuzer nannte, war nicht nur sehr schnell, sondern auch bestens bewaffnet. Und die neue Eigentümerin vertraute ihren Fähigkeiten als

Pilotin. Um Schiff und Mannschaft zurückzubekommen, mußte die Regierung sie erst einmal erwischen.

Wenn es Koronin gelang, lange genug frei zu bleiben, um zwei oder drei wagemutige Angriffe auf Raumer oder Stützpunkte der Föderation zu unternehmen, setzte die Oligarchie ihren Namen vielleicht auf die Liste der Unabhängigen. Fragwürdige Übereinkünfte und stillschweigende Neutralität hinderten die offiziellen Streitkräfte der Oligarchie an direkten militärischen Vorstößen gegen die Föderation. Unabhängige besaßen mehr Bewegungsfreiheit.

Koronin lachte verächtlich. Sie konnte sich amüsieren, ihren Reichtum mehren, den Kommandobalkon mit an Dekadenz heranreichenden Luxus füllen, außerhalb des Gesetzes leben — und durfte dafür auch noch mit Belobigungen rechnen. Die Oligarchen wagten es bestimmt nicht, sie aufzuhalten. Wie auch? Indem sie Killer schickten? Als sich Koronin für eine Karriere als Piratin entschied, kalkulierte sie ein, daß irgendwann jemand kommen mochte, um sie zu töten. Diese Vorstellung ließ sie völlig kalt. Und was die Waffen der Beschlagnahme und des Ruins anging: Abgesehen von dem Schiff hatte Koronin keine Besitztümer, die von der Regierung konfisziert werden konnten, keine Familie, die sich als Druckmittel eignete. Nein, keine Familie: Dafür hatte die Förderation gesorgt — und ihre eigene Regierung hatte tatenlos zugesehen. Nur Koronin war mit dem Leben davongekommen, damals kaum mehr als ein Kind, ohne Freunde und Patrone, die ihre Sache vertreten konnten. Jetzt, als Erwachsene, strebte sie danach, die alte Rechnung zu begleichen, sowohl mit den Oligarchen als auch mit der Föderation.

Sie berührte eine Taste, und daraufhin bildete sich eine dreidimensionale Sternenkarte vor ihr. Die von der Föderation kontrollierten Raumsektoren glühten rot, eine große, sich ausbreitende Masse, wie ein wuchernder Tumor im All. Koronin beobachtete einen langen, schmalen Auswuchs, der bis in die klingonischen Quadranten hineinreichte: die Phalanx der Föderation. Ihre Existenz kam einer Beleidigung und Herausforderung gleich. Im Arktur-System, wo sich Ausgestoßene und Geächtete beider Einflußbereiche unter Bedingungen gleichgültiger Neutralität begegneten, nahmen die Leute von der Föderation kein Blatt vor den Mund, erzählten laut demütigende Witze und lachten grölend. Den Kumburanya mangelte es an der Moral, jenen Spott als Affront zu erachten, doch Koronin, eine Rumaiy, fand ihn geradezu unerträglich.

Sie erwartete auch nichts anderes von den Kumburanya, der Mehrheit im klingonischen Imperium. Kumburanische Adlige bildeten die Oligarchie, kontrollierten Industrie und Expansion, diskriminierten die Rumaiy-Minderheit, der Koronin angehörte.

Koronin wandte sich von Samt und Pelzen ab. Sie brauchte nicht ständig die Anzeigen im Auge zu behalten — ihr Schiff kam auch ohne sie zurecht. Die Leute in der Betriebskammer konnten nicht feststellen, wann ihre Herrin beobachtete oder ruhte, wann sie einen Fehler bemerkte und strafte. Koronin hatte umfassende Macht über sie, denn die Dienstverpflichtung durch die Oligarchie machte sie zum legalen Inventar des Raumschiffes und seines Eigners. Die Frau spielte mit dem Gedanken, dem Computer ein Aufsichtsprogramm einzugeben; sie wußte, daß der grausamen Phantasie in dieser Hinsicht keine Grenzen gesetzt waren. Aber wenn sie einen solchen Weg beschritt, erwartete sie echte Dekadenz: nicht allein das von physischem Luxus bereitete Vergnügen, sondern Schlaffheit von Körper und Geist, die ebenso sicher zum Tod führte wie Blutschwert oder Blaster.

Sie kämmte ihr langes, kupferfarbenes Haar, strich sich über die dichten Brauen, wählte als Kleidung ein Gewand aus Seide und Leder. Dann griff sie nach dem Gürtel, schlang ihn um die Hüften, betrachtete stolz die Trophäenfransen, die bis zu den Knien herabreichten. Ihre Finger ertasteten ein Band aus weichem, goldenem Stoff, und sie preßte es an die Stirn, um die Ecken des Schleiers zurückzuhalten, der ihr lose auf die Schulter fiel. Als Geächtete lehnte sie es ab, das Gesicht zu bedecken. Alle ihre Verwandten hatten einen so hohen Rang bekleidet, daß sie auch in der Öffentlichkeit Schleier tragen durften, aber die Familie existierte nicht mehr, entstand erst wieder, wenn sie eine neue gründete.

»Hier spricht Commander Spock. Ich bitte die Offiziere der *Enterprise* um ihre Aufmerksamkeit.«

Sulu zuckte unwillkürlich zusammen, als die Stimme des Vulkaniers seine Konzentration störte.

»Die Zeremonie des Kommandowechsels beginnt in genau dreißig Minuten auf dem Freizeitdeck. Formelle Kleidung. Ihre Anwesenheit wird erwartet.«

Sulu fragte sich, ob ›wird erwartet‹ im Bereich zwischen ›willkommen‹ und ›befohlen‹ anzusiedeln war. Da die auf der Brücke befindlichen Personen sofort ihre Stationen verließen, vermutete er, daß es sich nicht um eine freundliche Einladung sondern eine direkte Order handelte. Er blickte auf seine Konsole herab, stellte fest, daß es noch immer eine Menge Arbeit zu erledigen galt. Außerdem: Er hatte nicht zur Besatzung des beförderten Kommandanten gehört, und er mußte sich erst noch bei dem neuen Captain melden. Ein Kommandowechsel zwischen zwei ihm unbekannten Offizieren betraf weder ihn noch seinen recht nebulösen Posten an Bord der *Enterprise.* Hikaru rief neue Daten ab und begann mit einer analytischen Korrelation.

»Mr. Sulu.«

Er sah auf. Spock stand direkt hinter ihm.

»Ja, Sir?«

»Sie gehen ganz in Ihrer Arbeit auf, und das ist bewundernswert. Offenbar haben Sie meine Ankündigung eben nicht gehört.«

»Ich dachte, sie beträfe nur die anderen, Commander.«

»Nun, in Hinsicht auf Befehle nehmen Sie einen ... interessanten Standpunkt ein. Vielleicht sollten wir dieses Thema einmal ausführlich diskutieren – zu einem späteren Zeitpunkt, wenn die wichtigsten Aufgaben erledigt sind.«

»Ich gehörte nicht zur Mannschaft Commodore Pikes, und ich...« Sulu brach ab, als er begriff, daß seine Erklärungen Spock gegenüber nutzlos blieben.

»Wenn Sie die Brücke sofort verlassen, können Sie sich noch vorbereiten und pünktlich zum Zeremoniebeginn auf dem Freizeitdeck eintreffen«, sagte der Vulkanier und ignorierte Sulus letzte Worte.

»Ja, Sir.« Hikaru schlang sich den Trageriemen der Säbelscheide um die Schulter.

»Mr. Sulu?«

»*Ja,* Sir.«

»Die förmliche Kleidung erfordert keine solche Waffe.«

Sulu errötete. »Ich weiß, Sir.«

Er wandte sich von seiner Station ab; bis sich die Doppeltür des Turbolifts hinter ihm schloß, spürte er Spocks durchdringenden Blick an einer empfindlichen Stelle zwischen seinen Schulterblättern.

Der Speicher des Bordcomputers enthielt bereits alle notwendigen Daten über Hikaru. Als er seine Kabine fand, erkannte ihn der Türsensor und gestattete ihm Zugang. Er trat ein, legte das Futteral beiseite.

Zuerst fiel ihm auf, daß jemand sein Gepäck hierhergebracht hatte. Dann stellte er fest, daß die Unterkunft im Vergleich mit seinem Akademiezimmer geradezu riesig war. Sie enthielt ein schmales Bett, einen Schreibtisch samt Sessel, ein Kommunikationsterminal, einen Synthesizer und einen gewaltigen Schrank. Wenn man zum Rand flog, nahm man nur sehr wenig Gepäck mit, machte sich praktisch mit leeren Händen auf den Weg und kehrte ebenso zurück. Die Kampfschiffe boten nur für das Notwendigste Platz, verfügten nicht über genug Treibstoff, um zusätzliche Masse zu beschleunigen.

Über dem Schreibtisch sah Sulu einige Haken an der Wand. Ein perfekter Platz für seinen Degen...

Einen Augenblick, dachte er. Ich werde nicht lange genug an Bord der *Enterprise* bleiben, um mir es hier gemütlich zu machen.

Er eilte zum Synthesizer und berührte die Kontrollfläche. Bevor er Gelegenheit bekam, dem Gerät eine Anweisung zu geben, glitt eine Uniform durch die Klappe des Ausgabefachs.

»Commander Spocks Anweisung«, sagte der Computer.

Nach Hikarus Geschmack lief alles zu reibungslos.

Er duschte kurz, zog dann hastig Uniform und Stiefel an. Es blieb ihm nicht genug Zeit, sich vom Duft des Meeres zu befreien; neuer Ärger regte sich in ihm, als er die Kabine verließ und mit der Suche nach dem Freizeitdeck begann.

Zwar vermied es Jim, die Drinks zu probieren, die Vanli bestellte, aber das änderte kaum etwas an seinem Zustand. Das große Wesen ihm gegenüber wurde immer fröhlicher und ausgelassener, setzte seine kulinarischen Experimente fort und steuerte geradewegs auf eine Alkoholvergiftung zu.

»Einen Toast auf Captain Kirk! Ich habe immer gesagt, daß Sie es noch vor Ihrem dreißigsten Geburtstag bis zum Admiral bringen oder ins Gefängnis wandern.«

»Ich bin jetzt neunundzwanzig, Vanli, sollte mich also beeilen, um Ihren Erwartungen zu genügen.«

»Oh, aber Sie sind bereits Captain, und ich bin nur ein einfacher Lieutenant Commander. Sie sind schnell und weit gereist.«

Kirk hatte noch immer nichts gegessen, und dadurch breitete sich die Wirkung der Drinks wie eine Infektion in ihm aus, beeinträchtigte nicht nur Sehvermögen und Gleichgewichtssinn, sondern auch seine allgemeine Stimmung. Er begriff plötzlich, daß er die meisten Erfolge mit einer Kombination aus Glück, richtiger Intuition und gutem Timing errungen hatte, nicht etwa aufgrund bewußter intellektueller, physischer oder ethischer Bemühungen. Die Aufregung des Triumphs stieg ihm zeitweilig zu Kopf, stärkte die irrige Überzeugung, er könne problemlos alle Hindernisse überwinden. Doch die stolze

Arroganz verflüchtigte sich schnell und ließ nackte Wahrheit zurück.

»Versuchen Sie deshalb, mich in einen Rausch zu dirigieren?«

»Was? Nein! Sie verdienen Ihre Auszeichnungen, so wie ich mein eigenes Schicksal — das eigentlich gar nicht so schlecht ist, wenn man genauer darüber nachdenkt. Es sei denn natürlich, man vergleicht es mit Ihrem Werdegang. Nein, oh, nein... Als ich Sie sah, fiel mir nur Robbies Beförderung ein...« Vanli brach am Tisch zusammen. Seine Tentakel zitterten und krümmten sich, strichen über die Augen, und heißer Atem wehte in abrupten Böen, als das große Wesen lachte.

Jim fühlte, wie seine Wangen heiß wurden. Damals hatte er es für einen prächtigen Scherz gehalten, Robbie Alkohol einzuflößen. Während der Feier zu seinen Ehren wirkte sein Gesicht auffallend grün. Da es sich dabei nicht um seine natürliche Hautfarbe handelte, wurde der vorgesetzte Offizier aufmerksam. Glücklicherweise führte er Robbies Zustand auf angespannte Nerven zurück. Rückblickend hielt Jim diesen Streich für kindisch und gemein.

»Vanli?« Der Atem seines Freundes zischte nun gleichmäßig. Er war eingeschlafen. »Kommen Sie, Vanli. Wir sollten jetzt gehen.«

Wenn Vanli einnickte, gewann sein ganzer Körper die Konsistenz der Tentakel.

Kirk warf einen Blick auf die Uhr, zuckte erschrocken zusammen und erhob sich. Wenn er sich nicht sehr beeilte, kam er zu spät zur Zeremonie.

»Vanli!« Er zerrte am Arm des massigen Geschöpfs, das daraufhin leise brummte. Jim rammte die Schulter unter Vanlis Seite und stemmte ihn in die Höhe. Da er einige Tonnen wog, konnte ihn Kirk nur bewegen, wenn er gehen wollte. Vanli stand auf, wankte und taumelte glücklich.

»Besuchen wir eine andere Party?«

»Wir kehren jetzt zu Ihrem Schiff zurück«, sagte Jim.

Vanli versuchte, wieder Platz zu nehmen, hätte Kirk

dabei fast unter sich zerquetscht. Im rechten Knie des Captains stach dumpfer, warnender Schmerz.

»Nun, vielleicht findet irgendwo eine Party statt.« In dieser Beziehung konnte Kirk natürlich nicht sicher sein, aber das verlieh seiner Bemerkung keineswegs das Etikett der Lüge.

»Oh, na schöön.« Der Druck auf Jims Schulter ließ ein wenig nach, drohte ihn nicht mehr zu zermalmen. »Eine andere Paarty...«

Jim tastete nach seinem Kreditrecorder und verzog das Gesicht, als er die Rechnungssumme sah. Mit der einen Hand bezahlte er die Drinks, und mit der anderen führte er Vanli vom Tisch fort.

»Gehen wir.«

»Okäi, Jäm.« Vanli surrte und schnurrte leise vor sich hin, sein Äquivalent eines zufriedenen Brummens. Zwar konnte er schneller sein als der flinkste Mensch, aber jetzt schlurfte er wie in Zeitlupe.

»*Los*, Vanli. Wenn *Sie* sich nicht beeilen, komme *ich* zu spät. Zum Teufel mit Ihrem sogenannten Sinn für Humor!«

Vanli kicherte. »Sie wärden mir dankbar sein, Jäm.«

»Dankbar? Dafür, daß Sie mich vor dem Kommandowechsel betrunken machen wollten?«

»Manche Zeremonien lassen sich nur ertragen, wenn man einiges intus hat«, erklärte Vanli. »Mit einem Filter für die bittere Wirklichkeit.« Er lachte erneut.

»Himmel, Vanli, können Sie nicht selbst gehen? Wenn Sie sich weiterhin so auf mich stützen, muß ich in die Intensivstation zurück.«

Kirk löste sich aus dem Durcheinander von Vanlis Tentakeln, rieb sich die schmerzende Schulter.

»Sselbsst gehen? Wie Ssie meinen...«

Vanli ähnelte einem großen entwurzelten Baum, der sich ganz langsam und betont würdevoll zur Seite neigte. Jim hielt ihn fest, stemmte sich mit aller Kraft gegen seinen Freund, um ihn vor einem Sturz zu bewahren.

»Sehen Sie?« fragte Vanli etwas deutlicher. »Ich bin durchauss in der Lage, allein surechtsukommen. Lassen Sie mich hier surück.«

»Kommt nicht in Frage«, erwiderte Kirk. »Ohne Sie fühle ich mich viel zu einsam.«

Sie erreichten die Hangarsektion, in der sowohl Vanlis Schiff als auch die *Enterprise* angedockt hatten.

Kirk nutzte das Taumeln Vanlis aus, um ihn zu stoßen, ihm ein zusätzliches Bewegungsmoment zu verleihen. Auf diese Weise geleitete er das große Wesen durch den Hauptkorridor, durch leere Konferenzzimmer und das Lager. Seine Absicht bestand darin, den Weg abzukürzen durch die Küche, in der sich um diese Zeit eigentlich niemand aufhalten durfte; und von dort aus war es nicht mehr weit bis zu Vanlis Schiff. Er plante, ihn an Bord zu bringen, in seine Kabine – und hoffte, daß sein alter Bekannter bis dahin die ›andere Party‹ vergaß.

Stimmen erklangen in der Küche: Vermutlich waren einige Personen damit beschäftigt, dort aufzuräumen. Kirk vermutete, daß sie Mahlzeiten für irgendwelche VIPs zubereitet hatten, für Leute, die sich nicht mit dem Synthesizer-Essen zufriedengaben. Er überlegte, was für eine Feier stattgefunden haben mochte, ob er die Einladung dazu aufgrund der Probleme mit Carol und Gary übersehen hatte.

Jim stieß die Küchentür auf.

Dampf und der Duft mehrerer Außenweltspezialitäten wehten ihm entgegen. Erstaunt blieb er stehen.

Was ist hier los? dachte er. Befinden sich irgendwelche Lamettaträger im Raumdock, von denen ich nichts weiß? Für gewöhnlich bin ich immer auf dem laufenden, was Starfleet-Angelegenheiten betrifft. Fast immer kenne ich die neuesten Gerüchte.

Es sei denn, ich habe die letzten Wochen in der Regeneration verbracht.

Kirk entschied, Vanli trotzdem durch die Küche zu führen, anstatt den ganzen Weg zurückzukehren. Er stemmte sich gegen ihn, schob ihn durch die Tür.

»Mhm, lecker«, sagte Vanli und sah sich hungrig um. Seine großen, orangefarbenen Augen zwinkerten, als er den Arm nach einem Tablett ausstreckte, auf dem verschiedene Kuchenteile ein sorgfältig arrangiertes Muster bildeten.

»Hände weg, Vanli!«

»Sah zu symmetrisch aus.« Vanli schmatzte genüßlich. »Nicht übel.«

Ein hochgewachsenes Geschöpf mit silbriger Haut trat ihnen entgegen. Es trug den hohen, weißen Hut eines Chefkochs, und in der siebenfingrigen Hand hielt es einen Schneebesen, an dem Teigflocken klebten.

»Was machen Sie hier?«

»Wir haben uns verlaufen«, behauptete Kirk. »Aber keine Sorge: Wir stören Sie nicht, sind nur auf der Durchreise.« Er deutete auf die gegenüberliegende Tür und gab seinem Mündel einen neuerlichen Stoß.

Vanli hob den Arm und strich einen Teigfladen vom Schneebesen. Das verschlug dem Koch die Sprache: Mit wortloser Entrüstung starrte er Vanli an, blickte dann auf das Instrument in seiner Hand.

Kirk versuchte, das große Geschöpf an den Tischen vorbeizudirigieren, aber Vanli rührte sich nicht von der Stelle, leckte in aller Seelenruhe den Tentakel ab.

»Mhm«, wiederholte er. »Schmeckt toll. Schokolade. Mag ich besonders gern. Der wichtigste irdische Beitrag fürs gastronomische Spektrum der Galaxis.«

»*Verschwindet* von hier!« Der Koch winkte mit seinem Schneebesen. Schokoladenteig spritzte durch die Küche, auf Vanli und Jim. Das Wesen mit der silbrigen Haut scheuchte sie zum nächsten Ausgang. Kirk half Vanli, und gleichzeitig versuchte er, sich die schwarzen Flecken vom Hemd zu wischen.

Der Koch jagte sie aus der Küche und auf den Korridor. Hinter ihnen glitt die Tür zu, und ein leises Summen deutete auf eine elektronische Verriegelung hin.

Jim verharrte abrupt. Sie befanden sich nun in unmittelbarer Nähe des Dockbereichs, der die *Enterprise* beherbergte, und vor dem Zugang hatten sich bereits einige Leute eingefunden. Die meisten standen an den Fenstern, wandten Kirk den Rücken zu, beobachteten das große Raumschiff und die Aktivitäten im Hangar. Niemand bemerkte Jim und Vanli, aber der Captain vernahm Schritte in einem Seitengang, glaubte Admiral Noguchis Stimme zu hören, die Christopher Pike zu seiner Beförderung gratulierte.

Der Koch und seine Assistenten bereiteten keineswegs ein Festmahl für unbekannte VIPs vor. Ihre Bemühungen galten dem Offizier, den er, Jim, ablöste. Er kannte Chris Pikes Ruf, und deshalb hätte ihm eigentlich klar sein müssen, daß nicht nur eine schlichte Zeremonie stattfinden sollte, die sich auf den eigentlichen Kommandowechsel beschränkte.

»Vanli, wir müssen von hier verschwinden«, flüsterte er, hielt sich zwischen seinem alten Bekannten und der Wand.

»Ich komme, ich komme«, donnerte Vanlis Stimme durch den Gang.

Kirk duckte sich, hoffte, daß die anwesenden Offiziere nur die Gestalt vor ihm sahen. Vergeblich trachtete er danach, Vanli zur Eile anzutreiben. Gemütlich schlenderte dieser durch den Flur, wankte um die nächste Ecke.

Jim seufzte erleichtert, als er direkt voraus das Schott sah, hinter dem Vanlis Schiff auf sie wartete.

Der weibliche Offizier vom Dienst gewährte ihnen die Erlaubnis, an Bord zu gehen. Die Frau gab vor, Vanlis Trunkenheit zu übersehen, hob nicht einmal die Brauen, als ihr Blick auf die Schokoladenflecken fiel.

Jim zerrte seinen Begleiter zum nächsten Turbolift, und als sich die Tür schloß, vernahm er ein leises Kichern. Benommen schüttelte er den Kopf, wußte nicht so recht, ob er sich das Lachen nur eingebildet hatte.

Der Lift brachte sie zum Offiziersdeck. Kirk suchte Vanlis Kabine, fand sie schließlich und ließ das massige Wesen ächzend auf die Koje sinken.

»Dort drüben im Schrank steht eine Flasche mit saurianischem Brändy«, sagte Vanli. »Lassen Sie uns einen Schluck auf Ihre Mission trinken.«

»Ich glaube, wir beide sollten auf Cognac verzichten, selbst auf saurianischen«, erwiderte Kirk, betätigte die Tasten des Synthesizers, zog hastig seine zivile Kleidung aus und trat in Vanlis Duschkabine. Die Ultraschallwellen vibrierten Schokoladenteig aus seinem Haar, und als er die kleine Kammer wieder verließ, lag eine Uniform für ihn bereit. Vanli schlief geräuschvoll. Jim stieg in die Hose, streifte die Jacke über, verfluchte den Schmuckgürtel, hätte fast die Stiefel vergessen und kämmte sich mit den Fingern.

An der Tür zögerte er kurz und sah noch einmal zu Vanli zurück.

»Schlaf gut«, murmelte er.

Kirk rannte in Richtung Turbolift.

Einige Sekunden später stürmte er zum Hangar, kam dabei am Offizier vom Dienst vorbei.

»Hals- und Beinbruch, Captain!« rief sie ihm nach.

KAPITEL 2

Jim eilte durch den Korridor, der zur *Enterprise* führte, und nach einigen Dutzend Metern blieb er stehen. Voraus hörte er murmelnde Stimmen. Er schnappte nach Luft, glättete seine Uniform.

Ihm war noch immer schwindlig, er keuchte, zwang sich dazu, gleichmäßig zu atmen, straffte die Gestalt und versuchte, würdevoll auszusehen.

Dann ging er um die Ecke. Hochrangige Persönlichkeiten hatten sich im Zugangstunnel versammelt: Starfleet-Offiziere, zivile Honoratioren, Journalisten von allen Nachrichtenmedien der Föderation. Doch ihre Aufmerksamkeit galt dem anderen Ende des Flurs.

»Entschuldigen Sie«, sagte Kirk zu jemandem, der weiter hinten stand. »Ich werde dort vorn erwartet.« Als er sich einen Weg durch die Menge bahnte, spürte er immer mehr Blicke, die sich auf ihn richteten. Alle waren gekommen, um Christopher Pike zu seiner Beförderung zum Commodore zu gratulieren, aber jetzt galt das Interesse der Anwesenden in erste Linie Jim.

Captain James T. Kirk blieb äußerlich ruhig und gelassen, erweckte den Anschein, als ignoriere er die Abgesandten Starfleets. Er trat auf Admiral Noguchi und Commodore Pike zu.

Er schritt an blauen, roten und goldenen Uniformen vorbei, an der schwarzen Baumwolle oder glänzenden Seide der Zivilisten, und plötzlich bemerkte er zwei einfacher gekleidete Personen. Er verharrte jäh, und seine erste Miene wich einem erfreuten Strahlen.

»Mom! Sam!« Er lief auf sie zu, umarmte seine Mutter, schüttelte seinem älteren Bruder die Hand. »Was macht ihr hier? Wie seid ihr hierhergekommen? Wie lange bleibt ihr?«

Die Frau lächelte. »Wir wollten dabeisein, wenn du das Kommando der *Enterprise* übernimmst«, sagte sie.

»Aber wenn du dich nicht sputest«, fügte Sam hinzu, »wird es an den Meistbietenden versteigert.«

Jim sah zu Noguchi und Pike. Der Admiral dachte natürlich nicht daran, jemand anders zum Kommandanten zu ernennen. Nachsichtig und amüsiert faßte er sich in Geduld. Wer viel Zeit im All verbrachte, verstand die Freude, nach langer Trennung Freunden oder Verwandten zu begegnen. So etwas sprengte jedes Protokoll.

Aber warum starrte ihn Chris Pike so finster an?

Erneut umarmte Jim seine Mutter, klopfte Sam auf die Schulter und gesellte sich dann zu Noguchi und Pike, nahm links neben dem Commodore Haltung an. Gemeinsam gingen sie durch den Zugangstunnel zur *Enterprise.* Die übrigen Leute folgten ihnen.

Es geschah zum erstenmal, daß Kirk offiziell an Bord des Raumschiffs kam. Er mußte sich so verhalten, als hätte er es noch nie zuvor gesehen, als sei er nicht bereits durch die leeren Korridore geschlichen, durch Brücke, Maschinenraum und Krankenstation, durch Laboratorien, Computersäle, sogar durchs Arboretum und übers Freizeitdeck.

Ein großer, asketisch hagerer Vulkanier stand vor der Schleuse der *Enterprise.* Er trug eine förmliche Uniform im Blau der wissenschaftlichen Abteilung.

Vermutlich Commander Spock, wissenschaftlicher Offizier der *Enterprise.* Kirk kannte seine Reputation, doch sonst wußte er nichts über diesen Mann.

Mit wissenschaftlichen Offizieren konnte Jim nichts anfangen. Dauernd boten sie unerbetene Informationen an, die bei irgendwelchen Problemen viel zu sehr ins Detail gingen. Einige Male war ihm der Fehler unterlaufen, Fragen an einen wissenschaftlichen Offizier zu richten, und meistens bestand die Antwort aus einem längeren Vortrag, der Kirk an seine Akademiezeiten erinnerte.

Wahrscheinlich bekam er nicht viel mit Commander Spock zu tun. Mit ein wenig Glück gehörte der Vulkanier zu den introvertierten intellektuellen Typen, die es vorzogen, den größten Teil ihrer Zeit in den schiffsinternen Laboratorien zu verbringen.

»Bitte um Erlaubnis, an Bord kommen zu dürfen, Commander Spock.«

»Erlaubnis erteilt«, antwortete der Vulkanier monoton und trat zur Seite, um Commodore Pike Platz zu machen. »Das Schiff steht zur Ihrer Verfügung, Sir.«

Schweigend betrat Pike die *Enterprise.*

Als Jim an Spock vorbeiging, musterte ihn der Vulkanier kühl und gleichgültig, schien ihm nur beiläufige Beachtung zu schenken.

Doch dieser Eindruck täuschte. Spock beobachtete den jungen Captain mit erheblichem Interesse, als Kirk Commodore Pike folgte. Der wissenschaftliche Offizier hatte bereits einige Nachforschungen angestellt und wußte daher, daß Starfleet das Schiff einem Helden gab.

Mit Helden konnte Commander Spock nichts anfangen. Ganz gleich, welche Opfer man brachte, wie bewundernswert die Handlungen einer betreffenden Person sein mochten: Heldentum erforderte eine Umgebung, in der Chaos und Verheerung die größte Rolle spielten. Der Vulkanier vertrat die Ansicht, daß Weitblick und Vernunft die Entwicklung eines derartigen Ambientes verhüten sollten. Er fragte sich, ob sich James Kirk bei einer Krise für Rationalität entscheiden mochte — oder der Verlockung des Heroismus erlag.

Das Freizeitdeck war in einen Empfangssaal verwandelt worden, und alle Offiziere der *Enterprise* warteten dort. Auf der einen Seite hatte man ein Podium mit Rednerpult errichtet, und auf langen Tischen an den Wänden standen Tabletts mit Delikatessen, Dutzende von Champagnerflaschen und glitzernde Kristallgläser.

Commodore Pike geleitete Admiral Noguchi und James Kirk zum Podest. Noguchi bat das Publikum, Platz zu nehmen, räusperte sich und begann mit einer Ansprache.

Jim war zwar nicht betrunken, aber die Alkoholmenge

in seinem Blut genügte, um eine imaginäre Barriere zwischen ihm und dem allgemeinen Geschehen zu schaffen. Seine Aufmerksamkeit blieb ohne Fokus. Er hielt nach seiner Mutter und Sam Ausschau, fragte sich einmal mehr, wie lange sie blieben und wieviel Zeit er mit ihnen verbringen konnte. Einerseits freute es ihn sehr, daß sie gekommen waren, aber andererseits bedauerte er die gegenwärtigen Umstände, die ihn daran hinderten, sich ihnen ganz zu widmen.

Mom sieht gut aus, dachte er. Viel besser als damals, als sie entschied, nach Deneva zu reisen, um Aurelan und Sam zu besuchen. Vaters Tod hat uns alle sehr getroffen, aber sie besonders schlimm.

Die Konturen vor seinen Augen verschwammen. Das Publikum applaudierte, und Jim zwinkerte, konzentrierte sich wieder auf das Hier und Jetzt. Admiral Noguchi beendete gerade seine Rede. Kirk klatschte höflich und hoffte, daß niemand die Tränen in seinen Augen bemerkte. Er wußte nicht, was der Admiral gesagt hatte. Vielleicht schloß seine Ansprache mit einem Kompliment, das dem jüngsten Captain Starfleets galt — und in einem solchen Fall machte sich Kirk lächerlich, wenn er ebenfalls Beifall spendete.

Noguchi ging von dem Pult fort, und Pike nahm seinen Platz ein, zögerte und holte tief Luft.

Jim kannte den Commodore kaum. Seit einigen Jahren hatten sie sich nicht mehr gesehen. Trotzdem empfand er das äußere Erscheinungsbild Pikes als schockierend. Er war nur fünfzehn Jahre älter als Kirk, und doch wirkte er fast wie ein Greis! Graue Strähnen zeigten sich in seinem dunklen Haar, und zwei vertikale Linien furchten die Wangen. Der matte Glanz in den Augen kündete von Schmerz und Kummer.

»Und ich weiß, daß sich Captain Kirk auf die *Enterprise* und ihre Mannschaft ebenso verlassen kann wie ich«, sagte Pike.

Auch der Commodore schien den Tränen nahe zu sein.

Ohne sein Schiff war er an einen Planeten gebunden, an einen Schreibtisch. Sein Verantwortungsbereich betraf nicht mehr Forschungsmissionen im All, sondern Verwaltung und Bürokratie. Zwar nahm Pike einen höheren Rang ein, aber James Kirk hätte um nichts in der Welt mit ihm tauschen wollen.

»Captain...«, fügte Pike ernst hinzu. »Ich übergebe Ihnen hiermit das Raumschiff *Enterprise.«* Er schüttelte Jims Hand.

Erneut folgte höflicher Applaus, und dann schwieg das Publikum. Alle Blicke richteten sich auf Kirk. Mom und Sam sahen ihn an, ebenso Pike und Noguchi. Jim hatte mehrere Tage lang überlegt, was er bei dieser Gelegenheit sagen sollte, aber aus irgendeinem Grund war er nie dazu gekommen, eine Rede vorzubereiten, sie schriftlich zu fixieren. Seine Hände wurden kalt und feucht.

Inständig hoffte er, daß man sein Zögern als Würde oder Bescheidenheit interpretierte, nicht als den Schrekken, der ihn nun erfaßte, seine innere Stabilität mit Nachdruck erschütterte. Er haßte öffentliche Ansprachen. Sein Vater war in dem Ruf eines Meisterredners gestanden, aber Jim trat nicht in seine Fußstapfen. Während seiner Ausbildung an der Akademie suchte er nach einem möglichst krassen Gegensatz zur Rhetorik – und schloß sich dem Judoteam an. Wenn er vor der Wahl stand, an einem Abend hundertmal auf die Matte geworfen zu werden oder vor hundert Leuten zu sprechen, entschied er sich für die erste Option. Aber in diesem besonderen Fall gab es keine solche Alternative. Er mußte ins sprichwörtlich kalte Wasser springen und schwimmen lernen.

Seine Hände schlossen sich hart und fest um den Rand des Pults, spürten scharfe Holzkanten. Jim stellte sich vor, daß ihn nun die ganze Crew der *Enterprise* beobachtete, ihn skeptisch mit Chris Pike verglich, und er glaubte, dabei nicht besonders gut abzuschneiden. Er stellte sich vor, wie die Lamettaträger von Starfleet zu zweifeln begannen und überlegten, was den Heldenruf des verunsicherten, schwitzenden und sprachlosen Proto-Commanders erklären mochte. Ihm gingen ähnliche Gedanken durch den Kopf, und zwar nicht zum erstenmal.

Am wichtigsten Punkt seiner Karriere fehlten ihm plötzlich die Worte. Wenn er den Erwartungen seiner Vorgesetzten gerecht werden, wenn er Familie und Freunde nicht enttäuschen, vor sich selbst bestehen wollte, brauchte er enorm viel Kraft und Disziplin, mehr vielleicht, als er besaß — und das erschreckte ihn.

Aber das Publikum im Saal erwartete natürlich ganz andere Bemerkungen von ihm.

»Ich...« Jim brach ab, flehte eine Inspiration herbei. Er begegnete Sams Blick, bemerkte die stolze Aufmerksamkeit in den Zügen seines Bruders. Jim senkte den Kopf. »Ich werde mir alle Mühe geben, die Tradition fortzusetzen, die Commodore Pike begann. Für die *Enterprise*, ihre Offiziere und Mannschaftsmitglieder.« Die Silben reihten sich von ganz allein aneinander, platzten aus ihm heraus, schienen überhaupt keinen Sinn zu ergeben. Er befürchtete, schallend zu lachen, wenn er jetzt Sam ansah, wäre am liebsten vor Verlegenheit im Boden versunken. Zwei Sätze — und sie klangen so dumm und banal, daß sich sogar ein zehn Jahre junger Klassensprecher geschämt hätte.

Und doch klatschten die Männer und Frauen, spendeten ihm ebenso höflichen Applaus wie zuvor Noguchi — obgleich sie ihm die begeisterte Bewunderung vorenthielten, mit der sie Pike gefeiert hatten. Jim erinnerte sich an die wichtigste Regel eines jeden Redners: Fasse dich kurz.

Verstohlen rieb er sich die feuchten Finger an der Hose ab, bevor er Admiral Noguchis Hand ergriff.

Jim rechnete damit, daß Noguchi nun wieder ans Pult trat und die nächste Mission der *Enterprise* verkündete. Und er hoffte, daß seine Erwartungen dabei nicht enttäuscht wurden. Die Föderation plante ein großangelegtes Forschungsprogramm, um den erforschten Raumbereich weiter auszudehnen, und Jim wünschte sich nichts sehnlicher, als daran teilzunehmen, neue Welten zu entdecken,

Kontakte zu fremden Intelligenzen herzustellen. Er wußte, daß Starfleet eine Expedition in Richtung Milchstraßenzentrum vorbereitete, zu einer stellaren Region mit vielen Sonnen vom G-Typ. Solche Systeme boten eine hohe Wahrscheinlichkeit für auf Kohlenstoff basierende Organismen – »Leben, wie wir es kennen.«

Jim ersehnte sich eine derartige Mission – ein Traum, den er vielleicht verwirklichen konnte. Es gab einige vage Hinweise darauf, daß sein Wunsch in Erfüllung ging. Und Starfleet schuldete ihm einen Gefallen.

Man konnte nur einen einzigen Einwand erheben: Kirk hatte noch nie die Quadranten der Föderation verlassen; ihm fehlten Erstkontakt-Erfahrungen.

Ganz im Gegensatz zu Christopher Pike, der jedoch keinen entsprechenden Auftrag bekam.

Woraus nur ein Schluß zu ziehen ist, dachte Jim. Ich stehe an erster Stelle auf jener Liste.

Noguchi erwähnte mit keinem Wort, was dem neuen Captain bevorstand. Ein leises Läuten leitete den gemütlicheren Teil der Zeremonie ein. Kellner zogen Korken aus den Flaschen, und die allgemeine Atmosphäre veränderte sich, ähnelte der einer Party.

»Herzlichen Glückwunsch, Captain.« Noguchi lächelte verschmitzt. »Ich habe eine Überraschung für Sie. Nein, fragen Sie mich nicht. Es ist fast soweit. Sie brauchen sich nicht mehr lange zu gedulden.«

Jim sah darin einen weiteren Hinweis darauf, daß man ihm eine Forschungsmission anvertraute. Er platzte fast vor Aufregung und Freude.

»He, Jim...«

Sam berührte ihn an der Schulter, und Kirk wandte sich seinem grinsenden älteren Bruder zu, lachte laut.

»Eine großartige Rede«, sagte Sam.

»Der Meinung bin ich auch«, pflichtete ihm ihre Mutter bei. Sie lächelte.

»Danke, oh, vielen Dank.« Jim verneigte sich in alle Richtungen.

»Winona«, sagte Admiral Noguchi zu der Frau. »Es freut mich, Sie wiederzusehen. Gerade jetzt.«

»Es ist schon eine Weile her, nicht wahr, Kimitake?«

»Ja, in der Tat. Seit ...« Noguchi unterbrach sich. »Nun, ich glaube, George wäre sehr stolz gewesen.«

»Bestimmt.«

Der Admiral bot Jims Mutter den Arm an. »Wir sollten die Köche nicht beleidigen, indem wir ihr Tageswerk ignorieren«, sagte er. »Sie haben sich große Mühe für uns gegeben.«

»Kann man wohl sagen«, bestätigte Kirk und fügte dann rasch hinzu: »Ich meine ... das habe ich gehört.«

Noguchi musterte ihn. »Man sagte mir, der Schokoladenkuchen sei besonders köstlich, Winona?«

»Danke, Kimi.«

Arm in Arm wanderten sie fort, und Jim starrte ihnen verwirrt nach.

»Ich gratuliere dir«, sagte Sam. »Und ich meine es ernst.«

Jim legte seinem Bruder die Hände auf die Schultern. »Himmel, es freut mich, dich wiederzusehen. Wann seid ihr hier eingetroffen? Wo ist Aurelan? Wie geht's meinem Neffen? Warum habt ihr mich nicht benachrichtigt?«

»Wir sind erst seit kurzem hier. Um eine xenobiologische Konferenz zu besuchen. Dadurch haben wir die Reisekosten gespart. Nun, wir wußten nicht genau, ob wir es rechtzeitig zum Raumdock schaffen, hofften darauf, dich überraschen zu können. Peter geht es bestens; er lernt gerade Geometrie. Und Aurelan ...« Sam lächelte sanft. »Sie läßt dich grüßen. Und entschuldigt sich. Sie führt derzeit ein wichtiges Experiment durch.«

»Du siehst großartig aus, Sam. Wie steht's? Ich meine: Ist alles in Ordnung?«

»Könnte gar nicht besser sein.«

Sam war eine Handspanne größer als Jim, auch etwas breiter in den Schultern. Das Leben auf einer Pionierwelt hatte seine Haut gebräunt, und in Mund- und Augenwinkeln zeigten sich dünne Falten — Falten, die auf häufiges Lachen hindeuteten, auf den Blick in die Ferne einer noch zu erschließenden Welt. Seine nußbraunen Pupillen ähnelten denen Jims und ihres Vaters. Sein vormals aschblondes Haar glänzte nun in einem satten, goldenen Ton — eine der Auswirkungen von Denevas Sonne.

Sie traten ans Büfett heran, und Sam reichte Jim ein Glas Champagner, nahm selbst eins und prostete ihm zu.

»Auf meinen kleinen Bruder und sein Raumschiff«, sagte er und trank.

Jim nickte nur. Ihm stand nicht gerade der Sinn danach, den Alkoholspiegel in seinem Blut weiter zu erhöhen, und deshalb tauschte er den Champagner gegen Mineralwasser.

»Was ist mit Mitch?« fragte Sam. »Und wo steckt Len McCoy?«

»Gary erholt sich. Behaupten die Ärzte jedenfalls. Und was McCoy angeht: Ich weiß nicht, wo er sich verkrochen hat. Hör mal, Sam: Starfleet hat mir noch keine neue Einsatzorder für die *Enterprise* übermittelt. Wenn mich meine Ahnungen nicht trügen — wenn sich meine Hoffnungen erfüllen —, dauern die Vorbereitungen eine Weile. Dann kann ich vielleicht ein wenig Zeit für dich und Mom erübrigen.«

»Das wäre großartig, aber ... Nun, seit fünfzehn Jahren hast du auf diesen Tag gewartet, und wir sind nicht gekommen, um dir die Freude zu verderben. Mach dir keine Sorgen um uns. Wenn wir jetzt nicht zusammen feiern können, so holen wir das später nach. Irgendwann.«

»Ja ... Meine Güte, es ist so lange her, seit wir uns zum letztenmal gesehen haben.«

»Mom kehrt jetzt zur Erde zurück«, sagte Sam. »Deneva hat ihr sehr gut getan. Und sie gefällt sich in der Rolle der Großmutter. Sie liebt es, Peter zu verwöhnen. Jim, du solltest ...« Er unterbrach sich, als er den Gesichtsausdruck seines jüngeren Bruders bemerkte.

Ich sollte ihm sagen, wie närrisch ich mich heute nachmittag Carol gegenüber benommen habe, dachte Jim.

»Du solltest uns einmal besuchen und den Onkel spielen«, sagte Sam. »Tja, wie dem auch sei: Mom, Aurelan und ich haben einen Artikel geschrieben – er erscheint bald im Maxen. Sie möchte ihre Forschungen auf der Erde fortsetzen. In Iowa, in unserem alten Heim.«

»Das freut mich«, erwiderte Jim. Wenn Mutter wieder in der Lage war, in ihrem alten Fachgebiet zu arbeiten, dachte er, hatte sie tatsächlich die Depressionen nach Vaters Tod überwunden. Zwar drückte sich Sam ziemlich lässig aus, aber die Veröffentlichung eines Artikels im Magazin für Xenobiologie brachte einen hohen Prestigegewinn.

»Captain Kirk.«

Jim drehte sich um. »Commodore Pike«, sagte er. »Das ist mein Bruder, Sam Kirk.«

»Dr. Kirk...« Pike nickte knapp. »Bitte entschuldigen Sie uns.«

»Natürlich«, entgegnete Sam höflich, obgleich er Pikes Code verstand. Entschlüsselt lautete seine Bemerkung: *Verschwinden Sie. Stören Sie uns nicht.* »Bis später, Jim.«

Der Commodore wanderte davon, und Jim blieb gar keine andere Wahl, als ihm zu folgen.

»Die *Enterprise* ist ein gutes Schiff«, sagte Pike. »Und sie hat eine hervorragende Besatzung.« Er hätte die Spannung zwischen ihnen verringern können, indem er Jim anbot, ihn mit dem Vornamen anzusprechen. Statt dessen bestand er auf Förmlichkeit. »Die Crew wird sich um Sie kümmern, Captain. Seien Sie freundlich zu ihr.«

»Ich werde mich bemühen, Commodore.«

»Nun gut. Sicher möchten Sie jetzt Ihre Kollegen kennenlernen. Der frühere Erste Offizier der *Enterprise* hat ein eigenes Kommando erhalten. Ihr wissenschaftlicher Offizier nimmt nun diese Stelle ein.«

Jim war viel zu überrascht, um diplomatisch zu sein. »Commodore, es tut mir leid, wenn das im Widerspruch zu Commander Spocks Plänen steht, aber ich habe Gary Mitchell für den Posten des Ersten Offiziers nominiert...« Während er sprach, kam es hinter ihm zu einer der zufälligen Gesprächsunterbrechungen, und plötzlich herrschte Stille. Jim preßte die Lippen aufeinander, hörte einen schottischen Akzent.

»Ich begreife einfach nicht, warum Starfleet darauf *besteht*, das beste Schiff in der ganzen Flotte einem unerfahrenen Grün...« Der Mann hörte seine eigene Stimme und brach ab.

Pike führte Jim zu einer Gruppe aus drei Offizieren. Sie drehten sich um, überlegten vermutlich, ob er die letzte Bemerkung gehört hatte. Gleichzeitig fragte sich der neue Captain, ob er laut genug gewesen war.

»Captain Kirk«, sagte Pike. »Commander Spock.«

»Commander Spock«, wiederholte Jim. Er widerstand der Versuchung, dem Mann die Hand zu reichen, entsann sich daran, daß Vulkanier nicht berührt werden wollten.

»Captain Kirk.« Spock grüßte ihn, indem er kurz den Kopf neigte. Er gab durch nichts zu erkennen, Jims Gespräch mit Pike gehört zu haben.

»Chefingenieur Montgomery Scott.«

»Mr. Scott...«

»Wie geht es Ihnen, Sir«, sagte der Ingenieur steif. Der mittelgroße, untersetzte Scott nahm sein Champagnerglas umständlich in die linke Hand, bevor er die rechte ausstreckte. Er trug eine normale Uniformjacke, darunter einen Schottenrock samt Felltasche. »Sie müssen den Anforderungen des prächtigsten Schiffes in der ganzen Flotte genügen, Captain.«

»Ich weiß, Mr. Scott.« Jim versuchte, die steinerne Miene des Vulkaniers nachzuahmen, sich nicht anmerken zu lassen, daß er wußte, was Scott von ihm hielt. Er vermied es, auf die Herausforderung in den Worten des Chefingenieurs einzugehen.

»Und Lieutenant Uhura, Ihr Kommunikationsoffizier.«

»Captain Kirk«, sagte sie mit dunkler, melodischer Stimme.

Ihre lange, schmale Hand schloß sich um Jims Finger, und er erwartete zarte Sanftmut. Statt dessen spürte er

Kraft und Intensität, die Festigkeit hoher Intelligenz. Er vergaß sein Unbehaben, Scotts Respektlosigkeit, das ausdruckslose Gesicht Spocks.

Seit seinem ersten Kommando bestand eins der wichtigsten Prinzipien Jims darin, sich auf keine zu engen Beziehungen mit Leuten einzulassen, denen er vielleicht einmal Befehle erteilen mußte. Die Interaktionen zwischen Kommandant und Untergebenen durften nicht über eine unpersönliche Ebene hinauswachsen. Wenn sich ein Captain nicht auf förmliche Höflichkeit beschränkte, bestand für die Moral an Bord größere Gefahr als durch eine externe Krise. Aus diesem Grund zwang sich Jim, nicht auf Schönheit zu reagieren, zumindest nicht unter Bordbedingungen. Er schirmte sich vor dem weiblichen Reiz ab, wahrte kühle Distanz zu allen Besatzungsmitgliedern, ob Mann oder Frau.

Die Begegnung mit Uhura ließ den Wunsch in ihm entstehen, noch immer ein einfacher Lieutenant zu sein, frei von der Verantwortung, die ein Captain trug – so daß er vor ihr sitzen, in die dunkelbraunen Augen sehen und einer Stimme lauschen konnte, die wie Musik klang.

Sie zog die Hand zurück, und Jim begriff, daß er sie wie ein pubertärer Knabe angestarrt hatte.

»Äh, ja, Lieutenant Uhura. Freut mich, Sie kennenzulernen.«

Die drei Offiziere hatten jahrelang Zeit gehabt, sich aneinander zu gewöhnen, sich auf eine gemeinsame Verhaltensformel zu einigen. James Kirk stellte eine Unbekannte in dieser Gleichung dar. Sie musterten ihn, maßen ihn mit ihren Blicken, überlegten wahrscheinlich, ob er sich ihrem Orbit anpassen konnte – oder aber einem galaktischen Irrläufer ähnelte, der auf einem hyperbolischen Kurs in ihr System eindrang, Umlaufbahnen veränderte und Chaos hinterließ.

Pike klappte den Mund auf, überlegte es sich dann aber anders und schwieg.

»Ich habe noch einen wichtigen Termin und muß mich

daher schon jetzt von Ihnen verabschieden«, sagte er schließlich. »Uhura, Scotty...«

»Auf Wiedersehen, Sir.«

»Leben Sie wohl, Sir.«

»Und Mr. Spock...«

»Glück und langes Leben, Commodore Pike.«

»Danke.«

Er drehte sich um und ging steifbeinig davon.

Auf der anderen Seite des Freizeitdecks stand Hikaru Sulu, abseits der anderen, griff nach einem Glas Champagner, um irgend etwas in der Hand zu halten. Eigentlich wollte er gar nichts trinken — ein Schluck genügte, um ihn auf der Stelle einschlafen zu lassen. Abgesehen von dem Nickerchen am Strand war er praktisch schon seit zwei Tagen auf den Beinen.

Verglichen mit den Parties im Wohnheim der Akademie haftete diesem Fest etwas an, das Hikaru in Gedanken als seriöse Langeweile bezeichnete. Vermutlich traf das auf die meisten offiziellen Empfänge Starfleets zu. Sulu kannte niemanden. Die anderen Gäste bildeten Gruppen, gaben ihm kaum Gelegenheit, sich vorzustellen.

Seine derzeitigen Erfahrungen erinnerten ihn an ein Ereignis, das inzwischen schon fünf Jahre zurücklag. Damals, auf Ganjitsu, hatte er sich an Bord der *Aerfen* geschlichen und sich dort umgesehen. Natürlich schnappte man ihn. Aber Captain Hunters Stellvertreter jagte den fünfzehnjährigen Kolonisten nicht etwa von Bord, sondern führte ihn herum. Hikaru entsann sich an den freundlichen Empfang. An Bord der *Enterprise* hingegen fühlte er sich völlig fehl am Platz.

Was soll's? dachte er. *Mit ein wenig Glück werde ich versetzt, bevor ich mit jemandem Freundschaft schließen kann.*

Er hörte einige Gespräche, und nach einer Weile begann er, die gedrückte Stimmung zu verstehen. Die Offiziere der *Enterprise* bedauerten es, von Christopher Pike Abschied zu nehmen, und sie wußten nicht so recht, was sie von dem neuen Captain halten sollten. Sie kannten die verwirrenden Berichte über Ghioghe: James Kirk hatte sein Schiff in einer Katastrophe verloren, es aufgegeben – und dadurch vielen seiner Kameraden das Leben gerettet, das eigene aufs Spiel gesetzt. Er wurde befördert, bekam eine Auszeichnung... und die *Enterprise.* Man wußte auch, welcher Ruf ihm vorauseilte: der jüngste Fähnrich, den man jemals in der Akademie aufgenommen hatte, der jüngste Captain in der ganzen Sternenflotte. Aber niemand konnte sagen, auf welche Weise Kirk seine Mannschaft behandelte. War er ein Hitzkopf, der in seinen Crewmitgliedern nur Befehlsempfänger sah, menschliche Roboter, die sich ihm fügen mußten? Beanspruchte er den ganzen Ruhm für sich? Oder strebte er eine Partnerschaft an, in der es Platz gab für gegenseitigen Respekt, sogar für Freundschaft, für ein Teilen der Ehre und der Risiken?

»Hikaru?«

Sulu drehte sich um, überrascht, daß jemand seinen Namen nannte.

»Dr. Kirk!« entfuhr es ihm.

»Also habe ich mich nicht getäuscht – Sie sind es wirklich«, sagte Sam Kirk. »Wie geht es Ihnen? Lieber Himmel, als ich Sie das letztemal sah, waren Sie noch ein kleiner Junge.« Er lächelte und schüttelte reumütig den Kopf. »Warum sagt man das immer zu den Kindern seiner Freunde?«

»Ich weiß nicht, Doktor«, erwiderte Sulu.

»Ich heiße Sam. Als Zwölfjähriger haben Sie mich Dr. Kirk genannt, und damals war das durchaus in Ordnung. Aber jetzt sind Sie hier, gehören zu Starfleet. Studieren Sie noch?«

»Hab' gerade meinen Abschluß hinter mir.«

»Ich gratuliere Ihnen. Wie steht's mit Ihren Eltern?«

»Alles bestens. Glaube ich. Manchmal sind Briefe nicht besonders aussagekräftig. Ich rufe sie an, wenn sich eine Gelegenheit ergibt.«

»Wann waren Sie zuletzt bei ihnen?«

»Seit ich zur Akademie kam, bin ich nicht mehr zu Hause gewesen. Eine zu weite Reise, zu teuer. Ich hatte gehofft, sie bald besuchen zu können, aber...« Sulu seufzte, erinnerte sich wieder an sein Heimweh während des ersten Studienjahrs, versuchte, den Enttäuschungsschmerz zu unterdrücken. »Nun, ich fürchte, es wird nicht klappen.« Er wechselte das Thema. »Sind Sie mit Captain Kirk verwandt?«

»Jim ist mein jüngerer Bruder. Er setzte die Familientradition fort.« Sam hob die Hand, deutete auf das Raumschiff, meinte Starfleet im allgemeinen. »Schade, daß Ihre Mutter nicht an der Xenokonferenz teilnimmt.«

»Sie ist verhindert, hält sich derzeit am Rand auf, im Orion-Sektor. Der Flug mit einem Passagierliner würde zehn Wochen dauern. Sie konnte es sich nicht leisten, die ganze Vegetationszeit zu verpassen.«

»Und Ihr Vater? Ich habe gerade seinen neuen Gedichtband gekauft. Es gelingt ihm wirklich gut, Leben und Arbeit auf einer fremden Welt zu beschreiben.« Sam lachte leise. »Als ich seine Gedichte zum erstenmal las, dachte ich: Nun, das erscheint mir nicht besonders schwer; jeder kann Dichter werden. Daraufhin hab' ich's selbst versucht. Es ist *alles andere* als einfach. Meine Reime taugten überhaupt nichts.«

»Nur wenige haben das Zeug zu einem guten Dichter«, sagte Hikaru. Früher hatte er sich häufig gefragt, was sein Vater eigentlich machte. Oft sah es so aus, als denke er nur nach. Einige Jahre später, als er sich ebenfalls mit der Dichtkunst befaßte, mußte er feststellen, wieviel Kreativität man brauchte. Selbst das Nachdenken war harte Arbeit.

»Schreibt er ein neues Werk?«

»Er hat gerade *Neun Sonnen* fertiggestellt«, erwiderte Sulu zurückhaltend, »ruht sich nun ein wenig aus.« Dauernd bekam er die gleichen Fragen zu hören.

»Oh, ja, ich verstehe«, sagte Sam Kirk. »Gefällt Ihnen die *Enterprise?*«

»Nun, ich weiß nicht...«

»Seien Sie ganz offen. Keine Angst: Ich verpetze Sie nicht bei meinem kleinen Bruder.«

»Im Ernst: Ich weiß es nicht. Ich bin erst seit heute nachmittag hier, hatte keine Möglichkeit, Commodore Pike kennenzulernen. Captain Kirk bin ich noch nicht begegnet, und was die übrigen Offiziere angeht...« Sulu zuckte mit den Schultern. »Ich habe damit gerechnet, zum Rand versetzt zu werden.«

»Nun, bestimmt kommt bald alles in Ordnung. Jim kann zwar ziemlich stur sein...« Sam Kirk zögerte kurz und lächelte schief. »Aber im Grunde genommen ist er ein feiner Kerl.«

»Freut mich, das zu hören«, entgegnete Hikaru in einem vorsichtig-neutralen Tonfall.

Sam sah durch den Saal. »Pike scheint mit ihm fertig zu sein. Kommen Sie. Ich stelle Sie Jim vor.«

Sulu folgte ihm nervös und dachte daran, wie er den Captain auf seinen Transfer ansprechen sollte.

Jim nippte Fruchtsaft und empfand das Schweigen, das Commodore Pike zurückgelassen hatte, zunehmend als Belastung.

»Sind die offiziellen Dinge erledigt?« Sam legte Jim den Arm um die Schultern.

Der Captain zuckte zusammen, hatte seinen Bruder gar nicht bemerkt.

Sam sah Pike nach, der das Freizeitdeck durch den Hauptausgang verließ, ohne sich umzudrehen, ohne ein Wort an jemanden zu richten.

»Was wollte Pike von dir?« fragte er. »Erteilte er dir Nachhilfeunterricht im Verhalten eines Offiziers und Gentleman?«

Jim stieß seinen älteren Bruder mit dem Ellenbogen in die Rippen. An diesem Abend waren bereits zu viele Taktlosigkeiten ausgesprochen worden. Vielleicht hatte Pike einen guten Grund für sein schroffes Gebaren, vielleicht auch nicht. Es spielt keine Rolle. Gespräche über ihn, gleich welchen Inhalts, durften nicht vor seinen früheren Kameraden stattfinden.

Commander Spocks Miene wurde noch steinerner, als er Sams Frage vernahm.

»Auch ich muß mich noch um einige Dinge kümmern, wie Commodore Pike«, sagte er ruhig. »Wenn Sie mich bitte entschuldigen würden...«

»Ich begleite Sie«, warf Scott hastig ein. »Das Triebwerk, äh, muß kontrolliert werden.«

Jim nickte. »Wie Sie meinen.«

Sie verließen den Saal.

Uhura hatte den kurzen Wortwechsel zwischen Commodore Pike und dem neuen Captain gehört, und deshalb vermutete sie, daß auch Spock Bescheid wußte. Hinzu kam Scotts herablassende Bemerkung, die James Kirk kaum entgangen sein konnte. Uhura überlegte, ob sie sich so verhalten sollte, als sei überhaupt nichts geschehen.

»Captain«, sagte sie und drückte sich sehr vorsichtig aus, »wir haben ziemlich lange mit Commodore Pike zusammengearbeitet. Manche von uns gewöhnen sich nicht so schnell an Veränderungen.«

»Ich verstehe«, erwiderte Jim. »Und manche brauchen dazu mehr Zeit als andere.«

Sam schien nicht zu spüren, welche Spannung herrschte. »Jim«, sagte er fröhlich, »ich möchte dir Hikaru Sulu vorstellen. Aurelan und ich sind seit langem mit seinen Eltern befreundet. Hikarus Mutter ist eine Kollegin.«

»Sir«, sagte Hikaru.

»Oh, Mr. Sulu.« James Kirk streckte die Hand aus, drückte fest zu. »Sind Sie bereits Lieutenant Uhura begegnet?«

»Nur kurz, Sir.«

»Es freut mich, daß Sie Ihren Urlaub beendet haben, um sich uns anzuschließen«, meinte Kirk.

»Ja, Captain. Übrigens: Darüber würde ich gern...«

»Wie sind die Fechtmeisterschaften gelaufen?«

»Äh, ich habe gewonnen, Sir«, erwiderte Hikaru. Es erstaunte ihn, daß der Captain davon wußte.

»In welcher Sparte?«

»In allen, Sir.«

»In allen! Herzlichen Glückwunsch. Nun, an der Akademie habe ich ebenfalls einen Degen in die Hand genommen, ab und zu. Vielleicht können wir einmal gegeneinander antreten.«

»Gern, Sir«, sagte Hikaru. Hoffentlich wurde er versetzt, bevor er gezwungen war, seinen kommandierenden Offizier im Fechten zu besiegen. »Äh, Sir...«

»Sam, was hältst du von einer Besichtigungstour durch die *Enterprise?* Zusammen mit Mom?«

»Captain...«, begann Sulu erneut.

»Gute Idee«, sagte Sam. »Aber vorher... Hikaru, neulich ging ich ins Laboratorium. Ich brauchte eine ganz normale menschliche Blutprobe...«

»Was?« fragte Sulu geistesabwesend. Seine Hände fühlten sich kalt und feucht an, und das Herz pochte ihm bis zum Hals, als der Adrenalinspiegel weiter stieg: Er versuchte, einem Captain von Starfleet mitzuteilen, daß ihm ein Fehler unterlaufen war – alles andere als eine leichte Aufgabe.

»Ich wollte damit eine Kontrolle durchführen«, fuhr Sam fort. »Nun, ich wandte mich an einen meiner Studenten und meinte, einige Kubikzentimeter Blut genügten. Doch als der junge Mann die harmlose Spritze sah, wich er mit halber Lichtgeschwindigkeit zurück und rief: ›Nein, nein, Sie dürfen mir kein Blut abzapfen – ich bin fakultativer Hämophiler!‹«

Sam wartete gespannt.

Hikaru starrte ihn groß an. Und lachte schallend.

James Kirk musterte sie beide und schien zu argwöhnen, daß sie den Verstand verloren hatten.

»Ein guter Witz«, sagte Sulu. »Aber ich fürchte, nur wenige Leute verstehen ihn.«

»Ich spiele mit dem Gedanken, ihn bei der Konferenz zu

erzählen, aber vorher wollte ich ihn ausprobieren, feststellen, welche Wirkung er hat.«

»Du solltest ein Übersetzungsmodul benutzen, wenn du ihn zum besten gibst«, schlug Jim trocken vor.

Sam schmunzelte. »Hikaru, Lieutenant Uhura... bitte entschuldigen Sie uns. Komm, Jim, sehen wir uns dein Schiff an. Ich erkläre dir alles.«

Sie schritten fort, traten auf Winona und Admiral Noguchi zu, die über die alten Zeit sprachen und sich an George Samuel Kirk Senior erinnerten. Noguchi und Jims Vater hatten gemeinsam gedient, und als der Admiral nun Ereignisse schilderte, von denen Jim zum erstenmal etwas hörte, spürte er fast so etwas wie Neid. Vermutlich war George Kirk mit Noguchi öfter und länger zusammen gewesen als mit seiner Familie. Das typische Leben eines Starfleet-Offiziers — und Winona wußte, worauf sie sich einließ, als sie ihn heiratete.

Aber Georges berufliche Laufbahn hinderte ihn daran, prägenden Einfluß auf Jim und Sam zu nehmen. Der Vater blieb seinen beiden Söhnen fremd. Vielleicht hätten sie ihn lieben und schätzen gelernt, wenn er noch am Leben gewesen wäre, doch solche Überlegungen stellten nur Spekulationen dar. Jim bezweifelte, ob Vater und Sohn als Erwachsene Freunde werden konnten, wenn der Sprößling nur mit der Mutter aufwuchs.

George Kirk empfand es als einen schweren Schlag, daß Sam sich gegen ein Studium an der Starfleet Akademie entschied, und bis zu seinem Tod gelang es ihm nicht, diese Enttäuschung zu überwinden. Schließlich war es Jim, der seinem Beispiel folgte. *Doch ich werde ein völlig anderes Leben führen als er,* versicherte sich der neue Captain der *Enterprise.* Plötzlich war er froh, daß Carol ihn abgewiesen hatte. Jim würde niemanden zurücklassen, der auf ihn wartete.

Langsam erholte er sich von seinem Nachmittag mit Vanli, ging fort und griff nach einem Glas Champagner. Als er zurückkehrte, unterhielten sich Winona und Sam mit einem alten Starfleet-Bekannten, und Jim verharrte neben Noguchi.

Der Admiral lächelte schelmisch. »Ich werde bald etwas bekanntgeben, Jim«, sagte er. »Eine Überraschung für Sie.«

»Commodore Pike meinte, Commander Spock sei zum Ersten Offizier ernannt worden.«

»Das stimmt. Ich habe die Beförderung selbst befürwortet.«

»Ich dachte eigentlich, bei der Zusammensetzung meines Offizierstabs hätte ich ein Wörtchen mitzureden.«

»Man konnte Sie nicht konsultieren, als die Entscheidung getroffen werden mußte. Haben Sie irgendwelche Einwände gegen Spock?«

»Nicht in dem Sinne. Aber ich hoffte, Gary Mitchell bekäme jenen Posten. Wenn Sie die Nominierung unterstützen...«

Noguchi schüttelte den Kopf. »Nein, Jim. Unmöglich.«

»Warum?«

»Nun, ich könnte Ihnen natürlich helfen, doch in diesem besonderen Fall... Jim, einer der Vorteile Starfleets heißt Vielfalt. Sie und Mitch ähneln sich zu sehr. Ein Erster Offizier muß die Schwächen des Kommandanten kompensieren, ihm die Möglichkeit geben, seine Stärken zu entfalten. Ich möchte, daß Sie mit jemandem zusammenarbeiten, der eine Art Synergie schafft.«

»Ich wußte gar nicht, daß Sie Schwächen in mir sehen, die einen Ausgleich benötigen«, erwiderte Jim steif.

»Fühlen Sie sich nicht gleich auf den Schlips getreten«, sagte Noguchi. »He, Kopf hoch. Dies ist eine Party.«

»Dann schlage ich vor, wir diskutieren diese Angelegenheit in einer angemesseneren Umgebung.«

»Diskussionen erübrigen sich«, entgegnete der Admiral knapp, wandte sich von dem jungen Captain ab und suchte einen anderen Gesprächspartner.

Jim sah ihm wütend nach, dachte daran, daß ihm bis zur Diensttauglichkeit Garys noch einige Monate Zeit blieben.

Vielleicht konnte er Noguchi bis dahin umstimmen... Er verdrängte diese Überlegungen, davon überzeugt, daß der Admiral seine Meinung ändern würde.

»Bist du jetzt für die Besichtigungstour bereit?« fragte Sam fröhlich.

»Klar.« Jim vergaß seinen Ärger, besann sich auf die Freude darüber, Mutter und Bruder wiederzusehen. »Kommt, verschwinden wir von hier.«

Sie gingen durch die leeren Korridore des Raumschiffs, und Stille verdrängte das Murmeln und Brummen der vielen Stimmen hinter ihnen.

»Ist alles in Ordnung mit dir, Jim?« erkundigte sich Winona.

»Natürlich, Mom. Ich bin wieder ganz der alte. Mach dir keine Sorgen um mich.«

»Besorgnis ist das Recht der Mutter.«

Sam fluchte leise. »Verdammt, du hast uns nie eine Nachricht geschickt. Es war ein ziemlicher Schock für uns, als wir erfuhren, daß du im Krankenhaus lagst.«

»Was hättet ihr denn machen können? Zur Erde zurückkehren? Bis zu eurer Ankunft wäre bereits alles entschieden gewesen — so oder so.«

»Unter *welchen* Umständen hältst du eine Verständigung deiner Familie für angeraten?« fragte Winona. »Bei deinem Tod?«

»Im Prinzip schon. Ich weiß, wie du empfindest, aber etwas anderes ergibt keinen Sinn. Bestimmt hat Vater ähnliche Anweisungen hinterlassen.«

»Ja«, gestand Winona ein. »Du hast recht. Ich hoffte nur, du sähest das ein wenig anders.«

Jim hütete sich, eine Antwort zu geben, die er später vielleicht bereute. Er wollte einen Streit mit seiner Mutter vermeiden, obwohl er den Eindruck gewann, daß sie ihm gerade einen Tiefschlag versetzt hatte.

»Übrigens, Jim...« Sams Heiterkeit klang gezwungen. »In der letzten Zeit schiebt die Gerüchteküche der Biologen Überstunden.«

»Ach? Worum geht's?«

»Das weißt du nicht?«

»Woher denn?«

»Nun, man munkelt nicht nur über theoretische Biologie.«

Jim nickte langsam. »Mit anderen Worten: Carol Marcus und ich sind in aller Munde.«

»Du hast es erfaßt, Brüderchen. Wie sieht's aus?«

»Finster«, erwiderte Jim glatt. »Und was die Gerüchteküche angeht: Ich bin sicher, in den nächsten Tagen werden die Töpfe kalt.«

»Oh«, brummte Sam. »Schade. Ich hatte gehofft... Carol Marcus ist wirklich nett, Jim.«

»Vorsicht, Glatteis«, sagte Jim und wechselte das Thema. »Wollt ihr die Besichtigungstour oder nicht? Es gibt hier eine Menge zu sehen. Die Brücke ist unglaublich.« Als er das Raumschiff beschrieb, gerieten die Sorge über Gary und die Enttäuschung in bezug auf Carol in den Hintergrund, wichen der Begeisterung für die *Enterprise*, einem Gefühl, das stärker und intensiver war als alle anderen. »Mom, Sam – warum beantragt ihr kein Forschungsprojekt im All? Die Laboratorien an Bord sind einmalig. Aber zuerst möchte ich euch das Aussichtsdeck zeigen...«

Jim führte Sam und Winona durch die *Enterprise*, und nach einer Weile erreichten sie einen ganz gewöhnlich wirkenden Aufenthaltsraum im hinteren Teil der Diskussektion.

»Gebt jetzt gut acht«, sagte er. »Schilde hoch!«

Stahlplatten wichen von der kristallenen Wand zurück, gewährten einen ungehinderten Blick in die inneren Gewölbe des Raumdocks. Ein Techniker im Druckanzug schwebte vorbei.

»Von hier aus solltet ihr einmal das interstellare All beobachten!«

»Das würde ich gern«, sagte Winona. »Jim...«

»Ja, Mom?«

»Ich kehre heim. Das Haus steht schon seit fünf Jahren leer, und...« Sie unterbrach sich. »Jim, wenn du mich dort besuchen möchtest, wenn du genug Zeit erübrigen kannst...«

»Ich...« Die Vorstellung einer Rückkehr nach Iowa fiel ihm schwer. Seit der Beerdigung seines Vaters war er nicht mehr dort gewesen. Er verband viele Erinnerungen mit der Farm, gute und schlechte, und befürchtete, sie nicht länger verdrängen zu können, wenn er seine alte Heimat wiedersah. Als er daran dachte, glaubte er, den Duft von Heu wahrzunehmen, das in der Sonne trocknete. Er schüttelte den Kopf, versuchte, die Eindringlichkeit der Reminiszenzen zu belächeln. Tief in ihm regte sich Unbehagen.

»Ich frage mich, ob die Baumhütte die letzten fünf Winter überstanden hat«, sagte Sam.

»Vielleicht komme ich, Mom.« Jim hoffte, daß diese Worte der Wahrheit entsprachen. »Irgendwann. Hängt von meinen Befehlen ab.«

Er schloß die Schilde wieder, und die Lichter und Betriebsamkeit des Raumdocks verschwanden hinter der massiven Abschirmung. Jim wünschte sich, bereits mit der *Enterprise* unterwegs zu sein, inmitten der Sterne, in der Weite des Kosmos. Dort draußen ließen sich schwierige Entscheidungen leichter treffen, und die Probleme des normalen Lebens erschienen weniger belastend.

»Kommt«, sagte er. »Ich möchte euch noch die Laboratorien zeigen.«

Sam musterte ihn neugierig. »Offenbar kennst du dich schon recht gut auf diesem Schiff aus.«

Jim errötete. »Nun, ich...« Er seufzte. »Um ganz ehrlich zu sein: Ich bin nicht zum erstenmal hier. Carol und ich haben uns an Bord geschlichen. Ich konnte der Versuchung einfach nicht widerstehen. Aber behaltet das für euch. Wenn Noguchi davon erfährt...« Sie verließen das Aussichtsdeck, gingen zum Turbolift.

»Eines Tages, Jim, schlägst du zu sehr über die Stränge,

und dann wird jemand Anstoß daran nehmen.« Winona klang nicht vorwurfsvoll, eher besorgt.

»Ich müßte einem echten Paragraphenreiter begegnen, um wegen meines vorzeitigen Streifzugs durch die *Enterprise* in Schwierigkeiten zu geraten.«

»Bei Starfleet wimmelt es von solchen Leuten.«

»In Starfleet bringt man es nur zu etwas, wenn man die Vorschriften großzügig auslegt. Wenn nicht, versauert man an einem Schreibtisch.«

»Was auch der Fall ist, wenn man sie *zu* großzügig interpretiert«, warf Sam ein. »Chris Pike ist ein mahnendes Beispiel dafür.«

»Was meinst du damit?«

»Es heißt, Pike habe zu wenig Zeit damit verbracht, sich an die Regeln Starfleets zu halten. Er verärgerte die falschen Leute, handelte zu oft auf eigene Faust.«

»Und deshalb wurde er zum Commodore befördert? Als Strafe?«

»Ja. Eigentlich ist er zu bemitleiden.« Die Kabine des Turbolifts wurde langsamer, hielt an.

»Lächerlich!« stieß Jim hervor.

»Du solltest den Rat deines Bruders ernster nehmen«, sagte Winona. »Es ist nicht annähernd so lächerlich, wie du ...« Sie brach abrupt ab, als sich die Tür öffnete. »Ich wußte gar nicht, daß Starfleet-Schiffe wie ein Pferdestall riechen.«

Der durchdringende Geruch weckte neuerliche Erinnerungen an Heu, und Jim runzelte die Stirn. »Normalerweise ist das auch nicht der Fall.« Verwundert ging er los. Seltsame Vorgänge an Bord eines Raumschiffs deuteten oft auf Gefahren hin.

Der Pferdestallduft wurde intensiver, und Jim argwöhnte zunächst einen Defekt in der Klimaanlage. Dann stellte er fest, daß der Geruch vom Shuttledeck am Ende des Korridors stammte.

Die beiden Schotthälften glitten auseinander. Jim zwinkerte im trüben Licht, betrat den Laufsteg oberhalb des Decks.

Die Shuttles der *Enterprise* waren zur Seite geschoben worden, und mobile Wände trennten sie von einem mehrere hundert Quadratmeter großen Bereich.

Verwirrt beobachtete Jim einen improvisierten Pferch. Stroh lag auf dem Boden, und innerhalb der Begrenzung bewegte sich eine schattenhafte Gestalt.

»Was in aller Welt...«, begann Winona und trat an die Seite ihres Sohnes.

»Licht«, sagte Jim. Der Bordcomputer schaltete die Lampen ein.

Das schimmernde Geschöpf schnaubte, sprang auf, scharrte mit den Hufen, hob den kleinen Kopf. Die Ohren stülpten sich vor, und die Nüstern erweiterten sich. Das Fell schillerte in schwarzen, purpurnen und grünen Tönen.

»Träume ich?« hauchte Sam verdutzt.

Das Wesen sah sie. Es schnaubte erneut, stampfte aufs Deck, stieg kurz auf die Hinterläufe und schrie. Jim erwartete ein lautes Wiehern, aber statt dessen hörte er ein adlerartiges Krächzen.

Es neigte den Hals, und ein leises, dumpfes Rauschen erklang, als es lange, schwarze Schwingen ausbreitete.

KAPITEL 3

Jim, Winona und Sam rissen die Augen auf.

»Und ich dachte, ich sei wieder nüchtern«, murmelte Jim. »Himmel, bilde ich mir das nur ein oder...?«

»Phantastisch«, sagte Sam. »Ich hatte keine Ahnung, daß die Gentechnik schon so weit fortgeschritten ist! Handelt es sich um eine irdische Spezies? Oder stammt das Wesen von einer Außenwelt?«

»Woher soll ich das wissen?« erwiderte Jim verärgert. Er fragte sich in erster Linie, wie das Tier an Bord seines Schiffes gekommen war. Und warum.

Das Geschöpf schlug mit den Schwingen und krächzte erneut.

»Mom — es ist gefährlich!«

»Was machen Sie hier?«

Als Jim diese Stimme hörte, blieb ihm gerade Zeit genug, den Kopf zu drehen. Eine kleine, schwarzgekleidete Gestalt stürmte an Winona vorbei, eilte die Treppe herab und schien die Stufen kaum zu berühren. Ihr funkelndes, schwarzes Haar wehte wie ein Banner. Sie lief übers Deck, auf das ängstliche Pferd — Pferd? — zu, ließ die Stiefel fallen, die sie in der einen Hand hielt, duckte sich unter der Korralstange hinweg. Jim folgte ihr, aus Sorge um die Unbekannte, aus Furcht davor, das Tier im Pferch könne sie mit den Hufen angreifen.

Das geflügelte Roß schnaubte, beruhigte sich allmählich. Noch immer zitterten die ausgebreiteten Schwingen, und Jim stellte sich einen Adler vor, der auf dem Arm eines Falkners gelandet war und versuchte, das Gleichgewicht zu wahren. Es senkte den Kopf, preßte die Schnauze an die Achsel der jungen Frau.

Sie flüsterte dem Wesen etwas zu, kraulte es hinter den

Ohren, klopfte ihm auf den Kopf und hauchte ihren Atem in die weit geöffneten Nüstern. Das Tier seufzte erleichtert, und die Frau streichelte seinen Hals, zupfte an der langen Mähne. Stroh knisterte, als es das Gewicht verlagerte und sich näher heranschob. Nur einige wenige Zentimeter trennten die Hufe von nackten Füßen.

»Um Himmels willen, passen Sie auf!« rief Jim.

»Ganz ruhig«, sagte die junge Frau in einem sanften, tröstenden Tonfall, drehte sich nicht um.

»Das Tier wird Ihnen auf die Füße treten!«

»Nein, es besteht keine Gefahr. Sie ist gar nicht beschlagen — und paßt gut auf.« Die Fremde lächelte, wurde wieder ernst, als sie Jims Gesichtsausdruck sah. »Sie ist sehr erschrocken. Was haben Sie gemacht?«

»Das Licht eingeschaltet«, entgegnete Jim. Aus dem Ärger in ihm wurde brodelnder Zorn. »Ich wollte wissen, wer sich auf meinem Shuttledeck häuslich eingerichtet hat.«

»Sind Sie der Deckoffizier? Admiral Noguchi meinte, Sie hätten bis heute abend Urlaub, und anschließend seien Sie beschäftigt. Er sagte, hier drohe ihr keine Gefahr, niemand würde sie stören.«

»Admiral Noguchi . . . ?«

»Die Reise wird recht lang sein, und dieser Ort hier eignet sich am besten.«

»Was für eine lange Reise?« entfuhr es Jim.

Die junge Frau gab dem Tier eine Möhre; der Captain hätte schwören können, daß ihre Hände zuvor leer gewesen waren. »Sie ist völlig harmlos. Solange sie nicht erschrickt.«

»Ich bin nicht der Deckoffizier.«

»Ach. Wer denn?«

»Der Captain«, sagte Jim. Er wandte sich um, nahm drei Stufen der Treppe auf einmal und hielt auf den Turbolift zu. Als er ihn erreichte, glitten die beiden Türhälften auseinander. Admiral Noguchi trat aus der Kabine, so sehr auf eine Com-Folie konzentriert, daß Jim rasch ausweichen mußte, um eine Kollision zu vermeiden.

»Sir! Admiral!«

»Jim!« Noguchi wirkte enttäuscht. »Was machen Sie hier? Vermutlich wissen Sie jetzt von meiner Überraschung. Haben Sie bereits mit Miß Lukarian gesprochen? Hat Sie Ihnen gesagt, worum es geht?«

»Aber ich dachte... Wer ist Miß Lukarian? Meinen Sie die... die Amazone auf meinem Landedeck, die versucht, ihr geflügeltes Roß unter Kontrolle zu halten?«

»Beruhigen Sie sich, Jim! Sie sind ja fast hysterisch. Was ist los mit Ihnen? Haben Sie zuviel getrunken?«

»Nein, Sir. Das heißt: Ich glaube nicht. Admiral, ein Tier blockiert mein Shuttledeck.«

»Halb so schlimm, Jim. Bei dieser Mission brauchen Sie bestimmt kein Shuttle.«

»Worin besteht mein Auftrag?« fragte der neue Captain und argwöhnte, daß ihm die Antwort nicht sonderlich gefiel.

Noguchi reichte ihm die Com-Folie. »Kennen Sie das mathematische Problem des Handelsreisenden? Dies hier scheint mir eine recht elegante Lösung zu sein.«

Jim starrte auf die Unterlagen und fragte sich verwirrt, was ihm der Admiral mitzuteilen versuchte. Ganz offensichtlich plante Noguchi eine drei Monate lange Reise für die *Enterprise*, und während dieser Mission sollte das Schiff dreißig verschiedene Raumstationen ansteuern, angefangen mit Starbase Dreizehn.

»Die Phalanx?« fragte Jim. »Starbase 13? Himmel, jene Basis ist ein Synonym für die Verschwendung von Zeit und Ressourcen. Sie sollte aufgegeben werden.«

»Starbase 13 hat enorme strategische Bedeutung. Nun, die Mathematiker gerieten ganz schön ins Schwitzen, als ich darauf bestand, daß Ihre Tour dort beginnen soll.« Noguchi lachte leise und erklärte, wie schwer es sei, den kürzesten Weg zwischen verschiedenen Zielen zu bestimmen. Das entsprechende Problem war in zwei Dimensionen gelöst, doch die dritte führte zu einer umfassenden Zunahme der Komplexität.

»Ich... ich verstehe nicht«, sagte Jim. »Worin *besteht* die Mission?«

»Ich mußte drei verschiedene Faktoren berücksichtigen«, antwortete der Admiral. »Erstens: Sie sollen Gelegenheit bekommen, sich wieder ganz zu erholen...«

»Mir geht es bestens!« erwiderte Jim scharf. »Meine Rekonvaleszenz ist abgeschlossen.«

Noguchi ignorierte den Protest des Captains. »Zweitens: Ich wollte Ihnen Zeit geben, mit Schiff und Besatzung vertraut zu werden.«

»Gerade deshalb habe ich einen wichtigen Auftrag erwartet, eine Herausforderung...«

»Und drittens: Ich halte es für angemessen, daß Sie sich ein Bild von der Lage in den Raumstationen machen. Kennen Sie die betreffenden Berichte?«

»Nein, Sir. Ich konnte mich leider nicht damit befassen. Ich lag einige Monate lang in der Regeneration. Aber das ist inzwischen ein *abgeschlossenes* Kapitel. Ich bin wieder ganz der alte.«

»Die Meldungen von den Basen sind in höchstem Maße besorgniserregend. In allen von uns kontrollierten Stationen läßt die Moral sehr zu wünschen übrig. Das ist insbesondere bei Starbase 13 der Fall. Nun, wir schicken unsere Leute in irgendeinen abgelegenen Winkel des Universums, fort von ihren Freunden und Familien — ohne an ihre Bedürfnisse zu denken. Ich werde das ändern. Und um diese Absicht zu verwirklichen, brauche ich Sie.«

Sie erreichten den Laufsteg, und der Admiral ging die Treppe hinab. Jim folgte ihm. Sam und Winona standen noch immer am Pferch, und Miß Lukarian griff nach einem Handtuch, rieb die schweißfeuchten Schultern des Tiers ab. Jims Mutter kraulte das Wesen hinter den Ohren, während Sam sich die Gelenke der Flügelansätze betrachtete.

»Miß Lukarian«, sagte Admiral Noguchi.

Die junge Frau drehte sich um und lächelte. Als sie Jim sah, verfinsterte sich ihre Miene. »Admiral«, entgegnete sie und fügte unsicher hinzu: »Captain...«

»Jim, ich möchte Ihnen Amelinda Lukarian vorstellen, die Geschäftsführerin der Warpschnellen Klassischen Varietégesellschaft. Miß Lukarian, das ist Captain James T. Kirk.«

»Wie geht es Ihnen, Captain?«

Jims Finger schlossen sich um ihre kleine und schmale Hand, die jedoch überraschend fest zudrückte. Er spürte Schwielen.

»›Varieté‹? Was soll das heißen?« Jim versuchte vergeblich, diesen Begriff mit Hochenergiephysik in Verbindung zu setzen, was der Zusatz ›warpschnell‹ anzudeuten schien. Der Ausdruck ›Gesellschaft‹ hingegen ließ einen Zusammenhang mit den kommerziellen Anwendungen des überlichtschnellen Raumflugs vermuten. Und das Flügelpferd? Was hatte es damit auf sich? Handelte es sich um eine Art Warenzeichen? Einen Werbetrick? Und wenn das zutraf: Wie kam Starfleet ins Spiel?

»Varieté bedeutet Unterhaltung«, erklärte Lukarian.

»Während der Reise stehen Sie der Gesellschaft zur Verfügung.«

Das verschlug Jim die Sprache. Wortlos und schockiert starrte er Noguchi an.

»Das Tier ist einmalig, Jim«, sagte Sam. »Das anatomische Problem der Schwingen...«

»Admiral, wollen Sie etwa behaupten, Starfleet beauftrage die *Enterprise* mit...«

»Pst, Athene, ganz ruhig«, murmelte Winona und versuchte, das Geschöpf zu beruhigen. Die laute Stimme des Captains erschreckte es erneut. »Jim...«

Er räusperte sich. »Gibt Starfleet einem Raumschiff der Constellation-Klasse mit über vierhundert Besatzungsmitgliedern tatsächlich die Anweisung, ein... ein Mutantenpferd und seine Dompteuse herumzukutschieren?« Jim hatte das Gefühl, daß sich selbst seine Mutter gegen ihn wandte.

»Schreien Sie nicht«, sagte Lukarian. »Athene ist arabischer Abstammung und daher sehr nervös. Sie jagen ihr einen Schrecken ein.«

Der Admiral blieb gelassen. »*Ich* gebe Ihnen den Auftrag, die Varietégesellschaft zu den Raumstationen zu fliegen, damit dort Vorstellungen für das Starfleet-Personal stattfinden können. Ich erwarte von Ihnen, daß Sie sich an Ihre Order halten, ohne sie in Frage zu stellen. Denken Sie daran, daß Sie das Kommando über dieses Schiff mir zu verdanken haben. Derartige Befehle sind keineswegs ehern, können jederzeit revidiert werden. Haben Sie verstanden?«

Bei den letzten drei Worten klang Noguchis Stimme wesentlich schärfer. Jim begegnete seinem Blick. Als er in die braunen Augen des älteren Offiziers sah, fielen ihm die Gerüchte über das Temperament des Admirals ein. Es hieß, normalerweise sei er so kalt wie Eis, doch unter den mentalen Gletschern brodle ein emotionaler Vulkan.

»Irgendwelche anderen Fragen, *Captain* Kirk?«

Jim zögerte kurz, fast eine Sekunde zu lang. »Nein, Sir«, sagte er hastig, bevor das Magma im Admiral eruptieren konnte.

Noguchi kehrte ihm den Rücken zu. »Miß Lukarian, hat es Ihre Gruppe bequem genug? Haben Sie alles, was Sie brauchen?«

»Einige von uns sind ein wenig mitgenommen«, erwiderte die junge Frau. »Die meisten meiner Leute hatten bisher noch keine Gelegenheit, einen Transporter zu benutzen. Athene und ich kamen mit einem Kurierschiff, und deshalb ist sie recht unruhig. Normalerweise reisen wir mit dem Zug.«

»Bestimmt gewöhnen Sie sich bald an das Raumschiff. Das All hat durchaus seinen Reiz.« Der Admiral schmunzelte. »Außerdem werden Sie bald feststellen, daß es hier wesentlich mehr Bewegungsfreiheit für Sie gibt als in einem Zugwaggon.« Noguchi griff nach Lukarians kleiner Hand. »Sie gingen auf meine Bitte ein, obwohl Ihnen nur wenig Zeit für die Vorbereitungen blieb, und dafür bin ich Ihnen sehr dankbar. Außerdem freue ich mich darauf, die Sache bekanntzugeben. Wollen Sie mir dabei Gesellschaft leisten?«

»Gern. Sobald mich einer der Takler bei Athene ablösen kann. Möchten Sie wirklich auf eine Vorführung verzichten?«

»Ihr Angebot ist sehr großzügig«, sagte Admiral Noguchi. »Aber heute abend sollen Sie Gäste sein. Und bei Starfleet brauchen Gäste für ihr Essen nicht mit Gesang und Kunststücken zu bezahlen.«

»In Ordnung. Ich führe meine Leute gleich nach oben.«

»Gut. Falls es irgendwelche Probleme gibt: Bitte zögern Sie nicht, sich mit mir in Verbindung zu setzen. Mein Büro weiß immer, wo ich zu erreichen bin.«

Admiral Noguchi ging die Treppe zum Laufsteg hoch und verschwand im Korridor. Jim und Lukarian blieben zurück, musterten sich.

»Das ist absurd«, stöhnte der Captain. »Vollkommen absurd.«

»Ich kann es mir nicht leisten, diesen Auftrag zu verlieren«, erwiderte die junge Frau. »Wir bleiben in Ihrem Schiff – und ich hoffe, Sie werfen uns nicht einfach über Bord.«

»Manche Hoffnungen trügen.«

»Immer mit der Ruhe, Jim«, sagte Sam.

»Unsere Lage ist verzweifelt genug«, zischte Lukarian. »Schlimmer kann's kaum noch werden.«

»Fordern Sie mich nicht heraus«, erwiderte Jim in einem drohenden Tonfall. »Das wäre sehr dumm von Ihnen.«

»Ebenso dumm ist es, gegen das Lieblingsprojekt eines Admirals zu opponieren«, sagte Winona. Ihre Worte galten nicht etwa Lukarian, sondern Jim.

»Ich *werde* Noguchis Auftrag wahrnehmen«, fauchte die junge Frau entschlossen. Das geflügelte Roß hinter ihr spürte die Anspannung zwischen den Menschen. Es schnaubte, scharrte mit den Hufen, tänzelte von einer Seite des Pferchs zur anderen.

»Sie verängstigen Athene«, stellte die junge Frau fest. »Gehen Sie jetzt bitte.«

»Jim«, warf Winona ein, bevor er Antwort geben konnte. Sie klang sowohl zornig als auch enttäuscht.

»*Was ist*, Mutter?«

»Gib nach, Jim. Du hast gar keine andere Wahl.«

Jim vertrat die Ansicht, daß er ein Recht darauf hatte, wütend zu sein. Er glaubte sogar, sich unter den gegebenen Umständen erstaunlich gut zu beherrschen. Andererseits: Seine Verärgerung galt nicht in erster Linie Amelinda Lukarian, sondern Admiral Noguchi.

Athene stieß die junge Frau mit der Schnauze an, und daraufhin drehte sich Lukarian um, klopfte auf den Hals des Tieres und flüsterte ihm etwas zu. Zärtlich preßte sie die Wange an die dunkle Stirn des Flügelpferdes. »Gehen Sie jetzt«, sagte sie.

Winona berührte Jims Arm und deutete zum Ausgang.

»Versuchen Sie, das Biest unter Kontrolle zu halten. Miß Lukarian«, sagte der Captain.

Auf dem Rückweg zum Freizeitdeck schwiegen Mutter, Sohn und Bruder. Als sie die Stimmen der Partygäste hörten, blieb Winona stehen.

»Es war ein langer Tag«, sagte sie. »Ich bin ziemlich müde.«

»Soll ich dich zum Hotel begleiten?« fragte Sam.

»Das ist nicht nötig. Bleib ruhig hier, Sam, und vergnüg dich. Jim, ich möchte mit dir reden.«

»Meine Pflichten...«

»Es wird nicht lange dauern.« Winona setzte sich wieder in Bewegung, wanderte durch den Korridor, der zur Raumdock-Gangway führte.

Sam klopfte seinem jüngeren Bruder mitfühlend auf die Schulter. Sie wußten beide, wie sinnlos es war, ihrer Mutter zu widersprechen, wenn sie jenen Tonfall anschlug.

Winona verschränkte die Arme, senkte den Kopf und starrte nachdenklich zu Boden.

»Was ist los, Mom?« fragte Jim.

»In Hinsicht auf die Starfleet-Politik beziehst du einen seltsamen Standpunkt. Deine Reaktionen sind recht... unkonventionell.«

»Aber ich dachte... der Admiral gab mir zu verstehen...«

»Kimi trifft seine Entscheidungen nie aus dem Stegreif, hat immer gute Gründe dafür. Doch das spielt derzeit gar keine Rolle. Wir sprechen nicht über sein Verhalten, sondern über deins. Er gab dir einen Befehl, und du hast die Anweisungen kritisiert — weil sie dir nicht in den Kram passen!«

»Er hätte mir wenigstens...«

»Wir diskutieren nicht über ihn!« warf Winona zornig ein. »Erinnerst du dich nicht mehr an den Rat deines Vaters? Hast du selbst die Fehler vergessen, die ihm unterliefen? Wenn du sicher im Kosmos der Starfleet-Politik navigieren willst, darfst du deinen Kurs nicht von Arroganz bestimmen lassen! Eines Tages wirst du dazu gezwungen sein, die Befehle eines vorgesetzten Offiziers zu mißachten, und dann mußt du dich rechtfertigen. Wenn du dann im Ruf stehst, ein hochmütiger Hitzkopf zu sein, der meint, alles besser zu wissen, gerätst du in erhebliche Schwierigkeiten. Es wäre vielleicht das Ende deiner Karriere.«

»Ich glaube, meine Handlungen sprechen für sich selbst.«

»Ach? Und welche Schlußfolgerungen lassen sie zu? Nehmen wir ein Beispiel: Du warst äußerst unfreundlich zu dem kleinen Mädchen...«

»Zu dem ›kleinen Mädchen‹? Sie ist erwachsen — und hat ein Monster auf meinem Shuttledeck untergebracht.«

»Sie ist kaum zwanzig, für ein ganzes Varieté verantwortlich. Und was ihr ›Monster‹ angeht...« Winona seufzte. »Begreifst du denn nicht, wieviel ihr an diesem Auftrag liegt?«

»Nein.«

»Hätte ich mir eigentlich denken sollen. Man braucht Menschenkenntnis, um solche Dinge zu beurteilen. Lukarian klang so, als sei dies die letzte Chance für ihre Gruppe.«

»Und wenn schon. Wer dauernd am Rande des Konkurses manövriert, hat es verdient, aus dem Geschäft gedrängt zu werden.«

Einige Sekunden lang starrte Winona ihren Sohn ungläubig an, schüttelte schließlich den Kopf. »Wirklich schade, daß nicht alle so perfekt und erfolgreich sein können wie Sie, Captain Kirk.«

Abrupt drehte sie sich um, ging fort und verließ die *Enterprise.* Jim folgte ihr einige Schritte weit, blieb dann stehen. Er wußte gar nicht, was er seiner Mutter sagen sollte. Sie waren beide aufgebracht, und wenn er nun darauf bestand, die Diskussion fortzusetzen, kam es vermutlich zu einem regelrechten Streit. In einem Punkt hatte Winona sicher recht: Für sein Verhalten gegenüber Amelinda Lukarian gab es keine Entschuldigung.

Er wanderte in Richtung Freizeitdeck, wünschte sich dabei, nicht ausgerechnet zur Party zurückkehren zu müssen.

Sam wartete dort, wo Jim ihn zurückgelassen hatte. Lässig lehnte er an einem Schott, das rechte Bein angezogen, den Fuß an der Wand.

»Alles klar?«

Jim zuckte mit den Schultern.

»Hat sie dir den Kopf gewaschen?« fragte Sam.

»Nun, sie ist nicht gerade stolz auf mich«, antwortete Jim. »Verdammt, Sam: Ich habe mir eine anständige Einsatzorder von Noguchi gewünscht, damit *gerechnet.* Ich verdiene etwas anderes als...«

»Möchtest du eine Mission, die dir Gelegenheit gibt, dich mit mehr Ruhm zu bekleckern?«

»Ruhm?« Wütend wandte sich Jim zu seinem Bruder um. »Glaubst du, ich bin deshalb bei Starfleet? Meinst du, man erringt Ruhm, wenn einem das Schiff zerschossen wird?«

»Nein. Aber was ist mit dir?«

»Ich bin kein Narr, Sam. Himmel, die letzten sechs Monate waren alles andere als angenehm.«

»Warum gönnst du dir dann nicht ein wenig Ruhe? Genau darum geht es Kimi. Er möchte, daß du dich schonst.«

»Aber ich will mich nicht schonen. Und schon gar nicht von einem vorgesetzten Offizier dazu gezwungen werden.«

»Er meint es doch nur gut. Hör mal, Jim. Noguchi kennt unsere Familie schon seit langer Zeit...«

»Nett«, brummte Jim. »Genau das brauche ich: einen Admiral, der mich so behandelt, als sei ich noch immer fünfzehn.«

Sam lächelte. »Nein, da irrst du dich. Er behandelt *mich*, als sei ich fünfzehn. In dir sieht er noch immer einen Achtjährigen.«

»Du verstehst es wirklich, jemanden zu trösten«, sagte Jim voller Sarkasmus.

»Ich weiß. Deshalb treten viele Leute an mich heran — damit ich sie aufmuntere. Wie dem auch sei: Ich bin davon überzeugt, daß Kimitake Noguchi dir ein Geschenk macht. Nimm es an — und versuche, seine Motive zu verstehen.«

»Wenn er die Sache bekanntgibt, lachen mich bestimmt alle aus! Mann, so einen Auftrag erteilt man jemandem, der zu nichts anderem fähig ist, dem man nicht mehr vertrauen kann, der keinen Mumm mehr in den Knochen hat, der verbraucht und ausgebrannt ist...« Jim unterbrach sich und schnappte nach Luft, fürchtete plötzlich, daß der Schmerz zurückkehrte, der Schmerz und die Leere.

»Jim!« Sam hielt ihn an den Schultern fest.

Der junge Captain drehte sich verlegen um.

»Hast du davor Angst?« fragte sein älterer Bruder.

»Nein, ich...«

»Hör endlich auf! Warum versuchst du, etwas vor mir zu verbergen? Anderen Leuten gelingt es vielleicht nicht, hinter deine Maske zu sehen, aber ich durchschaue dich!«

Jims Stimme war kaum mehr als ein heiseres Flüstern, als er sagte: »Ich brauche eine gefährliche Mission, um zu erfahren, wie ich dabei reagiere. Ich muß sicher sein, Sam. Ich muß wissen, ob ich...«

»Ob du durchhältst, Jim? Ob du nicht die Nerven verlierst?«

Der junge Captain gab keine Antwort.

»Ghioghe hat dich nicht in einen Feigling verwandelt, Jim. Du hast noch immer Mumm. Bei allen Raumgeistern, Jim: Ich würde es sofort spüren, wenn mit dir etwas nicht stimmt.«

»Ich muß es mir selbst beweisen!«

Sam zögerte einige Sekunden lang. »Ich glaube, es war richtig von Kimi, dir diese Mission zu geben«, sagte er schließlich. »Nutze sie, um dich zu erholen.«

»Ich brauche keine Schonfrist, verdammt. Und ich kann auch auf die ach so guten Ratschläge meiner Familie verzichten!«

Jim floh zur Party, versteckte sich in der Menge.

Kurze Zeit später traf die Varietégruppe ein. Jim versuchte, aufmerksam zuzuhören, als Admiral Noguchi ihn vorstellte, doch den größten Teil seiner inneren Kraft benötigte er, um sich nichts anmerken zu lassen. Mit eiserner Selbstdisziplin versuchte er den Eindruck zu erwecken, als finde er Gefallen an der Vorstellung, während der nächsten drei Monate mit einem Raumzirkus durch die Phalanx zu gondeln.

Koronin beobachtete ihren kleinen Liebling. »Komm, Starfleet!«

Der rosafarbene Primat krächzte leise, lag in dem Nest, das er jeden Abend baute, direkt vor den Füßen seiner Herrin. Er strich seine Pelzdecke beiseite, sauste übers Bett und sprang auf Koronins Schulter.

»Bist du hungrig?« fragte sie. »Sei ein braves Tier. Wenn du dein Kostüm anziehst, gebe ich dir das Frühstück.«

Starfleet verstand nur etwa ein Wort von hundert, aber die Begriffe ›hungrig‹, ›Kostüm‹ und ›Frühstück‹ bildeten einen wichtigen Teil seines Vokabulars. Er kletterte an Koronins Bein herab, lief ums Bett herum und suchte nach der Kleidung: schwarze Hose, goldenes Samthemd.

Es amüsierte die Frau, daß der Primat so große Ähnlichkeit mit einem Menschen aufwies. Viele Spezies gehörten zur Föderation, doch Koronins besondere Verachtung galt dem sogenannten Homo sapiens. Sie lächelte vergnügt, wenn sie das Tier in der Offiziersuniform Starfleets sah. Doch der Umstand, daß sich der kleine Affe so ungeschickt mit den drolligen Stiefeln anstellte, erfüllte sie mit Ärger. Koronin konnte Starfleet natürlich zwingen, sie zu tragen, aber er taumelte dauernd, wenn er damit zu gehen versuchte, verlor das Gleichgewicht, fiel, hockte dann auf dem Boden und nagte am Leder, wimmerte traurig, bis seine Herrin ihn von dem Schuhwerk befreite. Koronin lachte schallend, solange sie das Stolpern, Wanken und Fallen des Primaten sah, aber das Winseln und Jammern langweilte sie. Wenn er in einem solchen Zustand war, half nicht einmal eine ordentliche Ohrfeige. Aus diesem Grund verzichtete Koronin derzeit auf die Stiefel, nahm sich jedoch vor, ihren kleinen Liebling doch noch darauf zu konditionieren. Sie duldete keinen Widerstand.

Während Starfleet mit dem Eifer eines verblödeten Kindes nach seinen Sachen suchte, überprüfte Koronin die Kontrollinstrumente des Schiffes. Goldene Intarsien bildeten filigrane Muster auf Pulten aus durchsichtiger, rosafarbener Jade. Der Regierungsoffizier hatte große Summen für die optische Dekoration des Kommandobalkons ausgegeben, und die eher spartanische Atmosphäre seines persönlichen Quartiers deutete auf ein bewußtes Schuldbewußtsein in bezug auf den verschwenderischen Luxus hin. Das war Koronin nur recht: Sie hätte sich kaum die Mühe gemacht, die Kontrollsektionen des Kreuzers auf diese Weise ihrem Geschmack anzupassen, beschränkte sich darauf, die harte Koje verschwinden zu lassen, die Kabine ihren Wünschen gemäß einzurichten.

Sie fragte sich, wie viele loyale Untertanen wußten, zu welchen Zwecken ihre Steuern von der Oligarchie verwendet wurden. Koronin lächelte schief, als sie daran dachte, daß kaum jemand etwas von den Oligarchen ahnte. Sie selbst war dazu erzogen worden, die Kaiserin zu verehren, doch bei der höchsten Klasse im Imperium galt es als offenes Geheimnis, daß die Oligarchen eine machtlose, senile und alleinstehende Herrscherin kontrollierten. Die Geächteten kannten die Wahrheit und glaubten selbst die verrücktesten Gerüchte. Koronin wußte aus verschiedenen Quellen, daß die Oligarchie ganz bewußt den Hirnzerfall der Kaiserin zuließ und den Körper mit elaborierten Mechanismen und extensiver Transplantationstherapie am Leben erhielt. Vor einigen Jahren hätte Koronin solche Schilderungen vielleicht in Frage gestellt, doch inzwischen zweifelte sie nicht mehr daran.

»Starfleet!«

Der Primat wimmerte ängstlich, hoppelte auf sie zu und duckte sich.

»Heute hast du das Hemd richtig angezogen«, sagte die Frau. »Also darfst du frühstücken.«

Das Tier krächzte leise und zitterte vor Freude. Koronin hielt eine Frucht hoch und lachte, als der Affe danach sprang.

»Sei still!«

Starfleet kauerte sich zu Boden, bebte am ganzen Leib. Sein Blick klebte an dem Obst fest.

»Gut«, sagte Koronin und gab ihm den Leckerbissen.

Der Primat griff gierig danach, verschlang ihn, bettelte um mehr.

Koronin vergaß ihn, betrachtete die holografische Sternenkarte und suchte nach einem Sektor, von dem aus sie Phalanxschiffe angreifen konnte. Wenn sie sich den zentraleren Föderationsbereichen zu sehr näherte, mußte sie damit rechnen, von einer Patrouille verfolgt zu werden, und am Ende des Keils bestand die Gefahr, das Verteidigungspotential einer Starbase herauszufordern. Aber das Zentrum... Ja, die Mitte erschien ihr geeignet.

»Sergeant?«

»Ja, Koronin?«

Er antwortete respektvoll und demütig, in der richtigen Form. An ihrem ersten Tag als Kommandantin der *Quundar* hatte sie den Sergeant getadelt, als er sie mit ›Lady‹ ansprach. Wenn Mitglieder einer geächteten Mannschaft solche Titel verwendeten, so mußte Koronin darin eine Beleidigung sehen.

Sie nahm diesen Titel sehr ernst, konnte ihn aber erst wieder benutzen, wenn sie ihn nach Meinung der Gesellschaft ihrer Heimat verdiente. Koronin war sicher, daß sie dieses Ziel erreichte.

»Berechne einen Kurs zur Föderationsphalanx.«

Die Starfleet-Stewards achteten darauf, daß sich nirgends Partymüll ansammelte. Halbleere Gläser, schmutzige Teller, Tabletts und offene Flaschen verschwanden sofort, kaum hatte sie jemand irgendwo abgestellt. Als nur noch wenige Gäste übrigblieben, hielt ein Tisch mehrere Champagnerflaschen, einige hochstielige Gläser und ein Hors-d'œuvre-Arrangement bereit — so als beginne nun eine andere, wesentlich kleinere Party.

Jim saß an einem Aussichtsfenster, blickte gelegentlich ins Raumdock. Der hohe Adrenalinspiegel in seinem Blut verbannte Müdigkeit aus Körper und Geist. Er wollte seiner Mutter erklären, warum er so verärgert gewesen war. Er wünschte sich eine Gelegenheit, mit Sam zu sprechen, sich bei ihm zu entschuldigen. Aber Winona schlief sicher längst, und Sam hatte sich gerade eine Gitarre ausgeliehen. Er spielte leise, begleitete Lieutenant Uhura, die an den Saiten einer Harfe zupfte und sang. Im Saal hielten sich noch einige Angehörige der Varietégruppe auf, aber von Lukarian war weit und breit nichts mehr zu sehen.

Jim stand auf, trat an den Serviertisch heran, nahm zwei Gläser und eine Flasche Champagner.

»He, Jim, warte!«

Vor dem Turbolift gesellte sich Sam zu ihm. In der einen Hand hielt er ein drittes Glas, in der anderen einen kleinen Behälter.

»Endlich hast du dich aufgerafft und zu einer Entscheidung durchgerungen«, sagte Sam.

»Aber vielleicht nicht zu der, die du erwartest. Möglicherweise möchte ich mich nur vollaufen lassen.« Die Tür des Turbolifts öffnete sich, und die beiden Männer traten in die Kabine.

»Mein kleiner Bruder, der heimliche Trinker«, erwiderte Sam und grinste. »Ich frage mich nur, wozu du *zwei* Gläser brauchst.«

Jim lächelte schief. »Um mir selbst zuzuprosten.«

Sam warf den Behälter hoch in die Luft, fing ihn wieder auf. Hinter den durchsichtigen Seitenflächen sah Jim einige Gemüsestücke.

»Was hältst du davon, wenn wir mit einem ganz besonderen Pferd Freundschaft schließen?« fragte Sam.

Sie verließen den Lift, wanderten zum Shuttledeck und blieben auf dem Laufsteg stehen. Lukarian hatte ein Faltbett neben dem Pferch aufgestellt, so daß sie nur die Hand auszustrecken brauchte, am Athene zu berühren. Das geflügelte Roß stand neben ihr und döste; die Schnauze strich sanft über die Finger der jungen Frau. An den Ohrenspitzen und Beinen ging der schwarze Glanz des Fells in dunkles Purpur und schimmerndes Pfauenblau über. Auf dem Rücken und an den Flanken zeigten sich hellere Flekken. In Mähne und Schweif funkelten wechselnde Farbmuster aus Schwarz, Dunkelblau, Purpur und irisierendem Grün. Die breiten Schwingen waren nun an den Seiten zusammengefaltet, und die Konturen der Federn verschmolzen mit dem Rest des Körpers.

»Wir sollten unseren Besuch auf später verschieben«, sagte Jim.

Athene hörte seine Stimme, hob den Kopf und schnaubte. Lukarian setzte sich auf und zwinkerte schläfrig.

»Was wollen Sie?« Sie strich die Decke beiseite, und Jim sah, daß sie sich umgezogen hatte. Sie trug nun keinen schwarzen Anzug mehr, sondern eine Kordelhose und ein weites Hemd.

Jim ging die Treppe hinab, hielt Flasche und Gläser in einer Hand.

»Ich bin hier, um mich zu entschuldigen«, sagte er.

»Wir möchten Ihnen ein Friedensangebot machen.« Sam öffnete den Behälter und holte einige Gemüsestücke hervor. »Mag Athene zarte Möhren?«

»Ja. Sehr sogar. Und wenn sie zart sind — um so besser.«

Jim öffnete die Flasche, Sam bot dem geflügelten Roß die Karotten an. Es trat langsam auf ihn zu, mit zitternden Flügeln, näherte sich so vorsichtig und mißtrauisch, als argwöhne es eine Falle. Zögernd beugte es den Hals, leckte die Möhre von Sams Hand.

»Hat Ihnen der Admiral befohlen, zu mir zu kommen?« fragte Lukarian. »Es spielt keine Rolle, ob Sie sich entschuldigen oder nicht — ich bleibe hier, was auch geschieht. Ich komme zwar lieber dort unter, wo man mich und meine Freunde willkommen heißt, aber wir können uns nicht den Luxus der Pingeligkeit leisten.«

»Er hat mich nicht aufgefordert, Sie um Verzeihung zu bitten«, erwiderte Jim. »Und es gibt keinen Grund, den Auftrag abzulehnen.« Er lachte, zwar humorlos, aber mit einer gewissen Ironie, die ihm selbst galt. »Außerdem: Ganz gleich, wie Sie sich jetzt auch entscheiden — es ändert nichts an der Entschlossenheit des Admirals. Wenn Sie einen Rückzieher machen, sucht er sich einfach jemand anders.«

»Und wenn Sie Widerspruch einlegen?« fragte Lukarian.

»Das ist mir verboten«, sagte Jim. Mit dem Daumen drückte er den Korken aus der Flasche, ganz langsam und vorsichtig, um das Flügelpferd nicht mit einem lauten Knall zu erschrecken.

Die junge Frau kaute nachdenklich auf der Unterlippe. »Sie haben etwas anderes erwartet, nicht wahr?«

»Allerdings.«

»Frieden?« bot Lukarian an.

»Frieden.«

Sie schüttelten sich die Hände, lächelten.

Athene verspeiste noch eine zweite Karotte, hob dann den Kopf über die Pferchstange und stieß Lukarian an.

Amelinda streckte den Arm aus, und das Schwingenroß leckte etwas von ihren Fingern. Athenes Zähne zermahlten eine Möhre, und Jim fragte sich verwirrt, ob Sam der jungen Frau ein Gemüsestück gegeben hatte. Ihre Hände waren leer gewesen, und doch... Er zuckte mit den Schultern, schenkte Champagner aus.

»Auf unsere... Freundschaft«, sagte er.

Die Gläser stießen aneinander, klirrten leise.

»Wie sind Sie Captain geworden?« Geistesabwesend kraulte Lukarian das Flügelpferd hinter den Ohren.

Rote Flecken bildeten sich auf Jims Wangen. »Reines Glück, schätze ich.«

Die junge Frau errötete ebenfalls. »So habe ich das nicht gemeint. Ich wollte sagen... Sind Sie nicht ein wenig zu jung für Ihren Rang?«

»Ich bin neunundzwanzig«, erwiderte Jim. »Den Kinderschuhen entwachsen. Und Sie? Sind *Sie* nicht zu jung, um eine... eine Varietégesellschaft zu leiten?«

»Das ist etwas ganz anderes«, behauptete Lukarian. »Ich habe diesen Job von meinem Vater geerbt.«

»Das ist auch bei Jim der Fall«, warf Sam ein und grinste.

»Ich wußte gar nicht, daß bei Starfleet so etwas üblich ist«, sagte Amelinda.

»Ich auch nicht«, brummte Jim. »Mein Bruder hat einen recht ungewöhnlichen Sinn für Humor.«

»Oh.« Lukarian musterte die beiden Männer verwirrt.

»Wozu dient der Pferch?« fragte Jim. »Warum fliegt Athene nicht einfach darüber hinweg?«

»Du solltest die Flügelgröße mit dem Körpergewicht vergleichen«, riet ihm Sam. »Bei einer Schwerkraft von 1 *g* kann das Tier unmöglich abheben.«

»Das stimmt«, sagte Lukarian. »Aber es wäre durchaus imstande, über die Stange zu springen. Wenn es erschrokken genug ist.«

»Wir sollten vermeiden, daß Athene frei auf dem Shuttledeck herumläuft«, meinte Jim.

»Irgend jemand leistet ihr ständig Gesellschaft und paßt auf. Reines Pech, daß Sie ausgerechnet hierherkamen, als ich für eine Minute fortging. Ich wollte mich nur rasch umziehen, einige Vorbereitungen treffen.«

»Wozu haben Sie ein Flügelpferd, das gar nicht fliegen kann?«

»Mein Vater bekam es als Fohlen. Ich war dagegen, es zu kaufen. Unser Varieté hat einige Tiernummern, aber Athene... Schon damals konnte ich mir die Enttäuschung des Publikums vorstellen, wenn wir ein Schwingenroß präsentieren, das nicht fliegen kann. Ich behielt recht. Außerdem sind Vogelpferde häufig unberechenbar, schnappen irgendwann über. Wie dem auch sei: Als Athene zu uns kam, erlag ich sofort ihrem Reiz. Ich war damals genau im richtigen Alter.«

»›Vogelpferd‹?« wiederholte Jim. »Nicht ›Pegasus‹?«

»Nein. Pegasus ist eine Legende; Athene ist ein Teil der Wirklichkeit. Darüber hinaus halte ich ›Vogelpferd‹ für einen angemessenen Begriff. In ihrer Genstruktur gibt es einen Faktor, der Vergleiche mit Raubvögeln zuläßt. Zum Beispiel kann Athene Fleisch fressen. Sie haben nicht zufällig Krevetten mitgebracht, oder? Sie ist ganz verrückt danach.«

»Beim nächstenmal denken wir daran.«

»Wie viele Exemplare gibt es von ihrer Spezies?« erkundigte sich Sam. »Wie funktioniert in diesem Fall die Technik der genetischen Manipulation? Warum habe ich noch nichts davon gehört?«

»Oben – ich meine: *unten* – im Nordwesten lebt ein Typ, der eine ganze Herde – oder einen Schwarm? – von Vogelpferden hat. Er legt keinen großen Wert auf Publicity, möchte Konfrontationen mit den Genidealisten vermeiden.« Lukarian verzog das Gesicht. »Solche Leute sind bereit, Sojaprotein zu kaufen, das wie ein saftiges Steak schmeckt. Dadurch fallen ihre Nahrungsmittelrechnungen weniger hoch aus. Allerdings übersehen sie dabei, daß zur Herstellung derartiger Substanzen weitaus größere Genverschmelzungen notwendig sind als bei einer Kreuzung von Vögeln und Säugetieren. Aber wenn man sagt: He, Jungs, wie wär's mit einer Chimäre, einem fliegenden Pferd? Dann ertönt überall empörtes Geschrei, und man spricht von heidnischer Zauberei und ähnlichem Unsinn!«

Sam lachte leise, konnte sich entsprechende Personen offenbar gut vorstellen. »Sie meinten eben, Schwingenrösser — Vogelpferde — seien häufig unberechenbar und neigten zum Überschnappen. Weil sie nicht imstande sind, wirklich zu fliegen?«

»Weil sie glauben, eigentlich fliegen zu müssen. Verstehen Sie den Unterschied?«

»Unter welchen Gravitationsbedingungen wären sie dazu in der Lage?« fragte Sam.

»Rein theoretisch bei 0,1 *g*. Aber bisher hat das noch niemand versucht. Es ist zu teuer, das Schwerkraftfeld in einem ausreichend großen Bereich zu verändern.«

»Kann eigentlich gar nicht soviel kosten«, sagte Jim, sah sich auf dem Shuttledeck um und seufzte enttäuscht. Der Abstand zwischen Boden und Decke betrug nur fünfzehn Meter, bot dem geflügelten Pferd nicht genug Bewegungsfreiheit.

»Es ist zu teuer, wenn man das Budget einer Varietégesellschaft zum Maßstab nimmt«, erklärte Lukarian. »Aber es wäre sicher ein toller Anblick, nicht wahr?«

»Und ob«, bestätigte Jim.

»Meine Freunde nennen mich Lindy«, sagte die junge Frau.

»Seine Freunde nennen ihn Jim«, warf Sam ein.

Lukarian blickte die beiden Männer fragend an.

»Er hat recht«, sagte Jim. »Meine Freunde nennen mich Jim.«

KAPITEL 4

Jim Kirk saß im Sessel des Befehlsstands und mußte sich eisern beherrschen, um nicht mit den Fingern auf die Armlehnen zu trommeln. Er wollte unter allen Umständen vermeiden, seinen Offizieren zu zeigen, wie aufgeregt und nervös er war.

An diesem Morgen hatte er sich so wortreich von Winona und Sam verabschiedet, daß sie sich schließlich erleichtert von ihm trennten. Er konnte ihnen deshalb kaum einen Vorwurf machen. Seine zunehmende Besorgnis hinderte ihn an einigermaßen geistreicher Konversation, und immerhin gab es nur wenige verschiedene Möglichkeiten, ›Auf Wiedersehen‹ zu sagen.

Nach einer gründlichen Inspektion der *Enterprise* sprach er mit Lieutenant Uhura über die Kommunikationssysteme, ließ sich anschließend von Commander Spock die Datenanalyse erläutern. Der Vulkanier beantwortete Jims Fragen emotionslos und detailliert, benutzte dabei Ausdrücke, die Jim kaum verstand. Trotz seines stoischen Gebarens schien Spock zu vermuten, der Captain überprüfe seine Kompetenz, suche nach einem Vorwand, um ihn von seinem Posten als Erster Offizier zu entbinden.

Jim wandte sich sogar an Amelinda Lukarian und fragte die junge Frau, ob sie zusätzliche Ausrüstungsmaterialien oder andere Dinge brauche. »Ich benötige einen guten Jongleur«, antwortete sie. »Sie können wahrscheinlich nicht jonglieren, oder?«

Jim hütete sich, eine anders lautende Antwort zu geben. Tatsächlich jonglierte er ab und zu, wenn er allein war, wenn ihn niemand beobachtete, aber er wagte es nicht, Lukarian davon zu erzählen – als Angst, sich demnächst auf einer Starbase-Bühne wiederzufinden. Und sich aller

Wahrscheinlichkeit nach bis auf die Knochen zu blamieren. Gelegentlich spielte er mit drei kleinen Kugeln, hielt zwei davon in den Händen und versuchte, die dritte in der Luft zu halten.

Meistens fiel sie zu Boden.

Amelinda freute sich so sehr über ihren Starfleet-Auftrag und die erste interstellare Reise, daß sie nicht begriff, worauf es Jim wirklich ankam. Er suchte nach einem Grund, noch einen weiteren Tag im Dock zu bleiben.

Der junge Captain glaubte zu wissen, was sie empfand. Es mochte ihm durchaus gelingen, Lukarian an seiner ganz privaten Verschwörung zu beteiligen. Vielleicht hätte sie ihm dabei geholfen, den Abflug der *Enterprise* zu verzögern — aber sicher nur widerstrebend. Möglicherweise fürchtete sie, die noch zarten Freundschaftsbande zwischen ihnen zu sehr zu belasten, wenn sie Jim die Unterstützung verweigerte — und andererseits die guten Beziehungen zu Noguchi aufs Spiel zu setzen, wenn sie einen weiteren Aufschub befürwortete. Zumindest für die Besorgnis in Hinsicht auf den zweiten Punkt gab es eine reale Grundlage. Der Admiral hatte sich bereits einmal mit Jim in Verbindung gesetzt und verdächtig beiläufig gefragt, wann der Captain aufzubrechen gedenke.

Kurz gesagt: Die *Enterprise* befand sich schon viel zu lange im Raumdock, und man erwartete von Jim, daß er den Startzeitpunkt festlegte.

Aber er wollte die Reise nicht ohne Dr. Leonard McCoy beginnen. Und von ihm fehlte jede Spur.

Die letzten Monate waren für McCoy besonders schwer gewesen. Es gelang ihm, Jim, Gary und die anderen Überlebenden von Ghioghe vor dem Tod zu bewahren, aber nach der Rückkehr zur Erde beteiligte man ihn nicht an der Behandlung. Dazu seien Spezialisten notwendig, meinten die Experten.

Als Jim aus der Regeneration erwachte und den Kummer des Arztes bemerkte, forderte er ihn auf, Urlaub zu machen, auszuspannen. *Ich habe ihn praktisch fortgejagt, ihm gar keine andere Wahl gelassen*, dachte Kirk. Aber wo steckte er jetzt?

McCoy hinterließ keine Nachricht, und wenn er einen Kommunikator bei sich führte, reagierte er nicht auf die Anrufe.

Die *Enterprise* brauchte einen Bordarzt. Das Raumdock ohne einen medizinischen Offizier zu verlassen, wäre Schiff und Crew gegenüber nicht nur unfair gewesen, sondern sogar gefährlich. Wenn McCoy nicht bald eintraf, mußte Jim einen anderen Doktor anfordern. *Und vielleicht sollte ich gleichzeitig eine Suchgruppe schicken.*

»Captain Kirk«, sagte Lieutenant Uhura, »das Kontrollzentrum des Raumdocks übermittelt Ihnen Grüße und fragt, ob Sie jetzt einen Starttermin bestimmen möchten.«

Noguchis Werk, vermutete Jim.

»Danken Sie dem Kontrollzentrum für die Anfrage... Nein, danken Sie Admiral Noguchi, der sich in der Koordinierungszentrale aufhalten dürfte. Bitten Sie um Starterlaubnis für 16.00 Uhr.«

»Aye, Captain.«

Uhura übermittelte die Nachricht, und Jim lächelte zufrieden vor sich hin. Sechzehn Uhr — das kam praktisch der Rush-Hour im Raumdock gleich. Wahrscheinlich hatten andere Kommandanten schon vor ihm einen Starttermin für diesen Zeitpunkt reserviert, und Jim hoffte, daß er dadurch einige Stunden gewann.

Er dachte an die möglichen Antworten. »Nun gut, wenn das Kontrollzentrum den Verkehr nicht koordinieren kann, um uns die Möglichkeit zu geben, zu einer vernünftigen Zeit aufzubrechen, starten wir eben um 02.00 Uhr.« Jim beabsichtigte, diese Worte mit kühlem Spott zu untermalen.

»Das Kontrollzentrum bestätigt 16.00 Uhr für geplanten Abflug der *Enterprise*«, sagte Uhura.

Jim fluchte lautlos.

»Ausgezeichnet, Lieutenant«, erwiderte er. »Vielen Dank.« Er stand auf. »Ich ziehe mich in mein Quartier zurück.«

Er verließ die Brücke, wütend darüber, sich selbst hereingelegt zu haben. Er hätte achtzehn oder sogar zwanzig Uhr angeben können und wäre sicher damit durchgekommen, aber nun blieb ihm nur noch eine Stunde. Und wenn er McCoy in dieser Zeit nicht fand, mußte er ihn als vermißt melden, einen anderen Arzt anfordern – und sich vor Admiral Noguchi verantworten.

Kurz darauf betrat er seine Kabine und öffnete einen privaten Kommunikationskanal. Er erhielt keine Antwort, als er die Codenummer für McCoys Apartment in Macon, Georgia, eintastete. Es meldete sich nicht einmal ein Com-Automat. In seiner Wohnung duldete der Arzt weder Computer noch anderes modernes Gerät. Wenn er einmal zu Hause aß, was selten genug geschah, spülte er sogar selbst ab. Im Club wußte man nicht, wo sich McCoy aufhielt.

Jim überlegte, rief dann eine alte Freundin des Doktors an, die er noch von seiner Studienzeit her kannte.

Dr. Chhay mochte etwa dreißig Jahre älter sein als McCoy, aber sie teilte seine altmodische Einstellung in Hinsicht auf Roboterdienste nicht. Jim hörte die Sprachprozessorstimme eines automatischen Anrufbeantworters.

»Bitte gedulden Sie sich. Ich stelle fest, ob Dr. Chhay das Gespräch entgegennehmen kann.«

Wenige Sekunden später erschienen Chhays Züge auf dem Schirm. Jim hatte McCoys Mentorin nur einmal gesehen, erinnerte sich aber an die ebenso faszinierende wie einzigartige Mischung in ihrem Erscheinungsbild: goldene asiatische Augen, goldbraunes Haar mit osteuropäischen Locken, Café-au-lait-Haut, wobei die Betonung auf dem Café lag. Als junge Frau mußte sie atemberaubend schön gewesen sein, und die Reife verlieh ihr Eleganz und Anmut. Die erste Begegnung mit ihr kam für Jim zunächst einem Schock gleich, und später wurde er sich auf eigentümliche, fast beklemmende Weise bewußt, daß er etwas Majestätisches sah, nicht etwa den banalen Abklatsch, den man sich seit Jahrhunderten darunter vorstellte, sondern echte Erhabenheit.

»Hallo«, sagte die Frau. »Sie sind... Commander Kirk, nicht wahr? Leonards Freund.«

»Ja, Ma'am«, erwiderte Jim. »Inzwischen bin ich Captain.«

»Herzlichen Glückwunsch.«

»Danke.« Er spürte, wie ihm das Blut ins Gesicht schoß. *Warum gebe ich mit meiner Beförderung an?* dachte er und räusperte sich verlegen. »Es tut mir leid, Sie zu stören. Haben Sie Leonard in letzter Zeit gesehen?«

»Nein, seit unserem gemeinsamen Dinner nicht mehr. Und das liegt nun schon über ein Jahr zurück, nicht wahr?«

Jims einzige angenehme Erinnerungen an jenes Essen galten Dr. Chhay. Die förmliche, steife Höflichkeit zwischen Leonard und seiner Frau war schlimmer gewesen als ein unmittelbarer Streit. Einige Wochen später beschlossen sie endlich, sich zu trennen.

»Ja, Ma'am. Inzwischen sind fast zwei Jahre vergangen.«

»Wie geht es ihm?«

»Gut. Glaube ich wenigstens. Leider kann ich ihn derzeit nicht erreichen.«

Chhays Blick brachte sowohl Skepsis als auch sanfte Heiterkeit zum Ausdruck. »Bestimmt weiß Jocelyn, wo er sich aufhält.«

»Das bezweifle ich.« Jim hätte sich am liebsten selbst geohrfeigt, fügte rasch hinzu: »Ich meine, ich habe noch nicht mit ihr gesprochen.« Offenbar wußte Dr. Chhay nichts von McCoys Scheidung. Vielleicht sollte ich es ihr sagen, überlegte Jim. Das heißt: Nein, es steht mir nicht zu, Leonards Freunden von seinem Privatleben zu erzählen. Außerdem ist es ohnehin zu spät.

»Grüßen Sie ihn von mir, wenn Sie ihn sehen, Captain«, sagte Dr. Chhay. »Wir sollten uns mal wieder treffen.«

»Ja«, erwiderte Jim. »Das sollten wir. Gute Idee. Danke.«

»Auf Wiedersehen, Captain«, sagte die Frau.

»Auf Wiedersehen, Dr....« Er brach ab, denn das Bild auf dem Schirm verblaßte bereits.

Warum mache ich einen solchen Narren aus mir? fuhr es Jim durch den Sinn. Er seufzte und tröstete sich mit dem Gedanken, daß er nicht der erste Mann war, der sich Dr. Chhay gegenüber in einen stotternden Trottel verwandelte.

Einige Sekunden lang überlegte er, und dann setzte er sich mit dem früheren Bordarzt der *Enterprise* in Verbindung. McCoy hatte geplant, mit ihm über das Schiff und die Besatzung zu sprechen. Vielleicht wußte sein Vorgänger, wo Leonard den Urlaub verbringen wollte.

Kurz darauf wich das Grau auf dem Monitor einem menschlichen Gesicht. Vielen Dank, Dr. Piper, dachte Jim, erleichtert, daß der Arzt den Anruf persönlich entgegennahm.

»Hier spricht Mark Piper«, klang es aus dem Lautsprecher. Jim setzte zu einer Antwort an, doch das Bild fuhr fort: »Bitte hinterlassen Sie Namen und Com-Nummer. Vielleicht rufe ich zurück. Vielleicht aber auch nicht.«

Jim fluchte leise, als ihn die Aufzeichnung informierte, Dr. Piper habe sich in den Ruhestand zurückgezogen und sei fest entschlossen, das häusliche Leben zu genießen. Er wolle nur in wirklich dringenden Fällen gestört werden. Jim nannte seinen Namen, aber wenn Piper nicht sofort zurückrief, konnte er von ihm keine Hilfe erwarten.

Er hatte mit dem Gedanken gespielt, Piper zu bitten, in den aktiven Dienst zurückzukehren und McCoy zu vertreten, aber auch davon mußte er Abstand nehmen. Vermutlich wäre der Arzt auch gar nicht dazu bereit gewesen; die Aufzeichnung klang so, als sei er froh über die Pensionierung.

Jim spürte, wie seine Besorgnis immer mehr zunahm, gab eine letzte Nummer ein.

Der Schirm zeigte ihm ein audiovisuelles Wartesignal, und elektronische Interferenzen deuteten darauf hin, daß der Anruf über mehrere Vermittlungsstellen weitergeleitet wurde. Erst New York, und dann? Wer weiß, wo sich Jocelyn niedergelassen hatte. Vielleicht befand sie sich nicht einmal mehr auf der Erde.

Die Darstellung flackerte, stabilisierte sich wieder.

»Oh«, sagte Jocelyn. »Hallo, Jim.«

In den vergangenen zwei Jahren schien sie sich kaum verändert zu haben. Jim musterte eine ernst blickende, hagere Frau mit schwarzem Haar, mit einer modischen Chignon-Frisur. Wie McCoy lehnte sie die modernen Annehmlichkeiten ab, machte sich keine Mühe, die grauen Strähnen zu verbergen.

»Hallo, Jocelyn. Ist schon eine Weile her, nicht wahr?«

»Rufst du wegen Leonard an?« Sie saß am Schreibtisch, in einem ihrer Büros, und hinter ihr erstreckte sich die Skyline von Singapur. Selbst damals, als McCoy und sie noch zusammen gewesen waren, hatte sie nie viel Zeit in Macon verbracht. Wenn Jim an sie dachte, stellte er sie sich in New York oder London vor.

»Ja«, antwortete er. Wenn sie wußte, wo sich McCoy aufhielt, wenn er ihr Gesellschaft leistete, hatten sie sich vielleicht wieder vertragen und begannen mit einer neuen Partnerschaft. Das hätte Jim überrascht — bis er sich daran erinnerte, daß Leonard immer für eine Überraschung gut war.

»Sag ihm, es hat keinen Zweck«, fuhr Jocelyn fort. »Jim, bitte: Ich möchte ihn nicht noch einmal verletzen, und was mich selbst angeht: Ich kann auf neue seelische Wunden verzichten.«

»Äh...« Jim begriff, daß er sie falsch verstanden hatte. Ihre Frage bedeutete nicht etwa, ob er mit Leonard sprechen wollte, sondern ob er sich in seinem Namen an sie wandte. »Ich weiß, Jocelyn, und ich kann dich sehr gut verstehen.« Er fragte sich, wie er das Gespräch beenden sollte, ohne neue Peinlichkeiten zu beschwören, ohne sie in Hinblick auf einen Mann zu beunruhigen, den sie nicht mehr lieben konnte.

»Was *will* er denn?«

»Wie? Oh, nichts weiter. Ich habe nur angerufen, um ... Nun, ich bin gerade auf der Erde, muß aber bald wieder los. Ich habe mich an die guten alten Zeiten erinnert und dachte mir: He, warum sprichst du nicht kurz mit Jocelyn und grüßt sie?«

»Und warum hast du gesagt, du riefst wegen Leonard an?«

»Ich, äh ... Es tut mir leid. Offenbar habe ich dich falsch verstanden. Als du mich fragtest, kam es zu einer Störung. Diese Frequenz scheint nicht ausreichend abgeschirmt zu sein. Statik.«

»Ich verstehe«, sagte sie und wartete. Das Schweigen zog sich in die Länge.

»Nun, ich wünsche dir alles Gute«, sagte Jim mit erzwungener Fröhlichkeit. »Gib auf dich acht.«

»Auf Wiedersehen, Jim«, entgegnete Jocelyn. Der Bildschirm wurde wieder dunkel.

Enttäuscht und niedergeschlagen ließ sich Jim in seinem Sessel zurücksinken. Er hatte alle Möglichkeiten genutzt, um McCoys Aufenthaltsort in Erfahrung zu bringen, wußte nicht, wo er sonst noch nach ihm suchen sollte. Außerdem: Es blieb ihm keine Zeit mehr. Die letzte Frist war verstrichen, schon vor zehn Minuten.

Das Schlauchboot tanzte auf den gischtenden Wellen, erreichte das Ufer und knirschte über Kies. Leonard McCoy stieg aus, schnappte unwillkürlich nach Luft, als ihm das eisige Wasser des Colorado bis zu den Knien emporspülte. Seine Füße waren längst taub geworden, und deshalb hatte er die Kälte vergessen. Sie kroch nun durch die schmalen Risse im Neoprenanzug, kam einen Schock gleich – bis die Körperwärme den nassen Frost verdrängte.

McCoy und die anderen griffen nach den Seilen, zogen das Boot auf den Strand und legten die Schwimmwesten ab.

Dann umarmten sie sich, lachten glücklich und erschöpft, freuten sich, die Woche überstanden zu haben –

und bedauerten gleichzeitig, daß die Reise nun zu Ende war.

Sie zogen die Schutzanzüge aus, und warmer Sand vertrieb die Kühle aus ihren Füßen. Anschließend kramten sie in ihrem Gepäck, holten verschlissene Kanevasschuhe hervor.

Zu Beginn des Abenteuers fiel McCoy der Umgang mit den archaisch anmutenden Verschlüssen der Neoprenkleidung ziemlich schwer, aber nach einigen Tagen war er damit so vertraut, als hätte er sein Leben lang nichts anderes getragen.

Trotzdem stellte er sich nun recht ungeschickt damit an. Tränen strömten ihm in die Augen, als er sich an die vergangene Woche erinnerte, an Begeisterung und wilde Freude. Er wußte zwar, daß er sich verspätete, aber das änderte nichts an seinem Enthusiasmus: Es hatte keinen Sinn, sich über Dinge Sorgen zu machen, die man nicht kontrollieren konnte.

Langsam und fast widerstrebend streifte er den Gummianzug ab, wie eine zweite Haut. McCoy lächelte, als er an die metaphorische Bedeutung dieses Vergleichs dachte. Darunter kamen ein dünnes Hemd und zerknitterte, fransige Bermudashorts zum Vorschein — beide Kleidungsstükke erschienen ihm jetzt wie Relikte aus einer anderen Welt.

»Jean-Paul«, sagte er.

Der Reiseführer klopfte ihm auf die Schulter. »Ist schon in Ordnung«, erwiderte er. »Kehren Sie zu Ihrem Schiff zurück. Aber glauben Sie nur nicht, Sie kämen noch einmal so einfach davon! Beim nächstenmal bleiben Sie hier und helfen, das Boot zu entladen.« Er lächelte. »Ich mache Sie noch zu meinem Nachfolger.«

McCoy zögerte, winkte dann zum Abschied und lief in Richtung Büro.

Der Angestellte sah auf, als er eintrat. »Oh«, brummte er. »Sie sind spät dran. Haben es alle geschafft?«

Die Vorstellung, eins der Schlauchboote samt Besatzung zu verlieren, beeindruckte den Mann offenbar nicht sehr, und McCoy erwiderte betont beiläufig: »Ich glaube schon. Kann ich Ihren Kommunikator benutzen?«

Der Angestellte deutete auf ein zerkratztes, viele Jahre altes Gerät in der Ecke.

McCoy setzte sich mit der *Enterprise* in Verbindung. Es dauerte einige Minuten, bis eine Boden-All-Frequenz frei wurde, und McCoy wartete ungeduldig, spürte, wie die Nervosität in ihm wuchs. Warum hatte er nicht seinen eigenen Kommunikator mitgebracht?

Dann dachte er: Du hast ganz bewußt auf ihn verzichtet. Zunächst einmal: Es ist gegen die Regeln. Und außerdem: Du kannst dem Piepen des Apparats nicht zuhören, ohne zu antworten. Ach, Leonard, alter Knabe, laß dich nicht wieder von der üblichen Hektik im Rest des Universums erfassen.

Er lächelte still vor sich hin.

»Hier ist die *Enterprise,* Lieutenant Uhura.«

»Leonard McCoy, Erster Medo-Offizier. Wie sieht's aus?«

»Dr. McCoy! Wie lauten Ihre Transporter-Koordinaten?«

»Keine Ahnung«, sagte er.

Der Angestellte nannte ihm einige Zahlen.

»Wir beamen Sie an Bord«, verkündete Lieutenant Uhura.

Das Prickeln des Transferfeldes erfaßte ihn, entmaterialisierte seinen Körper.

Der Lift trug Jim Kirk zur Brücke, und er hoffte auf einen plötzlichen Defekt im Turbomechanismus. Ein dünnes Lächeln umspielte seine Lippen, als er sich vorstellte, irgendwo in der *Enterprise* festzusitzen, vielleicht mehrere Stunden lang. Das würde ihn vor der unangenehmen Pflicht bewahren, einen Freund als vermißt zu melden, ein Besatzungsmitglied, das ohne Erlaubnis vom Dienst fernblieb. Als er überlegte, welche Erklärung er Admiral Noguchi anbieten sollte, schnitt er eine Grimasse.

Der Lift hielt an. Jim straffte die Schultern, betrat die Brücke, viel zu angespannt, um einen Gruß an die Offiziere zu richten. »Lieutenant Uhura, öffnen Sie einen Com-Kanal zu Starfleet Command.«

»Aye, Captain«, bestätigte sie. »Sir, eben hat sich Dr. McCoy gemeldet. Inzwischen müßte er im Transporterraum eingetroffen sein.«

Bevor Jim eine Chance bekam, seine Erleichterung zu genießen, fühlte er, wie diese von Ärger und Zorn abgelöst wurde. Offenbar hatte McCoy keinen Unfall erlitten, der ihm das Gedächtnis raubte, die Erinnerung an seine Pflichten aus ihm tilgte — warum also kam er erst jetzt, mit solcher Verspätung? Glaubte er vielleicht, sich größere Freiheiten herausnehmen zu können, weil sein Freund Captain des Raumschiffes war?

Jim lehnte sich zurück, stützte die Ellenbogen auf die Armlehnen des Sessels. »Vergessen Sie den letzten Befehl«, sagte er ruhig. »Ich empfange Dr. McCoy hier auf der Brücke.«

»Ja, Captain.« Uhura übermittelte die Botschaft. »Er meint, er wolle erst in seine Kabine, und anschließend käme er sofort hierher.«

Jim holte tief Luft. »Sagen Sie Dr. McCoy, daß ich ihn *unverzüglich* im Kontrollraum erwarte.«

Uhuras Antwort deutete darauf hin, daß McCoy Einwände erhob, aber Jim konnte die Anweisung jetzt nicht mehr zurücknehmen. Er sah darin eine gute Gelegenheit, seinen übrigen Offizieren zu beweisen, daß er niemandem Privilegien einräumte. Mit steinerner Miene blickte er auf den großen Wandschirm.

Als sich die Tür des Turbolifts öffnete, vernahm Jim das überraschte Murmeln Uhuras. Sulu drehte den Kopf und versuchte, ein Grinsen zu unterdrücken, bevor er sich wieder auf sein Pult konzentrierte.

Jim wandte sich um.

Leonard McCoy trug feuchte, zerknitterte Kleidung und abgenutzte Turnschuhe, sah aus wie jemand, den man gerade durch die Mangel gedreht hatte. Die Sonne hatte Gesicht, Hals und Arme gerötet, und die Blässe der Beine bildete einen auffallenden Kontrast dazu. Am linken Oberschenkel zeigte sich ein breiter Striemen, der schwarze, purpurne und grüne Tönungen in sich vereinte. Jim beobachtete wirres, zerzaustes Haar, an Kinn und Wangen einen zwei Tage alten Bart. In einem unschuldigen Tonfall sagte McCoy: »Melde mich an Bord, Captain.«

Jim sprang auf. »Lieber Himmel, Pille!«

Er preßte die Lippen zusammen und merkte, daß es auf der Brücke mucksmäuschenstill geworden war. In McCoys Augen blitzte es schelmisch.

»Bitte begleiten Sie mich, Dr. McCoy«, sagte Jim und benutzte dabei die förmliche Anrede. »Ich glaube, wir müssen einige Dinge besprechen. Mr. Spock, Sie haben das Kommando. Bereiten Sie alles für den Start um 16.00 Uhr vor.«

Jim ging an McCoy vorbei und rechnete jeden Augenblick damit, daß die Offiziere schallend lachten. Vielleicht warteten sie damit, bis sich die Doppeltür des Turbolifts hinter ihm schloß, doch andererseits... Aus irgendeinem Grund hielt er es für möglich, daß sie in seiner Gegenwart kicherten, sich jedoch vor solchen Reaktionen hüteten, solange Commander Spock das Kommando hatte.

Der Vulkanier beobachtete mit zurückhaltendem Interesse, wie der neue Captain den heruntergekommen wirkenden Bordarzt von der Brücke führte.

»Das war Dr. McCoy?« fragte Lieutenant Uhura, als sich die Tür schloß.

»Das *ist* Dr. McCoy«, erwiderte Spock. »Erster Medo-Offizier der *Enterprise.*« Captain Kirks heimliche Versuche, den Arzt zu erreichen, waren ihm nicht entgangen. Er hatte überlegt, ob er ihm seine zweifellos sehr kompetente Hilfe anbieten sollte, entschied sich dann aber dagegen, weil Kirk daran gelegen zu sein schien, daß niemand von seinen Bemühungen erfuhr. Vielleicht deshalb, weil er mit einem derart entwürdigenden Zustand McCoys rechnete.

Doch wenn das zutraf – warum dann der Befehl, unverzüglich die Brücke aufzusuchen? Spock fragte sich, ob er jemals die Beweggründe menschlicher Wesen verstehen konnte.

»Ich hoffe, es ist alles in Ordnung mit ihm«, sagte Uhura. »Er sah aus, als habe er einen Unfall erlitten.«

Und der Zustand seiner Verletzung läßt die Schlußfolgerung zu, daß seit jenem Ereignis bereits einige Tage vergangen sind, dachte der Vulkanier.

»Ich will nur hoffen, daß er auf seine Patienten besser achtgibt als auf sich selbst«, sagte er laut.

Im Turbolift drehte sich Jim zu McCoy um und musterte ihn mit einer Mischung aus Erleichterung und Wut.

»Was ist geschehen, Pille?«

»Nichts.« McCoy blickte an sich selbst herab, so als werde er sich erst jetzt seiner Aufmachung bewußt. »Warum fragst du? Hältst du nichts von der neuesten Mode?«

»Sie...« Jim beobachtete ihn. »Nun, an Bord eines Raumschiffes ist sie... nicht ganz angemessen.«

»Du hast mir nicht genug Zeit gegeben, mich umzuziehen. Deshalb wollte ich zuerst in meine Kabine.« Er bückte sich, zog einen der verschlissenen Schuhe aus. Sand rieselte aufs Deck. McCoy griff auch nach dem anderen Schuh, und auf dem Boden blieben zwei kleine, körnige Haufen zurück. »Was ist mit Mitch?«

»Er liegt noch immer in der Regeneration. Die Spezialisten meinen, er erhole sich langsam.«

»Und Carol?«

»Ich nehme an, es geht ihr gut.«

»Das *nimmst du an?«*

»Es lief nicht so, wie ich es mir wünschte!« erwiderte Jim scharf. »Schwamm drüber.«

»Aber...«

»Ich möchte nicht über Carol Marcus reden!«

McCoy runzelte die Stirn. »He, ist alles in Ordnung mit dir?«

»*Ja*, verdammt! Warum fragt man mich dauernd, ob mit mir alles in Ordnung sei? Zum Teufel auch, Pille: Wo hast du gesteckt? Was ist mit deinem Bein passiert? Ich wollte schon eine Suchgruppe schicken. Du wurdest vor zwei Tagen an Bord erwartet!«

»Ich weiß. Und ich habe deine Party verpaßt.« McCoy hob die Hand, strich mit den Fingern durchs Haar. Die Sonne hatte seinen Strähnen einen kupfernen Ton verliehen, in den Augenwinkeln dünne weiße Linien hinterlassen.

»Wo bist du gewesen? Ich hätte dich fast als vermißt gemeldet!«

»Reg dich ab, Jim. Jetzt bin ich hier, oder? Ich habe Urlaub gemacht. Auf dein Drängen hin.«

»Ja, ich weiß.«

»Eine Flußfahrt. Als wir das Ziel erreichten und ans Ufer zurückkehrten, habe ich mich sofort mit der *Enterprise* in Verbindung gesetzt. Ich nahm mir nicht einmal die Zeit, beim Zusammenfalten des Bootes zu helfen.«

»Beim *Zusammenfalten* des *Bootes?*«

»Ja. Es bestand aus Gummi. Man muß es abwaschen, anschließend die Luft herauslassen und es zu einem Bündel verschnüren.«

»Die Fahrt über den Fluß fand in einem Schlauchboot statt?«

»Genau.«

»Mann, hast du einen Sonnenstich?«

»Wir waren im Grand Canyon unterwegs«, sagte McCoy in einem schwärmerischen Tonfall. »Eine Wildwasserfahrt. Hast du so was mal versucht?«

»Nein.«

»Es ist unglaublich. Einfach herrlich. Menschenskind, wir stoßen immer weiter ins Universum vor und vergessen dabei, was für prächtige Regionen es auf unserem Heimatplaneten gibt. Eine tolle Sache, Jim.«

»Das behauptest du auch von den Mint Juleps*«, sagte

---

* Mint Julep: ein Würzwhisky; Anmerkung des Übersetzers

Jim. »Was ist mit deinem Bein? Und außerdem: Ich warte nach wie vor auf eine Erklärung dafür, warum du dich verspätet hast. Eine kurze Nachricht von dir hätte mich vor vielen ausweichenden Antworten bewahrt.«

»Der Canyon ist historisches Schutzgebiet. Dort sind nicht nur moderne Kommunikatoren verboten, sondern auch so altertümliche Dinge wie Radios und mobile Telefone.«

»Meine Güte, wie kommt man ohne so etwas zurecht?« entfuhr es Jim. »Und du hast auch noch dafür *bezahlt?«*

»Sogar einen Aufpreis!« erwiderte McCoy. »Es handelt sich nicht um eine gewöhnliche Reise, Jim. Man muß eine spezielle Versicherung abschließen und beim Motorrad der Großmutter schwören, daß man den Veranstalter nicht verklagt, wenn man aus dem Boot fällt und ertrinkt.«

»Ich begreife nicht, warum dich so etwas reizt«, sagte Captain Kirk.

»Meine Güte, in meinem ganzen Leben habe ich nie soviel Spaß gehabt. Jim, wir verlassen uns viel zu sehr auf den ganzen High-Tech-Kram.«

»Ohne ihn kämen wir in erhebliche Schwierigkeiten. Wenn du modernes Behandlungsgerät benutzt hättest, sähe dein Bein jetzt ganz anders aus.« Als Jim den breiten Striemen betrachtete, glaubte er, pochenden Schmerz in seinem eigenen Knie zu spüren.

McCoy lächelte und zuckte mit den Schultern. »Das Boot kenterte, und ich stieß gegen einen Felsen. Wir verloren einen Teil unserer Ausrüstung und auch zwei Mitglieder unserer Gruppe. Glücklicherweise fanden wir sie kurz darauf wieder. Aus diesem Grund bin ich so spät dran.« Sein Lächeln wurde zu einem breiten Grinsen, als er sich erinnerte. »Einige unserer Vorräte gingen über Bord, und wir mußten unseren Proviant rationieren. Während der letzten beiden Tage knurrte uns dauernd der Magen.«

»Warum habt ihr nichts zu euch beamen...« Jim unterbrach sich. McCoy hatte ihm gerade gesagt, der Canyon sei historisches Schutzgebiet, und er wußte, daß in solchen

Bereichen der Einsatz von Transferfeldern untersagt war. Andererseits: Er empfand die Transportertechnik als so selbstverständlich, daß er sich kaum vorstellen konnte, auf sie zu verzichten. Wenn man etwas brauchte, gab man einfach die Koordinaten durch, und wenige Sekunden später trafen die gewünschten Gegenstände ein. Moderne Magie, dachte er. Und absolut zuverlässig. Unter allen Umständen.

Die Tür des Turbolifts öffnete sich, und vor den beiden Männern erstreckte sich das Offiziersdeck. McCoy verließ die Kabine. »Es war ein großartiger Urlaub, Jim.«

»Bist du sicher? Für mich hört es sich eher so an, als brauchtest du einen Urlaub, um dich vom Urlaub zu erholen. Ich wünschte, du hättest irgendeinen Hinweis hinterlassen...« Die beiden Türhälften glitten bereits wieder zu, und Jim hielt die Hand vor den Sensor.

»Ich wollte nicht, daß mich jemand findet, Kontakt mit mir aufnimmt!« entgegnete McCoy schroff. In dem sonnengebräunten Gesicht wirkten die Augen größer und ausdrucksvoller. »Ich wollte nicht um Hilfe rufen können, sollte es einmal brenzlig werden. Es kam mir darauf an, mich selbst zu testen, mich zu beweisen — ohne ein Sicherheitsnetz, das einen sofort abfängt, wenn man in Gefahr gerät. Verstehst du das, Jim?«

Captain Kirk runzelte die Stirn und zögerte. »Ja, ich glaube schon«, sagte er nach einigen Sekunden. »Ja, ich verstehe dich. Tut mir leid, daß ich dich so angefahren habe. Ich war sehr besorgt, wußte nicht mehr, wo mir der Kopf stand.«

»Schon gut. Bleibt mir genug Zeit, zu duschen und mich umzuziehen, bevor ich mit der Arbeit beginnen muß?«

»Eigentlich nicht, aber das spielt wohl keine Rolle, oder? In diesem Zustand jagst du deinen Patienten nur einen Schrecken ein. Übrigens: Du solltest dich auch rasieren.«

»Ich dachte daran, mir einen Bart wachsen zu lassen.«

McCoy nahm ihn auf den Arm. Jim lächelte. »Nicht einmal bei Starfleet gibt es Vorschriften, die Albernheit verbieten.«

»Bitte geben Sie den Lift frei«, sagte eine elektronische Stimme.

»Ich wünschte, es gäbe Vorschriften gegen sprechende Aufzüge«, brummte McCoy.

»Bis später.«

McCoy wanderte bereits durch den Korridor davon, winkte, blieb dann noch einmal stehen und drehte sich um.

»Jim...«

Erneut schob der Captain die Hand zwischen die beiden Türhälften, und mit einem leisen Zischen glitten sie wieder auseinander. Der Kabinencomputer aktivierte ein brummendes Signal – die letzte Warnstufe vor einem geradezu ohrenbetäubenden lauten Schrillen.

»Wieviel Mühe hast du dir gemacht, mich zu finden?«

Jim zog den Arm zurück, als der pfeifende Alarm begann.

»Die Antwort würde dir kaum gefallen«, sagte er, bevor sich die Tür schloß.

Sulu rieb sich nervös die Hände und überlegte, was bei seinem ersten Versuch, ein Raumschiff der Constellation-Klasse zu fliegen, schiefgehen konnte. Sicher durfte er mit einer Versetzung rechnen, wenn er die *Enterprise* gegen die Außenschotts des Raumdocks steuerte, aber er bezweifelte, ob man dabei seine Wünsche berücksichtigte. Wahrscheinlich schickte man ihn in irgendein Bergwerk, damit er die für die Reparatur von Dock und Schiff notwendigen Metalle schürfte.

Es war auch möglich, daß ihm ein nicht annähernd so folgenschwerer Fehler unterlief, der ihn in den Augen seiner Kollegen zu einem Narren machte. Andererseits: Sein bisheriger Eindruck von der *Enterprise* deutete darauf hin, daß kaum jemand darauf achten würde, wenn er irgend etwas verpatzte. Sulu lächelte, erinnerte sich an die Reaktion des Captains auf das seltsame Erscheinungsbild Dr. McCoys.

Ich wünschte, James Kirk wäre an Bord gewesen, als ich

mit meinem Degen eintraf, dachte er. Wahrscheinlich hätte ich die Versetzungspapiere bekommen, ohne einen Antrag zu stellen.

Die Datenangaben vom Computer und den Besatzungsmitgliedern glichen einer sanften, akustischen Flut, die den Steuermann umspülte. Der Captain befahl, die Gravitationsanker zu lösen, und Sulu spürte, wie sich die Lage des Raumschiffes veränderte. Mit einem Sinn, für den es keinen Namen gab, fühlte er, daß die *Enterprise* frei schwebte. Es überraschte Hikaru, daß sich trotz der Größe dieses Schiffes ein derartiges Empfinden in ihm regte. Er war sicher, daß es sich ebenso elegant manövrieren ließ wie ein mit Antimaterie angetriebener Asteroid. Bestimmt verhinderte die enorme Masse schnelle Kurswechsel, und er nahm sich vor, das gewaltige Trägheitsmoment bei den Schubwechseln zu berücksichtigen.

Zeit, aktiv zu werden, dachte Sulu und berührte die Kontrollen.

Die *Enterprise* trieb nach Steuerbord ab, neigte sich wie ein verwundeter Vogel zur Seite.

»Mr. Sulu!« rief der Captain.

Hikaru zwang das Schiff nach Backbord, gab dabei zuviel Energie auf die Triebwerke und verursachte damit eine Taumelbewegung. Sofort versuchte er, sie auszugleichen, und die *Enterprise* zitterte wie ein mit Sonnenenergie betriebener Solarsegler. Sulu schluckte.

»Mr. Spock, übernehmen Sie das Ruder.«

»Ich bin derzeit beschäftigt, Sir«, erwiderte der Vulkanier.

»Ich bin durchaus in der Lage, das Schiff aus dem Dock zu steuern!« sagte Sulu. Die Demütigung rötete seine Wangen.

»Daran zweifle ich nicht, Mr. Sulu. Ich frage mich nur, was nachher vom Raumdock übrigbleibt.«

Sulu protestierte, aber Captain Kirk achtete nicht darauf. Seine Aufmerksamkeit galt den Anfragen aus verschiedenen Sektionen des Schiffes, und der Maschinenraum bewies dabei eine besondere Hartnäckigkeit. Chefingenieur Scott beklagte den Mißbrauch seiner Manövriertriebwerke mit solchem Nachdruck, als sähe er darin eine persönliche Beleidigung. Zunächst versuchte Kirk vergeblich, selbst zu Wort zu kommen.

Sulu hatte noch immer die Kontrolle über die *Enterprise*, die im Augenblick den Aussichtsfenstern des Docks entgegendriftete. Vorsichtig und behutsam lenkte er das Schiff auf einen sicheren Kurs.

»Mr. Scott!« wiederholte Kirk zum drittenmal.

Der Chefingenieur unterbrach sich. »Aye, Captain?«

»Schadensbericht, Mr. Scott.«

»Die Triebwerke und Wandler... es ist nicht vorgesehen, sie auf diese Weise einzusetzen...«

Sulu gab neuerlichen Schub, und das Schiff näherte sich langsam den Außenschotts.

»Geben Sie den Schaden an, Mr. Scott«, sagte Kirk.

»Nun, Sir, bisher sind noch keine Defekte aufgetreten, aber...«

»Warum setzen Sie sich dann mit der Brücke in Verbindung? Haben Sie nichts zu tun?«

Scott schwieg einige Sekunden lang und erwiderte dann: »Äh, bestimmt finde ich irgend etwas, um mich zu beschäftigen, Captain.«

»In Ordnung, Mr. Scott. Kehren Sie an die Arbeit zurück.«

Die *Enterprise* schwebte aus dem Dock, und vor ihr erstreckte sich der leere Raum.

Schwindel erfaßte Sulu, und er ließ den Atem entweichen, begriff erst jetzt, daß er die Luft angehalten hatte.

»Mr. Sulu«, sagte Kirk.

Hikaru drehte nicht den Kopf, gab vor, zu sehr auf die Anzeigen seiner Konsole konzentriert zu sein. Er fürchtete den Gesichtsausdruck des Captains.

»Ja, Sir.«

»Das Raumdock existiert noch immer.«

»Ja, Sir.«

»Es wurde nichts beschädigt.«

»Nein, Sir.«

»Und niemand ist verletzt. Ich bin erleichtert.«

»Ich auch, Captain«, sagte Sulu. Erleichterung war eine Untertreibung.

»Navigator, programmieren Sie den Kurs zu Starbase Dreizehn...«

Sulu gab Gegenschub und brachte die *Enterprise* zum relativen Stillstand.

Kirk brach ab, und plötzliche Stille herrschte auf der Brücke.

Der Kollisionsalarm ertönte. Sulu bestätigte die Warnmeldung und desaktivierte das akustische Signal. »Ein Solarsegler, Captain.« Er veränderte die Zoomstufe des großen Wandschirms, und die Offiziere sahen ein fragil wirkendes Gefährt, das langsam vor der *Enterprise* durchs All glitt. Das Segel war um ein Vielfaches größer als die kleine Kapsel, schwarz wie die Nacht zwischen den Sternen, nur zu erkennen, wenn es das Leuchten ferner Sonnen schluckte. Der Solarsegler ging auf Backbordbug, und die vergoldete Seite der hauchdünnen und viele Quadratkilometer großen Antriebsplane reflektierte eine glitzernde Sichel auf die Sensoren des Raumschiffs.

Die Automatik des Wandschirms reagierte mit einem elektronischen Helligkeitsfilter.

»Ich verstehe, Mr. Sulu«, sagte Captain Kirk. »Gute Arbeit. Jener Skipper scheint das Risiko zu lieben.«

»Und in von Menschen kontrollierten Regionen wie dieser hier hat er das Recht, als erster zu passieren«, warf Spock ein.

»Tradition, Mr. Spock«, entgegnete Kirk. »Vulkanier achten Traditionen, nicht wahr?«

»In der Tat, Sir. Allerdings sind vulkanische Bräuche rational geprägt.«

Kirk musterte ihn skeptisch, und Sulu spürte, wie die Anspannung auf der Brücke nachließ. Der Solarsegler schwebte dicht an der *Enterprise* vorbei, und als die Entfernung zu ihm wieder wuchs, beschleunigte Hikaru das Schiff.

»Kurs zur Starbase Dreizehn programmiert, Captain«, meldete die Navigatorin.

»Flugschneise frei, Sir«, sagte Sulu. »Alles klar für Warpgeschwindigkeit.«

»Warp-Faktor eins, Mr. Sulu.«

»Warp-Faktor eins, Sir.«

Die *Enterprise* tauchte majestätisch ins Meer der Sterne.

Eigentlich schade, daß ich eine Versetzung beantragen muß, dachte Sulu. Ich könnte Gefallen an diesem Schiff finden.

Der Direktor des klingonischen Aufsichtskomitees – eine andere Bezeichnung für die Geheimpolizei der Oligarchen – versuchte, einen Kontakt mit dem Commander des neuesten Kampfschiffes der Flotte herzustellen, aber er erhielt keine Antwort. Bei dem Kreuzer handelte es sich um einen Prototyp, der erst noch getestet werden mußte und auf den man allseits große Hoffnungen setzte. Der Direktor veranlaßte Nachforschungen und mußte besorgt zur Kenntnis nehmen, daß das Schiff spurlos verschwunden war.

Seine Besorgnis verwandelte sich in Zorn. Wenn der befehlshabende Offizier den neuen Kreuzer verloren hatte – durch Meuterei, einen Unfall, vielleicht auch dadurch, sich zu nahe an die Grenzen der Föderation gewagt zu haben –, so durfte er nicht mit Nachsicht rechnen. Und wenn er so dumm gewesen war, es an den Feind zu verlieren, an Starfleet, noch dazu in unversehrtem Zustand... Nun, zum erstenmal dachte der Direktor mit einer gewissen Befriedigung daran, daß Starfleet Gefangene schonte, sie lebend und unverletzt auslieferte. In dem unwahrscheinlichen Fall, daß der Offizier wirklich als ehemaliger Gefangener der Föderation zurückkehrte, würde sich der Direktor selbst um seine Bestrafung kümmern.

Der Ärger in ihm verdrängte alle übrigen Empfindungen, auch Kummer und Sorge. Und als in seinem Zorn ein anderes Gefühl zu vibrieren begann, handelte es sich nicht um Gram, sondern Furcht. Wenn die Regierung schuldhaftes Verhalten entdeckte, wenn sie in bezug auf den Offizier Inkompetenz oder Fahrlässigkeit feststellte, mußte die Familie des Kommandanten für das verlorene Schiff aufkommen.

Der Direktor des Aufsichtskomitees hatte lange und hart gearbeitet, um dem betreffenden Offizier jenen Kreuzer zur Verfügung zu stellen, um während seiner Amtszeit Macht und Reichtum zu erringen. Jetzt aber sah er alle seine Erfolge bedroht: Eine Anweisung der Oligarchie genügte, um ihn zu ruinieren, ihn um sein Lebenswerk zu bringen.

Er wies alle unter seinem Befehl stehenden Einheiten an, nach dem neuen Schiff Ausschau zu halten, dem Kreuzer seines Sohnes.

Jim lud Lindy und ihre Gruppe zum Abendessen ein. Am Bordnachmittag beschäftigte er sich kurz mit den Papieren, die sich bereits auf seinem Schreibtisch stapelten, entschied dann, die Verwaltungsarbeit auf später zu verschieben. Statt dessen setzte er seine Inspektionstour durch die *Enterprise* fort.

Ein großer Teil der wissenschaftlichen Abteilung stand leer. Die entsprechenden Besatzungsmitglieder kamen erst nach der gegenwärtigen Mission an Bord: Starfleet sah keinen Sinn darin, mehr als hundert Wissenschaftler einem Raumschiff zuzuweisen, das gar keinen Forschungsauftrag erhalten hatte. Jim fragte sich einmal mehr, wie er die nächsten drei Monate überstehen sollte.

Er blieb vor dem Maschinenraum stehen.

Warum zögerst du? dachte er. Dein Chefingenieur mag dich für einen unerfahrenen Grünschnabel halten, aber er wird sich hüten, dir das zu sagen.

Jim trat ein.

»Guten Tag, Mr. Scott.«

»Oh ... Captain Kirk.«

»Ich hielt es für angebracht, mich mit dem Schiff vertraut zu machen.«

»Gute Idee, Captain.« Scott verharrte an Ort und Stelle, bot Jim keine Hilfe an, beobachtete ihn.

Der junge Captain wanderte durch den Saal.

Überall funkelte poliertes Metall, und nirgends entdeckte er den kleinsten Schmutzfleck. Kein Wunder, daß die *Enterprise* und Commander Scott in Starfleet einen so guten Ruf genossen. Jim hatte sich zunächst darüber gewundert, aber jetzt sah er, daß der griesgrämige Ingenieur seine Reputation verdiente.

»Ich bin sehr beeindruckt, Mr. Scott.«

»Dann ... wollen Sie sicher einen Geschwindigkeitstest durchführen, nicht wahr, Captain?« fragte Scott hoffnungsvoll.

Jim konnte der Verlockung kaum widerstehen, nahm sich aber Zeit genug, um das Pro und Contra gegeneinander abzuwägen. Wenn sie mit Höchstgeschwindigkeit zu Starbase Dreizehn flogen, dauerte der dortige Aufenthalt einige Tage länger, und er fragte sich, wie die klingonischen Oligarchen darauf reagieren mochten: Sie wußten schließlich nicht, daß die *Enterprise* mit einer rein zivilen Mission beauftragt war. Außerdem mußten sie dann den Treibstoffvorrat genau einteilen, um den Zickzack-Flug durch die Phalanx zu beenden und wieder nach Hause zurückzukehren. Jim dachte erst gar nicht an die Möglichkeit, bei der Starbase neuen Brennstoff aufzunehmen, denn alle Nachschubgüter der Raumstation mußten über weite Strecken transportiert werden, und das verursachte erhebliche Kosten.

»Nicht jetzt, Mr. Scott. Vielleicht bei einer anderen Gelegenheit.«

»Aber ...«

Jim ahnte, daß er der Versuchung doch noch nachgab, wenn er sich zu sehr bedrängen ließ. »Später, Mr. Scott«, sagte er scharf.

Daraufhin schwieg der Chefingenieur. Jim verließ den Maschinenraum, verärgert über sich selbst: Fast wäre er bereit gewesen, seine eigenen Wünsche dem Wohl des Schiffes voranzustellen.

Er beschloß, in seine Kabine zurückzukehren und sich um die Verwaltungsarbeit zu kümmern.

In Spocks Bewegungsrhythmus kam es zu einer kaum merklichen Veränderung, und er unterdrückte die Überraschung angesichts des Anblicks, der sich ihm in der Messe darbot. Er spielte kurz mit dem Gedanken, sich in seine Unterkunft zurückzuziehen, entschied dann aber, seine übliche Tagesroutine beizubehalten.

Die *Enterprise* beförderte nur selten Zivilisten, zumindest nicht so viele. Ihre Kostüme — und es schienen tatsächlich Kostüme zu sein, keine modische oder von ethnischen Traditionen bestimmte Kleidung — fielen inmitten der Starfleet-Uniformen sofort auf. Sie sprachen ungezwungen, lachten ungewohnt laut, vermutlich deswegen, weil sie sich keinem vorgesetzten Offizier gegenüber verantworten mußten, nur einer Geschäftsführerin unterstanden. Die Frau saß an dem zentralen Tisch, begleitet von ihren Mitarbeitern und einem Starfleet-Offizier — es handelte sich um den neuen Bordarzt, Dr. McCoy. Gewaschen, rasiert und ordentlich gekleidet sah er wesentlich respektabler aus, ähnelte kaum mehr dem Mann, der sich am frühen Nachmittag auf der Brücke gemeldet hatte.

Der Stuhl am Ende des Tisches war frei.

Die Geschäftsführerin umarmte einen ihrer Akteure. Spock bezweifelte, ob ein solches Verhalten die Disziplin förderte.

Zwei Menschen in weiten, schwarzweiß karierten Anzügen standen auf, hoben und senkten die Füße und verursachten mit ihrem Schuhwerk klackende Geräusche. Die anderen feuerten sie mit lauten und begeisterten Rufen an. Spock fragte sich, ob er gerade Zeuge einer Auseinandersetzung wurde, die sein Eingreifen verlangte. Nein, ihr

Verhalten schien auf einen ungezwungenen Wettstreit hinzudeuten: Jeder klopfte mit den Füßen eine individuelle Taktfolge, die nachgeahmt werden mußte. Als die dritte Variation begann, befanden sich die beiden Personen im Fokus der allgemeinen Aufmerksamkeit, und der Jubel kam einer Kakophonie gleich. Spock trat an den Synthesizer heran, bestellte Salat und näherte sich dann seinem üblichen Tisch.

Einige der neuen Offiziere – Sulu, die Navigatorin Commander Cheung, und Hazarstennaj, ein Lieutenant aus dem Maschinenraum – saßen dort, beobachteten die Vorführung, sprachen angeregt miteinander, lachten und scherzten. Der Vulkanier zögerte, aber einige Stühle waren nach wie vor frei, und kein logischer Grund hinderte ihn daran, einen davon zu benutzen.

Die beiden Tänzer beendeten ihre Darbietung, indem sie sich tief vor dem Publikum verneigten. Donnernder Applaus ertönte. Spock blieb gelassen, stellte sein Tablett auf dem Tisch ab.

Die drei jüngeren Offiziere sahen betreten zu ihm auf, ließen die Hände sinken und schwiegen. Spock nickte ihnen zu, spürte ihre Blicke auf sich ruhen, als er Platz nahm.

»Äh, Mr. Spock«, sagte die Navigatorin.

»Ja, Lieutenant?«

»Oh, nichts weiter. Ich wollte Sie nur... begrüßen.«

Der Vulkanier spießte ein Salatblatt auf, doch als er die Gabel zum Mund führte, nahm er ein ungewohntes Aroma wahr. Er ließ sie wieder sinken und blickte auf den Teller. Zwar zog Spock bei seiner vegetarischen Kost einen deutlichen Chlorophyllgeschmack vor und lehnte Hämoglobin, Myohämatin und andere tierische Proteine ab, aber er war auch bereit, sich mit einer fehlerhaften Zusammenstellung der Nährstoffe abzufinden. Andererseits wußte er inzwischen, daß die Moral an Bord eines Raumschiffes auch von der Qualität angebotener Speisen abhing. Derzeit nahm er den Posten des Ersten Offiziers ein, und das bedeutete, er mußte selbst auf Dinge achten, die ihm persönlich unwichtig erschienen.

Der Salat roch, als sei der Fleischanteil nicht etwa vernachlässigbar gering, sondern mindestens sechzig oder siebzig Prozent groß. Tatsächlich duftete er wie eins der Lieblingsgerichte von Captain Pike: Bœuf bourguignon. Ein abscheuliches Gebräu aus tierischem Protein und fermentiertem Fruchtbrei. Pike gehörte zu den wenigen Menschen, die Spock vollauf respektierte, aber leider teilte er einige menschliche Schwächen. In der Vorliebe für Bœuf bourguignon sah der Vulkanier fast so etwas wie einen Charakterfehler.

Er betrachtete das Essen der anderen Leute am Tisch. Sulu hatte gebackenen Fisch gewählt, die Navigatorin eine Außenweltvariation kandierten Geflügels, und der weibliche Lieutenant aus dem Maschinenraum ein Steak. Als Vertreterin einer Katzenspezies zog sie rohes Fleisch vor. Als Spock das Steak sah, wünschte er, sich für einen anderen Tisch entschieden zu haben, und er überlegte kurz, warum ihm der typische Geruch entgangen war.

Keiner von ihnen schien besonderen Appetit zu haben.

»Sind Ihre Mahlzeiten zufriedenstellend synthetisiert?« fragte der Vulkanier.

Die Offiziere wechselten bedeutungsvolle Blicke, und die Navigatorin kicherte leise.

»Fehlerhafte Funktionen des Synthesizers sind ein ernstes Problem«, fuhr Spock fort. »Meine Bemerkung war keineswegs scherzhaft gemeint.«

»Ich weiß«, erwiderte Cheung. »Wir haben gerade über das Essen gesprochen. Seit heute morgen ist es noch schlimmer geworden.«

»Schmeckt die Nahrung an Bord eines Raumschiffes immer so schlecht?« fragte Sulu.

»Der Synthesizer muß neu programmiert werden«, erwiderte die Navigatorin. »Offenbar haben die Wartungstechniker des Raumdocks daran herumgefummelt.«

»Nun«, brummte Sulu, »nach frischem Lachs muß man

mit Enttäuschungen rechnen. Aber das hier... Der Geschmack erinnert an Hühnchen.«

»Ich ahnte schon, daß ich die Kapazität des Synthesizers überfordern würde«, sagte Cheung. »Vielleicht hab' ich's gar nicht anders verdient.«

Spocks Versuch, eine Syntaxanalyse vorzunehmen, blieb ohne großen Erfolg. »Ich bitte um Entschuldigung, Lieutenant, aber meinen Sie damit, daß Sie die gewünschte Mahlzeit bekommen haben? Oder ist das Gegenteil der Fall?«

Cheung verzog das Gesicht. »Weder noch. Und gleichzeitig stimmt beides. Ich bestellte Ente *lu-se-te,* eine Variante von Ente à l'orange. Lu-se stammt von meiner Heimatwelt und ist grün. Und, ich rechnete damit, daß der Synthesizer mit meiner Order nichts anfangen konnte, aber er wies sie nicht zurück. Allerdings stellte er irgend etwas Komisches mit dem Rezept an. Das hier schmeckt wie... Zellulose mit Zuckersirup.«

Das klang schrecklich, fand Spock, aber die meisten bei Menschen gebräuchlichen Speisen waren für Vulkanier wenig appetitanregend. »Gehe ich richtig in der Annahme, daß dies nicht dem von Ihnen erwarteten Geschmack entspricht?«

»Ja«, bestätigte die Navigatorin.

»Im Vergleich hiermit wären Zellulose und Zuckersirup eine Köstlichkeit!« knurrte Hazarstennaj und hielt Spock einen blutigen Fleischstreifen unter die Nase. »Versuchen Sie mal!«

Spock beherrschte sich gerade noch rechtzeitig, um nicht zurückzuweichen. »Ihre Auskunft genügt mir völlig. Eine Verifikation ist nicht notwendig.«

»Sie sollten das Zeug trotzdem probieren, um genau Bescheid zu wissen«, sagte Hazarstennaj. »Es schmeckt wie...« Sie fauchte leise und sträubte das silbrige Fell. »Wie *Gemüse.*«

Spock hob eine Braue, nahm den Bissen aus Hazarstennajs langen, dünnen Fingern, schnupperte daran, schob ihn sich in den Mund und kaute.

Sah man einmal von den visuellen Stimuli ab, gab es kaum etwas auszusetzen. Die äußere Beschaffenheit der Speise ähnelte Fleisch, aber sie schmeckte wie eine Avokadobirne, eine irdische Frucht, die Spock sehr gerne mochte, jedoch nur selten genoß, um seine Selbstdisziplin zu wahren.

Der Vulkanier aß ein Salatblatt, bot den Rest Hazarstennaj an. »Vielleicht ist das hier besser für Sie geeignet.«

»Sie wird sich daran den Magen verderben, Mr. Spock«, warf Lieutenant Cheung ein. »Sie kann kein Gemüse vertragen.«

»Sie wird damit vorliebnehmen müssen, wenn sie auf tierisches Protein in ihrer Nahrung Wert legt«, erwiderte der wissenschaftliche Offizier.

Hazarstennaj knurrte und nahm das Blatt von Spocks Gabel. Zögernd beleckte sie es, stopfte es sich dann in den Mund, offensichtlich bereit, es sofort wieder auszuspukken. Nach einigen Sekunden schloß sie die Augen und schluckte es herunter. *»Gekocht«*, sagte sie.

Der Vulkanier nickte. »Ja.«

Sie zwinkerte, betrachtete erst das Steak, dann den Salat, tauschte mit Spock den Teller. »Besser als gar nichts«, sagte sie. »Nehmen Sie meine Mahlzeit.«

»Wie Sie meinen.« Spock zerschnitt die als Steak getarnte Avokadobirne. »Lieutenant Cheung, Lieutenant Sulu – möchten Sie etwas davon? Vermutlich schmeckt es Ihnen besser als Zellulose mit Zuckersirup.« Er schätzte das ›Steak‹ auf gut ein Kilogramm, und die Vorstellung, es allein zu essen, empfand er als würdelos. Darüber hinaus stand so etwas im Widerspruch zu seiner asketischen Lebensweise.

»Danke.«

Spock, Cheung und Sulu teilten sich das Essen des Lieutenants. Hazarstennaj, die nur einmal am Tag Nahrung zu sich nahm, verschlang den Salat geradezu und bestellte sich sofort einen zweiten. Sie verspeiste ihn mit großem Appetit, wickelte dann den Schwanz um die Füße und kaute gelegentlich auf einem ›Blatt‹, während die übrigen Offiziere ihre Mahlzeit beendeten.

Ein anderer Vertreter von Hazarstennajs Spezies näherte sich dem Tisch, und Spock sah auf. Es handelte sich nicht um das Katzenwesen, das als Sicherheitsoffizier an Bord der *Enterprise* arbeitete, sondern ein ihm unbekanntes Individuum. Unter dem silbrig glänzenden Pelz zeichneten sich straffe Muskeln ab.

»Sie bringen dich sogar dazu, Gemüse zu essen«, wandte sich der Katzenmann in einem verächtlichen Tonfall an Hazarstennaj. »Haben sie dir auch die Krallen gestutzt?«

Der weibliche Lieutenant bewegte sich mit träger Geschmeidigkeit, drehte sich um und legte die Ohren an. In den Schultern zuckte es, als Hazarstennaj eine drohende Haltung einnahm.

»Ignoranz schickt sich nicht für uns«, sagte sie.

»Ebensowenig wie Gemüse!«

Hazarstennaj fauchte zornig und stürzte sich auf das andere Katzenwesen. Sulu sprang auf, wollte offenbar versuchen, die beiden Geschöpfe voneinander zu trennen, als sie über den Boden rollten, zischten und knurrten.

»Mr. Sulu!«

Der junge Offizier hörte nicht auf ihn. Spock überwand seine Abneigung und griff nach Hikarus Arm.

»Setzen Sie sich, Mr. Sulu.«

»Sir – sie werden sich verletzen!«

»Nehmen Sie Platz.« Spock achtete darauf, nicht zu großen Druck auszuüben, als er die Hand langsam sinken ließ. Es blieb Sulu nichts anderes übrig, als sich zu fügen.

»Sie bringen sich um!«

»Ich habe Ihnen einen Befehl erteilt!«

Sulu zögerte, schien mit dem Gedanken zu spielen, sich dem Vulkanier zu widersetzen – was noch törichter gewesen wäre als das Bestreben, Hazarstennaj und ihrem neuen Bekannten gegenüber als Schlichter aufzutreten. Aber bevor er eine entsprechende Entscheidung treffen konnte, wurde aus dem zornig klingenden Fauchen ein leises

Schnurren. Die beiden Wesen standen auf, rieben sich unter dem Kinn — eine Begrüßungsgeste. Sulu beobachtete sie verblüfft.

»Wie lautet dein Name? Dein Geruch ist mir vertraut.«

»Ich bin Hazarstennaj.«

»Und ich heiße Tzesnashstennaj!«

Sie unterhielten sich in ihrer Sprache, von der Spock einige Worte verstand. Die Ähnlichkeit der beiden Namen deutete darauf hin, daß in fernster Vergangenheit einige ihrer Vorfahren aus der gleichen Familiengruppe stammten. Das behaupteten jeweils die Legenden, und die beiden Katzenwesen glaubten daran.

Sulu starrte sie aus großen Augen an.

»Sie haben sich nur begrüßt«, sagte Spock und erklärte das Beleidigungs- und Kampfritual.

»Oh.«

Hazarstennaj nahm ein Salatblatt von ihrem Teller und bot es Tzesnashstennaj an. Die Schnurrhaare des Katzenmannes zitterten angewidert, aber da es ausgesprochen unhöflich gewesen wäre, das Angebot abzulehnen, nahm er den Bissen entgegen und aß ihn. Überrascht neigte er die Ohren nach vorn.

»An Bord dieses Schiffes gibt es ungewöhnliche Fleischtiere«, knurrte er.

Hazarstennaj zwinkerte zufrieden. »Setz dich«, sagte sie. »Leiste mir Gesellschaft.« Tzesnashstennaj nahm neben ihr Platz. Gemeinsam leerten sie den Teller.

»Nimmst du an Vorführungen teil?« fragte Tzesnashstennaj.

»Schon seit vielen Jahren nicht mehr. Es ist schwer, genug Leute zu versammeln.«

»Schließ dich uns an«, schlug der Katzenmann vor.

»Gern. Übrigens: Ein weiteres Mitglied unseres Volkes gehört zur Besatzung der *Enterprise.*«

»Ausgezeichnet. Unsere Truppe ist klein, und daher nehmen wir gern neue Personen auf. Komm, ich stelle dir die anderen vor.«

Chefingenieur Scott trat an den Tisch heran. »Lieutenant Hazarstennaj!«

»›Hazarstennaj‹«, wiederholte die Katzenfrau. Spock hörte den Unterschied, bezweifelte jedoch, ob er auch Menschen auffiel.

»Ich brauche Sie im Maschinenraum, Lieutenant«, sagte Scott. »Unser Captain hält nichts davon, die Leistungsfähigkeit der Triebwerke zu testen, und deshalb müssen wir darauf achten, daß die neuen Wandlerplatten sauber bleiben.« Er zögerte, blickte auf den Salat. »Sind Sie Vegetarierin geworden?«

Tzesnashstennajs Ohren zitterten entrüstet.

»Es gefällt mir nicht, von... Außenstehenden beleidigt zu werden«, erwiderte Hazarstennaj. »Nicht einmal dann, wenn sie vorgesetzte Offiziere sind.«

Spock wußte, daß der Begriff ›Außenstehende‹ in Hazarstennajs Sprache eigentlich mit ›Nicht-Leute‹ übersetzt werden mußte. Aber um die Kooperation verschiedener Spezies nicht zu belasten, wählten die Katzenwesen taktvollere Ausdrücke.

Dann sah Spock die Reste von Spocks Steak, und aus seiner Überraschung wurde ein regelrechter Schock.

»Ist alles in Ordnung mit Ihnen, Mr. Scott?« fragte Cheung.

»Aye, mit mir schon...« Er schüttelte den Kopf. »Geht es Ihnen gut, Mr. Spock?«

»Selbstverständlich, Commander Scott.«

»Aber...« Der Chefingenieur brach ab, schüttelte wieder den Kopf. Er setzte zu einer neuerlichen Bemerkung an, doch bevor er etwas sagen konnte, sah er Sulu, der gehofft hatte, seiner Aufmerksamkeit zu entgehen. »Sulu! Sie sind doch der neue Steuermann, nicht wahr?«

»Ja, Sir.«

»Gehen Sie nie wieder so mit meinen Triebwerken um!« entfuhr es Scott. »Ach, es ist eine Schande: Offenbar hat man es heutzutage an der Akademie sehr leicht.«

Sulu spürte, wie ihm das Blut ins Gesicht schoß, seine

Wangen zu glühen begannen. Wut über die Demütigung brodelte in ihm, doch er beherrschte sich, blieb still. Der Versuch, irgend etwas zu erklären, hätte alles nur noch schlimmer gemacht.

»Mr. Scott«, sagte der Vulkanier.

»Zu meiner Zeit mußte man noch büffeln und echt was auf dem Kasten haben, um die Prüfungen zu bestehen.«

»Der Captain hat den Zwischenfall bereits vergessen. Ich halte es für angebracht, daß Sie und ich seinem Beispiel folgen.«

Scott brummte etwas über die Unfähigkeit der jüngsten Starfleet-Offiziere, aber er sprach so leise, daß Spock ihn ignorierte.

Schließlich wandte sich der Chefingenieur wieder an Hazarstennaj. »Ich brauche Sie im Maschinenraum, Lieutenant«, wiederholte er und bedachte Sulu mit einem bedeutungsvollen Blick. »Ich fürchte, wir müssen mit besonderen Belastungen der Triebwerke rechnen.«

»Danke für das ausgezeichnete Essen, Mr. Spock«, sagte die Katzenfrau.

Scott riß die Augen auf, als Hazarstennaj die letzten Salatblätter verspeiste. Tzesnashstennaj begleitete sie, als sie aufstand und ihr Tablett zum Abfallvertilger brachte. Scott verließ die Messe, und die beiden Katzenwesen wanderten Schulter an Schulter durch den Ausgang.

Commander Cheung versuchte mit nur wenig Erfolg, ein Kichern zu unterdrücken, griff nach Teller und Besteck.

»Ich bin verabredet, muß mich beeilen.«

Sie hastete auf den Korridor. Spock stellte die Tabletts zusammen und erhob sich, aber Sulu blieb sitzen.

»Commander Spock...«, begann der Steuermann.

»Ja?«

»Warum haben Sie das getan?«

»Weil mein Körper Betriebsenergie braucht, Mr. Sulu. Manchmal muß man ästhetische Aspekte anderen Dingen unterordnen.«

»Das meinte ich nicht.«

»Dann erläutern Sie Ihre Frage.«

»Warum haben Sie mich Mr. Scott gegenüber verteidigt? Warum gaben Sie mir auf der Brücke eine zweite Chance?«

»Wie ich schon Captain Kirk sagte: Ich war beschäftigt.«

»Lieber Himmel, Sie hätten die *Enterprise* mit geschlossenen Augen und nur einer Hand aus dem Raumdock steuern können. Niemand an Bord stellt Ihre Kompetenz in Frage.«

»Die *Enterprise* ist einzigartig. Neue Piloten — selbst diejenigen, die an Schiffe dieser Größe gewöhnt sind und sie nicht nur von Simulatoren her kennen — brauchen eine gewisse Einarbeitungszeit...«

Sulu errötete erneut. Ganz offensichtlich hatte Spock seine Personalakte geprüft und die Trainingsanomalien bemerkt.

»...um alle Steuerungssysteme perfekt zu beherrschen. Eigentlich wäre es meine Pflicht gewesen, Sie darauf hinzuweisen, aber da meine Aufmerksamkeit *tatsächlich* anderen Faktoren galt, ergab sich keine Gelegenheit dazu.«

»Vielen Dank«, sagte Sulu.

Spocks Gesicht blieb ausdruckslos, als er den jungen Mann musterte. »Ich finde es in höchstem Maße seltsam, daß Sie mir für meine Pflichtvernachlässigung danken.«

»Trotzdem, ich stehe in Ihrer Schuld«, erwiderte Sulu.

»Ich lege keinen Wert darauf, daß Sie sich mir verpflichtet fühlen«, sagte Spock kühl.

Er nahm sein Tablett und ging. Sulu sah ihm verwirrt nach und fragte sich, warum der wissenschaftliche Offizier seine Dankbarkeit ablehnte. Hikaru wußte, daß ihn Spock vor einem jähen Ende seiner Karriere bewahrt hatte...

Vielleicht war der Umgang mit Vulkaniern noch schwieriger, als es die Gerüchte vermuten ließen.

Leonard McCoy saß am Tisch des Captains und versuchte, Jims Abwesenheit zu erklären. Erst lud er die Mitglieder

der Varietégesellschaft zum Abendessen ein, und dann ließ er sich nicht blicken...

»Bitte entschuldigen Sie mich«, sagte er. »Ich komme gleich zurück.«

Eine Minute später verließ er den Turbolift, betrat das Offiziersdeck und näherte sich der Kabine des Captains. Schon seit Jahren hatte er sich körperlich nicht mehr so gut gefühlt. Der dumpfe Schmerz im Oberschenkel erinnerte ihn an Augenblicke der Freude und des Triumphes.

Er klopfte an die Tür.

»Herein.« Die Stimme hatte kaum Ähnlichkeit mit der Jims. Sie klang müde und erschöpft, nervös und gereizt, und das wunderte McCoy. Für gewöhnlich verbesserte sich Kirks Laune schlagartig, wenn er ins All zurückkehrte.

»Deine Gäste warten«, sagte er.

Jim sah von dem Bildschirm auf und rieb sich die Augen. Com-Folien bildeten hohe Stapel auf dem Schreibtisch, und daneben standen mehrere leere Plastikbecher mit Kaffeeresten. Kirk ließ eine elektronische Liste sinken.

»Meine Gäste?«

»Ja. Die Leute vom Varieté. Du hast sie zum Abendessen eingeladen.«

»Himmel!« Er sprang auf. »Das hab' ich völlig vergessen. Mann, es ist kaum zu fassen — ich bin bereits mit der Verwaltungsarbeit im Rückstand.«

McCoy deutete auf die vielen Unterlagen. »Was hat es damit auf sich?«

Jim gestikulierte vage. »Ach, du weißt schon. Der übliche Papierkrieg.«

»Warum befaßt *du* dich damit?«

»Irgendwer muß diesen Kram schließlich erledigen«, erwiderte der Captain. »Ich habe mich immer selbst darum gekümmert. Aber so viele Formulare auf einem Haufen...« Er ließ die Schultern hängen.

»Wo ist dein Adjutant?«

»Was für ein Adjutant?«

»Du hast keinen?« fragte McCoy verblüfft.

»Ich brauchte nie einen.«

»Aber jetzt bist du Kommandant der *Enterprise.*«

Jim stöhnte leise. »Ein Verwaltungsoffizier hätte mir gerade noch gefehlt. Solche Leute halten einem dauernd irgendwelche Sachen unter die Nase, die man unterschreiben soll. Sie erinnern einen ständig an irgend etwas, halten es für extrem wichtig, daß man die richtigen Streifen an der Uniform trägt.«

McCoy zog sich einen Stuhl heran und nahm Platz. »Jim, erlaub deinem alten Onkel Pille, dir einen freundschaftlichen Rat zu geben. Unter deinem Kommando stehen doppelt so viele Personen wie vorher. Im Vergleich zur Größe der Besatzung nimmt die Verwaltungsarbeit Starfleets geometrisch oder sogar logarithmisch zu.«

»Es dürfte wohl kaum mehr ein Problem sein, sobald ich alles auf den neuesten Stand gebracht habe.«

»Das schaffst du *nie.* Und du *weißt* auch, daß so etwas völlig unmöglich ist. Außerdem: Du hast ganz andere Pflichten wahrzunehmen.«

»Willst du mir eine magische Lösung anbieten?«

»Nun, du könntest die Unterlagen einfach verbrennen und vergessen...« McCoy unterbrach sich, als er die Veränderung in Jims Gesichtsausdruck beobachtete. Wenn ihm etwas daran lag, daß der Captain seinen Rat zu Herzen nahm, durfte er ihn nicht verspotten. Andernfalls schaltete Kirk einfach auf stur. »Jim, such das Büro des Quartiermeisters auf, schnapp dir dort einen Buchhalter und befördere ihn.«

»Es würde mich mehr Zeit kosten, jemanden auszubilden, als diese Dinge selbst zu erledigen.«

»Nicht auf lange Sicht. Wähl jemanden, der sich bereits mit solchen Arbeiten auskennt.«

Kirk seufzte. »Seit ich an Bord dieses Schiffes gekommen bin, fordert man mich dauernd zum Nachgeben auf. Meine Mutter meinte sogar, mir bliebe gar keine andere Wahl.«

»Was?« fragte McCoy verwirrt.

Jim winkte ab. »Was soll's, ein Versuch kann sicher nicht schaden.«

»Gut. Komm jetzt.« Der Bordarzt lächelte. »Glaub nur nicht, ein Hinweis auf angebliche Arbeitsüberlastung könnte dich vor dem bewahren, was der Synthesizer ›Essen‹ nennt.«

Jim begleitete McCoy zur Messe.

»Es tut mir schrecklich leid, Lindy«, sagte er. »Ich mußte mich um einige Schiffsangelegenheiten kümmern. Ich hoffe, Sie und Ihre Gruppe sehen mir meine unentschuldbare Verspätung nach...«

Ein älterer Mann — hager und dunkelhaarig, gekleidet in einen tadellos sitzenden Anzug — gab Lukarian keine Gelegenheit, dem Captain zu antworten. »Wie sollen wir Ihnen verzeihen, wenn Ihre Verspätung unentschuldbar ist?« Er verzog die Lippen, wodurch sich die Spitzen des schwarzen Schnurrbarts nach oben neigten.

»Schon gut, Jim, ich kann Sie durchaus verstehen.« Lindy wechselte einen kurzen Blick mit dem älteren Mann. »Mr. Cockspur scherzt nur.«

»Ihr jungen Leute achtet viel zu wenig auf die wahre Bedeutung der Sprache«, erwiderte Mr. Cockspur. »Wir sollten uns alle bemühen, präzise Ausdrücke zu wählen.«

»Darf ich Sie vorstellen, Jim?« fragte Lindy. »Einige meiner Mitarbeiter sind schon gegangen. Nun, Mr. Cockspur, unseren neo-shakespearischen Schauspieler kennen Sie bereits.«

Die Kühle zwischen Lindy und dem steif sitzenden Mann ging über unfreundliche Scherze hinaus. Jim hoffte, daß es während der Tour zwischen den Angehörigen der Varietégruppe nicht zu Auseinandersetzungen kam.

Lindy machte ihn mit den anderen Leuten am Tisch bekannt: Philomela Thetis, eine hochgewachsene, elegante und kräftig gebaute Frau, die als Sängerin auftrat; die beiden Steptänzer Greg und Maris, die schwarzweiße Hahnentrittmuster-Anzüge trugen; der Pantomime Marcellin, ein schlanker, überaus gelenkiger Mann, der sich mit selbstbewußtem Geschick bewegte.

Eine nachgerade bemitleidenswert kleine Gruppe, fand Jim – und fragte sich, wie Lukarian und ihre Kollegen das Publikum von dreißig Raumstationen für sich gewinnen wollten. Alle begrüßten ihn höflich. Jim trat an den Synthesizer heran, um sein Abendessen zu bestellen, und sah verwundert auf eine blinkende Anzeige: »Defekt.«

»Da kannst du von Glück sagen«, meinte McCoy. »Die Mahlzeit hätte dir bestimmt nicht geschmeckt. Die einzelnen Rezepte scheinen erheblich durcheinandergeraten zu sein.«

Jim kehrte an den Tisch zurück, um seinen Gästen Gesellschaft zu leisten, insbesondere der jungen Frau. »Übrigens, Lindy«, sagte er, »raten Sie mal, wer uns Grüße übermittelt...« Er unterbrach sich, als er in Cockspurs Zügen Empörung sah.

»Ich habe gerade von meinem Aufenthalt in Lissabon erzählt«, verkündete der ältere Mann.

»Bitte fahren Sie fort«, sagte Jim und versuchte, freundlich zu sein.

»Wie ich schon sagte: Die Vorführung war ein enormer Erfolg...«

Er redete wie ein Wasserfall, legte nur kurze Pausen ein, um Luft zu holen. Captain Kirk wartete vergeblich auf eine Gelegenheit, mit Lindy zu sprechen.

KAPITEL 5

Das Raumschiff erbebte, und Blut bedeckte Jims Hände.

Ruckartig richtete er sich auf. Licht verdrängte die Dunkelheit, als die Zimmersensoren auf ihn reagierten. Er war in seiner Kabine an Bord der *Enterprise.*

Jemand klopfte an die Tür.

»Was...?« begann Jim und räusperte sich. »Einen Augenblick.«

Er versuchte, sich von der Benommenheit des Schlafs zu befreien, als er aus dem Bett kletterte und nach dem Morgenmantel tastete. Irgendwie gelang es ihm, das Kleidungsstück über die Schultern zu streifen und die Ärmelöffnungen zu finden.

»Herein.«

Die Tür glitt beiseite, und eine junge Frau blieb auf der Schwelle stehen, musterte den Captain erschrocken.

»Hallo«, sagte er.

»Hallo.« Sie senkte den Kopf, mied seinen Blick.

»Was haben Sie auf dem Herzen?«

»Äh, nichts, Sir. Ich... Es tut mir leid, Sir, aber der Quartiermeister meinte, ich solle mich heute morgen bei Ihnen melden. Offenbar habe ich ihn falsch verstanden...«

Jim rieb sich die Augen und gähnte, sah dann auf die Anzeige des Chronometers.

»Lieber Himmel, wissen Sie eigentlich, wie spät es ist?«

»Ja, Sir. Es ist Morgen, Sir.«

»Von wegen ›Morgen‹. Nach meinem Empfinden hat noch nicht einmal die Dämmerung begonnen!«

»Ich kehre später zurück, Sir...«

»Nein, nein, schon gut. Kommen Sie herein. Ich brauche nur eine ordentliche Tasse Kaffee. Um wach zu werden.«

Der Synthesizer schien inzwischen repariert worden zu sein.

»Ich soll Ihnen bei Ihren elektronischen Akten helfen?« Jim lauschte dem Tonfall der jungen Frau, verstand ihre Worte als Frage.

»Ja. Dort drüben.« Er deutete auf das Com-Terminal. Kurz darauf traf sein Kaffee ein. Er nippte daran und schnitt eine Grimasse. »Das Zeug schmeckt selbst dann scheußlich, wenn der Synthesizer funktioniert. Die Programmierer des Apparats scheinen seltsame Vorstellungen von Kaffee zu haben, verwechseln ihn offenbar mit Spülwasser.«

Die junge Frau ging am Rand des Zimmers entlang, wahrte eine möglichst große Distanz zu ihm, starrte nach wie vor zu Boden.

Der erste Tag in ihrem neuen Job, dachte Jim. Es geht allen so.

»Oh!« entfuhr es ihr, als sie den Com-Anschluß sah. »Was für ein Durcheinander!«

Am vergangenen Tag hatte Kirk stundenlang versucht, die Daten zu ordnen. Das Ergebnis seiner Bemühungen bestand aus einer Anzeige, die in sechzehn verschieden große Bildschirmfenster unterteilt war, untereinander mit Linien und Pfeilen verbunden, an deren Bedeutung er sich nicht mehr erinnerte. Und jetzt mußte er sich Kritik von einem unsicheren und eingeschüchterten Besatzungsmitglied gefallen lassen.

»Wie Sie meinen«, sagte er schroff. »Bringen Sie die Sache in Ordnung.«

Sie riß die Augen auf und starrte ihn fast ängstlich an. »Ich...« flüsterte sie. »Ich...«

Es ist noch viel zu früh für solche Angelegenheiten, dachte Jim und floh in die Hygienezelle.

Die Ultraschalldusche und der Kaffee — obwohl er scheußlich schmeckte — vertrieben die Müdigkeit aus ihm.

Hab' ich sie angeschnauzt? überlegte er und versuchte,

sich vom Gegenteil zu überzeugen. Verlegen zog er sich an und kehrte in die Kabine zurück.

Die junge Frau saß am Com-Terminal und wandte ihm den Rücken zu. Sie neigte die Schultern nach vorn, wodurch sie noch kleiner wirkte, als sie es ohnehin schon war. Jim versuchte, sich an ihr Erscheinungsbild zu erinnern, entsann sich aber nur an große blaue Augen und kurzgeschorenes, blondes Haar.

Er räusperte sich.

Seine Besucherin sprang auf und wirbelte um die eigene Achse.

»Beruhigen Sie sich«, sagte Jim. »Ich wollte Sie nicht erschrecken.« Er zeigte auf das Gerät. »Sieht schon wesentlich besser aus. Adjutant, habe ich Sie eben angeschnauzt?«

»O nein, Sir«, hauchte sie.

»Ich glaube doch.« Er lächelte. »Bitte entschuldigen Sie. Kurz nach dem Aufwachen bin ich nicht zu genießen. Fangen wir noch einmal von vorn an. Guten Morgen. Ich heiße Jim Kirk.«

»Rand, Sir«, flüsterte die junge Frau.

»Können Sie das Zeug entwirren, oder müssen Sie ganz von vorn anfangen?«

Nervös berührte sie einige Tasten, gab keine Antwort. Sie schien im Umgang mit elektronischen Datenspeichern geübt zu sein, aber ihr Verhalten wirkte seltsam, und Jim fragte sich, ob irgend etwas nicht stimmte. Schließlich hielt Rand inne, ließ zitternde Hände auf den Schoß sinken.

»Ist es so schlimm, Adjutant?« Sie zuckte jedesmal zusammen, wenn er sie ansprach, und das ging ihm auf die Nerven.

»Es tut mir leid, Sir, ich fürchte, es wird eine Weile dauern, um...« Sie unterbrach sich und begann erneut. »Es tut mir leid, Sir... ich... ich muß erst noch Erfahrungen sammeln...« Ihre Stimme verklang.

Vermutlich schreckte sie davor zurück, ihrem vorgesetzten Offizier mitzuteilen, was für ein Chaos er angerichtet hatte. Jim wollte ihr sagen, sie solle sich keine Sorgen machen, doch dann fiel ihm seine Reaktion auf ihre erste Bemerkung ein: Sie hatte wohl kaum Grund zu glauben, er nähme Kritik gelassen hin — und in diesem Punkte mußte er ihr recht geben. Viel zu häufig fuhr er die metaphorischen Krallen aus, wenn jemand etwas an ihm auszusetzen fand. Er seufzte innerlich. Vielleicht war es am besten, wenn er ging und später zurückkehrte, der jungen Frau die Möglichkeit gab, in aller Ruhe zu arbeiten.

»Sie kommen bestimmt damit zurecht, Adjutant«, sagte er. »Wenn Sie irgendwelche Fragen haben: Lieutenant Uhura auf der Brücke kann Ihnen jederzeit sagen, wo ich zu erreichen bin.«

»Ja, Sir«, sagte Rand erleichtert. »Danke, Sir.«

Als der Bordcomputer Hikaru Sulu in die Krankenstation bestellte und die Sprachprozessorstimme seinen Namen falsch betonte, empfand der Steuermann vage Genugtuung. Er spürte noch immer Verlegenheit, wenn er sich an seine Manöver im Innern des Raumdocks erinnerte, und es freute ihn zu wissen, daß er nicht der einzige an Bord der *Enterprise* war, dem Fehler unterliefen.

»Wie geht es Ihnen, Mr. Sulu? Ich bin Dr. McCoy.« Die beiden Männer schüttelten sich die Hände, und der Arzt blickte auf die Medounterlagen. »›Hikaru‹«, sagte er und sprach den Namen ebenfalls falsch aus. »Hm, ich glaube, ich bin noch nie jemandem begegnet, der so heißt.«

»Ich auch nicht«, erwiderte Sulu. »Übrigens, Doktor: Die Betonung liegt nicht auf der zweiten, sondern der ersten Silbe. Und das R ist sehr weich.« Er formulierte das Wort, gab McCoy damit ein Beispiel.

Der Bordarzt wiederholte es, diesmal war seine Aussprache besser, wenn auch nicht ganz fehlerfrei.

»Was bedeutet er?« fragte McCoy.

»Warum glauben alle, ein Name, der aus einer fremden Sprache stammt, müsse etwas bedeuten?« entgegnete Sulu und spürte, wie seine Wangen heiß wurden. Er kannte natürlich die Transkription. Auf Standard lautete sie ›der Glänzende‹ – und damit verband sich eine Menge Spott, mehr als Sulu lieb war. Er hoffte, der Frage des Arztes ausweichen zu können, indem er hinzufügte: »Wissen Sie denn, was es mit Ihrem Vornamen auf sich hat?«

»Ich glaube, er ließe sich mit ›Löwenherz‹ oder etwas in der Art umschreiben«, sagte der Doktor. »Aber ich verstehe, was Sie meinen.« Er lächelte. »Kommen wir wieder zur Sache. Lieutenant, Sie sind erstaunlich gesund, selbst für jemanden in Ihrem Alter.«

»Danke, Sir.«

»Hüten Sie sich nur davor, am allgemeinen Müßiggang an Bord dieses Raumschiffs teilzunehmen.«

»Diesen Rat nehme ich gern an. Wissen Sie, ohne körperliche Übungen werde ich schon bald unruhig.«

McCoy blickte auf die Sensoren, die über Sulus Liege blinkten und glühten. »Ihr Puls ist bemerkenswert niedrig. Sind Sie einige Zeit Hochschwerkraft-Bedingungen ausgesetzt gewesen?«

»Ja, Sir, fast ein Jahr lang.«

McCoy nickte. »Das dachte ich mir schon. Nun, die Sensoren zeigen Narben auf Ihrem Rücken und auch an den Beinen. Was dagegen, wenn ich sie mir ansehe?«

»Sind kaum der Rede wert.« Sulu streifte die obere Hälfte des Untersuchungsoveralls ab. Es beeindruckte ihn, daß der Bordarzt eine Verbindung zwischen den Narben und seinem Gesundheitszustand sah. Nur wenige Menschen irdischer Abstammung lebten auf Super-G-Welten. Und nicht einmal die Akademieärzte hatten Sulu nach den Hautverhärtungen oder dem niedrigen Puls gefragt.

McCoy berührte die alten, dünnen Hornstriemen unter Hikarus Schulterblättern.

»Meine Mutter arbeitete als Beraterin auf Hafjian«, erklärte Sulu. »Wir besaßen einen Antigravgenerator, gerade groß genug für unsere Wohnung, aber wenn wir nach draußen gingen, mußten wir Leiber-Exoskelette benutzen.« Diese Worte weckten Erinnerungen an das besondere Gefühl, einen derartigen Harnisch stunden- oder gar tagelang zu tragen. Der Metallrahmen stützte den menschlichen Körper in hoher Schwerkraft. Er erfüllte durchaus seinen Zweck, aber die stärkeren Belastungen ausgesetzten Stellen hatten häufig Abschürfungen. Und natürlich verhinderte er nicht die Auswirkungen der Supergravitation auf den Kreislauf.

»Wie alt waren Sie damals? Dreizehn? Vierzehn?«

»Richtig getippt«, bestätigte Sulu. »Wir brachen kurz vor meinem vierzehnten Geburtstag auf. Woher wußten Sie das?«

»Sie trugen das Exoskelett während Ihrer wichtigsten Wachstumsphase«, sagte der Arzt leichthin. »Dadurch gewinnen die Narben eine charakteristische Form.« Er löste einige Verschlüsse des Overalls und betrachtete Sulus Beine. Dicht über und hinter den Knien zeigten sich dünne Linien. »Sie sind gut verheilt«, stellte McCoy fest. »Haben Sie jemals Schmerzen?«

»Nein, Sir. Nie.«

»Man hätte Sie mit Fiberplast behandeln sollen«, brummte der Bordarzt. »Neue Haut anstatt Narben.«

»Jene Technik gab es damals nicht. Jedenfalls nicht auf Hafjian. Zu teuer.«

»Hmm. Heute steht sie uns zur Verfügung — und zwar kostenlos, soweit es Sie betrifft. Wenn Sie möchten...«

»Nein, Sir, das ist nicht notwendig«, antwortete Sulu, überrascht darüber, daß er sich eigentlich gar nicht von den alten Narben trennen wollte. Sie erinnerten ihn viel zu sehr an seine Jugend.

»Nun gut. Da wäre noch etwas.« McCoy sah wieder auf die Sensoren. »Der Gravitationsstreß scheint keine nachteiligen Auswirkungen hinterlassen zu haben, aber manchmal dauert es recht lange, bis sich Konsequenzen ergeben. In einigen Jahren könnte es soweit sein. Nun, die Wahrscheinlichkeit dafür ist eher gering, und Sie brauchen sich deshalb keine Sorgen zu machen. Doch Sie sollten daran denken.«

»Was für Konsequenzen meinen Sie?« fragte Sulu verwirrt. Bisher hatte ihn noch kein Arzt auf so etwas hingewiesen. »Und was verstehen Sie unter ›einigen Jahren‹?«

»Nun, hauptsächlich Herzprobleme. Ich rate Ihnen, sich nach dem siebzigsten Geburtstag regelmäßig untersuchen zu lassen, in Abständen von höchstens sechsunddreißig Monaten.«

»Ich werde versuchen, das im Gedächtnis zu behalten, Dr. McCoy«, erwiderte Sulu und dachte: In *einigen* Jahren?

Ein halbes Jahrhundert erschien ihm wie eine Ewigkeit.

Commander Spock traf genau zum vereinbarten Zeitpunkt in der Krankenstation ein, doch der neue Bordarzt schien nicht viel von Pünktlichkeit zu halten. Er hatte Mr. Sulus Untersuchung noch nicht beendet, obwohl der Steuermann schon seit fünf Minuten auf der Brücke zurückerwartet wurde.

»Wenn Sie einen neuen Termin nennen, kehre ich später zurück«, sagte der Vulkanier schlicht.

»Was? Oh, Commander Spock. Nein, das ist nicht nötig.« Er warf dem wissenschaftlichen Offizier einen Analyseoverall zu – eine Kombination, die für Diagnosesensoren transparent war, aber für das menschliche Auge undurchsichtig blieb. Dann deutete er auf eine der kleinen Nischen. »Ich bin gleich bei Ihnen«, fügte er hinzu und schloß den Vorhang.

Spock zog sich um und bedauerte es, daß die Nische kein Com-Terminal enthielt, das es ihm erlaubt hätte, seine Arbeit fortzusetzen.

Es war reine Routine, jemanden zu untersuchen, der seine biologischen Prozesse kontrollieren und unmittelbaren Einfluß auf alle Körperfunktionen nehmen konnte. Aber Starfleet bestand darauf, daß der Bordarzt eines Raumschiffes detaillierte Medo-Akten für alle Besatzungsmitglieder anlegte. Die Kontrolle hatte nur wenig mit Spock zu tun, diente vor allen Dingen dazu, den Doktor mit einem Organismus vertraut zu machen, den er später vielleicht einmal behandeln mußte. Dennoch empfand Spock seinen Abstecher in die Krankenstation als lästige Pflicht, die ihn nur wertvolle Zeit kostete. Hinzu kam nun eine weitere Verzögerung.

Schließlich betrat Dr. McCoy die kleine Kammer, in der Spock auf ihn wartete. »Commander – willkommen in meiner Abteilung. Ich glaube, Sie sind der erste, der pünktlich zur Stelle ist.«

»Ich *war* pünktlich«, erwiderte der Vulkanier. »Aber inzwischen sind bereits elf Minuten vergangen.«

»Ich meinte nur... Nun, schon gut. Beginnen wir.«

Der wissenschaftliche Offizier streckte sich auf der Diagnoseliege aus. Sensoren leuchteten, und Indikatoren bewegten sich, bildeten exakt das Muster, mit dem Spock gerechnet hatte.

»Wie Sie sehen, Doktor, entspricht mein physischer Zustand...«

»Immer mit der Ruhe, Mr. Spock«, unterbrach ihn McCoy. Fasziniert betrachtete er die Kontrollen an der Wand. »Um ganz ehrlich zu sein: Ich habe noch nie zuvor solche Werte gesehen.«

»Sie entsprechen alle der vulkanischen Norm.«

»Aber einige von ihnen sind nahe der unteren oder oberen Toleranzgrenze.« McCoy starrte auf die Sensoren. »Man sollte eigentlich annehmen, einige Ihrer menschlichen Eigenschaften seien deutlicher ausgeprägt.«

»Das vulkanische Genom ist dominant«, sagte Spock.

»Überlegene Gene, wie? Höre ich da einen Hauch von vulkanischem Chauvinismus?« McCoy grinste bei diesen Worten. Spock wußte, daß manche Menschen lächelten, wenn sie andere beleidigten, doch gelegentlich offenbarten sie ein solches Mienenspiel auch dann, wenn sie spotteten, ohne jemanden verletzen zu wollen. Unglücklicherweise fiel es ihm außerordentlich schwer, zwischen diesen beiden Möglichkeiten zu unterscheiden.

»Ganz und gar nicht«, erwiderte er. »Es handelt sich

vielmehr um eine wissenschaftlich nachweisbare Tatsache. In der vulkanischen Sprache sind Begriffe wie ›dominant‹ und ›rezessiv‹ keine Synonyme für Über- oder Unterlegenheit. Tatsächlich könnte man in Ihrem Verhalten eine Neigung zu chauvinistischen Tendenzen erkennen, denn es deutet auf den Wunsch hin, daß sich menschliche Gene durchsetzen – obwohl alle betreffenden Experimente das Gegenteil erkennen lassen. Sind Sie jetzt fertig, Doktor?«

»Nein, noch lange nicht. Bleiben Sie hübsch brav liegen. Ich hatte kaum Gelegenheit, Vulkanier zu untersuchen.« McCoy grinste erneut. »Wie wär's, wenn Sie zu meiner Weiterbildung beitragen?«

»Ich habe meinen Verpflichtungen Rechnung getragen, indem ich hierherkam. Ich sehe keinen Sinn darin, noch mehr Zeit zu verlieren, nur um Ihre Neugier zu befriedigen.«

»Ihre Verpflichtungen sind erst erfüllt, wenn ich sage, daß die Untersuchung zu Ende ist. Es freut Sie bestimmt zu erfahren, daß es an Ihrem Gesundheitszustand nichts auszusetzen gibt.«

»Das war mir bereits klar.«

»Aber wie sieht es mit den psychologischen Aspekten aus? Mit Ihren Gefühlen? Haben Sie in dieser Hinsicht irgendwelche Probleme, die Sie mit mir erörtern möchten?«

»Gefühle sind Vulkaniern fremd.«

»Selbst Gleichmut ist ein Gefühl!« widersprach McCoy. »Außerdem: Ihre physischen Faktoren werden vielleicht überwiegend von Genen bestimmt, aber das trifft nicht auf die psychologische Seite Ihres Selbst zu. Zu Ihren Erfahrungen gehören komplexe kulturelle Interaktionen, exotische Philosophien ...«

»Wir alle stellen Produkte unserer Umwelt dar«, sagte Spock. »Sonst wären wir keine intelligenten, lernfähigen Wesen. Andererseits sind wir keine passive Prägemasse. Wir können zwischen Einflüssen, die uns verändern, wählen, sie in gewisser Weise kontrollieren. Zwischen meiner Abstammung und den während der letzten Jahre gesammelten Erfahrungen gibt es keinen Konflikt. Die vulkanische Weltanschauung gestattet es mir, ein Leben zu führen, das nicht von Gefühlen bestimmt wird.«

»Eigentlich schade«, murmelte McCoy.

»Glauben Sie? Meine bisherigen Beobachtungen menschlicher Wesen deuten darauf hin, daß Emotionalität mit Unglück gleichzusetzen ist. Captain Kirk ist ein gutes Beispiel dafür.«

»Was veranlaßt Sie zu der Annahme, Jim Kirk sei unglücklich?«

»Er ließ entsprechende Empfindungen erkennen, als er erfuhr, daß sein Nominierungsvorschlag für den Ersten Offizier abgelehnt wurde.«

»Zu Ihren Gunsten.«

»Das spielt in diesem Zusammenhang keine Rolle.«

»Wirklich nicht? Sind Sie nicht stolz auf Ihre Beförderung?«

»Stolz? Ein derartiges Gefühl ist mir unbekannt.«

»Wahrscheinlich behaupten Sie auch, Sie wären nicht enttäuscht gewesen, wenn man *Mitch* Ihren Posten zugewiesen hätte.«

»Nicht im geringsten, Doktor. Commander Mitchell steht in dem Ruf, ein sehr fähiger Offizier zu sein. Wie dem auch sei: Sie sollten sich nicht um meinen emotionalen Zustand Sorgen machen, sondern um den des Captains.«

»Sind Sie wirklich völlig kalt in Ihrem Innern? Haben Sie keine Wünsche, keine Sehnsüchte?«

»Vulkanier kommen sehr gut ohne Wünsche und Sehnsüchte zurecht. Und *wenn* ich Gefühle hätte, Dr. McCoy, so gingen sie Sie nichts an.«

»Alles, was direkt oder indirekt mit dem Schiff zu tun hat, fällt in meinen Zuständigkeitsbereich. Zum Beispiel: Sie haben lange mit Christopher Pike zusammengearbeitet. Was halten Sie davon, daß er abgelöst wurde?«

Spock erinnerte sich an einen Anflug von Niedergeschlagenheit, doch diesen Mangel an Selbstkontrolle wollte er einem Fremden gegenüber nicht zugeben.

»Keine Enttäuschung?« fragte McCoy. »Keine menschliche Reaktion in Ihrem vulkanischen Gleichmut?«

Spock hatte die Sticheleien des Arztes satt. »Doktor, glauben Sie vielleicht, Sie seien der erste, der mich auf die inhärenten Widersprüche in den Umständen meiner Existenz hinweist?«

»Was soll das heißen, Mr. Spock?«

»Zwar war ich nicht dazu verpflichtet, Ihnen meine Wahlphilosophie zu erklären, aber ich bin dennoch dazu bereit gewesen. Sie hingegen lehnen mein Weltbild ab, stellen sogar mein Recht in Frage, auf die Weise zu leben, die ich für richtig halte. Ich unterbreite keine Vorschläge, um Ihnen zu einer rationaleren Haltung zu verhelfen – obwohl ich dazu durchaus in der Lage wäre.«

»Mr. Spock, sind Sie etwa sauer auf mich?«

»Nein, Dr. McCoy. Ich bin nicht ›sauer‹, wenn Sie damit ›verärgert‹ meinen. Aber ich sehe keinen Sinn darin, noch mehr Zeit mit nutzlosen Diskussionen zu verschwenden.«

»Na schön, Mr. Spock, wenn Sie so empfinden...«

»Ich *denke* so«, berichtigte der wissenschaftliche Offizier. »Das ist ein Unterschied, den Sie offenbar übersehen.«

McCoy griff nach einem Injektor. »Von mir aus können Sie denken, was Sie wollen – sobald ich Ihnen ein wenig Blut abgezapft habe.«

»Eine Blutprobe ist nicht notwendig. Die Sensoren haben alle für eine Basisanalyse erforderlichen Daten gespeichert.«

»Ich weiß, aber ich möchte einige zusätzliche Tests durchführen...«

Spock stand auf. Manchmal – sehr selten – erschütterten rudimentär geglaubte und gnadenlos unterdrückte Emotionen das stabile Gebäude seiner Selbstbeherrschung. Der Vulkanier versuchte, sich nicht anmerken zu lassen, wie sehr ihm die beiläufige Bemerkung des Arztes zusetzte.

»Ob Mensch oder Vulkanier – ich bin nicht Ihr Versuchskaninchen.«

»Warten Sie, Spock. Um Himmels willen, so war das doch nicht gemeint...«

Der Vulkanier verließ die Krankenstation, trug noch immer den Overall. Er wollte lieber in seine Kabine zurückkehren, um sich dort umzuziehen. Ihm fiel kein logischer Grund ein, der ihn dazu zwang, McCoys Stiche – sowohl die mit dem Injektor als auch die des allzu menschlichen Spotts – noch länger zu ertragen.

Doch im Korridor blieb er stehen und dachte nach, zwang die Gefühle wieder unter Kontrolle, zermalmte den Ärger, den McCoy in ihm geweckt hatte. Das Empfinden der Demütigung, mit dem er auf den Zorn reagierte, verurteilte er als emotionale Hemmungslosigkeit.

Er erwog das Anliegen des Bordarztes, drehte sich um und kehrte ohne zu zögern in die Krankenstation zurück.

Dr. McCoy bearbeitete gerade einige Akten und sah auf.

»Ja, Mr. Spock?« fragte er steif. »Was ist?«

»Wenn Sie es für notwendig erachten, eine Probe von meinem Blut zu nehmen, so ist es meine Pflicht, Ihren Wünschen zu genügen«, sagte der Vulkanier.

Das Gesicht des Bordarztes blieb steinern. »Ach, tatsächlich? Danke für Ihre Herablassung, Commander Spock. Ich vereinbare einen Termin mit Ihnen. Wie Sie sehen, habe ich derzeit zu tun.«

Spock musterte ihn, hob eine Braue, stellte jedoch keine Frage.

»Wie Sie meinen, Doktor«, sagte er ruhig. »Ich stehe Ihnen zur Verfügung.« Und damit wandte er sich ab.

McCoy sah dem wissenschaftlichen Offizier nach. Jetzt deutete nichts mehr auf seinen kurzen Gefühlsausbruch hin, und die Abfuhr akzeptierte er mit der für ihn typischen Gelassenheit. Er bewegte sich wie immer, ging mit gleichmäßigen, leisen Schritten.

McCoy starrte auf die ungelesene Akte.

Zum Teufel mit deinem irischen Temperament, fuhr es ihm durch den Sinn. Spock hat nicht nur deine Autorität anerkannt, sondern dir auch ein Friedensangebot gemacht. Und du hast es einfach abgelehnt.

Einige Sekunden lang spielte er mit dem Gedanken, Spock zu folgen, aber schließlich entschied er sich dagegen, hielt es für besser, sein erhitztes Gemüt zunächst abkühlen zu lassen. Der Hinweis des Commanders, zusätzliche medizinische Tests seien nicht nötig, brachte McCoy aus dem inneren Gleichgewicht – vielleicht deshalb, weil der Vulkanier recht hatte. Wenigstens zum Teil. Besondere Individuen brauchten eine besondere Behandlung, und McCoys Absicht bestand in erster Linie darin, sich auf Notfälle vorzubereiten. Selbst wenn er bei dieser Mission mit keinen Krisensituationen rechnete.

Andererseits konnte er nicht leugnen, daß der Forscher in ihm darauf brannte, die Zellstruktur eines Wesens zu untersuchen, das zur einen Hälfte Mensch und zur anderen Vulkanier war.

McCoy lächelte schief. Commander Spock, dachte er, Sie können von Glück sagen, daß ich keine Gewebebiopsie verlangte. Wie hätten Sie wohl darauf reagiert?

McCoy bereitete sich auf seinen nächsten Besucher vor, beschloß, bei einer passenden Gelegenheit Frieden mit Spock zu schließen. Er war sicher, daß er den Vulkanier nicht nur verärgern, sondern seine allgemeine Stimmung auch verbessern konnte.

Ich appelliere einfach an seine menschliche Seite, dachte McCoy. Das klappt bestimmt.

Lindy stützte die Ellenbogen auf das Geländer der Treppe und rutschte vom Laufsteg zum Shuttledeck.

»Irgendwann werden Sie sich dabei etwas brechen.« Marcellin verließ seinen Platz in unmittelbarer Nähe von Athene. Selbst wenn er kein Make-up trug und sprach, bewegte er sich wie auf der Bühne. Lindy liebte es, die Pantomime zu beobachten.

»Danke für Ihre Anteilnahme. Ich passe auf. Wie geht's ihr?«

»Athene ist sehr unruhig. Ich schätze, an Bord dieses Kahns gibt es keine Rennbahn, oder?«

»Nein, ich fürchte nicht.«

»Schade. Die *Enterprise* ist groß genug.«

»Danke, daß Sie das Vogelpferd gehütet haben. Wir sehen uns bei der Besprechung.«

»Bis später.«

Lindy sah Marcellin nach, als er davonschlenderte, bewunderte seinen anmutigen Gang, den schlanken, dunklen Körper.

Athene schnaubte, streckte den Kopf über die oberste Stange des Korrals, hielt nach einem Leckerbissen Ausschau. Lindy gab ihr eine Proteinpille, kraulte sie hinter den Ohren, unterm Kiefer, auf der breiten Stirn.

»Du glaubst, ich habe immer was für dich, nicht wahr? Und wenn ich irgendwann das Fingerspitzengefühl verliere?« Sie zauberte ein zweites Kügelchen hervor. Athene plusterte sich auf und scharrte mit den Hufen. Sie sehnte sich danach, die Schwingen zu strecken, brauchte Auslauf. Das Shuttledeck bot zwar genug Platz, doch der Metallboden eignete sich nicht für das geflügelte Roß. Es konnte darauf ausrutschen und sich verletzen.

»Ich weiß, wie schwer es dir fällt, so lange stillzustehen, aber du mußt Geduld haben. Bestimmt finden wir eine Möglichkeit, dir mehr Bewegungsfreiheit zu verschaffen.« Athene versuchte, ihre Schnauze in eine von Lindys Taschen zu schieben. »Nein, laß nur. Zwei Proteinpillen genügen für dich.«

Während die junge Frau den Pferch des Vogelpferds ausmistete, träumte sie von der Zukunft ihrer Gruppe. Sie strebte ehrgeizige Ziele an, stellte sich vor, einen Sternenkreuzer zu kaufen und auf vielen Welten der Föderation aufzutreten. Sie wünschte sich einen Kulturaustausch mit dem klingonischen Imperium, der nicht nur die Beziehungen zwischen den Völkern verbesserte, sondern auch die zwischen den Regierungen.

Aber zuerst mußte sie ihren gegenwärtigen Auftrag erledigen. Sie fragte sich besorgt, welche Wirkung ein kulturelles Relikt von der Erde auf ein Außenweltpublikum erzielen mochte. Nun, die Vorführungen waren zumindest unterhaltsam. Einige Leute meinten, solche Dinge seien seit mehr als dreihundert Jahren überholt. Lindy zog es vor, in diesem Zusammenhang von einer tausendjährigen Geschichte zu sprechen.

Sie ersehnte sich mehr Informationen übers Varieté. Die Grundlagen ihrer Gesellschaft bestanden eigentlich nur aus vagen Ideen. Es existierten weder Laser- noch Magnetbandaufzeichnungen über das einstige Varieté; es gab nur wenige Filme und Bücher darüber, und man mußte viel Zeit und Geduld opfern, um in modernen Datenbanken betreffende Dateien zu finden. Eine von Lindys Angewohnheiten bestand darin, sich in der Bibliothek jeder Stadt umzusehen, die sie besuchte, und dort hielt sie nach Informationen Ausschau, die nicht auf Computerbasis gespeichert waren. Sie fand verstaubte Bücher, Broschüren, Theaterplakate, manchmal auch zerkratzte Mikrofilme, für die sich seit Jahrhunderten niemand mehr interessierte. Als sie die Nachfolge ihres Vaters antrat, der ihrer Ansicht nach einige Fehler gemacht hatte, leitete sie Veränderungen in die Wege.

Gelegentlich fügte Lindy anachronistisch anmutende Nummern hinzu, zum Beispiel eine Jagdszene, doch dafür konnte sie gute Gründe anführen.

Ab und zu, dachte sie, mußte man einen Teil der Authentizität opfern, um den Unterhaltungswert zu erhöhen. Wenn das echte Varieté zu Jagddarstellungen in der Lage gewesen wäre, hätten sie sicher zum Programm gehört.

Kurze Zeit später begann Lindy damit, das Vogelpferd zu striegeln. Sie strich mit der Bürste über das glänzende Fell, benutzte die Hände, um die Schwingen zu putzen. Wie viele Geschöpfe, die ihre Existenz der Gen-Technik verdankten — selbst diejenigen, die durch selektive Auswahl entstanden, vor der Erfindung des sogenannten Gen-

Spleißens* –, teilte Athene nicht alle Fähigkeiten, die ›normale‹ Tiere im Zuge der Evolution entwickelt hatten, brauchte in dieser Hinsicht menschliche Hilfe. Schon seit Jahrtausenden konnten sich Korngewächse ohne das Eingreifen des Menschen nicht mehr fortpflanzen. Mit ihren scharfen Vorderzähnen war das geflügelte Roß in der Lage, die Schwingen zu reinigen, aber ihm fehlten Schnabel und Krallen. Deshalb mußte Lindy die Federn glätten, das darin enthaltene natürliche Öl gleichmäßig verteilen.

Schließlich nahm sich Lukarian die Hufe vor. Als sie den muffigen Geruch einer leichten Pilzinfektion wahrnahm, fluchte sie leise.

Lindy richtete sich auf und klopfte auf Athenes Schulter. »Mach dir keine Sorgen, Liebes. Ich sorge dafür, daß dein Aufenthalt hier angenehmer für dich wird. Ich weiß noch nicht wie, aber bestimmt fällt mir etwas ein.«

Athene beschnupperte ihre Kleidung, versuchte herauszufinden, welche geheime Tasche Möhren enthielt.

Nach einer Weile seufzte die junge Frau und erinnerte sich an eine Pflicht, die sie nicht länger aufschieben konnte. Die nächste Stunde verbrachte sie damit, ein Plakat für die Tour zu entwerfen.

Die beiden Türhälften des Turbolifts zischten und brummten, als die Sensoren ein Hindernis registrierten.

Uhura sah auf. Ein junges Besatzungsmitglied – sie hatte die Frau nur ein- oder zweimal gesehen – trat verunsichert vor, schien die Kabine nur deshalb zu verlassen, weil sie einen Tadel des Computers befürchtete.

---

* Gen-Spleißen *(gene splicing)*: der Mechanismus, durch den aus RNS-Vorläufermolekülen die Introns entfernt und benachbarte Exons miteinander verbunden werden. Enzyme, die an diesen Reaktionsabläufen beteiligt sind, nennt man oft ›Spleiß‹-Enzyme. Der Ausdruck Gen-Spleißen wird häufig als allgemeine Bezeichnung für die rekombinante DNS-Technologie benutzt. Man sagt zum Beispiel: Ein fremdes Gen wird in einen Vektor gespleißt. – Anmerkung des Übersetzers.

Uhura musterte die junge Frau. Sicher wäre sie sehr attraktiv gewesen, wenn sie nicht so verängstigt gewirkt hätte. Hinzu kam das viel zu kurz geschorene, struppige Haar. Sie sollte es entweder wachsen oder gleichmäßig schneiden lassen, dachte sie. Diese Art der Frisur, wenn man überhaupt davon sprechen kann, steht ihr nicht.

Plötzlich glätteten sich die Züge der Frau, und die Unsicherheit verflüchtigte sich, als sie voller Entzücken auf den großen Wandschirm starrte. Uhura bemerkte ihren Blick, wandte den Kopf und beobachtete bunte Sterne auf schwarzem Samt. Die kleinen Aussichtsfenster und Monitoren in den Mannschaftsquartieren vermittelten nur eine vage Ahnung von der atemberaubenden Schönheit des Alls bei Warpgeschwindigkeit.

Uhura stand auf und durchquerte die Brücke. »Haben Sie sich verirrt?«

Die junge Frau zuckte zusammen. Ehrfürchtige Begeisterung verschwand und wich erschrockener Nervosität.

»Ich beiße nicht.« Uhura lächelte. »Was führt Sie hierher?«

»Ich ... ich bin Adjutantin, und ich glaube, der Captain erwartet mich ...«

»Willkommen auf der Brücke. Ich heiße Uhura.« Sie wartete auf eine Antwort der Adjutantin.

Die junge Frau senkte den Kopf und starrte zu Boden, und Uhura bemerkte einen Becher, dessen Klappe leise rasselte. Die Hände des Mädchens zitterten!

»Ich meine ... Äh, ich weiß nicht genau, ob es richtig war, hierherzukommen ... Wissen Sie, ich ...«

»Wie lautet Ihr Name?« fragte Uhura sanft.

»Janice Rand.«

»Kommen Sie, Janice. Ich stelle Sie vor.«

»Ich möchte niemanden stören ...«

»Oh, machen Sie sich keine Sorgen. Die anderen freuen sich bestimmt über eine Ablenkung. Schon viel zu lange müssen sie den Anschein erwecken, beschäftigt zu sein.« Uhura deutete auf den Becher. »Möchten Sie ihn irgendwo abstellen?«

»Er ... er ist für den Captain.«

»Er wird gleich zurück sein. Sein Platz befindet sich dort drüben.«

Uhura ließ den Becher auf der Armlehne des Sessels zurück und griff nach Janice' Hand; die harten Schwielen an den Fingeransätzen überraschten sie. Zuerst führte sie die junge Frau zu dem Vulkanier.

»Mr. Spock, das ist die Adjutantin des Captains, Janice Rand. Janice – Commander Spock. Er ist wissenschaftlicher Offizier und stellvertretender Kommandant der *Enterprise.*«

Janice wich zurück, so als jage ihr Spock einen noch größeren Schrecken ein als alles andere.

»Freut mich, Sie kennenzulernen, Adjutantin.« Er wandte sich wieder seinen Konsolen zu.

Uhura geleitete Janice zum unteren Bereich der Brücke. »Mr. Spock ist sehr zurückhaltend«, flüsterte sie. »Nehmen Sie es nicht persönlich.«

»Stimmt es, daß er ... Gedanken lesen kann?«

»Ja, in gewisser Weise«, sagte Uhura leise, und als sie Janice' Reaktion sah, fügte sie hastig hinzu: »Aber dazu muß er die betreffende Person berühren, und das gefällt ihm nicht sonderlich. Ich glaube, er mag es nicht sehr, seine speziellen mentalen Fähigkeiten einzusetzen. Ich habe so etwas nur einmal erlebt, und damals ging es um Leben und Tod.« Captain Pike hatte den Zwischenfall weder in seinem offiziellen Bericht noch im Logbuch des Captains erwähnt, aber es gab Zeugen, die genau wußten, wozu der Vulkanier imstande war.

Uhura bemerkte, daß Janice noch immer zitterte.

Hikaru Sulu, der Steuermann, und Mariette Cheung, die Navigatorin, begrüßten Janice mit einem freundlichen Lächeln, und daraufhin entspannte sich die junge Frau ein wenig. Sie erklärten ihr die Anzeigen der Konsolen, und außerdem waren sie ebenfalls recht jung. Uhura fragte sich, wie alt Janice sein mochte. Sie wirkte nicht einmal wie eine Achtzehnjährige.

»Allerdings geschieht derzeit nichts Interessantes«, sagte Lieutenant Cheung. »Es ist ziemlich langweilig, von einer Starbase zur anderen zu fliegen.«

Janice blickte auf den Wandschirm. »Was für ein herrlicher Anblick«, seufzte sie. »Und Sie können ihn die ganze Zeit über genießen.« Die Sterne faszinierten sie.

Auch Sulu und Cheung sahen auf die breite Projektionsfläche.

Die junge Frau wurde sich plötzlich ihres Verhaltens bewußt und wandte sich von dem großen Schirm ab. »B-bitte entschuldigen Sie, ich...« Rote Flecken bildeten sich auf ihren blassen Wangen.

»Schon gut, Janice«, sagte Uhura. »Sie haben völlig recht. Es *ist* ein herrlicher Anblick. Wir sind viel zu sehr daran gewöhnt und wissen jene Pracht nicht mehr zu schätzen. Es war richtig von Ihnen, uns daran zu erinnern.« Sie drückte Janice' Hand.

»Oh, Adjutant Rand, Sie sind bereits hier.«

Janice zuckte einmal mehr zusammen, riß ihre Hand zurück. Captain Kirk kam aus dem Turbolift und betrat die Brücke.

»Uhura hat Sie bereits vorgestellt? Danke, Lieutenant. Adjutant, ich möchte Sie nun mit Ihren neuen Pflichten vertraut machen.«

Janice sah Uhura so entsetzt an, als fürchte sie, Löwen zum Fraß vorgeworfen zu werden.

»Sie brauchen keine Angst zu haben. Bestimmt kommen Sie gut damit zurecht.«

Uhura kehrte an ihren Platz zurück. Sie beneidete Janice Rand nicht darum, sich um die Verwaltungsarbeit kümmern zu müssen, den Terminkalender des Captains zu ordnen und zu überwachen, ihn auf Probleme aufmerksam zu machen oder die entsprechenden Sektionsleiter zu benachrichtigen, wenn die Anweisungen zu banal waren, um die Autorität des Kommandanten zu erfordern. Eine Liste dieser Aufgaben erschien eher trivial, aber Uhura wußte, was geschehen konnte, wenn der Adjutant des Captains keinen

Ordnungssinn besaß. In einem solchen Fall entstand schon nach kurzer Zeit das reinste Chaos, und dann galt der Verwaltungsunteroffizier als unfähig und inkompetent. Ein Adjutant, der seinen Pflichten gerecht wurde, erhielt nur wenig Anerkennung und Komplimente.

Jim zeigte Janice Rand die Konsole auf der Backbordseite der Brücke. »Die Tradition verlangt, daß Sie die Station der Ambientenkontrolle benutzen«, sagte er.

Die junge Frau starrte auf die entmutigend komplizierte Konsole.

»Lassen Sie sich von der Komplexität der Anzeigen nicht beeindrucken«, riet ihr Jim rasch und hoffte, seine Adjutantin zu beruhigen. »Der Computer überwacht alle Lebenserhaltungssysteme. Sie können an dieser Anlage arbeiten, wenn Sie auf der Brücke sind.«

»Ja, Sir.«

»Stellen Sie so bald wie möglich einen Terminplan für mich zusammen. Ich möchte mindestens eine halbe Stunde für jede Person an Bord. Vereinbaren Sie Gespräche für die Transitzeit, wenn wir zwischen den verschiedenen Raumstationen unterwegs sind. Packen Sie nicht alles in ein oder zwei Wochen, und achten Sie darauf, daß mich kein Besatzungsmitglied während seines oder meines Schlafzyklus besuchen muß. Klammern Sie Stabsbesprechungen oder Inspektionen aus. Weisen Sie darauf hin, es handele sich um zwanglose Begegnungen, die nur einer kleinen Plauderei dienen, aber akzeptieren Sie keine ablehnenden Antworten. Haben Sie verstanden?«

»Ja, Captain.«

Kirk nickte. »Versuchen Sie, sich an Ihre Station zu gewöhnen. Ich brauche Sie gleich: Eine Ihrer Pflichten besteht darin, Logbucheintragungen zu registrieren und mir das Siegel zur Unterschrift vorzulegen. Aber der Eintrag wird nur kurz sein«, fügte er gelangweilt hinzu und wünschte sich, bei einer ereignislosen Reise auf Logbuchberichte verzichten zu können.

»Ja, Sir.«

Jim nahm nicht etwa im Sessel des Befehlsstands Platz, sondern blieb stehen, blickte auf den Wandschirm und überlegte, wie er den Routineeintrag formulieren sollte: Keine besonderen Vorkommnisse? Das war zwar korrekt, aber er bezweifelte, ob sich Starfleet damit zufriedengab.

Er glaubte, Kaffee zu riechen – und zwar jene Art von Kaffee, die er mochte. Verwundert fragte er sich, woher das Aroma stammte.

Die beiden Türhälften des Turbolifts glitten auseinander, und Jim bemerkte Lindy. In der einen Hand hielt sie eine Papierrolle, in der anderen einen Aktenordner. Sie trug ein Kostüm aus weißem, weichem Leder, und das schillernde schwarze Haar folgte ihr wie ein langer, seidener Schleier.

»Haben Sie eine Minute Zeit für mich, Jim?«

Kirk stellte fest, daß er wie ein Narr grinste. Er setzte eine ernstere Miene auf. »Ich stehe zu Ihrer Verfügung.«

»Ich könnte Hilfe bei diesem Poster gebrauchen.« Sie zeigte ihm ihren Entwurf.

Jim fehlten Erfahrungen in bezug auf Grafik oder Malerei, und zu seinem Leidwesen fiel ihm kein Vorwand ein, Lindys Bitte selbst nachzukommen. Er beschloß, Rand damit zu beauftragen – um festzustellen, wie sie unabhängige Arbeit handhabte.

»Adjutant Rand«, sagte er.

Sie zuckte zusammen, als er ihren Namen nannte. »Ja, Captain?«

Janice' geradezu pathologische Schreckhaftigkeit weckte Verdruß in Kirk. Mißmutig rollte er das Plakat zusammen. »Lindy, mein Verwaltungsunteroffizier wird Ihnen zu Diensten sein. Adjutant Rand, ich ermächtige Sie hiermit, innerhalb eines vernünftigen Rahmens auf die Schiffsressourcen zurückzugreifen, um Miß Lukarians Wünschen zu genügen. Sicher brauchen Sie ein grafikorientiertes Com-Gerät. Alles klar?«

»Ja, Sir«, hauchte Janice.

»Danke, Jim«, sagte Lindy.

Die beiden jungen Frauen verließen die Brücke, um sich ein grafisches Terminal zu besorgen. Jim sah ihnen nach und fragte sich, warum Rand so unsicher und furchtsam auf ihn reagierte. Ihre Ängstlichkeit blieb ihm ein Rätsel, und er wünschte sich eine Möglichkeit, die ständige Anspannung seiner Adjutantin zu lindern, dachte dann an Lindy und bedauerte es, nicht mehr Zeit mit ihr verbringen zu können. Schließlich bemerkte er wieder den verlockenden Kaffeeduft.

Als er seinen Platz einnahm, fiel ihm der Becher auf. Ein köstliches Aroma wehte aus der kleinen Klappenöffnung.

»Was ist das?«

»Janice Rand brachte es für Sie mit«, sagte Uhura.

Jim hob den Deckel, und sofort wurde der Kaffeeduft intensiver. Er trank einen vorsichtigen Schluck, und der Geschmack enttäuschte ihn nicht, entsprach dem Geruch.

Verwirrt betrachtete er den Becher, starrte dann auf die Tür des Turbolifts, die sich hinter seiner Adjutantin geschlossen hatte.

Janice Rand erreichte die Designkammer, und der große Grafikschirm erhellte sich.

»Bitte erklären Sie mir, was für ein Muster Sie sich vorstellen, Miß Lukarian.«

»Nun, Ma'am, es soll Aufmerksamkeit erwecken.«

»Sie brauchen mich nicht ›Ma'am‹ zu nennen«, erwiderte Janice. »Man hat mich gerade erst zum Unteroffizier befördert, und ich bin noch nicht einmal registriert.«

»Wie soll ich Sie ansprechen?«

»Oh, mit ›Adjutantin‹, wenn Sie möchten. Oder mit ›Rand‹.«

»Wie wär's mit Janice? Und Sie nennen mich einfach Lindy.«

»Wenn Sie wollen...«

»Das ist weniger förmlich, nicht wahr?«

»Na schön... Einfach – Lindy.«

Lukarian schmunzelte.

»Wir sollten uns jetzt besser um Ihr Poster kümmern«, sagte Janice und wurde wieder ernst.

Lindy öffnete die Aktenmappe und zeigte ihr einige farbenprächtige Zeichnungen. Von wem sie auch stammten: Der Maler schien Freude an seiner Arbeit zu haben.

»Das sind reproduzierte Plakate klassischer Varietégesellschaften.« Sie entrollte ihr eigenes Bild und glättete die Ecken. »Mein Entwurf gefällt mir nicht besonders...« Schon seit zwei Jahren zeichnete Lindy Poster, und nie war sie zufrieden mit den Ergebnissen ihrer Bemühungen. Ständig hatte sie das Gefühl, als fehle irgend etwas. »Ich schätze, ich muß mich damit abfinden – zu einem besseren Design bin ich leider nicht in der Lage. Mein Vater entwickelte für jede Stadt, in der wir auftraten, ein neues Plakat. Sie unterschieden sich alle, aber trotzdem konnte man auf den ersten Blick erkennen, daß sie von unserer Gruppe stammten. Unglücklicherweise habe ich dieses Talent nicht von ihm geerbt.« Sie runzelte die Stirn, als sie das Poster betrachtete. »Vielleicht kann der Computer einige Fehler ausbügeln.«

Janice richtete den Scanner auf Lindys Entwurf.

Lukarian stöhnte unwillkürlich, als das wesentlich vergrößerte Muster auf dem Schirm erschien. »Ich wollte es gleichzeitig klassisch und modern wirken lassen. Meine Güte, es sieht schrecklich aus.«

»So schlimm ist es eigentlich gar nicht«, sagte Janice. Ihre Fingerkuppen strichen über die berührungsempfindliche Projektionsfläche. Die Buchstaben wuchsen in die Breite, formten eine Art Neo-Deko-Stil.

»Es gelingt mir nie, meine Vorstellungen zu Papier zu bringen.«

»Wir könnten eine Vorlage benutzen, zum Beispiel eins der Plakate Ihres Vaters.«

»Nein!« Ihre heftige Ablehnung stimmte Lindy verlegen. »Ich meine, es muß anders beschaffen sein. Wir bieten nicht die gleichen Vorstellungen wie damals.«

Janice sah erneut auf Lindys Entwurf. »Nun, im Prinzip

gibt es nichts daran auszusetzen«, meinte sie. »Aber wenn wir diesen Teil nach dort verschieben und den anderen in die Ecke versetzen...« Sie nahm die notwendigen Berichtigungen vor. »Und wenn wir den Hintergrund in Pinselstrichart gestalten, diese Linie hier begradigen...«

Verblüfft beobachtete Lindy die neue Darstellung.

»Es tut mir leid.« Janice klang erschrocken. »Ich wollte nicht...« Sie streckte die Hand aus, um den Schirm zu berühren.

»Nein, warten Sie!« entfuhr es Lindy. »Janice, es ist wundervoll. Wie haben Sie das gemacht?«

»Die notwendigen Elemente waren bereits vorhanden. Nun, es gibt da noch eine andere Sache, aber ich möchte mich nicht in Ihre Arbeit einmischen.«

»Ich bin ganz Ohr.«

»Verschiedene Wesen sehen in verschiedenen Spektralbereichen. Wenn Sie also die Bandbreite der Farben ausdehnen...« Ihre Fingerspitzen tippten auf den Schirm.

»Ist das nicht zu dunkel?« fragte Lindy skeptisch.

»Ultraviolett- oder infrarotsensitive Geschöpfe wären bestimmt anderer Meinung. Aber ich kann die für uns normalen Farben verstärken.« Janice nahm eine weitere Veränderung vor. »Für einen Corellianer wäre dies das richtige Spektrum.« Der Computer simulierte, und das Poster wurde fast schwarz. »Jetzt sähe es für ihn folgendermaßen aus.« Das Bild erhellte sich wieder, unterschied sich jedoch vom Original.

»Daran habe ich überhaupt nicht gedacht«, gestand Lindy ein. »Wie sind Sie darauf gekommen?«

»Ich bin auf mehreren verschiedenen Welten gewesen, und dadurch gewöhnt man sich an so etwas.«

»Möchten Sie einen Job?« fragte Lindy.

»Was?«

»Ich brauche eine Zeichnerin. Was halten Sie davon, sich unserer Gruppe anzuschließen? Sie können nicht zufällig jonglieren, oder?«

Janice zögerte so lange, daß Lindy hoffte, sie nähme ihr Angebot an.

»*Sie* sind doch die Designerin.« Die Stimme der Adjutantin vibrierte.

»Nein, ich bin die Geschäftsführerin, unter anderem. Nun, wie lautet Ihre Antwort? Sind Sie einverstanden?«

Janice senkte den Kopf. »Ich kann nicht jonglieren.«

»Das spielt keine Rolle. Ich meine, es war nur ein Scherz. *Sind* Sie bereit, für mich zu arbeiten?«

»Das geht leider nicht.« Janice' Tonfall veränderte sich. Sie klang nun wieder eingeschüchtert und ängstlich. »Ich habe mich für zwei Jahre bei Starfleet verpflichtet.«

»Oh«, seufzte Lindy enttäuscht. »Wie dem auch sei: Wenn Sie Ihre Meinung ändern... Das Angebot gilt weiterhin.« Sie bewunderte Janice' Poster. »He, haben Sie bereits gegessen? Darf ich Sie einladen?«

»Nein. Ich meine, äh, es tut mir leid, ich kann Sie nicht begleiten, habe viel zu viele Papiere auf Captain Kirks Schreibtisch zurückgelassen, es tut mir leid, aber ich muß jetzt gehen.«

»In Ordnung«, sagte Lindy, als Janice forteilte. Offenbar kenne ich Jim noch nicht gut genug, dachte sie. Ich hätte es nicht für möglich gehalten, daß er wütend wird, wenn seine Adjutantin Mittagspause macht.

Janice Rand kehrte in die Kabine des Captains zurück und seufzte. Sie war im Rückstand mit ihrer Arbeit, weil sie Miß Lukarian bei ihrem Poster geholfen hatte. Sie fand Gefallen an der Entwicklung des Farbmusters — bis sie plötzlich feststellte, daß sie so mit der Geschäftsführerin sprach, als seien sie Gleichrangige. Sie schien nicht beleidigt gewesen zu sein, aber manchmal verbargen solche Leute ihren Ärger, ließen ihn eine Zeitlang tief in sich brodeln — und explodierten dann.

Janice beneidete Lukarian um ihre Freiheit — um die Freiheit, Handeln, Kleidung und Aussehen selbst zu bestimmen. Für sie gab es keine Vorschriften, Gesetze und

Verbote; sie war ihr eigener Herr. Rand gestattete sich einige Sekunden der Muße und überlegte, ob sie jetzt, da sie zu Starfleet gehörte, ihr Haar ein wenig länger wachsen lassen sollte. Dann schüttelte sie den Kopf, erschrocken über ihre Frivolität.

Sie konzentrierte sich wieder auf die Verwaltungsarbeit. Captain Kirk hatte tatsächlich ein großes Durcheinander angestellt – Janice fragte sich kurz, warum er zunächst versuchte, die Angelegenheiten selbst zu erledigen –, aber mit der Hilfe des Computers gelang es ihr, die Akten und Dateien zu ordnen, sie so zu gestalten, daß sich eine verständliche Struktur aus ihnen bildete.

Das Com-Gerät des Kommandanten stellte ihr weitaus mehr Rechnerkapazität zur Verfügung als die Terminals des Quartiermeisters. Es versetzte sie in die Lage, sich die Arbeit einzuteilen, und außerdem konnte sie direkt mit dem Computer sprechen. Der Quartiermeister hingegen erlaubte seinen Untergebenen nur, innerhalb eines strikt reglementierten und von ihm selbst festgelegten Rahmens tätig zu werden. Er mochte es gar nicht, wenn jemand Verbesserungsvorschläge machte, um die allgemeine Routine zu rationalisieren.

Janice hütete sich davor, alle Winkel des elektronischen Systems auszuleuchten, befürchtete, dabei auf Schranken zu stoßen, irgendeinen Alarm auszulösen, weil sie sich mit Dingen beschäftigte, die sie nichts angingen.

Nach einer Weile neigte sie den Rücken zurück und streckte sich.

»Ist alles in Ordnung mit Ihnen, Adjutant?«

Janice sprang jäh auf, als sie die Stimme hörte.

»He, ganz ruhig, ich bin's.« Captain Kirk musterte sie verwundert.

»Es tut mir leid, Sie haben mich erschreckt, ich dachte, ich sei allein...« Ihre Hände schlossen sich krampfhaft fest um den Rand des Schreibtischs. »Es tut mir leid, Sir, ich...« Sie hatte mit offenen Augen geträumt, und dafür gab es keine Entschuldigung. »Es tut mir leid.«

»Sie machen Überstunden – offenbar waren die Unterlagen wirklich in einem jämmerlichen Zustand.«

»O nein, Sir.« Janice konnte ihm kaum die Wahrheit sagen: Sie wußte bereits, daß der Captain keine Kritik liebte. Die gefährlichsten Personen baten zunächst darum, auf Fehler hingewiesen zu werden – und bestraften einen dann, wenn man ihrer Aufforderung nachkam.

»Für heute haben Sie genug gearbeitet. Ich bin Ihnen sehr dankbar. Kommen Sie morgen wieder.«

»Es... es tut mir leid, aber ich bin noch nicht fertig, Sir, doch es wird noch nur einige Minuten dauern, Sir, ganz bestimmt, Sir.« Sie setzte ihre Arbeit fort, und das Unbehagen in ihr nahm rasch zu, als sie spürte, daß ihr der Kommandant über die Schulter sah. Kurz darauf ging er fort.

Ein Ledersessel knarrte, und Jim nahm mit einem leisen Ächzen Platz. Die Seiten eines Buches knisterten, als er nach der richtigen Stelle suchte.

»Adjutant, ich erinnere mich nicht daran, den Steward gerufen zu haben – und doch ist hier alles aufgeräumt.«

Janice hob den Kopf, fühlte, wie ihre Wangen vor Furcht erblaßten, dann Verlegenheitsröte zeigten. Sie verabscheute es, daß ihre helle Haut so deutlich offenbarte, welche Emotionen sich in ihr regten.

Ich hätte es gleich wissen sollen, dachte sie. Der Captain will nicht, daß man seine Sachen anrührt... Angenommen, er sucht nach irgendeinem Gegenstand, ohne ihn finden zu können – dann hält er mich vielleicht für eine Diebin. Oh, warum habe ich all die Dinge nicht an ihren Platz zurückgelegt?

Aber sie hatte sich die entsprechenden Stellen nicht eingeprägt, wollte in dieser Hinsicht keinen Fehler machen. Wenn der Kommandant einen Unterschied bemerkte, argwöhnte er möglicherweise, sie habe herumgeschnüffelt. »Es tut mir leid, Sir, ich wollte nicht...«

»Adjutant, hören Sie endlich damit auf, sich dauernd zu entschuldigen.«

»Es tut mir leid, Sir, ich meine, ja, Sir.«

Kirk schnitt eine Grimasse. »Es lag nicht in meiner Absicht, Sie zu kritisieren. Es war nicht notwendig von Ihnen, meine Kabine aufzuräumen — das ist die Aufgabe des Stewards. Trotzdem vielen Dank.«

»Ja, Sir, gern geschehen, Sir.«

Janice versuchte zu arbeiten, aber der Captain rutschte in seinem Sessel hin und her, räusperte sich, blätterte in dem Buch. Seine Ungeduld zerrte an ihren Nerven. Wenn er sie doch nur allein ließe...

»Adjutant...«

»Ich bin fast fertig, Sir, ganz ehrlich, Sir.«

»*So* wichtig sind die Akten nicht. Es liegt kein Notfall vor, der es erfordert, sie noch heute abend auf den neuesten Stand zu bringen.«

»Nein, Sir?« fragte Janice verblüfft. »Sind Sie sicher, Sir?«

»Ja. Ich dachte, ich hätte Sie bereits darauf hingewiesen. Beenden Sie jetzt Ihre Arbeit. Nehmen Sie ein frühes Abendessen ein. Ruhen Sie sich aus. Entspannen Sie sich. Schwimmen Sie. Spielen Sie eine Partie Jai alai* oder gehen Sie irgendeinem Hobby nach. Morgen haben Sie genug Zeit, um die restlichen Akten zu ordnen.«

»Oh. Na schön, Sir, wie Sie meinen, Sir.« Wahrscheinlich wollte er die bisher von ihr erzielten Ergebnisse prüfen, um jemand anders zu beauftragen, wenn er Fehler fand. Hoffentlich stellte er nicht fest, daß sie gerade erst mit dem Terminkalender begonnen hatte.

Sie schaltete das Com-Gerät aus, bedauerte es, aufhören zu müssen. Sie konnte nicht schwimmen. Ihre Stubengenossin gehörte zu einem Jai-alai-Team, aber das gefährliche Spiel erschreckte Janice. Und was ein Steckenpferd anging... Viele Besatzungsmitglieder schlossen sich zu Hobbygruppen zusammen, aber bestimmt nahm man sie

---

* Jai alai: ein dem Racket ähnliches spanisches Ballspiel; Anmerkung des Übersetzers

nicht auf. Darüber hinaus zog sie es vor, erst spät am Abend zu essen, wenn sich niemand sonst im Speisesaal aufhielt. Sie hoffte, sich inzwischen mit den Tischmanieren auszukennen, befürchtete jedoch, erneut ins sprichwörtliche Fettnäpfchen zu treten – und dann würden sie alle auslachen.

Ein frühes Essen bedeutete, daß ein langer, einsamer Abend in der Kabine folgte. Selbst wenn ihre Stubengenossin mit Freunden zugegen war, sprach vermutlich niemand mit ihr. Janice wich Fragen aus, und deshalb hielt man sie für eine hochnäsige Einzelgängerin. Zu spät begriff sie, daß man kaum jemals Auskunft über seine eigene Vergangenheit zu geben brauchte, wenn man sich nach dem Werdegang der anderen Personen erkundigte.

»Wie alt sind Sie, Adjutant?« fragte Captain Kirk.

»Was? Sir...?« Janice' Knie zitterten, und sie sank vor dem Com-Terminal in sich zusammen, versuchte, den Anschein zu erwecken, noch eine letzte Datei zu speichern. Entsetzt überlegte sie, ob James Kirk der Telepath an Bord war und nicht etwa der wissenschaftliche Offizier. Wenn er tatsächlich Gedanken lesen konnte, wußte er nun um ihr Geheimnis. Janice überlegte, ob sie alles gestehen sollte, aber vielleicht kannte der Kommandant keine Gnade und schickte sie zurück. Ein Erziehungscamp wäre ihr lieber gewesen, sogar das Gefängnis. Dann hatte sie wenigstens Gelegenheit, ein wenig Geld zu verdienen, oder? Sie mußte den Anschein erwecken, gemein, durchtrieben und reuelos zu sein – dann wurde sie vielleicht nicht ausgeliefert.

»Wie alt sind Sie?«

»Ich... ich bin fast zwanzig, Sir, ich weiß es nicht genau, Sir, muß dazu erst in den Terra-Standard umrechnen, Sir.«

»Sie sehen nicht wie zwanzig aus«, sagte Kirk.

Janice mißtraute seinem Lächeln, versuchte zu lachen. Es klang gezwungen, nervös. »Das sagt man mir häufig, Sir.«

»Sie haben sich schon in jungen Jahren fürs All entschlossen, nicht wahr? Wie ich. Eine Familientradition? Oder war es Ihr eigener Entschluß?«

Furcht ließ sie all die sorgfältig erfundenen Details vergessen. »Mein eigener Entschluß, Sir«, erwiderte sie und hoffte inständig, daß sie niemandem eine anders lautende Auskunft gegeben hatte. Bevor der Captain eine weitere Frage stellen konnte, sagte sie: »Wie war es bei Ihnen, Sir?«

Kirk erzählte von seiner Vergangenheit, von der Familie, vom besten Freund, der im Krankenhaus lag. Zuerst hörte Janice gar nicht richtig hin; sie war viel zu sehr bemüht, gegen den Schrecken in ihr anzukämpfen. Aber dann erwachte ihr Interesse, und sie beruhigte sich ein wenig, lauschte den Schilderungen des Captains. Er hatte faszinierende Dinge gesehen, sich an faszinierenden Orten aufgehalten, und seine Beschreibungen waren geistreich und charmant.

Die Freundlichen, dachte Janice, sind noch weitaus gefährlicher als die Gedankenlosen und Grausamen.

Schließlich unterbrach sich der Captain. »Nun, ich will Sie nicht länger aufhalten, Adjutant. Gehen Sie jetzt. Wir sehen uns morgen.«

Janice floh.

Als sich die Tür hinter ihr schloß, bat Jim um eine Subraum-Verbindung zur Erde.

Er mußte schon bald mit Kommunikationsproblemen rechnen. Die Phalanx war ein langer Föderationstentakel mit der Starbase Dreizehn am Ende. Dort gab es keine Subraum-Relaisstationen, und klingonische Patrouillen würden sicher nichts unversucht lassen, Com-Signale zu stören. Vielleicht war dies Jims letzte Chance, eine verständliche Antwort von der Erde zu erhalten, bevor sein Schiff die Starbase erreichte, in der es Sendeanlagen mit leistungsfähigen Verstärkern gab.

Bei diesen Überlegungen regte sich Unbehagen in Kirk. Es galt sowohl der Phalanx selbst als auch der Vorstellung, in jenem Ausläufer des Föderationsraums zu manövrieren. Starbase Dreizehn schützte ein Planetensystem, das nur durch Zufall zur Föderation gehörte und in Hinsicht auf ökonomische oder bevölkerungsspezifische Erwägungen kaum von Interesse war. Die Umsiedlung der Einwohner auf einen anderen Planeten und die Stillegung der Raumstation hätten vermutlich nicht annähernd so hohe Kosten verursacht wie ein einjähriger Unterhalt der Starbase, ihre Versorgung mit Ausrüstungsgütern.

Ungeduldig wartete Jim auf den Kontakt.

Hinzu kam, daß die klingonischen Oligarchen angesichts der Phalanx immer paranoider wurden. Kirk konnte ihnen deshalb kaum einen Vorwurf machen. Ihm wäre es ebenfalls gegen den Strich gegangen, wenn das Imperium einen mehrere hundert Lichtjahre langen Keil in das stellare Territorium der Föderation getrieben hätte.

Während des Fluges durch die Phalanx mußte er besondere Vorsicht walten lassen, sich davor hüten, die Grenzen des klingonischen Reiches zu verletzen. So etwas mochte ihm ein Kriegsgerichtsverfahren einbringen und seiner Karriere ein jähes Ende setzen. Vorausgesetzt natürlich, die *Enterprise* entkam den Imperialen Wächtern.

Der Com-Schirm flackerte, und die Projektionsfläche zeigte das geometrische Muster eines Anrufbeantworters.

»Ausbildungskrankenhaus von Starfleet. Handelt es sich um einen Notfall?«

»Nein, aber hier spricht Captain...«

»Bitte warten Sie.«

Das Bild wich wogenden Pastellfarben. Leise Musik drang aus dem Lautsprecher.

Jim kannte natürlich die Argumente gegen eine Aufgabe von Starbase Dreizehn und die Umsiedlung der planetaren Bevölkerung. Die Klingonen würden einen Rückzug darin sehen. Doch der junge Captain hielt eine solche Entscheidung für weitaus weniger provokativ. Allein die Existenz der Phalanx stellte eine Herausforderung für die Klingonen dar; sie verletzte ihren Stolz, und wenn sich genug Zorn angesammelt hatte, mochte daraus ein Weltenbrand werden, ein regelrechter Krieg.

»Danke für Ihre Geduld«, sagte die elektronische Stimme. »Bitte nennen Sie Ihren Namen.«

»Ich bin Captain James T. Kirk, Kommandant der *Enterprise.*«

»Was ist Ihr Anliegen?«

»Ich möchte mit Lieutenant Commander Gary Mitchell sprechen.«

»In welcher Beziehung stehen Sie zu Commander Mitchell?«

»Ich bin sein vorgesetzter Offizier.« Der Hinweis, sein ›bester Freund‹ zu sein, führte bei der Hospitalbürokratie zu nichts.

Auf dem Schirm formte sich das Bild eines Krankenzimmers.

»Gary?«

Mitchell lag noch immer im Regenerationsgel. Seine Augen waren geschlossen, und das dunkle Haar fiel ihm in die Stirn. Jim stellte sich vor, wie Mitch es in einer für ihn typischen Geste zurückwarf und dann scherzhaft meinte, er müsse mal wieder zum Friseur. Anschließend lachte er, wenn einige Strähnen zurückrutschten.

Gary wirkte ausgezehrt und schwach. Kirk sah ein schmales Gesicht, und die Augen, unter denen sich dunkle Ringe zeigten, lagen tief in den Höhlen. Jim zwinkerte — und Ghioghe kehrte zurück, der Schmerz seiner gebrochenen Rippen, das Stechen im Knie, der scharlachrote Dunst, der das ganze Universum auszufüllen schien und von der tiefen Stirnwunde ausging. Auch andere intelligente Wesen waren verletzt. Er erinnerte sich deutlich daran. Blut strömte übers Deck, bildete in der Schwerelosigkeit kugelförmige Tropfen, die wie seltsame Seifenblasen dahinschwebten. Rotes und gelbes Blut, das eigenartige Mischungen bildete, ein verbrannt wirkendes Orange. Blaues Blut, dicht und ölig, floß in einzelnen Rinnsalen unter dem Rot, bildete hier und dort kleine, glitzernde Lachen.

Jim schnappte nach Luft und schüttelte die gräßlichen Visionen ab. Überrascht stellte er fest, daß sie ihn noch immer heimsuchten, den wiedergewonnenen inneren Frieden bedrohten.

Mitchells Lider zitterten.

»Gary...?«

Der Mann im Reg-Gel bewegte sich unruhig, kam abrupt zu Bewußtsein und stöhnte leise. Jim wußte, wie man sich kurz nach dem Erwachen aus der Heilstasis fühlte, glaubte erneut, den sanften, aber unnachgiebigen Widerstand des Abschirmfeldes zu spüren, das nur geringe Bewegungen zuließ. Der Patient wollte sich im Schlaf von einer Seite zur anderen drehen, kämpfte gegen die hemmende Energie an. Die letzten Reste der Stasis führten zu Verzweiflung und depressiver Niedergeschlagenheit, lockten mit – noch – unerreichbarer Freiheit.

»Jim...?« Garys Stimme klang so zittrig wie die eines Greises. »He, Junge... haben wir's geschafft?«

»Klar, Gary. Es ist in erster Linie dir zu verdanken.«

»Für derartige Krisen muß uns eine andere Antwort einfallen«, sagte Gary. »So etwas darf sich nie wiederholen.«

»Da bin ich ganz deiner Meinung«, erwiderte Jim. »Gary, ich wollte nur sehen, wie's dir geht.« Er konnte es nicht über sich bringen, ihm mitzuteilen, daß man seinen Vorschlag für den neuen Ersten Offizier der *Enterprise* ignoriert hatte. Gary wünschte sich die Beförderung ebenso wie Jim einen Stellvertreter, den er kannte und der sein unbedingtes Vertrauen verdiente. Die schlechten Nachrichten konnten warten, bis Gary wieder ganz zu Kräften gekommen war. »Es freut mich, daß du dich erholt hast«, sagte Jim. »Schlaf jetzt. Ich weiß, wie du dich fühlst. Ruh dich aus.«

»Wie soll man schlafen, solange man in grünem Schleim steckt?« entgegnete Gary und stöhnte leise.

»Versuch's trotzdem.« Kirk klammerte sich an seiner Erleichterung fest, hielt Kummer und Schmerz auf Distanz.

Garys Lider sanken herab, zuckten dann wieder hoch.

»Brich bloß nicht ohne mich auf, Junge. Wenn du den Föderationsraum ohne mich verläßt, drehe ich dir den Hals um.« Er wehrte sich gegen die Müdigkeit, aber schließlich erlag er ihr doch.

»Mach dir keine Sorgen, mein Freund«, sagte Jim. »Ich warte auf dich.«

Er unterbrach die Verbindung.

Jim betrat McCoys Büro, ließ sich in einen Sessel sinken, stützte die Füße auf den Schreibtisch und grinste zufrieden, als seine Stiefel auf festes Holz trafen.

»Komm herein«, sagte der Bordarzt. »Setz dich. Mach es dir bequem.«

»Ich habe gute Neuigkeiten: Gary ist wach.«

»He, *das* freut mich wirklich, Jim.«

»Ich habe gerade mit ihm gesprochen. Natürlich ist er noch immer ziemlich groggy, aber er hat's bald überstanden, Pille.«

»Unkraut vergeht nicht«, brummte McCoy. »Und die schlechten Nachrichten?«

»Nun, ich habe deinen Rat beherzigt...«

»Und bist freiwillig hierher gekommen, um dich untersuchen zu lassen – halleluja, es geschehen noch Wunder!« Er stand auf. »Ich gebe dir sofort einen Overall.«

»Nein, nein, dafür bleibt mir nicht genug Zeit. Ich meinte deinen Rat in Hinsicht auf einen Adjutanten.«

»Und?«

»Nun, es ist eine Adjutan*tin*. Und jedesmal, wenn ich sie anspreche, zuckt sie zusammen. Ein echt schwieriger Fall. Sie entschuldigt sich dauernd.«

»›Dauernd‹?«

»Ja, verdammt. Ich übertreibe nicht. Wenn sie was sagt, beginnt sie *dauernd* mit ›Es tut mir leid‹.«

»Scheint sich um eine Art Neurose zu handeln.«

»Wenn das stimmt: Was hat sie dann in Starfleet zu suchen?«

McCoy lachte. »Willst du mich auf den Arm nehmen,

Jim? Wenn Starfleet neurotische Leute ablehnte, bliebe gerade genug Personal für einen Raumkreuzer übrig. Für einen *sehr kleinen.*«

»Aber...«

»Wir alle haben unsere Macken. Auch du und ich.«

»Wobei Mr. Spock die einzige Ausnahme bildet, nehme ich an.«

»Spock! Mann, er ist von uns allen am schlimmsten! Er unterdrückt die eine Hälfte seines genetischen Erbes und wahrscheinlich auch einen großen Teil der anderen. Die Neurose der Vulkanier besteht darin, daß sie sich für völlig normal halten!«

»Was meinst du mit ›einer Hälfte seines genetischen Erbes‹?« fragte Jim.

»Er ist halb Mensch. Soweit ich weiß, stammt seine Mutter von der Erde.«

»Ich dachte, er sei Vulkanier.«

»Das glaubt er ebenfalls«, erwiderte McCoy trocken.

»Was weißt du sonst noch über ihn?«

»Er ist nicht sonderlich redselig. Nun, ich habe natürlich schon von ihm gehört, und hinzu kommen die medizinischen Aufzeichnungen mit den üblichen Angaben. Er hat eine unglaubliche Ausbildung hinter sich und seine Chancen gut genutzt, mit vielen Leuten zusammengearbeitet, die einen phänomenalen Ruf genießen.«

»Was soll das heißen, Pille? Hat er gute Beziehungen oder ist er besonders helle?«

»›Helle‹? Das scheint mir kaum ein angemessener Ausdruck zu sein. Er ist brillant, Jim. Und was seine ›Beziehungen‹ betrifft... Nun, zu seiner Familie gehören sowohl hochrangige Diplomaten als auch erstklassige Wissenschaftler.« McCoy lächelte. »Um ganz ehrlich zu sein: Praktisch alle Vulkanier haben gute Kontakte.« Jim blieb ernst. »Ist das der Grund, warum man ihn Gary vorzog?«

»Weil im Gegensatz zu Mitch eine einflußreiche Familie hinter ihm steht? Keine Ahnung. Warum fragst du ihn nicht selbst?«

»Soll ich ihm etwa sagen: ›He, Commander Spock, haben Sie Ihren Erfolg Vetternwirtschaft zu verdanken?‹« Jim schüttelte den Kopf. »Ich bin ihm gegenüber nicht fair, und das ist mir auch klar. Ich sollte ihm eine Gelegenheit geben, seine Fähigkeiten zu beweisen. Andererseits...« Er zuckte mit den Schultern, wechselte das Thema. »Was soll ich mit Adjutant Rand machen?«

»Leistet sie schlechte Arbeit?«

»Ganz und gar nicht. Sie weist mich auf ihre mangelnde Erfahrung hin – und dann drückt sie zwei Tasten und bringt damit alle Dateien in Ordnung.«

»Suchst du nach irgendeinem Vorwand, sie zu degradieren und zum Quartiermeister zurückzuschicken?«

»Nein, ich möchte nur, daß sie nicht mehr zusammenzuckt, wenn ich mit ihr rede! Und ich mag es nicht besonders, zwei Stunden vor dem Frühstück von einer jungen Frau geweckt zu werden, die ganz versessen darauf ist, mit der Arbeit zu beginnen. Zu so früher Stunde vertrage ich keinen derartigen Enthusiasmus.«

»Hmm«, brummte McCoy.

»Sie muß mein Com-Terminal benutzen«, verteidigte sich Jim.

»Warum?«

»Wo soll sie denn sonst ihren Aufgaben nachgehen? Erwartest du von ihr, daß sie die Akten überall auf der Brükke verteilt?«

»Ist ihr Com-Gerät defekt?«

»*Ihr* Com-Gerät?«

McCoy seufzte und starrte wie flehentlich zur Decke empor. »Jim, du denkst noch immer wie der Captain eines Raumkreuzers. Du solltest unbedingt dein Schiff besser kennenlernen. Sieh dir zum Beispiel mal die Kabine des Adjutanten an, die an den gleichen Korridor grenzt wie deine.« Etwas leiser fügte er hinzu: »Jim, hast du Rand zum Verwaltungsunteroffizier ernannt und sie im Mannschaftsquartier gelassen?«

»Der Quartiermeister schickte sie zu mir, und deshalb

habe ich sie befördert. Von der Adjutantenunterkunft wußte ich bisher überhaupt nichts.«

»Ein harter Schlag für ihre Moral. Sorg dafür, daß sie umzieht — dann dürfte eins deiner Probleme gelöst sein. Vielleicht sogar gleich zwei. Möglicherweise zuckt sie deshalb zusammen, weil sie nach der Beförderung von ihren Freunden aufgezogen wurde.«

»Das bezweifle ich. Sie war von Anfang an schreckhaft.«

»Nun, dann mußt du damit rechnen, daß es noch eine Weile dauert, bis sie sich beruhigt und an dich gewöhnt. Wenn sie wegen der obligatorischen Untersuchung zu mir kommt, spreche ich mit ihr. Falls sich dabei irgend etwas ergibt, benachrichtige ich dich.«

»Hör mal, Pille: Wenn sie einen Dachschaden hat...«

»Jim! Oft sind es gerade unsere Neurosen, die dazu führen, daß wir uns unter bestimmten Umständen auf die übliche Art und Weise verhalten. Ich könnte dir Beispiele nennen, die auch den Captain dieses Schiffes betreffen, aber leider habe ich nicht genug Zeit für eine ausführliche Psychoanalyse. Obwohl ich durchaus imstande gewesen wäre, dich zu untersuchen, wenn wir sofort damit begonnen hätten.«

Jim lächelte. »Ich habe also noch mal Glück gehabt.«

»Aufgeschoben ist nicht aufgehoben. Verzieh dich jetzt. In zehn Minuten erwartet mich mein nächster Termin.«

»›Verzieh dich‹? Spricht man so mit seinem vorgesetzten Offizier?«

»Verzieh dich, *Sir.*«

Spock saß in einer abgetrennten Nische der Offiziersmesse und begann mit der Analyse eines Problems, das dreidimensionales Schach betraf.

Der Vulkanier konnte sich so sehr konzentrieren, daß er keine Stimmen oder anderen Geräusche mehr hörte. Doch an diesem Abend stahl sich ein monotones Brummen in seinen stillen Frieden.

An einem nahen Tisch saßen einige der jüngeren Offiziere, Dr. McCoy und Chefingenieur Scott. Mr. Scott schien in dem neuen Bordarzt einen Gleichgesinnten gefunden zu haben. Spock respektierte die Kompetenz des Ingenieurs, doch seine Vorliebe für fermentierte und destillierte Getränke hielt er, gelinde gesagt, für kaum wünschenswert. Der Vulkanier fügte der kurzen mentalen Liste über die weniger positiven Qualitäten Scotts einen weiteren Punkt hinzu: seine offensichtliche Sympathie für McCoy.

In seiner freien Zeit hielt sich der Chefingenieur oft und gern in der Messe auf und gab die verrücktesten Geschichten zum besten. Seine Zuhörer, meistens Junioroffiziere, hörten ihm hingerissen zu, ohne die geringsten Anzeichen von Skepsis zu offenbaren. Spock kannte viele der Erzählungen, und es spielte eigentlich keine Rolle, ob er sie glaubte oder nicht: Es gelang ihm immer, nicht darauf zu achten, den schottischen Akzent aus seinem Wahrnehmungsspektrum zu verbannen.

Diesmal aber hatte sich noch jemand anders Scotts Kreis angeschlossen. Mr. Cockspur – er gehörte zur Varietégesellschaft – war ein älterer Mann, der sein dichtes, schwarzes Haar halblang und sorgfältig gekämmt trug. Die Spitzen seines Schnurrbarts neigten sich nach oben.

Cockspur schlüpfte in Scotts Rolle als Alleinunterhalter. Spock fand zwar keinen Unterhaltungswert in Scotts Schilderungen – die Bezeichnung ›Seemannsgarn‹ erschien ihm angemessener, da Phantasie einen nicht unbeträchtlichen Anteil daran hatte –, doch er würdigte die Ästhetik seiner Darbietungen. Wenigstens paßte er seinen Tonfall den einzelnen Vortragssequenzen an. Cockspur hingegen mangelte es an diesem Ausdrucksvermögen. Seine Stimme hallte ebenso laut wie monoton durch den Saal, und die Geschichten wiesen kaum interessante Punkte auf. Um so erstaunlicher war es, daß die Offiziere mit offensichtlicher Faszination lauschten.

In Hinsicht auf sein Verständnis des menschlichen Wesens machte sich der Vulkanier nichts vor. Er hatte den größten Teil seiner Kindheit auf Vulkan verbracht. Als er auf der Erde weilte, beschäftigte er sich hauptsächlich mit dem Studium der Wissenschaften, befaßte sich nicht mit den Terranern und ihrer verwirrend komplexen psychischen Welt. Obwohl zur einen Hälfte Mensch, erachtete er das Verhalten des Homo sapiens oft als höchst rätselhaft.

Das war auch jetzt der Fall.

Die unerklärliche Unterhaltungsvariante schien darin zu bestehen, alle Theater zu nennen, die Mr. Cockspur mit einem Auftritt beehrt hatte, und außerdem erwähnte er die entsprechenden dramaturgischen Werke. Spock dachte an eine Analogie. Moderne Leser des irdischen Dichters Homer fanden die Schiffsdiensttabellen in der *Ilias* ausgesprochen langweilig, aber von den alten Griechen hieß es, sie hätten Rhapsoden – fahrenden Sängern – enorme Summen bezahlt, damit sie bei feierlichen Anlässen die betreffenden Angaben wiederholten. Bürger der griechischen Stadtstaaten gewannen hohes Ansehen, wenn sie ihren Stammbaum bis zu einem Kapitän der Achäer-Schiffe zurückverfolgen konnten. Vielleicht wußten Cockspurs Zuhörer von Stücken, bei denen er mitgewirkt hatte. Vielleicht kannten sie die Theater. Vielleicht glaubten sie, dadurch an seinem Ruhm teilzuhaben. Der Vulkanier hielt es trotzdem für sonderbar, einen Abend auf diese Weise zu verbringen – aber das Freizeitgebaren der Menschen war immer für eine Überraschung gut.

Mit reiner Willenskraft konzentrierte sich Spock auf das Schachproblem, prüfte die Konstellation der Figuren.

»Brauchen Sie einen Spielgegner?«

»Nein, Captain«, erwiderte der Vulkanier, ohne aufzusehen. Er hatte die Schritte gehört, kannte bereits das für Kirk charakteristische Bewegungsmuster. Der Kommandant blickte über die Schulter seines wissenschaftlichen Offiziers und beobachtete den Schachwürfel.

»Warum spielen Sie allein?«

»Weil es an Bord dieses Schiffes niemand mit mir aufnehmen kann.«

»Sie sind bescheiden, nicht wahr?« meinte der Captain.

»Ich bin weder bescheiden noch anmaßend – das sind wesensmäßige Qualitäten, für die es in der vulkanischen Evolution keinen Platz gab. Ich habe nur eine Tatsache genannt.« Er bedauerte die Störung, den Verlust seiner inneren Ruhe, erinnerte sich dann daran, daß ›Bedauern‹ nicht zur psychologischen Matrix eines Vulkaniers gehörte.

»Spielen Sie mit den weißen oder schwarzen Figuren?«

»Natürlich mit beiden«, sagte Spock.

»Aber Schwarz ist am Zug?« fragte der Captain. »Natürlich?«

Klang Kirks Stimme sarkastisch oder ironisch? Oder traf die Bezeichnung ›herausfordernd‹ zu?

Spock brummte unverbindlich. Wenn der Kommandant aufgrund der Konstellation feststellen konnte, daß Schwarz zog, mochte er ein adäquater Gegner sein... Andererseits hatte er eine Chance von fünfzig Prozent, die richtige Farbe zu wählen, und das hielt der Vulkanier für die wahrscheinlichere Möglichkeit.

Erneut konzentrierte er sich auf den Schachkubus. Dame zum Damenbauern D4, um den weißen König zu bedrohen? Er bewegte die Figur und ließ nachdenklich die Hand sinken.

»Weiß setzt in drei Zügen schachmatt«, sagte der Captain.

Spock hob ungläubig den Kopf. Kirk lächelte, drehte sich um und schlenderte fort.

Jim sah McCoy an einem nahen Tisch und näherte sich ihm. Zu spät bemerkte er Mr. Cockspur.

»Und ein Jahr später, als ich zurückkehrte... Nun, Sie können sich kaum vorstellen, wie man mich feierte...«

»Hallo, Jim«, unterbrach McCoy den Monolog des Schauspielers, bevor der Captain fliehen konnte. Die Offiziere standen auf.

»Bleiben Sie ruhig sitzen.«

Der Bordarzt zog einen weiteren Stuhl heran. »Möchtest du uns Gesellschaft leisten?« fragte er und unterdrückte ein Grinsen.

Die übrigen Leute blickten den Captain fast flehentlich an. Cockspur bildete die einzige Ausnahme.

»Nimm Platz, Jim«, sagte McCoy. »Es ist *interessant.«*

»Ja«, bestätigte Cockspur. »Setzen Sie sich, während ich weitererzähle.«

»Danke.« Jim versuchte, sich nichts anmerken zu lassen. »Aber leider habe ich den Anfang Ihrer Geschichte verpaßt, und ich fürchte, deshalb bleiben mir Ihre subtilen Pointen verborgen.«

»Damit dürftest du recht haben«, pflichtete ihm McCoy bei. »Aber genieß wenigstens den Rest.«

McCoy mußte sich eisern beherrschen, um nicht schallend zu lachen. Jim erinnerte sich an einen Rat, den ihm Winona vor zwei Tagen — waren erst achtundvierzig Stunden vergangen? — gegeben hatte: *Gib nach, Jim. Du hast gar keine andere Wahl.* Er warf McCoy einen durchdringenden Blick zu und schloß sich der Gruppe an.

Cockspur räusperte sich dramatisch und fuhr fort. »Ich habe Ihrer Mannschaft gerade von meinem Auftritt in Campbell City berichtet.« Seine Stimme kam einem Schlag in die Magengrube gleich. Sprach er immer so, als stünde er auf der Bühne? Er ließ kein Detail aus, als er die Darbietungen auf dem Mond beschrieb, behauptete sogar, das Stück selbst geschrieben zu haben. Die Angaben erschienen Jim vage vertraut, doch Cockspur wäre ihm bestimmt im Gedächtnis geblieben, wenn er ihn in einem Theater erlebt hätte. Es sei denn natürlich, er war bei der Vorstellung eingeschlafen. Die monotone Stimme wirkte wie ein starkes Betäubungsmittel.

»Sechs Wochen lang begeisterte mein Werk die Bevölkerung auf der dunklen Seite des Mondes. Ein enormer Erfolg. Nun, wie Sie sehen, bin ich in Hinsicht auf interstellare Reisen an Bord Ihrer Raumkreuzer nicht ganz unerfahren.«

Jim fragte sich, seit wann man die Flüge zwischen Erde und Luna als ›interstellar‹ bezeichnete, wie Cockspur mehr als zwei Wochen — die Länge der lunaren Nacht — auf der

Rückseite des irdischen Mondes verbringen und sie trotzdem ›dunkel‹ nennen konnte. Außerdem: Was mochten die Offiziere davon halten, wenn man sie als ›Mannschaft‹ bezeichnete?

»Die *Enterprise* ist kein Raumkreuzer, sondern ein Raum*schiff*, Mr. Cockspur«, sagte Jim sanft.

»In der Tat«, erwiderte der Schauspieler.

»Ich meine...«

Cockspur unterbrach ihn. »Und ein ziemlich großes Raumschiff noch dazu«, sagte er. »Es sollte eigentlich nicht dazu eingesetzt werden...« – er räusperte sich demonstrativ – »...Varietégruppen oder selbst echte Künstler zum Ende des Universums zu transportieren.«

Zwar vertrat Jim eine ähnliche Ansicht, aber er fühlte sich nun dazu verpflichtet, Cockspur zu widersprechen.

»Wir sind nicht unbedingt zum Ende des Universums unterwegs.«

»Das spielt keine Rolle. Ihre Zeit und das Potential des Schiffes wären im Kampf gegen die Feinde der Föderation weitaus besser genutzt.«

Jim gab sich Mühe, die Beherrschung zu wahren. Glaubte dieser Narr vielleicht, Starfleets Aufgabe bestehe vor allen Dingen darin, klingonische Planeten zu verwüsten?

»Derzeit sind wir nicht im Krieg, Mr. Cockspur.«

»Das mag sein. Aber viele Welten warten nur darauf, erobert zu werden.«

»Haben Sie jemals gekämpft?«

»Diese Ehre hatte ich leider nicht.«

»Ehre...!« entfuhr es dem Captain entrüstet. »Man sollte meinen, daß die Angehörigen unserer modernen, zivilisierten Gesellschaft in moralischer Hinsicht soweit gewachsen sind, daß sie gewaltsame Kolonisation ablehnen und keinen Völkermord mehr befürworten.«

»Offenbar nehmen Sie das persönlich, Captain.«

»Ja, das stimmt. Aufgrund meiner Erfahrungen. Und weil der Stammbaum meiner Mutter bis zu den Sioux zurückreicht. Ihre Familiengeschichte...«

»Captain, Captain! Sie sprechen von Ereignissen, die schon viele Jahrhunderte zurückliegen! Sie bilden ein abgeschlossenes Kapitel unserer Vergangenheit, haben für die heutige Welt überhaupt keine Bedeutung.«

»Da irren Sie sich gewaltig«, widersprach Jim. Warum hatte er sich auf diese Diskussion eingelassen? Er überlegte, ob er sich mit seinen Pflichten entschuldigen und gehen konnte, ohne zu unhöflich zu wirken. Die Offiziere am Tisch mieden betreten seinen Blick, und nur Cockspur schien kein Unbehagen zu empfinden.

Der Schauspieler begann damit, dem Captain einen Vortrag über Kolonisation zu halten.

Jemand trat auf sie zu, und Jim sah auf. Commander Spock stand neben ihm, legte die Hände auf den Rücken und gab keinen Ton von sich.

Selbst Cockspur bemerkte den Vulkanier. Er brach ab und starrte zu Spock empor, musterte ihn wie einen Kunstbanausen, der es wagte, ihn in seiner hehren Kreativität zu stören.

»Würde mir der Captain Antwort auf eine Frage gewähren?« erkundigte sich der wissenschaftliche Offizier mit steifer Förmlichkeit.

»Selbstverständlich, Mr. Spock.« Er wandte sich an Cockspur, verbarg seine Erleichterung. »Bitte entschuldigen Sie. Dienstangelegenheiten.«

»Verzeihen Sie, Captain«, sagte der Vulkanier. »Vielleicht hätte ich einen anderen Zeitpunkt wählen sollen...«

»Keineswegs«, erwiderte Jim hastig. »Ein Anliegen des stellvertretenden Kommandanten hat Vorrang vor der Muße des Captains.«

Gerade noch rechtzeitig widerstand er der Versuchung, nach dem Ellenbogen Spocks zu greifen und den Vulkanier vom Tisch fortzuführen. Sie wandten sich von Cockspur und seinem Publikum ab, gingen Seite an Seite davon.

»Ich benötige nur wenige Sekunden Ihrer Zeit«, sagte Spock. »Es lag nicht in meiner Absicht, Sie von Ihrem... Vergnügen abzuhalten.«

»Von meinem *Vergnügen,* Mr. Spock?« Jim lachte. »Nun, auf Vulkan scheinen in diesem Zusammenhang recht seltsame Vorstellungen zu herrschen.«

»Es geht um das Schachmatt in drei Zügen...«

»Bitte entschuldigen Sie meine Einmischung.«

Spock hob eine Braue. »Meinen Sie damit, Weiß sei nicht in der Lage, Schwarz in drei Zügen zu schlagen?«

»Doch, das schon. Hielten Sie meine Bemerkung für einen Scherz?«

»Ich bin nie ganz sicher, wann menschliche Wesen scherzen«, antwortete der Vulkanier.

»Für gewöhnlich lachen wir dabei«, sagte Jim.

»Aber nicht immer.«

»Nein, nicht immer. Wie dem auch sei: Ich habe es ernst gemeint.«

»Verzeihen Sie mir, Captain, aber... Ihr Hinweis hat meine Neugier geweckt.«

»Nun, wenn das so ist, bin ich gern bereit, Ihnen die entsprechenden Züge zu erklären.« Sie erreichten die abgetrennte Nische, und Jim stellte fest, daß Spock die Konstellation der Figuren nicht verändert hatte. »Commander, ich dachte, Vulkanier seien völlig emotionslos. Und doch geben Sie zu, neugierig zu sein.«

»Neugier ist kein Gefühl, Captain«, entgegnete der wissenschaftliche Offizier, als sie Platz nahmen. »Es handelt sich vielmehr um eine psychische Stimulierung, die intelligente Wesen veranlaßt, Erkenntnisse anzustreben. Ihr Zug, Captain.«

Jim setzte den Damenspringer.

Spock blickte in den Kubus, und eine schwarze Braue wölbte sich empor. Er starrte so auf die Figuren, als habe er seinen Verstand in den Computermodus umgeschaltet, als analysiere er jetzt alle möglichen Züge und ihre Auswirkungen. Jim hatte diesen Zug nicht bewußt erkannt, sondern erahnt, und nun regten sich plötzliche Zweifel in ihm. Er betrachtete den Schachwürfel, überlegte, ob er etwas übersehen hatte, fürchtete plötzlich einen banalen Anfängerfehler.

Der Captain nahm sich ein Beispiel an der steinernen Miene des Vulkaniers, versuchte, ebenso ruhig und gelassen zu bleiben. Dennoch zuckte er fast zusammen, als Spock die Hand ausstreckte und den König zur Seite kippte.

»Ich gebe auf«, sagte er.

Jim musterte ihn, glaubte, dünne Furchen in der Stirn zu erkennen. Brachte Spocks Miene einen Hauch von Verwirrung zum Ausdruck?

»Mit Ihrem Zug haben Sie sowohl die Dame als auch die Springer in Gefahr gebracht«, sagte der Vulkanier. »Das war... unlogisch.«

»Aber wirkungsvoll«, meinte Jim.

»In der Tat...«, erwiderte Spock leise. »Welche Einschätzungstechnik benutzen Sie? Sinhawk? Oder verwenden Sie eine eigene Methode?«

»Eine, die ich... selbst entwickelte, könnte man sagen. Ich habe keine Analyse vorgenommen, sondern den Zug *gesehen,* Spock. Intuition. Oder einfach Glück.«

»Ich glaube nicht an Glück«, erwiderte der wissenschaftliche Offizier. »Und in bezug auf Intuition fehlen mir Erfahrungen.«

»Wie dem auch sei: Meine Methode besteht genau darin.«

Spock betätigte eine Taste, und daraufhin nahmen die Figuren wieder ihre Ausgangsstellung ein.

»Was halten Sie von einer vollständigen Partie?« fragte er.

KAPITEL 6

Als Jim Kirk am nächsten Morgen die Brücke betrat, fühlte er sich großartig. Er hatte gut geschlafen, ohne von Alpträumen über Ghioghe geplagt zu werden. Gary Mitchell würde in einigen Tagen die Regeneration verlassen, und die *Enterprise* war ohne Zwischenfälle auf dem Weg zur Starbase Dreizehn. Darüber hinaus hatte Jim am vergangenen Abend das Schachspiel gewonnen. Seine Belohnung bestand in der sprachlosen Verblüffung des Ersten Offiziers.

Jim lächelte zufrieden, als er im Sessel des Befehlsstands Platz nahm, versuchte, die letzten Reste der Müdigkeit abzustreifen, fragte sich einmal mehr, wo Rand den köstlichen Kaffee aufgetrieben hatte. *Vielleicht gibt es irgendwo einen geheimen Vorrat davon,* dachte er und begann zu hoffen, daß ihm seine Adjutantin erneut einen Becher brachte.

Diesmal konnte er nicht etwa Janice Rand für seine Schläfrigkeit verantwortlich machen. McCoys Taktik schien zu funktionieren: Die junge Frau hatte ihn nicht zwei Stunden vor dem Frühstück geweckt.

Nein, die Benommenheit war seine eigene Schuld. Jims Lächeln wuchs in die Breite, als er sich an den vergangenen Abend erinnerte. Die Schachpartie mit Commander Spock dauerte mehrere Stunden, bis tief in die Nacht. Die meiste Zeit über blieb der Vulkanier im Vorteil, aber schließlich gewann Kirk mit einigen gewagten, geradezu tollkühnen Zügen.

Spock nahm bereits seinen Platz an der wissenschaftlichen Station ein, wirkte so ausgeruht wie immer.

»Guten Morgen, Commander Spock.«

»Guten Morgen, Captain.«

»Das Spiel gestern abend hat mir sehr gefallen.«

»Es war...« Der Vulkanier zögerte. »Es war lehrreich für mich.«

Jim sah in dieser Bemerkung das vulkanische Äquivalent für ›Ich hatte Spaß‹.

Einige Sekunden später fiel dem Captain ein, daß sich Spock praktisch immer auf der Brücke befand. Der Vulkanier kam früh und ging spät. Vielleicht wollte er damit beweisen, wie ernst er seine Funktionen als Erster und wissenschaftlicher Offizier nahm. Ging es ihm darum, mit diesem Verhalten zu zeigen, daß Admiral Noguchi die richtige Entscheidung getroffen hatte?

Oder sind die beiden Verantwortungsbereiche zuviel für eine Person, dachte Jim. Noguchi hätte die Wahl des Ersten Offiziers mir überlassen sollen. Und Spocks Gebaren erinnert mich ständig daran, daß mein Nominierungsvorschlag ignoriert wurde.

Kurz darauf nahm Jim die Statusmeldungen der einzelnen Brückenstationen entgegen: Sie liefen praktisch darauf hinaus, daß es nichts zu berichten gab. Alle Bordsysteme arbeiteten einwandfrei. Die *Enterprise* folgte weiterhin dem programmierten Kurs. Keine dringenden Nachrichten von Starfleet. Alles bestens und in Ordnung.

Unter solchen Umständen konnten Raumreisen sehr langweilig sein. Jim wünschte sich, daß irgend etwas passierte.

Ob Rand bereits mit der Zusammenstellung seines Terminkalenders begonnen hatte? Und wo steckte sie überhaupt? Er erwartete von ihr, daß sie zu Beginn der Arbeitszeit auf die Brücke kam, um Tagesanweisungen von ihm entgegenzunehmen, aber vielleicht wußte sie gar nicht, daß dies zu ihren Pflichten gehörte.

Jim versuchte, sie in der Adjutantenkabine zu erreichen. Zwar hatte er die Order für sie hinterlassen, das Quartier zu wechseln, aber die Computersensoren registrierten niemanden in der Kabine.

Der Captain sah auf seinen Dienstschirm — ein einziger

Termin für diesen Tag, sonst nichts. Er seufzte und fragte sich, ob seine Adjutantin dazu neigte, alles im letzten Augenblick zu erledigen.

Dann stellte er fest, mit wem das erste Gespräch vereinbart war — mit Leonard McCoy.

Die Tür des Turbolifts öffnete sich. Janice Rand eilte zur Station der Ambientenkontrolle und nahm hastig Platz.

»Unteroffizier Rand«, sagte Jim kühl.

»Ja, Captain?« flüsterte sie.

»Was meine Termine betrifft...«

»Ja, Sir, ich habe die Aufstellung hier, Sir.«

»Ich soll mich heute mit Leonard McCoy treffen«, brummte Jim. »Dr. McCoy und ich kennen uns schon seit Jahren. Ist Ihnen nicht aufgefallen, daß wir vom gleichen Schiff zur *Enterprise* versetzt wurden?«

»Nein, Sir. Das erwähnte er nicht, Sir. Es tut mir leid, Sir.«

Verdammt, sie entschuldigte sich schon wieder. Und zuckte erneut zusammen. Der Captain setzte zu einer besänftigenden Bemerkung an, sah dann die Aufmachung seiner Adjutantin.

Ihre Uniform war mindestens zwei Nummern zu groß, das Haar trotz des kurzen Schnitts zerzaust. Tränen glänzten in den großen, weit aufgerissenen Augen. Die junge Frau kauerte sich so in ihrem Sessel zusammen, als wolle sie am liebsten unsichtbar werden.

»Unteroffizier Rand, ist alles in Ordnung mit Ihnen?«

»Ja, Captain«, hauchte sie.

»Welche Erklärung haben Sie für Ihr seltsames Erscheinungsbild?«

»Keine, Sir.«

»Haben Sie meine Anweisung erhalten, in die Adjutantenkabine umzuziehen?«

»Ja, Sir. Sie erreichte mich vor einigen Stunden.«

»Und warum sind Sie ihr nicht nachgekommen?«

»Ich... ich weiß nicht, Sir, es tut mir leid, Sir.« Sie sprach so leise, daß Jim sie kaum verstehen konnte.

»Holen Sie das jetzt nach. Und kommen Sie nie wieder – ich wiederhole: *nie* wieder – in einem derartigen Zustand auf die Brücke.«

Ängstlich begegnete sie seinem Blick, kämpfte gegen die Tränen an. Mit einem Satz sprang sie auf, sauste zum Lift.

Uhura musterte Captain Kirk und konnte es kaum fassen, daß er in einem so schroffen Tonfall mit einem Mädchen wie Janice Rand sprach. Sie schaltete ihre Konsole auf Bereitschaft.

»Bitte entschuldigen Sie mich«, sagte sie kühl. »Ich bin gleich wieder da.« Sie wartete keine Antwort des Captains ab, betrat den Turbolift. Die Tür schloß sich hinter ihr. »Das gleiche Ziel wie bei deinem letzten Passagier«, sagte sie.

Einige Sekunden später erreichte sie einen leeren Korridor außerhalb der Offiziers- und Mannschaftssektion. Uhura fragte sich, warum Janice ausgerechnet diesen Bereich des Schiffes aufgesucht hatte. Aber vielleicht hinderte sie ihr gegenwärtiger emotionaler Zustand an klaren Überlegungen. Möglicherweise wollte sie nur fort von der Brücke, irgendwo allein sein.

Uhura fand sie schließlich im zweiten Besprechungszimmer. Janice Rand saß am Tisch und schluchzte wie ein Kind.

»Weinen Sie nicht. Es wird alles wieder gut, glauben Sie mir.« Uhura nahm neben Janice Platz und legte ihr den Arm um die Schultern.

Die junge Frau zuckte von ihr fort, erbebte am ganzen Leib, versuchte vergeblich, sich zu beruhigen. Die Tränen bildeten glitzernde Rinnsale auf den Wangen.

»Machen Sie sich keine Sorgen. Der Captain hat es nicht so gemeint.« Uhura strich über das kurze, wirre Haar der Adjutantin.

»Ach, es tut mir ja so leid«, brachte Janice mit zittriger Stimme hervor. »Ich verstehe, warum mich Roswind jetzt haßt, aber sie lehnte mich auch vorher ab, als sie gar keinen Grund dazu hatte. Es ist nicht meine Schuld.«

»Natürlich nicht«, bestätigte Uhura und rätselte darüber, was Janice meinte. Sie klopfte ihr auf die Schulter, versuchte, sie zu trösten.

Nach etwa zehn Minuten versiegte Janice' Tränenvorrat. Ihr Gesicht glühte, und die Augen blickten trübe. Ab und zu schniefte sie leise. Uhura musterte sie und nickte kummervoll: Mit dem struppigen Haar und der viel zu großen Uniform bot sie tatsächlich einen erbärmlichen Anblick. Sie ging ins nahe Zimmer des Stewards, kehrte mit einem Handtuch zurück und reichte es der jungen Frau.

»Geht's jetzt besser?« fragte sie. »Hier, trocknen Sie Ihre Wangen. Putzen Sie sich die Nase. Holen Sie tief Luft. Ja, richtig so. Und nun... Erzählen Sie mir, was geschehen ist.«

Janice begann stockend und unsicher. Das Konzept des Schikanierens schien ihr völlig fremd zu sein. Irgendwann in ihrem Leben machte sie die Erfahrung, daß man nicht versuchen sollte, sich zu behaupten, daß es besser war, Demütigungen einfach hinzunehmen. Uhura überlegte besorgt, ob Janice' Psyche einen irreparablen Schaden erlitten hatte.

»Und dann heute morgen«, fuhr die Adjutantin fort. »Ich ging in die Kabine, um meine Sachen zu holen und ins Unteroffiziersquartier umzuziehen, und weil ich so müde war, legte ich mich für einige Sekunden hin. Ich schlief ein und erschrak, als ich aufwachte, zog die Uniform an, sah plötzlich, daß sie mir gar nicht paßte, ich wußte, daß ich die richtige bestellt hatte, aber als ich erwachte, fand ich sie nicht, jemand muß sie vertauscht haben. Ich wollte mir keine neue bestellen und dadurch noch mehr Zeit verlieren, hielt es für besser, mich sofort auf den Weg zur Brücke zu machen, und Roswind lachte schallend, lachte mich aus, bis ich die Unterkunft verließ.« Janice' Lippen zitterten, und erneut war sie den Tränen nahe. »Sie ist so schön, und zuerst habe ich sie sehr bewundert, aber sie zog mich immerzu auf, lachte dauernd.«

»Warum haben Sie nicht ebenfalls gelacht?«

Die junge Frau starrte Uhura verblüfft an. »Ich mußte zur Arbeit.«

»Roswind hat sich einen Scherz mit Ihnen erlaubt und dabei ein wenig übertrieben, das ist alles. Sie hat es bestimmt nicht böse gemeint — hoffe ich jedenfalls. Nun, vielleicht gehört sie zu den Leuten, die feststellen möchten, wie weit sie gehen können. Es kommt nur darauf an, sich nicht alles gefallenzulassen.«

Janice gab keine Antwort. Sie saß ganz still, nahm Uhuras Bemerkungen einfach hin. Ihr Gesichtsausdruck verdeutlichte, daß sie aufmerksam zuhörte, doch die Augen blickten in weite Ferne, hoffnungslos und niedergeschlagen.

»Woher kommen Sie, Janice?«

»Was? Es tut mir leid, ich...«

»Von welchem Planeten stammen Sie?«

»Oh«, murmelte Janice, gab sich dann einen inneren Ruck und erwiderte mit falscher Fröhlichkeit: »Eine Heimatwelt in dem Sinn habe ich gar nicht. Wir sind viel herumgekommen.«

»Wer ist ›wir‹? Ihre Familie? Eine Gemeinschaft? Und wohin sind Sie gereist?«

»Warum stellen Sie mir all diese Fragen?« schluchzte Janice. »Warum sind Sie so neugierig? Was liegt Ihnen an mir?«

»Es bereitet mir Kummer, jemanden so verängstigt zu sehen wie Sie. Ich lege großen Wert auf eine gute Zusammenarbeit an Bord dieses Schiffes, und die ist leider nicht möglich, solange Sie sich wie eine verunsicherte und schreckhafte Sechzehnjährige benehmen.«

Janice keuchte und erbleichte. Uhura fürchtete schon, die Adjutantin könne in Ohnmacht fallen, doch statt dessen sank sie vor ihr auf die Knie.

»Wie haben Sie das herausgefunden? Oh, bitte, bitte, verraten Sie niemandem etwas...«

»Janice!«

»Bitte, ich unterwerfe mich ganz Ihrem Willen! Verraten Sie nichts!«

»Stehen Sie auf, Janice!« Verlegen und entsetzt griff Uhura nach den Schultern der jungen Frau und zog sie hoch. »Was soll der Unsinn?«

Janice wich zurück. »*Wie haben Sie es herausgefunden?*« entfuhr es ihr schrill.

Uhura begriff, was die Adjutantin meinte. *Wie eine verunsicherte und schreckhafte Sechzehnjährige,* wiederholte sie in Gedanken. Genau darin bestand Janice' Geheimnis.

»Das spielt keine Rolle«, sagte sie.

»Wenn Sie dem Captain Bescheid geben, bringe ich mich um! Ich werde Sie töten! Ich...«

Uhura lächelte unwillkürlich, beugte sich vor und umarmte das Mädchen. »Niemand wird sterben, weder Sie noch ich oder irgend jemand anders. Beruhigen Sie sich.«

Nach einer Weile verklang das Schluchzen, und Janice schmiegte sich an Uhura, als suche sie bei ihr Trost.

»Wie sind Sie als Sechzehnjährige von Starfleet aufgenommen worden? In dieser Hinsicht gibt es strenge Vorschriften.« Zwar konnten jüngere Kadetten — Offiziersanwärter — an überwachten Ausbildungsflügen teilnehmen, aber sie durften erst nach dem siebzehnten Geburtstag in die reguläre Besatzung aufgenommen werden. Das traf zumindest auf Menschen zu. Besondere Kontrollmaßnahmen verhinderten, daß abenteuerlustige Kinder verschiedener intelligenter Völker in der Raumflotte Aufnahme fanden.

Aber Uhura vermutete, daß Abenteuerlust nicht als Erklärung für Janice Rands Verhalten in Frage kam.

»Als ich klein war«, hauchte das Mädchen, »begann meine Familie eine interstellare Reise. Das Warptriebwerk fiel aus, und deshalb mußten wir den Flug im Normalraum fortsetzen. Wir beschleunigten bis fast auf Lichtgeschwindigkeit, und deshalb dauerte es nur wenige Wochen subjektiver Zeit, bis wir das Ziel erreichten. In Wirklichkeit aber vergingen drei Jahre.«

»Und niemand korrigierte die Personalunterlagen?«

Janice schüttelte den Kopf.

»Es ist mir trotzdem ein Rätsel, wie Sie damit durchgekommen sind.« Nach Uhuras Empfinden sah die Adjutantin nicht annähernd wie eine Zwanzigjährige aus, sondern wie ein sechzehnjähriges Mädchen. Aber offenbar hatte niemand Verdacht geschöpft.

»Ich habe gelogen«, gestand Janice kleinlaut ein. »Es blieb mir gar nichts anderes übrig. Wenn man Nachforschungen angestellt hätte... Nun, viele Leute glauben einem, wenn man unverschämt genug lügt. Sie meinen, niemand würde sich erdreisten, derartige Geschichten zu erfinden.«

Uhura lachte, wurde dann wieder ernst. »Was sollen wir jetzt mit Ihnen anstellen?«

Janice musterte sie, schien einmal mehr der Panik nahe zu sein. »Sie wollen mich *doch* verraten!«

Die Vorstellung, daß Janice einmal mehr vor ihr auf die Knie sank, entsetzte Uhura. Sie murmelte einige beschwichtigende Worte, versprach jedoch nichts. »Sie brauchen keine Angst zu haben. Lassen Sie uns darüber reden. Wäre es denn so schlimm, nach Hause zurückgeschickt zu werden? Sie sind noch nicht erwachsen, Janice. Sie sollten zur Schule gehen, bei Ihrer Familie sein...«

»Nein! Ich kehre nie wieder heim! Auf keinen Fall!«

»Bestimmt machen sich Ihre Angehörigen Sorgen um Sie. Würde es sie nicht freuen zu erfahren, daß Sie wohlauf sind — ganz gleich, was Sie angestellt haben?«

»*Ich* bin völlig unschuldig«, behauptete Janice, obgleich sich Zweifel in ihr regten. »Aber ich... ich möchte lieber ins Gefängnis gesteckt werden, als nach Saweoure zurückzukehren!«

»Niemand denkt daran, Sie ins Gefängnis zu stecken, Janice. Und von einem Planeten namens Saweoure höre ich jetzt zum erstenmal.«

»Jene Welt steuerten wir im Paradoxflug an. Wir hatten nicht genug Geld, um das Warptriebwerk zu reparieren, und deshalb verkauften wir das Schiff und blieben dort. Aber wenn man auf Saweoure lebt, ohne reich zu sein, braucht man einen ›Schutzpatron‹.« Mit überraschender Ruhe erzählte Janice den Rest.

Als sie ihren Bericht beendet hatte, wischte Uhura Tränen aus den Augen.

»Janice...« Sie atmete tief durch. »Was Sie mir gerade beschrieben haben, grenzt an Sklaverei! Wie ist so etwas möglich? Warum unternimmt niemand etwas dagegen?«

Janice' Stimme klang bitter, als sie erwiderte: »Woher soll ich das wissen? Vielleicht glaubt die Föderation, es sei alles in Ordnung. Vielleicht will niemand etwas ändern, und deshalb werden die Zustände auf Saweoure geheimgehalten.«

Uhura begrüßte Janice' Bitterkeit und Zorn. Ihre Reaktion bewies, daß sie innerlich noch nicht ganz erstarrt war. »Wie sind Sie entkommen?«

»Meine Brüder und ich gingen an Bord eines Frachtshuttles. Wir wußten damals gar nicht, daß eine derartige Flucht als unmöglich galt. Als die Fähre das Mutterschiff erreichte, hielten wir uns versteckt. Es war eigentlich gar nicht so schwer. Wir krochen in einen Container und warteten dort. Nach der Landung schlichen wir uns in das Faience-Flüchtlingscamp...«

»Ihr habt euch hinein*geschlichen?*« Über das Camp kursierten die gräßlichsten Gerüchte. Es galt als ein Beispiel für inkompetente Verwaltung und Grausamkeit; viele Menschen starben dort einen sinnlosen Tod.

Janice zuckte mit den Schultern, und Uhura bewunderte die Kühle, mit der das Mädchen die Vergangenheit akzeptierte – und vielleicht auch die Gegenwart.

»Dort war es nicht so schlimm wie auf Saweoure«, sagte Janice schlicht. »Schließlich kamen Starfleet-Schiffe, um uns umzusiedeln, und bei jener Gelegenheit fand ich heraus, daß ich rein rechtlich gesehen drei Jahre älter bin. Das einzige Dokument, das ich vorweisen kann, ist eine Geburtsurkunde.«

»Und Ihre Brüder?« Uhura entschied, beim ›Sie‹ zu bleiben, obwohl sie in Janice nach wie vor kaum mehr als ein Kind sah.

»Sie besaßen nicht einmal solche Unterlagen. Die Beamten von Faience klopften ihnen auf die Schultern und meinten: ›Ach, ihr armen Kinder.‹ Dann nahmen sie Ben und Sirri in die Verzeichnisse auf, und da ich als Volljährige anerkannt wurde, bekam ich die Vormundschaft. Ich suchte für sie eine gute Schule und bewarb mich um Aufnahme in die Raumflotte, um die Ausbildung meiner Brüder zu bezahlen.«

Es erschütterte Uhura, als sie daran dachte, was Janice durchgemacht und überstanden hatte. Sie suchte nach einer Möglichkeit, die Adjutantin aufzumuntern, ihr Mut zuzusprechen.

Einige Sekunden lang herrschte Stille, und die Gelassenheit der Adjutantin wich neuerlicher Furcht, als sie ahnte, daß ihr zukünftiges Schicksal wieder von einer anderen Person abhing, die vollständige Macht über sie hatte.

»Ich bin fast siebzehn«, flüsterte Janice. »Glaube ich jedenfalls. Die Berechnungen sind ziemlich kompliziert. Ich werde allen Anforderungen meiner Arbeit gerecht.« Sie zögerte. »Obwohl Sie heute wahrscheinlich einen gegenteiligen Eindruck gewannen.«

»Ich glaube, Sie sollten die Karten offen auf den Tisch legen«, entgegnete Uhura.

»Nein!«

»Ich meine, Sie sollten Ihren Fall vor der Rechtskommission der Föderation zur Sprache bringen — und damit helfen, das Entsetzen auf Saweoure zu beenden.«

»Ich *kann nicht.*«

»Janice...«

»Sie verstehen nicht, Uhura! Ich habe ein Verbrechen begangen, indem ich an Bord des Frachtshuttles ging.«

»Es ist illegal, die Bewegungsfreiheit von Bürgern der Föderation einzuschränken...«

»Aber es ist keineswegs verboten, viel Geld für den Transport von einem Ort zum anderen zu verlangen, und ich habe kein Flugticket bezahlt. Auf Saweoure werden blinde Passagiere ebenso behandelt wie Leute, die ein Raumschiff stehlen. Wenn ich mich tatsächlich zu einer

Aussage entschlösse, würde man mich als Kriminelle, Lügnerin und Diebin bezeichnen. Und die saweourenischen Behörden wären sogar imstande, entsprechende Beweise vorzulegen. Ihre Anklagen sind nicht aus der Luft gegriffen. Bitte, Uhura, behalten Sie alles für sich.«

»*Sie* sollten an die Öffentlichkeit treten und den Autoritäten berichten, was Sie mir eben erzählt haben.«

»Den Autoritäten?« zischte Janice zornig. »Wem denn, zum Beispiel? Captain Kirk? Er würde mir bestimmt nicht glauben. Vermutlich führte er alles auf ausschweifende Phantasie oder dergleichen zurück.«

Uhura zögerte. Wenn Captain Pike jetzt noch Kommandant der *Enterprise* gewesen wäre, hätte sie nicht gezögert, ihn sofort einzuweihen. Sie kannte Kirk nicht gut genug, um zu wissen, wie er auf Janice' Schilderungen reagieren mochte. Und was die Adjutantin anging... Für sie gab es kaum einen Grund, Kirk zu vertrauen, auf sein Mitgefühl zu hoffen. Nicht nach dem Zwischenfall auf der Brücke.

»Bitte, Uhura«, drängte Janice. »Sagen Sie niemandem etwas.«

»Na schön«, erwiderte Uhura widerstrebend. »Ich verspreche es Ihnen. Und mein Wort bedeutet mir etwas. Sie können sich auf mein Schweigen verlassen.«

»Vielen Dank.«

»Trotzdem... Denken Sie wenigstens über die Möglichkeit nach, sich an die Rechtskommission zu wenden.« Uhura wechselte rasch das Thema, bevor es Janice erneut mit der Angst zu tun bekam. »Ich schlage vor, Sie ziehen sich jetzt um und kehren anschließend zur Brücke zurück. Je eher Sie diesen Morgen vergessen, desto besser.«

»Es... es befinden sich noch einige Sachen in meiner alten Kabine. Und vielleicht ist Roswind da.«

»Über Ihre ehemalige Stubengenossin brauchen Sie sich keine Sorgen zu machen. Gehen Sie ins Adjutantenquartier. Waschen Sie Ihr Gesicht. Besorgen Sie sich eine neue Uniform. Ich kümmere mich um die anderen Dinge.«

»Oh, das ist sehr nett von Ihnen.«
Uhura lächelte verschmitzt. »Überlassen Sie alles mir.«

Jim Kirk saß steif und verärgert im Sessel des Befehlsstands, die Arme auf der Brust verschränkt. Zum Teufel mit Rand – sie hatte seine gute Laune ruiniert. Die übrigen Offiziere gaben vor, weder die Verlegenheit der Adjutantin noch Uhuras Empörung bemerkt zu haben. Sicher vertraten sie alle die Ansicht, er sei Rand gegenüber zu hart gewesen.

Sollten sie denken, was sie wollten. Jim konnte ebenso freundlich und zuvorkommend sein wie alle anderen, aber wer glaubte, sich besondere Freiheiten herausnehmen zu können, irrte sich gründlich. Er verabscheute es, wenn jemand mit Tränen an sein Mitleid appellierte.

Die Lifttür öffnete sich, und Lindy sprang auf die Brükke. Jim wünschte, Janice Rand hätte sich ein Beispiel an Lukarian oder Uhura genommen. Wie war es ihr überhaupt gelungen, dem Synthesizer eine Uniform in der falschen Größe abzuringen? Das erforderte eine Menge Talent.

»Hallo, Jim, ich habe...«

Lautes Kläffen übertönte Lindys Stimme. Kleine Tiere sausten an ihr vorbei, bellten, winselten, knurrten, sprangen übereinander und begannen mit einer Erforschung des Kontrollraums. Die schnuppernden Schnauzen ließen keinen Winkel aus. Zuerst dachte Jim, es handele sich um Außenweltwesen, erlebte dann eine alptraumhafte Vision, die ihm eine von Ratten heimgesuchte *Enterprise* zeigte – und schließlich erkannte er Hunde. Zwei oder drei Dutzend pastellfarbene, mit bunten Bändern geschmückte Hunde. Winzige Pullover bedeckten krauses Fell.

Hunde. Jim war großzügig genug, diese Kategorie auf Zwergpudel zu erweitern.

»Fifi! Toto! Mimi! Bei Fuß! Sitz!«

Ein Riese stand dicht vor dem Turbolift und rief den kleinen Geschöpfen mit tiefer, dröhnender Stimme Befehle zu.

Die Pudel achteten überhaupt nicht auf ihn, tollten vor Jims Füßen. Sie bellten sich gegenseitig an – und schnappten nach den Stiefeln des Captains. Einer grub die Zähne in das rechte Hosenbein Jims, schüttelte den Kopf und zerrte an dem Stoff.

»He, laß los! Hast du nicht gehört? Au! Verdammt!« Kirk zog die Hand zurück – das kleine Monster hatte ihn gebissen! Rote Streifen bildeten sich unter seinen Fingern.

»Er hat es nicht böse gemeint, Captain.« Lindys Begleiter griff nach dem knurrenden Wesen. »Hast du deine guten Manieren vergessen, Fifi? Du weißt doch, daß du niemanden beißen sollst!«

Jim stand auf.

»Sorgen Sie dafür, daß diese Tiere...« – er lehnte es ab, sie mit der Bezeichnung ›Hunde‹ zu würdigen – »...von meiner Brücke verschwinden!«

»Seien Sie unbesorgt, Captain, sie werden niemanden verletzen. Sie sind jetzt zum erstenmal an Bord eines Raumschiffs und daher sehr aufgeregt.« Fifi, ein rosafarbener Zwergpudel mit paillettiertem Pullover, verschwand fast in der gewaltigen Hand.

»Jim«, sagte Lindy, »das ist mein Mitarbeiter Newland Yanagimachi Rift. Er ging gestern abend, bevor Sie eintrafen.«

Die kleinen Geschöpfe sprangen um Jim, Lindy und Rift herum, bellten und winselten, ließen Pudelhaar und weißen Speichel auf der Uniformhose des Captains zurück. Er sah sich von einem lebenden Wirbel umgeben, der aus pastellfarbenem Fell, bunten Bändern, winzigen Zähnen und braunen, glänzenden Augen bestand. Er hätte die Hunde einfach zu Brei zertreten können, entschied sich aber, sie zu ignorieren.

»Freut mich, Sie kennenzulernen, Captain«, donnerte Rift.

Jim sah Lindy an, die einen Lachanfall zu unterdrücken versuchte.

»Welche Rolle spielen Sie in der Varietégruppe, Mr.

Rift?« fragte Kirk. Es fiel ihm schwer, durch zusammengebissene Zähne zu sprechen. »Singen Sie?«

»Oh, nein, Captain, das ist Philomelas Spezialität. Ich arbeite mit meinen kleinen Lieblingen. Sie erstaunen mich immer wieder – ich hoffe, Sie finden Gelegenheit, eine unserer Vorstellungen zu besuchen.« Er setzte Fifi wieder auf den Boden. »Sei hübsch brav! Sitz!«

Fifi hielt offenbar nichts davon, brav zu sein. Er sprang los, lief an Sulu und Cheung vorbei und verschwand unter der Navigationskonsole.

Der Steuermann ging in die Hocke. »He, komm da raus.«

»Sie sind ganz außer Rand und Band, weil hier alles neu für sie ist«, erklärte Rift stolz. »Auf der Bühne verhalten sie sich völlig anders.«

»Sind Ihre ... Hunde stubenrein?«

»Natürlich, Captain.«

Rift war ein bemerkenswertes Exemplar der Gattung Homo sapiens. Er mochte gut zwei Meter groß sein, und die Schulterbreite betrug mindestens hundert Zentimeter. Die leicht ellipsoiden Augen glänzten in einem hellen Blau, und seine Haut zeigte einen noch goldeneren Ton als die Sulus. Das lockige, feuerrote Haar bildete einen dichten Knoten. Jim fragte sich, warum ihm diese seltsame Frisur so vertraut erschien. Schließlich erkannte er sie als die traditionelle Haartracht von Sumu-Ringern.

Dieser Sport erfreute sich in Japan noch immer so großer Beliebtheit wie schon vor tausend Jahren. In welcher Beziehung stand Rift dazu? Jim hatte noch nie etwas von rothaarigen Sumu-Ringern gehört, doch das schloß ihre Existenz wohl kaum aus.

»Bitte entschuldigen Sie mich einen Moment, Captain.« Rift half Sulu und Cheung, Fifi unter der Konsole hervorzuholen.

»Es stellt sich allerdings die Frage, ob die Pudel auch raumschiffrein sind«, sagte Lindy so leise, daß nur Jim sie verstehen konnte. Als sie seinen Gesichtsausdruck sah, begann sie zu kichern.

Newland Rift kehrte zurück, den eigensinnigen Fifi in einer großen Hand.

»Ungezogenes Hündchen«, sagte er. »Sag ihm, daß es dir leid tut.« Rift hielt den rosafarbenen Pudel dicht vor Jims Nase. Das winzige Geschöpf knurrte und bleckte weizenkorngroße Zähne.

»Mr. Rift«, sagte Kirk mit erzwungener Ruhe, »bringen Sie Ihre Tiere weg.«

Der Hüne schmollte. »Na schön, Captain«, brummte er beleidigt. »Wenn Sie unbedingt wollen...« Er pfiff und rief den Pudeln etwas zu, woraufhin sie erneut herumtollten. Doch als Rift den Turbolift betrat, folgten sie ihm sofort, und der letzte bunte Schwanz verschwand in der Kabine, bevor sich die Tür schloß.

Lindy versuchte nicht länger, sich zu beherrschen: Sie lachte laut und fröhlich. Die Brückenoffiziere stimmten mit ein.

Jim preßte kurz die Lippen zusammen. »Haben Sie nichts zu tun?« fragte er scharf.

Spock sah auf. »Doch, Captain. Aber wenn Sie mich mit etwas beauftragen möchten...«

»Schon gut, Commander Spock«, erwiderte Jim und wandte sich an Lindy. »Was führt Sie hierher, Miß Lukarian?«

»Ich wollte Sie Newland vorstellen.«

»Das ist bereits geschehen.«

»Und außerdem bin ich gekommen, um Janice das erste druckfrische Poster zu geben.« Die junge Frau wurde wieder ernst und entrollte das Papier. »Eine enorm gute Arbeit. Sie sollten stolz auf sie sein, Jim. Obgleich sie nicht jonglieren kann. Was hielte Starfleet wohl davon, wenn ich Janice entführe?«

Jim widerstand der Versuchung, ihr Unteroffizier Janice Rand auf der Stelle zu überlassen, betrachtete statt dessen das Poster. »Es ist wirklich interessant«, gestand er ein.

»Janice hat es praktisch ganz allein entwickelt«, erklärte

Lindy. »Ich hab' auch ein Exemplar für Sie mitgebracht, doch das erste gebührt Janice. Wo ist sie?«

»Sie... äh... hat derzeit auf einem anderen Deck zu tun, wird aber bald zurückkehren.« In dieser Beziehung war er nicht annähernd so zuversichtlich, wie er den Anschein zu erwecken versuchte.

»Na schön, dann warte ich. Übrigens: Ich wollte Sie noch um einen anderen Gefallen bitten. Es geht um Athene, Jim. Das Shuttledeck ist zu hart für sie...«

Für was hält sie mich eigentlich? dachte Kirk. Für den Kommandanten einer interstellaren Arche? Noch ein paar Tiere mehr, und ich schnappe über...

Adjutant Rand betrat die Brücke. Sie hatte die Uniform gewechselt und sich das Haar gekämmt, wirkte niedergedrückt und unglücklich. Aber wenigstens weinte sie jetzt nicht mehr. Wortlos nahm sie an ihrer Station Platz.

»Besprechen Sie alle Probleme, die Ihre Gruppe — oder Ihre Tiere — betreffen, mit meiner Adjutantin, Miß Lukarian«, sagte Jim. *»Ich* habe nämlich zu tun, offenbar im Gegensatz zu meinen Offizieren.«

Lindy lächelte, sprang die Treppe hoch und blieb neben Janice Rand stehen. Jim fragte sich, ob sie nie normal ging — und wie er sie dazu bringen konnte, ihn erneut auf diese Weise anzulächeln.

»Bitte entschuldigen Sie, Captain.« Rand sprach so leise, daß Jim sie kaum verstand.

»Bitte erfüllen Sie Miß Lukarians Wünsche, solange sie innerhalb vernünftiger Grenzen bleiben.«

»Natürlich, Sir. Nun, Sie baten mich um die Zusammenstellung Ihres Terminkalenders. Der Computer ist jetzt damit fertig. Wenn Sie sich die Liste ansehen und eventuelle Veränderungen vornehmen möchten...« Janice zögerte. »Das Mißverständnis in Hinsicht auf Dr. McCoy bedaure ich sehr. Er erwartet Sie in zehn Minuten. Soll ich mich mit ihm in Verbindung setzen und den Termin streichen?«

»Schon gut, Adjutantin. Lassen Sie nur.«

Jim gab sich beschäftigt, rief die Übersicht auf seinen Datenschirm und ging sie kurz durch.

Diesmal hatte Rand allen seinen Anforderungen genügt: Die einzelnen Gesprächsvereinbarungen erstreckten sich über einen Zeitraum von drei Monaten. Der Captain hielt es für wichtig, alle Besatzungsmitglieder seines Schiffes kennenzulernen.

Er stand auf. »Während der nächsten halben Stunde bin ich in der Krankenstation zu erreichen«, verkündete er.

Niemand antwortete ihm.

Das Chaos auf der Brücke schien zumindest ein zeitweiliges Ende gefunden zu haben, aber Spock befürchtete, daß es sich bei dem Zwischenfall im Kontrollraum um die sprichwörtliche Ausnahme handelte, die die Regel bestätigte. Als Captain Pike die *Enterprise* befehligte, herrschte immer Ordnung an Bord des Raumschiffs.

Der Vulkanier öffnete eine elektronische Datei und begann damit, einen Versetzungsantrag zu formulieren.

Als Uhura Janice Rands Kabine erreichte, öffnete eine Frau die Tür und bedachte sie zunächst mit einem gleichgültigen Blick. Dann sah sie Uhuras Offiziersabzeichen und sprang auf.

»Lieutenant!« sagte sie. »Äh...« Sie war hochgewachsen und außerordentlich attraktiv, eine regelrechte Schönheit. Uhura verstand nun, warum Janice in ihrer Gegenwart einen Minderwertigkeitskomplex entwickelte.

»Sie sind...«, begann Uhura und beschloß, Rands Stubengenossin schwitzen zu lassen.

»Äh, Roswind, Ma'am.«

»Roswind, ich glaube, Unteroffizier Rand ließ einige ihrer Sachen zurück, als sie das Quartier wechselte.«

»Äh, ja, Ma'am. Sie liegen dort drüben.«

»Danke.« Sie sammelte die Dinge ein und dachte dabei: Nun, Roswind, Vorgesetzten gegenüber sind Sie nicht annähernd so hochnäsig, oder?

»Wie kommt Janice zurecht, Ma'am?«

»Captain Kirk scheint sehr beeindruckt von ihr zu sein«, erwiderte Uhura — das entsprach der Wahrheit, zumindest in gewisser Weise. »Oh, übrigens, Roswind: Leiden Sie an irgendwelchen Allergien? Zum Beispiel Heuschnupfen?«

»Nein, Ma'am, nicht daß ich wüßte.«

»Ausgezeichnet.« Uhura ließ sich Zeit, als sie Janice' Sachen ordnete und zu einem Bündel verschnürte. Einige Sekunden lang betrachtete sie es kritisch, klemmte es sich dann unter den Arm und ging zur Tür.

»Äh, Ma'am?«

»Ja, Roswind?«

»Warum, Ma'am?«

»Warum was?«

»Warum fragten Sie, ob ich an Allergien leide, Ma'am?«

»Wegen Ihrer neuen Zimmergefährtin.«

»Ich versteh' nicht, Ma'am.«

»Manche Menschen reagieren negativ auf ihre Spezies, meistens mit Heuschnupfen. Aber Sie haben sicher nichts zu befürchten.«

»Zu welcher Spezies gehört sie, Ma'am?«

Uhura warf ihr einen durchdringenden Blick zu. »Sie haben doch keine xenophobischen Neigungen, oder?«

Xenophobie konnte dazu führen, daß man unehrenhaft aus Starfleet entlassen wurde. Das wußte Roswind, und deshalb widersprach sie heftig.

»Nein, Ma'am, natürlich nicht! Solche Vorurteile sind mir fremd! Ich war nur... neugierig.«

»Ich verstehe. Nun, bestimmt gelingt es Ihnen, mit Ihrer neuen Stubengenossin Freundschaft zu schließen. Sie ist sehr intelligent, hat ein sanftes Wesen. Allerdings sollten Sie auf eine Sache achten.«

»Und die wäre, Ma'am?«

»Die Rotationsperiode ihres Heimatplaneten beträgt sechzig Stunden. Der Aktivitäts-Ruhe-Zyklus unterscheidet sich also von dem, an den Sie gewöhnt sind. Das Wesen, das diese Kabine mit Ihnen teilen wird, bleibt länger wach als Sie, schläft auch länger. Außerdem: Die Angehörigen ihres Volkes stehen in dem Ruf, recht übel zu reagieren, wenn man sie weckt. Sie sollten also vorsichtig sein.«

»Was bedeutet ›übel‹, Ma'am? Muß ich damit rechnen, daß sie aufspringt und um sich schlägt?«

»Nein, nein, Sie brauchen nicht zu befürchten, verletzt zu werden. Wie ich eben schon sagte: Ihre neue Gefährtin ist recht sanft. Aber ein Schock könnte sie dazu bringen, zu hibernieren. Wenn das passiert, schläft sie wochenlang, und so etwas wäre ihrer Karriere sicher nicht förderlich.«

»Oh«, machte Roswind. »Ich verstehe. Nun, ich bin sicher, wir kommen gut miteinander aus.«

»Prächtig. Nun, Roswind, danke für Ihre Hilfe.« Uhura trat auf die Tür zu.

»Lieutenant?«

»Ja, Roswind?«

»Könnten Sie mir meine Stubengenossin beschreiben, Ma'am? Äh, damit ich sie erkenne...«

»Oh, in dieser Hinsicht haben Sie sicher keine Schwierigkeiten«, erwiderte Uhura. »Sie ist grün.«

Jim schlenderte in Leonards Büro.

»Wie geht es Ihnen, Dr. McCoy? Ich bin James T. Kirk, Ihr Captain. Nett, Sie kennenzulernen. Haben Sie irgendwelche Probleme? Mit den Ausrüstungsgütern alles in Ordnung? Was halten Sie von dem Schiff?«

»Hallo, Captain«, sagte McCoy. »Es ist alles bestens.« Er warf Jim eine Kombination zu.

»Was ist das?«

»Ein Untersuchungsoverall.«

»Ich *weiß*, aber...«

»Nur für diagnostische Signale transparent...«

»Auch das ist mir bekannt...«

»Und du hast eine halbe Stunde Zeit.«

Jim runzelte die Stirn. »Du hast alles vorbereitet, nicht wahr? Dich vielleicht sogar mit meiner Adjutantin abgesprochen, stimmt's?«

»Janice trifft nicht die geringste Schuld. Sie meinte nur, du wolltest deine Besatzung kennenlernen.«

»Und rein zufällig hast du vergessen, unsere alte Freundschaft zu erwähnen.«

»Nun, du hättest ihr sagen können, ein Termin mit mir sei nicht notwendig.«

»Ich dachte, es sei ihr bekannt, daß wir schon vorher zu einem Kommando gehörten.«

»Oh, ich verstehe.« McCoy nickte ernst. »Janice lernt gerade eine neue Arbeit, bringt dein Verwaltungsdurcheinander in Ordnung, wird die nächste Woche damit beschäftigt sein, einen ziemlich umfangreichen Terminkalender zusammenzustellen — und außerdem erwartest du von ihr, daß sie sich praktisch über Nacht alle Personalakten einprägt.«

»Nein, natürlich nicht.« Aber es wäre sicher nützlich gewesen, wenn sie eine Verbindung zwischen mir und Leonard hergestellt hätte, fügte Jim in Gedanken hinzu. Dann fiel ihm etwas ein. *Wird die nächste Woche damit beschäftigt sein...* Er schwang McCoys Com-Schirm herum.

Leonard hatte gerade ein elektronisches Formular ausgefüllt, mit dem er um die Lieferung einer Reg-Basiskultur bat.

»Fühl dich ganz wie zu Hause«, bemerkte der Bordarzt ironisch.

Jim ignorierte ihn, gab vor, den Antrag zu übersehen, rief die von Rand erstellte Übersicht aus dem Speicher des Bordcomputers. Er ging die ›Blätter‹ durch, verglich die einzelnen Termine mit der Zeitplanung und fand ein regelmäßiges, progressives Muster. Im Verlauf der letzten vierundzwanzig Stunden hatte seine Adjutantin mehrere hundert Gespräche für ihn vereinbart, jeweils einige wenige pro Tag. Die Planung berücksichtigte sowohl die verschiedenen Arbeitszyklen der Besatzungsmitglieder als auch die unterschiedlichen Aktivitäts- und Ruhezyklen der Nichtmenschen an Bord. Darüber hinaus stellte Kirk fest, daß kein einziger Termin seine frühe Morgenphase betraf.

»Sie hat keine Woche gebraucht«, sagte er.

»Was?«

»Erst deine Bemerkung eben machte mir klar, wie kompliziert eine solche Aufgabe ist. Aber irgendwie hat sie's geschafft, ist fast fertig. Sie muß sich die ganze Nacht um die Ohren geschlagen haben.«

McCoy sah über die Schulter des Captains. »Weißt du, Jim, du solltest von deiner Adjutantin nicht verlangen, so hart zu arbeiten, daß sie kaum Gelegenheit hat, ihre Koje zu benutzen. Ich glaube, so etwas ist gegen die Vorschriften.«

»Heute morgen bin ich recht grob mit ihr umgegangen.« Jim warf den Overall auf McCoys Schreibtisch. »Wir sehen uns später.« Er hielt auf die Tür zu.

»He, warte, Jim. Was ist mit der Untersuchung?« McCoy folgte ihm in den Korridor. »Wenn du sie hinter dich gebracht hast, brauchst du dir deshalb keine Sorgen mehr zu machen.«

»Wer macht sich Sorgen?« erwiderte Jim und ging weiter.

Er wollte McCoy keine Gelegenheit geben, sich sein Knie anzusehen.

»Warum lassen sich viele Leute so ungern untersuchen?« klagte McCoy, als sich die Tür des Turbolifts zwischen ihnen schloß.

Der Bordarzt schüttelte den Kopf, faltete den Overall zusammen und legte ihn ins Regal zurück. Jim Kirk konnte einen an den Rand der Verzweiflung bringen, aber wenigstens war er nie langweilig. McCoys Gedanken kehrten einige Jahre in die Vergangenheit zurück; er erinnerte sich an den Lieutenant namens Kirk, einen draufgängerischen und ungeduldigen Mann, arrogant zu denen, die nicht so fähig waren wie er — und dazu gehörten auch viele Vorgesetzte. Als McCoy James Kirk kennenlernte, wußte er sofort, daß es dieser junge Offizier entweder zu einem herausragenden Commander bringen oder aber wegen Insubordination in einer Arrestzelle enden würde. Seine bisherige berufliche Laufbahn kam einer Gratwanderung zwischen diesen beiden Möglichkeiten gleich.

Als Lieutenant war James Kirk wie ein Fohlen mit zu straff angezogenen Zügeln. Seine Beförderung zum Kommandanten der *Lydia Sutherland* ließ ihn reifen. Die wesentlich größere Verantwortung kühlte die Hitze von Arroganz und Ungeduld.

In bezug auf Jim Kirks Leistungen empfand McCoy so etwas wie onkelhaften Stolz.

Wenn es ihm doch nur endlich gelänge, ihn auf die Untersuchungsliege zu bringen...

Roswind gegenüber blieb Uhura ernst, ließ sich nichts anmerken, aber als sie in der Kabine des Turbolifts stand, begann sie zu kichern.

Auf halbem Wege zum Offiziersdeck hielt der Aufzug an. Captain Kirk gesellte sich zu ihr.

»Ich könnte eine Aufmunterung vertragen, Lieutenant«, meinte er. »Verraten Sie mir, was Sie so erheitert?«

»Nein, Sir«, erwiderte Uhura. Sie ärgerte sich noch immer darüber, wie schroff er Janice behandelt hatte. »Captain, manche Leute sind einem Druck ausgesetzt, von dem Sie nichts ahnen.«

Jim hob die Arme, als wolle er sein Gesicht vor einem drohenden Schlag schützen. Einige irrationale Augenblikke lang fürchtete Uhura, er könne Janice' Beispiel folgen und ebenfalls vor ihr auf die Knie sinken.

»Ich lege ein vollständiges Geständnis ab! *Mea culpa!*« Uhura vernahm einen ernsten Unterton in der spöttisch klingenden Stimme des Captains. Er ließ die Hände wieder sinken. »Pille hat mir bereits die Leviten gelesen, und eigentlich kann ich Ihnen keinen Vorwurf machen, wenn auch Sie mir eine Standpauke halten. Begnadigen Sie mich, wenn ich verspreche, mich bei Unteroffizier Rand zu entschuldigen?«

»Ich glaube, Sie sollten sie vor allen anderen um Verzeihung bitten«, sagte Uhura.

Jim schürzte die Lippen, überlegte, nickte schließlich. »In Ordnung«, entgegnete er. »Ich habe sie in aller Öffentlichkeit angepfiffen, und deshalb ist es nur recht und billig, daß ich den Fehler auch vor den übrigen Offizieren eingestehe. Was ist nun mit der Begnadigung?«

»Sehr gern, Sir«, sagte Uhura. »Mit Unterschrift und Siegel.«

»Und erklären Sie mir jetzt, worüber Sie eben lachten?« Jim wirkte wie ein kleiner Junge, der zum erstenmal begriff, daß seine Streiche Kummer und Schmerz bewirkten. Er sah aus wie jemand, der Zuspruch benötigte. Wenn er nicht ausgerechnet der Kommandant des Raumschiffs gewesen wäre, hätte ihm Uhura ihre Pläne für Roswind erläutert.

»Nein, Sir«, antwortete sie. »Es handelt sich um eine persönliche Angelegenheit.«

Auf dem Offiziersdeck verließ Lieutenant Uhura den Turbolift, und Jim kehrte allein zur Brücke zurück. Seine Adjutantin unterhielt sich gerade mit Lindy, sah den Captain kurz an, senkte dann den Kopf und mied seinen Blick.

»Würden Sie uns bitte entschuldigen, Lindy?« fragte Jim. Er sprach so laut, daß ihn alle Besatzungsmitglieder im Kontrollraum hörten. »Unteroffizier Rand, heute morgen habe ich mich Ihnen gegenüber auf ungebührliche Weise verhalten. Ich bitte deshalb um Verzeihung.«

Stille herrschte, und die junge Frau starrte ihn groß an.

»Bitte begleiten Sie mich.« Jim hatte kein besonderes Ziel im Sinn, führte seine Adjutantin durch einen leeren Korridor, in dem sie ungestört miteinander reden konnten. »Wann haben Sie zum letztenmal geschlafen?«

»Ich... ich...« Janice Rand holte tief Luft. »Ich bin eingenickt, Sir. Deshalb kam ich zu spät.«

»Vielleicht sollte ich Sie besser fragen, wie lange Sie gearbeitet haben.« Die junge Frau schwieg. »Die ganze Nacht über?«

»Es tut mir leid, Sir. Ich wollte fertig werden...«

»Ich bewundere Ihren Arbeitseifer, Adjutantin, aber Sie

nützen mir nicht viel, wenn Sie zu müde sind, um... um die richtige Uniform vom Synthesizer anzufordern.«

»Das ist nicht meine Schuld...!«

Jim hörte Protest und Zorn in ihrer Stimme, aber Janice unterbrach sich sofort.

»Wessen dann?«

Janice gab keine Antwort.

Kirk seufzte. Die junge Frau war noch immer schüchtern und schreckhaft. »Man kann auch zu gewissenhaft sein, und dadurch läuft man Gefahr, sich vorzeitig zu erschöpfen.«

»Es tut mir leid...«, sagte Rand.

Jim mußte sich beherrschen, um nicht selbst zusammenzuzucken. Fast verzweifelt fragte er sich, welche Worte er an die junge Frau richten sollte, um sie zu beruhigen, ihr die Angst zu nehmen. »Sie brauchen sich nicht für Ihr Pflichtbewußtsein zu entschuldigen. Ich bin kein Tyrann — zumindest versuche ich, keiner zu sein. Aber vielleicht verlange ich einmal von Ihnen, zwei Schichten hintereinander zu arbeiten, oder gar rund um die Uhr. Vielleicht gebe ich Ihnen höchst undankbare Aufträge, an die ich nie erinnert werden möchte. Vielleicht vergesse ich sogar, Sie lobend zu erwähnen. Vielleicht schmücke ich mich mit Ihren Lorbeeren, und Sie gehen ganz leer aus. Verstehen Sie, was ich meine?«

»Ja, Sir«, sagte Janice kleinlaut.

»Es könnte passieren, daß Sie irgendwann einmal härter arbeiten müssen als jemals zuvor in Ihrem Leben.« Jim bemerkte das ironische Lächeln der jungen Frau, das nur einen Sekundenbruchteil später wieder von ihren Lippen verschwand. »Aber solange das nicht der Fall ist, können Sie sich alles selbst einteilen. Verlassen Sie sich auf Ihr Urteilsvermögen.«

»Das habe ich, Sir«, erwiderte Janice nervös.

»Sie hielten es für erforderlich, die ganze Nacht über an einem Auftrag zu arbeiten, für den Sie drei Monate Zeit hatten?«

»›Stellen Sie so schnell wie möglich einen Terminkalender zusammen‹ — so lautete Ihre Anweisung. Ich war sicher, mich *Ihrem* Urteilsvermögen stellen zu müssen, und ich wußte nicht, ob... Ich meine, ich kenne Sie noch nicht gut genug.«

»Ich verstehe.« Sie erreichten das Aussichtsdeck, und Jim öffnete die Schilde. Dahinter glitzerten die Sterne.

Janice schnappte nach Luft.

»Ein toller Anblick, nicht wahr?« meinte der Captain. »Setzen Sie sich. Ich schlage vor, wir unterhalten uns ein wenig.« Er deutete auf einen Stuhl dicht vor der nun transparenten Wand.

»Aber Ihre Verpflichtungen...«

»Eigentlich bin ich jetzt mit Dr. McCoy verabredet, und mir bleiben noch etwa fünfzehn Minuten. Übrigens: Auch deshalb hätte ich Sie nicht tadeln sollen.« Jim lächelte. »Er glaubte, eine Möglichkeit gefunden zu haben, seine Diagnosesensoren an mir auszuprobieren. Bitte, nehmen Sie Platz.«

Die junge Frau kam seiner Aufforderung nach.

»Gestern war ich ziemlich gedankenlos«, sagte Kirk. »Und heute morgen habe ich Sie regelrecht angeschnauzt. Dafür möchte ich mich noch einmal entschuldigen.«

»Das ist nicht nötig, Captain.«

»Doch, ich glaube schon. Sie haben das Recht, mit dem Respekt behandelt zu werden, den jedes intelligente Wesen verdient. Niemand darf einfach so Ihre Gefühle verletzen.«

»Wenn Sie meinen, Sir«, erwiderte Janice rasch. Sie sprach mit fester Stimme und hoffte, daß sie die richtige Antwort gab.

»Steht auch ein Gesprächstermin für Sie auf dem Terminkalender?«

Die junge Frau erblaßte. »Nein, Sir. Daran... habe ich nicht gedacht.«

»Erzählen Sie mir ein bißchen von sich.«

Einige Sekunden lang sah sie ihn offen an, doch dann drehte sie den Kopf und beobachtete die Sterne. »Da gibt es nicht viel zu erzählen, Sir«, entgegnete sie verunsichert. »Ich ging zur Schule, und anschließend bewarb ich mich bei Starfleet.«

»Und Ihre Eltern?«

»Gewöhnliche Leute, die gewöhnlicher Arbeit nachgehen.«

»Schwestern? Brüder?«

Janice blieb still.

»Ein Goldfisch im Glas?«

Sie lächelte fast.

»Schon besser. Tja, Adjutantin, Sie sind mir ein Rätsel. Zu schade, daß die Fremdenlegion aufgelöst wurde.«

»Was meinen Sie damit?«

»Eine militärische Organisation, die es vor mehreren Jahrhunderten gab. Meistens schlossen sich ihr Leute an, die keine... Fragen beantworten wollten.«

Erneut wandte sie den Blick von ihm ab und sah ins All. Der Warpflug der *Enterprise* verwandelte die Galaxis in einen breiten, diagonalen Streifen, der auf schwarzem Samt glühte.

»Nun, spielt keine Rolle, Adjutantin«, sagte Jim schließlich. »Sie sind erwachsen und haben ein Recht auf Ihre Privatsphäre. Aber wenn Sie irgendwann einmal das Bedürfnis verspüren, mit jemandem zu sprechen...« Wieder schwieg Janice, und der Captain stand auf. »Ich glaube, wir sollten jetzt besser zur Brücke zurückkehren.«

Rand folgte ihm aus der Kammer, blieb noch einmal stehen, um nach draußen zu sehen. Langsam stülpten sich die Schilde über die durchsichtige Wand.

»Da fällt mir gerade ein...« brummte Jim. »Lindy hat Ihre Arbeit in den höchsten Tönen gelobt. Wo haben Sie Design gelernt?«

»Hier und dort. Was Miß Lukarian betrifft, Sir...«

»Was wollte sie diesmal?«

»Erde, Captain.«

»Erde...?«

»Brücke an Captain Kirk.«

Jim eilte zum nächsten Intercom. »Hier Kirk.«

»Sir, wir empfangen ein Subraum-Signal...«

»Von Starfleet?« Jims Adrenalinspiegel stieg. Ein Notfall? Und die Zivilisten an Bord? Gary fiel ihm ein. Vielleicht ging es in der Nachricht um ihn.

»Nein, Sir. Ein privates Schiff. Der Eigner meinte, er... er könne jonglieren.«

Jim starrte auf das Intercom. »Jonglieren?« Plötzlich lachte er. »Ist Miß Lukarian noch immer auf der Brücke?«

»Ja, Sir.«

»Ich vermute, die Mitteilung ist für sie bestimmt. Geben Sie einen Kanal für sie frei. Ich bin gleich zurück.« Er schmunzelte, als er den nächsten Turbolift betrat. Rand folgte ihm. »Was sagten Sie eben, Adjutantin? *Erde?*«

»Ja, Sir. Das Shuttledeck ist zu hart für die Hufe des Flügelpferds, und der Pferch läßt Athene nicht genügend Bewegungsfreiheit. Miß Lukarian möchte eine ausreichend dicke Schicht Erde im Hangar...«

»Himmel, wir haben keine Erde an Bord!« entfuhr es Jim. »Soll ich etwa unseren Vorrat an molekularem Synthesematerial verwenden, um *Erde* herzustellen? Kommt überhaupt nicht in Frage. Humus auf meinem Shuttledeck? Lächerlich!«

»Ich habe mit Mr. Sulu, Mr. Spock und Lieutenant Uhura gesprochen. Es ließe sich durchaus bewerkstelligen.« Janice schilderte die Einzelheiten ihres Vorschlags, als der Lift sie zur Brücke trug.

»Nein«, sagte Jim. »Ich möchte den Warpflug nicht unterbrechen.«

»Aber Athene...«

»Athene muß sich eben gedulden. Eigentlich hat sie überhaupt nichts an Bord eines Raumschiffes zu suchen!« Die Tür öffnete sich, und die letzten Worte des Captains hallten durch die Brücke.

Miß Lukarian saß im Sessel des Befehlsstands und drehte sich um.

»Oh, hallo Lindy«, sagte Kirk. »Äh...«

»Ich habe einen Jongleur für unsere Gruppe gefunden, Jim.«

Auf dem großen Wandschirm wirbelten fünf lodernde Fackeln, und hinter ihnen zeichnete sich eine undeutliche Gestalt ab.

Der Mann fing die Fackeln nacheinander, warf die letzte hoch in die Luft und griff danach, als sie aus dem Erfassungsbereich der Übertragungsoptik geriet. Geschickt löschte er die Flammen, drehte den Kopf und löste das blaue Nackenband. Langes, golden glänzendes Haar wogte, als er sich verneigte.

»Sie sind eingestellt!« rief Lindy begeistert.

Die dünnen, asketischen Linien des Gesichts formten ein strahlendes Lächeln. Der Mann legte die Fackeln beiseite. Das Haar reichte ihm bis zu den Schultern herab, und er trug einen einzelnen, rubinroten Ohrring. Das helle Blau seiner Augen kam fast einem farblosen Grau gleich.

»Wie wär's, wenn wir uns bei Starbase Dreizehn treffen?« fragte Lindy.

Der Mann runzelte die Stirn. »Eine ziemlich weite Reise für mich, und mein Schiff ist unbewaffnet. Warum unterbrechen Sie Ihren Flug nicht und lassen mich andocken?«

Lindy sah sich um. »Jim?«

»Ich kenne diese Streuner«, sagte der Captain verärgert. »Er will bloß eigenen Treibstoff sparen.«

Der Jongleur lächelte freundlich. »Und ich möchte kein Lösegeld an Klingonen bezahlen, die in der Phalanx auf Raubzug sind. Ich käme vielleicht mit heiler Haut davon, aber mein Schiff wäre ich los.« Er hob eine blasse Braue — eine Geste, die an Spock erinnerte. »Gehört es nicht zu Ihren Aufgaben, uns Zivilisten zu schützen?«

Jim lag nichts an einem Zwischenstop irgendwo im Raum, aber die Frage des Jongleurs appellierte an sein Gewissen. Es war tatsächlich sehr gefährlich, sich unbewaffnet und ohne Eskorte in die Phalanx zu wagen.

»Na schön«, sagte er. »Nennen Sie meinem Navigator die Koordinaten...«

»Danke«, erwiderte der Mann. »Sie sind...?«

»Captain James T. Kirk.«

»Nennen Sie mich Stephen.« Als er das Haar zurückwarf, bemerkte Jim die spitz zulaufenden Ohren des Jongleurs.

Stephen war Vulkanier.

Aus einem Reflex heraus drehte sich der Captain zu Commander Spock um.

Der wissenschaftliche Offizier starrte auf den Wandschirm, und sein Gesicht, jetzt nicht mehr steinern und ausdruckslos, zeigte schockiertes Erstaunen und mit aller Gewalt unterdrückten Zorn.

KAPITEL 7

Spock beherrschte sich nach seinem unschicklichen Gefühlsausbruch. James Kirk wich seinem Blick aus, aber der Erste Offizier wußte, daß der Captain seine Reaktion beobachtet hatte.

Eine Zeitlang lauschte er den Stimmen auf der Brücke. Lukarian und Rand sprachen mit Captain Kirk über die Erde auf dem Shuttledeck. Trotz seines intellektuellen Interesses an diesem Projekt schwieg Spock.

In Hinsicht auf das neue Mitglied der Varietégruppe schien der Kommandant bereits angemessenen, vielleicht sogar adäquaten Verdacht zu schöpfen. Möglicherweise konnte Spock auf einen entsprechenden Hinweis verzichten. Nur wenige Menschen verstanden die Komplexität der politisch-sozialen Struktur auf seiner Heimatwelt. Erklärungsversuche führten in den meisten Fällen zu Verwirrung.

Spock versuchte, sich von der kühlen Exaktheit seiner Analyse zu überzeugen, doch ein Rest von Zweifel verblieb in ihm. Gab er dem Wunsch, ungestört zu sein, den Vorrang vor seinen Pflichten?

Er schaltete die Konsolen der wissenschaftlichen Station aus, stand auf und verließ die Brücke.

Spock zog sich in seine Kabine zurück, blickte kurz auf die geschlossene Tür – eine Barriere, die den kalten, feuchten und gelben Kosmos des Homo sapiens von ihm fernhielt. Er zog das heiße, trockene, scharlachrote Ambiente Vulkans vor, streckte sich auf dem Meditationsstein aus, fixierte seine Gedanken auf die Entspannungssequenzen, lockerte nacheinander die Muskeln und versank in der Besinnungstrance.

Als Mr. Spock ohne ein Wort der Erklärung den Turbolift betrat, sah ihm Jim nur stumm nach. Ärger regte sich erst in ihm, als der wissenschaftliche Offizier nicht nach einigen Minuten zurückkehrte.

Zuerst Lieutenant Uhura — und jetzt auch Commander Spock, fuhr es ihm durch den Sinn. War es unter dem Kommando von Chris Pike allgemein üblich gewesen, einfach die Brücke zu verlassen, wenn einem etwas nicht paßte? Jim beschloß, hart durchzugreifen, wenn sich so etwas wiederholte.

Adjutant Rand beendete die Erläuterung des Plans. Er würde sicher funktionieren, denn seine Verwirklichung erforderte nur den Einsatz konventioneller Technik. Dennoch konnte sich Jim nicht so recht mit dem Projekt anfreunden. Die Vorstellung, den Boden des Shuttlehangars mit Erde — oder *Dreck* — zu bedecken, erfüllte ihn nach wie vor mit Unbehagen. Es hätte ihm eine gewisse Genugtuung bereitet, Lindys Anliegen strikt abzulehnen. Banale Rache, dachte er. Und er wußte auch, warum er so empfand: An diesem Tag war ihm zuviel über die Leber gelaufen.

»Mr. Sulu, Kurs für Rendezvousmanöver. Halten Sie den Treibstoffverbrauch möglichst gering. Wenn wir in den Normalraum zurückfallen, werde ich entscheiden, was aus dem Hangarprojekt werden soll.«

Er erhob sich und ging.

Kirk erreichte Commander Spocks Kabine, klopfte an und wartete ungeduldig.

Die Tür glitt beiseite. Jim zwinkerte, als ihm mattes, rotes Licht entgegenflutete. In dem karmesinroten Schein zeichnete sich eine hochgewachsene Gestalt ab.

»Darf ich hereinkommen, Commander Spock?«

»Die meisten Menschen fänden den Aufenthalt in meinem Quartier eher unbequem«, erwiderte der Vulkanier.

»Ich werd's ertragen«, sagte Jim.

»Die Schwerkraft . . .«

Jim trat ein, bevor er begriff, was Spock meinte. Er stolperte auf ebenem Boden, hatte plötzlich das Gefühl, eine hohe Stufe verfehlt zu haben. Der Gravitationsquotient veränderte sich, und ein jähes Gewicht schien am Captain zu zerren. Er wankte und taumelte, spürte stechenden Schmerz im Knie. Irgendwie gelang es ihm, auf den Beinen zu bleiben, und er bedachte den Boden mit einem finsteren Blick, bevor er sich wieder seinem wissenschaftlichen Offizier zuwandte.

Ein langer Block aus glattgeschliffenem, grauem Granit stand an der Wand der spartanisch eingerichteten und nur trüb erhellten Kabine. Jim fragte sich, ob die vulkanische Ästhetik das Schlafen auf hartem Stein verlangte.

Spock musterte ihn gelassen.

»Möchten Sie jetzt Ihr Verhalten auf der Brücke erklären?«

»Nein, Captain.«

Kirk musterte ihn überrascht, begriff dann, daß ihm der Vulkanier auswich, indem er die Frage wortwörtlich interpretierte. Jim beschloß, direkter zu sein.

»Kennen Sie Lindys neuen Jongleur?«

Spock zögerte.

»Ja, Captain.«

»Erzählen Sie mir von ihm.«

»Da gibt es nicht viel zu erzählen. Es ist ganz offensichtlich: Er stammt von Vulkan.«

»Man begegnet nicht jeden Tag einem vulkanischen Jongleur.«

»Das Jonglieren ist eine ausgezeichnete Methode, um die Koordination von Augen und Händen zu verbessern, Captain Kirk«, erwiderte Spock.

Jim glaubte fast, so etwas wie Groll in der Stimme seines wissenschaftlichen Offiziers zu hören.

»Man braucht dazu hohe Konzentration, viel Geduld und eine Menge Übung.«

»Sie klingen wie ein Fachmann«, sagte Jim.

»Viele Vulkanier besitzen diese Fähigkeit, und ich stelle da keine Ausnahme dar«, erklärte Spock.

»Nun, vielleicht brauchen wir den Burschen überhaupt nicht. Warum bieten Sie Lindy nicht Ihre Hilfe an?«

»Sie hat mich nicht gefragt, Captain.«

Jim merkte, daß er abgelenkt worden war, und er fragte sich, ob Absicht dahintersteckte. Die Hitze in der Kabine machte ihm sehr zu schaffen. »Berichten Sie mir von Ihrem vulkanischen Freund.«

»Er ist nicht mein Freund«, erwiderte Spock. Einige Sekunden lang sah er an Jim vorbei. Sein Blick reichte durch das scharlachrote Glühen, fokussierte etwas, das nur er sehen konnte. »Er gehört zu einer tadellosen Familie, genoß eine exzellente Ausbildung und erwies sich als sehr begabt. Aber er ließ seine Talente ungenutzt, und die erzielten Leistungen sind unwesentlich. Er hat nur wenige Hemmungen und kaum Disziplin. Er verhält sich so, wie es... ihm gefällt.«

Jim runzelte die Stirn. »Ich verstehe nicht, wo das Problem liegt, Commander. Sie haben so auf ihn reagiert, als sei er ein gefährlicher Verbrecher. Doch er scheint ›tadellos‹ zu sein.« Er verlagerte das Gewicht vom einen Bein aufs andere. Hitze und hohe Schwerkraft waren seiner Stimmung keineswegs förderlich.

»Er steht in dem Ruf, ein Unruhestifter zu sein, jemand, der Schwierigkeiten sucht und meistens auch findet. Außerdem: Er nutzt... Gelegenheiten aus. Nun, wie dem auch sei: Vermutlich haben Sie bereits entsprechende Schlüsse gezogen, und ich sehe keinen Sinn darin, Ihnen Dinge zu erläutern, die Ihnen schon bekannt sind.«

»Ich gewinne den Eindruck, daß Sie mir ausweichen«, meinte Jim. »Sagen Sie mir, was Sie wirklich gegen ihn haben.« Schweiß tropfte von seinen Brauen, und er wischte sich mit dem Ärmel über die Stirn.

»Er...« Spock zögerte. »Er sucht nach emotionalen Erfahrungen.«

Kirk hätte schwören können, daß der wissenschaftliche Offizier verlegen war — obgleich Vulkaniern solche Empfindungen fremd sein sollten. Er wartete vergeblich darauf, daß Spock fortfuhr.

»Ist das *alles?*«

»Ja, Captain.«

»Herr im Himmel! Sie haben sich aufgeführt, als seien Sie einem Kettensägenmörder begegnet.«

Spock dachte kurz nach. »Dieser Vergleich hat durchaus etwas für sich. Stephen ist pervers.«

Jim lachte unwillkürlich. »Danke für die Warnung, Commander Spock. Ich werde daran denken, wenn ich Lindys neuem Rekruten gegenübertrete.« Sein rechtes Knie begann zu schmerzen, erinnerte ihn daran, daß der Rekonvaleszenzprozeß noch immer nicht abgeschlossen war. Hinzu kam, daß ihm das trübe Licht Kopfschmerzen bereitete. »Erweisen Sie uns die Ehre, auf die Brücke zurückzukehren? In absehbarer Zeit?«

»Wie Sie meinen, Captain.«

Als Kirk auf den Gang trat, mußte er sich sehr beherrschen, um nicht zu hinken.

Die *Enterprise* verließ den Warpflug und fiel in den Normalraum zurück, setzte den Flug mit ihren Impulstriebwerken fort. Sulu richtete die Sensoren auf Stephens Schiff, und Uhura projizierte ein betreffendes Bild auf den Wandschirm.

Als Jim die *Dionysus* betrachtete, verstand er, warum es der vulkanische Jongleur vorzog, während der Reise durch die Phalanx an das Starfleet-Schiff anzudocken. Die ehemalige Admiralsjacht hatte schon bessere Zeiten erlebt.

»*Enterprise* an *Dionysus.*«

»Ich empfange Sie.«

»Wir aktivieren das Dockmodul an der Backbordseite des Shuttledecks«, sagte Jim. »Ich schlage vor, wir richten einen Traktorstrahl auf Sie und...«

»Machen Sie sich keine Mühe.«

»Ich möchte ihn persönlich begrüßen«, sagte Lindy und stand auf.

»Ich begleite Sie.« Kirk freute sich darauf, den außergewöhnlichen Vulkanier kennenzulernen. Spocks Ablehnung vergrößerte sein Interesse nur. An der Tür des Turbolifts blieb der Captain stehen und sah zurück. »Commander Spock, was halten Sie davon, zugegen zu sein, wenn Ihr alter Bekannter an Bord kommt?«

»Darauf möchte ich lieber verzichten«, erwiderte der wissenschaftliche Offizier.

Jim trat an Lindys Seite, und die Transportkabine trug sie nach achtern.

»Ich bin Ihnen sehr dankbar für Ihre Hilfe«, sagte die junge Frau.

»*Meine* Hilfe?« entgegnete er. »Ich bin nicht für den unglaublichen ›Zufall‹ verantwortlich, daß sich die Rendezvouskoordinaten ausgerechnet in der Oort-Wolke dieses Systems befinden.«

Lindy lächelte. »Irgendwo müssen wir Stephen ja aufnehmen, und er erklärte sich bereit, zum Rand des Sonnensystems zu kommen.«

Der Lift hielt an, und Jim verließ die Kabine. Der Schmerz in seinem rechten Knie verstärkte sich jäh, stach bis zur Hüfte hoch, bis zum Fußknöchel hinab. Er knickte ein.

»Jim! Jim, was...«

Kirk lag auf dem Deck, beide Hände aufs Knie gelegt. Er preßte die Lippen zusammen, wurde sich vage der Schweißperlen auf seiner Stirn bewußt, spürte kaltes Metall unter sich, die Gegenwart der jungen Frau in unmittelbarer Nähe. Sein innerer Kosmos schien nur aus heißer Pein zu bestehen.

»Ich hole Hilfe.«

Er hielt Lindy am Arm fest, bevor sie davoneilen konnte. »Nein. Nein, ich bin in Ordnung.« Er rieb das Knie, und allmählich ließ der Schmerz nach.

»Es ist nichts weiter von Bedeutung«, behauptete er und stemmte sich in die Höhe. »In Mr. Spocks Kabine herrschen vulkanische Umweltbedingungen, und ich... ich trat auf einen Gravitationssims, von dem ich nichts ahnte.« Das war zwar nicht die vollständige Wahrheit, aber andererseits handelte es sich nicht um eine Lüge. Vorsichtig belastete er das rechte Bein mit seinem Gewicht. Das Knie hielt stand, und das Stechen wurde zu einem dumpfen Bohren.

»Na schön«, sagte Lindy. »Sie sind erwachsen, und Ihre Gesundheit geht nur Sie etwas an.«

Jim gab sich große Mühe, nicht zu humpeln, als er den Laufsteg überquerte und die Treppe herunterging. Athene bewegte sich unruhig im Pferch, scharrte nervös mit den Hufen. Zwei Katzenwesen – eins gehörte zur Varietégesellschaft, das andere zur Besatzung der *Enterprise* – saßen in der Nähe.

»Hallo, Gnash, Hazard«, rief ihnen Lindy zu. Das Vogelpferd stand völlig still, als die junge Frau die Hand ausstreckte und es streichelte.

»Athene wird sich sehr über die Erde freuen«, sagte Tzesnashstennaj. »Der Stahl eignet sich nicht für sie.« Er duckte den Kopf unter Hazarstennajs Kinn. Die beiden Körperfelle strichen mit einem statischen Knistern übereinander, und Hazarstennaj schnurrte.

»Ich weiß«, erwiderte Lindy. »Bald ist es soweit.«

Jim wanderte übers Deck, näherte sich dem Dockmodul und öffnete die Beobachtungsluken.

Die junge Frau verharrte neben ihm. »Was ist ein Gravitationssims?« fragte sie.

»Die Diskontinuität zwischen zwei Schwerkraftfeldern, die nicht mit einem Absorptionsgefälle verbunden sind«, antwortete Jim. »Wenn man einen Bereich mit Normal-Schwerkraft verläßt und ein Segment mit zwei *g* betritt, fühlt es sich an, als ginge man eine Stufe hoch – obgleich der Boden völlig eben ist.«

Stephens Schiff war noch nicht in Sicht. Wahrscheinlich brauchte die alte Jacht einen halben Tag, um anzudocken, dachte der Captain. Ich hätte doch einen Traktorstrahl auf die *Dionysus* richten und sie einfach hierherziehen sollen.

»Läßt sich die Schwerkraft an Bord ganz nach Belieben verändern?«

»Nun, wir erzeugen sie — sonst befänden wir uns ständig im freien Fall oder würden vom Andruck der Beschleunigung zermalmt. Ja, sie kann verändert werden. Andererseits: Die erforderlichen Anpassungsmaßnahmen sind alles andere als einfach.« Jim öffnete einen Com-Kanal zur Brücke. »Lieutenant Uhura, wo bleibt unser Gast?«

»Er meint, er sei unterwegs, Sir.«

Jim sah erneut durch die Beobachtungsfenster, doch das Blickfeld blieb begrenzt, und von der *Dionysus* war weit und breit nichts zu sehen.

»Wie dem auch sei...«, fuhr Kirk mit seiner Erklärung fort. »In der *Enterprise* gibt es verschiedene, interagierende Gravitationsfelder. An Bord praktisch aller Raumschiffe existieren sogenannte Nullknoten, in denen Schwerelosigkeit herrscht, und ich vermute, das trifft auch auf die *Enterprise* zu.« Er erinnerte sich an die Akademie, daran, daß neue Studenten sofort nach den Nullknoten Ausschau hielten.

»Hm.«

Jim dachte an die Zero-*g*-Zonen an Bord seines Schiffes, warf Lindy einen kurzen Blick zu.

Die junge Frau starrte ins All, in die lichtjahrtiefe Ferne, und sie wirkte sehr nachdenklich. Ihr schimmerndes Haar neigte sich nach vorn, beschattete das Gesicht.

Jim spürte plötzlichen Neid — Neid auf die Schatten, die über Lindys Wangen strichen, auf das Flügelpferd, das ihren Nacken berühren durfte, auf die Mitglieder der Varietégruppe, die sie unbefangen umarmten. Er fragte sich, ob sie zu irgend jemandem engere Beziehungen pflegte — oder ob sie wie er bei Antritt seines neuen Kommandos beschlossen hatte, Distanz zu den Untergebenen zu wahren.

»Captain!«

Uhuras Ausruf erschreckte Lindy, und ruckartig hob sie den Kopf. Für einen Sekundenbruchteil begegnete sie Jims Blick.

Dann wurde der Captain auf den alarmierten Unterton in Uhuras Stimme aufmerksam. Draußen in der leeren Schwärze bewegte sich etwas.

»Sehen Sie nur!« entfuhr es Lindy. Sie trat noch näher an das Fenster heran, wölbte die Hände an Schläfen und Glas, um störende Reflexionen zu verbannen.

Im Vakuum des Weltraums sauste die *Dionysus* mit gespenstischer Lautlosigkeit heran, hielt direkt auf die *Enterprise* zu.

Jim fluchte leise, ballte wütend die Fäuste, preßte sie an die dicke Scheibe. Es formten sich bereits die Schilde, aber es geschah viel zu spät... So hatte es bei Ghioghe begonnen: ein plötzlicher Vorstoß, dann die Kollision...

Die bugwärtigen Bremstriebwerke der *Dionysus* feuerten, und schlagartig wurde die Jacht langsamer. Die Sensoren des Fensters reagierten sofort, aktivierten einen Filter, um die Augen der Beobachter zu schützen, aber das plötzliche Aufblitzen blendete Jim trotzdem.

Dann wurde das dicke Glas wieder klar, und der Captain sah, wie die *Dionysus* dicht neben der *Enterprise* schwebte. Heißes Plasma wehte aus den Korrekturdüsen, formte einen diffusen Schleier vor dem Sternenfunkeln, verflüchtigte sich schließlich. Die alte Jacht dockte ohne den geringsten Ruck an.

»Meine Güte!« stieß Lindy hervor. »Ich dachte, er wollte Treibstoff sparen.«

Jim spürte so etwas wie widerstrebende Bewunderung für das spektakuläre Andockmanöver, aber er besann sich auf seinen Zorn, öffnete das Schott, sobald sich die hermetischen Siegel zwischen den beiden Raumschiffen geschlossen hatten. Der Pilot der *Dionysus* kam an Bord der *Enterprise.*

»Was fällt Ihnen ein, so auf mein Schiff zuzurasen?« fauchte Kirk.

»Ich dachte, Sie seien in Eile.« Stephen lächelte. Auf seiner Schulter hockte eine große, gefleckte Katze. »Freut mich, Sie kennenzulernen, Captain Kirk.« Der Vulkanier streckte die Hand aus.

Jim erwiderte die Geste: Die soziale Konditionierung hatte den Reflex viel zu tief in ihm verankert, war wesentlich stärker als der Wunsch, Stephen die Faust ins Gesicht zu rammen.

Die Katze sprang auf ihn zu, fuhr die Krallen aus und kletterte an seinem Arm empor. Jim gab einen überraschten Schrei von sich.

»Wie geht es Ihnen, Miß Lukarian?« fragte Stephen.

»Bitte nennen Sie mich Lindy.«

Sie begrüßten sich, schienen dabei Jims Anwesenheit zu vergessen, dessen Aufmerksamkeit in erster Linie der Katze galt. Das große Tier zischte und knurrte, bohrte ihm seine Klauen in Schulter und Arm, hob eins der Vorderbeine, um ihm die Augen auszukratzen. Kirk griff mit der freien Hand danach und versuchte, sich von dem Geschöpf zu befreien.

»Ilya!« sagte Stephen. »Hör auf damit. Komm her.«

Das Wesen spannte die Muskeln, sprang zu dem Vulkanier und zerriß dadurch Jims Hemd. Die Katze landete auf Stephens Schulter, streckte den geschmeidigen Leib hinter seinen Kopf. Der auffallend lange Schwanz schlang sich um den Arm des Jongleurs.

Kirk ballte erneut die Fäuste, nicht nur aus Wut. Er wollte feststellen, ob er überhaupt noch dazu in der Lage war, die Finger zu krümmen. Die Kratzer auf Unterarm und Handrücken brannten.

»Er mag Sie, Captain«, sagte Stephen. »Und normalerweise schließt er nicht so schnell Freundschaft.«

»Er mag mich! Was stellte er denn mit Leuten an, die ihm unsympathisch sind?«

Stephen schüttelte den Kopf. »Es gibt Dinge, die Menschen besser nicht wissen sollten.«

»Ist er wirklich das, wofür ich ihn halte?« fragte Lindy.

Soweit es Jim betraf, handelte es sich schlicht und einfach um eine Katze, und es stimmte ihn verlegen, bei der Auseinandersetzung den kürzeren gezogen zu haben. Er betrachtete das Tier eingehender, das rund anderthalbmal so groß war wie eine normale Katze. Es hatte das zimtfarbene Fell gesträubt, wodurch es noch massiger wirkte, und es starrte ihn aus grün glänzenden Augen an. Die pelzbesetzten Ohren stülpten sich nach vorn, neigten sich dann wieder zurück. Die Pfoten erschienen im Vergleich zum Körper überdimensioniert, und Kirk bemerkte Haare zwischen den Zehen. Der Schwanz mochte rund einen Meter lang sein und stellte ein Greiforgan dar.

»Eine gewöhnliche gefleckte Katze.« Stephen lächelte. »Nun, Sie haben recht. Ilya ist ein kleiner siberianischer Tiger.«

»So ein Wesen sehe ich jetzt zum erstenmal. Kann er irgendwelche Kunststücke?« Lindy streckte behutsam die Hand aus, und die Katze beschnüffelte ihre Fingerspitzen, rieb die Stirn am Handrücken.

»Zum Beispiel jonglieren?«

Die junge Frau lachte. »Seid ihr ein Team?«

Stephen schüttelte den Kopf. »Um ganz ehrlich zu sein: Ilya hat wirklich was drauf, aber er zeigt seine Fähigkeiten nur, wenn er Lust dazu hat. Zumindest in dieser Hinsicht ist er eine ganz normale Katze.«

»Schade.« Lindy beobachtete das Tier nachdenklich, schien zu überlegen, ob sie es bei ihren Vorstellungen einsetzen konnte.

Einige sofort ins Auge fallende Differenzen unterschieden Ilya von durchschnittlichen Katzen, und in gewisser Weise traf das auch auf Stephen zu: Man sah auf den ersten Blick, daß er kein gewöhnlicher Vulkanier war. Er mochte vier oder fünf Zentimeter größer sein als Spock, doch seine schlanke Statur erinnerte an die des wissenschaftlichen Offiziers. Zwar gab es nur wenige blonde und blauäugige Vulkanier, aber sie galten keineswegs als einzigartig.

Andererseits: Wer von Vulkan stammte, hielt seine Körperhaltung ebenso unter Kontrolle wie den Gesichtsausdruck. Stephen hingegen bewegte sich mit unbefangener Gelassenheit, und seine Miene war alles andere als eine steinerne Maske.

Außerdem hatte Jim noch nie einen Vulkanier gesehen, der sein Haar bis auf Schulterlänge wachsen ließ.

»Danke für Ihre Gastfreundschaft, Captain«, sagte der Jongleur. »Ich bin nicht sicher, ob es die gute alte *Dionysus* mit ihrem begrenzten Treibstoffvorrat durch die Phalanx und wieder zurück geschafft hätte.«

»Sie sind gerade ziemlich verschwenderisch damit umgegangen«, erwiderte Kirk aufgebracht. »Die Art Ihres Andockens war ebenso tollkühn wie dumm. Verzichten Sie in der Nähe der *Enterprise* auf solche Manöver.«

»Kommen Sie, Jim«, warf Lindy ein. »Es ist doch überhaupt nichts passiert.«

»Was nichts an der Gefahr ändert, in die er uns alle brachte«, knurrte Kirk. Es ärgerte ihn, daß die junge Frau Stephen in Schutz nahm, sich ganz offensichtlich von ihm beeindrucken ließ.

»Sie meinten, Sie hätten es recht eilig«, sagte Stephen in einem vorwurfsvollen Ton.

»Nicht so eilig, daß ich das Risiko eingehe, mein Schiff rammen zu lassen.«

»Es lag nicht in meiner Absicht, Sie zu erschrecken«, erklärte der Jongleur. »Seien Sie unbesorgt: So etwas wird sich nicht wiederholen.«

Jim konnte sein Temperament kaum mehr zügeln, mußte sich sehr beherrschen, um nicht laut zu brüllen. »Das hoffe ich«, brummte er.

Stephen sah dem jungen Captain nach. Man konnte Menschen so leicht vor den Kopf stoßen, und ihre Reaktionen waren immer wieder interessant.

»Willkommen in meiner Gruppe«, sagte Amelinda Lukarian. »Ihre Vorführung hat mich begeistert. Möchten Sie sich uns auf Dauer anschließen?«

»Warum nicht?« Die Aufregung angesichts des gewagten Andockmanövers verflüchtigte sich und ließ emotionale Leere zurück.

»Kommen Sie, ich stelle Sie den anderen vor.«

Stephen folgte Lindy zum Pferch. Er hatte Athene bereits bemerkt, und sein scharfer, analytischer Verstand begann mit einer Beurteilung des Genmusters, der komplexen Spleiß-Technik, der das geflügelte Roß seine Existenz verdankte. Schon nach kurzer Zeit kam er zu dem Schluß, daß einige Charakteristika durchaus eine Verbesserung verdienten. Erst als Lindy auf den Hals des Vogelpferds klopfte und es ›hübsches Ding‹ nannte, fiel ihm der ästhetische Aspekt auf. Athene war tatsächlich wunderschön — und auch Lindy.

»Tzesnashstennaj, Hazarstennaj«, sagte die junge Frau. »Das ist Stephen, unser neuer Jongleur.«

Die beiden Katzenwesen standen auf und traten argwöhnisch näher. Ilya sträubte sein Fell: Er saß noch immer auf der Schulter des Vulkaniers und starrte aus großen Augen auf die beiden Gestalten herab.

»Und wer ist das?« fragte Tzesnashstennaj.

»Ilya.«

»In welcher Beziehung steht er zu Ihnen?«

»Er gehört mir«, sagte Stephen.

»Er ›gehört‹ Ihnen? Sie haben ein anderes Geschöpf versklavt?«

»Davon kann wohl kaum die Rede sein«, erwiderte der Vulkanier. »Aber er erweist mir wertvolle Dienste.«

Die beiden Katzenwesen wechselten einen kurzen Blick. »Anthropoidenhumor«, kommentierte Hazarstennaj.

»Raubtiere brauchen Freiheit«, sagte Tzesnashstennaj.

»Ilya ist ebenso frei wie ich. Ohne Verantwortung tragen zu müssen.«

»Typisch. Alle Anthropoiden glauben, die anderen Spezies existierten nur zu ihrem Vergnügen. Komm her, kleiner Bruder.«

Ilya fauchte und spuckte.

Tzesnashstennaj knurrte leise. »Er hat die Bedeutung der Freiheit ganz vergessen.«

»Einen Augenblick«, warf Stephen ein. »Für ein Tier ist Ilya ziemlich intelligent, aber es handelt sich bei ihm nicht um ein vernunftbegabtes Geschöpf. Warum regt ihr euch so auf?«

»Tzesnashstennaj«, sagte Lindy, »du bist noch immer sauer auf den dummen Tölpel in der Boise, der die Jagdszene als Tiervorstellung bezeichnete, stimmt's? Ärger ist Gift für die Gruppensolidarität. Vergiß jenen Zwischenfall.«

»Der ›Tölpel‹ lehrte mich die Konfliktträchtigkeit von Interspezieskontakten«, antwortete Tzesnashstennaj. »Ich empfinde den Eigentumsanspruch in bezug auf Tiere als... provokativ.«

»Es steht Ihnen frei, Ilya von Ihrem Standpunkt zu überzeugen«, meinte Stephen. »Ich befürchte allerdings, daß er kaum Interesse daran zeigen wird.«

»Bitte streitet euch nicht darüber«, sagte Lindy. »Ihr wißt doch, wozu so etwas führt.«

Tzesnashstennaj schnaubte abfällig.

»Nein«, widersprach Stephen. »Das weiß ich nicht. Wozu?«

»Zu einer Gruppenversammlung«, erklärte die junge Frau in einem unheilvollen Tonfall.

»Zu vielen Stunden schrecklicher Langeweile«, fügte Tzesnashstennaj düster hinzu. »Zu endlosen Vorträgen von Mr. Cockspur.«

»Vielleicht sollten wir Frieden schließen«, schlug Stephen vor. Tzesnashstennaj fauchte.

Jim kehrte auf die Brücke zurück, und als sich die Tür des Turbolifts vor ihm öffnete, ließ er seinen Blick durch den Kontrollraum schweifen. Uhura und Rand stellten die Terminlisten zusammen; Sulu plante die Waffenstrategie, und Cheung berechnete den Kurs; McCoy lehnte lässig am Befehlsstand.

»Wie ich hörte, steht uns eine Abwechslung bevor«, sagte der Bordarzt.

»Offenbar«, erwiderte Jim. Er nahm im Sessel des Kommandanten Platz.

Einige Minuten später trafen auch Lindy und Stephen ein, unterhielten sich und lachten. Jim musterte sie unauffällig und mißtrauisch. Allem Anschein nach verstanden sie sich prächtig.

Spock hob den Kopf.

Diesmal erlaubte er sich nicht die geringste Reaktion, sah Stephen nur kühl an. Er wollte sich gerade wieder umdrehen, als ihn der andere Vulkanier bemerkte und näherkam.

»Was für eine...«

Spock stand auf, und seine Miene verhärtete sich. Stephen brach ab, wählte andere Worte.

»Wie geht es Ihnen... Spock?«

»Gut.«

Die übrigen Offiziere auf der Brücke gaben vor, nicht auf die beiden Männer zu achten. McCoy bildete die einzige Ausnahme, beobachtete sie neugierig.

»Ich kann nicht mit Ihnen sprechen«, sagte Spock. »Ich muß meinen Pflichten nachgehen.« Und daraufhin kehrte er Stephen den Rücken zu.

»Aktivieren Sie den Wandschirm«, wandte sich Jim an Uhura. »Mal sehen, womit wir es zu tun haben.«

Einige Sekunden später zeigte die breite Projektionsfläche einen unregelmäßig geformten Brocken aus schmutzigem Eis. Träge drehte er sich um die eigene Achse.

»Er passiert uns in... neunundachtzig Sekunden«, sagte Commander Spock. »Wenn Mr. Sulu gut genug mit den Photonentorpedos umzugehen versteht, sollte er in der Lage sein, einen Teil des Asteroiden in Wasserdampf und Felspartikel zu verwandeln.«

»Verstanden, Mr. Spock«, erwiderte der Steuermann. »Zweihundert Tonnen Dreck nähern sich uns.«

Sulu fixierte die Nahsensoren auf den Materiebrocken. Die *Enterprise* befand sich nun in der Oort-Wolke des Sonnensystems, in jenem Ring aus Felsen, Staub, Meteoren und kleinen Asteroiden, die noch an die Entstehung des Sterns und der Planeten erinnerte. Die Zone erstreckte sich weit außerhalb der Umlaufbahn des sonnenfernsten Trabanten, und ab und zu geschah es, daß eins der kosmischen Trümmerstücke in den Schwerkraftsog des Systems geriet, eine elliptische Bahn beschrieb, sich dem Zentralgestirn näherte und zu einem Kometen wurde.

Die Materiekonzentration war hier wesentlich größer als im interplanetaren Raum, doch zwischen ›wesentlich größer‹ und ›direkt sichtbar‹ gab es einen erheblichen Unterschied. Die Wolke enthielt Millionen von Tonnen Masse, aber sie verteilte sich in einem ausgedehnten Bereich, so daß eine visuelle Wahrnehmung ohne die Hilfe von Beobachtungsinstrumenten so gut wie ausgeschlossen war.

Das Zoom holte den kleinen Asteroiden heran, vergrößerte sein Abbild auf dem Wandschirm. Sulu wartete, betrachtete die taumelnden Rotationsbewegungen des Brokkens, suchte nach einer geeigneten Stelle, orientierte sich.

Dann betätigte er den Auslöser.

Photonentorpedos rasten aus den energetischen Katapulten, kurze Blitze, die sich vom stählernen Leib der *Enterprise* lösten, durch die Schwärze zuckten, das Ziel trafen. Eis verdampfte, kondensierte innerhalb weniger Sekundenbruchteile zu Myriaden Kristallen, die das Sternenlicht glitzernd reflektierten, wie winzige Juwelen davonstoben. Das Bewegungsmoment des Protokometen veränderte sich. Staub und Felsfragmente trieben aus einem Krater, formten eine lange, glühende Spirale.

Eine Wolke aus Steinpartikeln wogte, dehnte sich langsam aus.

Lindy juchzte begeistert, sprang zu Sulu und Cheung, küßte sie.

»Hikaru, Marietta – ich bin euch ja so dankbar!« Sie umarmte den Captain. »Jim, Athene wird sehr glücklich sein!« Mit wehendem Haar rannte sie die Stufen hoch, griff nach den Händen Uhuras und Rands. »Was für eine tolle Idee, Janice! Sie müssen alle kommen und Athene zusehen, wenn sie läuft. Sie ist so wunderschön!« Lindy blieb vor dem wissenschaftlichen Offizier stehen. »Danke, Mr. Spock.«

»Sie brauchen sich nicht zu bedanken«, erwiderte der Vulkanier. »Sie beschrieben ein intellektuelles Problem, und ich half dabei, es zu lösen.«

»Sie sollten das Vogelpferd besser in den Reparaturhangar bringen«, sagte Jim. »Wir müssen ein Vakuum auf dem Shuttledeck schaffen, bevor wir die Materie an Bord bringen können, und außerdem wird es dabei recht laut zugehen. Der Stahlboden überträgt die Vibrationen — Athene könnte unruhig werden, vielleicht sogar in Panik geraten.«

»Ich bleibe bei ihr, bis alles vorbei ist«, antwortete Lindy. Sie breitete die Arme aus, vollführte eine Geste, die die ganze Brücke umfaßte. »Ich danke Ihnen allen!«

Dann verschwand sie im Turbolift. Jim bemerkte, daß Stephen ihr folgte.

Kirk hatte das Gefühl, gerade einen Wirbelsturm überstanden zu haben und wunderte sich, welche Stille plötzlich im Kontrollraum herrschte.

»Richten Sie einen Traktorstrahl aus, Mr. Sulu«, sagte er. »Übrigens: gute Arbeit.«

»Danke, Captain.«

Es erschien ihm seltsam, einen seiner Offiziere für etwas zu loben, das er nach wie vor für Zeitverschwendung hielt. An der Akademie hatten Gary und er oft davon geträumt, welche Raumschiffe sie einst fliegen würden, mit welchen Missionen man sie betrauen mochte. Der für sie schlimmste denkbare Auftrag bestand darin, einen Erzfrachter zu befehligen, der Schlacke von Minen zu Verarbeitungsanlagen transportierte.

Und das Zeug, das ich nun an Bord hole, ist nicht einmal Erz, dachte Jim. Ich hoffe, daß ich irgendwann einmal, vielleicht in einigen Jahren, über diese Sache lachen kann. Derzeit erscheint sie mir alles andere als lustig.

Geistesabwesend rieb er sich den Arm. Die an Ilyas Krallen erinnernden Kratzspuren brannten noch immer.

»Was ist passiert?« fragte McCoy.

»Wie?«

Der Bordarzt deutete auf die Kratzer. Jim stellte plötzlich fest, daß Stephens gefleckte Katze einen Hemdärmel zerrissen hatte, und die Fransen am rechten Bein zeugten von Fifis Zähnen. Darüber hinaus zeigten sich überall purpurne Flecken auf seiner Uniform.

»Oh, das ist eine lange Geschichte.«

»Was hältst du davon, sie mir zu erzählen? In der Krankenstation, während ich die Wunden behandle.«

Nach dem jähen Schmerz im Knie wollte sich Jim nicht untersuchen lassen.

»Um die Wahrheit zu sagen, Pille: Eigentlich liegt mir gar nichts daran, deine Neugier zu befriedigen.«

Er verließ die Brücke.

Ruhelos und verärgert wanderte er durchs Schiff.

Wann habe ich die Kontrolle über mich verloren? überlegte er. Als Stephen an Bord kam? Als mich Newland Rifts ›Hündchen‹ ansprangen? Als das geflügelte Roß zum erstenmal scheute und wie ein Adler krächzte? Als Amelinda Lukarian mit wehendem Haar an mir vorbeirannte? Oder geschah es, noch bevor ich das Kommando antrat, als mir Admiral Noguchi meinen Auftrag erläuterte?

Überrascht stellte er fest, daß er seine Schritte in Richtung Shuttledeck lenkte.

Der Transfer des Felsstaubs an Bord — reine Routinearbeit — verursachte noch mehr Lärm, als er erwartet hatte. Von den Traktorstrahlen ging ein unterschwellig wahrnehmbares Summen aus, und die gefilterten Ventilatoren ächzten. Zermahlenes Gestein krachte aufs Deck herab, und die Erschütterungen pflanzten sich durch den Stahl fort.

Als Jim das Beobachtungsfenster erreichte, verbarg sich das Shuttledeck bereits unter einer zwanzig Zentimeter dikken Schicht Erde. Nun, eigentlich handelte es sich nicht in dem Sinn um ›Erde‹. Die Masse enthielt weder Humus noch organische Substanzen, vermutlich nur einige Mikrogramm Aminosäuren. Tote, sterile Materie. Kirk fragte sich, wie lange es dauern mochte, bis sich der photonenverbrannte Asteroidenstaub in fruchtbaren Boden verwandelte.

Und er überlegte, ob zu den Vorräten der Biolaboratorien an Bord der *Enterprise* auch Würmer gehörten.

Jim schüttelte diese Vorstellungen von sich ab, ging die Treppe herunter, die zum Reparaturhangar führte.

»Lindy?«

»Wir sind hier unten – Nummer sechs.« Gespenstische Geräusche zitterten durch Wände und Decksplatten.

Lindy klopfte Athene besänftigend auf den Kopf, flüsterte ihr ins Ohr. Schweiß glänzte auf den Schultern und Flanken des Vogelpferds, und es bewegte sich nervös hin und her.

Jim lehnte sich an die Brüstung, die das Segment sechs vom Zugangstunnel trennte, überlegte, wo Stephen steckte, wagte es jedoch nicht, eine entsprechende Frage zu stellen.

»Ist alles in Ordnung?«

Lindy seufzte. »Das Problem sieht folgendermaßen aus: Wenn ein Pferd Angst bekommt, ergreift es instinktiv die Flucht, läuft fort. Aber hier kann Athene gar nicht laufen, und deshalb fürchtet sie sich noch mehr.«

»Die Stahlplatten sind bereits bedeckt«, sagte Jim. »Es müßte bald wieder still werden.«

Als hätte er damit ein Zeichen gegeben, verstummte das polternde Dröhnen, und auch das tiefe, dumpfe Summen der Traktorstrahlen erstarb. Athene schnaubte, als sie die Veränderung bemerkte, breitete kurz die Schwingen aus und schien sich zu beruhigen.

»Danke«, wandte sich Lindy an den Captain.

»Es war ganz einfach«, erwiderte er und lächelte.

»Sagen Sie, Jim...« Die junge Frau zögerte. »Vorhin... Stephen ist, äh, recht extravagant. Eine Beschreibung, die auf viele Künstler zutrifft. Es tut mir leid, daß er Sie erschreckt hat.«

»Es geht nicht darum, erschrocken zu sein oder nicht!« sagte Jim beleidigt. »Aber dieses Schiff... Es ist eine große Verantwortung.«

Lindy sah ihn an, und Jim hatte das unangenehme Gefühl, als reiche ihr Blick bis in die tiefsten Gewölbe seiner Seele herab, als sondiere er alle Geheimnisse und Empfindungen.

»Ja«, entgegnete sie schließlich. »Ich weiß.« Athene berührte sie mit der Schnauze, und die junge Frau gab dem Vogelpferd eine Proteinkapsel.

»Woher kommt die Kapsel?« fragte Jim, dankbar für die Ablenkung. »Ich glaube immer, Ihre Hände seien leer – und dann zaubern Sie Möhren und Zucker hervor.«

Lindy hob den Arm, zeigte ihm die leere Hand, vollführte eine blitzschnelle Bewegung – und plötzlich hielten ihre Finger einen Apfel.

»Sie haben recht: Ich zaubere.« Sie bot den Apfel Athene an, und das geflügelte Roß schnappte danach. Es knirschte laut – die Frucht existierte also wirklich, war fest und massiv, kein Trugbild. »Die reinste Magie, nicht wahr?«

»Ein guter Trick«, sagte Jim anerkennend. »Beherrschen Sie auch noch andere?«

»Natürlich. Mein Repertoire beschränkt sich keineswegs nur auf Obst und Gemüse.« Sie musterte den Captain und schmunzelte. »Sie kennen inzwischen die anderen Darsteller, aber Sie wissen noch nicht, welche Rolle ich spiele. Ich bin die Magierin.«

Jim nickte langsam. »Sie haben mir gerade Ihre Fähigkeiten bewiesen. Wenn ich eine Karte für die Vorstellung in Starbase Dreizehn bekommen kann, möchte ich einen Platz in der ersten Reihe.«

»Wir wären gern bereit, die Besatzung der *Enterprise* mit einer Show zu unterhalten«, sagte Lindy. »Aber bisher hat uns niemand darum gebeten.«

Jim nahm Haltung an. »James T. Kirk, Kommandant des Raumschiffes *Enterprise*, bittet Amelinda Lukarian und die Warpschnelle Klassische Varietégesellschaft, seine Mannschaft mit einer Darbietung zu erfreuen.« Er grinste, stand wieder entspannt. »Aber ich möchte nicht, daß Sie sich zu irgend etwas verpflichtet fühlen.«

»Wir haben die ganze Zeit darauf gewartet, daß Sie uns fragen!« Lindy lachte. »Jim, wir sind an zwei Aufführungen pro Tag gewöhnt, daran, am Abend aufzutreten, anschließend im wahrsten Sinne des Wortes die Zelte abzubrechen, die ganze Nacht über im Zug unterwegs zu sein und am nächsten Morgen erneut auf der Bühne zu stehen. Soviel Freizeit wie jetzt hatten wir schon seit Jahren nicht mehr, und das macht uns alle nervös.«

»Sagen Sie mir einfach, was Sie brauchen.«

Die junge Frau rieb das Vogelpferd ab, klopfte ihm einmal mehr auf die Schulter. Das Stroh knisterte unter Athenes Hufen, als sie zurückwich und auf einer weiteren Proteinkapsel kaute.

Lindy hockte sich auf die Brüstung.

»Wir benötigen ein Theater mit Garderobe und anderen Räumen hinter dem Vorhang...« Innerhalb weniger Minuten beschrieb sie die Voraussetzungen für eine Varietéshow.

»Dazu ist viel Organisationsarbeit nötig, nicht wahr?« fragte Jim. »Sie kommen gut damit zurecht.«

»Übung macht den Meister. Inzwischen ist alles Routine.«

»Haben Sie Ihrem Vater geholfen?«

»Wie man's nimmt...« Sie saß rittlings auf der Begrenzungsstange. »Mein Vater gehörte zu den Gründern unserer Gruppe. Er ging ganz in seiner Tätigkeit auf, bewarb sich sogar um die Stellung des Geschäftsführers. Aber als die Sache ins Rollen kam, verlor er das Interesse daran. Außerdem blieb der von ihm erhoffte Erfolg aus, und das dämpfte seinen Enthusiasmus. Irgend jemand mußte einspringen, dafür sorgen, daß alles glatt ging.«

»Und deshalb übernahmen Sie die Verantwortung.«

Lindy zuckte mit den Achseln.

»Kam es dadurch zu einem Streit?«

»Ja. Aber das spielt keine Rolle. Unsere Gruppe ist eine Kooperative. Es gibt keinen Eigentümer, der seine Entscheidungen gegen den Willen der anderen durchsetzen kann. Es wird diskutiert und dann gemeinsam beschlossen.«

»Was wurde aus Ihrem Vater?«

»Er ging, treibt sich irgendwo herum.« Lindy sprach ganz beiläufig, aber Jim spürte die Gefühlsaufwallung in ihr.

»Es war bestimmt sehr schwer für Sie...«

»Nein, eigentlich nicht. Um ganz ehrlich zu sein: Inzwischen ist es recht leicht. Wissen Sie, ich trage nicht nur Verantwortung, sondern habe auch Autorität. Und daß Dad ging, überraschte niemanden. Man muß ihm zugute halten, daß er bis zu meinem achtzehnten Geburtstag wartete, bevor er sich aus dem Staub machte. Vermutlich fiel es ihm nicht gerade leicht, sich all die Jahre zu gedulden, gebunden zu sein.«

Es gelang der jungen Frau gut, ihren Schmerz zu verbergen. Oder fühlte sie sich tatsächlich nicht im Stich gelassen? Jim bemitleidete sie, fühlte sich dadurch noch mehr zu ihr hingezogen.

»Die Dinge haben sich kaum verändert«, fuhr Lindy fort. »Und schließlich sahen meine Kollegen kein Kind mehr in mir, sondern eine gleichberechtigte Partnerin.«

»Ihr Vater hätte wenigstens mit Ihnen reden können, bevor er verschwand.«

»Vielleicht wollte er mich nicht dazu zwingen, zwischen ihm und der Gruppe zu wählen. Vielleicht wußte er, welche Entscheidung ich getroffen hätte.« Sie lehnte sich an die rückwärtige Wand des Reparatursegments, zog die Knie an, stützte beide Füße auf die Brüstung und achtete nicht darauf, daß sie in dieser Stellung leicht den Halt verlieren konnte. »Ich liebe unsere Gesellschaft, Jim. Ich liebe alle, die ihr angehören. Künstler und Schausteller unterscheiden sich von allen anderen Leuten. Sie sind zu Dingen imstande, die ihren Mitbürgern verwehrt bleiben. Wenn wir auftreten, machen wir das Publikum glücklich. Und ich glaube – ich weiß! –, daß sich irgendwann der große Erfolg einstellt, wenn wir die Hoffnung nicht aufgeben, uns weiterhin bemühen.«

»Ich möchte nicht mit Ihnen tauschen«, sagte Jim. »Es wäre nicht besonders angenehm, einen Befehl zu erteilen und dann zu erleben, wie sich die Besatzung versammelt und darüber diskutiert, ob sie meine Order ausführen soll.«

Lindy schmunzelte. »Das könnte passieren. Aber für gewöhnlich geschieht so etwas nicht. Künstler sind froh, wenn jemand anders die Entscheidung für sie trifft. Sie mögen es nicht, Anweisungen zu bekommen, doch es gefällt ihnen, wenn sich jemand um sie kümmert.«

»Wie sind Sie Magierin geworden?«

»So wie ich auch Geschäftsführerin wurde — durch meinen Vater. Er ist unheimlich gut, Jim! Sie sollten ihn mal sehen. Er kann Kunststücke, die außer ihm niemand beherrscht.« Lindy lachte laut. »Ich meine... Das Publikum glaubt manchmal, er sei zu echter Magie in der Lage, obwohl es die Leute natürlich besser wissen. Und wer nichts von Zaubertricks versteht, hält solche Darbietungen für schlichtweg unmöglich. Obwohl mein Vater häufig den Gegenbeweis angetreten hat. Noch heute sind mir viele seiner Vorführungen ein Rätsel.«

»Er scheint ein bemerkenswerter Mann zu sein«, sagte Jim.

»Und ob. Ich wünschte, Sie könnten ihn kennenlernen...« Lindy unterbrach, stützte das Kinn auf die Knie. »Die letzte Bemerkung nehme ich zurück. Vielleicht ist es besser, daß Sie sich *nicht* kennen. Ich bezweifle, ob Sie miteinander auskämen.«

»Was meinen Sie damit?«

»Manchmal ist er sehr... schwierig.«

»Und ich?«

Die junge Frau lächelte. »Sie teilen diese Charaktereigenschaft.«

»Nun, damit haben Sie wahrscheinlich recht«, gestand Kirk ein. »Es hängt mit der Arbeit zusammen.«

Athene hatte genug von Proteinkapseln, kehrte zu Lindy zurück und stubste sie an. Sie gab dem Vogelpferd eine Möhre.

»Wie begann Ihre Gruppe?« erkundigte sich der Captain. »Es ist doch eine recht ungewöhnliche Idee, eine Unterhaltungstradition fortzusetzen, die seit Jahrhunderten als altmodisch gilt.«

»Ob Sie's glauben oder nicht: Es gibt viele Leute, die in unserer Branche tätig sind. Manche von uns fangen als Hobby damit an, und einige der klassischen Darbietungen sind an die Erfordernisse unseres modernen Zeitalters angepaßt worden. Marcellin lehrte Pantomimik in der Theatersektion der australischen Monash Universität. Darüber hinaus wurden viele Zauber- und Steptanzklubs gegründet, und das Jonglieren erfreut sich allseits großer Beliebtheit.«

»Selbst bei Vulkaniern«, fügte Jim trocken hinzu.

»Was die Idee betrifft: Lange Zeit kam niemand auf den Gedanken, solche Künstler zu einer Gruppe zusammenzufassen und professionelle Vorstellungen zu geben. Als mein Vater, Marcellin und Newland den Einfall hatten...«

»Newland? Meinen Sie Mr. Rift mit den ›Hündchen‹?«

»Ja.«

»Ich hab' ihn gar nicht für so in...« Jim brach ab, als er begriff, daß er erneut sprach, ohne vorher nachzudenken. »Er erschien mir nicht wie ein Unternehmer«, sagte er verlegen.

»Eigentlich fehlt ein richtiger Unternehmer in unserer Gruppe«, stellte Lindy fest. »Selbst mein Vater war keiner. Genau darin besteht eins unserer Probleme. Aber Newland... Er ist das verläßlichste, solideste und vernünftigste Mitglied unserer Gesellschaft. Nur in Hinsicht auf seine Hunde verhält er sich manchmal wie ein Narr — was er selbst zugibt. Man kann leicht einen falschen Eindruck von ihm gewinnen...«

»In der Tat«, brummte Jim.

»Doch ohne ihn hätten wir es nicht so weit gebracht. Er ermutigte mich, den Posten der Managerin zu übernehmen — obwohl er selbst Geschäftsführer hätte werden können. Er meinte, seine Zeit werde ganz von Philomelas Kindern und den Hündchen beansprucht. Aber ich halte das nur für eine Ausrede. Er wollte nicht gegen mich kandidieren, weil er wußte, daß die Wahl der Gruppe auf ihn gefallen wäre.«

»Philomela«, sagte Jim. »Ich bin ihr neulich beim Abendessen begegnet, nicht wahr?«

»Ja. Unsere Sängerin, erinnern Sie sich? Newland ist ihr Mann.«

»Ich weiß, wie falsch es ist, andere intelligente Wesen allein nach ihrem Erscheinungsbild zu beurteilen«, meinte Kirk. »Aber offenbar muß ich in Hinsicht auf mein eigenes Volk noch einige Lektionen lernen.«

»Newland ist enorm, nicht wahr? Ich glaube, er genießt den Eindruck, den er auf andere Leute macht. Außerdem eignet er sich für Publicity.«

»Ist er wirklich das, was er zu sein scheint?«

»Mhm. Er stammt aus einer kanadisch-japanischen Familie. Die Traditionalisten reagieren eher unsicher auf einen rothaarigen Sumo-Ringer, aber nachdem er mehrere Jahre lang an Wettkämpfen teilnahm, gewann er ihre Anerkennung. Nun, er kämpft nicht mehr, doch er meditiert noch immer, legt großen Wert auf sein Seelenleben.«

Der Captain schüttelte den Kopf. »Eine erstaunliche Gruppe.«

»In gewisser Weise muß man einzigartig sein, um eine berufliche Tätigkeit zu wählen, die derart aus dem Rahmen fällt«, sagte Lindy. »Meine Kollegen nehmen ihre Arbeit sehr ernst, sind manchmal geradezu davon besessen. Und sie sind einzigartig. Aus diesem Grund bin ich bei ihnen geblieben, Jim — selbst nachdem mein Vater uns verließ. Ich liebe unsere Varietégesellschaft und alle, die ihr angehören. Nun, fast alle.«

»›Fast‹ alle?«

Die junge Frau errötete. »Das hätte ich nicht sagen sollen.«

»Darf ich raten?« fragte Jim und lächelte.

»Wahrscheinlich wissen Sie bereits Bescheid«, erwiderte

Lindy. »Wie ich hörte, führten Sie neulich eine politische Diskussion mit ihm.«

»Wenn Sie mir die makabre Neugier verzeihen: Wo haben Sie Mr. Cockspur aufgelesen?«

»Dad fand ihn.«

»Tja, wenn er gut ist... Man kann über viele Dinge hinwegsehen, wenn die betreffenden Personen fähig sind.«

»Gut!« Lindy lachte. »Für gewöhnlich sind ›gut‹ und ›neo-shakespearisch‹ Begriffe, die sich gegenseitig ausschließen.«

»Was meinen Sie mit ›neo-shakespearisch‹?« fragte Kirk verwundert.

»Diese Bezeichnung verwendet man, wenn jemand Shakespeare für ein modernes Publikum ›interpretiert‹. Mr. Cockspur findet großen Gefallen daran, die alten Texte neu zu übersetzen.«

»Ist er so schlecht?«

»Warten Sie's ab«, sagte Lindy unheilvoll.

Irgendwie verstrichen zwei Stunden, ohne daß sich Jim dessen bewußt wurde. Es machte ihm großen Spaß, mit Lindy zu sprechen, ihr zuzuhören. Er ließ sich fast dazu hinreißen, ihr von Carol Marcus zu erzählen, überlegte es sich dann aber anders – ohne recht zu wissen warum. Er fand die junge Frau immer reizender und glaubte, daß sie ihn ebenfalls mochte; und doch wahrte er eine gewisse Distanz zu ihr, schreckte davor zurück, seine Empfindungen zu erklären.

Er berichtete ihr von Sam und Winona, von seinem Vater und Gary. Und plötzlich schilderte er die Ereignisse bei Ghioghe.

»Ich begriff, daß die anderen von Bord gegangen waren, aber mir wurde auch klar, daß ich mein Schiff verloren hatte. Ich verfluchte mich selbst dafür, so schwer verletzt zu sein, daß ich nicht mehr aus eigener Kraft gehen konnte. Blut strömte mir in die Augen, verschleierte alles. Ich schrie – ich dachte wenigstens, daß ich schrie, aber eigentlich war das gar nicht möglich, denn mir fehlte Luft –, schrie im Schiff und im Zerstörungschaos: ›Los schon, bringen wir es endlich hinter uns!‹ Dann kam Gary. Und *er* warf mir vor, zu schwer verwundet zu sein, um selbst zu gehen. Ich erinnere mich nur noch daran, daß er sagte, er sei zurückgekehrt, um mich um Hilfe zu bitten, und statt dessen hätte ich ihm die ganze Arbeit überlassen.« Jim versuchte zu lächeln, gab sich als ein mit allen Wassern gewaschener Veteran, den so leicht nichts erschrecken konnte, der abenteuerliche Geschichten erzählte. Aber die Erinnerungen an Ghioghe waren noch immer zu intensiv, zu deutlich, zu schmerzhaft. Die Ereignisse bei Ghioghe stellten kein Abenteuer dar, sondern eine entsetzliche, grauenhafte Katastrophe.

Eine Katastrophe, die sich hätte vermeiden lassen.

»Gary schleppte mich aus dem Kontrollraum«, fuhr Jim etwas leiser fort. »Wir waren die letzten Personen an Bord... die letzten Überlebenden. Das Schiff, die *Lydia Sutherland,* ein kleiner Kreuzer... er brach um uns herum auseinander. Gary legte mich in die Rettungskapsel, schob sich an meine Seite und löste das Katapult aus. Er verhinderte, daß ich noch mehr Blut verlor...« Geistesabwesend berührte Kirk die Narbe auf seiner Stirn. »Ich dachte, es sei alles in Ordnung mit ihm. Ich sah eine kleine Wunde, dicht unterhalb der Rippen; sie schien nicht besonders schlimm zu sein. Doch dann...« Er holte tief Luft, erzitterte unter der Wucht der Erinnerung. Vergeblich trachtete er danach, die Schreckensbilder aus sich zu verbannen. »Ein Schleicher hatte ihn getroffen. Eine Terroristenwaffe. Sieht unbedeutend aus, harmlos. Das Projektil durchschlägt die Haut, bohrt sich in den Körper und sucht nach Herz, Rückgrat oder Gehirn. Dort explodiert es.« Er entsann sich an die leise, dumpfe Detonation, an die gelinde Überraschung im Gesicht seines Freunds.

»Er blutete... Ich öffnete sein Hemd. Komisch: Der Schleicher bereitete ihm große Qualen, hatte aber nicht einmal den Stoff zerrissen.« Kirk erinnerte sich an das warme Blut Garys. »Ich konnte sein Herz sehen«, hauchte er. »Mit jedem Pochen pumpte es mehr Blut durch den Riß in einer Arterie. Ich wußte nicht, was ich machen sollte, begriff nur, daß die Ader anders aussehen sollte. Ich umfaßte sie, hielt sie zusammen.«

»Es ist vorbei«, sagte Lindy. Sie berührte ihn am Arm, eine kurze, zaghafte Geste des Trostes. »Jetzt ist alles vorbei, Jim.«

»Ja.« Wieder strich er mit den Fingerkuppen über die Stirnnarbe. »Pille versicherte mir, sie verschwände bald.« Er rang sich ein Lächeln ab. »Gary hatte Glück. Wenn der Schleicher mit einer Strahlungskomponente ausgestattet gewesen wäre, hätte die Regeneration keinen Zweck gehabt. In dem Fall...«

Er wünschte sich, erneut von Lindy berührt zu werden. Er mochte es, ihre Hände zu spüren. Er mochte den Glanz ihrer Augen, ihren mitfühlenden Blick. Er mochte ihr Haar, das wie filigrane Seide herabreichte und schwarz schimmerte, hier und dort auch purpurnes, goldenes und grünes Glitzern zeigte. Dann stellte er plötzlich fest, daß Tränen über ihre Wangen rannen, Tränen des Mitleids, des Grauens, der Ungläubigkeit. Nein, es war nicht in dem Sinne Ungläubigkeit: Verstand und Empfinden der jungen Frau lehnten es ab, derartige Vorstellungen zu teilen.

»Es tut mir sehr leid, daß Sie so etwas erleben mußten«, sagte sie. »Ihr Freund...«

»Lindy, ich... ich hätte Ihnen gar nichts von Ghioghe erzählen sollen. Bitte entschuldigen Sie. Das alles betrifft Sie nicht...«

»Aber es mußte aus Ihnen heraus«, erwiderte sie schlicht.

Am anderen Ende des Korridors glitt das Schott auf und schloß sich wieder.

»Lindy?« rief Stephen.

»Ich bin hier drüben.«

Jim fühlte sich enttäuscht und erleichtert zugleich. Es überraschte ihn, welche Anziehungskraft von der jungen Frau ausging, wie bereitwillig er ihr nachgab — obwohl noch immer die seelische Wunde schmerzte, die ihm Carol zugefügt hatte. Außerdem: Lindy schien sich darüber zu freuen, daß der vulkanische Jongleur kam.

Ich hätte ihr nicht von Ghioghe berichten dürfen, wiederholte er in Gedanken. Was bin ich doch für ein Narr gewesen.

Stephen schlenderte auf sie zu. Ilya hockte auf seiner Schulter, schien nicht die geringste Mühe zu haben, das Gleichgewicht zu wahren.

»Kann ich Athene zurückbringen?« fragte Lindy.

»Jederzeit.«

Die Zauberkünstlerin sprang von der Brüstung herunter, trat auf das Vogelpferd zu. Athene spürte ihre freudige Aufregung. Sie erzitterte, spannte die Muskeln an, breitete erwartungsvoll die Schwingen aus. Lindy berührte sie an Schnauze und Nacken.

»In Ordnung«, sagte sie. »Öffnet die Tür.«

Sie führte Athene aufs verwandelte Shuttledeck, und das geflügelte Roß ging langsam, setzte die Hufe vorsichtig auf. Die Schwingen zitterten, als sich das Tier mit der Behutsamkeit eines Drahtseilakrobaten bewegte. Felspartikel knirschten unter ihr.

Das Vogelpferd schnaubte.

»So ist es schon besser, nicht wahr?« fragte Lindy. Sie grub die eine Hand in Athenes Mähne, trieb sie an, ließ sie auf dem gleichen Weg zurückkehren, um festzustellen, ob die Hufe die weiche Masse bis zum Stahlboden durchdrangen.

»Jetzt oder nie.« Sie ließ die Mähne des Flügelrosses los und wich beiseite.

Einige Sekunden lang stand Athene ganz still, den Kopf aufgerichtet, die Ohren zurückgestülpt. Schließlich breitete sie erneut die Schwingen aus, schlug versuchsweise damit. Jim hörte ein leises Rauschen, das Knistern von Federn. Dann legte das Vogelpferd die Flügel an und sprang nach vorn.

Es galoppierte so schnell, daß Kirk befürchtete, es müsse an die gegenüberliegende Wand prallen. Aber im letzten Augenblick streckte es die Vorderläufe, wirbelte sterilen Boden auf, neigte die Schwingen, als setze es zur Landung an. Athene gab ein wieherndes Krächzen von sich, wirbelte herum und stürmte in die andere Richtung, geradewegs auf Lindy zu.

Es blieb dem Captain nicht genug Zeit zu reagieren, eine Warnung zu rufen. Athene erreichte die junge Frau, und Lindy griff nach der Mähne, schwang sich rittlings auf ihren Rücken. Sie klemmte die Beine unter die Flügel, breitete die Arme weit aus, während das Pferd durch den Hangar lief.

Athene blieb ruckartig stehen, warf den Kopf hoch und schnaubte erneut. Schweiß glänzte auf Schultern und Flanken. Die scharlachroten Nüstern dehnten sich, als das geflügelte Roß atmete.

Lindy streichelte den Nacken des Tiers, trieb es wieder an. Mähne und Schweif wehten, als Athene mit ausgebreiteten Schwingen übers Deck trottete, jedesmal einen Sekundenbruchteil zögerte, bevor sie die Hufe aufsetzte. Durch diese kleinen Pausen hatte es den Anschein, als schwebe sie zwischen den Schritten, als könne sie wirklich fliegen.

Lindy sah auf. Dutzende von Besatzungsmitgliedern der *Enterprise* standen in den Beobachtungsfluren und auf dem Laufsteg weiter oben. Athene lief nun dicht an der Wand entlang, und die junge Frau auf ihrem Rücken winkte dem Publikum zu. Jim erkannte McCoy, Sulu, Uhura, Cheung, Janice Rand und auch Spock. Offenbar hielt sich niemand mehr in Kontrollraum auf, und der Computerpilot steuerte das Schiff. Aber bei dieser besonderen Gelegenheit hatte Kirk nichts dagegen einzuwenden.

»Sie ist bemerkenswert, nicht wahr?« sagte Stephen und deutete auf Athene. Jim stellte erst jetzt fest, daß der vulkanische Jongleur neben ihm stand.

»Ja, das ist sie in der Tat«, bestätigte er.

KAPITEL 8

Spät an jenem Bordabend verließ Commander Spock die Brücke und kehrte in seine Kabine zurück. Zwar konnte er mehrere Tage lang arbeiten, ohne sich auszuruhen, doch um seine vollständige intellektuelle Leistungsfähigkeit zu bewahren, brauchte er jede Nacht einige Stunden Schlaf und Meditation. Während der vergangenen Tage hatte er auf Ruhe verzichtet, und was die Meditation betraf: Gedanken in bezug auf Stephen erfüllten ihn nicht etwa mit gleichmütiger Gelassenheit, sondern induzierten Nervosität. Spock beschloß, seinen inneren Frieden wiederherzustellen: Während des Fluges durch die Phalanx wollte er wachsam sein.

Er überquerte den Gravitationssims, betrat seine Unterkunft...

Und blieb abrupt stehen.

Er spürte den Unterschied, noch bevor rotes Licht die kastanienbraune Düsternis verdrängte. Jemand befand sich im Zimmer.

Eine gefleckte Katze sprang von der Koje, auf der Stephen schlief, und in der hohen Schwerkraft verursachten die großen Pfoten ein rhythmisches Pochen auf dem Boden. Ilya verharrte, leckte sich die Schulter.

Stephen hatte sich in die Bettlaken gehüllt, und nur die Locken seines blonden Haars waren zu sehen.

Spock nannte den Namen des anderen Vulkaniers – den richtigen Namen, nicht den terranischen, der einmal mehr seine Perversität bewies.

Stephen rührte sich nicht, schlief weiter.

»Wachen Sie auf.«

Ilya strich an Spocks Beinen entlang, miaute leise, beklagte sich über die Indifferenz des Universums, das vergessen hatte, einen Futternapf für ihn vorzubereiten. Spock nahm ihn auf.

»Du solltest dir deine Reisebegleiter sorgfältiger auswählen«, sagte er zu der Katze. »Insbesondere dann, wenn dich jemand an einem Einbruch beteiligt.«

»Was haben Sie vor, Spock?« Die Laken dämpften Stephens Stimme. »Wollen Sie meine Crew zur Meuterei aufwiegeln?«

»Dazu könnte ich mich durchaus entschließen – wenn ich wüßte, daß entsprechende Bemühungen tatsächlich zum Erfolg führen.« Die Katze rieb ihre Stirn an Spocks Hand, knetete seinen Arm mit langen, gewölbten Krallen, streckte den Hals, damit er sie unter dem Kinn kraulen konnte. Scharlachfarbenes Glühen spiegelte sich auf langen, spitz zulaufenden Reißzähnen wider. »Wie ich sehe, haben Sie noch immer eine Vorliebe für gefährliche Tiere.«

»Eine seltsame Bemerkung von jemandem, der einen ausgewachsenen Sehlat hielt.« Stephen strich die Laken beiseite. »Lindy erzählte mir, in Ihrer Kabine herrschen vulkanische Umweltbedingungen. Ich bin hierher gekommen, um mich aufzuwärmen. Die geringe Schwerkraft der Erdnorm macht mich schwindelig.«

Auf Spock hatte sie ähnliche Auswirkungen, aber er lehnte es ab, dies zu bedauern oder auch nur zu erwähnen.

»Man sollte eigentlich meinen, daß Sie sich durch die vielen auf der Erde verbrachten Jahre und die Fixierung auf die terranische Lebensweise an solche Dinge gewöhnt haben«, sagte er.

Stephen hob den Oberkörper, rieb sich die Augen wie ein schläfriges Kind. Viele seiner Reaktionen ähnelten denen eines Heranwachsenden. Aber derartige Personen lernten, verbesserten ihre Fähigkeiten und Disziplin, versuchten nicht etwa, aus dem Kokon der Selbstkontrolle auszubrechen.

»Nach einer Weile werden die Grenzen der Toleranz überschritten«, erklärte Stephen. »Wie nett von Ihnen, Ihre Kabine für mich offenzulassen.«

»Das hat nichts mit Ihnen zu tun. Ich benutze weder Schlösser noch elektronische Verriegelungen.«

»Das dachte ich mir schon. In bezug auf die Achtung von Bräuchen und Traditionen — selbst dann, wenn sie den Umständen widersprechen — sind Sie das sturste Individuum, das ich kenne.«

»Woher wußte Miß Lukarian, daß in meiner Kabine ein vulkanisches Ambiente existiert?« erkundigte sich Spock.

»Das wollte ich *Sie* fragen.« Stephen faltete die Hände hinterm Kopf und lehnte sich an die Wand.

»Ich habe keine Ahnung«, erwiderte der wissenschaftliche Offizier.

»Vor einigen Jahren wäre es mir mit einer solchen Anspielung gelungen, Sie zu einer emotionalen Reaktion zu veranlassen. Sie beherrschen sich gut.« Stephen zuckte mit den Schultern. »Es freut mich, daß Sie wenigstens wieder mit mir sprechen.«

»Wäre das nicht der Fall, könnte ich Sie kaum auffordern, von hier zu verschwinden.«

»Meinen Sie damit Ihre Kabine oder das Schiff?«

»Ersteres genügt. Letzteres wäre wünschenswert.«

»Sie sind wegen heute nachmittag sauer auf mich, nicht wahr? Sie dachten, ich würde den anderen Ihren persönlichen Namen verraten.«

»Zuerst einmal: Ich werde nicht ›sauer‹«, erwiderte Spock. »Zweitens: Es gibt keinen Aspekt Ihres Verhaltens, der mich überraschen könnte. Drittens: Nur wenige Besatzungsmitglieder dieses Schiffes verstünden die Bedeutung meines persönlichen Namens. Hinzu kommt, daß sie aller Wahrscheinlichkeit nach nicht in der Lage wären, ihn richtig auszusprechen oder ihn im Gedächtnis zu behalten.«

Stephen lachte leise. »Jetzt sind Sie wirklich verärgert.«

»Ich habe wichtigere Dinge zu tun, als mir Ihr Gefasel anzuhören«, sagte Spock. »Wenn Sie nicht gehen, verlasse ich diese Kabine.«

Stephen brummte und strich die Laken beiseite. »Ihnen fiele kein Zacken aus der Krone, wenn Sie mich hier schlafen ließen.« Verdrießlich verzog er das Gesicht, erhob sich und deutete auf den Meditationsstein. »Sie benutzen nicht einmal Ihre Koje. Vermutlich wollen Sie Ihre Disziplin beweisen, indem Sie sich auf dem verdammten Ding da ausstrecken.« Er stakte zur Tür. »He, Ilya, Kätzchen – komm mit.«

Das Tier schnurrte in Spocks Armen, fuhr die langen, gewölbten Krallen aus und knetete den Ärmel. Es ignorierte die Aufforderung des vulkanischen Jongleurs, ließ sich weiterhin streicheln.

Spock hob die Katze an. »Warum bestehen Sie auf diesem Theater?« fragte er, als er Ilya Stephen reichte. »Sie machen sich dadurch nur lächerlich.«

Der Gesichtsausdruck des Jongleurs verhärtete sich plötzlich, und die blauen Augen blickten eisig. Doch wenige Sekunden später befreite er sich wieder von der vulkanischen Starre.

»Kümmern Sie sich um Ihre eigenen Angelegenheiten, Spock«, sagte er.

Als Stephen in den Korridor zurückgekehrt war, entspannte sich der wissenschaftliche Offizier auf dem Meditationsstein und ließ seine Gedanken in die Trance treiben. Der schmalen Liege und den zerknitterten Laken schenkte er überhaupt keine Beachtung.

Der Direktor des Aufsichtskomitees beschäftigte fähige Spione.

Einer seiner besten Einsatzagenten, ein verschleierter Rumaiy, dessen Namenlosigkeit der Direktor respektierte, zerrte ein Geschöpf herein, das sich durch einen eklatanten Mangel an Eleganz auszeichnete. Der Rumaiy verneigte sich steif und mit einem Minimum an Höflichkeit, stieß den Gefangenen auf die Knochenkacheln und preßte ihm den Stiefel in den Nacken.

»Grüß diejenigen, deren Macht du ausgeliefert bist«, sagte er. Die drei Schleierlagen aus schimmernder Gaze dämpften den drohenden Klang der Stimme nur unwesentlich. Der Gefangene neigte den Kopf zum glänzenden Boden herab.

»Er soll aufstehen«, knurrte der Direktor.

Der Rumaiy wiederholte die Anweisung, und sein Vorgesetzter freute sich über die Loyalität dieses Mannes – auch wenn sie sich vielleicht nur darauf beschränkte, ihm zu Diensten zu sein.

Der junge Gefangene kniete zitternd, trug die Kleidung eines einfachen Kaufmanns.

»Es ist mir keine Freude, Sie mit seiner Geschichte vertraut zu machen«, sagte der Rumaiy. »Sie wird Ihnen nicht gefallen.«

»Trotzdem werde ich sie anhören.«

Die Stirnhöcker des Gefangenen senkten sich, ein deutliches Anzeichen von Furcht. Flehentlich hob er die gefesselten Hände.

»Herr, wenn ich Ihnen die Wahrheit sage, werden Sie mich töten, obgleich es viele andere Zeugen gibt und es unmöglich wäre, sie alle zu finden. Aber wenn ich lüge, stellen Sie irgendwann fest, daß ich nicht aufrichtig gewesen bin, und auch das würde den Tod für mich bedeuten. Ich muß also entscheiden, welche Alternative mir einen rascheren und möglichst schmerzlosen Tod beschert. Vielleicht sollte ich überhaupt nichts sagen und schweigen.«

Der Direktor gab dem Spion ein Zeichen, hinderte ihn daran, seinen Stiefel in die Rippen des jungen Kaufmanns zu bohren.

»Ich versichere dir: Schweigen wäre die schlechteste Wahl, die du treffen könntest«, brummte der Direktor. »Sag mir die Wahrheit. Wenn mein Einsatzagent deine Geschichte bestätigt und ich es für notwendig halte, dich zu töten, verspreche ich dir ein Ende ohne Pein und Qual.«

Der Gefangene ließ die Schultern hängen, gab offenbar die Hoffnung auf, mit Tapferkeit sein Leben zu retten. Dennoch mußte ihm der Direktor einen gewissen Respekt zollen, denn die Worte des Mannes bewiesen einen Mut, der für die Angehörigen der Händlerklasse keineswegs typisch war.

»Heraus damit«, forderte der Repräsentant des Aufsichtskomitees.

Die Geschichte bestätigte die schlimmsten Befürchtungen des Direktors, schilderte die verwerflichen Ausschweifungen seines Sohnes.

»... und dann, Herr, als er wußte, daß er sein Schiff verloren hatte, Herr, griff er sie von hinten an. Sie verteidigte sich. Aber sie tötete ihn nicht etwa, sondern bot ein Duell an, meinte, sie wolle seine Lebensscheibe auf faire Weise erringen. Sie wählte Blutmesser, und ihre Klinge war dunkel. Die Tönung erschreckte den Offizier. Als das Signal kam, begann er nicht wie vorgesehen den Kampf, warf statt dessen sein Messer. Er griff in die Innentasche seiner Weste, holte eine Energieschleuder hervor. Aber die Frau wehrte den Angriff ab und bewegte sich so schnell, daß der Offizier nicht mehr die geringste Chance hatte. Er starb nur einen Sekundenbruchteil später. Herr, es tut mir leid, Herr.«

»Was geschah anschließend mit der Zweikampfpartnerin?«

»Sie nahm die Scheibe und zeigte sie der Mannschaft des Schiffes. Daraufhin schwor man ihr Treue.«

»Wo ist sie jetzt?«

»Herr, ich weiß nicht, Herr, aber...« Der Gefangene holte verängstigt Luft. »Vor dem Spiel, vor dem Duell, unterhielten wir uns. Sie fand mich... amüsant, bot mir ihren Rat an, meinte, nahe der Föderationsphalanx ließe sich recht einfach Beute machen. Sie sagte, Starfleet und das Imperium ignorierten die dortigen Ereignisse, um einen Konflikt über umstrittenes Territorium zu vermeiden...«

»Sei still«, hauchte der Direktor. Und dann: »Du bist ein aufmerksamer Beobachter.« Er dachte eine Zeitlang über die Informationen nach. »Das Duell... gab es noch andere Zeugen?«

»Ja, Herr. Viele.«

»Wie kommt es dann, daß du hier bist und sonst niemand?«

»Ich wußte es nicht besser.«

»Was meinst du damit?«

»Es war mein erster Besuch im Arktur-System. Ich hoffte auf schnelle Geschäfte, auf einen guten Profit. Ich dachte, ich könne es mir nicht leisten, ohne eine volle Börse zu verschwinden. Und jetzt werden meine Knochen Ihren Boden zieren.« Der Gefangene versuchte vergeblich, eine Mischung aus Resignation und Erheiterung zur Schau zu tragen.

»Ich verstehe.« Der Direktor drehte sich um, trat an eine Wand heran und starrte mehrere Sekunden lang auf ein dunkles Bild. »Meine Spione sind überall – was deine Anwesenheit hier beweist.« Er wandte sich wieder um. »Ist dir das klar?« Der junge Mann vollführte eine Geste unterwürfiger Zustimmung.

»Steh auf.«

Er kam der Aufforderung nach, zitterte noch heftiger.

Der Direktor öffnete die elektronischen Handfesseln. »Fortan wird einer meiner Spione ständig in deiner Nähe weilen. Wenn du irgend jemandem von dem Duell erzählst, erfahre ich sofort davon. Und dann erwartet dich ein langsamer und schmerzvoller Tod.«

Der Gefangene riß in ungläubigem Erstaunen die Augen auf.

»Gnade ist ungewöhnlich«, sagte der Direktor, »aber ich bin ein ungewöhnlicher Mann. Du sollst mit dem Leben davonkommen.«

»Herr?«

»Heute füge ich meinem Boden keine Knochen hinzu!« Das Oberhaupt des Aufsichtskomitees wartete, bis der Gefangene begriff, daß er nicht mehr in Lebensgefahr schwebte. »Doch eines Tages verlange ich vielleicht eine Gegenleistung von dir. Verstehst du?«

»Ja, Herr. Vielen Dank, Herr.« Die Stimme des Gefangenen vibrierte vor Erleichterung.

»Geh jetzt. Kehr nach Hause zurück. Und noch etwas: Als Schmuggler taugst du nicht viel.«

Der junge Mann wich langsam zurück, und seine Sandalen kratzten über die weißen Kacheln. In der Tür wirbelte er um die eigene Achse und floh. Seine hastigen Schritte verhallten in der Ferne.

Der Direktor beobachtete den Spion. Die dicken Schichten des Schleiers verbargen die Züge des Rumaiy. »Warum bereitet dir diese Geschichte kein Vergnügen?«

Ein weniger ehrenhafter Mann, der Takt für eine größere Tugend hielt, hätte nun falsches Beileid für den schändlichen Tod des Offiziers ausgesprochen.

»Die Renegatin heißt Koronin«, erwiderte der Spion statt dessen. »Sie zeigt offen ihr Gesicht — obgleich sie zu den Rumaiy gehört.«

Jim wälzte sich auf seiner Koje hin und her, richtete sich schließlich in der Dunkelheit auf und warf einen kurzen Blick zur Uhr. Noch dreißig Minuten. Er überlegte, ob er sich wieder hinlegen und noch ein wenig schlafen sollte, doch dann dachte er erneut daran, daß die *Enterprise* in einer halben Stunde die Phalanx erreichte. Seit der Fertigstellung von Starbase Dreizehn hatten es offizielle Kampfeinheiten der klingonischen Oligarchie nicht mehr gewagt, Starfleet-Schiffe anzugreifen, und Kirk hielt es für eher unwahrscheinlich, daß es nun zu einem Zwischenfall kam, der einen interstellaren Krieg heraufbeschwören mochte. Selbst Raumpiraten beschränkten sich bei ihren Überfällen nur auf unbewaffnete Transporter und Handelsschiffe. Schlimmstenfalls ließ sich ein klingonischer Abtrünniger dazu hinreißen, sich die *Enterprise* aus der Nähe anzusehen. Und selbst wenn irgendein Narr verrückt genug war, eine Einheit der Constellation-Klasse anzugreifen: Die Sensoren würden rechtzeitig davor warnen, dem Captain Zeit genug geben, sich in aller Ruhe anzuziehen und die Brücke aufzusuchen.

Aus diesen Gründen hatte Jim entschieden, die normale Routine seines Schiffes nicht zu verändern.

Doch jetzt regten sich Zweifel in ihm. Angenommen, die Piraten schlossen sich gegen den Starfleet-Verkehr in der Phalanx zu einem Bündnis zusammen? Eine eigentlich absurde Vorstellung – aber nicht ganz von der Hand zu weisen. Und wenn die Oligarchie einen Überraschungsvorstoß plante, eine wohlüberlegte Provokation? Sicher, die Wahrscheinlichkeit dafür betrug kaum mehr als eins zu einer Million, doch andererseits...

Jim fand keine Ruhe mehr, strich die Decke beiseite, kleidete sich an und verließ seine Kabine.

Die meiste Zeit über, wenn nicht gerade Alarmzustand an Bord herrschte, arbeiteten die Besatzungsmitglieder der *Enterprise* auf der Grundlage eines normalen Tagesrhythmus. Jim hatte beschlossen, ihn auch während des Flugs in die Phalanx beizubehalten. Der Großteil der Mannschaft war im Verlauf der Hauptwache aktiv, nur wenige bei der Mittel- und Frühwache.

Jim betrat eine stille und nur matt erhellte Brücke. Das Glühen der Schirme und Anzeigen wirkte irgendwie gespenstisch, und die Instrumente flüsterten elektronisch.

Frühwache: Ein einzelner Fähnrich behielt die Geräte im Auge, dazu bereit, sofort die Offiziere zu verständigen, sollte irgend etwas Außergewöhnliches geschehen. Der Mann drehte den Kopf, als Jim hereinkam.

»Captain!« Er sprang auf, gab den Sessel des Befehlsstands frei.

»Guten Morgen Fähnrich...«

»Chekov, Sir. Pavel Andrei'ich Chekov.«

Kirk fühlte sich versucht, seine Anwesenheit im Kontrollraum zu erklären, doch dann fiel ihm ein, daß er der Captain war. Niemand erwartete von ihm, seine Verhaltensweise Untergebenen gegenüber zu erläutern. Er nahm Platz, und der Fähnrich setzte sich an die Konsole des Navigators.

Jim betrachtete das taktische Display auf dem Monitor. Die *Enterprise* hielt auf die Mitte der konzentrischen Kreise zu, die eine grafische Perspektive der Phalanx schufen.

»Wann erreichen wir das umstrittene Gebiet, Fähnrich Chekov?«

»Das hängt ganz davon ab, welche Maßstäbe Sie anlegen, Sir. Starfleet Command, die Forschungsabteilungen der Föderation, das klingonische Imperium — alle beanspruchen andere Grenzen.«

»Ich gebe mich mit den Starfleet-Daten zufrieden.«

»Wie Sie meinen, Sir. Die Starfleet-Grenzen überlappen die des Imperiums. Beide Seiten erachten die betreffenden Raumsektoren als Hoheitsgebiet. Ankunftszeit 06.19 Uhr. In zehn Minuten.«

»Danke, Mr. Chekov.«

Die beiden Türhälften des Turbolifts glitten auseinander, und Commander Spock blieb stehen.

»Guten Morgen, Mr. Spock.«

»Guten Morgen, Captain.«

Der Vulkanier nahm seinen Platz ein und aktivierte die Konsolen der wissenschaftlichen Station. Bildschirme erhellten sich.

»Woran arbeiten Sie, Mr. Spock?«

»An keinem besonderen Projekt, Captain.«

»Sind Sie bereit für den Spießrutenlauf?«

»Ich bin ziemlich sicher, daß Überfälle ausbleiben. Die hiesigen Raumpiraten ziehen leichtere Beute vor.«

Commander Spock ist ebenso nervös wie ich, will es aber nicht zugeben, dachte Jim. Vielleicht meint er, ich hätte Alarmbereitschaft anordnen sollen, aber selbst wenn das der Fall ist: Er wird sich hüten, eine entsprechende Bemerkung zu machen. Er mag taktlos sein und nicht viel auf die Gefühle anderer Personen geben, aber er handelt bestimmt nicht gegen seine eigenen Interessen. Es wäre... unlogisch, dem Kommandanten zu sagen, man hielte ihn für einen Narren.

»Noch fünf Minuten, Captain«, sagte Chekov.

Jim konzentrierte sich auf die Kontrollen des Befehlsstands, ging die Liste mit seinen Tagesaufgaben durch — und erinnerte sich erst dabei an seine Morgenklasse. Der

Leiter der Freizeitsektion hatte die sportlichen Fähigkeiten aller Besatzungsmitglieder verzeichnet, auch die des Captains. Kirk entsprach seiner Bitte, die Ausbildung einer Judo-Gruppe zu übernehmen, und übermittelte seiner Adjutantin Rand eine Nachricht, in der er sie in einem entschuldigendem Tonfall aufforderte, seine neue Pflicht im Terminkalender zu berücksichtigen.

Kirk las die kurzen Statusberichte der einzelnen Abteilungen, schaltete dann das elektronische Logbuch ein und desaktivierte es gleich wieder. Was konnte er schon melden? Daß die *Enterprise* nun in die Phalanx flog, die Sensoren keine anderen Schiffe orteten und sich der Captain langweilte?

Aber wenn ich mich langweile, dachte er, warum rast mein Puls dann so?

»Wir erreichen jetzt die Phalanx, Sir.«

Selbst Spock wandte den Blick von den Instrumenten seiner wissenschaftlichen Station ab und sah auf den großen Wandschirm.

Die *Enterprise* flog weiter, so ruhig und ungestört, als sei sie im Zentrum des Föderationsraums unterwegs und nicht etwa an seinem äußersten Rand.

Jim schmunzelte unwillkürlich, belächelte seine Erleichterung: Die Phalanx wurde gefährlicher, je tiefer man in sie eindrang, nicht umgekehrt. Er versuchte, sich in die Lage eines Raumpiraten zu versetzen: Er würde irgendwo in der Mitte angreifen, um der Föderation keine Gelegenheit zu geben, innerhalb kurzer Zeit Verstärkung heranzuführen. Seine gegenwärtige Aufregung gründete sich auf die psychologischen Aspekte, den Hauptbereich der Föderation zu verlassen, hatte praktisch nichts mit konkreter Gefahr zu tun.

Kirk stand auf, ging zum oberen Niveau der Brücke und nahm dabei jeweils zwei Stufen der kurzen Treppe. Dumpfer Schmerz pochte in seinem rechten Knie, und er nahm sich vor, mehr auf sich zu achten. Wenn er McCoy noch einen oder zwei Tage lang hinhielt, gelang es ihm vielleicht, einer neuerlichen Behandlung oder gar dem Reg-Gel zu entgehen.

Spocks Aufmerksamkeit galt wieder dem Computer. Jim lehnte sich an die Konsole neben ihm, gab sich betont lässig.

»Mr. Spock.«

»Ja, Captain?«

»An Bord eines jeden Schiffes, das ich kenne, existieren Gravitationsanomalien«, sagte er wie beiläufig. »Trifft das auch auf die *Enterprise* zu?«

»Natürlich, Sir. So etwas läßt sich gar nicht vermeiden.«

»Wo befinden sie sich?«

Der Vulkanier blendete ein technisches Diagramm auf die Schirmfläche: Es ähnelte fünf Amöben, die seltsame Dinge miteinander anstellten. Einzeller-Pornographie, dachte Jim und mußte ein Grinsen unterdrücken.

»An den Schnittpunkten der einzelnen Gravitationsfelder entstehen Überlagerungen, Knoten.« Spock deutete auf mehrere Stellen.

»Ja, ich verstehe. Aber können Sie die genauen Orte nennen?«

Wieder streckte der Vulkanier die Hand aus. »Hier, hier und... Meinen Sie – in bezug auf die physikalische Struktur des Schiffes?«

»Ja, Mr. Spock. Ich möchte... sicherstellen, daß keine Gefahr besteht.«

Der wissenschaftliche Offizier betätigte einige Tasten, und daraufhin leuchtete eine schematische Darstellung der *Enterprise* auf. »Die größte Null-*g*-Zone deckt sich mit den Koordinaten des schwerkraftlosen Laboratoriums, was auch beabsichtigt ist. Ein zweiter Knoten befindet sich in der Basis der Diskussektion. Die beiden Komponenten des symmetrischen Paars erstrecken sich an den gegenüberliegenden Seiten des Hauptrumpfes, zwei Decks unter der physischen Verbindung der Gondelstreben. Der Backbordknoten wurde in eine Kabine verlagert, in der ein extraterrestrisches Besatzungsmitglied wohnt, das Schwerelosigkeit als sehr angenehm empfindet.«

»Hm. Und der Steuerbordknoten?«

Spock sah auf die Karte. »Im Arboretum, Sir.«

»Im Arboretum?«

»Ja, Sir.«

»Danke, Commander.«

Erneut öffnete sich die Lifttür. Stephen schlenderte herein und gähnte. Die Katze hockte auf seiner Schulter. Jim bedauerte es nach wie vor, daß der vulkanische Jongleur sein Andockmanöver nicht mit der angeratenen Vorsicht durchgeführt hatte, hegte noch immer einen gewissen Groll gegen ihn. Nach Spocks Bemerkungen wäre es ihm unter anderen Umständen leichtgefallen, den außergewöhnlichen Vulkanier zu mögen, doch Stephens Verhalten hinderte ihn daran, den Gast an Bord sympathisch zu finden. Jim lehnte sich einmal mehr an die Konsole, schuf dadurch eine sichere Distanz zu Ilyas Krallen. Bei jedem Schritt des Jongleurs wankte die Katze hin und her, aber offenbar hatte sie keine Probleme damit, das Gleichgewicht zu wahren. Kirk fühlte den argwöhnischen Blick ihrer grünen Augen auf sich ruhen.

Stephen sah Spock an und hob eine Braue. »Gut geschlafen?« fragte er mit einem sarkastischen Unterton.

»Es lag nicht in meiner Absicht zu schlafen. Ich brauchte Ruhe und Zurückgezogenheit, um zu meditieren.«

»Wird es Ihnen nicht langweilig, dauernd so perfekt zu sein?«

Spock ignorierte diese Frage.

»Was führt Sie hierher?« wandte sich Jim an Stephen. »Ist es nicht zu spät dafür, in einem Ihnen fremden Raumschiff umherzustreifen?«

»Zu spät?« Stephen gähnte schon wieder. »Ist mir gar nicht aufgefallen.«

»*Pazhalsta*, Sir«, sagte Chekov. »Handelt es sich bei diesem Tier tatsächlich um einen kleinen siberianischen Tiger?«

»Ja.« Stephen blieb neben der Navigationskonsole stehen. »Er heißt Ilya.«

Chekov streckte vorsichtig die Hand aus. Die große Katze beschnüffelte ihn, schnurrte dann und ließ sich streicheln.

»Solche Geschöpfe habe ich nur in Rußland gesehen«, sagte Chekov. »Meine Kusine Pavi hält sich eins.«

»Wirklich? Sie sind recht selten.«

»Das schon. Aber Pavi hat am genetischen Institut von Wladiwostok promoviert, wo Katzen gezüchtet werden. Sie leistet ausgezeichnete Arbeit, tritt in die Fußstapfen Lysenkos!«

Überrascht hob Spock die Brauen. »Haben Sie etwas gegen Ihre Kusine, Fähnrich Chekov?«

»O nein, Sir! Manchmal kann sie einem ganz schön auf die Nerven gehen, und ich necke sie häufig, aber ansonsten ist sie ein feiner Kerl.«

»Warum sagen Sie dann, sie nähme sich ein Beispiel an Lysenko?«

»Kennen Sie ihn nicht, Sir? Ein irdischer Wissenschaftler, der ganz neue genetische Fachbereiche entwickelte.«

»Ich dachte, diese Ehre gebühre einem gewissen Gregor Mendel.«

»Oh, nein, Sir, ich bitte um Verzeihung, Sir. Lysenko entdeckte die dominant/rezessive Genvererbung, die Struktur der Desoxyribonukleinsäure und Prozesse für rekombinante DNS.«

Spock sah Chekov an, drehte sich dann wortlos zu seinen Instrumenten um. Jim gewann den Eindruck, daß der wissenschaftliche Offizier bereits ähnliche Gespräche mit dem Fähnrich geführt hatte.

»Lysenko muß ziemlich alt geworden sein«, sagte Stephen.

»Nun, ich weiß nicht.« Chekov kraulte die Katze unterm Kinn. Ilyas zufriedenes Brummen hallte laut durch die Brücke.

Allmählich wurde es heller: Die Sensoren schalteten die

normale Beleuchtung ein, reagierten damit auf den Beginn der Hauptwache.

Bordmorgen, fuhr es Jim durch den Sinn, und er dachte an die Phalanx.

Der Spion brachte weitere Informationen, und daraufhin mobilisierte der Direktor des Aufsichtskomitees seine Sicherheitsflotte — bevor die Oligarchie den Verlust des wertvollen Prototyps bemerkte.

Schon seit vielen Jahren hatte der Direktor Einsätze nicht mehr persönlich geleitet. Er begab sich aufs Kommandodeck, schenkte Weltall und Sternen keine Beachtung. Seine Gedanken galten allein Koronin, dem lebenden Beweis für die Schande seines Sohnes.

Er befahl seiner Flotte, Kurs auf die Föderationsphalanx zu nehmen.

Roswind schlief noch halb, als sie ihren Morgenmantel auf den Boden der Hygienezelle sinken ließ. Sie genoß es, die Kabine eine Zeitlang ganz für sich allein zu haben, hatte es als schier unerträglich empfunden, sie mit der Heulsuse Janice Rand zu teilen. Roswind lächelte, stellte sich Janice in der viel zu großen Uniform vor. Das sollte ihr eine Lehre sein. Befördert zu werden, obgleich andere Leute weitaus mehr Dienstzeit hinter sich hatten und fähiger waren... Sie fragte sich, zu welche Spezies ihre neue Zimmergenossin gehörte. Grüne Hautfarbe — eine Vulkanierin? Das mochte sich als interessant erweisen. Andererseits: Gab es hibernierende Vulkanier? Und außerdem galten derartige Humanoiden nicht gerade als schüchtern.

Roswind trat unter die Dusche — und spürte etwas Warmes und Glitschiges unter sich. Sie schrie, sprang zurück, von einem Augenblick zum anderen hellwach.

Ein großes, fladenartiges und grünes Wesen hatte sich auf dem Boden der Badenische ausgestreckt. Roswindes Fußabdruck war deutlich als schmale Mulde zu sehen, und an den Rändern pulsierte durchsichtige Haut. Die Frau beobachtete innere Organe, die kontrahierten, sich wieder ausdehnten.

»Was hast du hier in der Dusche zu suchen?« fragte sie ungeachtet der Gefahr, das *Etwas* so zu erschrecken, daß es sich in eine wochenlange Stasis zurückzog. Der grüne Fladen — Roswind erinnerte sich plötzlich daran, daß sie überhaupt nicht nach dem Namen ihrer neuen Stubengenossin gefragt hatte —, rührte sich nicht von der Stelle, blieb still liegen und gab keine Antwort. »Himmel, du bist noch schlimmer als Rand. Sie verstand nichts von Ultraschallduschen. Aber du ... du hältst so etwas für ein Bett!«

Jim eilte zum Freizeitdeck. Im Umkleideraum streifte er sich seinen *Gi* über — eine weiße Leinenjacke samt Hose, ›Uniform‹ für alle, die sich mit Nahkampftechnik befaßten. Als er den schwarzen Gürtel an der Hüfte befestigte, grüßte er Sulu, der sich auf seinen Fechtunterricht vorbereitete.

»Sind Sie zu dem versprochenen Duell bereit?« fragte Jim.

»Oh... sehr gern, Captain.« Sulu klang skeptisch. »Wenn wir beide dafür entsprechend gekleidet sind?«

»Ich kann mich später umziehen«, schlug Kirk vor und fragte sich, ob Sulu nach einer Möglichkeit suchte, einen diplomatischen Rückzieher zu machen. »Es sei denn natürlich, Sie sind nach dem Unterricht zu müde.«

»Müde?« wiederholte Sulu verwirrt. »Nein, Sir. Wohl kaum.«

»Dann ist ja alles klar.«

»Wie Sie meinen, Captain.«

Jim verließ den Umkleideraum, trat auf die Matte und wandte sich seinen Schülern zu.

Zuerst mußte er ihnen beibringen, wie man fiel, ohne sich dabei umzubringen. Die jungen Männer und Frauen begannen mit Vorwärtsrollen, lernten dann das Gegenstück dazu. Einige von ihnen brachten es sogar fertig, über eine zusammengerollte Matte zu hechten, ohne sich beim Aufprall zu verletzen.

Nach einer Stunde verneigten sie sich voreinander und vor ihrem Lehrer. »Für den Anfang gar nicht schlecht«, meinte Jim. »Beim nächstenmal lernen Sie noch gewagtere Sprünge — und auch einige Würfe.«

Die Schüler verabschiedeten sich und gingen.

Das Unterrichten von Neulingen gab kaum Gelegenheit, richtig in Fahrt zu kommen. Kirk war gerade erst warm geworden und suchte nun nach einer Möglichkeit, sprichwörtlichen Dampf abzulassen. Er zog sich Fechtkleidung an, schlenderte dann durch die Sporthalle, vorbei an anderen Gruppen.

Sulus Klasse bestand ebenfalls aus Anfängern, die nicht einmal wußten, wie man den Degen hielt — wohingegen der Steuermann den Anschein erweckte, als sei er ein geborener d'Artagnan. Jim sah zu, von der Technik des Lieutenants beeindruckt. Selbst die zu Demonstrationszwecken betont langsamen Bewegungsabläufe wirkten elegant und kraftvoll.

Nach den Lektionen hob Sulu die Maske, blieb auf dem Fechtsteg stehen und winkte dem Captain zu.

»Sind Sie bereit, Sir?«

»Und ob«, erwiderte Jim und dachte: Ich hab's selbst gewollt.

Die anderen Leute in der Halle bemerkten, daß etwas Interessantes begann, kamen neugierig näher.

Jim und Sulu grüßten mit ihren Degen, stülpten die Masken vors Gesicht und nahmen die *en garde*-Position ein.

Während des Zweikampfs gelang es Jim, seine Stellung einigermaßen zu halten. Für jeweils drei Punktstöße des Steuermanns gewann er einen. Schon bald war er schweißgebadet und außer Atem, aber er genoß den Wettkampf. Wahrscheinlich würde er verlieren, doch Sulu hatte ihn noch nicht geschlagen.

Das rechte Knie gab nach, und irgendwie schaffte er es, das Gleichgewicht zu halten und auf den Beinen zu bleiben. Der Schmerz stach durchs Bein, erreichte auch die Hüfte. Kirk versuchte, nicht zu hinken, duckte sich, stieß erneut zu und verfehlte Sulu um mehrere Handspannen, spürte, wie ihn die Spitze des Degens berührte.

»Touché«, sagte Jim.

»Ist alles in Ordnung mit Ihnen, Captain?«

»Ja. *En garde.*« Kirk wollte seine Niederlage keineswegs mit einem Hinweis auf seine Verletzung erklären, fürchtete, dadurch das Gesicht zu verlieren. Allmählich ließ der Schmerz wieder nach – vielleicht handelte es sich nur um einen Muskelkrampf.

Parieren, dann noch einmal. Vorstoß und Rückzug. Sulu trieb Jim über das Ende des Fechtstegs, wodurch er einen weiteren Punkt gewann. Der Lieutenant kämpfte ausgezeichnet, und Kirks Respekt nahm zu; er wußte nun, daß er es mit einem echten Meister zu tun hatte. Er rieb sich brennenden Schweiß aus den Augen, trat vorsichtig auf den Steg zurück. Das rechte Knie zitterte.

»En garde.«

Er stieß blindlings zu. Die Klinge seines Degens krümmte sich an Sulus Jacke, während er die Spitze des anderen Degens fühlte.

»Doppelter Treffer.«

Fünf Punkte für Sulu: der Sieg. Jim hatte nur zwei Punkte bekommen, und den zweiten durch reines Glück. Er hoffte, daß es eine ehrliche, faire Begegnung gewesen war, konnte aber nicht ganz sicher sein. Vielleicht setzte Sulu einen Teil seiner enormen Fähigkeiten ein, um darüber hinwegzutäuschen, nicht mit dem ganzen Geschick zu kämpfen.

Jim nahm die Maske ab, schüttelte seinem Gegner die Hand.

»Danke, Lieutenant. Ich bin stolz, daß ich die Gelegenheit hatte, mit einem wahren Champion zu kämpfen.«

»Äh, gern geschehen, Sir.«

»Irgendwann sollten wir noch einmal gegeneinander antreten«, sagte Jim – und sehnte sich vor allen Dingen nach einem Beutel mit Eis.

»Da wird gerade dabei sind, Captain... Ich muß etwas mit Ihnen besprechen.«

»Hat Unteroffizier Rand einen Termin für Sie vereinbart?«

»Ja, Sir. Aber bis dahin dauert es noch drei Wochen.«

»Bitten Sie sie darum, ihn auf einen der nächsten Tage zu verlegen. Sagen Sie ihr, ich sei einverstanden. Es tut mir leid, daß ich jetzt nicht mit Ihnen sprechen kann — mein heutiger Arbeitsplan läßt mir keinen Spielraum.«

»Es würde nur eine Minute in Anspruch nehmen...«

»Ich bedaure, Lieutenant. Nicht heute.«

Jim verließ die Sporthalle, und als er allein im Korridor war, lehnte er sich an die Wand, rieb das Knie, wischte sich Schweiß von der Stirn. Er fröstelte, als neuerlicher Schmerz durchs Bein stach, wankte in seine Kabine und verbrachte die nächste Stunde damit, das Knie zu kühlen. Dann sagte er die Untersuchung ab, die McCoy am Nachmittag vornehmen wollte.

Hikaru blieb in der Halle und wünschte sich, den Captain nicht so sehr bedrängt zu haben. Er mußte lernen, sich in Geduld zu fassen. Es beeindruckte ihn, mit welchem Anstand Kirk zu verlieren verstand, und er dachte in diesem Zusammenhang an seine letzte Gegnerin bei der Fechtmeisterschaft zurück, an den Haß in ihren Augen.

Hikaru hatte schon zu Anfang des Duells begriffen, daß er dem Captain nicht einfach so den Sieg überlassen durfte. In dem Fall machte er sich selbst und auch Kirk zum Narren. Aus diesem Grund hielt er sich zurück, nur ein wenig — und war überrascht, wie gut sich der Kommandant behauptete.

»Lieutenant Sulu!«

Er hätte fast laut gestöhnt. Jetzt war es zu spät, vor Mr. Cockspur und seinen endlosen Vorträgen zu fliehen.

»Ich habe heute morgen Dienst, Sir. Und ich muß mich beeilen, wenn ich nicht zu spät kommen will.«

»Es dauerte nicht lange, mein Junge. Ich habe Ihren Wettkampf beobachtete. Nett, ja wirklich nett — obwohl Sie an den Unterschied zwischen gut und ausgezeichnet denken sollten. Nun, was soll's. Sind Sie mit Shakespeare vertraut?«

»Äh, ja Sir.«

»Das freut mich! Ich spiele mit dem Gedanken, meine Szene zu verändern. Sie für diese Tour ein wenig kämpferischer zu gestalten. Was halten Sie davon? Für gewöhnlich führe ich einen Monolog, aber vielleicht wären Hamlets Tod und das Schwertduell am Ende des Stücks angemessener.«

»Klingt gut, Sir«, entgegnete Hikaru und fragte sich, worauf Cockspur hinauswollte.

»Eine solche Antwort hatte ich erhofft. Leider habe ich keinen Assistenten, niemanden, der die Rolle von Laertes übernehmen kann. Was meinen Sie?«

»Zu was, Sir?«

»Dazu, den Laertes-Part zu spielen.«

»Oh.« Hikaru fühlte sich versucht, sofort abzulehnen, doch dann dachte er genauer darüber nach. Um Mr. Cockspur während der Tour aus dem Weg zu gehen, blieb ihm nichts anderes übrig, als das Freizeitdeck zu meiden, denn der Schauspieler verbrachte seine Abende im Aufenthaltsraum, der zu dieser Sektion gehörte. Warum die Zeit nicht nutzen? Eigentlich zog Hikaru die Rolle des Hamlet vor – er war genau im richtigen Alter –, aber Laertes versprach eine Menge Spaß. »Einverstanden«, sagte er. »Die Idee gefällt mir. Danke für das Angebot.«

»Sehr schön. Können Sie den Text rechtzeitig für die Probe um zwei Uhr lernen?«

»Das dürfte problematisch werden«, erwiderte Hikaru enttäuscht. »Ich bin bis um vier heute nachmittag im Dienst. Andererseits: Ich kenne die Szene, und bis zum ersten Auftritt komme ich bestimmt damit zurecht.«

»Oh, das ist völlig ausgeschlossen. Eine Probe ist unverzichtbar. Außerdem müssen Sie sich eingehend mit meiner Interpretation des Textes auseinandersetzen...«

»Interpretation? Sie *interpretieren* ausgerechnet Shakespeare?«

»...und deshalb werde ich mit dem Captain reden.« Cockspur drehte sich um und ging.

Mürrisch und verdrießlich suchte Roswind das Freizeitdeck auf, um im Umkleideraum zu duschen. Dort wimmelte es geradezu von Leuten, die sich auf den Dienstantritt vorbereiteten. Wenn ein Raumschiff eine längere Mission begann, schrieben sich die meisten Besatzungsmitglieder für irgendwelche Kurse ein: Tai chi, Yoga, Nahkampftechniken von verschiedenen Welten, Fechten (das war neu). Manche beschäftigten sich mit obskur-esoterischen Praktiken, die man als ›tiefes Atmen‹ bezeichnete. Nach Roswinds Ansicht handelte es sich aber nur um einen Vorwand, der den Teilnehmern gestattete, eine Stunde lang aus voller Kehle zu schreien.

Nach einigen Wochen nahmen viele Männer und Frauen nicht mehr am Unterricht teil und kehrten zu ihrem eher trägen und bewegungsarmen Routineleben zurück, doch derzeit ging es im Umkleideraum zu wie auf einer Straßenkreuzung während der Rush-hour.

Wie lange will meine Stubengenossin noch in der Dusche schlafen? überlegte Roswind verärgert. Und wenn sie weiterhin dort liegenbleibt – wäre das Grund genug für eine offizielle Beschwerde?

Einwände gegen Leute, die zu anderen Spezies gehörten, stießen oft auf Unverständnis und Ablehnung. Toleranz hieß das oberste Prinzip der modernen Zivilisation. Wenn die betreffenden Individuen Methan oder irgendwelche anderen giftigen Gase ausdünsteten, wenn sie Allergien bewirkten – Roswind bedauerte es in diesem Zusammenhang, Uhura eine negative Antwort gegeben zu haben –, so konnte man durchaus eine Verlegung beantragen. Aber wer sich über einen neuen Rekruten beklagte, der die Dusche mit einer Koje verwechselte, mußte damit rechnen, offiziell getadelt und aufgefordert zu werden, nachsichtiger zu sein. Roswind fluchte lautlos, als sie unter die Ultraschalldusche trat, und auch später, den Kollegen gegenüber, fiel es ihr schwer, den Zorn unter Kontrolle zu halten.

Um zwölf Uhr Bordzeit gab Captain Kirk Hikaru für den Rest des Tages frei. Der Schauspielschüler nahm von Mr. Cockspur seine Szene entgegen, las sie – und ahnte voller Unbehagen, auf was er sich eingelassen hatte.

Nach der Probe um zwei, die Cockspur einigermaßen zufriedenstellte, wurde Sulu fortgeschickt, um seinen Text zu lernen. Cockspur selbst begab sich zu Amelinda Lukarian, die wie üblich ihrem geliebten Flügelpferd Gesellschaft leistete.

Vorsichtig wanderte er übers Shuttledeck, hielt im sprießenden Gras nach verborgenem Ungeziefer Ausschau. »Miß Lukarian?«

Sie drehte sich zunächst nicht um, fuhr damit fort, das Fell des Tieres zu bürsten. Schließlich erwiderte sie: »Ja, Mr. Cockspur?«

»Ich habe meine Szene geändert.«

»Das weiß ich schon. Hikaru spielt eine bezaubernde Rolle.«

»Ja, er ist vielversprechend. Ich erklärte ihm, das Original sei für ein modernes Publikum unverständlich. Er hat mir versprochen, seine Zeilen bis heute abend auswendig zu lernen. Es bleibt also nur eine Frage: An welcher Stelle der Show kommt unser Auftritt?«

»Wie immer kurz vor Schluß, vor Newlands Hundenummer.«

»Mein liebes Kind: Die Todesszene bildet den Abschluß von Hamlet. Deshalb sollte sie auch in unserer Show zuletzt kommen.«

»Das haben wir doch schon alles diskutiert. Für die Zusammenstellung der einzelnen Auftritte ist der Geschäftsführer verantwortlich. Und solange ich diesen Posten bekleide, wird die Show mit Newland Rifts Darbietungen beendet.«

»Mit seinen Hündchen«, sagte Cockspur abfällig.

»Eine Tragödie als Abschluß beeinträchtigt die Stimmung des Publikums.« Das Vogelpferd biß zärtlich zu, und Amelinda wandte sich zu ihrem geflügelten Liebling um.

»In dem Fall muß ich protestieren.«

»Ihr gutes Recht.«

»Wenn Sie mich so sehr ablehnen, Miß Lukarian – warum kaufen Sie dann nicht meinen Anteil unserer Gesellschaft und zahlen mich aus?«

»Weil ich es mir nicht leisten kann. Schenken Sie ihn mir doch einfach.«

»Das wäre in finanzieller Hinsicht sehr töricht, oder?«

»Bitten Sie die anderen, Sie zum Manager zu wählen. Wenn Sie genug Stimmen bekommen, können Sie über die Gestaltung der Show entscheiden.«

»Ich soll mich zum Manager wählen lassen? Liebe junge Dame: Ich bin *Künstler*.«

Amelinda drehte sich wieder zu ihm um. »Mr. Cockspur, ich versuche, höflich zu sein, weil Sie ein Freund meines Vaters waren. Aber ich bin nicht bereit, die Reihenfolge der einzelnen Auftritte zu verändern, nur um einer Ihrer Launen zu entsprechen.«

»Dann streike ich eben.«

»Sie *streiken*? Das geht nicht! Sie haben sich verpflichtet, einen Vertrag unterschrieben!«

»Ich habe das Recht, gegen unerträgliche Arbeitsbedingungen zu protestieren.« Hoch erhobenen Hauptes stolzierte Cockspur davon.

Das schiffsinterne Informationssystem kündigte die Sondervorstellung der Warpschnellen Klassischen Varietégesellschaft an. Schon nach kurzer Zeit waren alle Sitzplätze für die beiden am Abend geplanten Aufführungen ausgebucht, und wer dennoch die Show sehen wollte, mußte dabei auf einen bequemen Sessel verzichten.

Jim wanderte zum Shuttlehangar, ging über den Steg und erreichte die Treppe. Dort blieb er verdutzt stehen und starrte überrascht aufs Deck.

Ein schwacher grüner Glanz bedeckte die staubigen Massen: Gras wuchs auf einem Boden, der noch am Tag zuvor Teil eines sterilen Asteroiden gewesen war. Drei knorrige Kiefern bildeten eine kleine Gruppe in der Ecke, und in ihrer Nähe lag ein großer Stein, scharfkantig und geborsten auf der einen Seite, pockennarbig von Meteoriteneinschlägen auf der anderen. Jemand hatte die Raumfähren abseits geparkt, in einer langen Reihe dicht an der Wand. Separationsschirme trennten sie von Athene und der Weide. Eine gute Planung Sulus. Die Shuttles konnten jederzeit starten, falls das notwendig werden sollte. Das Grün des Grases spiegelte sich auf dem blanken Stahl der Rümpfe wider.

Es roch nach Frühling.

Lindy lief übers Deck, und Athene folgte ihr, schnaubte, warf den Kopf hoch, senkte ihn wieder, schnappte spielerisch nach den Fersen der jungen Frau. Das Vogelpferd scheute kurz, breitete die Schwingen aus, ließ sich von Amelinda streicheln. Dann trabte es wieder los, gehorchte dabei Lindys Anweisungen. Als sie zwitschernde Laute von sich gab, wurde aus Athenes Trab ein Galopp. Erneut breitete sie die Flügel aus, und Jim glaubte fast, das Tier könne jeden Augenblick aufsteigen und wirklich fliegen.

Schließlich bemerkte Lindy den Captain, winkte ihm zu. Er näherte sich ihr.

»Hallo, Jim. Na, was sagen Sie?«

»Tolle Sache«, erwiderte Kirk. »Ich hatte ganz vergessen, daß wir WBW-Samen an Bord haben. Das Pflanzen von Wüstengras mit beschleunigtem Wachstum war eine gute Idee.«

»Ich wußte überhaupt nicht, daß es so etwas gibt. Hikaru meinte, es stamme aus der Wüstenflora, die nach Regenfällen gedeiht.«

»Ja. Leistet wertvolle Dienste bei der Erosionskontrolle.«

»Nun, wir säten einige Kilo aus und — voilà! Sie haben eine ganze Tonne davon. Übrigens: Wozu transportiert ein Raumschiff wie die *Enterprise* Grassamen?«

»Wenn ich mich recht entsinne, lagern in den Frachträumen etwa fünfzig Tonnen davon. Manchmal werden solche Dinge auf terrageformten Welten gebraucht, zum Beispiel nach Überflutungen oder Vulkanausbrüchen. Normalerweise ist der Bedarf nicht sonderlich groß, aber wenn solche Samen angefordert werden, dann gleich in großen Mengen – und die Lieferzeit muß möglichst kurz sein.«

»Der Traktorstrahl hat nicht nur Felsstaub hereingeholt, sondern auch den Stein dort drüben. Und die Bäume stammen aus der botanischen Abteilung.« Lindy lächelte. »Athene fühlt sich jetzt richtig wohl. Aber sie... sie kann noch immer nicht fliegen. Jim, ließe sich eine Veränderung der Gravitation bewerkstelligen?«

»Ist die Decke nicht zu niedrig?«

»Nun, man kann den Hangar wohl kaum als perfekte Umgebung für Vogelpferde bezeichnen. Ein zu mindestens neunzig Prozent vertrautes irdisch-normales Ambiente mit null Komma zehn *g* wäre mir lieber. Jim, ganz gleich, was wir auch unternehmen: Vermutlich kommt Athene überhaupt nicht vom Boden hoch. Wahrscheinlich schwebt sie nur einige Meter weit. Aber vielleicht *glaubt* sie zu fliegen, und das würde genügen.«

»Ich frage beim Chefingenieur nach«, bot sich Jim an. Er setzte sich mit dem Maschinenraum in Verbindung und sprach mit Scott.

»Eine Zehntel *g* und nur auf dem Shuttledeck? Tja, ich weiß nicht, Captain. Ziemlich schwierig. Die strukturelle Belastung...«

»Mr. Scott, die Struktur der *Enterprise* müßte eigentlich in der Lage sein, weitaus größeren Belastungen standzuhalten – es sei denn, die Wartung wurde vernachlässigt. Ist das der Fall?«

»Die Wartung vernachlässigt? Was soll das heißen, Captain?«

»Ja oder nein, Mr. Scott?«

»Nein und nochmals nein. Wir alle haben unsere Pflicht

erfüllt. Und ja: Es ist durchaus möglich, die Schwerkraft zu verändern.«

»Wann?«

»In einigen Stunden, Captain.«

»Gut. Halten Sie Miß Lukarian auf dem laufenden, so daß sie zugegen sein kann, wenn Sie die Modifikation des Gravitationsfeldes einleiten.«

»Aye, Captain.«

Kirk unterbrach die Verbindung.

»Danke, Jim«, sagte Lindy. »Ich möchte Mr. Scott nicht verärgern...«

Kirk zuckte mit den Schultern. »Machen Sie sich deshalb keine Sorgen. Er ist einfach nicht an einen ›unerfahrenen Grünschnabel‹ als Captain gewöhnt. Da fällt mir gerade ein: Bei der für heute abend geplanten Vorstellung sind nur noch Stehplätze frei.«

»Alle Karten ausverkauft?« Die junge Frau jubelte glücklich, hob die Arme und drehte sich um die eigene Achse.

»Vielleicht sind einige gewitzte Typen gerade damit beschäftigt, einen Ticket-Schwarzmarkt zu schaffen.« Jim lächelte. »Sie sollten ihnen das Wasser abgraben, indem Sie weitere Darbietungen ankündigen.«

»Sie brauchen ein größeres Theater.« Lindy lachte. »Wir wiederholen die Show, das ist doch ganz klar. Wie ich schon sagte: Wir sind an zwei Vorstellungen pro Tag gewöhnt. Und Künstler und Schauspieler lieben nichts mehr, als ihre Fähigkeiten unter Beweis zu stellen. Sie brauchen das Gefühl, auf einer Bühne zu stehen.«

»In Ordnung. Ich füge dem Schiffsbulletin eine betreffende Meldung hinzu.«

Lindy pfiff, und sofort trabte Athene auf sie zu.

»Können Sie reiten, Jim?«

»Sicher. Ich bin auf einer Farm in Iowa aufgewachsen.«

»Möchten Sie es einmal mit Athene versuchen?«

Seit rund einem Jahr hat Kirk nicht mehr auf dem Rükken eines Pferdes gesessen. Winona hielt eine kleine Herde

Shires – als Teil eines Projekts, das vom Aussterben bedrohte Tiere zu schützen versuchte. Jim und Sam ritten häufig auf *Erdbeben* und *Tsunami*, machten weite Ausflüge, schwammen im See, fischten sogar im Fluß. An einem sonnigen, heißen Nachmittag bot der breite Rücken den Shire-Pferdes einen ausgezeichneten Ruheplatz. Die Schimmel standen bis zur Brust im kühlen Naß, dösten, bewegten ab und zu die Schwänze, um Wasser hochzuspritzen.

Jim hob die Hand und betrachtete die roten Striemen, die nach wie vor an Ilyas scharfe Krallen gemahnten. Bisher hatte ich an Bord dieses Schiffes mit Tieren nicht viel Glück, dachte er.

»Ja«, sagte er. »Ich würde gern auf Athene reiten.«

»Kommen Sie, ich helfe Ihnen beim Aufsteigen. Schieben Sie die Knie einfach unter die Flügel.« Sie faltete die Hände, hielt sie dorthin, wo sich normalerweise ein Steigbügel befunden hätte. Es fiel Jim nicht schwer, sich auf den Rücken des Vogelpferds zu schwingen.

Der Captain spürte, wie das geflügelte Roß unter ihm die Muskeln spannte, und er befürchtete, Athene könne scheuen.

Aber Lindy legte ihr die eine Hand auf den Nacken und führte sie sanft.

Athene zeichnete sich durch eine recht lebhafte und ruckartige Gangart aus. Jim erinnerte sich an sein Shire-Pferd *Erdbeben*, an Bewegungen, die auf Kraft und Temperament hindeuteten. Der Hengst mochte dreimal so schwer sein wie Lindys Pferd und war mindestens vier Handspannen größer, maß am Widerrist über zwei Meter.

Athenes Schwingen störten keineswegs, übten die gleiche Funktion aus wie die Kniepolster eines Jockey-Sattels. Kirk war froh, daß er irgendwo Halt fand, denn das Flügelroß unterschied sich von allen anderen Pferden, die er kannte.

Es lief im Kreis, machte einen weiten Bogen um die junge Frau. Jim preßte die Knie an die Flanken, übte mit den Fersen vorsichtigen Druck aus und griff nach der Mähne. Daraufhin blieb Athene so plötzlich stehen, daß sie den Mann auf ihrem Rücken fast abgeworfen hätte.

»Schon ganz gut«, sagte Lindy. »Versuchen Sie's noch einmal, und gehen Sie dabei etwas behutsamer vor.«

Jim winkelte die Beine an, und Athene setzte sich wieder in Bewegung, lief in einem langsamen Galopp. Der Captain gewöhnte sich allmählich an sie und fühlte, wie sich seine Anspannung lockerte.

»Sie sehen prächtig aus!« lobte Lindy. »Im Sattel geboren!«

Jim stützte beide Hände auf Athenes Widerrist, zögerte und dachte: Vielleicht mache ich mich zum größten Narren des Universums...

»Ganz ruhig, Athene«, sagte er, aber eigentlich galten diese Worte in erster Linie ihm selbst.

Er stemmte sich in die Höhe, so daß er nicht mehr auf dem Rücken saß, sondern darauf kniete, beobachtete einige Sekunden lang den Bewegungsrhythmus des Vogelpferdes, um keine Überraschungen zu erleben. Er sah das Weiße in einem nervös glitzernden Auge, beugte sich vor, bis seine Schulter den Nacken berührte. Dann hob er die Beine.

Geschickt balancierte er sich bei seinem Handstand aus, spürte, wie ihm die Schwingenfedern über die Wangen strichen, als Athene weiterlief, einen Kreis beschrieb, in dessen Zentrum Lindy stand.

Nach einer Weile ließ sich Jim wieder herab, und Athene wurde langsamer, blieb schließlich stehen.

»Phantastisch!« entfuhr es der jungen Frau. »Wie haben Sie das angestellt?«

Jim rieb sich die Schulter. »Ich wußte nicht genau, ob ich noch dazu imstande bin. Es ist schon ziemlich lange her...«

»Bringen Sie mir das Kunststück bei?«

»Wenn Sie möchten.« Jim hielt den richtigen Augenblick für gekommen. »Lindy, darf ich Ihnen etwas zeigen? Einen besonderen Ort hier an Bord der *Enterprise*.«

»Gern.«

Der Turbolift brachte sie fort vom Shuttledeck, zurück in die zentralen Bereiche des Raumschiffs. Vor ihnen glitt die Tür des Arboretums auf, und Jim roch warme, feuchte Luft.

Lindy ließ überrascht den angehaltenen Atem entweichen.

Jemand mit einem ausgeprägten Sinn für Ästhetik hatte den Garten gestaltet: Dort wuchsen Pflanzen von vielen verschiedenen Welten, aber ihre Anordnung brachte trotzdem Harmonie zum Ausdruck. Hier die vertraute Form eines Apfelbaums, dort die gewölbte Masse eines deltanischen Steinkaktus. Ein vulkanischer Bodenkriecher wucherte im relativen Überfluß von Feuchtigkeit, hatte seine großen blauen Blüten geöffnet. Auf Vulkan geschah das nur einmal in hundert Jahren.

»Unglaublich«, hauchte Lindy.

»Es ist nicht leicht, derart unterschiedliche Spezies zusammen wachsen zu lassen«, erwiderte Jim. Einige der Probleme kannte er von Sams und Winonas Arbeit her, bei der es um die Anpassung extraterrestischer Gattungen ging. »Man muß dazu Dutzende von Mikrobiotopen genau aufeinander abstimmen. In gewisser Weise ist so etwas noch schwieriger als die Schaffung einer gemeinsamen Lebensbasis für Personen aus verschiedenen Kulturen.«

»Personen können wenigstens miteinander sprechen«, warf die junge Frau ein.

»Sollte man meinen. Aber *was* sie sagen, ist nicht immer konstruktiv.«

Sie wanderten über den Pfad, der an hohen, tropfnassen Riesenfarnen vorbeiführte, an Koniferen mit ausladenden Zweigen. Dünne Ranken bildeten ein weiches Polster auf dem Boden. Die hohe Luftfeuchtigkeit schuf überall eine dünne Patina aus Nässe. Jim stellte sich vor, Hand in Hand mit Lindy zu gehen, aber er schreckte davor zurück, sie zu berühren, befürchtete Ablehnung – oder gar Bereitschaft.

Nach einigen Metern wurde der Weg schmaler und wandte sich zur einen Seite. Jim deutete in die andere Richtung und verließ den Pfad. Immer wieder lauschte er konzentriert und hielt nach Anzeichen Ausschau, die auf die Anwesenheit anderer Leute hindeuteten. Er wollte niemanden in Verlegenheit bringen, indem er plötzlich wie aus dem Nichts auftauchte. Aber er hörte keine fremden Stimmen; offenbar waren Lindy und er allein.

»Wie groß ist der Garten?«

»Nicht annähernd so groß, wie Sie glauben. Kleiner als das Shuttledeck. Aufgrund der Bäume kann man die Wände nicht sehen, und dadurch entsteht der Eindruck von Unbegrenztheit.«

»Wohin sind wir unterwegs?«

»Lassen Sie sich überraschen.«

Jim sah die Stelle weiter voraus. Selbst irdische Bäume sahen dort seltsam aus, denn die Zweige formten sonderbare Muster, schienen nicht mehr den normalen Wachstumsgesetzen zu gehorchen. Kirk führte Lindy an den Rand der Lichtung. Mehrere lange und dünne Äste umrahmten einen kugelförmigen, fünf oder sechs Meter durchmessenden Bereich.

Jim stieß sich ab, sprang in die leere Sphäre, glitt durch den Null-g-Knoten, griff nach dem Zweig eines purpurnen Flieders, stieß sich wieder ab und kehrte zu Lindy zurück. Er schätzte die Entfernung genau ab, verharrte eine Armeslänge vor ihr, noch immer in der gravitationslosen Zone. Galant streckte er die Hand aus, bot ihr eine Fliederblüte an.

»Danke, Jim.« Die Schwerlosigkeit verlieh der Blume eine runde Form, und Lindy nahm den süßlichen Duft wahr.

»Dies ist eine der Gravitationsanomalien, von denen ich Ihnen erzählt habe«, erklärte Jim. »Möchten Sie's mal versuchen? Bewegen Sie sich zuerst ganz langsam — man braucht eine Weile, bis man sich daran gewöhnt.« Er fragte sich plötzlich, ob er einen gravierenden Fehler machte:

Viele Menschen empfanden die ersten Minuten im freien Fall keineswegs als angenehm, reagierten mit Schwindel und Übelkeit darauf. Manchen gelang es nie, mit derartigen Erfahrungen fertigzuwerden.

Lindy betrat den Knoten, schwebte durch die Leere und drehte sich dabei um die eigene Achse. Dann zog sie die Knie an, rollte als lebende Kugel, streckte die Beine wieder. Es dauerte nicht lange, bis der Ludwiderstand ihr Bewegungsmoment absorbierte.

»Es ist wie auf dem Trapez, nur viel besser!« brachte sie hervor. Sie glitt zur anderen Seite der Lichtung, stieß sich dort an einem Ast ab und kam zu Jim zurück.

Er erwartete sie, schloß die Finger um ihre Hände, drehte sie um ihr gemeinsames Schwerkraftzentrum. Die junge Frau entfernte sich wieder von ihm, breitete rhythmisch die Arme aus, so als schwimme sie, griff erneut nach einem Zweig und hielt sich daran fest. Lindy lachte laut und begeistert; Wärme durchströmte Jim, als er sie beobachtete.

»Ich möchte Sie etwas fragen...« begann Lindy unsicher.

»Ja?« Kirk vernahm einen eigentümlichen Unterton in ihrer Stimme, und sein Puls raste plötzlich.

»Wie verhalten Sie sich, wenn...« Sie zögerte. »Wenn Sie sich jemandem nahe fühlen, mit dem Sie zusammenarbeiten? Ich meine: Wenn man etwas für die betreffende Person empfindet, aber...« Sie seufzte niedergeschlagen. »Verstehen Sie?«

Jim versuchte zu hoffen.

»Ich weiß nicht so recht«, erwiderte er. »Eigentlich halte ich es für keine besonders gute Idee, sich auf emotionale Beziehungen mit Untergebenen einzulassen...«

»In der Varietégesellschaft gibt es keine Rangunterschiede.«

»Doch wenn es um jemanden geht, der nicht zur eigenen Hierarchie gehört...« Jim brach ab, als er die Bedeutung der letzten Worte Lindys begriff. »In der Varietégesellschaft?« wiederholte er zaghaft.

»Ja.« Lindy zuckte mit den Schultern, und ihr Blick reichte in die Ferne. »Ich habe so etwas noch nie erlebt. Ich meine, sicher, als ich noch ein Mädchen war, habe ich mich oft bis über beide Ohren in jemanden verknallt, und später, wenn wir lange genug an einem Ort blieben, machte ich... Bekanntschaften.« Sie schnitt eine Grimasse. »Manchmal möchte ich Marcellin am liebsten eins auswischen, doch er weicht allen anderen Leuten aus, läßt niemanden an sich heran.«

»Lindy«, sagte Jim langsam und verwirrt, »ich wäre Ihnen sehr dankbar, wenn Sie sich etwas klarer ausdrükken könnten. Wollen Sie mir mitteilen, Sie hätten sich in Marcellin verliebt?«

Sie schüttelte den Kopf. »Nein, nicht in ihn. In Stephen.«

»Stephen!« Eifersucht stieg in Jim empor – eine Eifersucht, zu der er kein Recht hatte –, gefolgt von Neid und schließlich ungläubiger Verblüffung. »Stephen! Lindy, Marcellin mag niemanden an sich heranlassen, aber im Vergleich zu einem Vulkanier kann man ihn bestimmt als äußerst umgänglich bezeichnen.«

»Stephen ist anders«, behauptete die junge Frau.

»Vielleicht. Vielleicht auch nicht. Spock meinte, Stephen sammle emotionale Erfahrungen. Möglicherweise sind Sie für ihn nur ein... ein weiteres Studienobjekt.«

»Warum sagen Sie das?« fragte Lindy entrüstet. »Ich meinte eben, ich verliebe mich in *ihn* und nicht umgekehrt. Ich habe keine Ahnung, was er fühlt, ich... Ich versuche zu entscheiden, ob ich mit ihm darüber reden soll.«

Jim glaubte sich zurückgewiesen, ohne eine einzige Chance, und diese Erkenntnis öffnete eine neuerliche seelische Wunde in ihm. Er spielte mit dem Gedanken, Lindy seine eigenen Gefühle anzuvertrauen, aber Stolz hielt ihn davon ab. Als er über eine geeignete Antwort nachdachte, erinnerte er sich an Dinge wie Moral und Ethik.

»Es könnten Probleme entstehen«, brummte er. »Immerhin sind Sie Geschäftsführerin, haben Verantwortung und Autorität, die den anderen Gesellschaftern fehlen. Wenn Stephen Ihre Empfindungen erwidert, müssen Sie darauf achten, ihn nicht zu bevorzugen, ihm keine Privilegien einzuräumen. Und wenn er Sie enttäuscht, dürfen Sie nicht der Versuchung nachgeben, Ihre Stellung gegen ihn zu benutzen...«

»So etwas käme mir nie in den Sinn!« entfuhr es Lindy schockiert und beleidigt.

»Und wenn Sie erst eine Zeitlang zusammen sind und dann scheitern – dann wird's besonders schwierig.« Jim wünschte sich fast, Lindy würde ihm Eifersucht auf Stephen vorwerfen – damit hätte sie wenigstens seine Gefühle erkannt, von ihnen Kenntnis genommen.

Sie nickte nachdenklich. »Ich verstehe.«

Und ich auch, dachte der Captain düster. Ich habe ihr gerade erklärt, wie man sich nach einem ›Korb‹ verhalten sollte, aber ich bin mir gar nicht sicher, ob ich meinen eigenen Rat beherzigen kann.

Lindy sah ihn an und lächelte. »Danke, Jim. Das waren gute Hinweise. Sie sind ein ausgezeichneter Gesprächspartner. Ich fühle mich jetzt schon viel besser.«

Und Jim fühlte sich weitaus deprimierter.

KAPITEL 9

Fast alle Plätze im kleinen Theater auf dem Freizeitdeck waren besetzt. Jim wußte, daß man aus reiner Höflichkeit einen Sitz in der ersten Reihe für ihn reserviert hatte, aber er gewann dort den Eindruck, ebenfalls auf der Bühne zu stehen, im Fokus der allgemeinen Aufmerksamkeit zu sein.

Allmählich verstummten die Gespräche, und es wurde still im Saal. Jim nahm so etwas wie überraschte Neugier wahr und drehte sich um.

Commander Spock kam heran. Das Halbdunkel betonte die glatten Flächen seines Gesichts.

Der Vulkanier ließ sich in den Sessel neben Jim sinken, saß steif und gerade, die Hände auf den Oberschenkeln. Er trug neutrale Gelassenheit zur Schau, und Kirk musterte ihn.

»Commander Spock?«

»Captain?«

»Ich wußte gar nicht, das Vulkanier banale Unterhaltung zu schätzen wissen.«

Spock hob eine Braue. »Ich dachte, Sie hätten die Teilnahme an der Vorstellung befohlen.«

»Befohlen? Himmel, nein, natürlich nicht. Was führt Sie zu dieser Annahme?«

»Ihre Meldung im Schiffsbulletin, Captain.«

Jim dachte über den Wortlaut nach. Er hatte die Besatzungsmitglieder nicht direkt aufgefordert, sich im Theater einzufinden, doch es fehlte ein Hinweis darauf, daß es sich um eine Freizeitveranstaltung handelte. Einmal mehr fiel ihm ein, daß Offiziere und Crew sich erst noch an ihren neuen Kommandanten gewöhnen mußten. Vielleicht teilten sie die Einschätzung seiner Adjutantin Rand, die offenbar einen strengen Zuchtmeister in ihm sah. Vielleicht glaubten sie, auch auf seine subtilsten Andeutungen so reagieren zu müssen, als seien es unbedingt zu beachtende Order.

»Commander Spock, wenn ich einen direkten Befehl gebe, so weise ich ausdrücklich darauf hin.«

»Wie Sie meinen, Captain.«

Der wissenschaftliche Offizier blieb sitzen.

»Das bedeutet, Sie brauchen nicht zu bleiben«, fügte Jim hinzu.

»Ist das ein direkter Befehl, Sir?«

»Nein.«

»In dem Fall werde ich mir die Vorstellung ansehen. Ich bin neugierig auf Miß Lukarians Darbietungen. Möglicherweise habe ich ihren Charakter falsch eingeschätzt. Ich möchte sehen, was sie zu leisten vermag.«

»Das steht Ihnen frei.«

»Danke, Captain.« Spock ließ seinen Blick durchs Theater schweifen. »Allerdings wäre mir ein Sitz in der letzten Reihe lieber gewesen. Dann hätte ich sowohl die Künstler als auch das Publikum beobachten können.«

»Warum entspannen Sie sich nicht, Mr. Spock?« entgegnete Jim. »Nutzen Sie die zweite Vorstellung, um sich mit den Reaktionen der Zuschauer zu befassen.«

Wenn der Vulkanier begriff, daß Kirk scherzte, so ließ er sich nichts anmerken. »Ein guter Vorschlag«, sagte er schlicht. »Menschen zeichnen sich durch ein erstaunlich widersprüchliches Wesen aus. Es ist sicher interessant, ihr Verhalten unter speziellen Bedingungen zu analysieren. Captain, wußten Sie, daß sich auf mehreren vom Homo sapiens kolonisierten Welten Gruppen der Die-Erde-ist-flach-Bewegung gebildet haben?«

»Nein, davon höre ich jetzt zum erstenmal.« Jim fragte sich, ob ihn Spock auf den Arm nehmen wollte, doch diese Vorstellung erschien ihm absurd. »Allerdings verstehe ich nicht ganz, warum Sie dieses Varieté mit dem Irrglauben vergleichen, die Erde sei eine Scheibe.«

»Es geht mir dabei nicht um die Show an sich, sondern

um die Magie. Zauber ist benutzt worden, um zu betrügen, um Hinwendungen zum Übernatürlichen zu stimulieren ...«

»Mr. Spock«, sagte Jim schärfer als beabsichtigt, »dies ist Unterhaltung, keine Verschwörung. Rechnen Sie etwa damit, daß Lindy und ihre Leute eine Séance veranstalten? Um Ihnen – natürlich gegen eine angemessene Gebühr – Kontakte zu Ihrer verstorbenen Großtante Matilda zu ermöglichen?«

Das Licht flackerte, und die Stimmen der Zuschauer verklangen. Spock drehte den Kopf, runzelte die Stirn und bedachte den Captain mit einem durchdringenden Blick.

»Woher wissen Sie, daß die Tante meiner Mutter Matilda hieß?«

»Ich ...« Jim wollte erwidern, der Name Matilda sei so weit verbreitet, daß man damit immer ins Schwarze treffen konnte, überlegte es sich dann aber anders und lächelte hintergründig. »Vermutlich mein sechster Sinn.«

Es wurde dunkel im Saal. Das Publikum wartete.

Der Lichtkegel eines blauen Scheinwerfers richtete sich auf die Bühne.

Amelinda Lukarian – sie war jetzt nicht mehr Lindy – stand ernst und würdevoll im opalfarbenen Glanz. Sie trug ein silbernes Gewand, auf dem bunter Kristallstaub funkelte. Jim zwinkerte verwirrt: Er hätte schwören können, daß die Bühne eben noch leer gewesen war. Amelinda erschien einfach – wie durch Magie. Er überlegte, wie sie eine solche Illusion schuf.

Du fängst an, wie ein Vulkanier zu denken, mahnte er sich. Beherzige deinen eigenen Rat: Lehn dich gemütlich zurück und genieß die Show.

»Geehrte Besatzungsmitglieder des Raumschiffs *Enterprise.*« Auf der Bühne gewann die Stimme der Zauberkünstlerin eine sehr eindrucksvolle Qualität, klang irgendwie düster und bedeutungsvoll. Jim schauderte wohlig. »Willkommen bei der ersten interstellaren Vorstellung der Warpschnellen Klassischen Varietégesellschaft. Ich bin

Amelinda — die Magierin. Ich werde Ihnen Trugbilder zeigen — oder vielleicht Aspekte einer Realität, die Sie nicht kennen. Entscheiden Sie selbst.«

Sie zupfte ein glitzerndes Objekt aus der leeren Luft, und die Zuschauer murmelten überrascht. Die durchsichtige blaue Scheibe schien das Licht aufzusaugen, es zu konzentrieren, zu verdichten, strahlte es dann wieder ab.

»Die Bewohner von Tau Ceti II haben umfassende mineralogische Kenntnisse«, verkündete Amelinda. »Sie kristallisieren ihre Währung aus purem Saphir. Edelsteine und Juwelen nehmen in der Vorstellung intelligenter Wesen seit Urzeiten einen besonderen Platz ein. Aber manche Leute sagen, solche Gegenstände haben eine ureigene Macht, die weit über die Kraft der Phantasie hinausgeht.«

Sie hob die Saphirmünze, griff mit der anderen Hand danach — und plötzlich verschwand die Scheibe.

»Mein Vater meinte häufig, Geld und Narren vertrügen sich nicht miteinander, gingen schon nach kurzer Zeit getrennte Wege«, fuhr Amelinda fort. »Nun, Sie wissen sicher, wie hartnäckig und stur Kinder sein können. Ich antwortete immer...« Sie streckte die Hand aus, holte eine zweite Münze aus dem Nichts.

Alle Zuschauer applaudierten, auch Jim. Spock bildete die einzige Ausnahme.

Der Vulkanier beugte sich vor, starrte konzentriert auf die Bühne. Zwei dünne Furchen formten sich in seiner Stirn. Als er den Blick des Captains bemerkte, glättete sich seine Haut sofort, und das Gesicht wurde wieder ausdruckslos und steinern.

Erneut herrschte Stille. Das Publikum schien den Atem anzuhalten.

»Natürlich handelt es sich um die gleiche Münze«, sagte Spock gleichmütig.

Jim sah den wissenschaftlichen Offizier einmal mehr an. Als Amelinda für einen Sekundenbruchteil zögerte, fragte er sich, ob sie die taktlose Bemerkung des Vulkaniers gehört hatte.

»Als ich noch klein war«, sagte die Zauberkünstlerin, »konnte ich mir jederzeit ›magisches Geld‹ besorgen, wie es mein Vater nannte. Nun, damals in der Schule gab es einen ziemlich frechen Jungen, der den kleineren Kindern ständig die Münzen stahl. Wenn er versuchte, meine zu entwenden, ließ ich sie einfach verschwinden.«

Sie griff nach der zweiten blauen Scheibe, und wie die erste löste sie sich auf.

»Sie befindet sich noch immer in ihrer Hand«, sagte Spock.

»Commander!« flüsterte Jim.

»Ja, Captain? Keine Hinweise auf Phaser- oder Transporter-Entmaterialisierung. Daraus folgt, daß sie die Münze nach wie vor in der Hand hält.« Nachdenklich fügte er hinzu »Es sei denn, es war eine holografische Projektion.«

»Seien Sie *still*, Commander. Das ist ein direkter...«

»Licht«, sagte Amelinda.

Jim hob den Kopf. Die junge Frau stand am Rand der Bühne und starrte herab. Ihr dichtes, dunkles Haar schien zu glühen, umrahmte ihr Gesicht, reichte hinten bis zum verlängerten Rücken herab.

»Licht!« rief sie. Obgleich sie keinen Lautsprecher benutzte, hallte die Stimme durch den ganzen Saal.

Es wurde hell.

»Commander Spock«, sagte Amelinda mit unerschütterlicher Ruhe. »Würden Sie Ihre Bemerkung bitte für die übrigen Zuschauer wiederholen?«

»Ich glaube, die Münze war eine holografische Projektion. Oder Sie halten sie noch immer in der Hand.«

»Eine holografische Projektion? Das wäre Betrug.« Amelinda streckte die Finger. »Und meine Hand ist leer.«

»Die *andere* Hand«, sagte Spock.

»Die Münze ist tatsächlich verschwunden.« Amelinda zeigte auch die linke Hand, offen und leer.

Spock hob eine Braue.

»Wir haben Glück, nicht wahr?« wandte sich die junge

Frau ans Publikum. »Wenn ich auf Tau Ceti II geboren wäre und zu den oktogliedrigen Bewohnern gehörte, müßte ich jetzt sagen: ›Die Münze befindet sich nicht in dieser Hand, auch nicht in der oder der oder der...‹ Dann säßen wir morgen früh noch hier.«

Die Zuschauer lachten mit ihr.

Amelinda hob den Arm und deutete auf den wissenschaftlichen Offizier.

»Für gewöhnlich bitte ich erst später jemanden aus dem Publikum, mir zu assistieren, aber da Sie so interessiert sind, Commander Spock... Kommen Sie. Sie können mir helfen.«

Der Vulkanier erhob sich und trat auf die Bühne.

Amelinda beobachtete ihn lächelnd, akzeptierte ihn offenbar als würdigen Gegner. »Sie behaupten, ich hätte nur eine Münze.«

»Ich bin sicher, Sie haben beiden Male die gleiche Scheibe gezeigt«, erwiderte Spock.

»Das kann ich durchaus verstehen. Luft ist so leer, stellt keinen guten Nährboden für Münzen dar. Vielleicht finden wir irgendwo magischen Humus für magisches Geld. Reichen Sie mir die Hände.«

Spock kam der Aufforderung nach. Amelinda griff hinter das linke Ohr des Vulkaniers, holte eine Münze hervor und ließ sie auf die offenen Handflächen des Offiziers fallen.

Das Publikum jubelte. Jim lachte laut, beeindruckt von Amelindas Mut, sich von einem aufmerksamen Vulkanier aus der Nähe beobachten zu lassen. Sie zog noch eine Münze hinter Spocks rechtem Ohr hervor, gefolgt von weiteren. Im Laufe weniger Minuten bildeten die blauen Scheiben auf den ausgestreckten Händen des Vulkaniers einen hohen Haufen. Es konnte überhaupt kein Zweifel bestehen: Es handelte sich gewiß nicht um eine holografische Projektion. Die Kristalle klirrten leise, wenn sie sich berührten, und Spock betrachtete sie mit wachsender Verwirrung.

Der wissenschaftliche Offizier versuchte, alle Saphirscheiben zu halten, aber eine entfiel ihm, rollte in den Schatten der Bühne. Amelinda ignorierte sie, griff nach den anderen Münzen und verteilte sie unter den Zuschauern.

»Jetzt sind sie endgültig verschwunden, und nicht einmal ich kann sie zurückholen«, sagte sie.

Donnernder Applaus ertönte. Amelinda verbeugte sich tief, und ihr Haar fiel nach vorn, berührte fast den Boden. Als sie sich wieder aufrichtete, warf sie es einem funkelnden Umhang gleich zurück.

Spock näherte sich seinem Sessel, blieb jedoch stehen, als die Stimme der Zauberkünstlerin ertönte: »Warum haben Sie es so eilig? Es gibt noch mehr Arbeit für meinen Assistenten.«

Tzesnashstennaj und ein anderes Katzenwesen schoben einen großen Kasten auf die Bühne. Er bestand aus transparentem Glas, umspannt von einem dünnen Metallgitter. Die beiden Helfer ließen den Behälter auf der Bühnenmitte stehen.

Amelinda öffnete ihn, klopfte mit einem Zauberstab an die Scheiben. Jim riß verblüfft die Augen auf, fragte sich, woher der Stab stammte.

»Eine leere Box«, sagte die junge Frau, bückte sich und deutete unter den Kasten. Das Gerüst hielt ihn über dem Boden. »Wie Sie sehen, gibt es keine verborgene Klappe, keine elektronischen Instrumente. Mr. Scott!«

Amelinda winkte, und der Lichtkegel des Scheinwerfers richtete sich auf ein rundes Drahtgeflecht, das bisher im Dunkeln verborgen gewesen war und über der Bühne hing.

»Wenn Sie so freundlich wären und die Vorrichtung erklären würden...«

»Aye«, antwortete der Chefingenieur. »Es ist ein Transporterstrahl-Schild. In der Nähe dieser Abschirmeinheit lassen sich keine Entmaterialisationen durchführen.«

»Haben Sie das Gerät eingeschaltet?«

»Ja«, bestätigte Scott.

»Vielen Dank. Dr. McCoy!«

Der Bordarzt trat zu Scott auf die Bühne.

»Führen Sie einen Tricorder bei sich, Dr. McCoy?«

»Ja.«

»Bitte überprüfen Sie den magischen Kasten. Untersuchen Sie ihn auf elektronische Tricks, auf irgendwelche verdächtige Mechanismen.«

»Mit Vergnügen.« Der Arzt holte seinen Tricorder hervor, richtete ihn auf die Box. Sensoren zirpten und summten. »Nichts«, sagte er nach einer Weile. »Es handelt sich um einen ganz gewöhnlichen Behälter.«

»Glauben Sie? Programmieren Sie Ihr Instrument so, daß es auf einen Transporterstrahl reagiert, und stellen Sie es anschließend in den Kasten.«

McCoy hielt sich an die Anweisungen der jungen Frau, wich dann an die Seite Scotts zurück.

Spock erweckte den Eindruck, als wünsche er sich an einen anderen Ort.

»Und nun, Mr. Spock... Bitte steigen Sie in die Box.«

»Warum sollte ich so etwas tun?«

»Weil...« Erst beim zweiten Wort gelang es Amelinda, die zornige Schärfe aus ihrer Stimme zu verbannen. »Weil ich, so wie eben, nichts in den Händen halte.«

Sie streckte sie aus, drehte sie einige Male, schob auch die Ärmel hoch. An ihren Unterarmen zeichneten sich deutliche Muskeln ab.

Sie trag auf Spock zu, bot ihm an, ihn zur Box zu geleiten. Der Vulkanier schenkte der ihm dargebotenen Hand keine Beachtung und kletterte in den Behälter. Er wirkte nachdenklich, verwirrt.

Amelinda schloß den Kasten, und der Vulkanier stand jenseits der transparenten Scheiben. Das Licht veränderte sich, glitzerte auf dem Glas, und die Gestalt des wissenschaftlichen Offiziers reduzierte sich auf vage Konturen.

»Jetzt können wir beginnen.«

Tzesnashstennaj eilte mit einigen Schwertern herbei. Amelinda wählte eins aus, preßte die Spitze auf den Boden und lehnte sich auf die Klinge, um zu beweisen, daß sie aus echtem Stahl bestand. Das scharfkantige Metall bog sich unter ihrem Gewicht.

Dann hob sie die Waffe und stieß sie in eine schmale Öffnung der Box.

Das Publikum stöhnte entsetzt.

»Bitte seien Sie möglichst still«, sagte Amelinda. »Stören Sie nicht meine Konzentration. Sonst könnte es... gefährlich werden.«

In Spocks Brusthöhe ragte die Klinge auf der anderen Seite aus dem Kasten. Das wechselhafte Licht rief kurzlebige Reflexe darauf hervor. Die Zauberkünstlerin nahm ein zweites Schwert und schob es ebenfalls in die Box. Kurz darauf steckten insgesamt ein Dutzend Stahlschneiden in dem Kasten, schienen die schattenhafte Gestalt Spocks zu durchdringen.

»Normalerweise kann nun niemand mehr daraus entkommen,« verkündete Amelinda ernst. »Mehr noch: Man sollte meinen, niemand könne in der Box überleben.«

Die beiden Assistenten drehten den Behälter. Das flakkernde Licht strich über das Fell der Katzenwesen, erzeugte eine schnelle, desorientierende Aufcinanderfolge von hellem Glanz und konturlosem Schwarz.

»Halt!«

Amelinda zog die Schwerter zurück und warf sie achtlos auf die Bühne. Dann griff sie nach der Klappe, zögerte, ließ die Spannung steigen.

Ruckartig öffnete sie die Tür, und im gleichen Augenblick strahlte der Scheinwerfer wieder gleichmäßig. Jim zwinkerte geblendet, sah eine Gestalt in dem Kasten. Amelinda streckte die Hand aus.

Leonard McCoy trat aus dem Behälter, und die Zuschauer schwiegen verdutzt. Jim sah Scott an, der am Bühnenrand stand, konnte sich nicht an eine Bewegung des Bordarztes erinnern. Erneut ertönte lauter Applaus. McCoy und Amelinda verneigten sich.

Das Licht verblaßte, und die Schatten kehrten zurück.

Stephen empfing Spock, als der wissenschaftliche Offizier die ›magische‹ Box verließ.

»Die meisten Vulkanier sind ziemlich taktlose Burschen, aber Sie nehmen eine echte Sonderstellung ein«, sagte der Jongleur.

»Ihre ungenaue Ausdrucksweise macht es mir leider unmöglich, Sie zu verstehen«, erwiderte Spock.

»Bleiben Sie hier, bis Lindy kommt.«

»Es wäre mir lieber, ins Theater zurückzukehren.«

»Eine von Amelindas Nummern hätten Sie fast ruiniert – geben Sie sich damit zufrieden! Warten Sie. Nein, keine Sorge: Meine Gegenwart brauchen Sie nicht zu ertragen. Sie werden meinen Auftritt verpassen, aber das bedauern Sie vermutlich nicht.« Stephen ging, ließ Spock allein.

Der Vulkanier beobachtete seine Umgebung. Der geheime Ausgang des ›magischen‹ Kastens führte in ein kleines Zimmer neben dem Theater. Der Raum enthielt verschiedene Ausrüstungsgegenstände: exotische Kostüme, improvisierte Geräte, Musikinstrumente, Behälter mit Make-up, Masken und Harnischen.

Spock hätte den Fluchtweg aus der Box nicht einmal erraten können, doch jetzt bewunderte er die schlichte Einfachheit. Er erinnerte sich an das seltsame Verhalten des Captains, kurz bevor er Amelindas Einladung folgte und auf die Bühne trat. Spocks Beobachtungen und entsprechende Bemerkungen entbehrten nicht einer exakten logischen Grundlage. Darüber hinaus gaben sie ihm die Möglichkeit, die Vorstellung aus der Nähe zu beobachten. Spock neigte nicht dazu, bestimmte Situationen zu seinem eigenen Vorteil zu nutzen, aber bei dieser besonderen Gelegenheit setzte er sich über seine Prinzipien hinweg.

Er glaubte nach wie vor, daß seine ursprünglichen Schlußfolgerungen den Tatsachen gerecht wurden: Die Zauberkünstlerin *hatte* die gleiche Münze zweimal hervorgeholt und sie in der einen Hand gehalten, als sie das Publikum aufforderte, ihre andere zu betrachten. Doch er wußte nicht, was sie damit angestellt hatte, als er sie auf den Trick hinwies. Ebensowenig verstand er den Mechanismus, der sie in die Lage versetzte, weitere Scheiben hinter seinem Ohr hervorzuholen. Spock brachte Amelinda Lukarian und ihrem Geschick großen Respekt entgegen, fragte sich, was derzeit auf der Bühne geschah. Vielleicht legte die Magierin ihr leichtgläubiges Publikum auf irgendeine Art und Weise herein. Vielleicht war es von Anfang an ihr Plan gewesen, Spock verschwinden zu lassen, so daß er sie nicht durchschauen konnte.

Der Vulkanier griff nach einer Maske und blickte hindurch. Tiefe Furchen verwandelten das dargestellte Gesicht in eine Fratze. Schwarze Gaze bedeutete die Augenöffnungen, verbarg die Pupillen des Schauspieler.

Die Tür öffnete sich, und Amelinda kam herein. Fünf Schritte vor Spock blieb sie stehen, stemmte die Hände an die Hüften.

»Was haben Sie sich dabei gedacht, meine Vorstellung zu stören?« In ihrer Stimme vibrierte nun der Zorn, den sie auf der Bühne unterdrückt hatte.

»Stören?« wiederholte der Vulkanier. »Ich wollte nur...«

»›Nur?‹ ›Nur!‹ Warum treten Sie nicht vors Publikum und erläutern die Einzelheiten meiner Tricks? Dann würden alle sagen: ›Ach, mehr steckt nicht dahinter? Das kann doch jeder.‹ Aber es kann eben *nicht* jeder. Um so etwas zu bewerkstelligen, muß man bereit sein, über Jahrzehnte hinweg jeden Tag ein paar Stunden lang zu üben! Warum haben Sie mir so etwas angetan, Mr. Spock? Ich dachte, Sie mögen mich!«

»Ich ›mag‹ niemanden«, erwiderte der Vulkanier. »Sympathie und Antipathie sind mir fremd, widersprechen meiner Natur. Und es lag keineswegs in meiner Absicht, Ihre Leistungen zu schmälern.«

»Sie hätten mich ohne mit der Wimper zu zucken der Lächerlichkeit preisgegeben!«

»Wie ich eben schon betonte: Ich möchte Ihr Geschick nicht in Frage stellen. Aber Sie deuteten an, die Münze sei auf irgendeine übernatürliche Weise verschwunden, und ich hielt es für meine Pflicht, den Gegenbeweis zu erbringen.«

»Auf eine übernatürliche Weise!« Amelinda starrte Spock groß an. »Glauben Sie etwa, die Zuschauer nähmen mir eine solche Erklärung ab?«

»Ich verstehe nicht ganz...«

»Himmel, das Publikum wußte natürlich, daß es sich nur um einen Trick handelte. Kein einziger Zuschauer hätte auch nur geargwöhnt, daß irgend etwas Übernatürliches im Spiel ist.« Sie lachte laut.

»Magier stehen in dem Ruf, die Leichtgläubigkeit ihrer Anhänger für betrügerische Machenschaften auszunutzen. Und was Annahmen in Hinsicht auf die Zuschauer, ihre Erwartungshaltungen und Einstellungen angeht: In diesem Zusammenhang würde ich es niemals wagen, von logischen Prämissen oder voreiligen Vermutungen auszugehen.«

Amelinda seufzte, versuchte offenbar, sich in Geduld zu fassen. »Sicher, es gibt Präzedenzfälle für Schwindel und Betrug. Aber auf jeden Illusionisten, der sich als Medium ausgibt, auf jeden falschen Propheten oder Telekineten kommen hundert Personen, die sagen: Wir unterhalten Sie nur mit gut vorbereiteten Tricks. Wir *schaffen* Illusionen. Lassen Sie sich von uns täuschen. Wer wirklich darauf aus ist, Leute zu betrügen, stellt sich wohl kaum als Zauberkünstler vor.«

»Ein guter Hinweis«, gestand Spock ein. »Daran habe ich nicht gedacht.«

»Das Publikum war sich von Anfang an darüber klar, daß ich keine echte Magie beschwöre. Es kam, um mich zu erleben, sich von meinen Fähigkeiten beeindrucken zu lassen. Es wollte nicht wissen, wie ich ein bestimmtes Kunststück durchführe... Fast hätten Sie den Zuschauern ihren Spaß gründlich verdorben. Es ging nicht um mich, sondern um die Leute im Saal. Begreifen Sie jetzt, was ich meine?«

»Nein, ich fürchte nicht«, entgegnete Spock.

»Vulkanier und Kinder«, sagte Amelinda. »Tritt nie vor Vulkaniern oder Kindern auf – ein Rat meines Vaters. Und ich schätze, er hatte recht.«

»Wenn Sie nicht beabsichtigen, die Zuschauer von der Übernatürlichkeit Ihrer Darbietungen zu überzeugen, warum führen Sie das dann immer wieder als Erklärung an?«

»Das gehört eben dazu.«

»Wozu?«

»Zu der ganzen Show.« Amelinda lächelte. »Ein Mittel, um das Publikum in Stimmung zu bringen, um es emotional vorzubereiten.«

Spock nickte langsam. »›Bewußte Leugnung von Zweifel und Unglauben.‹«

»Etwas in der Art. Sie drücken das eher seltsam aus, aber im Prinzip haben Sie recht.«

»Ich habe einen irdischen Dichter zitiert. Auf diese Weise beschrieb er die Kunst der Poesie. Ich nahm an, alle Menschen kennen seine Werke.«

»Wahrscheinlich gehören sie zum Lehrplan aller Ausbildungsstätten. Ich weiß es nicht – ich bin nie zur Schule gegangen.« Spock erinnerte sich an ihren Auftritt und hob eine Braue. »Bei Ihrer Vorstellung erwähnten sie einen... frechen Schüler...«

»Den hab' ich erfunden. Es klang ganz gut, oder?«

»Das ›gehört dazu‹?«

»Sie lernen schnell, Mr. Spock. Übrigens: Auf der Bühne geben Sie echt was her. Sie besitzen etwas, das man natürliche Ausstrahlung nennt. Wie wär's, wenn Sie mir auch bei der zweiten Show assistieren?«

»Dabei wollte ich eigentlich das Publikum beobachten.«

»Das können Sie auch von der Garderobe aus. Sie greifen erneut in meine Darbietung ein, und ich lasse Sie verschwinden. Ich glaube, Sie sind mir noch einen Gefallen schuldig, oder? Immerhin hätten Sie fast mein Kunststück mit den Münzen ruiniert.«

Spock dachte über den Vorschlag der jungen Frau nach. »Eigentlich habe ich Ihnen bereits geholfen. Indem ich Ihren Trick mit den Saphirscheiben in Frage stellte, gab ich Ihnen die Möglichkeit, das Publikum mit einer anderen Darbietung noch weitaus mehr zu beeindrucken. Ich vermute, Sie planten das alles.«

»O nein.« Amelinda lachte erneut. »Nein. So gut bin ich leider nicht. Mein Vater... ja, er konnte solchen Einfluß auf die Zuschauer nehmen, sie regelrecht um den Finger wickeln. Vielleicht bin ich irgendwann einmal ebenfalls dazu imstande, aber jetzt noch nicht.«

»In dem Fall haben Sie ausgezeichnet improvisiert.«

»Man muß ständig auf alles gefaßt sein«, sagte die junge Frau. »Nun, wie steht's? Sind Sie bereit, mir zu helfen?«

»Meinetwegen«, erwiderte Spock. Sicher ergaben sich später noch genug Möglichkeiten, die Reaktionen des Publikums zu analysieren. Wenn er Amelindas Bitte nachkam, konnte er einen einzigartigen Menschen beobachten. »Ich assistiere Ihnen – solange ich keinen Glauben ans Übernatürliche vermitteln muß.«

»Großartig«, sagte die Zauberkünstlerin. »Äh, da wäre noch etwas.«

»Ja?«

»Ich muß Ihnen zeigen, wie die einzelnen Tricks funktionieren, und dadurch werden Sie zu einem offiziellen Mitarbeiter, zu einem Mitglied der Truppe. Allerdings: Sie dürfen niemandem unsere Geheimnisse verraten.«

»Nennen Sie mir ein Beispiel.«

»In Ordnung. Beantworten Sie keine Frage danach, wie sie aus dem magischen Kasten herausgekommen sind. Und sagen Sie nicht, daß ich bei der späteren Szene einen Codeknacker benutze.« Amelinda schnippte mit den Fingern, hielt plötzlich ein elektronisches Gerät in der Hand, das Sicherheitscodes entschlüsseln konnte.

Spock runzelte die Stirn. »Ein höchst illegales Instrument, Miß Lukarian.«

»Solche Apparate sind nur illegal, weil sie auch von Verbrechern benutzt werden. Magier sind immer mit verschiedenen Dingen ausgerüstet, die ihnen Anzeigen oder gar eine Verhaftung einbringen könnte, wenn sie nicht ausschließlich auf der Bühne verwendet werden. Nun, was meinen Sie, Mr. Spock? Versprechen Sie mir dichtzuhalten — oder wollen Sie mich verpfeifen?«

Der Vulkanier kannte diese Ausdrücke bereits und wußte sie zu interpretieren.

»Sie können sich auf mich verlassen.«

»Gut. Kommen Sie. Sehen wir uns den Rest der Show an.«

Amelinda führte Spock zum rückwärtigen Bühnenbereich. Stephen stand im Scheinwerferlicht, warf brennende Fackeln hoch in die Luft, schien sie kaum zu berühren, als er sie wieder auffing und erneut davonschleuderte. Ein Band aus blauer Seide hielt sein langes blondes Haar zurück.

»Übrigens, Spock«, sagte Amelinda. »Haben Sie keine andere Kleidung? Irgend etwas Bunteres?«

Der wissenschaftliche Offizier fühlte sich versucht, diese Frage zu verneinen, überlegte es sich dann aber anders. »Ich glaube, das ließe sich arrangieren, Miß Lukarian.«

Hikaru Sulu wartete in der Garderobe, trug eine Strumpfhose samt Wams und ein Schwert am Gürtel. Er hatte Cockspur noch nicht gesehen, vermutete, daß sich der Schauspieler in seinem privaten Umkleideraum aufhielt.

Lindy und Spock kehrten zurück. »Sie können das Publikum von dort aus beobachten«, wandte sich die junge Frau an den Vulkanier. »Oh, Hikaru!«

»Ich bin fertig«, sagte Sulu.

»Hat er Ihnen nichts gesagt?«

»Was sollte er mir denn sagen?«

»Mr. Cockspur streikt.«

Hikaru war von seiner eigenen Enttäuschung überrascht. Er dachte gründlich nach, und einige Sekunden später erhellten sich seine Züge wieder. »Ich bin doch die zweite Besetzung, nicht wahr? Vielleicht könnte ich für ihn einspringen.«

»Im Ernst? Das wäre wunderbar. Sind Sie schon einmal auf der Bühne gewesen? Wissen Sie, was ein Soliloquium ist?«

»Nein. Äh, ich meine, das weiß ich schon, aber...« Sulu kannte sich mit Shakespeare aus, aber es war eine andere Sache, auf die Bühne zu treten und eine Szene aus Hamlet zu spielen. »Ich schätze, ich war ein wenig zu voreilig.«

»Könnten Sie bis morgen ein Soliloquium lernen?«

»Oh, sicher!«

»In Ordnung. Proben sind ein Greuel, aber wenn Sie so etwas ertragen, kommen Sie morgen zu uns.«

»Einverstanden.«

Jim saß im Saal und sah Stephen zu. Die Vorstellung des vulkanischen Jongleurs erreichte einen spektakulären Höhepunkt, als er Messer und gleichzeitig Fackeln warf, sie mit einer verblüffenden Sicherheit handhabte. Er fing sie auf, löste das Nackenband, gab das lange Haar frei und verbeugte sich tief.

McCoy ging an den Sitzreihen vorbei und nahm in Spocks Sessel Platz.

»Pille, ich glaube, beim Varieté könntest du's zu etwas bringen«, sagte Jim leise.

»Du bist in Schwierigkeiten, mein Junge«, erwiderte der Bordarzt. »Ich werde mir Lindys magische Box lange genug ausleihen, um dich zur Krankenstation zu bringen und dort zu untersuchen.«

»Pscht!« machte Kirk, und vor seinem inneren Auge bildete sich ein ganz persönliches Schreckensbild: Er sah McCoys Reg-Kultur, die Glukose absorbierte und wuchs, daraus grünen Heilschleim bildete. »Während der Vorstellung spricht man nicht.«

Nach dem mitreißenden Steptanz, den Greg und Maris zum besten gaben, glitt Marcellin auf die Bühne, bewegte sich wie in einer imaginären Welt, die nur für ihn existierte.

Jim begeisterte sich für die Show, ging völlig darin auf, und der Captain vergaß sogar seinen wissenschaftlichen Offizier.

Philomela sang. Zuerst lachten die Zuschauer, und dann weinten sie. Schließlich lachten und weinten sie gleichzeitig.

Tzesnashstennaj und die anderen Katzenwesen, auch die beiden entsprechenden Besatzungsmitglieder der *Enterprise*, zeigten eine Jagdszene. Jim hatte schon von diesem Tanz gehört, einer mythischen Darstellung der Geschichte ihres Volkes, doch nun sah er ihn zum erstenmal. Die fließenden, geschmeidigen Bewegungen wirkten gespenstisch, erotisch und verwirrend.

Der Vorhang schloß sich, und es wurde dunkler im Saal. Offenbar kam jetzt Mr. Cockspur mit seiner neo-shakespearischen Darstellung an die Reihe. Neugier regte sich in Jim, aber er vermutete, daß es sich um morbide Neugier handelte: Er ahnte, was ihnen nun bevorstand.

Aber Cockspur verschonte das Publikum mit seiner Präsenz. Als der Vorhang wieder aufglitt, sprang eine Horde bunter Pudel auf die Bühne, bildete einen kläffenden, bellenden Kreis. Newland Rift folgte, sehr eindrucksvoll in einem weißen Hakama, über dem er einen ebenfalls weißen Kimono trug. Die kleinen Hunde bezogen in einer langen Reihe Aufstellung, die Vorderpfoten unter den Schnauzen, aus denen schmale, rosafarbene Zungen hingen. Winzige weiße Zähne glänzten. Jim wünschte sich einen Platz weiter hinten.

Zu seiner großen Verwunderung erwies sich Rifts Auftritt als ebenso unterhaltsam wie die übrigen Darbietungen. Auf der Bühne verhielten sich die Pudel tatsächlich völlig anders, nicht annähernd so wild und undiszipliniert wie im Kontrollraum der *Enterprise*. Sie sausten durch Ringe, bellten im Chor, was durchaus melodisch klang, sprangen übereinander hinweg, bildeten eine sechs Stockwerke hohe Pyramide. Am Ende applaudierte auch Jim. Rift eilte über die Bühne, und seine Pudel folgten im gehorsamen Gänsemarsch.

Kurz darauf kehrten alle Akteure und Künstler zurück und nahmen noch einmal gemeinsam den Beifall des Publikums entgegen.

Commander Spock stand unter ihnen, jetzt gekleidet in ein weites Hemd aus brauner und goldfarben glänzender Seide, in dem er wie ein langjähriges Mitglied der Varietégesellschaft aussah.

Alle Freunde von Roswind waren zur Varietéshow gegangen, aber sie zog es vor, die für den nächsten Tag geplante Vorstellung abzuwarten. Sie wollte sich nicht mit einem Stehplatz zufriedengeben, hoffte darauf, morgen eine Karte zu bekommen. Die Schuld dafür trug allein ihre neue Stubengenossin. Wenn Roswind nicht gezwungen gewesen wäre, im Umkleideraum auf dem Freizeitdeck zu duschen, hätte sie Zeit genug gehabt, sich einen Platz in einer der ersten Reihen reservieren zu lassen.

Sie kehrte in ihre Kabine zurück und mußte dort feststellen, daß das grüne Wesen nach wie vor in der Hygienezelle lag. Roswind reagierte zuerst mit Ärger, doch dann regte sich Besorgnis in ihr. Lieutenant Uhura hatte sie davor gewarnt, das Geschöpf so sehr zu erschrecken, daß es hibernierte. Mit aller Deutlichkeit erinnerte sie sich daran, auf das extraterrestrische Besatzungsmitglied getreten zu sein, es dann angeschrien zu haben. Sie versuchte sich einzureden, daß sie überhaupt keine Schuld traf, aber der Zweifel in ihr blieb: Der Fußabdruck zeichnete sich noch immer in dem grünen Fladen ab.

Bestimmt würde sich bald der oder die Vorgesetzte des Wesens melden und fragen, warum es nicht den Dienst antrat. Hoffentlich war die Quetschung bis dahin verheilt.

Commander Spock trug das braun-goldene Hemd auch bei der zweiten Vorstellung. Erneut trat er auf die Bühne und kletterte in die ›magische Box‹. Amelinda hielt einmal mehr ihren Vortrag, in dem von Zauberei die Rede war. Das Glas dämpfte ihre Stimme. Spock vernahm ein metallenes Kratzen, als die junge Frau eine Stichwaffe zog: Sie hatte sich Sulus Degen ausgeliehen, an dessen Authentizität kein Zweifel bestehen konnte.

Der Vulkanier bereitete sich auf seinen Abgang vor.

Der Kasten drehte sich ruckartig, warf ihn zur Seite. Jäher Schmerz durchzuckte ihn, und für einen Sekundenbruchteil befürchtete Spock, mit dem Zauberkunststück sei irgend etwas schiefgegangen. Hatte sich eins von Amelindas magischen Schwertern in seinen Körper gebohrt? Er fiel...

Jim saß im Saal und spürte, wie die *Enterprise* erbebte. Die Alarmsirenen heulten, und der Captain sprang mit einem Satz auf, machte sich sofort auf den Weg zur Brükke.

Dort nahm er im Sessel des Befehlsstands Platz. Sulu bot einen eher seltsamen Anblick, als er mit Wams und einer Strumpfhose aus Seide im Kontrollraum erschien und die Konsole des Steuermanns aktivierte. Der große Wandschirm zeigte wirbelnde Sterne, während das Raumschiff schlingerte.

»Irgend etwas hat unseren Warp-Flug unterbrochen!« meldete Lieutenant Cheung. »Wir sind wieder im Normalraum.«

»Schadensbericht, Mr. Scott!«

Die Stimme des Chefingenieurs drang aus dem Lautsprecher des Intercom.

»Das Warpfeld ist zusammengebrochen, Captain. Eine Kollision?«

»Ich versuche, unseren Kurs zu stabilisieren, Sir«, sagte Sulu. »Aber ich bekomme nicht mehr als fünfzig Prozent Energie für die Impulstriebwerke.«

Nach einigen Augenblicken dunkler Stille fand sich Spock auf Händen und Knien im Zimmer neben der Garderobe wieder.

»Mr. Spock!« Amelinda kniete neben ihm.

»War das einer Ihrer Tricks, die...« Der Vulkanier unterbrach sich und holte tief Luft. »Die ich noch nicht kenne?«

Der Alarm schrillte. Im Korridor bellten Mr. Rifts Hunde, und Spock hörte auch die dumpfe Stimme des Hünen, als er versuchte, seine Pudel zu beruhigen. Der wissenschaftliche Offizier stand auf, stützte sich mit der einen Hand an der Wand ab. Ihm war noch immer schwindelig, stellte jedoch fest, daß ihn kein magisches Schwert verletzt hatte.

»Ich weiß nicht, was geschehen ist«, sagte Lindy. »Es fühlte sich an, als habe jemand das Raumschiff gepackt und es in ein Loch geworfen. Ich fürchtete schon, Sie säßen in der Apparatur fest...«

»Mit mir ist soweit alles in Ordnung.«

Lindy begleitete Spock in den Flur.

»Kommen Sie allein zurecht?« fragte sie ihn.

»Selbstverständlich«, erwiderte er.

»Ich muß nachsehen, wie es den anderen geht.«

»Machen Sie sich keine Sorgen um mich.« Spock betrat den Turbolift.

Die junge Frau nickte knapp und eilte fort.

»Brücke«, sagte der Vulkanier. Ein leises Knarren und Quietschen antwortete ihm. Normalerweise erfolgte die Beschleunigung der Kabine so gleichmäßig, daß man überhaupt nichts spürte, aber diesmal vibrierten Boden und Wände. Spock gelang es dennoch, das Gleichgewicht zu wahren.

Er erreichte die Brücke, während noch immer der Alarm heulte, lauschte den Intercom-Stimmen und versuchte, aufgrund der verschiedenen Statusmeldungen auf die Natur des Zwischenfalls zu schließen. Im Kontrollraum wandte sich Spock seiner Station zu. Das Gravitationsfeld fluktuierte: Die Fluglage der *Enterprise* hatte sich noch immer nicht stabilisiert.

Das Raumschiff war aus dem Warpfeld ins Einstein-Universum zurückgekehrt. Spock nahm den Unterschied als eine Veränderung in der Schwerkraft und der Art des

Lichts wahr. Offenbar erfolgte der Rückfall in den Normalraum, als er die magische Box Amelindas verließ. Aber wer oder was brachte genug Energie auf, um den Überlichtflug eines Schiffs der Constellation-Klasse zu unterbrechen?

Captain Kirk starrte auf den Wandschirm.

»Jim«, ertönte McCoys Stimme aus dem Intercom, »ist dein Navigator betrunken? Wenn's so weitergeht, muß ich bald nicht mehr nur Hautabschürfungen und blaue Flecken behandeln, sondern auch viele Fälle von Raumkrankheit.«

»Keine Gravitationswellenquelle in diesem Sektor, Captain«, meldete Uhura.

»Mr. Scott«, sagte Jim. »Ich brauche eine gleichmäßige Energieversorgung.«

»Ich gebe mir alle Mühe.«

Der Computer blendete ein Warnsymbol auf die Projektionsflächen. »Captain...« Spock hob den Kopf. »Eine Anomalie, direkt voraus.«

Das Schlingern der *Enterprise* hörte ganz plötzlich auf, und eine seltsame, gespenstische Ruhe schloß sich an.

Jim merkte erst jetzt, wie fest er die Hände um die Armlehnen des Sessels geschlossen hatte, und versuchte sich zu entspannen. »Danke, Mr. Spock. Maximale Vergrößerung, Mr. Sulu.«

Spock trachtete vergeblich danach, die Anzeigen seiner Instrumente auf ein planetares, stellares oder quasistellares Objekt zu beziehen.

»Maximale Vergrößerung.«

Der Wandschirm zeigte ein gewaltiges, gewölbtes Etwas, das der *Enterprise* entgegenzurasen schien. Jim lehnte sich überrascht zurück.

»Schilde hoch und auf volle Kraft!« ordnete er an.

»Die Entfernung beträgt mehrere hunderttausend Kilometer, Captain«, sagte Spock.

»Niedrigere Verstärkungsstufe, Mr. Sulu. Schilde desaktivieren.«

»Lieber Himmel!« entfuhr es McCoy. »Was ist das?«

Der Bordarzt trat aus dem Turbolift, und Kirk drehte sich zu ihm um. »Wurde jemand verletzt, Pille?«

»Keine ernsten Fälle. Ein paar Quetschungen, das ist alles. Und alle fragen sich, was passiert ist.« McCoy wartete, und als ihm niemand eine Erklärung anbot, fügte er hinzu: »Was *ist* passiert?«

»Wenn wir das herausfinden, gebe ich dir sofort Bescheid.«

»Geringere Verstärkungsstufe, Sir«, sagte Sulu.

Als der Steuermann das elektronische Zoom zurückfuhr, wurde aus der gewölbten Fläche eine Kugel, eine riesenhafte, schimmernde Perle, zu der sich wenige Sekunden später andere hinzugesellten. Ein Gespinst aus silbrigen Fäden verband die vielen Sphären, formte ein traubenartiges Gebilde. Erneut verringerte Sulu die Vergrößerung. Das Objekt glitzerte und funkelte, erweckte den Anschein, als klebten Hunderte von Seifenblasen aneinander und spiegelten das Licht der Sterne wider. Die meisten Sphären waren kugelförmig, doch einige wiesen lange, durchsichtige Erweiterungen auf, wie die Stacheln von Stabalgen.

Jim beobachtete das Etwas mit einer Mischung aus Aufregung und Sorge. Das Bild auf dem Schirm ließ vages Unbehagen in ihm entstehen. Zwar nahm die Vergrößerung weiterhin ab, aber das Objekt füllte den ganzen Projektionsbereich aus. Es schien nicht kleiner zu werden, sondern ständig anzuschwellen.

Allmählich wurden sich die Offiziere auf der Brücke der enormen Größe des *Etwas* bewußt. Sie reagierten erst mit staunender Verwunderung, dann mit Erschrecken.

Die Männer und Frauen vergaßen ihre Instrumente, starrten sprachlos auf den Schirm.

Schließlich konnten sie das Objekt in seinem ganzen Ausmaß sehen. Es erwies sich als wunderschön, erstrahlte im eigenen Licht. Ein glühendes Netzwerk stützte die Seifenblasen-Peripherie. Schillernde Flecken, Funken und Glanzbahnen klebten an den dünnen Linien, verdichteten sich im Zentrum. Die Außenfläche gewann nun die Qualität einer glatten, transparenten Haut aus Perlmutt, die sich zwischen phosphoreszierenden Rippen spannte.

»Es sieht... lebendig aus«, sagte McCoy langsam.

»Kennt es jemand?« fragte Jim — und bedauerte seine leichtfertigen Worte sofort. Dies war nicht der geeignete Augenblick für irgendwelche Scherze. Die übrigen Offiziere blieben still. Nur ein Fähnrich lachte leise und nervös.

»Es gehört nicht zur Föderation«, stellte der Vulkanier fest.

»Danke, Mr. Spock«, erwiderte Jim und preßte die Lippen zusammen, um nicht ebenfalls zu kichern.

»Es durchmißt fast... siebentausend Kilometer«, sagte Spock.

»Der halbe Durchmesser der Erde!« entfuhr es Uhura.

»In der Tat«, bestätigte der wissenschaftliche Offizier. »Die Masse ist natürlich wesentlich geringer.«

»Captain«, sagte Sulu, »jenes Gebilde dort ist auf keiner Karte verzeichnet. Darüber hinaus waren die Sensoren auf Fernortung justiert und registrierten nur leeren Raum. Mit anderen Worten: Das Objekt erschien erst vor wenigen Minuten.«

»Was soll das heißen, Mr. Sulu? Wollen Sie behaupten, es habe sich aus eigener Kraft *bewegt*?«

»Ja, Sir.«

Jim richtete seinen Blick wieder auf den Wandschirm. Keine der Föderation bekannte Energiequelle reichte aus, um eine so große Konstruktion in den Warpraum zu versetzen. Wenn das klingonische Imperium eine entsprechende Technologie entwickelt hatte — würden die Oligarchen sie dann geheimhalten? Vielleicht. Aber Kirk hielt es für wahrscheinlicher, daß sie ihre Entdeckung laut hinausposaunten, um damit ihre angebliche Überlegenheit zu beweisen.

»Mr. Sulu hat recht, Captain«, warf Spock ein. »Die Sensoren entdeckten nichts — keine Annäherung eines fremden Raumschiffs, keinen planetaren Körper im vor uns liegenden Sektor. Sie gaben erst Alarm, nachdem Gravitationsstörungen unseren Warp-Flug unterbrachen.«

»Aber woher kommt das Ding?« fragte McCoy. »Einfach aus der Luft?«

»Gewiß nicht, Doktor. Dort draußen im All gibt es keine Luft.«

McCoy seufzte. »Das war ein idiomatischer Ausdruck.«

Spock hob die Brauen.

»Eine Metapher«, erklärte der Bordarzt. »Eine Redewendung. Ich habe es nicht wörtlich gemeint.«

Jim wollte gerade eingreifen, um McCoy vor einer längeren und sicher fruchtlosen Diskussion mit dem Vulkanier zu bewahren, als Lieutenant Uhura plötzlich nach Luft schnappte. »Hören Sie nur, Captain...«

Seltsame Klänge drangen aus dem Lautsprecher der externen Kommunikation: fast schrill anmutender Gesang, leises, stöhnendes Wimmern, gefolgt von gewitterartigem Grollen und dumpfem Knistern. Jim hatte noch nie so etwas vernommen, spürte, wie sich auf seinen Unterarmen eine Gänsehaut bildete. Die fremden, unheimlichen Stimmen verstärkten das Unbehagen in ihm.

»Ein sonderbarer Gesang«, sagte Uhura. »Ohne verständliche Worte. Das Übersetzungsmodul weist den einzelnen Lautfolgen keine phonetische Bedeutung zu, und um die Korrelationsautomatik zu schützen, werden die Daten im Speicher abgelegt — der Translator kann nichts mit ihnen anfangen. Es handelt sich um eine ungerichtete Sendung auf allen Frequenzen, Sir. Offenbar ist die Nachricht nicht direkt für uns bestimmt.«

»Dann sollten wir uns besser vorstellen.«

»Einen Augenblick, Jim«, sagte McCoy. »Die Fremden wissen nicht einmal, daß wir hier sind. Willst du sie wirklich auf unsere Präsenz hinweisen? Wir haben keine Ahnung, mit wem oder was wir es zu tun haben, welche Absichten die Besatzung des... des Planetenschiffes hat...«

Spock sah auf. »Bevor Sie sich dafür entscheiden, sie zu fürchten, Dr. McCoy, sollten Sie erst einmal Hinweise darauf abwarten, daß ›sie‹ überhaupt existieren. Und dazu müssen wir versuchen, mit ›ihnen‹ zu kommunizieren.«

»Was für Hinweise brauchen Sie denn noch, Mr. Spock? Welchen Eindruck macht das Ding auf Sie? Halten Sie es für einen Irrläufer, einen Planetoiden? Für ein Produkt interstellarer Erosion? Ich hab's! Es entstand aufgrund der Wechselwirkung von Magnetismus und Staub!«

»Es wären durchaus einige natürliche Prozesse vorstellbar, die zur Entstehung eines derartigen Objekts führen könnten. Obwohl einschränkend hinzugefügt werden muß, daß man in einem solchen Fall mit ausgeprägter Instabilität rechnen sollte...«

»›Natürliche Prozesse‹? Allem Anschein nach ist die vulkanische Phantasie größer, als ich dachte. Meine Güte, die Sache liegt doch auf der Hand! Das Etwas dort draußen wurde von Wesen konstruiert, für die wir vielleicht kaum mehr sind als Affen — oder Ungeziefer!«

»Worin auch immer ihre Absichten bestehen mögen...« erwiderte Spock gelassen. »Wir müssen unbedingt unseren guten Willen demonstrieren.«

McCoys Argumente haben etwas für sich, überlegte Jim. Die Fremden in dem riesenhaften Gebilde — wenn es sie wirklich gibt — haben uns vielleicht noch gar nicht bemerkt. Wir können noch immer wenden, zurückfliegen, uns irgendwo verbergen und sowohl das Warptriebwerk als auch die Subraumsender reparieren.

Kirk dachte daran, anschließend Starfleet zu benachrichtigen und die mögliche Entdeckung einer bisher unbekannten intelligenten Spezies zu melden...

Und wenn Starfleet dann ein anderes, von einem ›erfahreneren‹ Kommandanten geführtes Schiff schickte, um den Erstkontakt herzustellen?

»Grußfrequenzen, Lieutenant Uhura«, sagte Jim.

»Grußfrequenzen offen, Sir.«

Die schrille, gespenstische Kakophonie wurde zu einem leisen Hintergrundflüstern. Jim zögerte, begriff dann aber, daß er jetzt keinen Rückzieher mehr machen konnte. Andererseits: Er wußte überhaupt nicht, was er sagen sollte. Natürlich kannte er die Berichte über bereits erfolgte Erstkontakte, hatte während des Studiums die erfolgreichen Verständigungen mit fremden Völkern studiert, sich Fehler eingeprägt, die es zu vermeiden galt. Trotzdem: Es handelte sich um Erfahrungen aus zweiter Hand. Und wenn man mit Extraterrestriern sprechen wollte, über die es keine Informationen gab, konnte man nicht einfach eine Schablone zur Hand nehmen.

»Hier spricht James T. Kirk, Kommandant des Raumschiffes *Enterprise.* Ich repräsentiere die Föderation der Planeten, eine interstellare Allianz, die den Frieden fördert, Mehrung des Wissens und Freundschaft zwischen allen Intelligenzen anstrebt. Ich grüße Sie und heiße Sie herzlich willkommen. Bitte antworten Sie, wenn Sie diese Sendung empfangen.«

Das Hintergrundzirpen verstummte.

Uhura sondierte die einzelnen Frequenzen. »Stille auf allen Kanälen, Sir.«

»Vermutlich ist das eine Reaktion der Fremden«, sagte Spock.

»Jim, fahr wenigstens die Schilde hoch«, drängte McCoy.

Kirk schmunzelte.

»Dr. McCoy«, begann der Vulkanier, »eine Entität, die in der Lage ist, ein so großes Objekt zu bewegen, läßt sich bestimmt nicht von unseren Schutzschirmen beeindrukken. Ihre Aktivierung könnte sogar als Provokation aufgefaßt werden.«

»Grußfrequenzen, Captain.«

»Hier spricht James T. Kirk vom Raumschiff *Enterprise.* Wir sind Boten des Friedens. Bitte antworten Sie.«

Die Lautsprecher blieben stumm.

»Nichts, Sir«, sagte Uhura. »Völlige Stille.«

»Schalten Sie auf visuelle Übertragung«, ordnete Jim an. »Senden Sie ganz einfache Bilder. Schwarzweiße Punktmuster. Übermitteln Sie auch die Daten für horizontale und vertikale Darstellung, damit die Burschen dort drüben nicht Monate brauchen, um die Kommunikationsstruktur zu entschlüsseln.«

»Aye, Sir. Visuelle Übertragung beginnt... jetzt.«

»Versuchen Sie alle, möglichst friedlich zu wirken«, wandte sich Jim an die anderen Offiziere. Er entspannte sich und blickte in den optischen Sensor, hob die Hände in einer Geste der Freundschaft. Die übrigen Anwesenden im Kontrollraum folgten seinem Beispiel. Kirk unterdrückte ein Lächeln, als er an die mögliche Ironie ihrer Situation dachte: Sie trachteten danach, mit leeren Händen friedfertige Absichten zu symbolisieren – aber vielleicht besaßen die Fremden gar keine vergleichbaren Greiforgane.

»Sir, ich empfange etwas!«

Jetzt ist es soweit, fuhr es Jim aufgeregt durch den Sinn. Der Erstkontakt.

»Sehen wir es uns an.« Er wollte ebenso gelassen klingen wie Commander Spock, hörte jedoch das erwartungsvolle Vibrieren in seiner Stimme und spürte, wie der Puls zu rasen begann. Er holte tief Luft.

Bildelemente formten Linien, und Linien schufen eine zweidimensionale Fläche.

Jim pfiff leise durch die Zähne.

»Bei den Magnolien meiner Mutter!« hauchte McCoy.

Die Darstellung war ein wenig verschwommen, zeigte ein exotisches Wesen.

Kirk hatte keine Möglichkeit, die Größe des Geschöpfs abzuschätzen, betrachtete eine relativ humanoide und sehr zart wirkende Gestalt.

Das Gesicht wies kaum Ähnlichkeit mit dem eines Menschen auf, obwohl Jim zwei Augen, Mund und Nase sah. Wenigstens vermutete er, daß jene Organe den entsprechenden Zwecken dienten. Unterkiefer und Nase wölbten sich vor, und das Glühen der großen Pupillen betonte dunkle Züge. Ein schnurrbartähnliches Gebilde umgab die Nüstern und führte am Mund herab, aber es war weder Haar noch eine Erweiterung des dünnen Körperpelzes. Das

Geschöpf streckte die Zunge aus, und ihre Spitze wanderte sanft über den Bart. Jim konnte keine Farben erkennen, denn die Sendung übermittelte nur Schwarzweißbilder, ebenso wie die vorherige Botschaft der *Enterprise*.

Äußerlich blieb Kirk ganz ruhig, aber in seinem Innern herrschte wildes Durcheinander. Nur mühsam widerstand er der Versuchung, aufzuspringen und zu jubeln.

»Ich bin James Kirk«, sagte er und sprach jedes Wort mit besonderer Sorgfalt aus. Übersetzungsmodule funktionierten wesentlich besser, wenn man deutlich sprach. Zwar waren die betreffenden Geräte an Bord der *Enterprise* nach wie vor außerstande, das Idiom der Fremden in Standards zu transkribieren, aber möglicherweise hatten die Kontaktpartner keine solchen Probleme. »Willkommen in der Föderation der Planeten.«

Er breitete die Arme aus, zeigte dem stumm starrenden Wesen seine leeren Hände.

Es wiederholte die Geste.

Und dann sang es.

Die Melodie bestand aus seltsamen, unvertrauten Tonfolgen, und die Stimme des Sängers glitt manchmal in den Ultra- oder Infraschallbereich, erzeugte mehrere Töne gleichzeitig. Ein individueller Chor, dachte Jim.

»Bemerkenswert«, kommentierte Spock.

Kirk hatte eine Idee. »Lieutenant Uhura... Wären Sie so freundlich, eine Antwort zu singen?«

Sie war wie hypnotisiert von der Stimme des Fremden, reagierte zunächst nicht. Dann stand sie auf und sang ebenfalls.

Jim kannte die Melodie, nicht aber die Bedeutung der Worte. Er vernahm akustische Äquivalente von Frieden und Schönheit, von endlosen Flüssen und äonenalten Bergen. Uhuras Stimme malte ein Bild. Es fiel Kirk schwer, seine Aufmerksamkeit von ihr abzuwenden und wieder auf den Wandschirm zu richten.

Das Grau in der Darstellung wich ersten Farben. Das Wesen gewann einen dunkelroten Glanz, und die Landschaft dahinter wurde gelbgrün. Der Fremde stand einige Dutzend Meter vor einer hohen Wand, die aus großen, perlenartigen Kugeln bestand.

Es befindet sich im Innern des Objekts, dachte Jim. Ich sehe nun die Innenfläche des... Raumschiffs? Der künstlichen Welt? Uhuras Stimme verklang.

»Vielen Dank, Lieutenant«, sagte Kirk, hätte am liebsten hinzugefügt: Das war ausgezeichnet und wundervoll.

Das Wesen stülpte lange, spitz zulaufende Ohren in die Höhe, und die borstenartigen Büschel daran versteiften sich.

»Ein Vetter von Ihnen, Mr. Spock?« fragte McCoy leise.

»Dies ist kaum ein geeigneter Zeitpunkt für Ihre geschmacklosen Scherze«, erwiderte der Vulkanier eisig.

Diesmal mußte Jim seinem wissenschaftlichen Offizier beipflichten. »Er hat recht, Pille. Verschiebt eure Wortgefechte auf später.«

Das Geschöpf hob die Arme, zeigte seine Hände.

Ein neues Bild formte sich auf dem Wandschirm, voller Farben und scharfer Details.

Eigentümliche Linien, die von innen heraus zu leuchten schienen, deuteten die Konstruktion der Fremden an, dehnten sich aus, wölbten sich und spannten ein weites, sphärisches Netz. Im Vordergrund schwebte ein Lichtpunkt, eine im Vergleich winzige Nachbildung der *Enterprise*. Der Funken geriet in Bewegung, näherte sich dem Gebilde, schwebte darüber hinweg, durchdrang die glitzernden Linien und verschwand.

»Können Sie eine ähnliche Grafik erzeugen, Mr. Spock?«

»Natürlich, Captain.«

»Lieutenant Uhura, übertragen Sie das Bild.«

Die dunkelhäutige Frau öffnete ein Bildschirmfenster in der unteren Ecke des Wandschirms, und wenige Sekunden später erschien dort das fremde Gebilde, perspektivisch verkleinert. Die *Enterprise* befand sich im Vordergrund. Der Bordcomputer zeichnete stilisierte Umrisse.

»Und jetzt eine menschliche Gestalt, im Innern des Schiffes.«

Spock hob eine Braue, kam der Aufforderung jedoch nach.

»Und nun zerlegen Sie die Gestalt. Transferieren Sie die einzelnen Komponenten zur Konstruktion der Fremden und setzen Sie sie dort wieder zusammen.«

»Hast du den Verstand verloren, Jim?« entfuhr des McCoy.

»Willst du nicht mitkommen?«

Das dunkelrote Wesen auf der Projektionsfläche streckte einmal mehr die Zunge aus und berührte den Sinnesbart. Dann vollführte es eine unmißverständliche Geste, zeigte zuerst auf Jim und dann auf eine Stelle neben sich. Die schmalen, dreifingrigen Hände endeten in langen Krallen.

Jim deutete auf seine Brust und das Geschöpf.

»Nun, Pille?«

»Captain Kirk«, warf Commander Spock ein, »Dr. McCoy hat es versäumt, seine Erstkontakt-Genehmigung verlängern zu lassen. Sie lief schon vor einigen Wochen ab. Meine ist nach wie vor gültig.«

»Einen Augenblick«, knurrte McCoy.

»Pille, verdammt...!«

Jim zeigte auf Spock, dann das fremde Wesen.

Es hob erneut die leeren Hände, die Finger gespreizt.

»Ich glaube, das ist eine Einladung, Commander Spock.«

»In der Tat, Captain.«

»Lieutenant Uhura, übernehmen Sie das Kommando. Und geben Sie bekannt, was gerade geschehen ist.«

»Ja, Sir.«

Kirk stand auf, brachte die kurze Treppe zwischen der unteren und oberen Brücke mit einem langen Schritt hinter sich. Die beiden Türhälften des Turbolifts glitten vor ihm auseinander. Spock folgte dem Captain, und McCoy betrat die Kabine ebenfalls.

»Jim, wenn du glaubst, du könntest mich einfach so aufs Abstellgleis schieben...«

»Ich habe dir doch *gesagt*, du sollst deine Genehmigung erneuern lassen!« unterbrach ihn Kirk wütend. »Was machst du überhaupt hier, wenn du nicht einmal daran denkst, deine Papiere in Ordnung zu bringen?«

McCoy setzte zu einer scharfen Erwiderung an, ließ dann aber den Kopf hängen. »Du hast recht«, gestand er ein. »Es war dumm von mir, nicht daran zu denken.«

Kurz darauf erreichten sie den Transporterraum. Jim befestigte einen handlichen Schutzfeldgenerator an seinem Gürtel und schaltete das Gerät ein. Eine energetische Blase umhüllte ihn.

»Alles klar, Commander?«

»Ja, Captain.« Auch Spock stand in dem kaum wahrnehmbaren Schimmern eines individuellen Schildes.

In dem Energiefeld klangen Jims Stimme lauter und gleichzeitig alle externen Geräusche leiser. Es diente in erster Linie dazu, ihn und die Fremden vor einer Infektion zu schützen. Es versorgte ihn mit Sauerstoff, falls die Atmosphäre im Raumfahrzeug der Extraterrestrier für den menschlichen Organismus giftig sein sollte, und wenn Temperaturen und Druck zu hoch waren, hielt es den fragilen Körper des Homo sapiens lange genug am Leben, um den rettenden Einsatz eines Transporterstrahls zu ermöglichen.

Nach den Angaben der Sensoren herrschten am Zielort erträgliche Umweltbedingungen, und für gewöhnlich stellten an ein bestimmtes Ökosystem angepaßte Mikroorganismen keine Gefahr für jemanden dar, der aus einem ganz anders beschaffenen Biotop stammte. Jim hoffte, daß das auch in diesem Fall zutraf. Trotzdem entschied er sich für den Körperschild, um jedes Risiko auszuschließen.

McCoy brummte leise, als Kirk auf die Transporterplattform trat. Spock blieb auf einer zweiten Transferscheibe stehen.

»Energie.«

»Entmaterialisierung beginnt«, sagte Kyle.

Jim spürte kurze Kühle, einen Sekundenbruchteil der Orientierungslosigkeit. Der Transporterstrahl richtete sich auf die Sendekoordinaten der Fremden.

Die Atome der beiden Männer kehrten in die gespeicherte Struktur zurück; Kirk und Spock gewannen wieder feste Form. Sie standen auf einer weiten, offenen Ebene. Jim versuchte, innerhalb weniger Sekunden möglichst viele Eindrücke in sich aufzunehmen: die neue Umgebung, die niedrige Schwerkraft, Geräusche, Wahrnehmungen...

Einige Schritte entfernt standen mehrere Fremde und beobachteten sie. Jim erkannte die Gestalt mit dem dunkelroten Körperpelz wieder. Die Ohren des Geschöpfs neigten sich nach vorn, und die langen, horizontalen Pupillen erweiterten sich, formten Ovale. Das Sinnesorgan über dem Mund sträubte sich, und erneut tastete die Zungenspitze über den Bart. Jim vermutete, daß das Wesen nun schnupperte oder Witterung aufnahm. Aber vielleicht ›roch‹ es ihn auf eine Weise, die Menschen gar nicht nachvollziehen konnten. Hinzu kam: Die individuellen Schilde schirmten auch ihren Körpergeruch ab.

Das Geschöpf bewegte sich, und unter dem Pelz zitterten feste Muskeln. Es war größer als Jim – sogar noch größer als Spock –, aber sehr zart und feingliedrig. Kirk beobachtete eine schmale Brust, kleine Füße, deren Klauen noch länger waren als die der Hände. An den Seiten des schlanken, stromlinienförmigen Körpers sah er einen dünnen Kamm, der sich über Arme und Beine fortsetzte, bis zu Händen und Füßen reichte. Er bemerkte jeweils drei Finger und sechs Zehen.

»Es wäre sicher interessant herauszufinden, auf welcher arithmetischen Grundlage das Rechensystem dieser Wesen basiert«, murmelte Spock. Der Tricoder summte und zirpte.

Jim trat auf das scharlachrote Geschöpf zu.

Es streckte die Arme aus, zeigte leere Hände.

Kirk nahm sich ein Beispiel daran, fühlte den neugierigen Blick des Fremden auf sich ruhen und hielt ihm stand. Er hoffte, daß diese Wesen keinen Aspekt seines Verhaltens als Bedrohung oder beleidigend erachteten, und vielleicht ging es ihnen ebenso. Möglicherweise erreichte jede Spezies irgendwann ein Evolutionsniveau, das Aggressionen angesichts harmloser Gesten verhinderte.

»Die Biologie ähnelt keinem uns bekannten System«, stellte Spock fest. »Die Wahrscheinlichkeit für eine reziproke Kontaminierung mit schädlichen Mikroorganismen beträgt zehn hoch minus neunzehn.«

»Und was bedeutet das, Spock?« fragte Jim leise.

»Sie ist...« Spock zögerte. Exakte mathematische Begriffe waren ihm offenbar lieber. »Sie ist vernachlässigbar gering. Es besteht keine Gefahr.«

»Warum haben Sie das nicht sofort gesagt?«

»Captain?«

Jim winkte ab.

Das Wesen sang eine kurze Melodie, und Kirks Übersetzungsmodul empfing die Laute, unterzog sie einer Analyse und nahm eine Transkription vor. Doch in dem Lautsprecher des kleinen Geräts knackte und knarrte es nur.

»Ich kann Sie nicht verstehen«, erwiderte Jim in dem Versuch, ein längeres Gespräch mit dem Fremden zu führen. Sie mußten miteinander reden, auch wenn nach wie vor eine breite Kommunikationskluft zwischen ihnen existierte. Dadurch war der Translator in der Lage, Daten für genauere Signifikanzanalysen zu gewinnen.

Das Geschöpf antwortete, und diesmal bestand die Übersetzung des elektronischen Instruments aus verschiedenen Pfeiftönen. Der Fremde legte die Ohren an, stülpte sie erneut nach vorn. Jim trat mit ausgestreckter Hand auf ihn zu.

»Captain...« begann Spock.

Jims Finger berührten eine unsichtbare Barriere, eine weiche Masse, die erst ein wenig nachgab, dann dem Druck standhielt. Zwischen dem individuellen Schild und dem Schutzfeld der Außerirdischen kam es zu funkenstiebenden energetischen Entladungen.

»Vermutlich wollten Sie mir gerade sagen, daß sich diese Wesen ebenso abschirmen wie wir.«

»Genau, Captain. Aber das Risiko einer Infektion existiert überhaupt nicht. Wir können die Luft atmen. Der Sauerstoffanteil entspricht etwa dem irdischen Wert, ist beträchtlich höher als der in der vulkanischen Atmosphäre. Die Temperatur dürfte von Menschen als recht angenehm empfunden werden.«

»Und von Vulkaniern?«

»Für Vulkanier spielen Begriffe wie ›angenehm‹ keine Rolle. Wichtig ist nur: Wir können auf die Schilde verzichten.«

Jim betätigte eine Taste des autonomen Generators. Ein leises Zischen ertönte – es erinnerte Jim an einen Ballon, aus dem die Luft entwich –, und kurz darauf war der Druckausgleich hergestellt. Kirk schluckte einige Male, um das Rauschen aus seinen Ohren zu vertreiben. Er nahm sonderbar intensive Gerüche wahr, einen Duft wie von Zimt und Curry.

Kirk preßte sich an das fremde Schutzschild, bis es seinen Bewegungen einen unüberwindlichen Widerstand entgegenstemmte. Dann wartete er. Die Wesen beobachteten ihn wortlos.

Schließlich desaktivierten sie die Barriere.

Das scharlachrote Geschöpf kam näher, und zum erstenmal berührten sich die beiden Spezies.

Die Hand des Fremden fühlte sich trocken und heiß an. Unter dem Pelz und der Haut spürte Jim überraschend hartes Fleisch, so als bestünde es aus Sehnen, nicht aus Muskeln. Vielleicht war das tatsächlich der Fall. Vielleicht gab es für Begriffe wie ›Muskeln‹ und ›Sehnen‹ keine Entsprechung in der Struktur dieser Geschöpfe.

»Willkommen in der Föderation der Planeten«, sagte Jim. »Und vielen Dank, daß Sie uns hier an Bord Ihres Schiffes empfangen.«

Die Augen des scharlachroten Fremden glänzten in

einem goldenen Ton. Pelz- und Augenfarben der Wesen unterschieden sich voneinander.

Jim fragte sich, ob das scharlachrote Wesen ein ›Er‹ oder eine ›Sie‹ war — oder vielleicht ganz etwas anderes.

In dem kontrollierten Ambiente eines Raumschiffes diente Kleidung rein ästhetischen Zwecken. Die Geschöpfe waren nackt, trugen nur Arm- oder Fußreife. Kirk hielt vergeblich nach Geschlechtsorganen oder ähnlichen Dingen Ausschau, schob seine Neugier beiseite und beschloß zu warten, bis eine echte Kommunikation möglich wurde, bis er über die Bräuche und Tabus der Fremden Bescheid wußte.

Er sprach weiter, um dem Übersetzungsmodul zusätzliche Daten zur Verfügung zu stellen. Jedes Wort, jede Geste hatte einen neuen melodischen Chorus zur Folge. Zwar hörten sich die Stimmen nach wie vor eigenartig an, aber Jim verglich die Klänge mit denen eines Kammerorchesters. Sie schienen miteinander zu verschmelzen, hoben und senkten sich wie die Wellen eines Meeres. Und im Lautsprecher des Translators knarrte und knisterte es noch immer.

»Captain, wenn ich einen Vorschlag machen darf...«

»Ich höre, Commander Spock.«

»Desaktivieren Sie den Output des Geräts. Damit setzen Sie die ganze Kapazität des Prozessors allein für die Datensammlung und -analyse ein. Wenn Sie ihn weiterhin zu einer Korrelation zwingen, zu der er noch nicht fähig ist, könnte das Resultat in elektronischer Pseudoschizophrenie bestehen. Außerdem bestünde dann die Gefahr, daß die Sprachmodulation ein... provokatives Geräusch verursacht.«

Jim beherzigte den Rat des Vulkaniers. Er war stolz auf sein Übersetzungsmodul, wollte vermeiden, den Speicher zu löschen und ihn neu programmieren zu müssen.

Spock führte eine Untersuchung mit dem Tricorder durch, und sein analytischer Verstand hing gleichzeitig mehreren Gedankengängen nach. Zuerst einmal beobachtete er das Verhalten der Fremden. Keiner von ihnen spielte während des ›Gesprächs‹ mit Kirk eine Führer-Rolle, und auch die Gesten deuteten nicht darauf hin, daß es so etwas wie einen Anführer gab. Statt dessen erweckten sie den Eindruck, als werde jede noch so triviale Entscheidung ausführlich diskutiert. Der Captain konzentrierte seine Aufmerksamkeit zwar auf das scharlachrote Individuum, aber allein der Zufall schien zu bestimmen, wer ihm antwortete oder die nächste Geste vollführte.

Andererseits befaßte sich Spock auch mit der Umgebung. Ihre exotischen Qualitäten gingen weit über die aller anderen Landschaften hinaus, die er bisher gesehen hatte. In einer Richtung erstreckten sich niedrige Dünen, aus denen schließlich Hügel wurden. Die Hügel gingen in Berge über, die immer höher aufragten, in der Ferne gewaltige Massive bildeten. In der anderen Richtung ragten steinerne Dorne aus festem Felsboden, gaben einer gespenstischen Szenerie Gestalt.

Die Wölbung des Landes machte Horizonte unmöglich. Entfernung und Dunst beschränkten die Sicht. In einem Blickwinkel von hundertachtzig Grad schien die Welt kein Ende zu nehmen.

Aber in der anderen Hälfte stieß sie auf eine Begrenzung. Der Außenwall des Raumfahrzeugs ragte in die Höhe, vereinte sich mit den geometrischen Lichtmustern des Himmels. Er bestand aus großen, perlenartigen, dicht an dicht gepackten Kugeln.

Weit oben glühte das Netzgewebe, emittierte einen gleichmäßigen Schein, der jedem Objekt einen runden Schatten verlieh. Hier und dort zeigten sich unregelmäßig geformte Lücken in dem Gespinst, und dahinter funkelten Sterne.

Ein Teil von Spocks Interesse galt auch dem Verhalten des Captains. Kirk versuchte, Informationen zu gewinnen, ging dabei systematisch vor. Er klopfte sich auf die Brust, nannte seinen Namen, zeichnete die Antworten der Wesen auf, zeigte auf verschiedene Dinge, stellte Fragen, füllte den Speicher des Übersetzungsmoduls. Eine recht einfache Methode – aber sie funktionierte.

Die Schwierigkeit bestand nur darin, daß der Translator enorme Datenmengen verarbeiten mußte. Spock bezweifelte, ob in der Sprache der Fremden so schlichte Komponenten wie Substantive existierten, denn die Antworten zeichneten sich durch eine bemerkenswerte Komplexität aus. Möglicherweise beschrieben sie für jeden Gegenstand Geschichte, Evolution, Fabrikation, kulturelle und materielle Bedeutung.

Nach einer Weile schaltete Captain Kirk den Output des Übersetzungsmoduls wieder ein, aber erneut tönte nur unverständliches Geknarre aus dem Lautsprecher. Die Wesen sangen, berieten sich.

Nach Spocks Ansicht hatte James Kirk einen großen Fehler: seine Impulsivität. Er war sturer und dickköpfiger als Christopher Pike – und sehr viel jünger. Aber schon im Alter von dreißig Jahren hatte sich Pike durch jene Art von würdevollem Ernst ausgezeichnet, den Spock zu schätzen wußte. Seine nüchterne, sachliche Lebenseinstellung erfüllte den Vulkanier mit Vertrauen.

James Kirks überschwengliche, geradezu tollkühne Menschlichkeit hinwegen weckte Zweifel in Spock.

Captain Kirk trat auf ihn zu. »Ich bekomme dauernd andere Antworten. Selbst wenn ich ein ganz einfaches Objekt wähle: Die Erklärungen der einzelnen Wesen unterscheiden sich kraß voneinander. Das ist zumindest mein Eindruck. Ich bin nicht besonders musikalisch, doch mir fielen Differenzen in den Klangfolgen auf. Haben Sie irgend etwas bemerkt, das uns bei einer Kommunikation helfen könnte?«

Spock hatte tatsächlich einige vage Ideen, doch während des derzeitigen Stands der Dinge wollte er sie nicht erörtern. Sein Vorschlag mochte eine Lösung ihres Problems ermöglichen – oder zu einer Katastrophe führen. Der Vulkanier beschloß, noch etwas zu warten und zunächst mehr Gedankenarbeit zu leisten.

»Vielleicht gibt es eine reale Grundlage für Ihre Annahme, Captain. Viele Gruppen von intelligenten Wesen verständigen sich mit Dialekten und Mundarten der gleichen Sprache. Darüber hinaus: Vielleicht befinden sich an Bord dieses Schiffes völlig verschiedene ethnische Bevölkerungsteile mit eigenständigen Idiomen.«

»Wenn das stimmt, würden doch bestimmt Abgesandte geschickt, die in der gleichen Sprache kommunizieren — um einen unmittelbaren Kontakt mit den Fremden, mit uns, zu erleichtern.«

»Das wäre logisch«, entgegnete Spock. »Unter gewissen Umständen. Und aus unserer Perspektive gesehen. Doch diese Geschöpfe stammen aus einer gänzlich anderen Kultur. Vielleicht teilen sie nicht einmal unsere Vorstellung von Logik. Vielleicht sind sie nicht auf die Begegnung mit einer anderen intelligenten Spezies vorbereitet.«

»Aber gerade darum geht es doch bei interstellaren Reisen!« entfuhr es Kirk. »Um die Entdeckung neuer Welten, neuer Zivilisationen...«

»Das ist *unsere* Einstellung, Captain«, betonte Spock noch einmal. »Möglicherweise ist die Besatzung dieses Schiffes aus ganz anderen Gründen unterwegs.«

Jims Kommunikator summte. »Hier Kirk.«

»Lieutenant Uhura, Sir. Eine klingonische Einheit nähert sich dem fremden Raumfahrzeug.«

»Ein ziviles oder militärisches Schiff?«

»Es handelt sich um einen bewaffneten Kreuzer, aber das Konstruktionsmuster ist dem Computer unbekannt. Die Eigentümerin behauptet, ihr Schiff sei außer Dienst gestellt.«

Kirk wechselte einen kurzen Blick mit Spock.

»Das ist nicht unbedingt von der Hand zu weisen, Sir. Vorausgesetzt, die Einheit gehört zu einem älteren Jahrgang. Aber in dem Fall müßte sie vom Computer identifiziert werden können.«

»Wie weit entfernt?« sprach Kirk ins Mikrofon des Kommunikators.

»Etwa eine Million Kilometer, Sir«, erwiderte Uhura. »Ein ganze Stück außerhalb der Waffenreichweite.«

»Übermitteln Sie der Klingonin eine Warnung. Sagen Sie, es... könnte zu folgenschweren Mißverständnissen kommen, wenn sie weiterhin im Föderationsraum bleibt.«

»Aber, Sir...«

»Ja, Lieutenant?«

»Es ist umstritten, wo der Föderationsraum beginnt und aufhört.«

»Das stimmt, Captain«, sagte Spock. »Sowohl die Föderation als auch das klingonische Imperium erheben Anspruch auf bestimmte Sektoren in der Phalanx. Da die entsprechenden Quadranten keinen besonderen strategischen Wert haben, kam es bisher noch nicht zu direkten Auseinandersetzungen. Doch weder unsere Regierung noch die klingonischen Oligarchen sind bereit, einfach so auf das zu verzichten, was sie als ihr Hoheitsgebiet erachten.«

Kirk seufzte. »Na schön. Lieutenant Uhura, geben Sie der Klingonin zu verstehen, daß sie sich zu weit vorgewagt hat. Stellen Sie fest, wie sie darauf reagiert. Wählen Sie möglichst taktvolle Formulierungen. Wenn der Kreuzer bis auf Waffenreichweite herankommt, so fahren Sie die Schilde hoch. Sagen Sie Mr. Kyle, er soll uns auf mein Signal hin an Bord beamen.«

»Ja, Sir.«

Kirk klappte den Kommunikator zusammen und bedeutete den Fremden mit einigen Gesten, daß Spock und er gehen mußten, jedoch zurückkehren würden. Die Wesen pfiffen gelegentlich und gaben schrille, flötenhafte Laute von sich.

Das scharlachrote Geschöpf hob den Kopf. Spocks Tricorder registrierte seltsame elektromagnetische Emissionen, und einige Dioden flackerten. Verwirrt beobachtete der Vulkanier die Anzeigen, fragte sich, was die sonderbaren Ausstrahlungen zu bedeuten hatten.

»Captain Kirk«, meldete sich Uhura erneut. »Wir empfangen eine visuelle Sendung — stammt sie von Ihnen?«

Sie beschrieb die Signale als Wiederholung der Grafik, die zuvor von der *Enterprise* zum Raumfahrzeug der Fremden übertragen worden war. Die winzigen stilisierten Gestalten ritten auf einem glitzernden Energiestrahl und verschwanden im Starfleet-Schiff.

»Danke, Lieutenant.« Kirk zeigte auf seine Brust, breitete die Arme aus, drehte sich einmal im Kreis und deutete schließlich zu Boden.

»Ich hoffe, Sie verstehen mich«, sagte er. »Wir müssen Sie verlassen. Aber wir kommen wieder, ganz bestimmt.«

Das Wesen vor ihm faltete die Hände, und Spock stellte mit seinem Tricorder fest, daß die elektromagnetischen Emissionen ein abruptes Ende fanden. Einige Sekunden später hob das dunkelrote Geschöpf die Arme, streckte ihnen die leeren Handflächen entgegen.

Kirk wiederholte die Geste, musterte den Fremden, dessen Zungenspitze über den Sinnesbart strich. Dabei wurde Spock wieder auf einige eigentümliche Anzeigen seines Tricorders aufmerksam. Die Bewohner des Weltschiffes führten keine sichtbare elektronisch-mechanische Ausrüstung für eine visuelle Übertragung bei sich, und nichts deutete darauf hin, daß sich hochentwickelte Technologie irgendwo in der Nähe befand.

Der Captain hob seinen Kommunikator. »Kirk an *Enterprise.* Beamen Sie uns an Bord, Mr. Kyle.«

Das kalte Zerren des Transferstrahls griff nach Spock.

Er rematerialisierte im Transporterraum, neben dem Captain.

»Wir *müssen* eine bessere Möglichkeit finden, uns mit den Fremden zu verständigen«, sagte Kirk auf dem Weg zur Brücke. »Wenn ich die Daten meines Übersetzungsmoduls in den Bordcomputer eingebe — wie stehen dann die Chancen, konkrete Resultate zu bekommen?«

»Schwer zu sagen. Die unbekannte Sprache erscheint mir so komplex, daß ich zu Vorsicht rate. Es könnten sich Probleme ergeben, etwa durch eine Überlastung der Rechnerkapazität.«

Als sie den Kontrollraum betraten, nahm Uhura wieder an der Kommunikationskonsole Platz.

»Was ist dort draußen geschehen?« fragte McCoy.

»Etwas Unglaubliches, Pille. Lieutenant Uhura, öffnen Sie bitte einen schiffsinternen Com-Kanal.«

»Kanal offen, Sir.«

Jim überlegte. Wie meldete man die Begegnung mit einer völlig fremden intelligenten Spezies, die vermutlich einen weitaus höheren technischen Entwicklungsstand erreicht hatte?

»Kirk an Besatzung. Das Gravitationsfeld eines Raumfahrzeugs hat den Flug der *Enterprise* unterbrochen, aber dadurch sind keine gravierenden Schäden an den Bordsystemen entstanden. Wir haben friedlichen Kontakt zu den Insassen des Schiffes hergestellt, den Angehörigen eines bisher unbekannten Volkes.«

Jim fragte sich, ob er noch etwas hinzufügen sollte, einen Hinweis auf historische Begegnungen oder dergleichen, doch das erschien ihm zu dramatisch und auch übertrieben. Er bedeutete Uhura mit einem Wink, den Com-Kanal wieder zu schließen.

»Was ist mit dem klingonischen Kreuzer, Lieutenant?«

»Die Eigentümerin ist nicht bereit, den Kurs zu ändern, Sir.«

»Ach? Nun, sehen wir uns das Schiff mal an.«

Spock runzelte die Stirn, als sich das Bild auf dem großen Wandschirm formte. Es handelte sich nicht um eine in die Jahre gekommene, ausgemusterte Kampfeinheit, sondern ein High-tech-Artefakt des Imperiums, ein völlig neues Schiff.

»Captain, ich halte es für extrem unwahrscheinlich, daß sich dieser Kreuzer im Besitz einer Privatperson befindet.«

»Ich weiß, was Sie meinen, Commander Spock. Lieutenant Uhura, ich möchte mit der Eignerin sprechen.«

Nur wenige Sekunden später wechselte das Bild, und Spock dachte: Selbst wenn nur eine Wahrscheinlichkeit von eins zu einer Million oder gar eins zu einer Milliarde besteht — man sollte sie berücksichtigen. Zwar hatten sie es zweifellos mit einem militärischen Schiff zu tun, aber die Eigentümerin war Zivilistin.

»Ich bin James T. Kirk«, sagte der Captain. »Ihr Schiff ist in den Föderationsraum eingedrungen, und Starfleet hat die Aufgabe, unsere Grenzen zu schützen.«

»Ich bin Koronin, Eigenerin der *Quundar*. Ich schätze, in Hinsicht auf die Grenzen vertreten unsere Oligarchen eine andere Ansicht.« Sie drehte den Kopf zu Seite und schnippte mit den Fingern. »Starfleet!«

Ein kleiner, rosafarbener Primat, der eine Miniaturuniform der Raumflotte trug, sprang in die Arme der Klingonin. Sie zog an der Leine, die sie am Halsband befestigt hatte. Das Tier wimmerte und winselte.

»Sehen Sie nur, wie sehr ich Starfleet schätze«, sagte Koronin.

»Ich bin sicher, die *Enterprise* ist ein weitaus stärkerer Gegner als ein hilfloser Affe«, antwortete Kirk. Selbst Spock hörte den unterdrückten Ärger in seiner Stimme.

Der Vulkanier betrachtete Koronins Kleidung, analysierte ihr Erscheinungsbild, ihren Akzent — und kam sofort zu dem Schluß, daß sie zu den Rumaiy gehörte, einer politischen und ethnischen Minderheit auf dem klingonischen Zentralplaneten. Die höchste Klasse der Rumaiy verschleierte sich in der Öffentlichkeit, und auch Koronin trug ein Gesichtstuch. Allerdings war es nicht an der Stirn befestigt, sondern hing lose wie ein Schal herab. Wer die klingonischen Bräuche kannte, wußte diesen Hinweis zu deuten: Koronin lehnte die Traditionen ihres Volkes ab. Also eine Renegatin. Spock befürchtete Schwierigkeiten.

»Unterschätzen Sie mich nicht, Föderations-Captain«, sagte Koronin. »Weder mich noch mein Schiff. Damit unterliefe Ihnen ein großer Fehler. Wenn ich meine Regierung repräsentierte, würde ich Sie nun auffordern, unseren Raumbereich zu verlassen — und nötigenfalls Gewalt anwenden. Aber ich spreche nur für mich selbst, sonst niemanden. Und ich möchte meinen schönen neuen Kreuzer nicht bei einem Gefecht aufs Spiel setzen.«

»Mir liegt ebenfalls nichts an einem Kampf«, erwiderte Kirk.

»Gut. Dann werden wir uns nicht stören, untersuchen beide das faszinierende Objekt zwischen uns. Es ist bestimmt groß genug, um zwei Landegruppen aufzunehmen.«

Ich bezweifle, ob diese Renegatin an wissenschaftlichen Forschungen oder den Möglichkeiten interessiert ist, die sich durch den friedlichen Kontakt zwischen zwei Spezies ergeben, dachte Spock skeptisch.

»Sie kommen doch von der Erde, nicht wahr?« fuhr Koronin fort. »Sie sind ein Mensch. Und wie heißt es so schön in Ihrer Sprache? ›Weidmannsheil‹.« Die Klingonin lachte.

Kirk stand auf und setzte zu einer scharfen Erwiderung an, doch das Bild auf dem großen Wandschirm verblaßte bereits. »Verdammt! Wenn sie bewaffnet das fremde Raumfahrzeug aufsucht... Ich wage mir gar nicht vorzustellen, was geschehen könnte.«

»Die Bandbreite der entsprechenden Möglichkeiten läßt sich auch in bezug auf uns nicht genau definieren, Captain«, sagte Spock. »Wir wissen nur wenig mehr als Koronin über das Weltschiff und seine Besatzung.«

»Woher hat sie den Kreuzer? Bestimmt handelt es sich nicht um ein Geschenk des Imperiums. Ist sie vielleicht eine Agentin?«

»Kein Einsatzagent würde Verdacht auf sich lenken, indem er eine militärische Einheit fliegt«, meinte Spock.

»Es sei denn, das gehört zum Plan«, gab Kirk zu bedenken.

»Es hat keinen Sinn zu versuchen, die vielfältigen Verschwörungsabsichten der klingonischen Oligarchen zu ergründen«, antwortete der wissenschaftliche Offizier. »Diese Aufgabe ist so komplex, daß Wahnsinn droht. Es bleibt uns nichts anderes übrig, als abzuwarten und zu beobachten, bis wir mehr Informationen haben.«

»Captain Kirk...«

»Ja, Mr. Sulu?«

»Nur ein Gedanke, Sir... Vielleicht erging es der *Quundar* ähnlich wie uns. Vielleicht wurde sie von den Gravitationswellen vom Kurs abgebracht und kann ohne eine Reparatur des Warptriebwerks nicht auf Überlichtgeschwindigkeit beschleunigen. Wenn das stimmt, sitzt Koronin im Förderationsraum fest, will vielleicht nur Zeit für die notwendigen Instandsetzungsarbeiten gewinnen.«

»Ich verstehe.« Captain Kirk lehnte sich in seinem Sessel zurück.

Der Wandschirm zeigte nun wieder das riesige Weltschiff, eine gewaltige, schimmernde Perle, die friedlich durchs All schwebte. Spock wußte, daß sich jenes Gebilde in einen metaphorischen Funken verwandeln konnte, der einen Planetenbrand entzündete, das verheerende Feuer eines interstellaren Kriegs. Viel hing von den Entscheidungen des jungen Kommandanten der *Enterprise* ab.

Der Vulkanier schaltete ein Interface zwischen seinem Tricorder und dem Bordcomputer, begann anschließend mit einer Datenanalyse. Die Insassen – Bewohner? – des Weltschiffs besaßen bemerkenswerte Fähigkeiten.

»Faszinierend«, murmelte er.

»Was meinen Sie damit, Spock?«

»Das scharlachrote Wesen sendete die Bilder, die wir auf dem Schirm sahen. Es erzeugte die betreffenden Signale mit Hilfe seiner Bioenergie. Biologische Kontrolle über elektromagnetische Strahlung. Höchst ungewöhnlich.«

»Nun, ich weiß nicht«, erwiderte McCoy. »Auf der Erde gibt es Zitteraale, die zu ähnlichen Kunststücken in der Lage sind.«

»Dr. McCoy«, entgegnete Spock erstaunt, »Sie sollten unbekannten Lebensformen mit mehr Respekt begegnen.«

»Was soll das denn heißen?«

»Die Geschöpfe, von denen ich spreche, üben perfekte Kontrolle aus, und das ist einmalig. Sie schaffen Bilder und übermitteln sie, ohne irgendwelche technische Hilfsmittel zu benutzen.«

Der Bordarzt starrte ihn groß an.

Jim seufzte. »Ich glaube, Mr. Spock möchte auf folgendes hinaus, Pille: Zitteraale geben keine Heimkino-Vorstellungen.«

»Es war ein *Scherz*, Mr. Spock«, sagte McCoy. »Ein Witz. Hielten Sie meine Bemerkung nicht für komisch?«

»Wohl kaum«, antwortete der Vulkanier.

»Ich schätze, ich sollte Ihnen gegenüber auf humorvolle Kommentare verzichten.«

Spock musterte den Arzt gelassen. »Das interpretiere ich als ein Versprechen. Und ich wäre Ihnen sehr dankbar, wenn Sie sich daran hielten.« Er ignorierte McCoy und setzte seine Arbeit fort.

Jim drehte sich um, wandte Spock und Pille den Rücken zu. Erneut beobachtete er das Weltschiff. »Unglaublich.« Aber es nützte nichts, auf die Darstellung zu starren. Dadurch kam er einem Verständnis des rätselhaften Objekts oder einer Kommunikation mit den Wesen darin keinen Schritt näher. Und es gab noch ein drittes Problem: Er mußte auf den klingonischen Kreuzer achten, der eine potentielle Gefahr für die *Enterprise* darstellte.

»Mr. Spock«, sagte Jim nach einer Weile, »wie schnell können Sie sich auf eine Rückkehr zum Weltschiff vorbereiten? Ich möchte es erforschen, feststellen, woraus die Außenstruktur besteht. Lieutenant Uhura wird uns als Kommunikationsberaterin begleiten und...«

»Sie gehen von riskanten Basisannahmen aus, Captain«, unterbrach ihn der wissenschaftliche Offizier.

»Können Sie sich nicht etwas deutlicher ausdrücken, Spock?« brummte McCoy.

»Captain Kirk beabsichtigt offenbar eine Untersuchungsstrategie, die bei einem ganz normalen Planeten mit einer durchschnittlichen, präindustriellen Kultur durchaus angebracht wäre. Aber das dort ist *kein* Planet. Die Wesen setzen weder mechanische noch elektronische Technik ein, die sich mit der unsrigen vergleichen ließe, doch eins steht fest: Sie haben einen sehr hohen Entwicklungsstand erreicht, das Weltschiff gebaut. Wir dürfen nicht einfach so in ihre Zivilisation eindringen und Analyseproben nehmen, ohne ausdrücklich eingeladen worden zu sein.«

»Nun, wir haben eine Einladung bekommen, in gewisser Weise«, warf Jim ein.

»Selbstverständlich steht es Ihnen frei, die Lage nach eigenem Ermessen zu beurteilen«, fuhr Spock fort. »Trotzdem schlage ich vor, über folgendes nachzudenken: Wie würden wir reagieren, wenn wir den Wesen des Weltschiffs gegenüber eine Einladung aussprächen – und sie unmittelbar nach ihrer Ankunft begännen, alles an Bord zu untersuchen?«

Kirk musterte den Vulkanier nachdenklich. »Dieser Punkt liegt Ihnen sehr am Herzen, nicht wahr, Commander?«

»Natürlich nicht«, widersprach Spock und fragte sich, ob ihn der Captain mit dem Hinweis auf Emotion beleidigen wollte. »Ich möchte nur auf einen wichtigen Punkt hinweisen: Präelektronische Kulturen können wir auf jede erdenkliche Weise untersuchen, weil die entsprechenden Zivilisationen schlicht und einfach nicht in der Lage sind, wirksame Gegenmaßnahmen zu ergreifen. Es sei dahingestellt, ob das moralisch-ethisch vertretbar ist oder nicht. Nun, in diesem besonderen Fall ist weitaus mehr Behutsamkeit und Rücksichtnahme angeraten. Das Raumfahrzeug läßt die Schlußfolgerung zu, daß die Technologie der Wesen der unsrigen überlegen ist. Daher schlage ich vor, wir machen uns eine taktvollere Haltung zu eigen.«

McCoy räusperte sich. »Wer sagt denn, daß die Geschöpfe, mit denen Sie und Jim gesprochen haben...«

»Von ›sprechen‹ kann keine Rede sein«, unterbrach ihn Spock. »Wir versuchten, eine Kommunikationsbasis zu schaffen, und zwar auf der Grundlage *ihrer* inhärenten Fähigkeiten.«

»...mit denen Sie und Jim gesprochen haben, die tatsächlichen Konstrukteure des Weltschiffes sind?«

Spock starrte den Bordarzt groß an. McCoy kannte die Daten – und dennoch stellte er eine solche Frage? Der Vulkanier hatte des öfteren erlebt, daß selbst knapp formulierter Zweifel in Hinsicht auf die Bewertung bestimmter Situationen seinen ganzen Wahrnehmungs- und Einschätzungskomplex grundlegend veränderte.

Doch *diesmal* traf das nicht zu.

»Unsere kurze Kommunikation überzeugte mich davon, daß die Geschöpfe das Weltschiff bauten«, erwiderte er.

»Übersetzung: Sie vermuten, daß es sich um die Konstrukteure handelte.«

»Es ist meine Meinung. Ich gehe von seiner solchen Prämisse aus.«

»Wenn ich mich recht entsinne, haben Sie vor nicht allzu langer Zeit die Ansicht geäußert, das Weltschiff könne natürlichen Ursprungs sein.«

»Es wäre möglich gewesen«, bestätigte Spock. »Inzwischen wissen wir es besser. Ich änderte meine Meinung auf der Grundlage zusätzlicher Informationen.«

»Sie erwähnten eben ›inhärente Fähigkeiten‹. Angenommen, dieser Begriff läßt sich auf den Bau des Weltschiffes erweitern? Angenommen, die Wesen schufen es aus einem Instinkt heraus?«

»Da Sie ganz offensichtlich nicht behaupten können, das Weltschiff stelle einen überdimensionalen Bienenstock dar«, erwiderte Spock, »muß ich in Erwägung ziehen, daß Sie Ihr Versprechen mißachten, mich nicht mehr mit Ihren Scherzen zu belästigen.«

Captain Kirk lächelte, und in Uhuras Mundwinkeln zuckte es. Spock empfand ihre Erheiterung fast als einen Affront.

»Meine Bemerkung war keineswegs scherzhaft gemeint«, sagte McCoy leicht pikiert. »Und es könnte sich *wirklich* um eine instinktive Reaktion handeln. Das läßt sich nicht ausschließen.«

»Ebensowenig wie Ihre vorherige Vermutung, das Weltschiff sei nicht von den Wesen erbaut worden, mit denen wir Kontakt aufnahmen. Was für ein Szenario schlagen Sie vor? Daß unbekannte Aliens es für sie konstruierten? Nun, Ihre Vorstellungskonzepte in diesem Zusammenhang würden mich sehr interessieren. Wahrscheinlich denken Sie an primitive Affenwesen.«

»Jetzt gehen Sie zu weit, Mr. Spock!« entfuhr es McCoy aufgebracht.

»Commander Spock, Dr. McCoy«, sagte Kirk. »Es gibt keinen Grund, sich über Spekulationen zu streiten. Das erübrigt sich, wenn es uns gelingt, den fremden Verständigungscode zu entschlüsseln.«

»Ich nehme an, die Sprache der Wesen entstand außerhalb des lokalen Unbewußten«, erklärte der Vulkanier.

»Wenn das stimmt...« Uhura holte tief Luft. »Dann sind wir vielleicht überhaupt nicht imstande, sie zu übersetzen.«

»Das lokale Unbewußte!« McCoy lachte. »Sie glauben doch wohl nicht an solchen Unsinn!«

»Ich finde die Theorie in intellektuell-ästhetischer Hinsicht sehr zufriedenstellend«, sagte Spock. »Vieles spricht für sie.«

»Das lokale Unbewußte gilt in weiten Kreisen als angemessene Grundlage für linguistisch-psychologische Forschungen«, fügte Uhura hinzu.

»Quatsch!«

»Sie haben das Recht zu einer eigenen Meinung«, bemerkte Spock mit kühler Diplomatie. »Selbst wenn sie ebenso antiquiert wie falsch ist.«

McCoy knurrte.

»Wären Sie so freundlich, mir die Theorie zu erklären, Spock?« fragte Kirk. »Was ist ›das lokale Unbewußte‹?«

»Die These besagt, daß sich alle Wesen in einem lokalen Bereich durch einen mentalen Verwandtschaftsgrad auszeichnen, auf einer gewissen geistigen Ebene miteinander verbunden sind. Aus diesem Grund – so der Lehrsatz –

können Sprachen aus einem anderen Evolutionssystem übersetzt werden.«

»Auf der Erde hat Jung die Theorie des kollektiven Unterbewußtseins entwickelt«, meinte Jim. »Und es gibt praktisch niemanden mehr, der sie in Frage stellt.«

»Mit dem lokalen Unbewußten ist es ähnlich, Sir«, sagte Spock. »Allerdings betrifft die Bezeichnung ›lokal‹ weitaus mehr als nur eine bestimmte Spezies, einen Planeten oder eine Sterngruppe.«

McCoy ächzte leise. »Mit anderen Worten: Spock meint, die Geschöpfe des Weltschiffs kommen aus einer anderen Galaxis.«

Der Vulkanier nickte. »Ich halte das für sehr wahrscheinlich.«

»Wunderbar!« platzte es aus McCoy heraus. »Wesen aus einem Sonnensystem jenseits der Grenzen des erforschten Raums genügen nicht! Es muß unbedingt ein Volk sein, das aus einer anderen Galaxis stammt! Warum behaupten Sie nicht gleich, sie kämen aus einem anderen Universum?«

»Es liegen mir keine empirischen Beweise für die Existenz anderer Universen vor«, stellte der wissenschaftliche Offizier sachlich fest.

»Commander Spock, wenn die Theorie stimmt und wir die Sprache der Fremden tatsächlich nicht übersetzen können – dann gibt es überhaupt keine Möglichkeit, mit ihnen zu kommunizieren.«

»Ganz im Gegenteil, Captain«, widersprach der Vulkanier. »Zwar ist nach der Theorie eine Transkription der Sprache ausgeschlossen, aber das bedeutet nicht, daß ihr Erlernen unmöglich ist.«

»Nun, mit dem lokalen Unbewußten kenne ich mich nicht besonders gut aus, Commander«, sagte Kirk, »aber ich werde Ihre Hinweise in bezug auf das Weltschiff berücksichtigen. Vielleicht bekommen wir die Erlaubnis, die Heimat der Fremden zu untersuchen. In der Zwischenzeit sollten wir alle versuchen, taktvoller zu sein.«

»Captain Kirk!«

»Ja, Mr. Sulu?«

»Sir, ein Schiff nähert sich...«

»Koronin? Übermitteln Sie ihr eine Warnung. Fordern Sie die Klingonin auf, Distanz zu wahren.«

»Es ist nicht die *Quundar*, Sir, sondern eine sehr kleine Einheit, ein Boot. Eine Art Sonnensegler. Und er stammt von dem Weltschiff.«

Das winzige, runde Objekt – wie eine Perle, die an einem großen, seidenen Segel hing – glitt über das Projektionsfeld an der Wand.

Kirk sah Spock an. »Vielleicht kommen die Wesen, um *uns* zu untersuchen.«

KAPITEL 10

Die Boten des Weltschiffes trugen nichts bei sich: weder Analysegeräte noch Kommunikationsinstrumente.

Der kleine Segler ritt auf einem Energiestrahl, schwebte der *Enterprise* entgegen. Als er sich ihr näherte, balancierte das Gefährt geschickt zwischen dem Gravitationssog des Weltschiffes und dem energetischen Balken. Seine Insassen übermittelten der *Enterprise* eine detaillierte visuelle Botschaft, verdeutlichten damit ihren Wunsch, an Bord gebeamt zu werden.

»Was ist nun mit den Vorschriften, an denen Ihnen soviel liegt, Spock?« fragte McCoy. »Wenn Jim die Burschen an Bord läßt, setzt er sich über die Erste Direktive hinweg.«

»Sie dient in erster Linie dazu, junge und sich noch entwickelnde Kulturen vor dem Schock zu bewahren, der durch die Konfrontation mit einer überlegenen Technologie entstehen könnte«, erwiderte der Vulkanier. »Aber vielleicht haben Sie diesmal trotzdem recht, Dr. McCoy. Vielleicht müssen *wir* vor dem Schock einer Begegnung mit den Weltschiff-Bewohnern geschützt werden. Vielleicht sollten wir die Erste Direktive auf uns selbst beziehen.«

»Das ist doch absurd, Spock!«

»Meinen Sie, Doktor?«

Kirk griff ein, um eine weitere verbale Auseinandersetzung zu verhindern. »Möglicherweise sollte ich mich auf die Erste Direktive berufen, um Sie voreinander zu schützen. Wie dem auch sei: Ich bin ziemlich sicher, daß derartige Maßnahmen in Hinsicht auf die Fremden unnötig sind.«

An Bord der *Quundar* beobachtete Koronin, wie der Segler des unbekannten Volkes das riesige Raumfahrzeug verließ und sich der *Enterprise* näherte. Die Klingonin fluchte. Wenn die Föderation glaubte, sie würde ruhig zusehen und einfach die Hände in den Schloß legen, während neue Aliens in die Allianz aufgenommen wurden, so irrte sie sich gründlich. Mit langen Schritten marschierte Koronin über den Kommandobalken und blickte durch die Aussichtsluken. Ihre Crew arbeitete noch immer an den Hyperraum-Triebwerken. Starfleet schlich hin und her, winselte leise und bettelte um Nahrung.

»Verschwinde!« fauchte die Klingonin. »Sei still, wenn du nicht angebunden werden willst!« Der Primat kroch zu ihrem Bett, kauerte sich auf der Pelzdecke zusammen und ließ seine Herrin nicht aus den Augen.

»An alle Stationen!«

Die Besatzungsmitglieder reagierten sofort, eilten zu den Konsolen.

»N-Raum-Motoren!«

Die *Quundar* erwachte wieder zum Leben.

»Captain, der klingonische Kreuzer beschleunigt.«

Jim beobachtete, wie sich das Renegatenschiff der *Enterprise* näherte, bis auf Waffenreichweite herankam. Eine Provokation? Plante Koronin einen Angriff? Kirk waren die Hände gebunden: Bis zur Ankunft der Fremden aus dem Weltschiff konnte er nichts unternehmen, nicht einmal die Schilde hochfahren.

»Behalten Sie sie im Auge, Mr. Sulu«, sagte er. »Achten Sie auf die Sensorerfassung. Mehr können wir im Augenblick nicht tun.« Er stand auf, machte sich zusammen mit McCoy auf den Weg zum Transporterraum, um dort auf die Besucher zu warten. Uhura und Spock schlossen sich ihnen an.

Die Fremden gaben durch nichts zu erkennen, ein Äquivalent der Transportertechnik zu besitzen, überlegte der

Vulkanier. Dennoch verhielten sie sich so, als handele es sich um etwas Banales, Primitives.

Spock zweifelte nicht darin, daß sie die entsprechende Technologie sofort duplizieren konnten, wenn ihnen etwas daran lag.

Er war inzwischen zu eigenen Schlußfolgerungen in Hinsicht auf die Wesen aus dem Weltschiff gelangt — zu Schlüssen, von denen er ganz genau wußte, daß sie auf unzureichenden Daten basierten. Spock bereitete sich innerlich darauf vor, betreffende Annahmen und Prämissen sofort zu verwerfen, wenn sie neuen Informationen widersprachen. Aber bis dahin hatte er wenigstens eine Beurteilungs- und Analysegrundlage.

In dem Sonnensegler sah er nichts weiter als ein Spielzeug. Die Wesen hätten jederzeit darum bitten können, direkt vom Weltschiff aus an Bord der *Enterprise* gebeamt zu werden. Statt dessen wählten sie ein kleines Transportmittel, angetrieben von Photonen, die einen Teil ihres Bewegungsmoments auf ein Segel übertrugen. Spock hielt diese Art des Reisens eher für trivial, und außerdem wäre er lieber Geschöpfen begegnet, die seine vulkanische Rationalität teilten. Doch die Fähigkeit zu ›spielen‹ mochte ihm als stichhaltiges Argument McCoy gegenüber dienen: Für den Doktor gab es nun keinen Grund mehr, die Gesellschaft des Weltschiffes mit der von Bienen zu vergleichen. Er konnte den hohen technischen Entwicklungsstand nach wie vor auf externe Einflüsse zurückführen, aber Spock war davon überzeugt, daß auch jener Irrtum bald der Wahrheit weichen mußte.

Das große, scharlachrote Wesen nahm auf der Transporterplattform Gestalt an: schlank, nackt, mit leeren Händen.

Im gleichen Augenblick begriff Spock, daß er einen wichtigen Punkt übersehen hatte.

»Halt! Die Gravitation...« Der Vulkanier sprang nach vorn und fing das Geschöpf auf, als es in einem viel zu starken Schwerkraftfeld materialisierte. Der zarte Knochenbau und das geringe Gewicht erstaunten ihn, und auf den physischen Kontakt folgte sofort der psychische. Die Macht des fremden Geistes zerschmetterte Spocks mentale Barrieren. Nur seine Disziplin und gut ausgebildeten Reflexe hielten ihn auf den Beinen.

»Mr. Kyle!« rief Kirk. »Beamen Sie unsere Gäste aufs Shuttledeck. Jetzt sofort!«

Der Transfertechniker hielt unwillkürlich den Atem an. Ein neuerlicher Transport ohne vollständige Rematerialisierung war nicht ganz ungefährlich... Dann beobachtete er, wie die anderen Boten des Weltschiffes zu Boden sanken, schrille Schreie von sich gaben. Rasch bediente er die Kontrollen.

Das Energiefeld erfaßte Spock und die Besucher, trug sie innerhalb eines Sekundenbruchteils in den Hangar.

Der Vulkanier ließ das scharlachrote Wesen los, sank auf die Knie, wie gelähmt von den fremden Gedanken.

Drei andere Geschöpfe materialisierten vor Athene und Amelinda Lukarian. Eins hatte einen cremefarbenen Pelz, und das flaumige Körperfell des anderen wies schmale, goldene und braune Streifen auf. Die Haare des dritten bildeten kompliziert anmutende Paisley-Muster.

Die Musik ihrer Stimmen wehte ihm wie die Melodie eines Windreiters entgegen, jener substanzlosen vulkanischen Wesenheit, die nie den Boden berührte. Das Vogelpferd schnaubte alarmiert und breitete die Schwingen aus. Amelinda Lukarian versuchte, es zu beruhigen.

Die drei Besucher vom Weltschiff hoben die Arme. Lange Extremitäten auf ihren Rücken entfalteten sich, und dazwischen glänzten schwimmhautartige Flügel.

Sie stiegen auf, flogen zum gefährlich niedrigen Himmel empor.

Spock versuchte, sich in die Höhe zu stemmen, aber er hatte plötzlich keine Kraft mehr. Die Hände ruhten zitternd auf den Knien. Er konnte kaum den Kopf heben. Als er schließlich aufsah, starrte er in die bernsteinfarbenen und goldenen Augen des scharlachroten Geschöpfs, das dicht vor ihm kniete. Die Zungenspitze tastete über den Sinnesbart, und mit der einen Hand, mit einem Krallenfinger, berührte es sich kurz an der Stirn. Dann gab es einen Laut von sich, den Spock als Frage interpretierte.

»Alles in Ordnung«, flüsterte der Vulkanier, vernahm dabei den heiseren Klang seiner Stimme. Von Anfang an war ihm klar gewesen, daß so etwas geschehen mußte. Aber er hatte gehofft, aus eigener Initiative handeln zu können, mehr Zeit für eine gründliche Vorbereitung zu haben.

Spock streckte die Hände aus, und seine Fingerkuppen strichen über die Stirn des Wesens.

Eine breite mentale Brücke entstand zwischen zwei völlig verschiedenen Geistessphären.

Jim Kirk befand sich noch immer im Transporterraum, stürmte zur Tür, als Spock und die Besucher vom Weltschiff entmaterialisierten. Er wollte nicht abwarten, bis sich der Transferfokus erneut aufgeladen hatte, konnte das Shuttledeck zu Fuß schneller erreichen. McCoy schaffte es gerade noch, auf den Korridor zu springen, bevor sich die Tür schloß.

»Wie dumm von mir!« rief Jim. »Himmel, was bin ich doch für ein Narr! Ich habe überhaupt nicht nachgedacht, verdammt!« In der Kabine des Turbolifts hieb er an die Wand, wütend auf sich selbst. Die Zeit verstrich, und das Schott vor ihnen blieb geschlossen. Als Kirk schon bedauerte, nicht im Transporterraum gewartet zu haben, glitt die Tür schließlich auf. Der Captain lief sofort los, sauste durch den Flur.

Auf dem Steg blieb er verblüfft stehen.

Die Fremden aus dem Weltschiff erweckten keineswegs den Eindruck, verletzt zu sein. Drei von ihnen glitten hin und her, flogen dicht unter der Decke des Hangar. Sie flogen! Ihre anmutigen und geschmeidigen Bewegungen erinnerten Jim an Falken, die an einem sonnigen Himmel schwebten, das Land unter ihnen beobachteten und nach Beute Ausschau hielten.

Athene schlug unsicher mit ihren Schwingen, versuchte den Fremden zu folgen. Mit hoch erhobenem Kopf und nach vorn gestülpten Ohren lief sie auf sie zu, trachtete danach, aufzusteigen und ebenfalls unter der Decke zu schweben. Die melodischen Stimmen der Wesen hallten zart von den Wänden wider.

»Mr. Spock!« rief Lindy. »Was ist mit Ihnen, Mr. Spock?«

Die junge Frau ging neben Spock und dem scharlachroten Geschöpf in die Hocke. Der Vulkanier lag steif im weichen Gras, die Hände zu Fäusten geballt. Auf der linken Gesichtshälfte sah Jim einige rote Striemen und Flekken aus pulverisiertem Gestein. Der vierte Besucher, der mit dem roten Pelz, winkelte den einen Arm an, sah sich wie benommen um.

Jim eilte die Treppe herunter und verfluchte sich erneut. Erachteten die Fremden die für sie viel zu hohe Gravitation in der *Enterprise* als einen Angriff, als heimtückische List? Hatten sie sich dafür an Spock gerächt?

Der Vulkanier sah schrecklich aus. Sein Gesicht war gelbgrün, und aus einer kleinen Wunde in der Wange sikkerte smaragdfarbenes Blut.

»Was ist geschehen, Lindy?« fragte Kirk.

»Ich weiß nicht genau...«

»Macht Platz«, sagte McCoy. »Laßt mich ihn untersuchen.« Er fühlte Spocks Puls. »Für einen Vulkanier recht niedrig.«

»Ist er in Lebensgefahr?«

»Nein, ich... ich glaube nicht. Leider hatte ich keine Gelegenheit, ihn zu untersuchen und die normalen Werte festzustellen. Zum Teufel auch!«

»Es hat jetzt keinen Sinn, ihm Vorwürfe zu machen, Pille.«

»Himmel, ich bin sauer auf mich selbst.« McCoy schüttelte den Kopf. »Es war meine Schuld... mein Fehler. Ich besorge eine Bahre.«

»Das übernehme ich. Sorg du dafür, daß unserem Gast nichts geschieht.«

»Ich... ich... habe keine körperlichen Schäden erlitten.«

Jim erhob sich ruckartig. Die Worte bildeten eine Melodie, und die Melodie formte die Worte. Der scharlachrote Flieger strich sich mit der Krallenhand über den Arm, streckte die drei Rückenextremitäten, zwischen denen sich die Schwingen spannten. Als er sie nach vorn neigte und hinter Kirk schloß, entstand eine Art Kokon. Schon nach wenigen Sekunden wich der Fremde wieder zurück, faltete die Flügel zusammen. Es knisterte leise, wie von feiner Seide.

»Haben Sie zu mir... gesprochen?« fragte Jim.

»Ich sprach die ganze Zeit über, aber Sie konnten mich nicht verstehen. Die Singende wäre vielleicht in der Lage, sich mit uns zu verständigen – nachdem sie genug gelernt hat. Oh, Sie kommunizieren mit einem so simplen Code...«

»Wieso beherrschen Sie ihn jetzt?«

Der Flieger formulierte mehrere melodische ›Worte‹, sah dann auf den Vulkanier herab. »Spock hat mir geholfen.«

Der Besucher nahm neben dem wissenschaftlichen Offizier Platz, neigte die Hände und preßte die Handrücken auf den Boden. Spocks angespannte Muskeln lockerten sich allmählich, aber er blieb nach wie vor bewußtlos.

»Was ist passiert?« erkundigte sich Jim.

»Ich schlug ihm vor, Muster auszutauschen. Und er erklärte sich dazu bereit. Doch unsere Kommunikation ging weit darüber hinaus.«

Jim suchte nach den richtigen Worten, kämpfte gegen seine Verwirrung an. »Wir begegnen nicht gerade häufig Leuten wie Ihnen. Sie sind mit erstaunlichen Fähigkeiten ausgestattet, und Ihre Technologie scheint mindestens so hoch entwickelt zu sein wie unsere. Das ist eine neue Erfahrung für uns... Ich fürchte, Mr. Spock wurde bei dem Kontakt mit Ihnen verletzt. Er braucht Hilfe...«

»Die Bahre ist unterwegs, Jim«, sagte McCoy und kehrte vom Intercom-Anschluß neben der Treppe zurück.

Die anderen Flieger landeten und traten neugierig näher.

»Ihr Flugbereich bietet nur wenig Platz«, stellte das scharlachrote Wesen fest. »Wie bringt es Ihre Partnerin fertig, hier zu schweben? Wie jagt sie?«

Das Geschöpf meinte Athene. »Sie muß das Fliegen erst noch lernen. Es ist eine lange Geschichte. Geht es Ihnen und Ihren Freunden gut? Die hohe Gravitation im Transporterraum hat Ihr Wohlergehen nicht beeinträchtigt?«

»Spock hat uns rechtzeitig genug hierher gebracht.«

»Es tut mir leid – mir unterlief ein unverzeihlicher Fehler.«

Die Flieger pfiffen und sangen miteinander.

»Er gehört der Vergangenheit an«, erwiderte das scharlachrote Wesen schließlich.

»Was haben Sie mit Spock angestellt?« fragte Uhura.

»Ich wollte ihm Freude und Melodie schenken«, erklärte der Besucher. »Doch meine Muster bereiteten ihm Kummer und Leid.«

Zwei Krankenpfleger kamen in den Hangar, und McCoy half ihnen dabei, den reglosen Vulkanier auf die Bahre zu legen und zur Krankenstation zu bringen. Einige Männer aus der Sicherheitsabteilung warteten auf dem Steg. Jim sah sie an, schickte sie mit einem Wink fort.

Der scharlachrote Flieger zwinkerte. »Sie, die Singende, heißen Uhura. Und Sie sind Captainkirk.«

»Mein Name lautet James Kirk. ›Captain‹ ist ein Titel. Ich bin für dieses Schiff verantwortlich. Sind Sie der Captain, der Kommandant, des Weltschiffes, Ihres Raumfahrzeugs?«

Der Fremde streckte die Zunge aus und berührte seinen Sinnesbart. Jim glaubte, dieses Gebaren als eine Geste des Nachdenkens zu erkennen.

»Ich verarbeite noch immer die Informationen, die mir Spock gab. Den ›Namen‹ erhalten Sie kurz nach der Geburt, und ›Titel‹ bekommen Sie als Erwachsene. Stimmt das?«

»Im Prinzip schon.«

»Dann bin ich nicht der ›Captain‹ unseres...« Der Flieger summte, schaffte es irgendwie, gleichzeitig zwei verschiedene Töne zu erzeugen. »›Weltschiff‹ muß genügen, obwohl es sich um einen irreführenden Begriff handelt. In Ihrer Sprache gibt es keinen passenden Ausdruck dafür, und ich fürchte, Ihr Stimmapparat ist nicht imstande, die exakte Lautfolge zu reproduzieren. Was die Bezeichnung ›Captain‹ angeht — ein derartiges Konzept ist mir fremd.«

»Wer erteilt die Befehle? Wie wird das Weltschiff geführt? Wer sorgt dafür, daß alles seine Ordnung hat?«

»Ich gebe weder Befehle noch nehme ich welche entgegen. Und im Weltschiff hat alles seine Ordnung. Es... erneuert sich selbst.«

»Bedeutet das, es ist ein natürliches astronomisches Objekt? Es entwickelt sich? Sie haben es nicht gebaut?«

Der scharlachrote Flieger wandte sich den anderen Fremden zu und sang. Uhura beugte sich vor und lauschte. Ein verträumtes Lächeln umspielte ihre Lippen.

»Das Weltschiff ist ein natürlicher Körper«, antwortete das rote Wesen. »Wie könnte es anders sein? Wie wäre ein ›unnatürliches‹ Objekt beschaffen? Selbstverständlich entwickelte es sich, und dieser Prozeß setzt sich fort. Die Evolution läßt keine Ausnahmen zu. Und nein: Ich habe es nicht gebaut. Ich bin noch recht jung, und das Weltschiff ist alt.«

Das wird Commander Spock enttäuschen, dachte Jim. Und McCoy freuen. Er kann nie der ›Das hab ich doch gesagt‹-Versuchung widerstehen.

»Sie wissen jetzt, wer wir sind«, meinte Kirk. »Wären Sie so freundlich, sich selbst vorzustellen?« Er wartete gespannt.

Der scharlachrote Flieger zwinkerte erneut, und wieder berührte seine Zunge den Sinnesbart. »Ich habe keinen Namen«, sagte er, flüsterte den drei anderen Fremden eine Melodie zu. Sie antworteten, kamen näher, überragten die Menschen.

»Oh.« Jim kam sich wie ein Narr vor.

»Ihre Sprache ließe sich nur mit großen Schwierigkeiten an unsere Muster anpassen. Vielleicht sollte ich Spocks Beispiel folgen und einen Namen annehmen, den Sie formulieren können.«

»Das würde einiges erleichtern«, pflichtete Jim bei. »Wie wählt man Namen in Ihrer Zivilisation?«

»Auf der Grundlage von Abstammung, persönlichen Vorlieben, Sternkonstellationen oder historischen Gestalten...«

Das rote Geschöpf gab die Informationen an seine Artgenossen weiter, und diesmal dauerte die Diskussion einige Minuten. Jim gewann den Eindruck, daß der scharlachrote Flieger aus irgendeinem Grund den Unwillen der anderen Besucher erregte.

»Für so etwas fehlt mir der Bezug. Ich habe keine Familiennamen, und ich kenne auch keine historischen Gestalten. Die Sternbilder meines Himmels verändern sich ständig.«

»Dann benutzen Sie doch Spitznamen«, schlug Uhura vor. »Sie beziehen sich auf physische Charakteristiken, Neigungen und dergleichen.«

Jim nickte. »Zum Beispiel stelle ich mir Sie als ›Scharlach‹ vor.«

»›Scharlach‹. Warum nicht? Ich bin einverstanden. Nun, die Zukunft sollte weitere Gespräche bereithalten.«

»Aber...«

»Die Gemeinschaft muß sich beraten.«

»Es gibt so viele Fragen, die wir an Sie richten möchten...«

»Darf ich zuhören?« warf Uhura ein. »Ich... würde gern versuchen, Ihre Muster zu lernen.«

Die Flieger schwiegen.

»Lieutenant!« sagte Jim. »Nach dem, was mit Spock geschehen ist...«

»Hat Mr. Spock eine Mentalverschmelzung mit Ihnen herbeigeführt?« wandte sich Uhura an Scharlach. »Dazu bin ich nicht in der Lage. Mein Lernprozeß ist wesentlich langsamer. Ich höre einfach zu. Captain, diese Sache erscheint mir sehr wichtig!«

Jim suchte nach einem Vorwand, ihr zu widersprechen, sah die Hoffnung in ihren Augen. Er erinnerte sich daran, daß ihre Ausbildung sie auf eine solche Begegnung vorbereitet hatte: Wenn er ihr nun befahl, nicht mit den Fremden zu kommunizieren, stellte er damit ihre Kompetenz in Frage, gab zu verstehen, daß er ihr mißtraute. Er wollte Uhura nicht auf diese Weise vor den Kopf stoßen.

»Na schön, Lieutenant. Wenn Scharlach nichts dagegen hat... Aber seien Sie vorsichtig.«

Scharlach ging mit keinem Wort auf Uhuras Anliegen ein, führte sie einfach zu den übrigen Fremden. Sie sangen, und ihre Stimmen schienen miteinander zu verschmelzen, hüllten die dunkelhäutige Frau in einen musikalischen Bann.

Jim behielt die Gruppe im Auge, als er zurückwich und sich mit der Brücke in Verbindung setzte.

»Die *Quundar* unternimmt nichts, Captain«, meldete Sulu. »Die Klingonin ist noch immer da und wartet.«

»Sie rührt sich nicht von der Stelle?«

»Nein, Sir.«

»Dann verhalten wir uns ebenso«, entschied Jim. »Bis auf weiteres. Unteroffizier Rand, geben Sie eine Veränderung der Gravitationskonstante bekannt. Mit zehnminütiger Verzögerung für eventuelle Einwände.«

Diese Zeitspanne diente vor allen Dingen dazu, mit Experimenten beschäftigte Wissenschaftler auf die mögliche Veränderung einer Variablen hinzuweisen, aber da der Forschungsstab der *Enterprise* noch nicht vollständig besetzt war, rechnete Jim nicht mit kritischen Hinweisen.

Er öffnete einen internen Com-Kanal zum Maschinenraum.

»Mr. Scott«, sagte er, »bitte reduzieren Sie die Schwerkraft im ganzen Schiff auf null Komma eins g.«

»Halten Sie das für klug, Captain? Ich...«

»Wir haben Gäste, Mr. Scott. Ich möchte, daß sie sich hier wie zu Hause fühlen.«

»Aber, Captain: Wollen Sie zulassen, daß sich die Fremden frei in der *Enterprise* bewegen? Wir wissen doch gar nicht...«

Jim schaltete ab, beobachtete erneut die Gruppe und zögerte, den Hangar zu verlassen. Doch Scott hatte ihm einmal zuviel widersprochen.

»Lindy, ich bin gleich zurück. Kommen Sie den Fliegern nicht zu nahe, in Ordnung?«

Er stieg die Treppe hoch, eilte über den Steg und ging in Richtung Maschinenraum.

Auf halbem Weg zum Turbolift stolperte er über den Gravitationssims, den er ganz vergessen hatte, verlor das Gleichgewicht und stürzte zu Boden. Aus einem Reflex heraus zog er den Kopf ein, um sich abzurollen, blieb verwirrt auf dem Rücken liegen.

Vorsichtig stemmte er sich in die Höhe und betastete das rechte Knie. Die Schmerzen waren nicht schlimmer als vor dem Fall, doch er hatte sich einige blaue Flecken an anderen Stellen geholt.

Großartig, dachte Jim. Wahrscheinlich notiert man es in meiner offiziellen Biographie: Bei seinem ersten Kontakt mit Fremdintelligenz ließ er zu, daß sein wissenschaftlicher Offizier auf eigene Faust handelte und im Koma zur Krankenstation transportiert werden mußte. Er sah sich außerstande, den Chefingenieur zu veranlassen, einem direkten Befehl zu gehorchen... Und als Ausgleich dafür stürzte er, brachte sich dabei fast selbst um.

Kirk horchte in sich hinein: Er war zornig auf sich selbst, noch wütender auf Scott und Spock. Der Vulkanier hatte eine gefährliche Entscheidung getroffen, als er mit den Fliegern kommunizierte, ohne das Risiko zu berücksichtigen, daß er dadurch einging. Für das als Folge daraus entstandene Durcheinander verdiente er ein Disziplinarverfahren. Vorausgesetzt natürlich, er überlebte. Und was den Chefingenieur betraf...

Jim erreichte den Maschinenraum und sah sich verblüfft um. Es hatte den Anschein, als habe jemand die Geräteblöcke demontiert, ohne vorher das Handbuch gelesen zu haben. Kirk blieb dort stehen, wo mehrere Beine unter einer großen Apparatur hervorragten.

»Mr. Scott.« Keins der Beine bewegte sich. »Mr. Scott!«

»Aye, Captain?«

Jim zuckte zusammen. Der Chefingenieur stand hinter ihm, musterte ihn neugierig und hielt einige technische Pläne in der Hand.

»Ich möchte mit Ihnen über die Gravitation reden«, sagte Kirk.

»Wie Sie meinen, Captain. Soll keine Veränderung stattfinden?«

»Doch. Die Warnung ist bereits erfolgt, und ich habe nicht die geringste Absicht, es mir anders zu überlegen. Nehmen Sie nun die Modifikation vor, oder wollen Sie das mir überlassen?«

Scott bedachte ihn mit einem beleidigten Blick, drehte sich um und trat an eine Konsole heran. Kurz darauf blinkten die Sensoren der Ambientenkontrolle. Dreißig Sekunden später reduzierte sich die Schwerkraft auf ein Zehntel des bisherigen Werts.

»Erledigt, Captain. Gravitation null Komma eins g, wie von Ihnen gewünscht. Aber...« Er unterbrach sich, als er Jims Gesichtsausdruck sah.

»Mr. Scott«, begann Kirk so leise, daß ihn nur der Chefingenieur hören konnte, »seit ich das Kommando über dieses Schiff antrat, widersprechen Sie dauernd meinen Anweisungen. Bisher habe ich das hingenommen, denn Sie verstehen Ihre Arbeit. Aber jetzt reicht's mir. Ich vermute zu Ihren Gunsten, daß es sich um ein persönliches Beziehungsproblem handelt, daß Sie sich noch immer Ihrem vorherigen Kommandanten verbunden fühlen. Ich werfe Ihnen also keine direkte Insubordination vor, und deshalb bleibt Ihnen ein Verfahren erspart. Doch einer von uns beiden muß gehen, und ich habe keine Lust, die *Enterprise* zu verlassen. Ich schlage Ihnen vor, Sie beantragen eine Versetzung. Bestimmt findet Starfleet ein anderes Schiff für Sie.«

Jim wartete auf eine Antwort.

Scott starrte ihn an.

»Haben Sie mich verstanden?«

»Ich soll um eine Versetzung bitten, Captain?« fragte Scott betroffen. »Fort von der *Enterprise*?«

»In der Tat.«

Scott schwieg. Jim drehte sich verärgert um und marschierte in den Korridor zurück. Er ahnte, daß er dieses Problem besser und eleganter hätte lösen sollen, aber so sehr er auch nachdachte: Ihm fiel keine Alternative ein.

Lindy stand nach wie vor im Hangar, strich über die glitzernde, schweißfeuchte Schulter des Vogelpferds. Sie grub die eine Hand in die Mähne und trieb Athene an. Das geflügelte Roß breitete die Schwingen aus und bewegte sich so, als könne es nicht ertragen, den Boden zu berühren. Die Ohren zitterten nervös, und in den Augen blitzte es.

»Es besteht keine Gefahr, Liebes«, hauchte Lindy. »Ganz ruhig, Athene. Sei ganz ruhig.« Die Fremden vom Weltschiff faszinierten und erschreckten das Vogelpferd. Lindy führte es zwar von der Gruppe fort, aber Athene scheute immer wieder. Als sich die Kommunikationsmelodie der beratenden Gemeinschaft änderte, schnaubte sie, warf den Kopf von einer Seite zur anderen und stieß Lindy fast zu Boden. Die junge Frau bemühte sich vergeblich darum, das geflügelte Roß zu besänftigen.

Schließlich sah sie Jim auf dem Steg. Er kam die Treppe herunter und trat auf sie zu, schien ebenso aufgeregt zu sein wie Athene.

»Was ist geschehen, während ich fort war?«

»Nichts. Die fremden Wesen singen noch immer.«

»Alles in Ordnung mit Ihnen? Und mit Athene?«

»Sie versteht nicht, warum die Besucher fliegen können und sie an den Boden gefesselt bleibt.« Lindy spürte, wie dumpfer Schmerz in ihrem Unterarm zu stechen begann: Sie mußte ihre ganze Kraft einsetzen, um Athene unter

Kontrolle zu halten. Das Vogelpferd versuchte immer wieder, sich von ihrem Griff zu befreien.

»Soll ich ein Seil holen?«

»Nein. Je mehr man sie zu disziplinieren versucht, desto bockiger wird sie. Sie muß sich nur an die Flieger gewöhnen.«

Die Melodien der Besucher verklangen. Athene schnaubte einmal mehr, wich zur Seite, riß Lindy mit sich. Jim trat rasch zurück.

»Bringen Sie sie wenigstens in die Reparaturbucht.«

»Nein! Dort kann ich sie jetzt unmöglich ruhig halten. Sie würde sich verletzen.«

»Lindy, ich muß an die Sicherheit aller Personen an Bord denken...«

»Athene bliebt hier, verdammt! Sie ist viel zu nervös, braucht Bewegung, wenn sie nicht völlig in Panik geraten soll. Lassen Sie uns einfach allein und machen Sie sich keine Sorgen. Lieber Himmel, Jim, ich kann nicht gleichzeitig mit Ihnen reden und dafür sorgen, daß Athene keinen Unsinn anstellt.«

Ohne ein weiteres Wort zu verlieren, wandte sich Jim von Lindy ab und ging steifbeinig fort. Alles in ihm drängte nach Aktivität, aber er wußte nicht genau, was er tun sollte, setzte sich mit der Brücke in Verbindung. Koronins *Quundar* wartete noch immer ab. Jim unterdrückte den Wunsch, die Klingonin möge irgend etwas unternehmen: Er begriff, daß es sich dabei nur um einen Ausdruck seines Zorns handelte, das Herbeisehnen einer Ablenkung. Er seufzte, gab den Com-Code der Krankenstation ein.

»Pille, wie lange dauert es, bis Commander Spock seinen Dienst antreten kann?«

»Soll das ein Witz sein?« erwiderte McCoy. »Rechne nicht zu rasch mit ihm, Jim. Er ist noch immer bewußtlos.«

»Mist!« Jim versuchte ohne großen Erfolg, die Wut aus seiner Stimme zu verbannen. Der wissenschaftliche Offizier hatte sich selbst außer Gefecht gesetzt, ausgerechnet in einer Situation, die seine Kenntnisse und Analysefähigkeiten erforderte.

»Jim ...« begann McCoy.

»Ja?«

»Was geschieht bei euch?«

Die Flieger bildeten noch immer eine Gruppe, sangen nun wieder. Uhura stand bei ihnen, still und aufmerksam.

»Ich hab nicht die geringste Ahnung, Pille«, erwiderte Kirk.

Er erinnerte sich daran, übers Land zu schweben, die Schwingen in den Wind zu neigen. Er fühlte seinen zarten, feingliedrigen Leib, lange Finger, die in spitzen Krallen endeten, spürte dünne, aber sehr leistungsfähige Muskeln, die kaum jemals ermüdeten. Die Wahrnehmung stimulierte ihn auf eine ungeahnte Art und Weise. Mit seinem außergewöhnlich guten Sehvermögen erkannte er jeden einzelnen Grashalm, alle Bewegungen und Schatten. Ein kleines, pelziges Wesen, das seine Präsenz nicht bemerkte, hockte auf einem flachen Stein, erhob sich auf den Hinterläufen und schnupperte.

Hunger regte sich in ihm, und er legte die Schwingen an, stürzte der Beute entgegen...

McCoy blickte auf die Medo-Sensoren und versuchte, ihre Anzeigen zu enträtseln. Commander Spocks Herz schlug schnell genug, um ausreichend Blut durch die Adern zu pumpten. Die Schockbehandlung erhöhte die Körpertemperatur wieder auf den normalen Hochofenwert. Dennoch blieb der Vulkanier ohne Bewußtsein, und die Hirnstromkurven bildeten sonderbare Muster auf den Monitoren.

»Vielleicht schläft er nur«, murmelte McCoy. Er bedauerte nun die erste Unterredung mit Spock, den Streit, der ihn aus der Krankenstation vertrieben hatte. Spocks Patientendatei enthielt praktisch keine Angaben — offenbar wurden Vulkanier nie krank. Eine Anmerkung des vorherigen Bordarztes lautete: Um einen Vulkanier zu heilen, sollte auf die Hilfe eines Vulkaniers zurückgegriffen werden.

Da sich McCoy außerstande sah, Spocks Zustand zu verbessern, beschränkte er sich darauf, ihn ruhen zu lassen und zu beobachten. Ab und zu bewegten sich die Hirnstromkurven innerhalb der Toleranzen, doch immer wieder tanzten sie über die eingeblendeten Grenzlinien hinweg.

Jim saß auf der untersten Stufe der Treppe und beobachtete sowohl die Flieger als auch Uhura. Die intensive Kommunikation dauerte an. Er fragte sich, ob er die dunkelhäutige Frau auffordern sollte, die Gruppe zu verlassen, aber sie offenbarte keine Anzeichen des Schocks, der Spocks Geist ins Koma geschleudert hatte. Sie wirkte nicht einmal erschöpft.

Kirk erinnerte sich an die Frage, die Uhura an Scharlach gerichtet hatte: »Hat Mr. Spock eine Mentalverschmelzung mit Ihnen herbeigeführt?« Er kannte diesen Begriff nicht, überlegte, ob die Bedeutung des Wortes seinen Vermutungen entsprach.

Stiefelsohlen kratzten über die Stufen weiter oben, und als Jim den Kopf drehte, sah er Stephen. Der Jongleur kam zu ihm herab, nahm ebenfalls Platz und stützte die Ellenbogen auf die Knie.

»Hoffentlich erwarten Sie nicht von mir, Ihre neuen Freunde zu unterhalten«, sagte er. »Das Jonglieren bei einer Schwerkraft von null Komma eins *g* ist ausgesprochen langweilig.«

»Sparen Sie sich Ihre Kritik«, erwiderte Jim ein wenig zu schroff.

»Oh, es ging mir nicht darum, Kritik zu üben. Es war nur eine Beobachtung, weiter nichts.« Er deutete auf die Flieger. »Was machen sie?«

»Ich glaube, sie sprechen miteinander.« Jim wollte Stephen auffordern – ihn *bitten*; immerhin hielt er sich mehr oder weniger als Gast an Bord der *Enterprise* auf –, ins

Quartier der Varietégesellschaft zurückzukehren, doch ganz plötzlich überlegte er es sich anders. »Stephen, sind Vulkanier zu irgendeiner Art von außersinnlichen Wahrnehmungen fähig?«

Zum erstenmal reagierte Stephen so wie Spock: Er hob eine Braue. »Was veranlaßt Sie zu dieser Vermutung?«

»Die sogenannte ›Mentalverschmelzung‹.«

»Was wissen Sie darüber?«

»Nichts«, sagte Jim. »Deshalb frage ich ja.«

»Wo haben Sie davon gehört?«

»Lieutenant Uhura glaubt offenbar, Spock sei es mit Hilfe der Mentalverschmelzung gelungen, Kontakt zu den Fliegern aufzunehmen.«

»Vulkanier sind in der Lage, ihr Bewußtsein mit der Gedankensphäre eines anderen intelligenten Wesens zu verbinden«, erwiderte Stephen. Es klang zögernd, fast so, als gebe er ein Geheimnis preis.

»Können das alle Vulkanier? Auch Sie?«

»Nun, die meisten Vulkanier würden kaum etwas unversucht lassen, um so etwas zu vermeiden. Es ist ein sehr... emotionsintensiver Vorgang. Was mich angeht... Ich bin nach wie vor Vulkanier, sehr zum Bedauern meiner Familie.«

Die lange, symphonische Konversation endete in schrillen Flötentönen zwischen Scharlach und dem Flieger mit den Paisley-Mustern im braunen Pelz. Die Melodien verklangen, und die Fremden gingen auseinander.

Uhura erwachte wie aus tiefer Trance. Ihr ganzes Leben lang hatte sie sich nach einer Musik gesehnt, die sie so sehr beeindruckte wie die Stimmen der Flieger. Sie brauchte Zeit, um nachzudenken, die Bedeutung der einzelnen Klänge zu verstehen. Leise summte sie vor sich hin. Nicht ganz richtig. Sie versuchte es erneut — noch immer nicht perfekt, aber schon besser.

Uhura fürchtete, die Musik der extraterrestrischen — vielleicht sogar extragalaktischen — Besucher nie deuten zu können.

Captain Kirk näherte sich ihr. »Wie fühlen Sie sich?«

»Gut.«

»Ist Spock zu uns zurückgekehrt?« fragte Scharlach.

»Nein«, erwiderte Jim. »Er ist noch immer bewußtlos.«

Der Fremde mit den Paisley-Mustern im Körperfell zog die Schultern hoch und streckte sich, breitete langsam die Schwingen aus, bis sie ein Dach über ihm bildeten. Athene schnaubte nervös, scharrte mit den Hufen und hob ihre Flügel.

Der Paisley-Flieger sah Uhura aus großen, purpurnen Augen an und zwinkerte.

»Ihre Sprache ist monoton«, sagte er und formulierte die einzelnen Worte sorgfältig. »Und ihr Muster erscheint mir ähnlich primitiv.«

Der komplexe Kommunikationscode der Fremden beeindruckte Uhura. Die Gestalt vor ihr beschrieb ein Idiom, das sie innerhalb weniger Minuten gelernt hatte.

Die Kritik des Fliegers war wortwörtlich gemeint. Beim Federation Standard handelte es sich um eine künstliche Sprache, der Modulation und akustische Harmonie völlig abgingen. Uhura hatte das seltsame Gefühl, in ihrer eigenen Welt die Orientierung verloren zu haben, konzentrierte sich dankbar auf die Bemerkung des Fremden. Sie bot ihr inneren Halt.

»In der Föderation gibt es auch Mitteilungsformen, bei denen Gesang eine wichtige Rolle spielt«, erwiderte sie. »Sogar einige menschliche Sprachen klingen recht gut.« Uhura nannte mehrere chinesische Worte. »Viele verschiedene intelligente Spezies beherrschen Standard — ich meine, sie sind imstande, die einzelnen Tonfolgen zu erzeugen. Eine gemeinsame Kommunikationsbasis ist recht nützlich.«

»Wie lernen Sie derart schnell?« fragte der Captain. »Benutzen Sie die Mentalverschmelzung?«

»Nach meiner Erfahrung sind Spocks Fähigkeiten einzigartig«, erwiderte Scharlach. »Wir haben andere Möglichkeiten, innerhalb kurzer Zeit große Informationsmengen auszutauschen. Aus diesem Grund mußte ich das Gespräch mit Ihnen unterbrechen — um die Gemeinschaft mit Ihrem Idiom vertraut zu machen. Meine Artgenossen warfen mir vor, für sie das Wort zu ergreifen, und ich fühlte mich unglücklich, weil ich eine privilegierte Stellung beanspruchte.«

»Was meinen Sie damit?« fragte Kirk.

»Ich verhielt mich so, als... sei ich Captain. Wie ich Ihnen schon sagte, James: Bei uns gibt es so etwas nicht.«

»Und nun... beherrschen Sie alle Standard?«

»Die Angehörigen dieser kleinen Gemeinschaft können sich in Ihrer Sprache verständigen. In einigen Tagen Ihrer Zeitrechnung werden sich die betreffenden Informationen auch in der Peripherie des Weltschiffs multiplizieren.«

Athene und Lindy kamen näher. Das Vogelpferd beobachtete die Flieger nervös, die Schwingen noch immer halb ausgebreitet. Ab und zu schnaubte es. Die Fremden musterten es ernst und neugierig.

»Sie ist erschrocken«, erklärte Lindy. »Sie möchte Ihnen folgen, wenn Sie aufsteigen.«

»Das Geschöpf heißt Athene, nicht wahr?« fragte Scharlach. »Und Sie sind Amelinda, Zauberkünstlerin beziehungsweise Magierin?«

»Ja. Man nennt mich Lindy.«

»Ein Spitzname?«

Die junge Frau nickte.

Scharlach streckte eine lange, schmale Krallenhand aus und deutete auf das geflügelte Roß. »Athene ist nicht vollständig an ihr Biotop angepaßt. Sie kann nicht fliegen. Sie hat keine Klauen, um zu jagen. Sie leidet.«

»Das stimmt, fürchte ich.«

Das Vogelpferd beschnupperte Scharlachs Hand, und Uhura hielt unwillkürlich den Atem an. Athene war im Grunde genommen ein pflanzenfressendes Tier, das man durch Genmanipulation in einen Omnivor, einen Allesfresser, verwandelt hatte; vielleicht sah sie einen Rivalen in Scharlach. Oder schlimmer noch: Möglicherweise fühlte sie sich bedroht. Aber das geflügelte Roß wirkte weder ängstlich noch angriffslustig, schien sich allmählich an die Anwesenheit der fremden Wesen zu gewöhnen. Vermutlich hielt sie die Besucher für besonders exotische Menschen.

»Armes Ding«, sagte Scharlach. Athene ließ den Kopf hängen, als sie das Mitleid in der Stimme des Alien hörte.

»Dieses Geschöpf ist sehr interessant, aber ich würde mir lieber Ihr Raumschiff ansehen«, warf ein zweiter Flieger ein. Goldene und braune Streifen bildeten komplexe Muster in seinem Körperpelz.

»Wir haben die Gravitation für Sie reduziert. Sie können sich frei in der *Enterprise* bewegen.«

Einige Schritte entfernt stand Stephen und beobachtete die Fremden fasziniert. »Ich fasse es nicht.«

»Was?« fragte der Captain.

Er lachte. Uhura hatte noch nie einen Vulkanier gesehen, der so frei und offen lachte; Unbehagen entstand in ihr. Außerdem vernahm sie in Stephens Stimme einen bitteren Unterton.

»Spock hat dafür gesorgt, daß sie alle so reden wie er.«

Uhura unterdrückte ein Lächeln, als sie diese Worte vernahm, die durchaus der Wahrheit entsprachen.

»Verschiedene Personen drücken sich auf individuelle Art und Weise aus?« fragte Scharlach.

»Ja«, bestätigte Uhura. »Mr. Spock gehört zu einem Volk, das Rationalität und verbale Präzision für wichtiger erachtet als Gefühl...«

»Solche Leute isolieren sich von den Dingen, die das Leben lebenswert machen«, fügte Stephen hinzu. »Freude, Liebe...«

»Sie sind Stephen?« erkundigte sich Scharlach.

Der vulkanische Jongleur zögerte, und Uhura ahnte, was ihm nun durch den Kopf ging: Als Scharlach ihren Namen nannte, hatte sie sich gefragt, was Spock dem Flieger während der Mentalverschmelzung über sie mitgeteilt hatte.

»Ja«, sagte Stephen.

»Ich fände es in höchstem Maße interessant, die verschiedenen Angehörigen Ihrer Gemeinschaft kennenzulernen.« Scharlachs Zungenspitze berührte den Sinnesbart. »Ich bin noch nie einer anderen intelligenten Spezies begegnet.«

»Und ich hoffe nach wie vor darauf, mich in einem Raumschiff der Föderation umsehen zu können«, sagte der goldbraune Flieger.

»Bitte begleiten Sie mich«, erwiderte Kirk.

Scharlach und der Paisley-Flieger schlossen sich dem Captain und Uhura an, als sie die Treppe hochgingen. Ihre Fußkrallen kratzten über die Stufen. Der goldene Fremde und das cremefarbene, grünäugige Wesen, das bisher noch nicht gesprochen hatte, stiegen auf und flogen zum Steg.

Athene schnaubte und wieherte, als die Besucher den Hangar verließen. Lindy wußte, wie töricht es war zu glauben, das geflügelte Roß habe ein eigenes Seelenleben — immerhin war es nicht intelligenter als ein durchschnittliches Pferd. Dennoch klang Athene niedergeschlagen und betrübt.

»Vielleicht kommen sie zurück«, sagte die junge Frau, doch eigentlich zweifelte sie daran. Scharlach schien Athene abzulehnen, weil sie nicht richtig an ihre Umwelt angepaßt war. Als die Wesen übers Shuttledeck schwebten, hatte sich Lindy vorgestellt, wie ihr Vogelpferd mit ihnen zusammen im Weltschiff flog. Jetzt fragte sie sich, ob das wirklich möglich sei, ob sie von Scharlach die Erlaubnis dazu bekommen konnte. Sie ließ Athenes Mähne los und strich ihr über den Nacken.

Stephen stand an der Aussichtsluke und beobachtete das gigantische Weltschiff. »Es gibt keine Worte, um ein solches Gebilde zu beschreiben«, hauchte er fast ehrfürchtig. »Es ist einfach... unglaublich.«

Athene trabte übers Deck, stieg auf den Hinterläufen hoch, wandte sich zur anderen Seite und lief auf die gegenüberliegende Wand zu. Ihre Hufe bohrten sich tief in den staubigen Boden, und sie bliebt erneut stehen, drehte sich um die eigene Achse und stürmte in Richtung Treppenaufgang. Sie breitete die Schwingen aus, hob und senkte sie mit kraftvollen Schlägen. Die Hufe lösten sich vom Deck...

»Athene!« rief Lindy.

Aber das Vogelpferd hörte nicht auf sie, begann zu schweben, glitt dicht über die zermahlene Asteroidenmasse hinweg. Es schien zu glauben, daß es nur den fremden Besuchern folgen mußte, um ebenfalls fliegen zu können. Doch der Hangar bot nicht genug Platz, und außerdem fehlte es Athene an Übung. Im letzten Augenblick versuchte sie zu wenden, prallte mit der Schulter ans Geländer. Sie fiel aufs Deck zurück, schlug heftig mit den Flügeln.

Lindy lief auf sie zu. Das geflügelte Roß bot einen jämmerlichen Anblick, streckte alle viere von sich. Die eine Schwinge war unter dem Leib eingeklemmt, und die andere zitterte. Erschrocken schnappte es nach der jungen Frau. Lindy achtete kaum darauf, griff einmal mehr nach der Mähne, preßte die andere Hand auf den Kopf Athenes, dicht über die Nüstern, versuchte fast verzweifelt, sie zu beruhigen. Wenn sie sich irgend etwas gebrochen hatte und nun aufstand, drohte die Gefahr, daß sie sich noch weitaus schlimmere Verletzungen zuzog.

»Ganz ruhig, Athene, es ist doch überhaupt nichts geschehen...«

In der geringen Gravitation nahm Athene Lindys Gewicht vermutlich kaum wahr, aber ihre Stimme durchdrang das Entsetzen, beschwichtigte das Tier. Es trachtete nicht mehr danach, aufzuspringen und fortzulaufen. Lindy flüsterte ihm bedeutungslose Worte zu, tröstete das Vogelpferd. Die eine Hand ruhte noch immer auf dem Kopf des geflügelten Rosses, und mit der anderen tastete sie übers linke Vorderbein, dann das rechte. Die Knochen fühlten sich völlig glatt an. Lindy atmete erleichtert auf, berührte auch die freie Schwinge und streichelte sie immer wieder, bis das Zittern schließlich nachließ. Dann versuchte sie,

Athenes Hinterbeine zu erreichen, begriff aber, daß sie dazu die Hand vom Maul nehmen mußte. Und wenn sie losließ, richtete sich das Vogelpferd vielleicht auf.

Stephen ging neben ihr in die Hocke, berührte Kamm und Nase des Tiers. Lindy spürte seine Haut, so heiß, als hätte er Fieber.

»Es ist alles in Ordnung«, sagte er, sowohl zu der jungen Frau als auch zu ihrem Pferd. »Sie wird sich nicht rühren.«

Lindy zog ihre Hand unter der Stephens hervor, war dankbar für seine Hilfe. Das sichere Gebaren des vulkanischen Jongleurs deutete darauf hin, daß er sich mit Tieren auskannte. Mit leiser Stimme sprach er auf Athene ein, formulierte Worte, die Amelinda nicht verstand. Das Vogelpferd beruhigte sich innerhalb weniger Sekunden, und Lindy klopfte ihm zärtlich auf die Flanken.

»Stephen? Sie können sie jetzt loslassen. Stephen...«

Er starrte sie aus trüben Augen an, schüttelte wie benommen den Kopf. Der Glanz kehrte in seine Pupillen zurück, als er Athene aufhalf. Das Vogelpferd bewegte sich ungelenk, und Lindy untersuchte sofort die Hinterläufe und den zweiten Flügel, fand keine ernsten Verletzungen.

»Lassen Sie sie gehen, nur einige Schritte.«

Stephen führte Athene, die den Kopf senkte, einmal mit den Schwingen schlug und sie dann zusammenfaltete. Ihr schien nichts zu fehlen, soweit Lindy das feststellen konnte. Das Vogelpferd hatte Schrecken und Furcht überwunden, erweckte nun den Eindruck, als sei es sehr traurig, ein langes und anstrengendes Rennen verloren zu haben.

Lindy spürte, wie ihr Tränen in die Augen quollen. Sie gab sich alle Mühe, nicht die Beherrschung zu verlieren, doch kurz darauf begann sie leise zu schluchzen.

»Machen Sie sich keine Sorgen.« Stephen berührte sie an der Schulter. »Athene hat sich nichts gebrochen.«

»Und trotzdem leidet sie!« Lindy schniefte, wischte sich mit dem Ärmel über die Wangen. Zornig wandte sie sich Stephen zu – nicht etwa wütend auf ihn, sondern auf sich selbst, auf das ganze Universum. »Oh, ich habe alles versucht. Sie hat *fast* Platz genug, kann *fast* fliegen. Himmel, es genügt eben nicht!«

Der Jongleur hob eine Braue. Nur wenn er konzentriert nachdachte, sah er wirklich wie ein Vulkanier aus.

»Die logische Schlußfolgerung lautet folgendermaßen«, erwiderte er ruhig. »Wenn sie hier nicht zu fliegen vermag, müssen wir sie an einem Ort bringen, wo sie keinen Beschränkungen mehr unterworfen ist.«

»Das Weltschiff...«

Der Ernst verschwand aus Stephens Zügen. Ein ungläubiges Lächeln umspielte seine Lippen. »Sind Sie übergeschnappt?«

»Keineswegs! Aber Jim...«

»Jim? Was hat der Captain damit zu tun? Die Frage ist: Möchten Sie an Bord einer unbewaffneten Jacht ein künstliches Gebilde aufsuchten, von dem wir überhaupt nichts wissen? Während eine blutrünstige Klingonin auf der Lauer liegt?«

Lindy suchte nach den richtigen Worten, entgegnete kleinlaut: »Sie... sie hat doch überhaupt keinen Grund, irgend etwas gegen uns zu unternehmen.«

»Sie braucht auch keinen.«

»Die Klingonin ist mir völlig egal«, beharrte Lindy. »Doch die Flieger? Vielleicht haben Sie etwas gegen unsere Anwesenheit in ihrer Welt.«

»Sie luden Kirk ein. Sogar Spock. Wir sind wesentlich angenehmere Gesellschaft. Kommen Sie.«

Lindy trieb Athene an, und das Vogelpferd preßte betrübt die Schnauze an ihre Seite. Stephen öffnete die breite Tür der Reparaturbucht.

Die alte Admiralsjacht erweckte den Anschein, als könne sie jeden Augenblick auseinanderbrechen. In der Hauptkabine war ein großer Teil der ursprünglichen Einrichtung entfernt worden, und die Holzvertäfelung wirkte irgendwie anachronistisch. Nur zwei Sessel standen vor den Konsolen, für den Piloten und seinen Navigator.

»Komm, Schätzchen«, flüsterte Lindy. Athene zögerte

auf der Schwelle, und ihre Ohren neigten sich vor und wieder zurück. Vorsichtig trat sie an Bord. Die Hufe pochten dumpf über das hölzerne Parkett.

»Wahrscheinlich handeln Sie sich eine Menge Schwierigkeiten ein«, sagte Lindy.

»Ich fliege zum Weltschiff«, erwiderte Stephen. »Ob mit oder ohne Sie und Athene. Und mir ist völlig schnuppe, was Captain Kirk davon hält. Seine Erlaubnis brauche ich nicht. Nun, wie sieht's aus? Begleiten Sie mich?«

»Ja.«

Die junge Frau vernahm ein leises Brummen, als Stephen die Triebwerke zündete. Er löste die *Dionysus* vom Dockmodul und steuerte das Weltschiff an.

Koronin stand auf dem Kommandobalkon der *Quundar* und gab vor, die in der Betriebskammer herrschende Verwirrung zu ignorieren. Ihre Besatzung begriff nicht, warum sie noch immer wartete und nicht angriff.

Der Sergeant und die anderen, dachte die Klingonin. Ihnen fehlt die Tugend der Geduld. Wenn sie wie ich fünfzehn Jahre lang gewartet hätten, würden sie jetzt verstehen, wie vorteilhaft es sein kann, sich Zeit zu lassen.

Die Crew fragte sich bestimmt, warum sie den Sonnensegler hatte passieren lassen, anstatt ihn abzufangen, warum sie nicht die Bordgeschütze auf die *Enterprise* abfeuerte. Die Männer an den Stationen glaubten die imperiale Propaganda, waren davon überzeugt, daß es die *Quundar* mit jedem Schiff der Föderation aufnehmen konnte. Koronin hielt auch in dieser Beziehung gesunden Argwohn für angeraten. Vermutlich konnte ihr Kreuzer tatsächlich ein Schiff der Constellation-Klasse zerstören, aber vermutlich bedeutete das auch das Ende der *Quundar* selbst. Und gegenseitige Eliminierung hatte keinen Sinn.

Sie beobachtete ein kleines Schiff, das sich von einem Dockmodul der *Enterprise* löste, aber es handelte sich um eine alte, schäbige Einheit der Föderation, nicht den Segler. Eine kurze Überprüfung mit dem Scanner führte zu einigen ungewöhnlichen Daten, doch es gab keine Hinweise darauf, daß die Fremden versuchten, sich an ihr vorbeizustehlen und in ihr riesiges Raumfahrzeug zurückzukehren. Der Sonnensegler schwebte weiterhin zwischen der *Quundar* und der *Enterprise.*

Koronin belächelte die Verwunderung ihrer Mannschaft und beschloß, weiterhin zu warten.

Die Flieger nahmen Wahlnamen an. Der mit den Paisley-Mustern im Körperpelz nannte sich Wolkengleiter. Das cremefarbene, stille und grünäugige Wesen hieß schlicht und einfach Grün, und der gestreifte Fremde wurde zu Sonne-und-Schatten. Jim brachte sie zur Brücke.

»Captain Kirk!« sagte Sulu. »Die *Dionysus* legt von der *Enterprise* ab!«

»Was? *Enterprise* an *Dionysus.* Stephen, hier spricht Jim Kirk. Zum Teufel auch, was haben Sie vor?«

Der große Wandschirm zeigte das Abbild des vulkanischen Jongleurs. »Ich fliege zum Weltschiff«, erwiderte er.

»Kommt überhaupt nicht in Frage!«

»Und wieso nicht?«

»Stephen, dies ist ein Erstkontakt...« Jim brach ab, erinnerte sich an die Flieger hinter ihm. Die Fremden hörten aufmerksam zu.

»Und nur ausgewählte Angehörige von Starfleet können mit den Aliens reden, ohne einen intergalaktischen Krieg heraufzubeschwören?« fragte Stephen. »Ihr Vertrauen ehrt mich.«

»Ich darf nicht zulassen, daß Sie das Weltschiff aufsuchen.«

»Wie wollen Sie mich denn daran hindern? Indem Sie meine Jacht unter Beschuß nehmen? Das Kriegsrecht erklären?«

Jim zögerte. Unter gewissen Umständen konnte er bei einem Erstkontakt mit Rückendeckung von den Autoritäten der Föderation rechnen, wenn er das Feuer auf ein anderes Schiff eröffnete. Aber in diesem Fall hatte er nicht die geringste Absicht dazu, und das wußte Stephen natürlich. Darüber hinaus mußte ihm klar sein, daß er die *Dionysus* auch nicht mit einem Traktorstrahl zurückholen konnte — die Entfernung war bereits zu groß. Er dachte daran, die Verfolgung aufzunehmen, doch die entsprechenden Manöver kosteten Zeit: Bis es der *Enterprise* gelang, die Distanz zur *Dionysus* zu verkürzen, hatte Stephen ausreichend Gelegenheit, das Weltschiff zu erreichen. Und was das Kriegsrecht anging: Jim besaß die Befugnis, es auszurufen, aber er bezweifelte, ob sich der vulkanische Jongleur dann an seine Anweisungen hielt.

»Wir befinden uns hier in unmittelbarer Nähe der Föderationsgrenze«, sagte Kirk. »Ganz zu schweigen von dem klingonischen Kreuzer dort draußen.« Er warf Sulu einen kurzen Blick zu. Wenn die *Quundar* Stephens Schiff angriff, mußte Jim auf irgendeine Weise reagieren, mußte seine Pflicht, Zivilisten zu schützen, gegen die Verantwortung abwägen, die Interessen der ganzen Föderation wahrzunehmen.

»Was ist das Leben schon, wenn man nicht ab und zu ein Risiko eingeht?« meinte Stephen.

»Keine Aktivität an Bord der *Quundar,* Captain«, meldete Sulu.

»Stephen, Sie können das Weltschiff nicht auf eigene Faust besuchen!« sagte Jim.

»Warum denn nicht?« fragte Scharlach. »Er ist ebenso willkommen wie andere Mitglieder ihrer Gemeinschaft.«

»Scharlach, bitte...« Jim war wieder auf den Wandschirm. »Nehmen Sie Vernunft an, Stephen. Die Föderation geht hart mit Leuten ins Gericht, die sich ohne Erlaubnis in einen Erstkontakt einmischen. Denken Sie an die möglichen Gefahren!«

»Das Zentrum könnte tatsächlich gefährlich sein«, sagte Scharlach. »Es ist... strukturlos. Aber die Peripherie ist völlig harmlos. James, warum legen Sie solchen Wert darauf, daß sich Stephen vom Weltschiff fernhält?«

»Bei uns gibt es Regeln — Gesetze —, die bestimmen,

wie wir uns gegenüber einem unbekannten Volk verhalten.«

»Wie seltsam«, sang Scharlach.

»Sie sollten besser Ihre Kontaktliste überprüfen, bevor Sie mir die Flotte auf den Hals hetzen«, klang Stephens Stimme aus dem Lautsprecher der externen Kommunikation.

Jim fluchte.

Das Abbild des Vulkaniers verblaßte. Die *Dionysus* reagierte nicht mehr auf die Signale der *Enterprise*.

Vielleicht habe ich es nicht anders verdient, dachte Kirk. Ich hätte wissen müssen, wie sinnlos es ist, an Stephens Rationalität zu appellieren. Vermutlich hat ihm die Auseinandersetzung sogar gefallen.

Jim verzog das Gesicht, stand auf und trat an Sulus Seite. Der Steuermann deutete auf die Anzeigen seiner Instrumente.

»Nichts, Captain. Koronin beobachtet nur.«

»Sie wartet ab«, murmelte Kirk.

»Was sind das für ... Dinge?« fragte Scharlach.

»Welche Dinge?« Jim drehte sich zu dem Flieger um und sah, daß Uhura ins Leere starrte. »Ist alles in Ordnung mit Ihnen, Lieutenant?«

»Ja, Captain.« Sie wandte sich wieder ihrer Konsole zu und summte leise vor sich hin.

»All diese Artefakte«, sagte der gestreifte Fremde.

Sonne-und-Schatten wanderte über den oberen Bereich der Brücke, betrachtete die Kontrollen, berührte einige Schalter.

»Bitte unterlassen Sie das!« brummte Jim.

»Das denn? Soll ich stehenbleiben? Nichts anfassen? Mich nicht umsehen?«

»Es genügt mir, wenn Sie einen sicheren Abstand zu den Geräten wahren.«

»Warum?«

»Bei den ›Artefakten‹ handelt es sich um die Kontrollen des Schiffes. Wer ihre Einstellung verändert, ohne sich damit auszukennen, könnte uns alle in Gefahr bringen.« Sie sind wie neugierige Kinder, fuhr es Kirk durch den Sinn. Ständig darauf erpicht, Tasten und Sensorfelder auszuprobieren.

Wolkengleiter richtete eine kurze Bemerkung an Grün, der melodisch Antwort gab. Dann sprachen alle vier Flieger gleichzeitig.

»Ich verstehe nicht«, sagte Sonne-und-Schatten schließlich. »Was sind ›Kontrollen‹?«

»Apparaturen für die Steuerung der *Enterprise,* um ihren Kurs zu bestimmen. Sicher gibt es in Ihrem Weltschiff ähnliche Vorrichtungen.«

»Nein.«

»Wie lenken Sie es? Wie verändern Sie das Bewegungsmoment, die Flugrichtung? Wie überwachen Sie die Umwelt, die Lebensbedingungen?«

Erneut diskutierten die Flieger.

»In bezug auf das Weltschiff ergeben solche Begriffe keinen Sinn«, sagte Wolkengleiter.

»Jetzt verstehe *ich* nicht«, entgegnete Jim.

»Das Weltschiff ist stationär, hat kein eigenes Bewegungsmoment«, erklärte Scharlach. »Es fliegt nicht, und deshalb braucht es niemand zu steuern.«

»Das ist doch absurd. Ich meine: Es *hat* sich bewegt, kam aus einer anderen stellaren Region hierher.«

»Nein, es befindet sich immer am gleichen Ort. Ihre Sprache enthält keine geeignete Ausdrücke, um diesen Vorgang zu beschreiben. Das Weltschiff *definiert* einen Ort. Es rührt sich nicht von der Stelle. Das Universum bewegt sich.«

»Aber...« begann Jim und brach wieder ab. Einmal mehr bedauerte er es, nicht auf die Hilfe seines wissenschaftlichen Offiziers zurückgreifen zu können. Vielleicht wäre der Vulkanier in der Lage gewesen, mit den Fliegern physikalische Gesetze und ihre Konsequenzen zu erörtern — oder wenigstens Ausdrücke zu wählen, die nicht metaphysisch klangen. Jim vermutete, daß Scharlachs Hinweise nicht wortwörtlich gemeint waren. Sicher ging es dabei um eine Art Religion.

Sonne-und-Schatten stand an der wissenschaftlichen Station, konnte seiner Neugier offenbar nicht widerstehen und berührte ein Tastenfeld.

»Bitte lassen Sie die Justierung der Sensoren unverändert«, sagte Jim und mußte sich sehr beherrschen, um nicht aus der Haut zu fahren.

Sonne-und-Schatten zog die Hände zurück, wich jedoch nicht von der Konsole fort.

»Captain«, sagte Sulu. »Wenn das Weltschiff weiter dem jetzigen Kurs folgt, erreicht es in sechzig Minuten eine Region, die nicht zum Hoheitsgebiet der Föderation gehört.«

Jim mußte sich dringend die schematische Darstellung ansehen, doch andererseits durfte er seine Gäste nicht einfach ignorieren.

»Adjutantin Rand, bitte führen Sie unsere Besucher herum.«

Rand trat schüchtern und zaghaft auf die Flieger zu und versuchte, sie davon abzuhalten, mit den Instrumenten herumzuspielen. Die Fremden stellten ihr eine Frage nach der anderen.

Kinder, dachte Jim. Kinder, die unsere Geduld auf eine harte Probe stellen. Soviel zum ersten Kontakt zwischen zwei hochentwickelten Kulturen.

Sulu blendete die grafische Darstellung auf den Wandschirm. Drei konzentrische Kreise verdeutlichten die Grenzen: Der erste stammte vom Überwachungskorps der Föderation, und der zweite markierte die Hoheitsansprüche des klingonischen Imperiums. Mit dem dritten und äußersten kennzeichnete Starfleet die Peripherie des Föderationsraums. Die Gravitationswellen des Weltschiffes hatten die *Enterprise* außerhalb des mittleren Rings aus dem Warpmedium gerissen. Sobald sie sich jenseits des Außenkreises befand, verletzte sie fremdes Territorium.

»Danke, Mr. Sulu«, sagte Jim.

Der Steuermann begriff nach einigen Sekunden, daß Kirk nicht beabsichtigte, einen Kurswechsel anzuordnen. Er lächelte schief und wandte sich wieder seiner Konsole zu.

Jim drehte den Kopf. »Scharlach, ich muß ein ernstes Problem mit Ihnen besprechen. Ihr Weltschiff fliegt...«

»Ich habe es Ihnen doch schon erklärt: Es fliegt nicht, ist stationär.«

»Na schön. Lassen wir die Wortklaubereien. Das Universum bewegt einen gefährlichen Teil in Richtung Ihres Weltschiffs. Die *Enterprise* darf sich nicht in jenem Sektor aufhalten. Ich muß ihn meiden. Wenn Ihr Raumfahrzeug an Ort und Stelle bleibt, steht ihm eine Konfrontation mit feindlich gesinnten Wesen bevor.«

»Warum sollten uns irgendwelche Geschöpfe feindlich gesinnt sein? Dafür gibt es überhaupt keinen Grund.«

»Das stimmt. Im Prinzip. Aber die Klingonen sind dafür bekannt, erst zu schießen und später Fragen zu stellen.«

»Ich würde ihnen nicht raten, das Weltschiff anzugreifen«, erwiderte Scharlach. »Wie dem auch sei: Die ›Klingonen‹ sind uns willkommen. Es steht auch ihnen frei, uns zu besuchen.«

»Bitte nehmen Sie meine Warnung ernst«, sagte Jim. »Ihr Volk und Ihre Welt geraten in große Gefahr, wenn Sie das Universum nicht davon überzeugen, Ihr Schiff in einem sicheren Teil des Kosmos zu lassen.«

»Es täte mir sehr leid, das Universum ausgerechnet jetzt zu bewegen«, antwortete Scharlach. »Ich möchte mehr über Sie und Ihre Spezies in Erfahrung bringen. Auch über die Wesen, die Sie für Feinde halten.«

»Wissen Sie, was ›Krieg‹ bedeutet?« fragte Jim.

»Dieser Begriff gehörte zu Spocks Wortschatz.«

»Krieg ist schrecklich, Scharlach. Wenn die Klingonen angreifen, sollten Sie sich nicht auf die Rolle eines neugierigen Beobachters beschränken. Bewegen Sie das Universum, um sich in Sicherheit zu bringen.«

»Ich werde an Ihren Rat denken, James.«

»Captain Kirk!« rief Uhura. »Dr. McCoy hat die Sicherheitsabteilung verständigt. Es geht um Mr. Spock.«

Jim runzelte die Stirn und hielt es für besser, nach dem Rechten zu sehen. Scharlach folgte ihm in den Turbolift.

»Bitte kehrten Sie auf die Brücke zurück«, sagte Kirk. »Ich weiß noch nicht, was geschehen ist. Es könnte gefährlich werden.«

»Sie fürchten so viele Dinge, James«, erwiderte der rote Flieger.

»Ich möchte nur vermeiden, daß Sie in einer für Sie fremden Umgebung zu Schaden kommen«, brummte Jim beleidigt.

»James«, sagte Scharlach sanft, »ich fliege mit den Blitzen.«

In der relativ kleinen Liftkabine breitete der Alien eine Schwinge aus. Eine schwarze Narbe zeigte sich auf der zarten Haut. Nach einigen Sekunden faltete Scharlach den Flügel wieder.

Die beiden Türhälften glitten auseinander, und Jim hörte laute Stimmen im Korridor. Er eilte in Richtung Krankenstation; die niedrige Schwerkraft erlaubte ihm weite Sätze.

Zwei Sicherheitsbeamte versuchten, Spock festzuhalten. Der Vulkanier schlug zu, und einer der beiden Männer wurde fortgeschleudert, prallte an die Wand und sank benommen zu Boden. Es handelte sich um eine fast zwei Meter hohe, muskulöse Gestalt, und doch hatte Spock nur kurz den Arm bewegt, um sie fortzustoßen.

»Commander!«

Der wissenschaftliche Offizier schüttelte auch den zweiten Mann von sich ab, breitete die Arme aus und preßte die Hände an die Wand.

»Laßt ihn nicht entkommen!« McCoy trat näher, hob einen Injektor.

Die beiden Sicherheitsbeamten wechselten einen kurzen Blick, traten vorsichtig auf den Vulkanier zu.

»Commander Spock!« Jim versuchte, ihn allein mit dem

Klang seiner Stimme zur Vernunft zu bringen. Obwohl ich bei Vulkaniern damit bisher nur wenig Erfolg hatte, dachte er.

Spock spannte die Schultern, und Jim bereitete sich auf den Aufprall vor. In den Augen des hochgewachsenen Mannes blitzte es unstet, und er starrte auf etwas, das sich hinter dem Captain befand. Er stürmte nicht etwa los, sondern winkelte erneut die Arme an, bewegte sie wie Schwingen und versuchte zu fliegen. Sein Rücken krümmte sich, und er stieß einen schrillen Schrei aus, bevor er zu Boden stürzte.

McCoy ging neben ihm in die Knie, berührte Spocks Hals und tastete nach dem Puls. Scharlach wagte sich einige Schritte vor.

»Hat er zu Ihnen gesprochen?« fragte Jim.

»Nein«, erwiderte der Fremde. »Nicht mit mir persönlich, sondern zu uns allen. Sie haben ihn doch gehört, oder? Er leidet sehr und glaubte, ich würde ihn noch einmal berühren.«

Spock lag auf dem Deck und zitterte am ganzen Leib. »Nicht der Boden«, raunte er. »Der Himmel... hier gibt es keinen Himmel...«

Er versuchte aufzustehen, aber McCoy drückte ihn zurück, setzte den Injektor an. Das kleine Instrument zischte leise, als es sich entlud. Spock zitterte wieder, erschlaffte dann und verlor das Bewußtsein.

»Eigentlich wollte ich ihn nicht mit irgendwelchen Medikamenten behandeln, aber leider bleibt mir keine Wahl«, sagte der Bordarzt. »Er könnte sich verletzen. Er faselte dauern vom Weltschiff, vom Fliegen.«

Scharlach sah traurig auf den Vulkanier herab. »Es lag nicht in meiner Absicht, ihm Schmerzen zuzufügen. Ich würde ihm sein Wissen zurückgeben, wenn ich seine Pein dadurch beenden könnte.«

»Was ist mit ihm los, Pille?«

»Keine Ahnung!« McCoy warf den Injektor auf einen nahen Tisch. In der niedrigen Schwerkraft prallte das Gerät ab und segelte in eine Ecke.

»Fühlst du dich jetzt besser?« fragte Jim ironisch.

»Ja.« McCoy nickte. »Und ob. Himmel, wenn ich wüßte, was mit ihm nicht stimmt, wäre ich in der Lage, ihm zu helfen.« Er hob Spock an und deponierte ihn auf der Untersuchungsliege.

Die Gravitation von null Komma eins *g* reduzierte das Gewicht des Vulkaniers auf knapp acht Kilo.

»Was geschah, als Sie mit Spock Informationen austauschten?« wandte sich Jim an Scharlach. »Können Sie den Vorgang beschreiben?«

»Mein Volk kennt viele verschiedene Kommunikationsmethoden«, erwiderte der rote Flieger. »Ich kann mich mit einem anderen Bewußtsein verständigen, indem ich elektromagnetische Emissionen benutze. Spock... absorbiert mentale Daten und übermittelt sie durch eine Beeinflussung des Hirnmusters.«

»Offenbar hat er zu viele Daten aufgenommen«, sagte McCoy und runzelte nachdenklich die Stirn. »Die medizinische Fachliteratur enthält nur wenige Hinweise auf Mentalverschmelzungen...« Seine Stimme verklang.

»Er verstand viel eher als ich, daß ohne die Anwendung seiner Fähigkeit keine Kommunikation zwischen uns möglich gewesen wäre«, warf Scharlach ein. »Ich meine *seine* Fähigkeit, nicht die unsrigen.«

»Die Gedankenverschmelzung?« fragte Jim.

»Ja«, bestätigte Scharlach. »In der Tat.« Er wiederholte die Bezeichnung. »Ein Begriff, den Spock benutzte.«

»Ich beherrsche die vulkanische Sprache leider nicht«, murmelte Kirk.

»Oh«, machte der rote Flieger. »Wie bedauerlich. Sie sollten sie lernen. Es ist eine faszinierende intellektuelle Konstruktion...«

»Bitte entschuldigen Sie«, sagte Jim. »Wenn ich wie Sie imstande wäre, eine fremde Sprache innerhalb von nur fünfzehn Minuten zu lernen, würde ich es sofort mit Vulkan probieren. Aber... Nun, ich möchte nicht unhöflich sein, aber im Augenblick habe ich wichtigere Dinge zu tun.«

McCoy betrachtete die Anzeigen seiner Medosensoren. »Ich mache mir große Sorgen, Jim. Spocks Biosignale werden immer schwächer. In seiner Patientendatei steht, man solle ihn schlafen lassen, wenn er verletzt ist. Doch dies ist kein Schlaf, sondern ein regelrechtes Koma. Und ich habe keine Möglichkeit, ihn wieder zu Bewußtsein zu bringen.«

»Er setzte sein Leben freiwillig aufs Spiel«, sagte Jim. »Vielleicht muß er nun die Konsequenzen tragen.«

»Himmel, er kapselt sich ab, verliert Kraft!«

»Ich verstehe, Pille. Aber mir sind ebenfalls die Hände gebunden. Ich kann ihm ebensowenig helfen wie du.«

»Ich werde mit Stephen reden. Vielleicht kann er Commander Spock aus seinem Koma befreien. *Wenn* er zur Mentalverschmelzung in der Lage ist. Es fällt mir nicht leicht, ihn als Vulkanier zu sehen.«

»Spock ergeht es nicht anders«, kommentierte Jim. »Wie dem auch sei: Du solltest nicht auf Stephens Hilfe zählen. Er ist mit seiner *Dionysus* aufgebrochen, um das Weltschiff zu besuchen, und er reagierte nicht mehr auf unsere Signale.«

»Jim, wir müssen ihn irgendwie zurückholen!«

Kirk dachte kurz nach. »Nein«, antwortete er schließlich. »Das Risiko für die *Enterprise* wäre zu groß.«

»Spocks Leben steht auf den Spiel, Jim!«

»Was mir sehr leid tut. Aber ich muß an mein Schiff denken, an meine Crew. Wenn wir ins Hoheitsgebiet der Klingonen vorstoßen...«

Ein verunsicherter Newland Rift betrat die Krankenstation. »Dr. McCoy?«

Jim zuckte unwillkürlich zusammen, erwartete das laute Bellen und Kläffen der Pudel. Doch Rift war ohne seine ›Hündchen‹ gekommen. In der niedrigen Schwerkraft schien er sich nicht wohl zu fühlen, und er wirkte besorgt.

»Ja, Mr. Rift?« entgegnete McCoy. »Im Augenblick bin ich sehr beschäftigt...«

»Wissen Sie, wo Lindy ist?«

»Nein, keine Ahnung.«

»Ich habe überall nach ihr gesucht. Captain, können Sie mir vielleicht sagen, wo sie sich aufhält? Sie sind oft mit ihr zusammen gewesen...«

Jim schüttelte den Kopf. »Nein, da muß ich Sie leider enttäuschen.« Er überlegte, ob sich der ehemalige Ringer in bezug auf Amelinda Lukarian in der Rolle eines Ersatzvaters sah, ob er gekommen war, um sich nach seinen Absichten zu erkundigen. Diese Frage sollte er in erster Linie an Stephen richten, dachte Kirk verdrießlich. Seit der vulkanische Jongleur an Bord gekommen ist, hat Lindy wesentlich mehr Zeit mit ihm verbracht als mit mir.

»Sicher leistet Lindy Athene Gesellschaft«, sagte Rift. »Aber das Vogelpferd ist ebenfalls verschwunden.«

»Verschwunden? Was meinen Sie damit? Nur das Shuttledeck und Reparaturbucht bieten genug Platz für Athene.«

»Aber dort befindet sie sich nicht.«

Ein schrecklicher Verdacht entstand in Jim.

Lindy *hat* viel Zeit mit Stephen verbracht, dachte er. Und Stephen fliegt zum Weltschiff.

Im Weltschiff konnte Athene fliegen.

KAPITEL 11

Man brauchte kein erfahrener Spurenleser zu sein, um herauszufinden, was im Hangar geschehen war. Fuß- und Hufspuren – von Lindy, Stephen und Athene – führten zu dem Dockmodul, an dem die *Dionysus* angelegt hatte.

Jim fluchte leise.

»Warum machen Sie sich solche Sorgen, James?« fragte Scharlach. »Ihren Freunden droht keine Gefahr – sie sind bei uns willkommen.«

»Die ihnen drohende Gefahr geht von anderen Leuten aus, den Klingonen.« Kirk setzte sich mit der Brücke in Verbindung. »Lieutenant Uhura, es ist sehr wichtig, daß Sie mir einen Kontakt mit der *Dionysus* ermöglichen.«

»Es tut mir leid, Sir. Ihr habe es immer wieder versucht, aber Stephen antwortet nicht.«

»Lindy hat überhaupt keine Raumerfahrung, Captain«, sagte Rift und trat unruhig von einem Bein aufs andere. »Sie fürchtet sich nicht und glaubt, eines Tages könnte die Varietégesellschaft dabei helfen, eine Freundschaft zwischen dem klingonischen Imperium und der Föderation zu ermöglichen. Sie...«

Jim fühlte Mitleid für den athletisch gebauten Mann, der solche Angst um Lindy hatte, ihr jedoch nicht helfen konnte. Kirk teilte seine Empfindungen. Mehr noch: Er glaubte sich für die Sicherheit der jungen Frau verantwortlich. Rift hatte recht: Lindy wußte nicht, auf was sie sich einließ.

»Keine Sorge«, sagte er. »Wir holen sie zurück.«

Es fiel Jim nicht schwer, Freiwillige für die Rettungsmission zu finden. Einige Techniker kamen in den Hangar, um die Trennschirme beiseite zu schieben; anschließend machten Sulu und Uhura die Raumfähre *Copernicus* startklar. Jim fragte sich, wem er während seiner Abwesenheit das Kommando über die *Enterprise* anvertrauen sollte.

Langsam werden meine Senior-Offiziere knapp, dachte er. Gary ist Hunderte von Lichtjahren entfernt und wird noch immer in einem Krankenhaus behandelt; Commander Spock liegt im Koma, und McCoy muß sich um ihn kümmern. Was Mr. Scott betrifft...

Jim suchte das Quartier des Chefingenieurs auf und blieb vor der Tür stehen, fragte sich, was er Scott sagen sollte.

Er klopfte an.

»Herein.«

Scott saß an seinem Schreibtisch, sah von einem zerknitterten Blatt mit krakeligen Buchstaben auf.

»Captain Kirk!« Er erhob sich.

»Machen Sie sich keine Umstände.«

Der Chefingenieur nahm wieder Platz.

»Es hat sich ein Problem ergeben«, sagte Jim.

»Aye, Captain. Das stimmt.«

»Lassen Sie uns das Kriegsbeil begraben, Mr. Scott. Wir haben es mit einem Notfall zu tun, und ich brauche Ihre Hilfe.«

»Taten und Worte lassen sich nicht einfach auslöschen, Captain«, erwiderte der Chefingenieur. »Ich habe mich so verhalten, wie ich es für richtig erachtete. Ich hielt es für unklug, Wesen, die wir überhaupt nicht kennen, volle Bewegungsfreiheit im Schiff zu gewähren. Dieser Ansicht bin ich nach wie vor. Captain Pike hätte niemals eine solche Entscheidung getroffen. Er war...« Scott unterbrach sich.

»Vorsichtiger?«

»Umsichtiger, Captain.«

»Nun, Sie werden Gelegenheit haben, einen besseren Kommandostil zu demonstrieren«, sagte Jim. »Ich ernenne Sie hiermit zum amtierenden Captain der *Enterprise*.«

»Was?«

»Ich fliege zum Weltschiff.«

»Aber, Captain...«

»Erheben Sie nicht schon wieder Einwände, Mr. Scott. Die *Enterprise* treibt dem klingonischen Hoheitsgebiet entgegen. Wenn ich nicht zurückkehre, bevor Sie die Grenze passieren, gehen Sie auf Gegenkurs und bleiben im stellaren Territorium der Föderation. Wenn das Imperium Scouts schickt, aktivieren Sie von mir aus die Schilde. Aber Sie werden unter *keinen* Umständen von den Waffen Gebrauch machen. Ein Gefecht im umstrittenen Gebiet könnte einen regelrechten Krieg heraufbeschwören. Haben Sie mich verstanden?«

»Ja, Sir, aber...« Scott klang skeptisch.

»Sind Sie imstande, diese Befehle auszuführen?«

»Ich darf nicht die Bordgeschütze einsetzen, Captain? Nicht einmal zur Selbstverteidigung?«

»Nein, keine Waffen. Geben Sie Energie auf die Schutzschirme, wenn man Sie angreift. Und wenn die Schilde destabil werden, setzen Sie sich ab.«

»Und falls Sie dann noch nicht zurück sind, Captain?«

»Das spielt keine Rolle. Nun?«

Scott dachte nach. »Nun, ich kann nicht schwören, mich an Ihre Anweisungen zu halten. Ich muß mich auf mein eigenes Beurteilungsvermögen verlassen, auf die Stimme meines Gewissens hören.«

Jim wollte nicht noch mehr Zeit verlieren, unterdrückte seinen Ärger. »Ich hoffe, Ihr Gewissen ist nicht so ›umsichtig‹, daß es die *Enterprise* in eine Schlacht führt.«

Stephen steuerte die *Dionysus* ins Weltschiff, landete auf einer weiten, öden Ebene, die an verwitterte Felsformationen grenzte. Das Zischen der Triebwerke verstummte nach einigen Sekunden.

Lindy sah durch die Aussichtsluke. »Wundervoll!«

Fleckige Säulen aus erodiertem Sedimentgestein ragten hier und dort in die Höhe. In der Ferne gingen niedrige Vorberge in gewaltige Massive über.

Stephens analytischer Verstand begann mit einer methodischen Auswertung aller von den Sinnen übermittelten

Daten. Er dachte an verschiedene Entstehungsmöglichkeiten einer solchen Landschaft, mußte sich ganz bewußt von einem Gedankengang befreien, der die Konstruktion einer derartigen Szenerie mit einem Modell verglich, das bestimmte Vorbedingungen erforderte, sich selbst entwickelte und im Verlaufe von Jahrmillionen der geologischen Evolution zum gewünschten Resultat führte.

Er versuchte, ärgerlich darüber zu sein, daß er sich die mentale Tradition vulkanischer Rationalität zu eigen machte, die Schönheit und Freude Analyse und Information unterordnete. Die Flamme des Zorns loderte nur wenige Sekunden lang, erlosch dann wieder. Dennoch gelang es Stephen, zu einer anderen inneren Einstellung zu finden, und als er ihr den Vorrang gab, bemerkte auch er die ästhetischen Aspekte, die Lindy so sehr beeindruckten.

»Es *ist* wundervoll.« Mit einigen Tastendrucken stellte er den Druckausgleich her. »Ich öffne jetzt die Schleuse.«

»In Ordnung. Ich halte Athene ruhig.«

Das schwere Schott glitt beiseite, und die Luft der fremden Welt wehte ihnen entgegen, roch trocken und staubig und aromatisch. Trotz des hellen Lichts im Innern des riesigen Raumfahrzeugs erwies sich die Luft aufgrund ihrer geringen Dichte als recht kühl. Der hohe Sauerstoffgehalt weckte euphorische Benommenheit in Stephen.

Lindy führte das Vogelpferd zum Ausgang. Athene zitterte vor Aufregung und Furcht, schnaubte leise, als die junge Frau die Hand auf den Widerrist legte, sich auf ihren Rücken schwang. Sie schob die Beine unter die Schwingen des geflügelten Rosses, trieb es mit den Knien an. Athene zögerte, spreizte die Beine, stülpte die Ohren vor und wieherte leise. In tiefen Zügen atmete sie die fremde Luft.

Plötzlich sprang sie, breitete die Flügel aus. Die Federn knisterten leise, und das Pochen der Hufe klang seltsam hohl und dumpf. Athene schlug mit ihren Schwingen, kräftig und gleichmäßig, sprang erneut, stieg auf...

Und flog.

Der Wind zupfte an Lindys Haar, bewegte es wie einen

langen, filigranen Schleier. Sie preßte sich an den Hals des Vogelpferds, fühlte eine Mischung aus Sorge, Furcht und begeistertem Erstaunen. Kühle durchdrang ihr Hemd, aber das Herz in der Brust klopfte so aufgeregt, daß sie die Kälte gar nicht bemerkte. Athene glitt über die bizarre Landschaft, zog die Beine an, als setze sie über einen hohen Zaun hinweg, als nehme sie an einem ganz besonderen Hindernisrennen teil.

Sie winkelte den einen Flügel ab, neigte ihn in den Wind und drehte ab. Lindy riß die Augen auf. Der Boden schien ihr entgegenzurasen. Weit unten stand Stephen und blickte zu ihr empor, als Athene über ihn hinwegschwebte. Er lief los, um ihr zu folgen, ruderte mit den Armen, gestikulierte, freute sich mit Amelinda. Hinter ihm trippelte Ilya wie ein kleines Kätzchen.

Schweiß strömte über Athenes Schultern und Flanken, bildete flockigen Schaum an den Schwingenansätzen. Das Vogelpferd atmete schwer und stoßweiße, und der Flügelschlag verlangsamte sich. Es kehrte zum Boden zurück, und im letzten Augenblick hob es den Kopf, stieg wieder zum weiten Himmel hoch. Lindy wußte nicht, wie sie Athene dazu bringen sollte, auf der Ebene niederzugehen. Sie richtete sich auf, hob den Kopf, übte mit den Knien leichten, vorsichtigen Druck aus: das Signal für Athene, langsamer zu werden und stehenzubleiben. Und das geflügelte Roß reagierte, winkelte einmal mehr die Schwingen an. Als es in die Tiefe glitt, schlug es immer wieder mit den Flügeln, um die Sinkgeschwindigkeit zu reduzieren. Sie setzte mit den Hufen auf, lief im Galopp, um das Bewegungsmoment aufzufangen. Lindy hockte weiterhin auf dem Rücken, paßte sich Athene an.

Aus dem Galopp wurde ein gemütlicher Trab. Das Vogelpferd faltete die Schwingen, legte sie an, bedeckte Lindys Beine mit warmen, blauschwarzen Federn. Sie atmete mühsamer als Athene, und der Wind ließ ihre Augen tränen.

Das Tier unter ihr hielt auf Stephen zu, verharrte schließlich.

Lindy schwang sich von Athenes Rücken, spürte, wie ihre Knie bebten. Sie umarmte den Hals des Vogelpferds, grub ihr Gesicht in die dichte Mähne, lachte und weinte gleichzeitig. Athene preßte die Schnauze an ihre Seite.

»Das hat dir gefallen, nicht wahr, Schätzchen?« hauchte Amelinda. »Mir auch.«

Stephen legte ihr die Hand auf die Schulter. Seine heiße Haut verdrängte die Kühle.

»Zuerst wußte ich nicht so recht, ob es Ihnen gelingt, mit Athene aufzusteigen.« Es klang ebenfalls atemlos. »Dann fragte ich mich, ob Sie auch wieder landen können.«

Lindy rieb sich die Augen. »Wenn ich an all die Dressurnummern denke...«, erwiderte sie. »Ich habe völlig vergessen, ihr ein Signal für ›Komm vom Himmel runter‹ beizubringen.«

Stephen lächelte.

»Ich muß sie herumführen«, fügte Lindy hinzu. »Haben Sie eine alte Decke?«

Der vulkanische Jongleur verschwand in der *Dionysus*, und Lindy trieb Athene an, damit sie sich nach dem anstrengenden Flug in der Kälte keine Muskelentzündung holte. Kurz darauf kehrte Stephen zurück und bot ihr eine leichte Decke an, die aus weißer Seide zu bestehen schien.

»Ich fürchte, sie wird ziemlich schmutzig«, sagte die junge Frau.

»Oh, das macht ihr bestimmt nichts aus.«

Lindy hielt Stephens Antwort für einen Scherz, aber als sie die Decke auf Athenes Rücken legte, entwickelte das Gewebe ein sonderbares Eigenleben, schmiegte sich an die Flanken des Vogelpferds. Amelinda berührte sie neugierig und fühlte Wärme.

»Was ist das?«

»Ein sogenannter Zarter.«

»Lebendig?«

»In gewisser Weise. Ich schätze, es handelt sich um einen Grenzfall. Die Decke ›weiß‹, daß sie umhüllen und wärmen soll. Es scheint sie glücklich zu stimmen, ihre Funktion zu erfüllen — vorausgesetzt, man kann solche Begriffe bei einem... Wesen verwenden, das ganz sicher nicht intelligent ist. Nun, die Decke kann auch ›trauern‹. Wenn man sie nicht benutzt, stirbt sie irgendwann.«

Lindy schob die Hand darunter. Dort, wo der Zarter lag, fühlte sich Athenes Fell trocken und warm an, nicht feucht und heiß.

Die junge Frau ließ ihr Vogelpferd allein gehen. Der Flug hatte Athene sicher viel Kraft gekostet, aber davon ließ sie sich nichts anmerken. Sie wirkte entspannt, lief in der niedrigen Gravitation mit langen, mühelosen Schritten. Ab und zu hob sie den Kopf und blickte zum Himmel hoch, an dem Lichtbahnen eigentümliche Muster formten. Unter dem Zarter knisterten die Federn ihrer Flügel.

Lindy trat auf Stephen zu und umarmte ihn.

Der vulkanische Jongleur drückte sie behutsam an sich, dachte dabei an seine enorme Körperkraft. Amelinda berührte ihn an der Wange, strich mit den Fingerkuppen bis zu den Brauen.

Er wußte, daß sie sehr intelligent und energisch war, und nun bemerkte er auch ihre Schönheit. Selbst Vulkanier tilgten nicht den Sinn für Ästhetik aus ihren Kindern. Trotzdem blieb alles kalt in Stephen.

Er griff nach Amelindas Hand, zog sie vorsichtig fort.

»Bitte nicht, Lindy...«

»Was ist denn?«

Stephen wandte sich um. »Ich... ich kann nicht...«

»Warum?«

»Weil ich Vulkanier bin!«

Kein Mensch war stark genug, ihn gegen seinen Willen zu bewegen, aber Lindy umfaßte seinen Ellenbogen, veranlaßte ihn dazu, sich zu ihr umzudrehen.

»Sie sind anders«, sagte sie.

Stephen setzte sich auf eine Landekufe der *Dionysus* und ließ die Schultern hängen.

»Ich habe versucht, anders zu sein«, erwiderte er. »Aber

ich stamme von Vulkan, wuchs dort auf...« Er preßte die Fingerspitzen aneinander, formte mit den Händen eine symbolische Kugel. »Die vulkanischen Lehrmeister bringen einem bei, sich von den eigenen Gefühlen abzuschirmen, sie hinter eine Barriere zu verbannen, der Schicht um Schicht hinzugefügt wird — bis sie nicht mehr durchbrochen werden kann. Wenn man aufbegehrt, wenn man rebelliert, nehmen sich die Erwachsenen mehr Zeit, gehen sie noch geduldiger vor...«

»Sie haben das ebenfalls erlebt?«

Stephen nickte. »Ich versuche dauernd, an der Barriere zu kratzen, eine Lücke in den vielen Abschirmschichten zu schaffen, in der Hoffnung, eines Tages den Kern zu finden. Aber ich fürchte mich auch. Ich habe Angst, daß die Kapsel tief in meinem Innern... völlig leer ist.« Er neigte die Hände zur Seite, hob sie ruckartig — wie ein Zauberkünstler, der eine Taube freigab. Doch nichts löste sich von seinen Fingern; Lindy sah nur leere Luft.

»Ich habe nie jemanden geliebt. Einmal fühlte sich eine Frau zu mir hingezogen und ich... ich wollte sie nicht enttäuschen. Aber schließlich begriff sie. Ich möchte nicht noch einmal jemanden so sehr verletzen wie sie. Verstehen Sie, Lindy?«

Sie wich nicht etwa von ihm fort, sondern kam wieder näher, schlang die Arme um ihn, bot ihm Trost an. Stephen strich über ihr Haare, wußte dabei, daß es eine inhaltslose Geste war — und wünschte sich verzweifelt, so auf Lindy reagieren zu können, wie sie es von ihm erhoffte.

Er schlug die Augen auf. Irgend etwas schien sein Sehvermögen zu beeinträchtigen, und die Geräusche klangen seltsam dumpf. Verwirrt beobachtete er die ungewohnte Umgebung. Die dichte Luft roch künstlich; er sehnte sich nach Bergen und Ebenen, nach kühlem Wind, der seinen Körper umschmeichelte.

Er versuchte sich aufzurichten, spürte feste Riemen auf

der Brust, an den Hüften und Oberschenkeln. Wütend spannte er die Muskeln, und seine Fesseln gaben nach. Er wußte, daß kein Angehöriger seines Volkes so grausam sein konnte, einem Artgenossen die Freiheit zu rauben, erinnerte sich an den Flug zum Schiff der Fremden, daran, ihren Friedensbeteuerungen geglaubt zu haben. Offenbar hatten sie ihn hintergangen.

Er schlich durch das kantige Zimmer, gewann dabei den Eindruck, als sähe er zwei Bilder gleichzeitig: Eins erschien ihm vertraut, und das andere wies höchst ungewöhnliche Aspekte auf. Der Teil seines Geistes, der jene Vision als bizarr und absurd erachtete, drängte ihn zur Flucht. Und der andere, die sie erkannte, half ihm dabei, einen Ausgang zu finden.

Ein Wesen saß neben der Tür, betrachtete ein sonderbares Objekt. Die Gestalt ähnelte der einer Person, doch das Geschöpf trug Schutzkleidung, so als habe es die Absicht, einen Sonnensegler zu verlassen und sich ins All zu begeben. Wenn es ihn erblickte, mußte er es vielleicht verletzen, um zu passieren. Ganz gleich, was ihm die Fremden angetan hatten: Er wollte sich auf keinen Fall ihr barbarisches Gebaren zu eigen machen.

Vorsichtig näherte er sich dem Wesen. Aber sein Körper gehorchte ihm nicht richtig: Er stolperte. Das Geschöpf sah ihn und sprang auf.

»Spock!« sagte es.

Es fühlte überhaupt nichts, als er den Nackenansatz berührte, verlor von einer Sekunde zur anderen das Bewußtsein und erschlaffte. Er fing es auf und ließ es behutsam zu Boden gleiten.

Er wanderte durch die niedrigen Korridore, bewegte sich so leise wie möglich, um einer Entdeckung zu entgehen. Nach kurzer Zeit fand er den gleichzeitig exotischen und doch so vertrauten Mechanismus. Als er die Justierung veränderte, dachte er über die Vorrichtung nach. Es handelte sich um eine recht interessante Apparatur, aber mit ihren vielen mechanischen und elektronischen Komponenten erschien sie ihm primitiv, viel zu anfällig. Er hätte sie so konstruiert, daß sie auf Gedanken reagierte.

Er stieg auf die Plattform, wartete darauf, daß das Transferfeld seine physische Struktur auflöste.

Er rematerialisierte im Segler. Jenseits der durchsichtigen Wände der runden Kammer wölbte sich die Außenhüller der *Enterprise,* und viel weiter entfernt schwebte das riesige Weltschiff in der Schwärze. Das weite Segel erzitterte rhythmisch, in konzentrischen Kreisen — ein gesteuertes, subtiles Beben, das erst den Rand erfaßte und dann die Mitte, sich schließlich in entgegengesetzter Richtung fortsetzte und dabei geregelte Interferenzmuster bildete.

Die flexiblen, kristallenen Dorne — Stützen des Segels — wuchsen aus der externen Begrenzung der Kammer. An der Innenseite formten ihre Knollen achtzackige Sterne, deren Spitzen ebenfalls transparent waren und im Innern einen perlmuttenen Glanz gewannen. Im Zentrum zeigte sich ein hell strahlender Punkt, dort, wo jeder Dorn das Licht sammelte und es konzentrierte.

Die Stacheln bogen und veränderten sich, modifizierten den Sonnensegler. Die weite Fläche außerhalb der runden Kammer erzitterte erneut, neigte sich zur Seite, und daraufhin glitt das kleine Gefährt in Richtung Weltschiff, tauchte in seinen Gravitationssog. Die Energie des Strahls traf das Segel, blähte es auf. Es fungierte als eine Art Bremse, als ein Fallschirm, unter dem sich nicht etwa Luft verdichtete, sondern Photonen, verwandelte den Fall des winzigen Raumschiffs in ein langsames, beständiges Gleiten.

Er flog nach Hause.

Das Shuttle *Copernicus* hatte bereits die Hälfte der Strecke zum Weltschiff zurückgelegt. Sulu bediente die Kontrollen. Uhura saß neben ihm im Sessel des Copiloten und versuchte nach wie vor, einen Kontakt mit Stephen herzustellen. Jim ging unruhig auf und ab, verfluchte lautlos die Sturheit des vulkanischen Jongleurs.

Wolkengleiter hatte sich mit einem Hinweis auf seinen

Hunger zum Weltschiff beamen lassen, doch die drei anderen Flieger begleiteten die Menschen, sahen sich neugierig um und fragten immer wieder nach der Funktionsweise der Instrumente, erkundigten sich nach Konstruktionsprinzipien und dem Zweck eines derartigen Raumfahrzeugs. Jim fand, sie verhielten sich so, als nähmen sie an einem Picknick teil – und vielleicht lag er mit diesem Vergleich gar nicht so falsch.

Kirk begrüßte es sehr, daß Sulu und Uhura bereit gewesen waren, mit ihm zu kommen. Er brauchte Hilfe: Seine Aufmerksamkeit galt in erster Linie dem Bemühen, die Aliens an einer Demontage des Shuttles zu hindern. Sie konnten ihre Neugier kaum im Zaum halten.

»Welche Gemeinschaft von Ihnen hat zu segeln begonnen, James?« wandte sich Scharlach ohne eine Spur von Verärgerung an Jim.

Das winzige Gefährt der Flieger sauste an der *Copernicus* vorbei, fiel dem Weltschiff entgegen und verschwand in der Ferne, in einem Hintergrund aus komplexen visuellen und elektromagnetischen Störungen.

»Ich habe keine Ahnung«, erwiderte Kirk.

»Captain, die *Enterprise* ruft uns.«

»Scott hier. Es geht um Mr. Spock – er ist aus der Krankenstation geflohen, hat den Transporter benutzt...«

»...und den Segler gestohlen«, ächzte Jim. »Ich verstehe. Was ist mit Dr. McCoy?«

»Er wurde nicht verletzt, Captain, aber Spock hat dafür gesorgt, daß er einige Stunden lang erhebliche Kopfschmerzen haben wird. Der vulkanische Nervengriff...«

Jim wußte nicht, was Scott damit meinte. Vermutlich spielte es auch keine Rolle.

»Commander Spock handelt also wieder auf eigene Faust. Nun, wenn wir ihn finden, bringen wir ihn zur *Enterprise* zurück. Wenn nicht... tut es mir leid um ihn.«

»Captain, aber...«

Kirk bedeutete Uhura mit einem knappen Nicken, die

Verbindung zu unterbrechen. Sie sah ihn verwundert an, kam der stummen Aufforderung jedoch nach.

Benommen versuchte sie erneut, Stephen zu erreichen.

»*Copernicus* an *Dionysus*, bitte kommen. Dies ist ein Notfall. Antworten Sie.« Doch aus dem Lautsprecher drang nur das statische Knistern der magnetischen Felder des Weltschiffs. Keine Stimme erklang.

Scharlach streckte kurz seine Schwingenfinger. »James, ist es so wichtig, daß der Kontakt zu Stephen mit Hilfe Ihrer Maschinen hergestellt wird?«

»Das ist die einzige Möglichkeit, um... He, können *Sie* Verbindung mit ihm aufnehmen? Wollen Sie darauf hinaus?«

»Ich wäre in der Lage, die Gemeinschaft darum zu bitten, nach Spock und der *Dionysus* Ausschau zu halten.«

»Ausgezeichnet. Wenn irgend jemand Lindy sieht... Teilen Sie ihr mit, daß wir unbedingt mit ihr sprechen müssen.«

»Das dürfte schwierig werden. Nach der Jagd wird Wolkengleiter all diejenigen mit Ihrer Sprache vertraut machen, die daran interessiert sind. Grün, Sonne-und-Schatten und ich übermitteln sie den anderen. Doch bis dahin gibt es niemanden im Weltschiff, der Ihr Idiom beherrscht.«

»Und telepathische Lektionen?«

Scharlach bedachte Jim mit einem durchdringenden Blick. »Könnten Sie jemandem das Hören beibringen, indem Sie die betreffende Person auf verschiedene Gerüche hinweisen? Könnten Sie jemanden das Fühlen lehren, indem Sie Farben zeigen?«

»Natürlich nicht.«

»Aus den gleichen Gründen bin ich außerstande, eine neue Sprache weiterzugeben, ohne zu *sprechen.*«

»Aber Spock hat Sie mit einer Mentalverschmelzung in die Lage versetzt, mit uns zu kommunizieren!« erwiderte Kirk hitzig.

»Ich bin anders als er«, hielt ihm Scharlach geduldig entgegen. »James, Sie haben mich gesehen, mich beobachtet, als ich Grün, Wolkengleiter und Sonne-und-Schatten über Ihre Sprache informierte. Ich kann nicht die gleiche Methode benutzen wie Spock, denn wir *unterscheiden* uns.«

»Das verstehe ich. Es ist nur...« Jim brach ab, versuchte, Ärger und Enttäuschung aus sich zu verdrängen. »Und wenn Wolkengleiter nach der *Dionysus* sucht?«

»Er ist hungrig. Nach der Jagd beschließt er vielleicht, sich umzusehen. Oder er schläft.«

»Wenn wir Lindy nicht rechtzeitig finden und zur *Enterprise* zurückkehren... Unser Leben und das Schiff stehen auf dem Spiel!«

Scharlach musterte ihn bewegt. »Ja. Personen leben — und sie sterben.«

Jim hatte das Gefühl, als erhebe sich vor ihm eine massive Barriere aus Unverständnis. »Wie lange mag es dauern, bis wir etwas erfahren?«

Scharlachs Zungenspitze tastete über den Sinnesbart. »Ich weiß es nicht. Ich kann Ihnen nicht einmal versprechen, daß mich jemand bei einer Sichtung des Schiffes benachrichtigt. Nun, man *wird* mir eine Mitteilung machen — wenn es den entsprechenden Gemeinschaftsmitgliedern so gefällt.«

»Gibt es denn niemanden, von dem ich mir genauere Angaben erhoffen kann?«

»Suchen Sie nach wie vor eine Entität, die im Weltschiff eine ähnliche Stellung bekleidet wie Sie an Bord der *Enterprise?*«

»Ich möchte Sie nicht beleidigen, Scharlach, aber... Ja, ich würde gern mit jemandem sprechen, der eine gewisse Verantwortung für das Weltschiff trägt. Es ist mir ein Rätsel, warum uns die Oberhäupter Ihres Volkes zunächst beobachten wollen, bevor sie sich zu erkennen geben. Inzwischen dürften Sie eigentlich von unseren friedlichen Absichten überzeugt sein.«

»Spocks Informationen bestätigen dieses Konzept«, erwiderte Scharlach. »Doch in Ihrem Schiff habe ich auch

Vorrichtungen gesehen, die der Zerstörung dienen.« Der rote Flieger winkte, kam einem Einwand Jims zuvor. »Das alles ist von untergeordneter Bedeutung. Es *gibt keine* Oberhäupter unseres Volkes. Im Weltschiff leben weder Anführer noch Untergebene.«

»Das ist doch nicht zu fassen! Was herrscht bei Ihnen? Anarchie?«

»Es ›herrscht‹ nichts. Ich bin ich, bestimme allein über mein Leben.«

»Ich begreife nicht, wie ein solches System funktionieren kann«, sagte Jim. »Wo bleibt die Organisation? Wer leitet das Weltschiff? Wer baute es und warum? Wo sind die Konstrukteure? Wer entscheidet, was zu geschehen hat? Wer brachte Sie hinein? Gibt es dort außer Ihnen noch eine andere Spezies?«

»Für viele Ihrer Vorstellungen existieren im Weltschiff keine Äquivalente. Ich bin anders als Sie. Die Gruppe aller Flieger unterscheidet sich von der Gruppe aller Besatzungsmitglieder der *Enterprise.* Die Leute, die das Weltschiff bauten, sind tot, verstarben vor unzähligen Generationen. Und ich hoffe, daß die Personen, die einst über sein Schicksal entscheiden müssen, noch nicht geboren sind.«

Jim seufzte zornig und niedergeschlagen. Je mehr Fragen er Scharlach stellte, desto weniger brachte er in Erfahrung. Seine Instinkte verlangten Vertrauen, aber das bewußte Beurteilungsvermögen stellte die Wahrheit in Frage – wenn Scharlachs Auskünfte tatsächlich der Wahrheit entsprachen. Weder Anführer noch Konstrukteure. Keine Leitungsfunktion bei einem so riesigen und funktionskomplexen Gebilde wie dem Weltschiff. Das erschien ihm unmöglich.

Philosophische Probleme wie ›Wahrheit‹ mußten warten.

Kirk holte tief Luft. »Ich wäre Ihnen sehr dankbar, wenn Sie die anderen Mitglieder Ihrer Gemeinschaft im Weltschiff darum bitten könnten, nach der *Dionysus* zu suchen und uns sofort Bescheid zu geben, wenn sie gefunden wird.«

Aus der durchscheinenden Außenfläche des Weltschiffes wurde eine kieselig anmutende Struktur aus dicht an dicht gepackten Kugeln. Der Sonnensegler berührte einen Landehaken, und die Spantendorne zogen sich zusammen, falteten das Segel. Die anderen Stacheln schlangen sich um die Erweiterung.

Das winzige Gefährt glitt nach unten, verlor einen weiteren Teil seines Bewegungsmoments, ruhte schließlich auf der Oberfläche des Weltschiffs.

Er zog die deckelartige Vorrichtung aus der abdominalen Öffnung, die an ein ähnliches Gebilde grenzte und somit einen Tunnel formte. Daneben, in einer größeren und dickwandigeren Kugel, die zur Außenwand des Weltschiffs gehörte, erstreckte sich eine zweite perlmuttene Scheibe. Das seidene Gespinst, das die einzelnen Sphären miteinander verband, versiegelte auch die Röhre zwischen dem Segler und dem gewaltigen Raumfahrzeug, verhinderte, daß die Luft ins Vakuum des Alls strömte.

Er schob den anderen Diskus beiseite und betrat den externen Wall.

Er nahm vertrautes, graues Licht wahr — und doch fühlte er sich verwirrt und unglücklich, wünschte ein düsteres, karmesinrotes Glühen herbei.

Die Kugel, auf der er gelandet war, enthielt nur einen großen Konstrukteur, der über die Decke kroch, einen härtenden Fladen aus Perlmutt zurückließ, während er eine neue Sphäre suchte. Er hoffte, daß jenes Geschöpf nicht in den Sonnensegler kroch. In dem Fall würde er durch die abdominale Öffnung gleiten und sich im Innern des Gefährts niederlassen, dort innerhalb einer bestimmten Zeit mehrere dicke Perlmuttschichten schaffen, die alle Zugänge verdeckten — bis es dem Konstrukteur schließlich zu eng wurde und er seine Wanderung fortsetzte, wieder auf der Suche nach einem größeren Heim.

Wenn eine Kugel genug Isolierschichten aufwies, um undurchsichtig zu werden, ließ sie sich kaum mehr als Sonnensegler benutzen. Welchen Sinn hatte es, durchs All zu reisen, ohne die Sterne beobachten zu können? Genau darin lag doch die Freude solcher Reisen.

Er rückte den Deckel der Sphäre zurecht, hoffte, daß der Konstrukteur glaubte, ein anderes Geschöpf seiner Art lebe bereits in ihrem Innern. Vielleicht kroch er weiter, bis er ein leeres Heim fand, das seinem wurmartigen Körper ausreichend Platz bot.

Er zögerte nicht länger, schlüpfte durch die einzelnen Blasen des Außenwalls, näherte sich der internen Begrenzung. Wie üblich hatten sich die einzelnen Tunnel verändert. Ausgewachsene Konstrukteure neigten dazu, zwischen den Kugeln zu gleiten, dort mit ihren Sekretionen neue Sphären mit dünnen Trennmembranen zu schaffen, die die Zugangswege blockierten. Junge Konstrukteure von mittlerer Größe hatten die Angewohnheit, leere Kugeln aufzusuchen und bildeten somit unerwartete Hindernisse. Kleinere Bauer hingegen krochen durch Innenschichten und reduzierten damit die Größe einer Kammer, bis die Zwischenräume zu klein wurden, um eine Passage zu ermöglichen. Irgendwann kam es bei jeder Blase zu einer vollständigen Separation, die nur eine kleine Öffnung zwischen dem dorsalen Bereich und der abdominalen Sektion übrigließ, und dann eigneten sich jene Sphären nicht einmal mehr für die jungen Konstrukteure als Heim. Wenn das geschah, entfernten die Weber die massiven und undurchlässigen Kugeln aus dem Wall. Und wenn sich anschließend das Universum bewegte, trug es Dutzende von perlenartigen Objekten mit sich in die wartende Dunkelheit zwischen den Sternen.

Aus dem diffusen Grau wurde ein hellerer Glanz, der durch die transparenten Sphärenhüllen filterte. Er erreichte die Peripherie der Außenbarriere, das Innere des Weltschiffs.

Koronin beobachtete die angenehm detaillierten Bilder, die sich im Kommunikationsbereich vor ihr formten. Die Projektionen faszinierten sie, und je länger sie mit einer Antwort zögerte, desto komplexere Übertragungen empfing sie. Zuerst sah sie ein fremdartiges Wesen, das die Arme hob – eine flehentliche Geste, glaubte die Klingonin. Kurze Zeit später stieg das Geschöpf auf und flog für sie. Andere gesellten sich hinzu und begannen eine Art Luftballett. Schließlich veränderten sich die Signale: Aus den Bildern wurden Punktmuster und dreidimensionale Grafiken, die nur von einer leistungsfähigen künstlichen Intelligenz stammen konnten und auf eine immer geschicktere Übertragungskontrolle hindeuteten. Koronin zeichnete alles auf. Als sie sich später erneut die abstrakten Darstellungen ansah, überlegte sie, ob alle Szenen das Ergebnis elektronischer, computergesteuerter Elaborationen waren und nur eine imaginäre Wirklichkeit darstellten. Vielleicht zeigten ihr die Bewohner des Weltschiffs nur das, was ihrer Meinung nach den Wünschen und Erwartungen der Klingonin entsprach.

Koronin nahm eine Neujustierung vor, nutzte einen Teil der Kommunikationskapazität ihres Schiffes, um die *Enterprise* zu kontrollieren. Als der Sonnensegler zum Weltschiff zurückkehrte, spielte sie mit dem Gedanken, das kleine Gefährt aufzubringen. Dann aber beschloß sie, nichts zu unternehmen, sich weiterhin auf eine abwartende Rolle zu beschränken.

Ihr Sergeant fühlte sich enorm geschmeichelt, weil er die Erlaubnis bekommen hatte, den Kommandobalkon aufzusuchen. Aus großen Augen starrte er ins Projektionsfeld. »Die *Quundar* könnte dem Segler folgen. Wir wären in der Lage, ebenfalls an die Kugel anzulegen. Die Sensoren zeigen, daß sie hohl ist und nur eine dünne Außenhülle hat. Wir durchstoßen sie und ...«

»Schweig.«

Der Sergeant klappte den Mund zu.

»Sollen wir angreifen, während ein Schiff der Föderation in der Nähe weilt?« fragte Koronin. »Narr. Wir haben keinen Grund, das riesige Gebilde als unerwünschte Eindringlinge aufzusuchen. Wir kommen einfach als Gäste.

Hast du beim Militär nichts als Gewalt gelernt? Hat man dort den Verstand aus dir herausgeprügelt?«

»Verzeihen Sie, Koronin.«

»Ich werde die Signale der Fremden beantworten und ihre Einladung annehmen. Doch wir sollten natürlich wachsam bleiben. Daß die Wesen nichts gegen uns unternommen haben, könnte ein Beweis für ihre guten Absichten sein. Vielleicht aber auch nicht. Sei auf der Hut.«

»Ja, Koronin.«

»Kehr jetzt auf deinen Posten zurück. Vorbereitung für Beschleunigungsmanöver.«

Sie erwog die Möglichkeit, sich mit der *Quundar* außerhalb des Erfassungsbereichs der *Enterprise*-Sensoren zurückzuziehen und das Weltschiff heimlich aufzusuchen, doch das ließ ihr Stolz nicht zu. Wenn sie ihre Pläne zu verbergen versuchte, gab sie damit zu verstehen, daß die Föderation ein größeres Recht auf das Weltschiff hatte.

Angenommen, dachte sie, das gewaltige Etwas ist das Produkt einer degenerierten Zivilisation. Bisher konnte ich keine Waffen feststellen, keine Verteidigungsmechanismen. Wenn ich Anspruch darauf erhebe, bekomme ich Macht. Macht gibt mir vielleicht die Instrumente für meine Rache. Macht kann sogar noch viel befriedigender sein als Vergeltung.

Sonne-und-Schatten ragte hinter Sulu auf und beobachtete, wie der Steuermann die Kontrollen handhabte.

Wie ein Kind, dachte Jim. Wie ein kleiner Junge, der gerade sein Weihnachtsgeschenk sieht.

»Scharlach, ich fühle mich für den Diebstahl Ihres Sonnenseglers verantwortlich...«

»Ich habe kein Eigentum, James. Daher kann mir auch nichts gestohlen werden.«

»Ich bin froh, daß Sie mit solchem Gleichmut auf den unerfreulichen Zwischenfall reagieren. Was jedoch nichts an meiner Überzeugung ändert, dafür verantwortlich zu sein.«

»Es ist Ihre Meinung. Sie haben ein Recht darauf, das ich nicht bestreite.«

»Darf ich diesen Segler steuern?« fragte Sonne-und-Schatten hinter Sulu.

»Nein, Sir, ich bedaure. Man braucht eine Menge Übung. Es sieht einfacher aus, als es in Wirklichkeit ist.«

»Das glaube ich nicht.« Der Flieger streckte einen langen Arm über Sulus Schulter und veränderte die Fluglage des Shuttles in allen drei Achsen.

Jim stöhnte und schluckte.

Innerhalb weniger Sekunden ließ das Schlingern nach, und die Fähre flog wieder ruhig und stabil.

Sulu beugte sich ruckartig zu den Kontrollen vor, stellte jedoch fest, daß er keine neuen Daten einzugeben brauchte. Seine Wangen hatten einen grünlichen Ton gewonnen. Sonne-und-Schatten zwinkerte gelassen und schwieg; seine Zungenspitze berührte den Sinnesbart.

»Scharlach!« entfuhr es Jim. »Bitte sorgen Sie dafür, daß Ihre Freunde mit den Spielereien aufhören, die meine Besatzungsmitglieder in Gefahr bringen!«

Der rote Flieger zögerte, antwortete dann: »James, warum schreien Sie mich an, obwohl ich keine Schuld auf mich geladen habe?«

»Warum sprechen Sie nur mit Scharlach?« fragte Grün auf Standard. Es geschah zum erstenmal, daß er sich an die Menschen wandte. »Sie verhalten sich so, als seien Wolkengleiter, Sonne-und-Schatten und ich nur Luft für Sie, als existiere nur Scharlach. Sie ist nicht die einzige Besucherin.« Fast verdrießlich fügte er hinzu: »Auch wir beherrschen Ihre Sprache.«

Kirk musterte die Flieger verwirrt. «›Sie‹?« wiederholte er.

»Damit bin ich gemeint«, erklärte Scharlach. »Aber was hat das mit Grüns Frage zu tun?«

»Ich wußte gar nicht...« Jim unterbrach sich.

»Woher auch?« erwiderte die rote Fliegerin. »Warum sollte das irgendeine Rolle für Sie spielen?«

»Ich warte noch immer auf eine Antwort«, sagte Grün.

»Mir fällt keine gute ein«, entgegnete der Captain. »Unser Kontakt hat damit begonnen, indem ich mit Scharlach kommunizierte. Ich hatte das Gefühl, daß ... sie die Gruppenleiterin ist.«

»Wie Sie schon sagten: ein Gefühl«, meinte Scharlach. »Nicht aber die Wirklichkeit. Ich habe Sie doch schon darauf hingewiesen, daß es bei uns keine Anführer gibt.«

»Bitte entschuldigen Sie, Grün«, sagte Jim. »Ich wollte Sie in keiner Weise zurücksetzen.«

Grüns Zunge tastete zum einen Ende des Sinnesbarts. »Sie sind noch jung«, erwiderte er und zwinkerte.

Ich bin jung? dachte Kirk. Und was ist mit den anderen Leuten an Bord dieses Shuttles?

»Captain! Die *Quundar* beschleunigt und nähert sich dem Weltschiff.«

Jim trat an Sulus Seite, nahm die gute Gelegenheit wahr, sich von den Fliegern abzuwenden, sein Unbehagen ihnen gegenüber zu vergessen. Er beobachtete, wie der klingonische Kreuzer in den Außenwall des Weltschiffs eindrang. »Erhöhen Sie die Geschwindigkeit.«

»Ja, Sir.« Sulu hielt es nicht für nötig, darauf hinzuweisen, daß die *Quundar* schwer bewaffnet war, sich die *Copernicus* im Fall des Falles überhaupt nicht verteidigen konnte. Das wußte der Captain natürlich.

Der Steuermann ahnte, daß ihnen eine in jeder Hinsicht interessante Rettungsmission bevorstand.

Er verharrte an der abdominalen Öffnung einer Innenblase, betrachtete die Schönheit des Weltschiffs, genoß den Wind, umarmte das Licht. Das Land erstreckte sich tief unter ihm, aber er brauchte nur die Schwingen auszubreiten, um hinabzugleiten.

Gerade noch rechtzeitig erinnerte er sich daran, daß er nicht mehr fliegen konnte. Die Reise ... Die fremden Wesen an Bord des Raumschiffs hatten ihn verändert, ihm die Flügel genommen, einen großen Teil seines ursprünglichen Sehvermögens, fast die ganze Kommunikationsfähigkeit. Er schrie gegen die Stille in seinem Geist, erhielt keine Antwort, empfing nicht einmal mentale Echos.

Er hatte viel Zeit in der Stille verbracht, aus freier Wahl — aufgrund des Kummers über einen Verlust. Jetzt aber zwang man ihm das Schweigen auf. Er sah nur einen einzigen Ausweg, begann mit dem langen Abstieg.

Koronin fragte sich, ob das Innere des Weltschiffs ähnlich beschaffen war wie die perlmuttene Außenfläche, aber als die *Quundar* das Lichtgespinst des Himmels durchdrang, sah sie tief unten eine seltsame Landschaft: Ebenen und Berge, hier und dort einige Wälder, Bäche und Flüsse.

Die Signale, die sie anpeilte, stammten von einem Ort, der sich ein ganzes Stück über dem Boden befand. Einige Aliens glitten im Wind, der an den internen Begrenzungen des Walls entlangflüsterte. Sie näherten sich dem klingonischen Kreuzer, stürzten der Ausbuchtung der Kommandokammer entgegen, drehten ab. Koronin war beeindruckt: Sie ignorierten die ihnen drohende Gefahr. Eins der Geschöpfe balancierte auf einer Sphäre weiter oben, faltete azurblaue Schwingen zusammen. Plötzlich sprang es, streckte die Flügel wieder und offenbarte ihre flammengelben Unterseiten. Elegant und anmutig segelte es davon, schloß sich seinen Artgenossen an.

Drei der Fremden landeten, und die *Quundar* ging dicht neben ihnen an der Wallbasis nieder.

Die Wesen beobachteten und warteten, etwa hundert Meter entfernt. Koronin ließ sich Zeit, wollte nicht sofort hinauseilen und dadurch wie eine Bittstellerin wirken. Sie schloß ihre Crew in der Betriebskammer ein, rüstete sich mit einigen tragbaren Sensoren, einem Übersetzungsmodul und auch einem Aufzeichnungsgerät aus. Nach kurzem Überlegen entschied sie sich für ein Hemd aus purpurner Seide und ihre Stiefel mit den goldenen Tressen. Sie legte Starfleet das Halsband an und ignorierte sein Wimmern und Winseln, die Versuche, seine kleinen Hände unter

Schnalle und Riemen zu schieben. Ruckartig zerrte Koronin an der Leine, doch der Primat gehorchte nicht, leistete Widerstand. Die Klingonin zog erneut, und schließlich gab Starfleet nach, schlich an ihr vorbei und duckte sich, bis Koronin erneut an der Leine riß. Sie empfand sein Verhalten als höchst unbefriedigend; er mußte besser dressiert werden.

»Komm!« befahl sie ihrem Sergeant.

»Koronin, wäre es nicht besser, mehr Waffen mitzunehmen? Sollte ich nicht hierbleiben und Sie mit den Bordgeschützen decken?«

Sie lachte. »Solange du bei mir bist, brauchst du keine Waffen. Komm endlich. Oder soll ich auch dich an die Leine legen?«

Er folgte ihr, williger als Starfleet.

Die drei Fremden starrten sie schweigend an. Koronin ging auf sie zu, zerrte den Primaten mit sich und trat nach ihm, wenn er trotz Halsband und Leine zu fliehen versuchte. Eine sanfte Brise wehte Staub auf.

»Ich bin Koronin«, stellte sie sich vor.

Die drei Aliens stimmten einen seltsamen Gesang an, der kein Ende zu nehmen schien. Sensoren und Translator boten keine vernünftigen Werte, und schließlich schaltete Kornin die Instrumente verärgert ab. Wenn alles so lief, wie sie es plante, brauchte sie die Wesen gar nicht zu verstehen. Dann mußten sie ihre Sprache lernen.

Die Frequenz der Tonfolgen, die die Geschöpfe von sich gaben, erreichte den Ultraschallbereich. Nur die Bewegungen ihrer Kehlen und Lippen deuteten darauf hin, daß sie nach wie vor sangen. Dann verstummten sie endlich.

»Ich bin Koronin«, wiederholte die klingonische Frau.

»Ich verstehe Sie nicht«, sagte der blaue Alien mit den goldenen Schwingen. »Wolkengleiter gab mir eine andere Sprache. Haben Sie die Möglichkeit, mir Ihr Idiom zu übermitteln?«

Das Wesen formulierte die Worte in Federation Standard.

»Wie kannst du es wagen, mir gegenüber die degenerierte Sprache der Föderation zu verwenden?« fragte sie eisig.

Der Fremde antwortete in einem anderen Kommunikationscode der Föderation, den Koronin nicht beherrschte, jedoch als Vulkan erkannte.

»Aufhören!« sagte sie. Wenn die Allianz glaubte, die Hoheitsrechte des Imperiums verletzen, Anspruch auf das Weltschiff erheben und seine Bewohner einfach so in das Bündnis aufnehmen zu können, irrte sie sich gewaltig. »Ich verstehe dich. Ich werde dir bald die Möglichkeit geben, meine Sprache zu lernen, aber bis dahin begnüge ich mich mit Standard.«

Einer der Aliens — er hatte einen purpurnen Körperpelz, der an einigen Stellen regelrecht schwarz wirkte — trat ein wenig beiseite und beobachtete Starfleet. Der Primat quiekte und sauste davon. Koronin mußte die Leine mehrmals von einer Hand in die andere wechseln, um zu verhindern, daß sie sich um ihre Beine wickelte, hielt das für unwürdig. Sie zerrte kräftig an dem Strick, und das Tier winselte, sah zu ihr hoch, verbarg das Gesicht hinter den kleinen Händen.

»Was ist das?« fragte der purpurne Fremde. »Nahrung?«

»Nein. Lebensmittel befinden sich an Bord meines Schiffes. Ich füttere Tiere, verspeise sie nicht.«

»Gefangene Nahrung hat einen faden Geschmack.« Das purpurne Wesen wandte sich dem Sergeant zu. »Ist das ebenfalls ein Tier?«

Der Mann hatte nur geringe Standard-Kenntnisse und ließ sich daher nicht beleidigen. Sprachlos beobachtete er die Weltschiffbewohner.

»Nein. Ein Untergebener.«

»Von solchen Dingen habe ich schon gehört. Gefangene Tiere und Untergebene. Hierarchien. Anführer.«

»Da wir gerade dabei sind: Wer ist euer Oberhaupt?«

Die Wesen unterhielten sich erneut in ihrer Singsprache, und Koronin gewann den Eindruck, daß sich die Aliens über sie lustig machten. Sie stützte die eine Hand auf den Griff der Duellklinge. Der kalte Stahl beruhigte sie, obgleich sie sich eingestehen mußte, daß ihr unter den gegebenen Umständen ein Blaster lieber gewesen wäre. Zwar schienen die Geschöpfe vor ihr nicht bewaffnet zu sein, aber mit ihren spitzen Zähnen und langen Krallen mochten sie sich bei einem Nahkampf als sehr gefährliche Gegner erweisen. Sie überlegte, wo sich ihre Computer und Sendeanlagen befanden. Vielleicht handelte es sich um miniaturisierte Geräte, in ihren Arm- und Fußreifen integriert. Oder eine andere Entität kümmerte sich um die elektronischen Anlagen.

»Ich finde es seltsam, daß Sie sich immer wieder nach Anführern und Oberhäuptern erkundigen«, sagte der dritte Alien. Sein Fell war dunkel, wies an Flanken und Beinen graue Flecken auf. »Wir haben Sie bereits mehrfach darauf hingewiesen, daß es so etwas bei uns nicht gibt, aber trotzdem fragen Sie immer wieder danach.«

»Das ist doch Unsinn! Ich...« Koronin zwang sich zur Ruhe. Die Antwort des Wesens deutete darauf hin, daß sich auch die Eindringlinge der Föderation mit solchen Worten an sie gewandt hatten. Sie beschloß, direkt zu sein.

»Im Namen der Kaiserin beanspruche ich dieses Land. Seid ihr bereit, euch meiner Autorität zu beugen?«

Der purpurne Fremde schenkte ihr keine Beachtung, bückte sich und streichelte Starfleet.

»Ich habe dir doch gesagt, daß er keine Nahrung ist!« rief die Klingonin.

»Ich weiß«, erwiderte der Flieger. »Aber er leidet und trauert.« Er begann damit, die Schnalle zu öffnen und das Halsband zu lösen.

Koronin schritt in Richtung Wall, vernahm ein leises, ihr vertrautes Klirren, als sie die Duellklinge zog. Die Aliens konnten natürlich nicht wissen, daß sie früher einmal transparent und farblos gewesen war. Erst das Blut ihrer Gegner hatte dem Stahl die dunkle Tönung verliehen.

Aber bestimmt fiel den Wesen auf, wie das Licht ihrer sonderbaren Welt blitzende Reflexe auf der Schneide hervorrief. Die Klingonin hob das Messer, um mit einer ebenso einfachen wie eindrucksvollen Demonstration zu zeigen, mit welchen Absichten sie kam.

Vor der gewölbten Membran einer perlenartigen Sphäre blieb sie stehen, hob die Klinge über den Kopf und bohrte sie in den Wall.

Der Stahl durchschnitt die schimmernde Außenfläche, hinterließ einen langen Riß in den perlmuttenen Fasern.

Koronin vernahm ein leises Heulen — wie der Gesang der Aliens, untermalt von einer hochfrequenten Vibration. Das seidene Gewebe der Blase erzitterte und zog sich zusammen. Die Klingonin riß ihre Klinge zurück, wirbelte um die eigene Achse und lief.

Hinter ihr explodierte die Kugel.

Er beobachtete, wie die Flugmaschine dem Boden entgegensank und landete. Er hörte das Donnern und Krachen der Explosion, doch seine Aufmerksamkeit galt vor allen Dingen dem beschwerlichen Abstieg. Durch die heftige Vibration hätte er fast das Gleichgewicht verloren. Er sprang zum Gespinst, das die einzelnen Blasen miteinander verband, hielt sich daran fest, begann erst wieder zu klettern, als das Beben des Walls nachließ.

Die Flugmaschine ruhte dicht neben der Barrierenbasis, auf einem Teppich aus verbrannter Vegetation. In der Nähe beugte sich ein schwingenloses Wesen über ein anderes, das wie erstarrt lag. Das reglose Geschöpf hatte vermutlich versucht, eine Wallkugel zu beschädigen — offenbar ohne zu ahnen, daß die Sphären sofort reagierten. Wie töricht: Selbst die Jungen, die noch im Horst lagen, wußten um die Gefährlichkeit einer solchen Verhaltensweise — und achteten auf die Gebote, wenn sie überleben wollten.

Er nahm den Duft anderer Personen wahr, doch sie warteten nicht auf ihn, flogen davon, kreisten in der Ferne. Nach einer Weile trennten sie sich voneinander, schwebten davon. Er fragte sich, ob die Flügellosen die Gemeinschaft verärgert hatten oder sie schlicht langweilten.

»He, du!«

Das Wesen ohne Schwingen winkte mit einem Apparat. »Komm her! Hilf mir, die Lady Koronin ins Schiff zu tragen!«

Er konnte die Worte kaum verstehen, doch nach einigen Sekunden stahl sich ihre Bedeutung in sein Bewußtsein.

Sulu steuerte die *Copernicus* über den schimmernden Wall des Weltschiffs, vorbei an den Strahlenbahnen des Lichtgespinsts, schließlich durch die hohen Wolken. Unter der Raumfähre erstreckte sich eine hügelige Landschaft.

Die *Dionysus* gab noch immer keine Antwort.

»Ich verlasse Sie nun«, verkündete Grün.

»Ich weiß, daß ich Sie beleidigt habe«, sagte Jim betroffen. »Aber es geschah nicht mit Absicht. Bitte akzeptieren Sie meine Entschuldigung. Bleiben Sie bei uns.«

»Sie sind noch jung«, wiederholte Grün sanft. »Sie können mich nicht beleidigen. Ich gehe jetzt, weil ich hungrig bin. Und weil meine Schwingen Bewegungsfreiheit brauchen.«

»Ich wünschte, Sie hätten mich an Bord der *Enterprise* darauf hingewiesen. Unsere Synthesizer hätten Ihnen an Ihren Metabolismus angepaßte Speisen liefern können.«

»Ich habe Ihre Nahrung gesehen«, sagte Grün. »Sie war tot.«

»Viele Leute finden sie recht schmackhaft«, meinte Kirk.

»Aber sie war *tot*«, beharrte Grün und gab ein Geräusch von sich, das Abscheu ausdrückte.

»Das stimmt. Aber die meisten von uns ziehen tote Lebensmittel lebendigen vor.« Jim lachte leise, versuchte, wieder ernst zu werden. »Im Gegensatz zu Ihnen, nicht wahr?«

»Durch tote Nahrung wird man krank.«

»Ich verstehe.« Der Captain erinnerte sich an Spocks Reaktionen, wenn er andere Leute dabei beobachtete, wie sie tierisches Protein zu sich nahmen. »Nun gut... Wir landen und lassen Sie aussteigen. Ich möchte Sie nicht gegen Ihren Willen an Bord behalten.«

»Sie können auf eine Landung verzichten«, sagte Grün und öffnete die Schleuse. Kalter Wind seufzte herein. Der Flieger sprang, und Jim eilte mit einigen langen Schritten zur Luke, sah mit einer Mischung aus Sorge und Entsetzen nach draußen. Zehn Meter weiter unten glitt Grün mit ausgebreiteten Flügeln dahin. Langsam streckte er die Schwingenfinger, flog mehrmals im Kreis, ließ sich dann fallen und fing den Sturz elegant ab.

»Kommst du mit?« fragte Sonne-und-Schatten. »Jagst du mit uns?«

»Nein«, erwiderte Scharlach. »Ich habe noch keinen Hunger.«

»Bis später.«

Sonne-und-Schatten folgte Grün. Seite an Seite schwebten sie dahin, wie in einem Duett akrobatischer Künstler. Jim hielt unwillkürlich den Atem an, befürchtete eine Kollision der beiden Flieger, doch sie berührten sich nur mit den Schwingenspitzen, stiegen höher.

Uhura trat an die Seite des Captains, sah den beiden Fremden zu, summte eine seltsame Melodie und beugte sich in die geöffnete Luke. Einen schrecklichen Augenblick lang dachte Kirk, sie wolle ebenfalls hinausspringen. Er griff nach ihrem Arm.

»Lieutenant Uhura!« Sie reagierte nicht auf ihn. Jim zog sie zurück, schloß das Schott. »Was ist los mit Ihnen?«

»Nichts, Captain. Warum fragen Sie?« Die dunkelhäutige Frau summte erneut, einen Refrain, den Kirk nicht kannte.

Scharlach hob die Krallenhand und berührte Uhura behutsam an der Schulter. Er — *sie,* erinnerte sich Jim — umhüllte Uhura mit einer Schwinge, geleitete sie sanft zu den Sesseln und sang eine kurze Melodie. Die Frau versuchte sie nachzuahmen, und das schien ihr auch zu gelingen, nachdem Scharlach die Tonfolge noch einmal wiederholt hatte.

Jim kehrte ihnen den Rücken zu und wandte sich an Sulu.

»Irgendeine Spur von der *Dionysus?* Oder von Athene?«

»Nein, Captain. Sie könnten überall sein. Und das trifft auch auf die *Quundar* zu.«

Jim blickte aus dem Fenster, hoffte darauf, einen Hinweis auf die Admiralsjacht des vulkanischen Jongleurs zu finden. Er horchte in sich hinein, überlegte, ob er die unmittelbare Nähe Koronins oder eine sichere Distanz zu ihr vorzog. Er sah zu den Wolken hoch, versuchte sich vorzustellen, wie das Vogelpferd flog, mit Lindy auf seinem Rücken.

Es wäre ein toller Anblick, dachte er.

Koronin fand nur langsam und unter Schmerzen in die Wirklichkeit zurück. Die Oligarchen haben mich also schneller erwischt, als ich dachte, fuhr es ihr durch den Sinn.

Sie schlug die Augen auf.

Sie rechnete damit, sich in einer Gefängniszelle oder der Verhörkammer eines Schlachtschiffes wiederzufinden. Statt dessen lag sie auf ihrer eigenen Koje, richtete sich auf — und verzog das Gesicht, als neuer Schmerz ihren Leib durchzuckte. Sie kämpfte dagegen an, froh, am Leben zu sein.

Der Sergeant hatte sich auf dem Boden ausgestreckt und döste. Ein armseliger Wächter. Koronin wunderte sich darüber, daß er sie nicht einfach irgendwo eingesperrt hatte.

Dann sah sie die Duellklinge und den Blaster: Beide Waffen lagen vor ihrem Bett. Sie griff nach dem Messer, stellte fest, daß die Schneide nicht mehr scharf, sondern geschmolzen und anschließend wieder erstarrt war. Sie fluchte.

»Koronin!« der Sergeant erwachte und stand schläfrig auf.

»Warum hat du mich zurückgebracht?« fragte die Klingonin. »Warum hast du nicht die Gelegenheit genutzt, das Kommando über die *Quundar* an dich zu reißen?«

»Ich habe Ihnen Treue geschworen«, erwiderte der Mann vorwurfsvoll.

Sie starrte ihn an, und nach wenigen Sekunden senkte er den Kopf. »Die Wahrheit«, sagte Koronin scharf.

»Es heißt, die Kaiserin habe ihren Vorrat an Gnade und Barmherzigkeit aufgebraucht. Wer würde mir verzeihen, wenn ich zurückkehre? Hier bin ich sicherer. Nun, ich kenne Ihre Stärken, Koronin — und meine Schwächen. Wenn Sie die *Quundar* befehligen, bleibe ich vielleicht ein freier Renegat. Wenn ich das Kommando übernähme, wäre ich bald ein eingesperrter Renegat. Oder gar tot.«

»Haben die Aliens eine Waffe eingesetzt? Was ist passiert?« Koronin nahm den Blaster und schob ihn unter den Gürtel. Sie beschloß, sich mit der Erklärung des Sergeants zufriedenzugeben — bis er über die Strenge schlug und Dankbarkeit von ihr verlangte.

»Ich weiß nicht, Koronin. Ich hatte den Eindruck, als sei die Blase explodiert, die Sie beschädigten.«

»Es verteidigt sich.« Eine Stimme, die auf Standard sprach.

Die Klingonin drehte sich um, und ihr Blick fiel auf einen Vulkanier, gekleidet in schwarze Hose, Stiefel, ein ärmelloses, dunkles Trikot — die Überreste einer Starfleet-Uniform. Der Mann saß auf dem Deck, am gegenüberliegenden Ende des Kommandobalkons, im Innern eines vage schimmernden Schirmfelds.

»Beherrscht denn niemand auf dieser Welt eine zivilisierte Sprache?« rief Koronin erbost. »Wer bist du? Und wovon redest du?«

»Ich habe ihn als Geisel genommen«, sagte der Sergeant stolz.

»Das Weltschiff«, hauchte der Vulkanier. »Es verteidigt sich.«

»Ich habe hier eine sonderbare Anzeige, Captain.«

Unter ihnen wölbte sich die graugrüne Ebene, eine gestaltlose Landschaft, die bis in dunstige Fernen reichte. Sulu deutete erst auf seine Instrumente, dann aus dem Fenster. An einer Stelle wies der Boden eine eigentümliche Markierung auf.

»Das sehen wir uns aus der Nähe an«, sagte Jim.

Der Steuermann bediente die Kontrollen, landete das Shuttle.

Die verbrannte Vegetation und die Druckstellen auf dem Boden deuteten auf Koronins Kreuzer hin. Die geborstenen Überreste einer Wallsphäre ließen dumpfe Ahnung in Kirk entstehen.

»Offenbar hat unsere klingonische Freundin auf irgend etwas gefeuert«, sagte er und versuchte sich vorzustellen, aus welchem Grund Koronin von ihrem Blaster Gebrauch gemacht hatte. Die möglichen Schlußfolgerungen gefielen ihm nicht.

»›Gefeuert‹, James?« wiederholte Scharlach. »Steht dieser Ausdruck in irgendeinem Zusammenhang mit Waffen?«

»Ja. Vermutlich wurde ein Blaster eingesetzt. Sehen Sie nur: Die Entladung zerstörte die ganze Frontseite der Sphäre.«

»Wenn Koronin mit einem Strahler oder einer Projektilschleuder auf den Wall geschossen hätte, lägen hier jetzt die Trümmer ihres Schiffes verstreut. Und die Fetzen ihrer zerrissenen Leiche.«

»Wie? Was soll das heißen? Ich dachte, Sie besäßen keine Waffen.«

»Koronin zwang den Wall zu einer Reaktion – und er reagierte auf eine Weise, die ihrem Angriff angemessen war. Das entspricht der Konstruktionsstruktur.« Scharlachs Zunge zitterte über den Sinnesbart.

»Aber wenn sie nicht feuerte... Was hat sie dann angestellt? Worauf reagierte der Wall? Auf einen Kampf? Könnte Spock darin verwickelt gewesen sein?«

»Darauf weiß ich keine Antwort, James.«

Sulu ging in die Hocke, griff nach einem der schimmernden Fragmente. Licht glitzerte durch die perlmuttene Oberfläche. Überall lag funkelnder Staub. Der Steuermann richtete sich wieder auf, sah vorsichtig durch das Loch in der Kugelwand. Das Innere des Walls erwies sich als ebenso prächtig wie die Außenseite: Ein schwaches, lumineszierendes Glühen ging davon aus, kühl und geheimnisvoll. Eine Öffnung in der unteren Wölbung der Blase führte tiefer in die Barriere hinein. Sulu wurde neugierig, betrat die Sphäre und blickte nach unten.

Ein blasses, glänzendes *Etwas* glitt heran. Sulu gab einen überraschten Schrei von sich, sprang zurück. Aus einem Reflex heraus zuckte seine rechte Hand zum Phaser, doch bevor er ihn ziehen konnte, fielen ihm die letzten Worte Scharlachs ein. Er ließ die Waffe im Halfter stecken, wandte zurück, verlor das Gleichgewicht und fiel. Die geringe Schwerkraft von nur einem Zehntel *g* bewahrte ihn vor Knochenbrüchen.

»He, Sulu, stimmt was nicht?«

»Keine Ahnung, Captain — dort drin haust irgend etwas Lebendiges!« Er stand auf und klopfte sich Staub von der Uniform. »Es hat mich nur erschreckt.« Verlegen senkte er den Kopf, näherte sich einmal mehr der Öffnung. Perlmuttsplitter knirschten unter seinen Stiefeln. Mit bebenden Fingern berührte er den Phaser und dachte: Fast hätte ich mich selbst umgebracht, in Stücke gerissen.

»Was ist das für ein Wesen?«

Sulu spähte in die Blase und beobachtete das Geschöpf, verglich es mit den großen Nacktschnecken, die er bei Inselwanderungen während eines Urlaubs auf der Erde gesehen hatte. Allerdings gab es einen enormen Unterschied: Dieses Exemplar schien mindestens fünf oder sechs Meter lang zu sein. Es schob sich langsam in die Blase hinein, hatte offenbar die Absicht, sie ganz auszufüllen.

»Nur ein Konstrukteur«, sagte Scharlach.

»Wie bitte?« fragte Jim verwirrt.

»Sie halten den Wall in Ordnung. Dieser hier wird mit seinen Sekretionen einige neue Schichten bilden, bis das Loch in der Sphäre vollständig abgedichtet ist. Harmlose Geschöpfe.«

Jim blickte auf das schleimige und widerlich aussehende *Ding* und dachte nach...

Scharlach breitete ihre Schwingen aus, sprang und flog zur Weltschiffbarriere.

»Warten Sie!«

Doch die rote Fliegerin hörte nicht auf ihn, glitt vor dem Wall in die Höhe.

Hinter Kirk summte Uhura.

»Lieutenant?«

Sie rührte sich nicht von der Stelle, sah Scharlach nach.

»Lieutenant Uhura! Was ist mit der *Dionysus?*«

Sie verhielt sich so, als höre sie Jims Stimme wie aus weiter Ferne. »Stephen gibt keine Antwort auf unsere Signale«, sagte sie. »Er befindet sich hier irgendwo. Ich bin ganz sicher. Aber er schweigt.«

Jim wandte sich von ihr ab und ging neben der gezackten Sphärenöffnung in die Hocke. »Können Sie mich verstehen?«

»Ja, Captain«, erwiderte Sulu.

Jim bedeutete ihm mit einem knappen Wink, keinen Laut von sich zu geben.

»Können Sie mich verstehen?« fragte er erneut, breitete die Arme aus und wiederholte die Geste des Friedens, die er den Fliegern gegenüber verwendet hatte. Er fragte sich, auf welche Weise Geschöpfe wie die Konstrukteure Freundschaft demonstrierten...

»Keine Reaktion«, flüsterte Sulu. Im Lautsprecher seines Tricorders knackte und knisterte es — bedeutungslose Geräusche. »Nichts außerhalb unserer Seh- und Hörweite. Keine chemischen Prozesse. Und auch sonst läßt sich nichts feststellen.«

Jim trat über den geborstenen Rand der Blase. Das schneckenartige Wesen kroch weiterhin ins Innere der

Sphäre, glitt langsam über den gewölbten Boden. Kirk berührte es behutsam und dachte: Wir kommen in Frieden. Er unterdrückte seinen Widerwillen — der ›Konstrukteur‹ fühlte sich so kalt und schleimig an, wie er aussah. Der Captain vernahm und fühlte nichts, spürte nur, wie das Etwas anzuschwellen begann. Es übte sanften, aber beständig zunehmenden Druck aus, bis es Jim aus der Kugel schob.

»Was machen Sie da, James?« fragte Scharlach.

Eine klebrige Masse bedeckte Kirks Hände und Arme, verhärtete sich allmählich.

»Ich habe versucht, mit den Erbauern des Weltschiffs zu kommunizieren«, entgegnete er.

»Warum?«

»Warum? Weil Sie erklärten, Sie hätten dieses riesige Raumfahrzeug nicht konstruiert.«

»Das stimmt auch. Wie könnte ich oder irgendeine andere lebende Person dazu in der Lage sein?«

»Sie meinten eben, dies hier sei ein Konstrukteur.« Jim deutete auf die überdimensionierte Schnecke, deren brauner Leib nun das zerstörte Blasensegmet ausfüllte. »Es kommt mir nicht darauf an, direkt und unmittelbar mit den Entitäten zu sprechen, die das Weltschiff bauten. Ein Kontakt mit ihren Nachkommen genügt mir völlig, mit Leuten, die sich die Fähigkeiten der einstigen Baumeister bewahrt haben.« Der Schleim gewann allmählich den typischen perlmuttenen Glanz. Kirk rieb die Hände aneinander, und kleine, funkelnde Flocken stoben davon.

»Nicht etwa ›Leute‹ haben das Weltschiff erbaut, sondern Konstrukteure. Aber es *waren* Leute, die seine Struktur ersannen und die Baumeister schufen, um ihre Pläne zu verwirklichen. Jene Personen sind die Schöpfer von all dem, was Sie hier sehen. Ich gehöre zu den Nachkommen derjenigen, die das Weltschiff konstruierten, und Sie haben bereits mit mir gesprochen.«

»Aber ich dachte...« Jim unterbrach sich, begriff plötzlich, daß die bisherigen Diskussionen aus einer Aneinanderreihung von Mißverständnissen bestanden. »Ich meinte folgendes: Sind Leute wie Sie die eigentlichen Erbauer des Weltschiffs?«

»Oh«, machte Scharlach. »Ja. Natürlich. Warum haben Sie mich das nicht gleich gefragt?«

Kirk seufzte innerlich. »Ich glaube, ich verstehe jetzt. Wissen *Sie*, wie es konstruiert wurde?«

»Selbstverständlich.«

»Wären Sie imstande, ein zweites herzustellen?«

»Das ist unmöglich, solange dies existiert. Das Zentrum des Universums bietet nur jeweils einem Objekt Platz.« Scharlach sang eine kurze Melodie, bei der Jim schauderte. Uhura antwortete.

Kirk überlegte, welche anderen Irrtümer seinen Schlußfolgerungen in bezug auf Scharlach zugrunde lagen. Er suchte nach den richtigen Worten, um seine Frage neu zu formulieren, doch der zweistimmige Gesang lenkte ihn ab. Er fühlte sich so, als trachte er danach, eine schwierige mathematische Gleichung zu lösen, während er zwischen Tenor und Sopran stand, die in der Oper ein leidenschaftliches Duett sangen. Nach einigen Sekunden schüttelte er den Kopf und preßte sich die Hände auf die Ohren. »Könnten Sie bitte für einige Zeit still sein? Ich kann kaum mehr denken!«

Daraufhin schwiegen Scharlach und Uhura. Jim wußte nicht, was der Gesichtsausdruck der roten Fliegerin bedeutete, doch die Züge der dunkelhäutigen Frau offenbarten unmißverständliche Empörung.

»Das hier habe ich in der Passage weiter oben gefunden.« Scharlach reichte dem Captain etwas. »Allerdings fehlt von Spock jede Spur.«

Uhura summte erneut, ihre Stimme kaum mehr als ein Raunen.

Jim nahm Spocks blaues Uniformhemd entgegen.

KAPITEL 12

Der Direktor des Aufsichtskomitees wanderte unruhig über den Kommandobalkon des Flaggschiffs, starrte auf die Berichte seiner vielen Spionsonden und legte die Com-Folien achtlos beiseite. Noch vor ein paar Tagen hätte er großes Interesse an den übermittelten Informationen gefunden, und vielleicht benutzte er sie irgendwann, um all die kleinen Diebe, Schmuggler und trivialen Verräter zu eliminieren, die nun enttarnt waren. Derzeit allerdings benötigte er ganz andere Daten.

»Sir...!« Sein Adjutant salutierte hastig. »Der Captain erbittet Ihre Aufmerksamkeit.«

»Weitere Berichte?«

»Wir haben die Phalanx erreicht, Sir.«

Der Kommandant des Flaggschiffs starrte ungläubig und zornig auf die Anzeigen der Sensoren.

»Die Föderation verletzt alle Abkommen mit uns, ignoriert die stillschweigenden Übereinkünfte ebenso wie unterzeichnete Verträge. Dies ist kein natürliches Phänomen! Es kann sich nur um die Vorbereitung auf einen Krieg handeln!« Voller Ehrfurcht wandte er sich an den Direktor. »Sir... Unsere Nachrichtendienste haben keinen Alarm gegeben. Woher wußten *Sie* davon?«

Der Direktor hatte seine steile Karriere unter anderem dem Umstand zu verdanken, daß er alle Situationsvorteile zu nutzen verstand, Glück, Lügen und unsichere Informationen als Wissensvorsprung ausgab. »Ich darf nicht über Staatsgeheimnisse sprechen«, erwiderte er.

»Oh, selbstverständlich, Direktor. Das verstehe ich. Bitte entschuldigen Sie.«

»Was ist mit dem gestohlenen Prototyp?« fragte der Direktor und versuchte, gleichgültig zu klingen.

»Wie?« Der Kommandant zwinkerte verwirrt, nickte dann. »Sie meinen das neue Kampfschiff? Oh, wir haben es geortet, Direktor. Dies hier ist sein Sensorcode.« Er deutete auf einen Monitor, der ein komplexes Punktmuster zeigte, und seine Brauenhöcker wurden dunkler – deutliches Zeichen der Aufregung. »Bald werden wir die Föderation für ihre Arroganz bestrafen.«

Der Direktor betrachtete das Bild, fragte sich, ob der Captain des Flaggschiffs wirklich glaubte, die Föderation sei für das verantwortlich, was vor ihnen im All schwebte. *Er* wußte, daß Starfleet über keine derartigen Einheiten verfügte.

Das Projektionsfeld nahm die ganze Breite des Kommandobalkons ein. Die substanzlosen, holografischen Kanten berührten den Direktor, und dennoch bot der Erfassungsfokus nicht genug Platz, um das fremde Raumfahrzeug in seiner ganzen gewaltigen Größe darzustellen.

Chefingenieur Scott saß im Befehlsstand auf der Brücke der *Enterprise*, und seine Finger trommelten nervös auf die Armlehnen des Sessels. Ihm blieb nur noch wenig Zeit, bevor er die Entscheidung treffen mußte, sich vom Weltschiff zurückzuziehen. Kirks Order ließen ihm keinen Interpretationsspielraum. Einmal mehr dachte er besorgt an das Shuttle. Das Ablegemanöver im irdischen Orbitaldock hatte sein Vertrauen in Sulus Pilotengeschick erschüttert.

Der Bordarzt trat aus dem Turbolift.

»Dr. McCoy«, sagte Scott. »Sollten Sie nicht im Bett liegen? Sie sehen schrecklich aus.«

»Danke für das Kompliment«, erwiderte der Doktor und schnitt eine Grimasse. »Die verdammten Kopfschmerzen verfolgen mich auch unter die Decke. Es spielt keine Rolle, ob ich liege oder stehe, und außerdem läßt mir meine Neugier keine Ruhe. Ich will wissen, was dort draußen passiert.« Er rieb sich Augen und Schläfen. »Spock kann sich auf was gefaßt machen, wenn Jim ihn zurückbringt.«

»*Wenn*«, betonte Scott.

Pavel Chekov hatte vor der Konsole des Steuermanns Platz genommen und versuchte, nicht zu gähnen. Für gewöhnlich beschränkte sich sein Dienst auf die Frühwache, aber heute mußte er Sulu vertreten. Er war noch immer nicht ganz wach.

Er wurde auf einige Signale aufmerksam, und ein plötzlicher Adrenalinstoß verdrängte die Müdigkeit aus ihm.

»Mr. Scott, ein unbekanntes Schiff – nein, *mehrere* Schiffe in Scanner-Reichweite. Sie nähern sich der *Enterprise* und dem fremden Raumfahrzeug, fliegen mit hoher Warpgeschwindigkeit. Sie kommen aus dem klingonischen Imperium!«

»Danke, Mr. Chekov«, sagte Commander Scott. Er wartete.

»Sie müssen Jim warnen, Scotty!«

»Nein, Doktor. Das würde die Flotte darauf hinweisen, daß sich die *Copernicus* im klingonischen Hoheitsgebiet befindet. Vielleicht entdecken sie das Shuttle nicht, wenn wir still sind.«

Die fremden Einheiten fielen aus dem Warpfeld in den Normalraum zurück, hielten direkt auf das Weltschiff zu.

Die *Enterprise* flog am äußersten Rand des Föderationsraums, während das gewaltige Gebilde der Flieger tiefer ins klingonische All vorstieß.

Scott rechnete jeden Augenblick damit, daß sich der Flottenkommandant meldete, um ihm zu drohen. Er begriff jetzt, daß Kirk recht hatte. Es galt, ein Gefecht um jeden Preis zu vermeiden.

»Eindringlinge von Starfleet: Kehren Sie sofort in Ihr stellares Territorium zurück!«

»Wir respektieren die Grenze, haben sie keineswegs überflogen«, antwortete Scott. Das war zu neunundneunzig Prozent ein Bluff. Immerhin handelte es sich um ein umstrittenes Gebiet, dessen Ausmaße sich nur schwer festlegen ließen.

»Eine gefährliche Behauptung.« Der Mann auf dem großen Wandschirm trug eindeutig zivile Kleidung, und Scott runzelte die Stirn, fragte sich, was das zu bedeuten hatte. Immerhin gehörten die Schiffe der Flotte zum klingonischen Militär.

»Offenbar ist mir Ihr Name entgangen«, sagte der Chefingenieur. »Mit wem habe ich die Ehre? Ich heiße...«

»Es ist mir völlig gleichgültig, wie Sie heißen. Und was meinen Namen angeht: Er stellt ein Staatsgeheimnis dar. Sie können mich mit ›Direktor‹ oder ›Euer Ehren‹ ansprechen.«

»Leider haben wir keine Möglichkeit, uns noch weiter zurückzuziehen«, sagte Scott. »Wir sind auf einer Rettungsmission.«

»Oh, interessant. Sie nahmen Kurs auf die faszinierende Konstruktion zwischen uns – mit der hehren Absicht, sie zu retten?« Der Sarkasmus in der Stimme des Direktors war unüberhörbar.

»Wir wußten überhaupt nichts von dem Weltschiff, als wir den Notruf empfingen. Hat er Sie ebenfalls erreicht? Sind Sie hier, um zu helfen?«

»Wenn hier jemand Hilfe braucht, dann Sie. Ganz offensichtlich sind Sie von der Föderation beauftragt, Kriegsvorbereitungen zu treffen.«

»Unsere Mission ist friedlicher Natur«, wiederholte Scott.

Er unterdrückte seine Nervosität, als der Direktor schwieg, sich Zeit ließ.

»Ihre Lügen langweilen mich«, sagte er schließlich.

Ein starkes Störfeld entstand, isolierte die *Enterprise* vom Shuttle und Captain Kirk.

»Mr. Scott, eine der Einheiten ändert den Kurs«, meldete Chekov.

»Das sehe ich, Junge.« Der Chefingenieur starrte auf den Wandschirm, beobachtete einen Schlachtkreuzer, der sich dem Weltschiff näherte.

»Wir müssen irgend etwas unternehmen, Scotty!« entfuhr es McCoy. »Jims Fähre hat nicht die geringste Chance, wenn die Klingonen angreifen!«

»Mir sind die Hände gebunden, Dr. McCoy«, erwiderte Scott. »Wenn wir es mit einer unmittelbaren Bedrohung zu tun hätten...« *Und* wenn das Schlachtschiff die Grenze des Föderationsraums überquerte – nur dann konnte er den Einsatz der Bordgeschütze rechtfertigen. Der augenblickliche Stand der Dinge hinderte Scott daran, auf die Flotte zu reagieren. »Es bleibt uns nichts anderes übrig, als abzuwarten – und zu hoffen, daß uns der Direktor die Sache mit der Rettungsmission abnimmt und die *Copernicus* übersieht.«

Die *Quundar* schwebte dicht über eine Landschaft hinweg, die immer felsiger wurde. Koronin dachte an die Auskünfte ihrer vulkanischen Geisel. Als sie ihre Duellklinge in die Sphäre bohrte, hätte sie nur reines Glück vor dem Tod bewahrt: Das Weltschiff schützte sich vor interstellaren Staubwolken, Asteroiden und Novae – und auch bewußten Angriffen –, indem es die zerstörerische Kraft zurücklenkte. Es besaß keine konzeptionelle Aggressivität: Die extremste Reaktion bestand in einem sofortigen Rückzug, der jedoch fatale Folgen nach sich ziehen konnte. Diese Maßnahme hatte durchaus ein gewisses Rachepotential, fand die Klingonin.

Wenn sie die Herrschaft über das Weltschiff an sich reißen wollte, mußte sie damit beginnen, die individuellen Bewohner ihrer Autorität zu unterwerfen. Sicher hörten sie bald damit auf, ihre Anführer zu verstecken, sogar ihre Existenz zu leugnen. Koronin hoffte, daß es nicht notwendig wurde, zu viele Flieger zu töten, bevor sie sich ihrem Willen beugten. Das fremde Volk faszinierte sie, und außerdem verabscheute sie die Vergeudung von Sklavenkapazität.

Der gefangene Vulkanier hockte auf dem Deck, die Arme schlaff, die Knie bis zur Brust angezogen. Er hatte nicht einmal versucht, die Intensität des Schirmfeldes zu überprüfen. Er schien unverletzt zu sein, doch er wirkte geschwächt, irgendwie entkräftet.

Erneut setzte Koronin die Scanner ein, suchte nach einer Gruppe der fremden Wesen. Sie wollte ihre Macht beweisen, indem sie einen von ihnen tötete, vor den Augen der anderen.

»Die verdammten Feiglinge sind gelandet«, brummte sie. »Aber *wo...?*«

»Im Zentrum.«

Die Klingonin drehte sich um, musterte ihre Geisel. Sie bemerkte den angespannten Ernst in den Zügen des Vulkaniers, als er ihren Blick erwiderte.

»Was hast du gesagt?«

»Sie befinden sich im Zentrum des Weltschiffs.«

»Wer?«

»Die Stillen.«

»Drück dich deutlicher aus, Vulkanier, wenn du nicht die Vibropeitsche zu spüren bekommen willst!«

Die Mundwinkel des Mannes zuckten plötzlich, und Koronin glaubte, ein dünnes Lächeln zu sehen. Spott? Wut quoll in ihr empor, als sie begriff, wie sinnlos es war, einem Vulkanier mit Schmerzen zu drohen.

»Die Stillen sind im Zentrum des Weltschiffs«, wiederholte er. »Und sie warten.«

Diese Worte kamen einer direkten Warnung gleich. Koronin lachte laut, sich ihrer selbst völlig sicher.

»Ich werde ihre Geduld nicht übermäßig strapazieren«, sagte sie.

Das Weltschiff war nur dünn bevölkert, und viele der Flieger zogen es vor, allein zu bleiben, auf die Gesellschaft der anderen zu verzichten. Als endlich jemand auf Scharlachs Bitte reagierte, die *Dionysus* zu suchen, hatte Sulu die alte Admiralsjacht bereits befunden. Die *Copernicus* beschleunigte, flog in die entsprechende Richtung.

»Sehen Sie nur, Captain!« Der Steuermann streckte den Arm aus.

Hoch über ihnen schwebte Athene neben einem der Fremden. Das Vogelpferd hatte die ebenholzschwarzen

Schwingen ausgebreitet, und der Flieger sauste unter ihm hinweg, berührte die eine Flügelspitze. Athene schnappte spielerisch nach dem anmutig segelnden Geschöpf. Es wich aus, stieg auf, und das Pferd versuchte, ihm zu folgen, drehte zu abrupt ab und hatte offensichtlich Mühe, die Fluglage wieder zu stabilisieren. Der Fremde bemerkte Athenes mangelnde Erfahrung und stellte seine provokativen Kunststücke ein.

Weiter unten saßen Lindy und Stephen auf einer Landekufe der Jacht und beobachteten das geflügelte Roß. Sie winkten, als sich das Shuttle näherte und landete. Die junge Frau trat Jim entgegen.

Scharlach schloß sich Athene und dem anderen Flieger an.

»Ist das nicht wunderschön, Jim?« entfuhr es Lindy glücklich. »Athene fliegt völlig unbeschwert!« Sie ergriff seine Hände, drehte sich mit ihm im Kreis. »Ach, ich bin ja so froh.«

»Sie sieht wirklich prächtig aus«, pflichtete ihr der Captain bei. »Aber... Können Sie sie dazu bringen, wieder zu landen?«

»Irgendwann wird sie von ganz allein kommen, Jim. Ich möchte sie jetzt nicht zurückrufen. Sie hat soviel Spaß...«

»Wir müssen das Weltschiff so schnell wie möglich verlassen.«

»Warum?«

»Warum? Was soll das heißen? Lindy, Sie hätten überhaupt nicht hierher fliegen dürfen! Diese Welt ist völlig unbekannt, möglicherweise gefährlich, und außerdem driftet sie ins Hoheitsgebiet der Klingonen. Darüber hinaus: Eine Renegatin hat Commander Spock entführt oder ihn als Spion verhaftet. Und Ihnen hätte es ebenso ergehen können!« Jim merkte plötzlich, daß er zu laut geworden war.

»Mr. Spock! Ist er...? Himmel, ich sorge dafür, daß Athene landet.«

Lindy hob die Hände, formte damit einen Trichter vor dem Mund und pfiff. Das Vogelpferd stieg noch höher und entfernte sich, sah aus wie ein exotischer Vogel. Scharlach kreiste darüber.

Jim wandte sich an Stephen, der lässig an der Flanke seines Schiffes lehnte.

»Von mir aus können Sie sich selbst in Gefahr begeben, wenn Sie unbedingt wollen«, sagte der Captain. »Aber lassen Sie Lindy dabei aus dem Spiel. Sie hat keine Raumerfahrung, weiß überhaupt nicht, auf was sie sich einläßt!«

»Ich habe nur dabei geholfen, ihr Pferd vor dem Überschnappen zu bewahren«, erwiderte der vulkanische Jongleur. »Wenn ich mit der *Enterprise* in Verbindung geblieben wäre, hätte ich mir ständig Ihre Vorwürfe anhören müssen. Sind Sie nicht ein wenig zu jung, um...«

»Himmel, ich habe es allmählich satt, dauernd auf mein Alter hingewiesen zu werden!« platzte es aus Kirk heraus.

»...ein wenig zu jung, um eine solche Nervensäge zu sein?«

Jim setzte zu einer scharfen Erwiderung an, überlegte es sich dann aber anders. Es überraschte ihn selbst, daß es ihm nicht gelang, nicht die Beherrschung zu verlieren.

»Vermutlich habe ich eine solche Bemerkung verdient«, sagte er. »Aber nicht in diesem besonderen Fall. Stephen, ich brauche Ihre Hilfe. Die *Enterprise* kann dem Weltschiff nicht ins stellare Territorium des Imperiums folgen. Wir müssen Lindy zurückbringen.«

»Lindy hat das Recht, ihre eigenen Entscheidungen zu treffen«, entgegnete Stephen. »Was mich betrifft: Ich bleibe hier. Von den Bewohnern des Weltschiffs kann ich noch eine Menge lernen.«

»Sind Sie verrückt, Stephen? Nach dem, was mit Spock geschah...«

»Ich bin anders als er. Wie dem auch sei: Es geht Sie nichts an. Vielleicht gelingt es Ihnen, Lindy davon zu überzeugen, Sie zur *Enterprise* zu begleiten.«

»Es gibt hier noch etwas zu erledigen.«

Stephen schüttelte den Kopf. »Aus Ihnen soll einer

schlau werden. Erst betonen Sie, wie wichtig es sei, keine Zeit mehr zu verlieren, und dann...«

»Commander Spock ist entführt oder verhaftet worden — ich weiß nicht genau, wie ich es nennen soll. Aber eins steht fest: Ich lasse nicht zu, daß einer meiner Offiziere als angeblicher Spion präsentiert wird.« Weit draußen auf der Ebene ging Athene nieder, und Lindy schwang sich auf ihren Rücken. Das Vogelpferd begann einen Trab, stieg wieder auf, flog mit der jungen Frau. »Sie muß fort von hier...«

»Sie dürfte wohl kaum bereit sein, Athene allein zurückzulassen.«

Jim wußte, daß Stephen recht hatte. »Dann liegt es bei Ihnen. Bringen Sie sie in Sicherheit. Hier droht ihr Gefahr...«

»Warum versuchen Sie dauernd, Amelinda Ihren Willen aufzuzwingen?«

»Bei allen Raumgeistern, für solche Diskussionen haben wir nicht genug Zeit! Die *Enterprise* muß sich bald zurückziehen. Wenn Lindy dann noch hier ist... Hören Sie, Stephen: Wenn Sie nachher zum Weltschiff zurückkehren möchten — ich werde Sie nicht aufhalten. Ich gebe Ihnen mein Wort.«

»Und in der Zwischenzeit starten Sie mit dem Shuttle und verfolgen einen bewaffneten Kreuzer. Mit welcher Absicht? Um Spock allein mit Worten zu befreien?«

Jim zuckte mit den Schultern.

Stephen seufzte. »Manchmal glaube ich, daß Vulkanier tatsächlich recht haben, wenn sie behaupten, dem Verhalten von Menschen mangele es an Rationalität.«

Kirk streckte die Hand aus, vergaß dabei, daß auch Stephen von Vulkan stammte. Aber bevor er sie zurückziehen konnte, griff der Jongleur danach und drückte fest zu.

Jim winkte, rief Scharlach einige Worte zu und eilte zur Raumfähre. Die rote Fliegerin landete und folgte ihm an Bord. Kaum hatte sich das Schott geschlossen, hob die *Copernicus* ab.

Lindy erreichte wieder die Ebene, trieb Athene an und ritt zu Stephen. Die Hufe des Vogelpferds berührten kaum den Boden, und schließlich breitete es die Schwingen aus, blieb stehen.

»Wohin fliegt er?« stieß die junge Frau hervor. »Was ist mit Mr. Spock?«

»Jim will ihn befreien.«

»Und warum hat er nicht auf uns gewartet?«

»Weil Sie zur *Enterprise* zurückkehren sollen.«

»Von wegen! Vielleicht benötigt Spock auch unsere Hilfe. Kommen Sie, wir brechen auf.«

Scharlach beobachtete die elektromagnetischen Spuren der *Quundar.* »Spock hat Koronin dazu veranlaßt, ihn ins Zentrum zu bringen?«

»Aber weshalb?« fragte Jim. »Woher weiß er überhaupt etwas über das Zentrum des Weltschiffs? Sie sagten doch, dort sei es nicht ganz ungefährlich...«

»Während der Mentalverschmelzung hat er einen Teil meines Wissens aufgenommen, so wie ich einen Teil des seinen. Daher konnte er mit dem Sonnensegler umgehen und den Wall des Weltschiffs durchdringen. Aus dem gleichen Grund ist er nun zum Zentrum unterwegs.«

»Was erwartet ihn dort?«

»Ich mache mir große Sorgen um Spock, James«, erwiderte die rote Fliegerin. »Er sucht die Stillen.« Scharlach starrte geistesabwesend auf die Datenanzeigen der Monitore.

»Was meinen Sie damit?« fragte Kirk.

»Wenn man das Leben eines Stillen wählt, so will man sich heilen — oder sterben.«

Jim schnitt eine finstere Miene. »Koronin wird weder das eine noch das andere zulassen.«

An Bord der *Quundar* winselte ein Tier. Er streichelte es. Das Geschöpf fürchtete ihn, sehnte sich jedoch nach Trost. Zitternd schmiegte es sich an ihn. Er summte leise und versuchte, es zu beruhigen. Wie seltsam, daß es Dinge trug, die seiner Kleidung ähnelten. Mit einem Unterschied: Sein Oberteil war blau gewesen, während das des Tiers in einem goldenen Ton glänzte.

Einige Informationsfragmente krochen in sein Bewußtsein zurück: Normalerweise trugen Tiere keine Kleidung. Doch es erschien ihm ebenso sonderbar, daß sich *Personen* auf diese Weise schützten, obgleich sie überhaupt nicht die Absicht hatten, das Weltschiff oder einen Segler zu verlassen, um sich dem Vakuum und den Strahlungen des Alls auszusetzen. Erneut beobachtete er vor seinem inneren Auge zwei Bilder, die nicht zur Deckung gebracht werden konnten. Er versuchte, die Differenzen und ihre Gründe zu verstehen, aber das Ergebnis dieser Bemühungen bestand nur aus Verwunderung und Erschöpfung.

Wieder streichelte er das Tier. Er wußte um den Schmerz seiner eigenen Verwirrung, und deshalb half er dem Geschöpf dabei, die innere Pein zu vergessen.

»Warum weinst du, Vulkanier?«

Er hob den Kopf, fühlte Tränen auf den Wangen, schmeckte ihr Salz auf den Lippen. Er entsann sich daran, daß Personen weinen konnten, doch er empfand keinen Kummer. Auch das genaue Gegenteil fand Platz in der Toleranzbreite des Möglichen: Manchmal ließen sich *Leute* nichts von Trauer und Leid anmerken. Mit einem leisen Stöhnen preßte er die Hände an die Schläfen, suchte nach Erkenntnis, nach Licht, das die Finsternis der mentalen Orientierungslosigkeit aus ihm verbannen konnte. Das kleine Tier zupfte mit einer winzigen Hand an seinem Arm und krächzte etwas. Die Hoffnung auf Trost und Erleichterung erfüllte sich nicht. Er litt nach wie vor, sehnte sich nach dem Zentrum.

»Sie warten«, sagte er.

Koronin fluchte. Wenn der Vulkanier log, wenn sich die Anführer und Oberhäupter des fremden Volkes nicht in diesem Bereich befanden, würde er es bitter bereuen. Als Strafe kam nicht nur Schmerz in Frage. Wahrnehmungsbeschränkung mochte weitaus wirksamer sein.

Die Klingonin überlegte, ob sie mit Starfleet spielen sollte — vielleicht der Groll darüber, daß der Primat einen neuen Freund gefunden hatte. Wie auch immer: Es lohnte nicht die Mühe, das Tier aus dem Schirmfeld zu holen, in dem der Vulkanier gefangen war. Sie zuckte mit den Achseln, richtete ihre Aufmerksamkeit wieder auf die Kontrollen.

Kurze Zeit später erreichte die *Quundar* das Zentrum des Weltschiffs. Die sich unter dem Kreuzer erstreckende Landschaft wirkte wie verwüstet. Wenn das Innere des riesigen Raumfahrzeugs wie ein echter Planet aus Kontinentalplatten bestand, so stießen sie hier im Zentrum aneinander, bildeten kilometerhohe Berge, schroff und wie geborsten, bewegten sich mit einer so enormen geologischen Geschwindigkeit, daß der Erosion nicht genug Zeit blieb, um Ecken und Kanten abzuschleifen.

»Wohin jetzt, Vulkanier?« fragte Koronin argwöhnisch. »Welche Herrscher würden eine derartige Ödnis für ihre Paläste wählen?«

»Koronin!« Der Sergeant deutete auf die von den Scannern übertragenen Bilder: Ein Flieger ließ sich im Aufwind treiben. »Sie wollten jenen Fremden gefangennehmen...«

»Schon gut«, erwiderte die Klingonin. »Vielleicht ist es besser, die Herrscher nicht auf unsere Macht hinzuweisen.«

»Zum Boden«, sagte der Vulkanier. »Sie warten.«

Koronin landete auf einer geneigten Steinplatte, die unter normalen Gravitationsbedingungen viel zu steil gewesen wäre. Die *Quundar* ging neben hoch aufragenden Felsen nieder, dicht vor einem tiefen Abgrund.

Die Klingonin gestattete dem Vulkanier, die warme Steinplatte zu betreten.

Sie beobachtete die gespenstische Landschaft. »Hier ist nichts, Vulkanier. Du hast mich belogen.«

»Ich muß... sie rufen«, antwortete der Gefangene. Er atmete die dünne Luft, beobachtete den Himmel, der hier in den Bergen recht niedrig war. Unruhig ließ er den Blick übers Land schweifen, deutete schließlich auf eine Felsnadel abseits der Platte. Fast senkrecht deutete sie in die Höhe, direkt neben der Schlucht. Der Fluß in der Tiefe bildete ein dünnes, silbriges Band. »Dort.«

Der Wind bewegte kleine Steine, schuf eine knisternde, klackende Melodie, zerrte an Koronins losem Schleier. Sie mißtraute dem Vulkanier, bezweifelte, ob er die Kraft hatte, die Felsnadel zu erklettern. Er schwankte und taumelte immer wieder.

»Nun, ich habe nichts zu verlieren, wenn du unbedingt Phantomen nachjagen willst«, sagte sie schließlich. »Geh.«

Der Gefangene schlurfte über die graue Steinplatte und begann mit dem Aufstieg. Der Sergeant sah ihm nach.

»Koronin, die Vulkanier sind gerissen. Vielleicht will er fliehen...«

»Wie denn? Indem er sich Flügel wachsen läßt?«

Starfleet sauste auf allen vieren an der Klingonin vorbei. Sie griff nach ihm, doch ihre Fingerkuppen berührten nur den Hemdsärmel. Ärger zitterte in ihr, und sie machte Anstalten, dem Primaten zu folgen. Gleich darauf blieb sie wieder stehen und lächelte: Das Tier konnte ebensowenig entkommen wie der Vulkanier.

Die *Copernicus* folgte der elektromagnetischen Triebwerksfährte der *Quundar* über die weite Ebene des Weltschiffs, und nach einer Weile wuchsen vor ihr die Berge des Zentrums gen Himmel.

»Lieutenant Uhura, versuchen Sie, sich mit der *Enterprise* in Verbindung zu setzen.«

Sie gab keine Antwort, beugte sich sofort zu ihrer Konsole vor, murmelte dabei eine Melodie, in der es immer wieder zu plötzlichen Veränderungen der Tonlage kam. Ab und zu stimmte Scharlach mit ein, sang mehrstimmig und melodisch.

Jim wünschte, sie gäben endlich Ruhe.

»Keine Reaktion, Captain.«

Also hat sich Scott zurückgezogen, dachte Kirk. Gut. Wenigstens ist mein Schiff sicher.

»Wir schließen allmählich auf, Captain«, meldete Sulu. »Die *Quundar* ist nicht für Flüge innerhalb einer Atmosphäre konstruiert und muß daher wesentlich vorsichtiger manövrieren.« Dann projizierten die Hecksensoren ein überraschendes Bild. »Captain Kirk...«

»Einen Augenblick«, erwiderte Jim. »Uhura, nehmen Sie Kontakt mit der *Dionysus* auf. Bitten Sie Stephen, uns sofort die Koordinaten der *Enterprise* zu übermitteln, wenn er das Weltschiff verlassen hat.«

»Ja, Sir.« Sie summte erneut.

»Captain...«

»Ja, Mr. Sulu?«

»Die *Dionysus* befindet sich direkt hinter uns.«

»Was?«

Der Steuermann hatte recht. Jim starrte auf die Schirme, wies Uhura an, einen Com-Kanal zu öffnen, forderte den vulkanischen Jongleur auf, unverzüglich umzukehren. Aber Stephen blieb stumm.

Koronin streifte sich einen Pelzmantel über, hockte auf dem Boden und schärfte die geschmolzene Kante ihrer Duellklinge. Der Vulkanier kletterte noch immer an der Felsnadel. Starfleet eilte voraus, kehrte dann wieder zurück – ein goldener Fleck auf vagem Grau.

»Ich könnte ihm folgen, Koronin...«, bot sich der Sergeant an.

»Wenn ich etwas von dir verlange, erfährst du sofort davon.«

Daraufhin schwieg der Klingone, beobachtete den Gefangenen besorgt.

Auch Koronin spürte Unbehagen, doch nicht etwa, weil sie eine Flucht des Vulkaniers für möglich hielt. Zunächst konnte sie die Ursache für ihr Empfinden nicht ergründen, aber einige Sekunden später vernahm sie ein dumpfes, fast infrafrequentes Brummen, gewann den Eindruck, als sitze sie in einer riesigen Trommel. Das Pochen hallte mit schmerzhafter Intensität hinter ihrer Stirn wider.

Sie stand auf und blickte zum Himmel hoch.

Das Pulsieren verstärkte sich noch. Wenn die Atmosphäre dichter gewesen wäre, hätten die Druckwellen vermutlich zu einem heftigen Sturm geführt.

Ein Schlachtschiff glitt über die Gipfel der fernen Berge. Funken stoben von dem Lichtgespinst darüber, hüllten den Raumer in einen flackernden, unsteten Schein.

Die Interferenzen des Antigravitationsfeldes zerrten an Koronins Mantel, preßten ihn an ihren Leib. Es folgten andere Vibrationen, als der Kreuzer rotierte, ihr den knollenartigen Bug zuwandte.

Koronin trat auf die *Quundar* zu. Der Sergeant rührte sich nicht von der Stelle, starrte wie hypnotisiert zum Schlachtschiff empor.

»Komm, beeil dich!« rief die Klingonin.

»Vielleicht... vielleicht entdeckt man uns nicht, wenn wir hierbleiben...«

»Sie finden uns bestimmt, du Narr! Wahrscheinlich wissen sie bereits, wo wir sind!« Koronin packte den Sergeant am Kragen und riß ihn mit sich. »Willst du dich hier im Freien einfach desintegrieren lassen?«

Er wankte in Richtung *Quundar,* verharrte dann wieder. »Der Vulkanier...«

»Vergiß ihn!« Koronin sprang ins Schiff und leitete die Startsequenz ein. Ein Servomotor bewegte das schwere Schott, um die Schleuse hermetisch abzuriegeln. Die Stiefel des Sergeants kratzten draußen über die Treppe, und Koronin dachte: Was für ein verdammter Idiot! Mit der vulkanischen Geisel können wir jetzt überhaupt nichts mehr anfangen. Sie stellte sich vor, wie sie dem Kommandanten des Schlachtschiffs mitteilte: »Sie dürfen nicht auf uns schießen, denn wir haben einen Bürger der Föderation an Bord.« Der Photonentorpedo würde die *Quundar* in Schlacke verwandeln, noch bevor Koronin das Gelächter des Captains hören konnte.

Das Schott glitt in die Einfassung, und die Klingonin stellte gleichgültig fest, daß sich ihr Sergeant durch den enger werdenden Spalt gezwängt hatte.

»Auf Kampfstation!« rief sie.

Auf den üblichen Com-Frequenzen herrschte Stille. Niemand befahl eine Angriffsformation — nur das statische Knistern eines starken Störfelds drang aus dem Lautsprecher. Vielleicht hatte es Koronin nur mit einem einzelnen Schiff zu tun und nicht gleich mit einer ganzen Flotte. Vielleicht wußte der Kommandant noch nicht, wo sich die *Quundar* befand. Vielleicht fiel ihm im geologischen Chaos des Weltschiffzentrums die Ortung schwer.

Das Störfeld schwächte sich ab, gab einen einzelnen Kanal frei.

»Koronin, wenn Sie den Kreuzer übergeben, erspare ich Ihnen den Tod!«

Sie beschleunigte die Startvorbereitungen, glaubte nicht an das Versprechen. Nur ein Trick. Sie sollte mit dem Leben davonkommen? Oh, sicher — solange sie die Folter aushielt. Die Oligarchen verzichteten bestimmt nicht darauf, sich an ihr zu rächen, ihren Körper Atom um Atom zu zerstören. Eine plötzliche Explosion — ein schmerzloser Tod — war ihr weitaus lieber.

»Versuchen Sie doch, mich zu stellen, wenn Sie genug Mut haben«, erwiderte sie herausfordernd. »Oder sind Sie ebenso feige und unfähig wie der lächerliche Captain, der mir dieses Schiff überließ?«

Die *Quundar* hob ab und beschleunigte mit voller Kraft. Die Reibungshitze war so stark, daß der Bug innerhalb weniger Sekunden zu glühen begann, und in der Außenhülle des Kreuzers knackte es bedrohlich, als er das Lichtgespinst durchdrang und ins All zurückkehrte.

Dutzende von kleinen Punkten glänzten im Projektionsfeld vor Koronin: die Einheiten einer großen Flotte. Sie seufzte leise, gab ihre Fluchthoffnungen auf.

Der Direktor des Aufsichtskomitees befand sich nach wie vor an Bord des Flaggschiffs, zerrte den Captain von der Befehlskonsole fort. Der Kommandant schnitt eine wütende Grimasse, versuchte, sich aus dem Griff zu befreien und die Angriffssequenz zu vervollständigen.

»Sie bekommen Koronin bald. Die Renegatin hat keine Chance mehr.« Der Direktor hob die freie Hand und ballte sie langsam zur Faust. »Ihre Orders lauteten, *nicht* das Feuer zu eröffnen!«

»Sie hat mich beleidigt...«!

Der Direktor vernahm den vorwurfsvollen, verletzten Klang in der Stimme des Kommandanten.

»Der Kaiserin würde es bestimmt nicht gefallen, wenn man einen ihrer Prototypen zerstört.«

»Die Renegatin verdient den Tod!« knurrte der Captain und versuchte damit, seine Unbesonnenheit zu entschuldigen.

»Sie wird sterben«, versicherte ihm der Direktor und genoß jedes einzelne Wort. »Sie wird um den Tod betteln. Aber noch ist sie nicht bereit, uns um Gnade anzuflehen.«

Das große Schlachtschiff folgte dem Kreuzer, verließ das gewaltige Raumfahrzeug der Fremden. Koronin saß in der Falle.

Fast direkt unter dem klingonischen Raumer trachtete Sulu danach, die Fluglage der *Copernicus* trotz der starken Antigravitationsimpulse stabil zu halten. Das Shuttle zitterte und bebte wie ein erschrockenes Tier, wie eins von McCoys Flößen in vierdimensionalen Stromschnellen.

Schließlich ließen die Vibrationen nach.

Die Fähre glitt weiter durch die Schwärze, und die metaphorischen Stromschnellen verwandelten sich in einen ruhigen, trägen Fluß.

Über der *Copernicus* schlossen sich die Lücken im Lichtgespinst. Jenseits davon verschwand das Schlachtschiff, so plötzlich, als hätte es nie existiert.

Die Klingonen beachteten das Shuttle überhaupt nicht, verfolgten statt dessen Koronins Kreuzer, in dem sich, wie Kirk glaubte, auch Commander Spock befand.

Jim fluchte, stellte sich die Propagandaoffensive vor, die

das Imperium mit einem gefangenen Starfleet-Offizier von Vulkan beginnen mochte. Zuerst würde man ihm ein Schuldgeständnis abringen – Kirk bezweifelte, ob selbst ein Vulkanier der klingonischen Folter auf Dauer standhalten konnte. Jim fand den Umgang mit Spock nicht gerade leicht, aber ein derartiges Schicksal verdiente niemand.

»James...«, begann Scharlach. »Offenbar hat Spock Koronin davon überzeugt, es läge in ihrem Interesse, ihn hierher zu bringen. Er sucht den Himmel. Vielleicht erlaubte ihm die Klingonin, das Schiff zu verlassen...«

»Und anschließend startete sie ohne ihn, weil sie vom Schlachtschiff überrascht wurde?«

»Das wäre durchaus möglich.«

Die *Copernicus* näherte sich der Stelle, von der aus Koronin gestartet war, schwebte über den Bergen und Klippen, den schroffen Graten und Schründen und tiefen Schluchten – ein Labyrinth, in dem eine Suche Tage, wenn nicht gar Wochen dauern konnte. Sulu folgte der Triebwerksspur der *Quundar*, mußte jedoch feststellen, daß die Restenergie des Alarmstarts die elektromagnetische Emissionsfährte überlagerte.

Scharlach öffnete die Luke, sprang hinaus und flog, um ebenfalls Ausschau zu halten.

»Mr. Sulu«, sagte Jim, »setzen Sie mich dort unten ab. Lieutenant Uhura, was halten Sie von einer kleinen Exkursion?«

Ihr Blick reichte in die Ferne, und sie summte leise vor sich hin. Neuerliche Besorgnis regte sich in Kirk: Seiner Ansicht nach war sie viel zu sehr auf die Singsprache der Flieger fixiert. Physisch schien mit ihr alles in Ordnung zu sein, aber was den psychischen Zustand betraf...

»Also los«, fügte Jim hinzu. »Von hier oben übersehen wir Commander Spock vielleicht.«

»Sir, auf dem Boden kommen Sie wesentlich langsamer voran. Vielleicht ist Mr. Spock viele Kilometer von hier entfernt.«

»Das ist mir klar, Mr. Sulu.« Kirk wußte, daß er jetzt

zur *Enterprise* zurückkehren konnte, ohne daß jemand eine solche Entscheidung in Frage gestellt hätte. Koronins Kreuzer wurde sicher bald von dem Schlachtschiff aufgebracht. Wenn sich Spock an Bord der *Quundar* befand, gab es keine Möglichkeit für Jim, ihm zu helfen — oder einen peinlichen Skandal für die Föderation zu verhindern. Wenn der Vulkanier hingegen entkommen war und sich irgendwo in der Felswüste verbarg, fanden sie ihn vielleicht nie. »Ja, das *ist* mir klar«, wiederholte Jim und sah Sulu an. »Verdammt! Ich bin nicht bereit, jetzt einfach aufzugeben! Wir setzen die Suche eine Stunde lang fort, auf dem Boden und aus der Luft. Anschließend bleibt uns nichts anderes übrig, als das Weltschiff zu verlassen und zur *Enterprise* zu fliegen.«

Die *Quundar* ließ das Weltschiff der Fremden hinter sich zurück, beschleunigte noch immer, doch die Einheiten der Flotte führten ein Abfangmanöver durch. Eine Flucht in den Hyperraum kam nicht in Frage, denn die Kampfschiffe hatten eine größere Reichweite. Koronins Kreuzer war für rasche Vorstöße und Angriffe konzipiert, nicht für viele Lichtjahrhunderte weite Reisen mit Höchstgeschwindigkeit.

Koronin täuschte einen Vorstoß vor, näherte sich einem der Schlachtschiffe, drehte dicht davor ab und schaltete die Triebwerke erneut auf Vollast. Ein Traktorstrahl verfehlte sie nur knapp. Die Reaktionen der Flotte wiesen sie darauf hin, daß man sie lebend fassen, die *Quundar* nicht zerstören wollte. Es konnte kein Zweifel daran bestehen, daß Koronin früher oder später aufgeben, sich in ihr Schicksal fügen mußte.

Nur ein Ausweg stand ihr noch offen...

Das Shuttle landete, und die *Dionysus* ging dicht daneben nieder. Jim und Uhura verließen die Fähre, und Sulu startete sofort wieder.

Amelinda Lukarian führte Athene aus der alten Admiralsjacht.

»Verdammt, Lindy! Sie sollten doch zur *Enterprise* zurückkehren...«

»Ich möchte Ihnen bei der Suche nach Mr. Spock helfen. Sobald ich mich um Athene gekümmert habe, steige ich mit ihr auf.«

Jim vernahm die Sorge in ihrer Stimme: Sie galt nicht nur Spock, sondern auch dem Vogelpferd. Blut sickerte aus einer Wunde in Athenes linkem Vorderlauf. Lindy kniete sich nieder, um sie zu verbinden.

Die *Dionysus* hob ab, bevor Jim Gelegenheit bekam, mit Stephen zu sprechen. Zornig ging er an Lindy und Athene vorbei, starrte über die endlose Landschaft aus steilen Hängen, kantigen Felsvorsprüngen...

Das harte, rauhe Gestein der Felsnadel spendete seiner Wange betäubende Kühle. Er spürte, wie dünnflüssiges, smaragdfarbenes Blut aus kleinen Rissen in der Haut drang, hob den Kopf. Über ihm hielt sich Starfleet an der Spitze des Felsens fest. Das Tier knurrte leise, streckte die winzige Hand aus, so als glaube er, seine geringe Körperkraft genüge, um dem Mann in die Höhe zu helfen.

Er sah nach unten, fühlte, wie ihn die Höhe belebte. Der kalte Wind trocknete seinen Schweiß, strich Taubheit über die vielen Kratzer an Armen und Händen. Er versuchte, die Veränderungen zu verstehen, die ihn erfaßten. Auf diese Weise reagierten Personen auf Kummer und Schmerz, seit sie zu *Personen* geworden waren: Sie suchten die Ödnis auf, heilten sich in Einsamkeit und Freiheit. Andere diffuse Erinnerungen flüsterten in ihm, Hinweise auf fremdartige Bräuche und Sitten. Er konnte sich weder genau an sie erinnern noch die undeutlichen Visionen aus seinem mentalen Kosmos verbannen.

Er erhob sich, balancierte auf der hohen Felsnadel.

...und sah Spocks hochgewachsene, schlanke Gestalt auf einem granitenen Dorn, beobachtete, wie er die Arme ausbreitete, als besäße er Schwingen.

Jim nahm sich nicht die Zeit, über das Verhalten seines wissenschaftlichen Offiziers nachzudenken. Er handelte unverzüglich.

»Lindy, sehen Sie! Dort drüben!« Er lief auf Athene zu, trat mit dem rechten Bein falsch auf und spürte jähen Schmerz im Knie, hörte das leise Knacken des neuen Gelenks. Doch er achtete nicht darauf, schwang sich auf den Rücken des Vogelpferds, trieb es mich Hacken und Stimme an, grub die Hände in die Mähne. Lindy riß überrascht die Augen auf, wich beiseite – und Athene begann zu galoppieren. Auch sie war am Knie verletzt. Jim sah, wie sie ihre Flügel entfaltete, damit schlug, sprang. Und flog. Die Federn strichen wie sanft über Kirks Beine, und er wünschte sich, er wäre schon einmal mit ihr aufgestiegen, nicht nur geritten. Er vermißte einen Sattel, sah, wie der Boden unter ihm zurückblieb.

Ein vorsichtiger Druck mit dem Fuß, und Athene reagierte sofort, drehte ab und hielt auf Spock zu. Der Vulkanier wirkte erschöpft und verwirrt, schien am Ende seiner Kräfte zu sein. Er schwankte, taumelte...

Athene glitt an ihm vorbei. Gerade in dem Augenblick, als Spocks Beine nachgaben, griff Jim nach seinem Arm. Der Vulkanier stieß an die Flanke des Vogelpferds, und das zusätzliche Gewicht brachte es aus dem Gleichgewicht. Die Schwingen erzitterten, hoben und senkten sich dann in einem schnelleren Rhythmus, um Athene in der Luft zu halten.

Jim klammerte sich krampfhaft fest. Die geringe Schwerkraft reduzierte zwar Spocks Gewicht, nicht aber Masse und Trägheitsmoment. Er beugte sich zur Seite, den einen Arm an Athenes Seite ausgestreckt, zog den Vulkanier mit sich und preßte die Beine fest an den Leib des geflügelten Rosses. Neuer Schmerz stach in seinem rechten Kniegelenk.

»Commander Spock! Helfen Sie mir, verdammt!«

Athenes knorpelartige Schwingenansätze stießen immer wieder an Jims Beine, und die härteren Außenfedern berührten ihn an Nacken und Gesicht. Kirks schwitzende Finger glitten zeitlupenhaft langsam über Spocks Hand. Athene schnaufte und schnaubte, als sie einmal mehr abdrehte, eine Schlucht überquerte, so tief, daß der Fluß inmitten der Wallblasen dahinzuströmen schien, an der Basis des Weltschiffs.

Jim hörte das Rauschen anderer Flügel. Scharlach mochte in der Lage sein, einem zweiten Flieger dabei zu helfen, jemanden zu tragen, doch Athene war viel zu schwer.

Die Hand des Vulkaniers erzitterte, und die gekrümmten Finger streckten sich allmählich, tasteten wie zögernd und unsicher nach Jims Unterarm. Kurz darauf hob Spock auch die andere Hand und hielt sich fest.

Kirk zog ihn hoch, auf Athenes Rücken.

Das Vogelpferd landete, stolperte, lief einige Meter und balancierte sich mit den Schwingen aus, bevor es stehenblieb. Es näherte sich Lindy, und Jim ließ den angehaltenen Atem entweichen. Er hatte das Gefühl, stundenlang geflogen zu sein, obwohl in Wirklichkeit nur einige wenige Minuten verstrichen waren.

Amelinda lief auf sie zu, half Spock vom Flügelroß herunter. Kirk stieg ebenfalls ab, trat mit dem gesunden linken Bein auf, lehnte sich an Athene und schnappte nach Luft.

»Ist alles in Ordnung mit Ihnen, Jim? Mr. Spock?«

»Ich glaube schon. Es tut mir leid, Lindy. Ich sah keine andere Möglichkeit, als mir Ihr Pferd auszuleihen. Ich hoffe nur, die Verletzung ist dadurch nicht noch schlimmer geworden...«

Blut sickerte durch den Verband an Athenes Vorderlauf. Jim starrte auf die roten Flecken, erinnerte sich dabei an den brennenden Schmerz in seinem eigenen Knie. Er biß die Zähne zusammen, spannte die Muskeln im rechten Bein...

Das Knie gab einfach nach, und der Captain sank mit einem leisen Ächzen zu Boden.

Jim stand vorsichtig auf, das rechte Knie von einer Schiene aus dem Erste-Hilfe-Pack der *Copernicus* gestützt. Athene stand in der Nähe, stieß die Schnauze immer wieder an Scharlachs Schulter, während die rote Fliegerin ihr auf den Hals klopfte und Lindy erneut die Wunde am Vorderlauf behandelte. Starfleet kletterte an Sulu empor, hielt sich an Schultern und Haar fest, kreischte laut, als er Ilya sah. Die Katze sträubte ihr Fell, fuhr die Krallen aus und fauchte. Unterdessen versuchte der Steuermann, sich von dem kleinen Affen zu befreien. Im Innern des Shuttles bemühte sich Uhura, trotz des Störfelds eine Verbindung zur *Enterprise* herzustellen, summte dabei wieder eine Flieger-Melodie.

Spock lag bewußtlos auf dem Boden. Stephen kniete neben ihm, drehte den Kopf und rang sich ein Lächeln ab. »Wir sind eine tolle Truppe, was?«

»Ich schlage vor, wir verschwinden von hier«, sagte Kirk. »Ihre *Dionysus* ist schneller als die *Copernicus*. Bringen Sie Lindy, Athene und Spock zur *Enterprise* zurück. Ich folge Ihnen mit dem Shuttle.«

Der vulkanische Jongleur dachte kurz nach und schüttelte den Kopf. »Uns bleibt nicht genug Zeit«, erwiderte er. »Selbst wenn die *Enterprise* noch immer in der Nähe ist: Spock muß dringend behandelt werden.«

»Ich kann leider keine Rücksicht auf ihn nehmen. Das Leben von uns allen steht auf dem Spiel...«

Weiter kam Kirk nicht. Stephen wirbelte herum, stieß sich ab und sprang auf Jim zu. Wahrscheinlich bestand seine Absicht nur darin, den Captain am Kragen zu packen und zu schütteln, aber die geringe Schwerkraft machte ihm einen Strich durch die Rechnung. Der Jongleur prallte auf Jim, warf ihn von den Beinen. Beide Männer landeten auf dem Boden.

Athene scheute und schnaubte.

»Was ist denn mit euch los?« fragte Lindy.

»Wenn ich bereit bin, *mein* Leben zu riskieren, könnten Sie mir wenigstens helfen!« knurrte Stephen und sah Jim aus blitzenden Augen an. Er stand auf, fühlte wahren, echten Zorn. Doch nur für wenige Sekunden. Das Gefühl verflüchtigte sich gleich wieder, wich emotionaler Leere.

Auch Jim erhob sich. »Sie wollen *Ihr* Leben riskieren? Was meinen Sie damit?«

»Wenn ich in Spocks gegenwärtigem Zustand eine Mentalverschmelzung mit ihm herbeiführe, kann ich ihn vielleicht in die Wirklichkeit zurückbringen – oder ich ende ebenfalls im Koma.«

»Ich werde nicht zulassen, daß Sie...«

»Sie haben keine Befehlsgewalt über mich!« Stephen hob den reglosen Spock hoch und trug ihn in die *Copernicus*.

Jim sah ihm wütend nach, entsann sich an ihre Lage. Sie konnten nicht einfach herumsitzen und die Hände in den Schoß legen, während das Weltschiff tiefer ins stellare Territorium des klingonischen Imperiums trieb. Vielleicht kehrte der Schlachtkreuzer zurück, wenn Koronin in Gefangenschaft geraten war. Ein Starfleet-Offizier genügte bereits, um den Oligarchen eine enorme Propaganda auf Kosten der Föderation zu ermöglichen – ganz zu schweigen von vier, unter ihnen ein Captain, der bereits einen gewissen Ruf erworben hatte.

»Mr. Sulu...«

»*Was denn?*« erwiderte der Steuermann, abgelenkt von dem Primaten, der an seinen Haaren und Ohren zupfte. »Ich meine... Ja, Sir?«

»Können Sie die *Dionysus* fliegen?«

Der Affe legte Sulu eine winzige Hand auf den Mund und dämpfte die Stimme des Steuermanns. Jim verstand die Antwort nicht, vermutete jedoch, daß sie in keinem Zusammenhang mit Stephens Schiff stand. Hikaru versuchte, Starfleet von seiner Schulter zu drängen, hatte schließlich Erfolg: Das Tier quiekte, kletterte an ihm herab und hielt sich am Oberarm fest.

Jim reagierte mit Erleichterung darauf, daß die Aufmerksamkeit des Primaten in erster Linie Sulu galt. Das Tier war ihm irgendwie unheimlich.

»Ich kenne mich mit den Kontrollmechanismen einer Admiralsjacht aus, Captain«, sagte der Steuermann nach einer Weile.

»Gut.«

Stephen betrat die Heckkabine der *Copernicus,* legte Spock auf eine Koje, die aus zusammengeschobenen Sitzen bestand.

Normalerweise wahrte der wissenschaftliche Offizier der *Enterprise* eiserne Disziplin, doch die Bewußtlosigkeit verlieh seinen Zügen eine sanftere, offenere Struktur. Stephen glättete Spocks Haar, strich es zurück.

Kaum mehr etwas erinnerte an den Spock, der im Kontrollraum der *Enterprise* seinen Dienst verrichtete. Mit den vielen blauen Flecken, Hautabschürfungen und zerrissenen Resten der Uniform sah er aus wie ein kleiner Junge, der mit einigen anderen Altersgenossen gespielt und dabei unliebsame Bekanntschaft mit einem Baseballschläger gemacht hatte. Stephen lächelte bei diesem Vergleich, doch die Notwendigkeit, seine Aufmerksamkeit zu konzentrieren, sie in einem mentalen Fokus zu verdichten, vertrieb allen emotionalen Ballast aus ihm.

»Stephen?«

Der Jongleur hob den Kopf. Sein Blick war trüb.

»Können Sie etwas für ihn tun?« fragte Kirk.

»Ich versuche es«, erwiderte Stephen kühl.

Der Captain runzelte die Stirn. »Stimmt was nicht?«

»Es ist schon eine Weile her, seit ich mich zum letztenmal in die tiefe Trance zurückgezogen habe.« Stephen veränderte sich, gab Gefühle und Empfindungen auf, wurde gleichmütig, fast desinteressiert. Die Gefahr schreckte ihn nicht mehr.

Die Mentalverschmelzung mit einer verletzten Intelligenz ist riskant, dachte er. Aber nur dadurch kann ich Spock das Leben retten. Nur jemand von Vulkan ist dazu imstande. Ich bin – noch immer – Vulkanier. Daraus folgt: Ich muß einen Versuch wagen.

Diese Art von Rationalität und Logik mochte einen doppelten Tod zur Folge haben.

»Stephen...«, sagte Jim leise.

Der Jongleur kehrte ihm den Rücken zu. In rein intellektueller Hinsicht wußte er, daß ein Wort des Zuspruchs genügt hätte, um den besorgten Captain zu beruhigen. Doch eine solche Bemerkung kam praktisch einer Lüge gleich. Direkte Lügen standen im krassen Gegensatz zur vulkanischen Moral, und Trost hatte nur philosophische Bedeutung.

Stephen beachtete Kirk nicht mehr.

Spock wurde schwächer. Er erschöpfte seine psychischen und physischen Ressourcen in dem Versuch, Scharlachs Wissen und Erinnerungen mit dem eigenen, ursprünglichen Bewußtseinsinhalt in Einklang zu bringen. Stephen spürte ein wirres Gespinst aus Verwirrung, wie ein mentales Krebsgeschwür, das an der geistigen Stabilität fraß.

Der Jongleur beugte sich vor, und seine Fingerspitzen berühren Spocks Schläfen. Er akzeptierte Schmerz, Kummer, Pein und Chaos, holte tief Luft.

Sein Intellekt sank wie eine Sonde durch die verschiedenen Schichten in Spocks Geist. Stephen glaubte, die Fähigkeit der Mentalverschmelzung stammte aus einer Epoche, in der die Vulkanier noch Vertrauen zu den emotionalen Faktoren ihres Wesens gehabt hatten, als ihnen direkte, unmittelbare Verbindungen zwischen Vernunft und Gefühl beim Überleben in einer schwierigen Umwelt halfen. Aufgrund eigener Erfahrungen mit der Gedankeneinheit bedauerte er den damaligen Verlust, die eigentliche Unvollständigkeit der gegenwärtigen vulkanischen Natur.

Stephen begegnete den fremden Erinnerungen in Spock, memorialen Fragmenten, die von Scharlach stammten. Ihre Intensität erstaunte ihn – kein Wunder, daß Spock ihrer Faszination erlegen war. Der Jongleur überlegte, ob er den psychischen Kontakt mit der roten Fliegerin überlebt hätte.

In der Werteskala von Scharlachs Volk nahm das Empfinden einen wichtigen Platz ein. Die Geflügelten hatten das Weltschiff geplant und gebaut, auf der Grundlage einer Technologie, die weit über das elektronische und mechanische Potential der Föderation hinausging. Oberflächlich gesehen erweckte ihr Werk sogar den Eindruck, als spiele Technik dabei überhaupt keine Rolle.

Sie verstanden es so gut, daß sie keinen bewußten Gedanken daran zu verschwenden brauchten, konzentrierten sich statt dessen auf ihre geistige Existenzsphäre. Stephen zögerte, voller Ehrfurcht angesichts einer mentalen Reflexion von Scharlachs Daseinskosmos. Philosphie und Imagination, Reminiszenzen und Phantasien, uralte Geschichten und Legenden über die Vorfahren und Ahnen, erzählt von den Dichtern und Poeten des Weltschiffs. Physik und Mathematik, so esoterisch, daß sie sich kaum mehr von Philosophie und Ethik unterschieden. All das kam in der Sprache der Flieger zum Ausdruck, einem Kommunikationscode, dessen einzelne Worte sich nicht übersetzen ließen – weil er keine Worte verwendete –, den Stephens Rationalität jedoch bis in die letzten Unterstrukturen ergründete.

Er teilte Scharlachs Erinnerungs-Aufregung, wenn sie durch Gewitterwolken segelte, spürte Schmerz, als ein Blitz die Schwinge traf, stürzte mit ihr, tausend Meter tief, bis es ihr schließlich gelang, den Fall abzufangen.

Und noch ein anderes Gefühl kam hinzu, überlagerte alle anderen, zeichnete sich durch eine ganz besondere Intensität aus: In Stephen zitterten Liebe und Kummer, jene Emotionen, die Spock überwältigt, ihn veranlaßt hatten, das Zentrum des Weltschiffs aufzusuchen, die Stille, um sich dort zu heilen. Oder zu sterben.

Er berührte die Kälte des Todes.

Wenn sich zwei Flieger liebten, so entstand eine Verbindung zwischen ihnen, die das ganze Wahrnehmungsspektrum betraf. Scharlach und ihr Partner *hatten* sich geliebt, mit aller Hingabe. Als er starb, trauerte und litt sie.

Daraufhin zog sich Scharlach ins Zentrum zurück, weilte lange Zeit in der Ödnis, um zu sich selbst zurückzufinden, mit ihrer seelischen Qual fertig zu werden. Sie schaffte es, die Verzweiflung zu überwinden, aber sie vergaß den Kummer nicht: Er blieb für immer ein Teil ihrer Vergangenheit.

Armer Spock, dachte Stephen. Vulkanier strebten danach, alle ihre Emotionen zu kontrollieren, um Zorn und Gewalt aus sich zu verbannen – als sei es so ungeheuer schwierig, die eigene Wut zu beherrschen. Doch so etwas erschien relativ einfach, wenn man derartige Empfindungen mit Kummer und Liebe verglich. Genau damit wurde Spock konfrontiert.

Während Stephens Ausbildung war irgend jemandem ein Fehler unterlaufen. Oh, er hatte seine Lektionen gut verinnerlicht, lernte es schnell, die eigenen emotionalen Reaktionen zu unterdrücken. Und doch: Als er seine Gefühle verdrängte, sie im Kern seines Wesens einkapselte, sie von allem Bewußten separierte, verspürte er dennoch den Wunsch nach entsprechenden Erfahrungen. Spock hingegen strebte die perfekte Selbstbeherrschung an, und rein äußerlich genügte er diesem Ideal. Aber in Wirklichkeit war er nicht annähernd so kühl und gleichmütig, wie er sich gab.

Stephen beneidete ihn plötzlich.

Und er spürte eine stumme Präsenz, die ihn beobachtete.

Spock? fragten seine Gedanken.

Ich habe dich nicht in deinem vulkanischen Avatara erkannt, erwiderte Spock. Die mentale Stimme kannte keine Distanzen, keine Unterscheidungen zwischen ›du‹ und ›Sie‹, und sie klang weitaus deutlicher als ausgesprochene Worte.

Stephen fühlte einen Hauch von Freude, griff danach und versuchte, dieses Empfinden festzuhalten, es nicht davonwehen zu lassen.

Der emotionale Funken schwebte fort, und Stephen begriff niedergeschlagen, daß er ihn nicht zurückholen konnte.

Weißt du, wo du bist, Spock? fragte er. *Erinnerst du dich daran, was dir zugestoßen ist?*

Ja, erwiderte Spock.

Komm mit mir. Komm zurück. Dein Körper wird schwächer.

Ich kann nicht, sagte Spock.

Du hast keine andere Wahl!

Doch, die habe ich. Ich schicke dich allein in die Welt zurück.

Warum?

Spock zögerte.

Was ich erlebte... begann er. Doch der Gedanke verflüchtigte sich.

Stephen ahnte, wie sehr Scharlachs Erinnerungen Spock zugesetzt hatten. Sie blockierten Spocks Geist an einem gestaltlosen Ort.

Bei einer verbalen Unterredung mit Spock hätte Stephen die Emotion als eine Art Waffe eingesetzt, ihn angeschrien und herausgefordert... Doch die Mentalverschmelzung ließ nur Platz für die Wahrheit. Die Verbindung zwischen ihnen erlaubte keine Täuschung.

Du hast einmal überlebt, sagte Stephen. *Es wird dir noch einmal gelingen.*

Du verstehst nicht, antwortete Spock. *Du... kannst nicht verstehen.*

Ja, bestätigte Stephen betrübt. *Das stimmt leider. Ich wünschte, ich wäre imstande, deine Erfahrungen nachzuvollziehen.*

Du bist ein Narr, sagte Spock mit einem Rest von Ärger. *Du bist immer ein Narr gewesen. Du warst der beste von uns, ein besonders vielversprechender Repräsentant unserer Generation. Als Kind habe ich dich bewundert, obgleich ich weiß, daß dieses Gefühl ungebührlich ist, unwürdig für einen Vulkanier. Manchmal habe ich dich sogar beneidet. Selbstdisziplin und emotionale Kontrolle fielen dir so leicht. Aber du wolltest unbedingt eigene Wege gehen.*

Ich bin geflohen, erwiderte Stephen niedergeschlagen. *Vor den mentalen Fesseln, die man mir anlegen wollte. Vor mir selbst. Sie verfolgen mich, versuchen immer wieder, sich um mich zu schlingen, mich von all dem zu trennen, was man fühlen kann. Spock, als wir Kinder waren, habe ich dich nicht beneidet...*

Natürlich nicht. Solche Empfindungen hattest du bereits überwunden.

...aber jetzt wäre ich gern an deiner Stelle. Ich habe mich weiterentwickelt.

Stephen, sagte Spock. *Wenn du Emotion suchst, ausgerechnet* hier, *so wirst du nur Pein finden.*

Selbst Pein ist dem leeren Nichts vorzuziehen. Spock, wir hätten uns gegenseitig helfen können, damals, als wir noch Kinder waren. Wir ließen diese Möglichkeit ungenutzt. Jetzt müssen *wir davon Gebrauch machen. Komm mit mir. Wir kehren gemeinsam zurück.*

Die Stille dauerte so lange, daß Stephen schon befürchtete, Spocks Geist habe sich in der Schwärze des Todes verloren.

Spock...?

Nun gut, erwiderte er ruhig.

Die labyrinthenen Muster von Scharlachs Erinnerungen wallten Stephen entgegen, als er nach einem Weg in die physische Welt suchte. Fasziniert, wie hypnotisiert, näherte er sich den mentalen Splittern. Wenn er in dem psychischen Irrgarten die Orientierung verlor, wenn er seine Präsenz von den Reminiszenzen der roten Fliegerin durchdringen ließ, war er vielleicht imstande, in sein eigenes Zentrum zu gelangen, jenen emotionalen Kern seines Wesens, der bisher unerreichbar fern blieb.

Dann spürte er, wie Spock von ihm fortdriftete, und er begriff die Gefahr der Selbstaufgabe.

Widerstrebend folgte er, wich fort von den verlockenden Wahrnehmungen und Empfindungen. Er verließ den komplexen Pfad, beschritt einen anderen, schlichteren Weg.

Komm mit mir, Spock, wiederholte er.

Die schattenhafte Entität in seiner Nähe reagierte, streckte sich ihm entgegen, nahm dankbar die Kraft in sich auf, die Stephen ihr anbot.

Die Farben der Erinnerungen und Gefühle verblaßten. Sie wurden grau, lösten sich schließlich ganz auf. Spock befreite sich aus ihrem Gespinst, streifte den emotionalen Kokon ab – und entfernte sich von Stephen.

Der wissenschaftliche Offizier kam wieder zu Bewußtsein, richtete sich in der Heckkabine der *Copernicus* auf. Gleichmütig beobachtete er, wie Stephen in einen Passagiersessel sank, die Arme um die Knie schlang, als sei ihm kalt, in einen erschöpften Schlaf fiel. Das lange, blonde und schweißnasse Haar klebte an Stirn und Schläfen.

Auch Spock fühlte sich wie ausgelaugt. Er entsann sich an all das, was seit seiner Kommunikation mit Scharlach geschehen war.

Es gab keine Erinnerungslücken.

Noch einmal spürte er den plötzlichen, heißen Wind, als die *Quundar* startete und zum Himmel des Weltschiffs emporsauste, nahm die pulsierenden Gravitationswellen des klingonischen Schlachtkreuzers wahr, der die Verfolgung aufnahm.

Und er wußte, was passieren würde, wenn eins der klingonischen Schiffe das Feuer eröffnete, wenn ein schlecht gezielter Photonentorpedo das Weltschiff traf.

Er sprang auf.

»Captain Kirk...«

»Spock! Was ist geschehen? Wie geht es Stephen?«

»Stehen Sie mit der *Enterprise* in Verbindung?«

»Nein, sie antwortet nicht auf unsere Signale. Vielleicht befindet sie sich außerhalb der Reichweite unserer externen Kommunikation. Vielleicht liegt es auch an dem Störfeld. An...« Jim schluckte. »An die dritte Möglichkeit wage ich gar nicht zu denken. Wenn Mr. Scott mein Schiff ins Gefecht geflogen hat...«

»Es könnte bereits zu spät sein«, sagte Spock ernst. »Falls Koronin einen Angriff des Schlachtschiffs provoziert oder Mr. Scott sich auf eine Konfrontation mit den Klingonen einläßt... Captain, ein Photonentorpedo, der am Sphärenwall explodiert, eine Phaserentladung – dadurch würde genug Energie für die Reaktionsschwelle des Weltschiffs frei.«

»Wer einfach so auf fremde Raumfahrzeuge schießt, hat es verdient, daß sein Schiff zu einem Wrack wird«, erwiderte Kirk knapp. »Ich hoffe nur, daß Scott vernünftig ist und einen kühlen Kopf bewahrt.«

Spock musterte Kirk mit zögernder Bewunderung. Er wußte, daß Menschen emotionaler waren als Vulkanier, aber erst jetzt stellte er fest, daß sie ihre Gefühle zugunsten objektiver Rationalität unterdrücken konnten.

»Der Verlust eines Raumschiffes und seiner Besatzung wäre natürlich sehr tragisch«, fügte Kirk hinzu. »Aber...«

Spock begriff, daß der Captain noch nichts von dem enormen Zerstörungspotential des Weltschiffs ahnte.

»Es geht nicht um den Verlust eines einzelnen Kreuzers, Sir. Ein ausreichend energiestarker Angriff auf das Raumfahrzeug der Fremden führt zu einer Bewegung des Universums, einer Distanzverschiebung um ungefähr hundert Lichtjahre. Die unkontrollierte Statusveränderung des Kosmos hätte eine fatale Kettenreaktion zur Folge: Im Bereich der hundert Lichtjahre weiten Verschiebungszone würde jede Sonne kollabieren oder als Nova explodieren.«

Kirk und Uhura starrten Spock groß an.

»Captain... Wenn es zwischen der *Quundar, Enterprise* und dem klingonischen Schlachtschiff zu einem Gefecht gekommen ist, sehe ich eine große Wahrscheinlichkeit dafür, daß wir unvorstellbar weit von unserer Heimat entfernt sind. Vermutlich hat das Weltschiff dann umfassende stellare Verheerungen zurückgelassen...«

Jim eilte an die Konsolen, fuhr die Triebwerke der *Co-*

pernicus hoch und gab vollen Schub. Die Fähre durchstieß das Lichtgespinst, kehrte ins All zurück. Besorgt blickte Kirk durch die Fenster, suchte nach vertrauten Sternbildern, befürchtete, die Konstellationen einer ganz anderen Galaxis zu sehen.

Er atmete erleichtert auf, als die Sensoren bestätigten, daß sie sich noch immer im umstrittenen Gebiet der Phalanx befanden. Doch die Ortungsreflexe zeigten nicht nur das Schlachtschiff, sondern eine ganze klingonische Flotte. Die *Quundar* flog immer wieder waghalsige Ausweichmanöver, während sich die anderen Kreuzer näherten. Die *Copernicus* trieb ganz in der Nähe.

Einer der Monitore projizierte ein Abbild der *Enterprise* am Rande des Föderationsraums.

»Gut gemacht, Scott!« entfuhr es Jim. »Bleiben Sie dort. Lassen Sie sich nicht provozieren.« Aber der Chefingenieur konnte ihn natürlich nicht hören. »Uhura, öffnen Sie einen externen Kanal und strahlen Sie ein Signal mit voller Sendestärke ab. Es muß uns unbedingt gelingen, einen Kontakt zu den Klingonen herzustellen.«

Die dunkelhäutige Frau sang leise, als sie der Aufforderung nachkam und bestätigte.

»James Kirk, Captain des Raumschiffs *Enterprise*, an den Flottenkommandanten. *Eröffnen Sie nicht das Feuer!* Ich wiederhole: Hüten Sie sich davor, Ihre Waffen einzusetzen. Das Weltschiff reagiert auf einen Angriff, und die Konsequenzen wären unabsehbar!«

Die Entfernung zur Flotte war so gering, daß sie bestimmt die Botschaft empfing. Jim fühlte sich versucht, aus vollem Halse zu schreien, die Klingonen auf diese Weise zu warnen. Noch hatte keins der Schiffe eine Salve abgefeuert, aber Koronins Verhalten kam einer Herausforderung gleich. Wenn auch nur ein Kanonier die Geduld verlor, sich nicht um die Absicht des Kommandanten scherte, die Renegatin lebend zu fassen...

Die Flotte erweiterte ihr Abfangnetz, schirmte sowohl die *Quundar* als auch die *Copernicus* ab. Jim versuchte sich vorzustellen, was Scott von einem solchen Manöver halten mochte.

Wie würde ich mich an seiner Stelle verhalten? dachte Kirk. Er wußte keine Antwort auf diese Frage.

Koronin leitete ein abruptes Bremsmanöver ein.

Die *Quundar* schwebte antriebslos im All, eine leichte Beute für die anderen klingonischen Schiffe.

Jim seufzte, lehnte den Kopf an die Rückenlehne des Pilotensessels und wischte sich den Schweiß von der Stirn.

Die Gefahr war gebannt.

Auf Koronins Befehl hin schaltete ihre Crew die Triebwerke auf Gegenschub, und nur wenige Sekunden später erstarb das Donnern. Die *Quundar* driftete durchs All, während sich die Schlachtschiffe rasch näherten. Koronin blickte auf die Sternenkarte und überlegte. Wenn der Vulkanier die Wahrheit gesagt hatte... Sie erwog die Möglichkeit, wieder auf Vollschub zu gehen, ihren Kreuzer in ein Projektil zu verwandeln, mit dem sie auf das Weltschiff zielte. Die Reaktion des Weltschiffs würde darin bestehen, das Universum in einem horizontalen Vektor zu bewegen, und dadurch entstand eine lichtjahrlange Verheerungsschneise in der Raumzeit. Sie konnte die Richtung bestimmen: Ein Angriff auf die eine Seite richtete den Zerstörungskeil auf die Föderation, und wenn sie sich für die andere entschied, reichte das Chaos ins Imperium – ein viele Parsec langer Pfad, von explodierenden Sonnen und brennenden Planeten markiert.

Koronin fand allmählich Gefallen an der Vorstellung, sich auf diese Weise zu rächen.

Sie streckte die Hände aus, berührte die Kontrollen der *Quundar*...

Jim starrte auf die Schirme, beobachtete helles Plasmaglühen in den Triebwerksöffnungen der *Quundar*. »Mein Gott!« hauchte er. »Ist ihr der Tod lieber als die Gefangenschaft?«

»Durchaus möglich, Captain«, sagte Spock.

Der Kreuzer drehte sich um die eigene Achse, und der Bug deutete auf das Weltschiff.

»Sie weiß Bescheid!« entfuhr es dem Vulkanier.

»Was?«

»Sie kennt die Reaktion des Weltschiffs, Captain. Koronin will Selbstmord begehen – und dadurch gleichzeitig das halbe klingonische Imperium vernichten!«

Die *Quundar* beschleunigte wieder, raste dem Raumfahrzeug der Fremden entgegen.

Jim zweifelte nicht eine Sekunde lang daran, daß Spock recht hatte. Koronins Kreuzer würde an dem Shuttle vorbeirasen, an den Sphärenwall des Weltschiffs prallen und eine verheerende Reaktion auslösen. Jim, die Besatzung der *Enterprise,* die Mannschaften an Bord der vielen klingonischen Schiffe – hilflos beobachteten sie nun den Beginn absoluter Zerstörung.

Kirk sah auf die Kontrollen, begriff, daß er sofort handeln mußte, wenn er milliardenfachen Tod verhindern wollte. Wenn er nichts unternahm, verursachte der Rückzug des Weltschiffs die Explosionen mehrerer hundert Sonnen, und die Bevölkerung der betreffenden Planeten... Der Captain stöhnte leise und spürte, wie ihm das Blut aus dem Gesicht wich. *Wenn* er eingriff, setzte er nicht nur sein eigenes Leben aufs Spiel, sondern brachte auch Uhura, Stephen und Spock in große Gefahr – obwohl es nur eine winzig kleine Chance gab, die *Quundar* aufzuhalten. Er erinnerte sich an Explosionen, an heftigen Schmerz, an berstendes Metall, daran, wie ein anderes Schiff zu einem Wrack wurde.

Jims Hände zitterten. Er verfluchte sich, betätigte rasch einige Tasten.

»Auf Kollision vorbereiten!«

Er aktivierte alle Energiereserven des Shuttles.

Das Gravitationsfeld wurde instabil, brach zusammen. Von einem Augenblick zu anderen fühlte sich Jim nach Ghioghe zurückversetzt: die Schwerelosigkeit, der Eindruck, die Zeit stehe still, dann das Dröhnen der Triebwerke...

Die *Quundar* kam mit erschreckender Geschwindigkeit heran. Kirk gab Schub auf die seitlichen Manövrierdüsen, und die *Copernicus* schob sich langsam in den Flugvektor des klingonischen Kreuzers.

Die beiden Raumschiffe berührten sich – ein zunächst ganz sanft anmutender Kontakt. Doch unmittelbar darauf übertrug die Außenhülle ein schier ohrenbetäubendes Donnern, gefolgt vom Kreischen und Heulen zerfetzenden Stahls: Die *Quundar* kratzte über die dorsale Struktur des Shuttles. Glühende Metallfragmente stoben Funken gleich vom Bug. Jim ächzte, hörte und erlebte den Tod seines Schiffes, fürchtete dabei, daß alles umsonst war, daß sein verzweifeltes Handeln den Kurs des Kreuzers nicht stark genug veränderte. Die Hecksektion der *Quundar* bohrte sich achtern in die *Copernicus*, riß die Fähre mit sich. Jims Hand berührte weitere Tasten; erneut zischten und fauchten die Korrekturdüsen. Das Licht flackerte, trübte sich. Dunkelheit kroch heran, gefolgt von dem matten Glühen des energetischen Gespinstes am Weltschiffhimmel.

Der Sphärenwall schien ihnen entgegenzufallen.

Jim knurrte und brummte, umklammerte die Steuerkontrollen, hoffte inständig, daß der Schub ausreichte, um beide Schiffe zu bewegen.

Die Landekufen der *Copernikus* prallten an eine Blase, und die Druckwelle der Explosion schleuderte sowohl das Shuttle als auch den klingonischen Kreuzer ins All zurück. Jim wurde aus dem Sessel gerissen und an die Wand geschleudert.

Und dann herrschte plötzlich Stille.

KAPITEL 13

Es stank nach Ozon, und irgendwo knirschte etwas. Die Hitze der überlasteten Triebwerke durchdrang die Schilde, und Jim atmete kochende Luft. Das Shuttle schlingerte, und die dabei entstehenden Zentrifugalkräfte schufen die Illusion von wechselhafter Schwerkraft: erst stark, dann wieder schwach, kaum spürbar. Kirk wurde zunächst an die Wand gepreßt, fühlte dann, wie der Druck nachließ, um gleich darauf wieder zuzunehmen. Erinnerungen an Ghioghe formten Schreckensbilder vor seinem inneren Auge.

Er versuchte, die Augen geschlossen zu halten. Wenn ich nicht erwache, dachte er, so bedeutet das, es handelt sich nur um einen Traum. Ich bilde mir dies alles nur ein. Es geschieht nicht, wird nie geschehen, sich nie wiederholen.

Er gab sich Wärme und Vergessenheit hin.

Irgendwann vernahm er einen schmerzerfüllten Schrei, fokussierte seine Aufmerksamkeit und verdrängte die angenehme Dunkelheit der Ohnmacht. In der Wirklichkeit erwartete ihn eine andere Art von Finsternis, die Schwärze der Zerstörung.

Plötzlich flammte Licht auf und blendete ihn. Jim zwinkerte, trachtete danach, sich zu orientieren, wieder klar zu sehen. Das Shuttle drehte sich weiterhin um die eigene Achse, und in der unsteten, sich ständig verändernden Schwerkraft baumelte eine Lampe in der Schleuse, strahlte durch den Spalt zwischen Wand und Schott. In dem stroboskopartigen Blitzen kroch Jim weiter, näherte sich dem Ursprung der klagenden Stimme.

Jemand berührte ihn am Arm, weckte dadurch neue Erinnerungen in Kirk, Reminiszenzen, die ihm Blut und zerquetschte Körper zeigten, die Leichen seiner Besatzungsmitglieder. Er glaubte plötzlich, ein Sterbender strekke die Hand nach ihm aus.

»Sind Sie verletzt? Gary... Hier liegt ein Verwundeter...«

»Es ist nur Ilya. Er miaut.«

Die Stimme vertrieb das Entsetzen aus ihm. Sie erklang in einer anderen Zeit, an einem anderen Ort. Eine wundervolle Stimme. Doch es fiel Jim schwer, sie zu erkennen. Er wußte, daß er sich nicht mehr bei Ghioghe befand, befürchtete jedoch, mit einem noch schlimmeren Grauen konfrontiert zu werden.

»Das Weltschiff...« flüsterte er.

»Es ist noch immer da, seien Sie unbesorgt. Sie haben Koronin aufgehalten.«

Jim seufzte voller Erleichterung, spürte, wie die Anspannung aus ihm wich. Langsam sank er zu Boden.

Uhura stützte ihn, strich ihm übers Haar. Sie ahnte nichts von seinem Schrecken, begriff jedoch, daß er Trost brauchte. Kirk zitterte, als sie die Arme um ihn schlang.

»Es ist alles in Ordnung, alles in Ordnung«, sagte Uhura sanft. Sie sang eine wortlose Melodie in Scharlachs Sprache.

Die Gravitation wurde stärker und schwächer, und durch die Aussichtsfenster glühte das Lichtgespinst des Weltschiffs. Kirk wollte aufstehen und versuchen, die Triebwerke zu aktivieren, aber er blieb liegen, genoß die Erleichterung, das herrliche Gefühl, alles überstanden zu haben.

Das hochfrequente Summen eines Traktorstrahls hallte in der Kabine wider, pflanzte sich als eine deutlich spürbare Vibration fort. Ein zweiter Fokus kam hinzu, und für einige Sekunden wurde aus dem Summen ein leises Sirren. Das Schlingern des Shuttles ließ allmählich nach, und die Akkumulatoren der *Copernicus* reagierten auf den Ausfall der Hauptenergieversorgung, beschickten die Zellen der Notbeleuchtung mit elektrischem Strom.

James Kirk hob den Kopf, sah sich verwirrt um. Uhura ließ ihn los, und er wich zurück.

»Lieutenant Uhura, ich...« Er rieb sich die Augen, wischte die Tränen fort, bevor sie über seine Wangen rinnen konnten. Mühsam stand er auf. »Es tut mir sehr leid, ich...«

Uhura drehte sich um, verlegen darüber, die Verzweiflung des Captains gesehen zu haben. Sie tilgte die letzten dreißig Sekunden aus ihrem Gedächtnis.

Spock hörte Kirks und Uhuras Stimmen und wußte, daß sie die Kollision überlebt hatten. Durch das impulsive Handeln des Captains waren Hunderte von Welten vor einer Katastrophe bewahrt worden.

Der Vulkanier kletterte in die Heckkabine des Shuttles, sah die Katze, die in einer Ecke hockte. Ilya miaute erneut, schien jedoch unverletzt zu sein. In Hinblick auf Stephen war Spock nicht ganz so sicher. Die Wucht des Aufpralls hatte ihn aus dem Passagiersessel geschleudert: Zusammengekauert lag er auf dem Boden, zitterte noch immer.

Die Traktorstrahlen stabilisierten das Shuttle. Spock hob Stephen an, legte ihn auf die aus Sitzen improvisierte Koje, holte eine Decke für ihn.

Als er zurückkehrte, hatte Ilya seinen Platz in der Ecke verlassen. Er rollte sich neben Stephen zusammen und schnurrte zufrieden vor sich hin. Die Katze sah zu Spock hoch, zwinkerte großzügig und beschloß, ihn zu ignorieren.

Der Vulkanier deckte Stephen zu und musterte ihn. Sie waren entfernt miteinander verwandt, doch das konnte kaum der Grund sein, warum der Jongleur beschlossen hatte, sein Leben zu riskieren. Indem er Spock half, sich von dem mentalen Bann fremder Erinnerungen zu befreien, lief er Gefahr, sich ebenfalls in Scharlachs starken Emotionen zu verlieren, sich in ihrem Erlebnislabyrinth zu verirren. Vermutlich ging es Stephen nur um eine neue Gefühlserfahrung.

Aber vielleicht wußte er von Anfang an, daß ihn die Reminiszenzen der roten Fliegerin überhaupt nicht bedrohen konnten. Spock entsann sich an ihre gemeinsame Kindheit, und einmal mehr regte sich so etwas wie Neid in ihm. Stephen besaß eine weitaus größere innere Festigkeit, die sich so leicht durch nichts erschüttern ließ — nicht einmal von seinem bewußten Willen, *anders* zu sein, wie Menschen zu empfinden.

Spock fragte sich, ob er Stephen auch nur ansatzweise verstehen konnte. Er bezweifelte es.

Der wissenschaftliche Offizier gestattete sich einen Hauch von Verlegenheit darüber, in einem solche Maße von Scharlachs Gedanken überwältigt worden zu sein. Dieser Umstand stellte sein Bild von sich selbst in Frage, die Überzeugung, stark genug zu sein. Spock schüttelte den Kopf, versuchte sich einzureden, daß es ihm im Laufe der Zeit auch ohne Stephens Hilfe gelungen wäre, die fremden Gefühle unter Kontrolle zu bringen.

Er stellte plötzlich fest, daß nur die zerrissenen Reste eines schwarzen Trikots seinen Oberkörper bedeckten. Auch das stimmte ihn verlegen. Er sah sich um, entdeckte sein Uniformhemd auf einem der Sessel. Der Staub darauf erinnerte an seine Passage durch den Sphärenwall des Weltschiffs. Spock griff danach, streifte es über.

»Commander Spock.«

Er drehte sich um. »Ja, Captain?«

»Ist Stephen verletzt?«

»Nein. Er schläft.«

»Er schläft? Die... die Mentalverschmelzung blieb also ohne nachteilige Folgen für ihn?«

»Wie ich Ihnen schon sagte, Captain: Stephen sucht ständig nach emotionalen Stimuli, und ich bin sicher, die hat er auch gefunden.«

»Ihr kühler Tonfall überrascht mich. Ich hätte Dankbarkeit von Ihnen erwartet. Immerhin hat er Ihnen das Leben gerettet.«

»Sie stellten mir eine Frage, Captain. Und die habe ich beantwortet.«

»Offenbar sind Sie wieder ganz der alte.«

»Ich bin weder psychisch noch physisch verwundet.«

»Gut. Dann hindert mich ja nichts daran, Sie vors Kriegsgericht zu stellen.«

Kirk drehte sich um und ging in Richtung Hauptkabine.

»Captain...«

»Ja, Mr. Spock?«

»Ihre Anklage wäre berechtigt. Ich habe ohne Befehl agiert, in dem Bewußtsein, daß ich die Konsequenzen für mein Verhalten tragen muß. Aber wenn Sie mir eine Frage gestatten: Warum sind Sie nicht an Bord der *Enterprise* geblieben?«

Kirk runzelte die Stirn.

»Was meinen Sie damit?«

»Warum sind Sie mir zum Weltschiff gefolgt?«

»Es ging mir nicht in erster Linie um Sie, sondern darum, Lindy zurückzubringen. Doch dann ließen Sie sich von der Klingonin gefangennehmen. Die Oligarchen hätten Sie gefoltert, Sie gezwungen, eine imaginäre Schuld einzugestehen, und anschließend wären Sie als Spion präsentiert worden! Begriffen Sie denn nicht, daß Sie mit Ihrem irrationalen Gebaren nicht nur sich selbst kompromittierten, sondern auch Starfleet und die ganze Föderation?«

»›Irrationales Gebaren‹ ist mir fremd«, erwiderte Spock steif.

»War die Mentalverschmelzung mit einer völlig unbekannten Lebensform Ihrer Ansicht nach etwa vernünftig und wohlüberlegt?«

»Selbstverständlich, Captain. Ich wußte von Anfang an, daß nur das Ergreifen drastischer Maßnahmen eine unmittelbare Kommunikation mit den Fremden ermöglichen konnte. Sobald eine Entscheidung getroffen ist, hat es keinen Sinn, mit ihrer Anwendung zu warten.«

»Sie gefährdeten sich und mein Schiff. Und in einem Punkt stimme ich voll und ganz zu: Sie müssen dafür die Konsequenzen tragen.«

»Darauf bin ich vorbereitet. Aber auch Sie brachten sich durch Ihr Handeln in Gefahr. Man könnte sogar sagen, daß Sie Ihr Raumschiff riskierten. Captain, Sie haben mir noch nicht erklärt, aus welchem Grund sie mich vor dem Sturz von der Felsnadel bewahrten.«

Kirk bedachte ihn mit einem durchdringenden Blick. »Vielleicht suche auch ich nach emotionalen Stimuli.«

Er kehrte in den kleinen Kontrollraum des Shuttles zurück und versuchte, die Instrumentenpulte zu elektronischem Leben zu erwecken. Uhura bemühte sich unterdessen, Kontakt mit der *Enterprise* aufzunehmen, summte dabei leise vor sich hin.

Irrationales Verhalten, dachte Jim. Meine Entscheidung, Commander Spock zu retten, fällt wohl kaum in diese Kategorie, oder?

Das energetische Glitzern eines Transporterfelds spiegelte sich auf den Konsolen der *Copernicus* wider. Ein klingonischer Würdenträger rematerialisierte in der Kabine, sah auf Jim und Uhura herab.

Kirk hatte beschlossen, unbewaffnet zum Weltschiff zu fliegen, bedauerte es nun, keinen Phaser zu haben. Sein Blick fiel auf den Blaster im saphirnen Gürtelhalfter des Klingonen.

»Wer sind Sie?« fragte Jim.

»Warum haben Sie sie aufgehalten?« erwiderte der Würdenträger.

»Ich verstehe nicht ganz...«

Der Klingone trat wütend vor, packte Jim am Kragen und zog ihn hoch.

»Sie haben Koronin daran gehindert, ihre Selbstmordabsichten zu verwirklichen. Die Renegatin hätte nicht nur sich selbst umgebracht, sondern auch viele Feinde der Föderation!«

»Sie sind nicht mein Feind«, sagte Kirk.

»Unsere Regierungen vertreten konträre Auffassungen...«

»Aber wir befinden uns nicht im Krieg! Selbst wenn das der Fall wäre... Glauben Sie etwa, ich könnte ruhig zusehen, wie Millionen unschuldiger Personen sterben?« Jim umfaßte das Handgelenk des Klingonen. »Lassen Sie mich los.«

Spock stand in der Schleuse, trat langsam und auf leisen Sohlen näher.

Der Würdenträger kam Jims Aufforderung nach, brummte etwas Unverständliches und schnitt eine wütende Grimasse.

»Ist alles in Ordnung, Captain?« fragte Spock.

Der Direktor des Aufsichtskomitees wirbelte überrascht herum.

»Ja, Mr. Spock.« Jim glättete sein Uniformhemd, wandte sich wieder an den Klingonen. »Haben Sie sonst noch etwas auf dem Herzen?«

Der Direktor tastete nach seinem Gürtel, und Kirk spannte unwillkürlich die Muskeln. Doch der Besucher holte nur einen Kommunikator hervor, sprach kurz ins Mikrofon und steckte das Gerät wieder ein.

»Es herrscht Waffenstillstand zwischen uns, Captain«, sagte er. »Und noch etwas: Ich gebe Ihrem Schiff – und dem fremden Raumfahrzeug – hiermit die Erlaubnis, sich in der Domäne unserer verehrten Kaiserin aufzuhalten.«

»Das ist... sehr freundlich von Ihnen«, erwiderte Jim.

Der Klingone entmaterialisierte.

Koronin wartete in der manövrierunfähigen *Quundar*, hielt den Blaster in der einen und das Blutschwert in der anderen Hand. Sie hatte mit dem Gedanken gespielt, die Reaktoren des Kreuzers über die kritische Grenze hinaus zu belasten und die *Quundar* zu sprengen, entschied sich aber dagegen. Sie zog es vor, in einem ehrlichen, fairen Zweikampf zu sterben. Wenn es ihr gelang, den ersten Gegner mit der Duellklinge zu töten, mochte sich anschließend der Strahler als nützlich erweisen. Vielleicht ergab sich dadurch sogar eine Überlebenschance. Doch eigentlich rechnete Koronin nicht damit. Sie wußte, daß sie – endgültig – in der Falle saß.

Sie bedauerte es sehr, nicht dem Föderationscaptain ge-

genübertreten zu können, jenem Mann, der ihren Plan vereitelt hatte. Vielleicht würden einige Schlachtschiffe die *Enterprise* aufbringen und ihre Crew gefangennehmen. Vielleicht fand einer der hochrangigen Offiziere Gefallen an besonders elaborierten Foltermethoden...

Koronin genoß diese Vorstellung.

Die *Quundar* kreischte wie ein gequältes Tier, als der Traktorstrahl sie vom Shuttle fortriß. Die Hitzeentwicklung bei der Kollision hatte Metall verschweißt.

Ein Transporterfeld bildete sich auf dem Kommandobalkon. Koronin lächelte, bereitete sich darauf vor, die Eindringlinge sofort anzugreifen, so viele wie möglich zu töten.

Aber es formten sich keine Gestalten. Statt dessen erschien eine silbrige Kugel. Die Klingonin betrachtete den Gegenstand mißtrauisch, fragte sich, ob ihr der Flottenkommandant eine Bombe geschickt hatte...

Das Objekt platzte mit einem leisen Zischen auseinander, gab grauen Dunst frei. Koronin wich zurück.

Zu spät.

Benommenheit erfaßte sie. Langsam sank sie zu Boden, in der festen Überzeugung, nie wieder die Augen zu öffnen.

Die *Enterprise* richtete einen Traktorstrahl auf das Shuttle, zog es heran. Jim sah aus dem Fenster und beobachtete das ruhig durchs All gleitende Weltschiff.

»Es wirkt so friedlich – und doch ist es die größte, verheerendste Waffe, die jemals konstruiert wurde«, sagte er.

»Ganz im Gegenteil, Captain«, widersprach Spock. »Es ist kein Vernichtungsinstrument.«

Jim musterte seinen wissenschaftlichen Offizier verwirrt. »Lieber Himmel, *Sie* haben mich doch auf das Vernichtungspotential des Weltschiffs hingewiesen!«

»Die...« – Spock gab einen seltsamen, melodischen Laut von sich – »...Flieger hatten nie die Absicht, irgendwelche Waffen zu schaffen. Unter normalen Umständen sorgen sie für eine sichere Konfiguration des Universums um sie herum. Wenn sie einen bestimmten Raumbereich erforschen wollen, wechseln sie zu einer anderen sicheren Konfiguration. Bei einem Angriff aber – so etwas können sich die Flieger gar nicht vorstellen, da es in ihrer Vergangenheit weder Kampf noch Krieg gab –, führt das Weltschiff eine Modifikation der Raum-Zeit-Struktur herbei: Dann bewegt sich das Universum entlang unsicherer Vektoren, wodurch die kosmische Struktur verzerrt wird.«

»Meine Güte, jetzt behaupten auch Sie, die Flieger bewegten nicht etwa das Weltschiff, sondern das Universum!«

»Was durchaus der Fall ist – wenn man ihre physikalischen Konzeptionen zur Beurteilungsgrundlage macht.«

»Das ergibt doch keinen Sinn! Wie lächerlich zu behaupten, irgendein Bezugspunkt ruhe, während die Flieger das Universum verschieben.«

»Und doch läuft alles darauf hinaus«, sagte der Vulkanier.

»Unmöglich!«

»Sie übersehen einen Aspekt, Captain.«

»Und der wäre?«

»Das System der Flieger funktioniert.«

Jim dachte über Spocks Ausführungen nach. Er versuchte, aus den Mosaiksteinen seiner vielen Annahmen in bezug auf Scharlachs Volk ein einheitliches Bild zu schaffen, aber gerade als er glaubte, die letzten Lücken zu schließen, platzte alles wieder auseinander. Und aus den einzelnen Splittern ergab sich eine ganz andere Form. Kirk erinnerte sich daran, welches Interesse die Flieger an den Instrumenten der *Enterprise* gezeigt hatten, entsann sich an das perfekte Geschick, mit dem Sonne-und-Schatten die Navigationskontrollen des Shuttles bediente. Und dann Grün, der ihn zwinkernd musterte und sagte: »Sie sind noch jung.«

Nein, es war keine Gruppe von Kindern, kein primitives Volk, von irgendwelchen geheimnisvollen Konstrukteuren oder Baumeistern beherrscht. Es handelte sich um Wesen, die einen so hohen Entwicklungsstand erreicht hatten, daß sie praktisch nicht mehr an ihre technologischen Errungenschaften dachten. Die *Enterprise* verblüffte sie nicht. Das Raumschiff amüsierte die Flieger; sie gaben sich wie Erwachsene, die das raffinierte Spielzeug eines Kindes bestaunten.

Das Flaggschiff der Flotte nahm die *Quundar* auf, und das Shuttle *Copernicus* verschwand im Hang der *Enterprise.* Jim wartete ungeduldig auf den Druckausgleich.

Uhura summte noch immer vor sich hin. Spock wiederholte die Melodie in einer anderen Tonlage, und Uhura sang erneut, brach dann plötzlich ab.

»Ich werde die Sprache der Flieger nie lernen, Mr. Spock, oder? Ich meine: nicht *richtig.*«

Der Vulkanier zögerte, als suche er trotz seiner Gleichgültigkeit gegenüber Gefühlen nach einer taktvollen Antwort.

»Nein«, erwiderte er. »Niemand von uns.«

Uhura ließ sich nichts anmerken, aber einige Sekunden später, als sie wieder zu summen begann, unterbrach sie sich erneut und seufzte.

Das Bestätigungssignal ertönte. Jim öffnete die Schleuse und trat steifbeinig die Rampe herunter. Das WBW-Gras im Hangar war im Vakuum verwelkt.

McCoy und Commander Scott eilten die Treppe herab. Scharlach und Lindy folgten wenige Sekunden später; die junge Frau führte Athene aufs Shuttledeck zurück. Auch Sulu stand in der Nähe. Der Primat hing nun nicht mehr an seinem Arm, sondern klammerte sich am Bein fest, klebte wie eine Klette an ihm.

»Jim.« McCoy schüttelte ihm die Hand, winkte dann ab und umarmte ihn.

Lindy löste den Bordarzt ab. »Eine tolle Darbietung«, sagte sie anerkennend. »Wenn Sie jemals auf den Gedanken kommen sollten, sich im Showgeschäft zu versuchen ... Ich bin jederzeit bereit, unser Programm um eine Flugnummer zu erweitern.«

Jim lächelte.

»Captain Kirk«, sagte Scott ernst, »Sie hätten mich fast ins Grab gebracht. Und außerdem stellten Sie unsere Jungs an den Kontrollen der Traktorstrahlen vor ein großes Problem. Es ist verdammt schwer, Schlingerbewegungen mit einem energetischen Fokus auszugleichen!«

»Ich weiß, Mr. Scott.« Kirk reichte dem Chefingenieur die Hand. »Aber Sie haben es trotzdem geschafft – und sind mit der *Enterprise* am Rand des Föderationsraums geblieben, obwohl sicher alles in Ihnen nach dem Eingreifen drängte. Dadurch wurde eine Schlacht verhindert, vielleicht sogar ein interstellarer Krieg. Sie können stolz auf sich sein.«

»Nun, es war tatsächlich nicht leicht«, erwiderte Scott und drückte ihm die Hand.

»Kann ich mir vorstellen. Ich ... ich danke Ihnen.«

»Äh, nichts zu danken, Captain.«

»Spock.« Scharlach breitete die Schwingen aus und stülpte sie um den Vulkanier – die Begrüßungsgeste ihres Volkes. »Sie sind aus der Stille heimgekehrt. Ich bin Ihnen sehr dankbar für Ihre geistigen Geschenke. Und ich bedaure es sehr, daß ich Ihnen mit meiner Unwissenheit solche Schmerzen zugefügt habe.«

»Schmerzen belasten Vulkanier nicht«, entgegnete Spock.

Stephen hörte diese Bemerkung und unterdrückte ein Lachen. Spock schenkte ihm keine Beachtung.

»Ich bedaure ebenfalls etwas«, fügte der wissenschaftliche Offizier hinzu. »Daß ich Ihre Sprache nicht so integrieren kann wie Sie meine.«

Scharlach verstand und nickte. »Vielleicht begegnen sich unsere Völker noch einmal, wenn Sie älter sind. Vielleicht gelingt es Ihnen dann, den Gesang zu erlernen.« Die rote Fliegerin hob eine Schwinge, berührte Uhura damit an der Wange. »Es mag geschehen«, sagte sie. »Sie sind noch jung.«

Die Flügel knisterten wie feine Seide, als Scharlach mit einem Satz aufsprang und übers Deck segelte. Athene hob den Kopf und folgte ihr.

»Scharlach!« rief Lindy. »Bitte fordern Sie das Vogelpferd nicht heraus!«

»Es ist bereits geflogen, Lindy-Magierin«, erwiderte die rote Geflügelte und schwebte einige Meter über Athene. »Das Weltschiff kann es nicht aufnehmen, und deshalb muß es lernen, sich mit weniger Platz zu begnügen.« Betont langsam glitt Scharlach zur anderen Seite des Hangars. Athene spannte die Muskeln, stieß sich ab — und flog.

Jim beobachtete, wie das Roß in Lindys Nähe mehrmals den Aufstieg probierte, bis sich die junge Frau schließlich auf seinen Rücken schwang. Daraufhin schnaubte Athene glücklich und schloß sich Scharlach an.

»Mr. Scott«, sagte Kirk, »wie weit außerhalb des Föderationsraums befindet sich die *Enterprise?«*

»Schwer zu sagen, Captain. Wir waren noch auf unserer Seite der Grenze, als die *Quundar* aus dem Weltschiff raste, und, äh, ich habe Ihre Befehle nur ein wenig mißachtet — falls ein Rettungseinsatz notwendig werden sollte. Nun, seitdem herrscht im Kommunikationsäther ziemlich reger Betrieb, Sir. Tja, es hat den Anschein, als habe man uns einen Botschafterstatus gewährt. Ganz gleich, wohin wir auch fliegen: Wir nehmen einen Teil des Föderationsraums mit. Der Direktor ist Ihnen sehr dankbar.«

Spock hob eine Braue. »Faszinierend.«

»Das sollte er auch sein«, sagte McCoy. »Ebenso wie Sie, Mr. Spock, angesichts der Umstände. Wenn Sie nicht genug über das Weltschiff gewußt hätten, könnten wir uns jetzt ein kosmisches Feuerwerk ansehen.«

»Ich hielt mein Handeln für notwendig«, antwortete der Vulkanier.

»Und damit hatten Sie recht«, warf Jim ein.

»Zweifellos«, sagte Spock.

»Im Ernst, Commander. Vor einer Weile habe ich einige

unüberlegte Worte an Sie gerichtet. Ich habe mich geirrt. Ohne Ihren Mut, eine Mentalverschmelzung mit Scharlach herbeizuführen ...«

»Würden Sie Ihre Entscheidung, Koronin aufzuhalten, als Mut bezeichnen?« fragte Spock. »Wohl kaum. Tapferkeit ist nicht im Spiel, wenn einem keine Wahl bleibt.«

Das verschlug Jim die Sprache.

»Da bin ich anderer Ansicht«, brummte McCoy. »Ich hoffe, Sie nehmen mir das nicht übel.«

»Keineswegs, Doktor«, sagte der Vulkanier würdevoll.

»Äh, danke, Mr. Spock. Übrigens: Wenn Sie gelegentlich in die Krankenstation kommen möchten... Dort könnte ich Ihre Kratzer behandeln.«

Spock machte sich auf den Weg zur Brücke, nahm jeweils drei der Stufen der Hangartreppe gleichzeitig. McCoy folgte ihm. Jim setzte sich ebenfalls in Bewegung, behindert von der Schiene, die sein rechtes Knie entlastete. Scott eilte zum Shuttle und öffnete die Triebwerkssektion.

»Sind wir jetzt damit fertig, uns gegenseitig Komplimente zu machen?« Stephen gähnte demonstrativ.

Sulu ging an ihm vorbei, um das Navigationssystem der *Copernicus* zu überprüfen.

Ilya hockte auf Stephens Schulter und sträubte das Fell, als er den Primaten Starfleet sah. Der kleine Affe duckte sich, preßte das Gesicht ans Bein des Steuermanns. »Offenbar haben Sie einen Freund gefunden, Mr. Sulu«, sagte der vulkanische Jongleur.

»Sieht ganz so aus«, erwiderte Sulu und seufzte übertrieben.

Stephen schmunzelte. »Wie sind Sie mit der *Dionysus* zurechtgekommen?«

»Gut, Sir. Ich habe einige technische Erweiterungen bemerkt.«

»Nun, es freut mich, daß sie überhaupt jemand zur Kenntnis nahm.«

Hazarstennaj hatte den Maschinenraum verlassen, um dabei zu helfen, die *Copernicus* zu reparieren. Sie rutschte über das Treppengeländer, sprang zu Boden und blieb abrupt stehen, als sie Stephen und Ilya sah. Mißmutig neigte sie die Schnurrhaare, gab jedoch keinen Kommentar ab und trat auf Scott zu. Sorgenvoll legte sie die Ohren an, als sie ein seltsames Geräusch hörte, eine Art Knurren, für das es keine mechanisch-elektronische Erklärung zu geben schien.

»Ist noch was von dem Triebwerk übrig?« fragte sie.

»Nicht mehr viel«, antwortete Scott.

Erneut vernahm Hazarstennaj den sonderbaren Laut. »Was ist das?«

»Was? Das Knurren? Oh, es stammt von Sulus kleinem Bekannten. Dem Affen. Komisches Tier.«

Hazard konnte ihrer Neugier nicht widerstehen.

Sie sah in die Hauptkabine der *Copernicus*. Sulu versuchte zu arbeiten, aber der Primat kletterte dauernd an ihm herum, war ständig im Weg. Als er Hazard sah, trippelte er auf sie zu und zirpte freundlich.

»Wie niedlich«, sagte die Katzenfrau.

Sulu sah auf. »Soll das ein Witz sein?«

»Gefällt er Ihnen nicht?«

»Er geht mir auf die Nerven«, erwiderte der Steuermann.

»Ich finde ihn reizend«, sagte Hazard. Der Primat beschnüffelte sie, tastete mit winzigen Fingern über ihren weichen Pelz. »Bestimmt fühlt er sich nicht wohl. Wer ein Fell hat, sollte nicht gezwungen werden, Kleidung zu tragen.«

»Mich trifft keine Schuld«, versicherte Sulu.

Hazard befreite das kleine Geschöpf von Hemd und Hose. Unter den Kleidungsstücken kam rosafarbenes Haar zum Vorschein, das auf dem Rücken und an den Beinen in einen dunkleren Ton überging. Der Primat kratzte sich zufrieden und brummte leise, als Hazard ihn streichelte.

»So ist es schon besser, nicht wahr?« fragte die Katzenfrau.

»Ich glaube, er sucht jemanden, mit dem er Freundschaft

schließen kann«, sagte Sulu vorsichtig. »Er hat sich nur deshalb mir zugewandt, weil er sich vor Ilya fürchtete.« Listig fügte er hinzu: »Offenbar mag er Sie.«

»Offenbar«, sagte Hazard. »Und er wird mit mir kommen, wenn es ihm so gefällt.«

Sulu atmete erleichtert auf, als sich Starfleet der Katzendame anschloß und sie zu Scott begleitete.

Stephen kontrollierte die Bordsysteme der *Dionysus*, stellte fest, daß Sulu alle Konsolen ordnungsgemäß desaktiviert hatte. Dem vulkanischen Jongleur lag viel an seinem Schiff: Bisher hatte er noch niemandem erlaubt, es zu fliegen. Der Steuermann war die einzige Ausnahme.

Stephen ließ sich in den Pilotensessel sinken, fühlte sich vollkommen erschöpft und erledigt, zu müde, um in die Kabine zu gehen und unter die Kojendecke zu kriechen. Ilya sprang auf seinen Schoß, fuhr die Krallen aus und knetete damit die Oberschenkel des Mannes. Stephen streichelte die Katze.

»Es ist alles verschwommen«, sagte er leise. »Ich kann mich nur noch vage daran erinnern, sehe nichts als undeutliche Schatten und Schemen. Die Bilder lösen sich auf, und mit ihnen verschwinden auch die Gefühle.« Er legte die Hand auf Ilyas breiten Kopf. Der kleine Tiger zwinkerte. »Es ist nie zu spät, noch einmal vorn anzufangen, oder?« Die richtige Antwort darauf, dachte er, wäre ein zynisches Lachen. Aber dazu fehlt mir die Kraft.

»Stephen...?«

Er hob die schweren Lider, sah Uhura in der Tür.

»Ist alles in Ordnung mit Ihnen?« fragte sie.

»Ich weiß nicht so recht.«

»Stephen...« Uhura brach unsicher ab. »Kirk hat das Kommando über die *Enterprise* erst vor kurzem angetreten. Er kennt Mr. Spock nicht, hat zuvor noch nie etwas von der Mentalverschmelzung gehört. Er weiß nicht, wie schwierig und gefährlich es für Sie war, Spock zu helfen. Und ich fürchte, auch Dr. McCoy hat keine Ahnung davon.«

»Nur wenige Menschen wissen, was eine direkte Verbindung zwischen zwei Bewußtseinssphären bedeutet«, erwiderte Stephen.

»Und ich gehöre zu ihnen«, sagte Uhura. »Ich möchte mich im Namen von Mr. Spock bei Ihnen bedanken. Er wollte oder konnte es nicht...«

»Oh, er hat sich Mühe gegeben«, meinte Stephen. »Was soll's? Wer ist schon imstande, über seinen eigenen Schatten zu springen? Eigentlich müßte ich längst an Spocks Eigenheiten gewöhnt sein...«

Uhura berührte ihn. Ihre Hand fühlte sich kühl und fest an. Stephen hörte in sich hinein, suchte nach einer Reaktion im Kern seines Wesens, fand nicht einmal Kummer, nur Leere.

»Uhura... haben Sie einige Minuten Zeit? Bleiben Sie einfach neben mir sitzen.«

»Gern.«

Stephen lehnte sich im Pilotensessel zurück, und Uhura nahm neben ihm Platz, sah die Erschöpfung in seinen Zügen, beobachtete, wie sie sich allmählich auflöste. Der Jongleur schlief innerhalb weniger Sekunden ein.

Uhura wartete noch eine Weile, stand dann auf, hauchte Stephen einen Kuß auf die Wange und verließ die *Dionysus*, um zur Brücke zurückzukehren.

Jim fragte sich, warum es ihn so überraschte, daß der Kontrollraum einen ganz normalen Eindruck erweckte. Er hatte das Gefühl, monatelang unterwegs gewesen zu sein, erwartete Veränderungen. Aber es war alles in bester Ordnung. Die Warptriebwerke waren wieder voll funktionsfähig, und es existierte kein Störfeld mehr, das die externe Kommunikation blockierte. Spock saß an der wissenschaftlichen Station. Unteroffizier Rand arbeitete an der Ambientenkontrolle, Lieutenant Cheung am Navigationspult. Sulu trat aus dem Turbolift, diesmal nicht von dem Primaten begleitet, und einige Minuten später kam auch Uhura, um ihren Platz an den Com-Instrumenten einzunehmen.

Nur die schematische Darstellung in einer Ecke des Wandschirms beunruhigte Kirk. Sie zeigte die *Enterprise* ein ganzes Stück außerhalb des Föderationsraums. Sie folgte dem Weltschiff, und mit jeder verstreichenden Sekunde trieb sie tiefer in die stellare Region des Imperiums. In der Grafik kennzeichnete Blau die Föderation und Grün das klingonische Reich. Und die *Enterprise* war in einen vagen blauen Dunst gehüllt.

»Wie empfangen eine Subraum-Nachricht, Captain Kirk. Von Admiral Noguchi.«

»Schalten Sie um«, erwiderte Jim, da er das Gespräch wohl kaum ablehnen konnte. *Gib nach,* erinnerte er sich an den Rat seiner Mutter. Er fragte sich, welche Worte er an den Admiral richten sollte – und war nicht besonders neugierig darauf zu erfahren, was Noguchi ihm zu sagen hatte. Er fürchtete eine weitere Enttäuschung, vielleicht sogar einen Anpfiff.

»Nun, Jim«, begann der Admiral. »Gestern hätten Sie Starbase Dreizehn erreichen sollen.«

»Ich weiß, Sir. Wir wurden aufgehalten...« Kirk zögerte; das Weltschiff ließ sich nur schwer beschreiben. »Durch einen Erstkontakt, Sir.«

Admiral Noguchi lächelte. »Sie neigen zu Untertreibungen, Jim. Ein Erstkontakt, o ja, in der Tat. Ja, ich habe die Sendungen empfangen.«

»Die Sendungen, Sir? Wir hatten keine Zeit, irgendwelche Botschaften zu übermitteln, waren nicht einmal dazu imstande. Ein starkes Störfeld blockierte alle Kommunikationskanäle.«

»Ich meine die Sendungen von der Flotte.«

»Oh.«

Der Admiral räusperte sich. »Ein Raumschiff der Föderation, das der Streitmacht des Aufsichtskomitees begegnet, würde normalerweise sofort angegriffen und zerstört. Oder aufgebracht, damit der Kommandant in aller Öffentlichkeit als Spion angeklagt und verurteilt wird. Wissen Sie, was die Klingonen mit Ihnen vorhaben?«

»Äh, nein, Sir.« Jim hatte keine Ahnung, was ihm bevorstand. Ein Propagandaverfahren? Wollte man ihn ebenfalls der Spionage bezichtigen? Welche Strafe drohte ihm?

»Der Direktor beabsichtigt, Sie mit einer Medaille auszuzeichnen.«

»Mit einer Medaille? Das ist doch absurd!«

»Vielleicht. Aber...«

»Ich kann keine Medaille vom klingonischen Imperium akzeptieren!« entfuhr es Jim.

»Sie werden sie annehmen – und sich in aller Form dafür bedanken!« erwiderte der Admiral scharf. »Jim! Wer weiß, wie lange der gegenwärtige Zustand andauert? Vielleicht ist nach nur zehn Mikrosekunden alles vorbei! Wie dem auch sei: Irgendwie ist es Ihnen gelungen, eine Verständigungsbasis zwischen den beiden Regierungen zu schaffen, dafür zu sorgen, daß sie vernünftig miteinander reden, anstatt sich gegenseitig zu verfolgen. Darüber hinaus: Wenn die Bewohner des Weltschiffs nicht in die Föderation zurückkehren wollen, brauchen wir jemanden, der uns repräsentiert. Unsere Wissenschaftler und Diplomaten werden nicht vor Ablauf einer Woche eintreffen. Aus diesem Grund sind Sie *ad hoc*-Botschafter für das Weltschiff und die Peripherie des klingonischen Imperiums. Ich verlasse mich auf Sie, mein Junge.«

»Ich werde mir Mühe geben, Admiral«, sagte Kirk. Seine Gedanken rasten.

»Das weiß ich. Noch etwas, Jim: Teilen Sie Lindy mit, der Direktor des Aufsichtskomitees habe den Wunsch zum Ausdruck gebracht, eine Vorstellung ihrer Varietégesellschaft zu sehen. Treffen Sie die nötigen Vorbereitungen, wenn sich Amelinda einverstanden erklärt.« Admiral Noguchi schmunzelte. »Da fällt mir ein: Hier ist jemand, der mit Ihnen sprechen möchte.«

Das Bild wechselte.

»Gary!«

»Du bist in ersten Schwierigkeiten, Junge«, sagte Gary

Mitchell. »Ich habe dich doch davor gewarnt, die Föderation ohne mich zu veranlassen.«

»Ja, ich erinnere mich«, antwortete Jim. Es stimmte ihn sehr froh, daß sein Freund wieder auf den Beinen war. Gary wirkte noch immer ausgezehrt und mitgenommen, und er stützte sich auf einen Stock. Aber die ›Krücke‹ bestand aus Ebenholz, der Griff aus reich verziertem Gold. Kirk ahnte, daß es sich in erster Linie um ein Schmuckstück handelte.

Und selbst, wenn er sich täuschte: Spielte es eine Rolle? Nein, überhaupt nicht. Wichtig war nur, daß sich Gary erholte, daß es ihm besser ging. »Ich habe dich vermißt«, sagte Jim. »Wir hätten deine Hilfe gut gebrauchen können.«

»Bestimmt. Sieh dich nur mal an. Kaum wirst du aus dem Krankenhaus entlassen, hast du nichts Besseres zu tun, als dich wieder ins Getümmel zu stürzen und zu verletzen.«

Jim blickte resigniert auf sein rechtes Knie. »Pille hat bereits die grüne Grütze für mich zusammengebraut.«

»Kann ich mir denken. Ich hab immer gewußt, daß er im Grunde seines Wesens ein Sadist ist.« Gary lachte.

»Wann kehrst du zum aktiven Dienst zurück?« fragte Kirk.

»Ich schätze, das dauert noch eine Weile. Du wirst ohne einen Ersten Offizier auskommen müssen, bis ich irgendeine Möglichkeit finde, aus dieser Folterkammer zu fliehen.«

»Äh, darüber muß ich mit dir reden«, erwiderte Jim unsicher. »Später...« Er wollte Gary auf Noguchis Order hinweisen, ihm erklären, warum er sein Versprechen nicht hatte halten können. Aber unter vier Augen. Überdeutlich war sich Kirk der Präsenz Commander Spocks bewußt, und er hoffte, daß Gary verstand.

»Bald«, fügte Jim hinzu.

»Ja, in Ordnung.« Gary nickte, strich sich das dunkle Haar aus der Stirn. »Später.« Einige Strähnen fielen in die Stirn zurück. »Bald.«

Gary schwieg. Der kurze Wortwechsel hatte ihn erschöpft.

»Ich muß jetzt Schluß machen«, sagte Jim rasch. »Nur noch eins...«

»Ja?«

»Laß dir das Haar schneiden.«

»Aye aye, Captain, Sir«, bestätigte Gary und grinste.

»Und erhol dich«, meinte Jim etwas leiser.

Das Bild löste sich auf.

Spock war nicht taub, hatte das Gespräch gehört — und er wußte auch, welches Thema Kirk demnächst mit Gary Mitchell erörtern wollte. Der Captain mußte ihm sagen, daß er nicht den Posten des Ersten Offiziers antreten konnte. Der Vulkanier hatte Kirks und Noguchis Auseinandersetzung in Hinsicht auf dieses Problem nur am Rande zur Kenntnis genommen, keinen Grund dafür gesehen, seine eigene Position in Frage zu stellen. Jetzt aber wurde ihm klar, daß nur ihm eine gewisse Einflußmöglichkeit blieb. Er hielt es für angemessen, eine Entscheidung zu treffen. Spock zögerte nicht, wies den Computer an, eine Datei zu öffnen, blickte auf die elektronische Darstellung des bereits formulierten Versetzungsgesuchs, das nun eine ganz neue Bedeutung gewann.

Während er die Sätze las, bemerkte er aus den Augenwinkeln den Bordarzt McCoy, der mit verschränkten Armen in der Nähe stand und ungeduldig mit den Fingerspitzen auf die Unterarme trommelte — eine typisch menschliche Geste.

»Du kannst es wohl gar nicht abwarten, von deinen Untersuchungsgeräten Gebrauch zu machen, Pille,« sagte Captain Kirk.

»Du hast es erfaßt, Jim. Ich möchte, daß du mich sofort in die Krankenstation begleitest. Das gleiche gilt auch für Sie, Spock.«

Der wissenschaftliche Offizier hob erstaunt die Brauen. »Doktor«, sagte er ruhig, »halten Sie es für klug, daß beide Senioroffiziere gleichzeitig die Brücke verlassen?«

Zwischendurch: [redacted] Die grüne Grütze, die McCoy zur Regeneration bereithält, ist nicht jedermanns Sache: Im Grunde – so vermutet Gary – ist Pille eben ein Sadist. [redacted] Wer die Abenteuer Jims auf den Seiten dieses Buches miterlebt hat, kann zu seiner persönlichen Regeneration zwischendurch eine schmackhafte Alternative wählen. Heißes Wasser ist ja schnell zubereitet. Dann fehlt nur noch ein Löffel und die … [redacted]

McCoy musterte ihn mit einem seltsamen Gesichtsausdruck.

Spock erwiderte den Blick mit unerschütterlicher Gelassenheit.

»Nun, da haben Sie völlig recht«, erwiderte McCoy nach einer Weile. »Das wäre ein Fehler. Jim, wenn ich mich recht entsinne, hast du irgendwann einmal gesagt: Von einem Untergebenen sollte man niemals etwas verlangen, zu dem man nicht selbst bereit ist.«

»Dieses Zitat muß von jemand anders stammen«, entgegnete Kirk. Er seufzte, stand auf und folgte McCoy hinkend.

Spock fragte sich, warum der Bordarzt so seltsam auf seine Bemerkung reagiert hatte, fügte dem Versetzungsantrag einige neue Sätze hinzu und versah ihn mit seiner Faks-Unterschrift.

In der Krankenstation führte McCoy eine kurze Generalanalyse durch, konzentrierte sich dann auf das Knie. Die Verletzung war noch schlimmer, als Jim zunächst befürchtete. Als Pille die Schiene abnahm, empfand er neuerlichen Schmerz, und unterhalb der Kniescheibe zeigte sich eine dunkle Schwellung.

»Ich weiß, daß du bereits eine Kultur des grünen Schleims angelegt hast«, sagte Jim.

»Was? Wie kommst du denn darauf?«

»Ich habe die Komponentenanforderung auf deinem Monitor gesehen.«

»Ach, tatsächlich? Und *deshalb* hast du dich um die Untersuchung gedrückt?«

»Ich hatte wohl allen Grund dazu, oder?« meinte Jim.

»Ganz und gar nicht«, hielt im McCoy entgegen. »Nun, ich habe tatsächlich eine Reg-Kultur wachsen lassen — aber nicht für dich. Du machst ständig den Fehler, alles auf dich zu beziehen. Außerdem: Ab und zu beschäftige ich mich hier unten mit einigen Forschungsprojekten.«

»Tut mir leid, Pille.«

»Das sollte es auch. Tja, wenn's dich beruhigt: Nein, du

mußt nicht in die Regeneration zurück. Die bleibt auf ernste Fälle beschränkt. Bei dir geht es nur um eine Muskelzerrung und einige blaue Flecken.« McCoy lächelte. »Denk nur mal daran, auf wie vielen Jahren medizinischer Erfahrung diese Diagnose basiert. Ich schlage vor, du läßt die akrobatischen Kunststücke für einige Zeit sein...«

»Keine Einwände.«

»...und wartest auch mit weiteren Fechtduellen.«

»Du hast also davon gehört?« fragte Jim.

»Meine Spione sind überall.« McCoy befestigte einen elektromagnetischen Stimulator an Kirks Knie. »Sieht eigentlich alles ganz gut aus. Eine Biofeedback-Auffrischung könnte nicht schaden, nur um ganz sicher zu sein. Weißt du, Jim, die Renegeration führt zu physisch-psychischen Veränderung, auch wenn man vielleicht nichts davon merkt. Und noch etwas: Ganz offensichtlich hast du deine körperlichen Übungen vernachlässigt.«

»Ich war ziemlich beschäftigt...«

»Und ich habe zuviel zu tun, dich dauernd daran zu erinnern. Werd endlich erwachsen, Jim. Entweder die Übungen – oder ab mit dir in die Regeneration. Verstanden, Captain?«

»Verstanden, Doktor.«

»Gut. Kehr jetzt als Senioroffizier auf die Brücke zurück und schick mir Spock.«

Der Captain trat aus dem Turbolift, als Spock sein Versetzungsgesuch in Kirks Com-Einheit transferierte.

»Sie sind dran, Mr. Spock.«

»Meine physische Rekonvaleszenz ist bereits abgeschlossen...«

»Keine Widerrede, Captain Spock!«

Der Vulkanier wußte, daß McCoy nur normale Werte finden würde.

»Sie hatten ziemliches Glück«, sagte der Bordarzt.

»Ich glaube nicht an ›Glück‹, Dr. McCoy«, erwiderte Spock.

»Vielleicht sollten Sie aber. Wenn Stephen nicht zugegen gewesen wäre...«

»Seine Präsenz widerlegt Ihre Theorie von meinem ›Glück‹.«

»Für Ihre Abneigung ihm gegenüber scheint es sehr persönliche Gründe zu geben, Mr. Spock. Was ist er – das schwarze Schaf in der Familie?«

»Wir sind... entfernt verwandt.«

»Ich finde es irgendwie beruhigend, daß auch Vulkanier Verwandte haben, über die sie nicht gern sprechen.« McCoy lächelte schief. »Stephen ist also Ihr komischer Vetter, wie?«

»Diese Erklärung sollte genügen. Vulkanische Verwandtschaftsbeziehungen sind recht kompliziert.«

»Stellen Sie mich auf die Probe«, sagte McCoy. »Benutzen Sie möglichst einfache Worte.«

»Die Tochter der Schwester des Vaters meines Vaters ist Stephens Mutter. Darauf folgt: Uns verbindet eine Beziehung des zweiten Grades, die sich über drei Generationen erstreckt.«

McCoy runzelte die Stirn und überlegte. »Mit anderen Worten: Sie *sind* Vettern.«

»Wenn Vulkanier die bei Ihnen gebräuchliche Verwandtschaftsbegriffe verwendeten, wäre die Schlußfolgerung durchaus zutreffend.«

»Warum haben Sie das nicht gleich gesagt?«

»Das habe ich, Doktor«, erwiderte Spock und fragte sich zum wiederholten Male, warum ihm Menschen ständig zu widersprechen versuchten.

Einige Minuten später, auf dem Rückweg zur Brücke, rief er sich noch einmal McCoys Bemerkung über Stephen ins Gedächtnis. Er gestand es nicht gern ein, aber Stephen und er hatten einen Punkt gemeinsam.

Sie lebten beide im Exil.

Während der nächsten vierundzwanzig Stunden herrschte rege Betriebsamkeit. Als Scharlach von der geplanten Vorstellung hörte, bat sie darum, ebenfalls daran teilnehmen zu können. Sie fügte hinzu, auch andere Bewohner des Weltschiffs seien interessiert. Alles deutete auf ein so großes Publikum hin, daß weder die *Enterprise* noch irgendein Schiff der klingonischen Flotte genug Platz bot. Scharlach fand ein natürliches Amphitheater in ihrer Heimat, und Lindy hielt den Ort für geeignet. Sie und ihre Kollegen begannen sofort damit, Bühnenteile und notwendige Accessoires zum Weltschiff zu bringen; Lindy wies auch darauf hin, Athene könne dort in einer Flugnummer auftreten. Nur eins besorgte die junge Frau: die Möglichkeit von Regen.

»Es wird nicht regnen, Lindy-Magierin«, sagte Scharlach.

»Das läßt sich leicht sagen. Aber es bleibt zumindest ein kleiner Risikofaktor.«

»Nein, überhaupt nicht.«

»Na schön. Wie Sie meinen.«

Wie sich herausstellte, behielt die rote Fliegerin recht: Es regnete tatsächlich nicht.

Als Hikaru Sulu das Amphitheater des Weltschiffs erreichte, trug er seine schwarze Strumpfhose, ein zinnoberrotes Wams und den Schwertgürtel. Es war ein großartiges Kostüm – und vielleicht bekam er sogar Gelegenheit, darin die Bühne zu betreten.

Voller Unbehagen dachte er an seinen Text. Er kannte ihn längst auswendig, aber das bedeutete nicht, daß er ihn auch ohne weiteres vortragen konnte. Einmal mehr überlegte er, ob er sich für die ursprüngliche, die *richtige* Shakespeare-Version entscheiden und behaupten sollte, er sei zu nervös gewesen, um Mr. Cockspurs ›moderne Interpretation‹ zu lernen. Er wünschte sich fast, auf die Rolle des Laertes verzichten und statt dessen Horatio spielen zu können. Horatio kam nach Hamlets Tod mehrmals zu Wort. Wenn Hikaru Cockspurs Veränderungen ignorierte, während er Laertes darstellte, mußte er rezitieren, obgleich

Hamlet zugegen war und ein Schwert in der Hand hielt. Das Duell mochte weitaus echter werden, als vom Publikum erwartet.

Ganz gleich, was auch geschah: Mr. Cockspur wurde sicher sehr wütend.

Andererseits – er regte sich fast immer über irgend etwas auf.

»Äh, Mr. Sulu.« Cockspur trat auf ihn zu, in schwarzen Samt gehüllt. Bis zu diesem Augenblick wußte Hikaru nicht, ob und wann Cockspur seinen Streik beenden wollte.

»Ich bin fertig«, sagte der Steuermann.

»Ja, das sehe ich. Aber das Programm wurde ein wenig verändert.«

»Oh, streiken Sie schon wieder – oder noch immer?« Vielleicht erlaubt mir Lindy, einen von Hamlets Monologen vorzutragen, dachte Hikaru hoffnungsvoll. Ich habe sie ebenfalls gelernt, für den Fall des Falles.

»Nein, nein. Admiral Noguchi hat mich ausdrücklich gebeten, an der Vorstellung zu partizipieren, zum Wohle der Föderation.«

»Möchten Sie eine andere Szene vortragen?« fragte Hikaru und fürchtete, sich noch eine weitere ›moderne Interpretation‹ einprägen zu müssen.

»Ja. Genau. Die Duellszene ist gestrichen. Angesichts der aggressiven Neigungen unserer Gäste halte ich sie für zu provokativ.«

»Diese Einstellung kann ich nicht teilen«, erwiderte Sulu. »Ich erinnere Sie nur an die Katharsis. Schon Aristoteles meinte, die Stimulierung von Mitleid und Furcht führe zu einer Läuterung entsprechender Empfindungen.«

»Aber wir tragen nicht Aristoteles vor, sondern Shakespeare. Vielleicht ist es ganz gut, daß ich ein Soliloquium Hamlets darbieten werde. Allein.«

»Oh«, machte Hikaru. Er begriff plötzlich, daß Cockspurs letzte Worte einer Entlassung gleichkamen. Die zweite Besetzung wurde wieder zum Steuermann der *Enterprise*.

»Ich denke dabei nur an die Vorstellung«, fügte der Schauspieler hinzu. »The Show must go on und so weiter. Sie verstehen das sicher.«

Er ging fort.

»Was ist nur aus dem Prinzip ›Einer für alle und alle für einen‹ geworden?« murmelte Hikaru enttäuscht.

In der Nähe prüfte Stephen seine neue Jongleur-Ausrüstung. Wenn er mit sehr großen und schweren Gegenständen jonglierte, wenn er mehr Objekte einsetzte und sie höher warf, so war trotz der geringen Gravitation ein eindrucksvoller Auftritt möglich. Hinzu kam der hohe Sauerstoffgehalt der Luft: Er würde dafür sorgen, daß Fackeln auf besonders spektakuläre Weise brannten. Als er zum erstenmal eine anzündete, verbrannte er sich fast die Brauen.

Gar nicht schlecht, dachte er zufrieden. Es bedeutete, daß man ständig aufpassen muß – das beste Rezept gegen Langeweile.

Tzesnashstennaj, Hazard und Snarl kamen vorbei, sprangen und glitten übereinander hinweg, als hätten sie bereits mit ihrer erotischen Jagdvorstellung begonnen. Ilya sträubte sein Fell, und die Tänzer verharrten. Stephen fing seine Jonglierrasseln auf, legte sie beiseite und fragte sich, ob er eingreifen mußte, um einen Kampf zwischen seinem Tiger und den drei Katzenwesen zu verhüten. Er verstand noch immer nicht, warum sie Ilya so ablehnend gegenüberstanden.

Starfleet knurrte und zirpte leise, spähte hinter Tzesnashstennajs Schultern hervor.

»Kennen Sie den Primaten, Stephen?« fragte Tzesnashstennaj.

»Ich hatte bereits hier und dort Gelegenheit, mit ihm Bekanntschaft zu schließen«, erwiderte er.

»Ist er nicht reizend?« Tzesnashstennaj kraulte den Affen zärtlich unterm Kinn. Starfleet brummte glücklich, sprang zu Boden, drehte sich auf den Rücken und zappelte mit Armen und Beinen. »Hazarstennaj hat ihn mir geschenkt... als eine Liebesgabe.«

Hazard schnurrte leise. »Da Tzesnashstennaj sich nicht von mir überreden ließ, sich Starfleet anzuschließen, habe ich ihm Starfleet zum Geschenk gemacht.«

»Ich glaube, dieser Name gefällt dem Affen nicht sonderlich«, sagte Tzesnashstennaj. »Vielleicht ändere ich ihn. Die Ohren laufen spitz zu. Stephen, was halten Sie davon, wenn ich ihn ›Vulkan‹ nenne?«

»Ich glaube, dann wäre er der einzige rosafarbene Vulkanier in der Geschichte des Universums«, erwiderte der Jongleur.

Der Katzenmann nickte. »Das stimmt. Er wäre noch ungewöhnlicher als ein Vulkanier mit blondem Haar. Nun, vielleicht fällt mir ein geeigneterer Name ein. In der Zwischenzeit bringe ich ihm das Jonglieren bei. Vielleicht läßt ihn Lindy auftreten, und dann steht ihm bestimmt eine steile Karriere bevor. Was meinen Sie, Stephen?«

»In der Varietégesellschaft gibt es nur Platz für einen Jongleur«, erwiderte Stephen und hörte überrascht, wie scharf seine Stimme klang.

Snarl lachte knurrend. »Ich hab es euch doch gesagt. Es gibt keinen einzigen Vulkanier mit Sinn für Humor.«

Die Katzenwesen kicherten und schnurrten, sausten davon, setzten ihren anmutigen, geschmeidigen Tanz fort. Starfleet hockte wie ein Jockey auf Tzesnashstennajs Schulter.

Ilya beruhigte sich wieder und beleckte sein Fell.

»Haben wir das verdient?« fragte Stephen seinen Tiger. »Nein, sicher nicht.«

Roswind eilte zu ihrer Kabine, um sich umzuziehen. Wie viele Besatzungsmitglieder der *Enterprise* hatte sie die Erlaubnis bekommen, das Weltschiff aufzusuchen und sich dort die Vorstellung der Varietégruppe anzusehen. Es wurde Zeit, daß sie sich auf den Weg machte.

Sie öffnete die Tür.

Und schrie.

Grüner Schleim bedeckte den Boden, und der übelkeiterregende Gestank verfaulenden Reg-Gels wehte ihr entgegen.

Roswind verbrachte die nächsten Stunden damit, die Kabine zu reinigen und die Reste ihrer grünen ›Stubengenossin‹ zu entfernen, während sich ihre Freunde bei der Show vergnügten.

Sie wußte, daß man ihr eine Lektion erteilt hatte.

Jim stand in dem improvisierten Umkleideraum des Amphitheaters, und ungefähr zum neununddreißigsten Mal rückte er die Jacke seiner Paradeuniform zurecht, gab es schließlich auf zu versuchen, sich wohl zu fühlen. Er holte tief Luft, bevor er nach draußen trat. Lindy trug ihr silbernes Gewand und strahlte.

»Das ist doch lächerlich«, wandte sich Jim an sie. »Ich gehöre nicht auf die Bühne.«

»O doch.« Sie berührte einen der dreieckigen Orden auf Kirks Brust. »Haben Sie dort noch Platz für eine weitere Auszeichnung? Kommen Sie, Jim. Die Tradition verlangt, daß Helden von einer Varietébühne aus über ihre tapferen Taten berichten.«

Jim stöhnte.

Die junge Frau lachte. »Bestimmt halten Sie eine eindrucksvolle Rede. Ich muß mich jetzt beeilen... Warten Sie meinen Auftritt ab!«

Lindy verschwand in einer visuellen Kakophonie aus Steptänzern und Akrobaten, die sich hinter den Vorhängen aufwärmten. Jim wanderte umher und bemühte sich, möglichst ruhig und gelassen zu wirken. Auch Spock war zugegen und beobachtete die allgemeine Aktivität. Er schien in keiner Weise nervös zu sein, trug sein braunes Samthemd.

»Commander Spock.«

Der Vulkanier drehte sich um und musterte Kirk mit ausdruckslosem Gesicht. »Ja, Captain?«

»Was ist mit dem Versetzungsgesuch, das ich heute morgen auf meinem Schreibtisch fand?« fragte Jim.

Spock hob eine Braue. »Geht die Bedeutung des Antrags nicht aus dem Text hervor?« erwiderte er.

»Das schon, Commander. Aber... Ich dachte, wir hätten Frieden geschlossen.«

Spock sah zum Himmel hoch: Scharlach schwebte mit ausgebreiteten Schwingen unter dem Lichtgespinst, genoß die Freiheit des Fliegens. Der Vulkanier erinnerte sich an die mentalen Resonanzen ihres Kummers, an seinen mühsamen Aufstieg zur Stille — oder in den Tod. Ohne James Kirks mutiges Eingreifen hätte er sich vermutlich von der Felsnadel herabgestürzt, um sich schwarzer Vergessenheit anzuvertrauen. Trotz seiner Unerschütterlichkeit schätzte Spock den intellektuellen Wert seines Lebens recht hoch ein. Ihm lag viel an seinen bisherigen Erfahrungen — und an denen, die die Zukunft für ihn bereithielt.

»Ja, Captain, das haben wir.«

»Warum dann die Bitte, versetzt zu werden?«

»Als ich Ihnen zum erstenmal begegnete, glaubte ich, eine Kooperation zwischen uns sei unmöglich. Sie unterscheiden sich sehr von Christopher Pike. Sie sind emotional, stur und hartnäckig. Doch inzwischen bin ich zu dem Schluß gelangt, daß diese Unterschiede Achtung verdienen, keine Ablehnung. Ich begriff, daß die Zusammenarbeit mit Ihnen sonderbar, aber sicher recht interessant sein mag.«

»Danke für das Kompliment«, antwortete Kirk trocken.

»Man muß sich Problemen stellen, wenn man lernen will«, sagte Spock.

»Was allerdings nicht Ihr Versetzungsgesuch erklärt.«

»Ich dachte nur an mich selbst, als ich überlegte, ob ich mit Ihnen als Captain an Bord der *Enterprise* bleiben möchte. An die Frage, ob Ihnen etwas an meiner Gegenwart liegt, verschwendete ich keinen Gedanken. Wenn ich die Stellung des Ersten Offiziers aufgebe, können Sie Commander Mitchell zu meinem Nachfolger ernennen.«

»Aus welchem Grund sind Sie zu einem solchen Opfer bereit?«

»Es entspricht einzig und allein meinen persönlichen Wünschen, Captain. Und es ist wenig im Vergleich mit der Gefahr, in die Sie sich im Zentrum des Weltschiffs begaben. Vulkanier halten nichts davon, wenn andere Leute glauben, sie seien ihnen verpflichtet. Sie ziehen es auch vor, niemandem etwas zu schulden.«

»Sie stehen nicht in meiner Schuld, Spock. Verdammt...«

»Captain...«

»Nein, jetzt bin ich an der Reihe. Hören Sie zu. Vor einigen Tagen hätte ich Ihr Angebot wahrscheinlich angenommen, ohne mit der Wimper zu zucken. Vielleicht wäre ich sogar dankbar dafür gewesen. Aber selbst wenn ich wüßte, daß Admiral Noguchi mir Gary als neuen Ersten Offizier zuweisen würde, wozu er bestimmt nicht bereit ist... Ich habe meine Meinung geändert, eine Menge dazugelernt.«

»Ich verstehe nicht.«

»Ein Raumschiff *braucht* Unterschiede. Es benötigt gute Offiziere — und Gary ist einer der besten —, aber es kann auch nicht auf Ausgewogenheit verzichten. Gary und ich ähneln uns viel zu sehr...« Jim zögerte, starrte in die Ferne, forschte in seinen Erinnerungen. »Ich verdanke ihm... mein Leben, doch ich muß jetzt in erster Linie an die *Enterprise* denken. Und das bedeutet: Sie bleiben Erster Offizier.«

»Was ist mit Commander Mitchell, Ihrem... Freund?«

»Es ist sicher nicht einfach, Freundschaft und Verantwortung gegeneinander abzuwägen. Und noch schwieriger dürfte es werden, Gary alles zu erklären. Vielleicht ist er noch in zwanzig Jahren sauer auf mich — mindestens fünfzehn Jahre nach seinem ersten eigenen Kommando. Wenn ich Sie dazu zwänge, für Gary den Platz zu räumen, erwiese ich weder ihm noch mir einen Gefallen. Und wenn Sie Ihre Stellung an Bord der *Enterprise* aufgeben, wird Starfleet Sie wohl mit Lorbeeren überschütten.«

Spock rieb sich das Kinn und überlegte. Den Argumenten des Captains mangelte es nicht an einer gewissen Logik.

»Mr. Spock, ich bin fest entschlossen, die Versetzungsanträge zu zerreißen, die ich heute morgen fand. Ich hoffe, daß man mir morgen keine neuen zuleitet.«

»Nun gut, Captain. Ich werde über Ihre Hinweise nachdenken. Aber... Sie bekamen mehr als nur ein Gesuch?«

»Es waren zwei, und eins stammte von Mr. Scott. Ein Mißverständnis, das bereits aus der Welt geschafft wurde.«

»Ich verstehe.« Spock bemerkte Sulu, der einige Meter entfernt auf einer Kiste saß. Zwar wirkte er recht niedergeschlagen, aber offenbar hatte er entschieden, daß es eigentlich gar nicht so schlimm war, zur Besatzung der *Enterprise* zu gehören.

»Commander Spock«, sagte James Kirk, »sollten Sie nicht draußen beim Publikum sitzen, bereit, Lindy auf der Bühne zu assistieren?«

»Ja, Captain. Doch zuvor wollte ich mir hier die Vorbereitung anzusehen.«

Kirk hatte natürlich recht: Es wurde Zeit, daß er seinen Platz einnahm. Der Captain begleitete ihn zu einem Pfad, der ins Amphitheater führte.

»Lieber Himmel!« entfuhr es Kirk. »Vor einem so großen Publikum soll ich sprechen?«

»Eine echte Herausforderung«, kommentierte Spock.

Crewmitglieder der *Enterprise*, Klingonen und Bewohner des Weltschiffs saßen auf den natürlichen Steinterrassen — insgesamt mindestens tausend Personen. Mit wachsender Ungeduld warteten sie auf den Beginn der Vorstellung. Jim hoffte, daß es zwischen Repräsentanten der Föderation und Vertretern des Imperiums zu keinen Konflikten kam.

Ein Transporterfeld schimmerte. Der Direktor des Aufsichtskomitees rematerialisierte, von einigen anderen Klingonen begleitet. Jim und der Direktor waren übereein gekommen, Waffen im Weltschiff zu verbieten, und der

Würdenträger hielt sich an das Abkommen, brachte Leibwächter mit, die ihn ohne Blaster schützen konnten. Jeder von ihnen kam an die Größe Newland Rifts heran. Kirk bemerkte auch eine verschleierte Gestalt — und eine Frau, deren Schleier lose auf die Schulter herabbaumelte.

»Captain...« begann Spock.

Die Leibwächter des Direktors gaben Koronin einen groben Stoß. Ihre Hände waren gefesselt. Sie versuchte, Widerstand zu leisten, bewegte sich nur dann, wenn sie ihren Rest von Würde bedroht sah. Jim schnitt eine Grimasse. Ganz gleich, was die Klingonin angestellt und versucht hatte: Er verabscheute es zu sehen, wie man ein intelligentes Wesen einem gefangenen Tier gleich behandelte.

Der Direktor schritt auf Kirk zu.

»Ich hoffe, Sie haben sich gut auf die Ehre vorbereitet, Captain«, sagte er und zeigte auf eine gepunzte Lederbox.

»Euer Exzellenz, ich protestiere gegen diese Barbarei!«

»Was meinen Sie damit, Captain? Dieses Geschöpf hier? Die Renegatin? Seien Sie unbesorgt: Sie zeigen Ihre Trophäe, ich die meine.«

»Ihr Verhalten ist...«

Spock griff nach Jims Arm, drückte sanft zu.

»...unzivilisiert.«

Die Finger des Vulkaniers schlossen sich fester um Kirks Bizeps.

»Captain!« entfuhr es dem Direktor mit gespielter Empörung. »Wir haben uns doch darauf geeinigt, Kämpfe und Beleidigungen bei unseren Untergebenen zu verbieten. Ich dachte, dieses gelte auch für uns.«

Jim unterdrückte seinen Zorn. Wenn er sich auf eine verbale Auseinandersetzung mit dem Würdenträger einließ, gefährdete er den unsicheren Frieden, den er selbst geschaffen hatte, brachte möglicherweise die anwesenden Besatzungsmitglieder seines Schiffes in Gefahr.

»Außerdem gestattet dieser Ausflug Koronin, einen letzten Blick in die Freiheit zu werfen«, fuhr der Direktor fort. »Ich hätte sie in ihrer Zelle lassen können. In der kleinen

Kammer gibt es weder Fenster noch Licht. Die Großzügigkeit, sie hierher mitzubringen, wird meiner Reputation sicher abträglich sein.«

Jim kochte und musterte die Gefangene. Das Mitleid in seinem Blick entging ihr nicht.

»Ich forderte dich heraus, Föderationsbandit!« fauchte Koronin. »Wenn du dich mir nicht zum Kampf stellst, bist du ein erbärmlicher Feigling!«

»Schweig, Verräterin! Heute sind Beleidigungen untersagt.« Der Direktor lachte leise und ging zu seinem Platz. Die Leibwächter folgten ihm, zerrten Koronin mit sich.

»Sie können jetzt loslassen«, sagte Jim.

Spock ließ die Hand sinken, und Kirk rieb sich den Oberarm. »Ich verstehe Ihre Reaktion, Captain«, sagte er. »Vielleicht sogar besser, als Sie glauben. Für Koronins Verhalten gibt es keine Rechtfertigung – doch andererseits hat sie gute Gründe zu hassen, sowohl uns als auch ihr eigenes Volk. Sie wollte sich rächen.«

»Was weiß ein Vulkanier von dem Wunsch, Vergeltung zu üben?« fragte Jim.

»Was wissen Sie von der vulkanischen Geschichte?« erwiderte Spock ernst. »Unsere stark ausgeprägte Fähigkeit, nach Rache zu streben, war eine der Ursachen dafür, alle Emotionen aus unserem Denken zu verbannen.«

Koronin saß steif auf der steinernen Bank, umringt von der Leibgarde des Direktors. Ich habe Anspruch auf diese Welt erhoben, dachte sie. Sie gehört mir. Aber man erlaubt mir nicht, sie der Kaiserin zum Geschenk zu machen, und dafür werde ich mich irgendwie rächen.

Die volltönende Stimme Newland Rifts hallte über die versammelte Menge. »Verehrte Gäste, alte und neue Freunde – herzlich willkommen. Ich präsentiere Ihnen die Warpschnelle Klassische Varietégesellschaft!«

Die Zuschauer warteten, aufgeregt und gespannt. Ein Klingone hob den Kopf, sah mehrere heransegelnde Flieger – und gab einen erschrockenen Schrei von sich.

Koronin beobachtete, wie der Direktor die Fäuste ballte. Er argwöhnte einen Angriff, eine Falle. Sie selbst hätte einen solchen Zwischenfall begrüßt. Sie sehnte sich eine Chance zur Flucht herbei, und Chaos mochte sich in diesem Zusammenhang als wertvoller Verbündeter erweisen.

Hoch oben schwebten die Flieger, zogen weite Kreise, berührten sich mit den Flügelspitzen. Sie zeichneten sich als dunkle Silhouetten vor dem Hintergrund des Lichtgespinstes ab.

Die Zuschauer hielten unwillkürlich den Atem an, als die geflügelten Wesen in Richtung Bühne fielen, stellten kurz darauf fest, daß eins der Wesen nicht vom Weltschiff stammte. Es hatte vier Beine, und seine Schwingen bestanden aus dunklen Federn. Das Geschöpf glitt elegant über die Menge, landete schließlich. Ein Mensch hockte auf seinem Rücken, eine junge Frau.

Sie sprang auf die Bühne, und die Leute von der *Enterprise* applaudierten begeistert. Die Klingonen hingegen blieben stumm, warteten ab. Wenn ihnen etwas gefiel, schrien und heulten sie aus vollem Halse. Sie waren verwirrt, wußten nicht so recht, was sie von einem Menschen halten sollten, der auf dem Rücken eines vierbeinigen Fliegers balancieren, ihn kontrollieren konnte. Es widerstrebte ihnen, Beifall zu spenden, obwohl man ihnen gerade einen gehörigen Schrecken eingejagt hatte.

Die Weltschiff-Bewohner verließen die Bühne wieder, nahmen an verschiedenen Stellen des Amphitheaters Platz. Das vierbeinige Wesen hob ab und flog. Mehrmals strich sein bedrohlicher Schatten übers Publikum.

»Liebe Gäste«, sagte die in ein silbernes Gewand gekleidete Frau. »Ich heiße Sie willkommen.«

Sie stellte den Direktor vor, und Koronin hoffte, ihr unterliefe dabei irgendein peinlicher Fehler, den die Klingonen als Demütigung empfanden. Aber die Frau konnte nicht den Namen des Direktors verraten, da sie ihn gar nicht wußte, und soweit die Renegatin das feststellen konnte, nannte sie alle richtigen Titel.

Der Direktor trat zu ihr.

»Als Repräsentant unserer bejubelten Kaiserin«, sagte er, »möchte ich diese Gelegenheit nutzen, um einen Föderationscaptain zu ehren, der sein Leben riskierte, um die verwerflichen Pläne der elenden Verräterin Koronin zu durchkreuzen...«

Auf diese Weise fuhr er eine Zeitlang fort. Koronin machte sich einen Spaß daraus, ihn ständig mit einem breiten Grinsen zu verspotten.

Jim Kirk ließ sich nichts anmerken, obwohl die Haßrede des Direktor neuerlichen Zorn in ihm weckte. Schließlich beendete der Klingone seine Tirade.

»Die Ehre gebührt dem Captain des Raumschiffs *Enterprise.*«

Jim hatte nervös darauf gewartet, daß man seinen Namen nannte, und zunächst begriff er gar nicht, daß er gemeint war.

McCoy stieß ihn in die Rippen. »Spring ins kalte Wasser, Jim, und lern schwimmen.«

In der niedrigen Schwerkraft stand Kirk viel zu abrupt auf, verlor den Boden unter den Füßen und schwebte zur Bühne empor. Er errötete vor Verlegenheit, brachte die letzten Meter würdevoller hinter sich.

Der Direktor öffnete die Lederbox, entnahm ihr ein Halsband und ließ es auf Jims Kopf herab. An den zarten goldenen Gliedern hing ein Medaillon aus blauen und roten Steinen. Jim kam sich wie ein Narr vor.

»Ich ernenne Sie zum Hüter der Kaiserin.«

Der Direktor trat zurück.

Kirk wandte sich dem Publikum zu.

Ein gespenstisches Kreischen hallte durch das Amphitheater, übertönte den Applaus der Leute, die von der *Enterprise* stammten. Jim versteifte sich unwillkürlich, befürchtete einen Angriff der Klingonen. Aber sie heulten nur, und nach einer Weile begriff Kirk, daß sie Beifall spendeten, auf ihre eigene Art und Weise.

»Vielen Dank.« Genügt das? überlegte er. Wahrscheinlich nicht. »Ich bin dem Direktor sehr dankbar für diese große Auszeichnung – und freue mich darüber, daß uns diese Gelegenheit in Frieden zusammengeführt hat. Möge die Freundschaft zwischen dem Imperium, der Föderation und dem Volk des Weltschiffs wachsen und gedeihen.«

Irgendwie gelang es ihm, die Bühne zu verlassen und zu seinem Platz zurückzukehren. Verstohlen wischte sich Jim den Schweiß von den Fingern, froh, daß es bei den Klingonen nicht üblich war, sich die Hände zu schütteln.

McCoy beugte sich vor und betrachtete die Medaille.

»Kitschiger Flitter«, kommentierte er kritisch.

»Sieht aus wie die Brosche, die sich meine Großtante Matilda an die Bluse steckte, wenn sie zur Kirche ging«, flüsterte Kirk.

Scharlach stand auf und kam näher.

»Hübsch glänzendes Metall«, stellte sie fest. »Aber es behindert nur, wenn man fliegt.«

Der Applaus erstarb, und das Heulen verklang. Amelinda Lukarian wandte sich wieder an ihr Publikum.

»Und nun...« sagte sie. »Unterhaltung für unsere Helden.«

Jim lehnte sich zurück und atmete auf, erleichtert, daß man keine weitere Rede von ihm verlangte.

Der Direktor beobachtete die Magie, und seine Verärgerung wuchs mit jeder Zurschaustellung unheilvoller Hexenkunst. Er fragte sich, ob die Föderation ihn damit beleidigen wollte, ob man von ihm erwartete, daß er auf die Bühne sprang, um dem teuflischen Treiben der Thaumaturgin ein Ende zu bereiten. Oder sollte er an solchen Dingen Gefallen finden? Er beschloß, Kirk und den anderen einen Strich durch die Rechnung zu machen, indem er weder protestierte noch Zustimmung oder gar Begeisterung zeigte.

Da er nicht reagierte, blieben auch die übrigen Klingonen stumm.

Koronin aber sah den magischen Darbietungen fasziniert zu. Im Gegensatz zum Direktor, dessen Unbehagen sie amüsierte, wußte sie genau, daß es sich nur um geschickte Tricks handelte. Rumaiy waren nicht abergläubisch, fürchteten keine diabolisch-dämonischen Präsenzen. Außerdem hatte Koronin im Arktur-System Beispiele ähnlicher Fingerfertigkeit gesehen, erinnerte sich an den angeberischen Föderations-Renegaten, der seine Fähigkeiten nutzte, um Frauen zu umgarnen und Fremde zu betrügen.

Doch Amelinda Lukarian war einmalig. Ihr Assistent fesselte sie, versah die dicken Ketten mit elektronischen Schlössern, sperrte sie in eine Kiste, die er anschließend mit einem Tuch bedeckte. Dreiundzwanzig Flieger griffen nach Seilen und zogen den Behälter hoch. Als sie ihn wieder herabließen, war er leer — und die junge Frau trat hinter dem Bühnenvorhang hervor und verneigte sich. Koronin heulte und hätte auch wie die Menschen geklatscht, wenn nicht die Schellen gewesen wären.

Die Frage, wie es Amelinda Lukarian fertigbrachte, aus der Kiste zu entkommen, beschäftigte Koronin so sehr, daß sie kaum auf den Rest der Vorstellung achtete.

Sie begann wieder zu hoffen, entwickelte einen Plan.

Nach Lindys Auftritt klang der Applaus der *Enterprise*-Crew eher zurückhaltend. Der Grund dafür war nicht etwa mangelnder Enthusiasmus, sondern die Tatsache, daß die Besatzung des Raumschiffs nur ein Drittel des Gesamtpublikums bildete und die Klingonen keinen Laut von sich gaben. Amelinda verließ die Bühne, betroffen von der Reaktion ihrer Zuschauer. Normalerweise blieb sie während ihrer Darbietungen ganz ruhig und gelassen, doch diesmal zitterte sie nervös und schwitzte. Tzesnashstennaj und die anderen Katzenwesen huschten an ihr vorbei.

»Hals- und Beinbruch«, sagte Lindy.

»Das könnte bei *diesem* Publikum durchaus passieren«, knurrte Tzesnashstennaj und verschwand auf der anderen Seite des Vorhangs.

Spock kehrte nach seinem Entmaterialisierungstrick zurück.

»Ich wäre dort draußen fast gestorben«, behauptete die junge Zauberkünstlerin. »Mr. Spock, wissen Sie, was los ist? *So* schlecht kann ich doch wohl nicht gewesen sein. Den Leuten von der *Enterprise* hat meine Vorstellung gefallen. Oder klatschten sie aus reiner Höflichkeit?«

»Ich kann Ihnen nur eine Hypothese anbieten«, erwiderte der Vulkanier. »Der Direktor erweckte nicht den Eindruck, besonders erfreut zu sein.«

»Aber *kein einziger* Klingone hat applaudiert!«

»Weil sie sich alle ein Beispiel an dem Direktor nahmen.«

»Spock, auch Sie saßen zuerst ganz still. Was die Mannschaft der *Enterprise* jedoch nicht daran gehindert hat, Beifall zu spenden.«

»Lindy«, entgegnete der Vulkanier, »im Gegensatz zum Direktor entscheide ich in bezug auf meine Untergebenen nicht über Leben und Tod.«

»Oh.«

»Ich glaube, wir haben es mit einem kulturellen Mißverständnis zu tun. Das ist zwar bedauerlich, aber wir können kaum etwas dagegen unternehmen. Es bleibt uns nichts anderes übrig, als die Show fortzusetzen.«

»Ja.« Lindy nickte. »So leicht werfen wir die Flinte nicht ins Korn.«

Und so ging die Vorstellung weiter — geradewegs bergab. Entweder verabscheute der Direktor Lindys Zauberkunststücke so sehr, daß sich sein Mißmut auch auf die anderen Nummern übertrug — oder ihm ging alles gegen den Strich.

Mit der Varietémoral stand es nicht zum besten.

Jim saß noch immer vor dem Theater und wandte sich an den Direktor.

»Gefällt Ihnen die Show nicht?« flüsterte er.

Der Würdenträger starrte ihn finster an. »Ihre Zivilisation — wenn es überhaupt angebracht ist, einen solchen Ausdruck zu verwenden — hat einen hohen Degenerationsgrad erreicht.«

Im Anschluß an diese Worte zeigte er Jim die kalte Schulter. Kirk nutzte eine Pause, um die Umkleideräume aufzusuchen. Lindy versuchte, nicht zu niedergeschlagen zu wirken, doch sie hatte keinen großen Erfolg damit.

»Ich bin nur gekommen, um...« Jim unterbrach sich. Es erschien ihm wenig diplomatisch, der jungen Frau sein Mitleid auszusprechen.

»Um mir moralische Unterstützung zu gewähren? Danke, Jim. Kann ich gut gebrauchen.«

»Ich fürchte, ich habe den Direktor mit meiner kurzen Rede beleidigt«, sagte Kirk. In Wirklichkeit aber hatte er nicht die geringste Ahnung, was dem klingonischen Würdenträger über die Leber gelaufen war. *Vielleicht* die Rede. Da sich Jim seinen Lebensunterhalt nicht als Rhetoriker zu verdienen brauchte – ganz im Gegensatz zu Lindy und ihren Kollegen, die von den Einnahmen ihrer Vorstellungen lebten –, zögerte er nicht, die Verantwortung zu übernehmen.

»Glauben Sie? Im Ernst?« Plötzlich lief die junge Frau rot an. »Oh, Jim, ich wollte nicht, daß es so klingt, als...«

Kirk lächelte. »Ich weiß. Kopf hoch.«

»Ich fürchte, dies ist eine der Shows, die man nie vergißt, von denen man seinen Enkeln erzählt und über die man irgendwann lacht.« Amelinda lächelte reumütig. »Schätzungsweise in hundert Jahren.«

Draußen vor der Bar, die während der Pause geöffnet hatte, bot McCoy dem Direktor einen silbernen Becher an.

»Versuchen Sie das mal«, sagte er. »Das Getränk gehört zu den großen Errungenschaften der menschlichen Zivilisation.«

Der Direktor holte ein tricorderähnliches Instrument hervor und nahm einige Messungen vor.

»Kein Gift«, versicherte ihm McCoy fröhlich. »Ich bin Arzt, und Ärzten ist es verboten, toxische Substanzen zu verschreiben.«

»Seltsam«, erwiderte der Direktor und starrte in den Becher. »Hat diese Spezialität einen Namen?«

»Man nennt sie ›Mint Julep‹. Es handelt sich um einen Gewürzwhisky. Sehen Sie, ich habe mir selbst einen genehmigt.« McCoy hob sein Glas.

Der Direktor trank einen Schluck und nickte langsam. »Nicht schlecht.«

»Das Zeug rollt Ihnen die Fußnägel auf«, sagte McCoy.

Entsetzt ließ der Direktor den Becher fallen, und der grünbraune Inhalt spritzte auf die Stiefel des Doktors. Der Klingone wirbelte um die eigene Achse und marschierte zu seinem Platz.

»Heiliger Himmel«, ächzte McCoy.

Jim sah Scharlach hinter der Bühne und trat auf sie zu.

»Gefällt *Ihnen* die Vorstellung?« fragte er.

Die Zungenspitze der roten Fliegerin tastete über den Sinnesbart. »Sie ist faszinierend. Ich werde meinen Enkeln davon erzählen.«

Jim schmunzelte. »Genau das hat Lindy angekündigt. Nun, vielleicht haben Ihre Enkel einmal die Möglichkeit, sich selbst eine solche Show anzusehen.«

»Das bezweifle ich, James.«

»Was? Ich verstehe nicht...«

Das Signal erklang, und alle Zuschauer kehrten zu den steinernen Terrassen zurück.

Hikaru Sulu hockte ein wenig abseits des Publikums und ließ die Schultern hängen. Eigentlich hätte er sein Kostüm ablegen sollen, aber er wollte damit bis nach der Vorstellung warten. Er hoffte noch immer, daß man ihn auf die Bühne rief.

Captain Kirk blieb neben ihm stehen und lächelte. »Entweder tragen Sie eine besonders exotische Uniform, oder Sie befinden sich auf der falschen Seite des Vorhangs.«

»Mein Auftritt wurde gestrichen«, sagte Hikaru.

»Oh, schade«, erwiderte der Captain. »Oder auch nicht, wenn man an die Umstände denkt.«

Hinter den Kulissen sprach Lindy ihren Kollegen Mut zu und trat dann von rechts auf die Bühne, um Stephen anzukündigen.

Amelinda fand, daß er seine Nummer großartig an die Bedingungen niedriger Schwerkraft angepaßt hatte. Trotzdem sahen der Direktor und die anderen Klingonen in stoischem Schweigen zu. Ihre Stimmung schien sich erst ein wenig zu verbessern, als Stephen die Fackeln zur Hand nahm.

Wahrscheinlich hoffen sie, daß er sich die Brauen ansengt, dachte Lindy betrübt.

Wenn ihre Vermutungen stimmten, so bereitete Stephen dem Direktor eine neuerliche Enttäuschung. Er hantierte mit neun Fackeln, warf sie nacheinander hoch, bis alle gleichzeitig über ihm rotierten, fing sie dann wieder auf und bildete einen lodernden Fächer aus ihnen. Schließlich erstickte er die Flammen, löste das blaue Stirnband, schüttelte sein langes Haar frei und verbeugte sich. Hier und dort erklang ein Heulen, und die Leute von der *Enterprise* klatschten laut und lange.

»Und ich dachte immer, Vulkanier seien schwer zufriedenzustellen«, sagte Stephen, als er hinter den Vorhang zurückkehrte.

»Ihre Darbietung war wunderbar«, lobte Lindy.

»Ich weiß«, erwiderte der Jongleur. »Und vermutlich sind Sie froh, daß wir nun mehr als die Hälfte der Show geschafft haben, nicht wahr?«

Daraufhin lachte die junge Frau.

Philomela brachte ihren Auftritt hinter sich, und nach ihr kam Marcellin an die Reihe, trug sein sichtbar-unsichtbares Universum mit sich auf die Bühne. Die Pantomime beeindruckte den Direktor so wenig wie alles andere.

Damit blieben nur noch Cockspur und Newland Rift. Lindy fürchtete um das Leben des Schauspielers. Wenn die Klingonen nichts von den anderen Nummer hielten, würden sie Cockspur wahrscheinlich in Stücke reißen. Was Newland anging... Bestimmt gefiel er ihnen. Er *mußte* ihnen gefallen. Wenn Cockspur seinen Vortrag beendete, ohne daß der Direktor und seine Begleiter mit Tomaten nach ihm warfen...

Wo steckte er überhaupt? Ständig kam er im letzten Augenblick. Vielleicht wußte er nicht einmal etwas von der sich anbahnenden Katastrophe.

Lindy sah sich um. Cockspur stand vor dem Umkleideraum, wirkte außergewöhnlich blaß.

»Was ist los mit Ihnen?« fragte Amelinda. »Es wird Zeit für Sie.«

Er zwinkerte und stöhnte.

»Ich glaube, ich muß auf meine Vorstellung verzichten.«

»Kommt nicht in Frage!« hielt ihm Lindy aufgebracht entgegen. Wollte er einen Rückzieher machen, weil das Publikum nicht so reagierte, wie sie alle gehofft hatten? Nun, Cockspur mochte großspurig und arrogant sein, aber er war nicht feige. »Wir zählen auf Sie!« Habe ich das wirklich gesagt? fragte sie sich. Kaum zu fassen! Und ich meine es sogar ernst. Ich möchte mir später nicht vorwerfen lassen, auf einen Teil der Show verzichtet zu haben, nur weil das Publikum die Vorführungen nicht versteht. Oder sie versteht, aber nicht mag.

»Es ist unmöglich. Der Schmerz... Ich bedaure sehr, Sie im Stich lassen zu müssen, Amelinda. Ich sollte mich jetzt ausruhen. Vielleicht geht es mir später besser...«

»Aber Sie sind *jetzt* dran!«

Cockspur schwankte, erweckte den Eindruck, als könne er jeden Augenblick in Ohnmacht fallen. Newland Rift, von seinen bunten Pudeln umringt, streckte eine große Hand aus und stützte ihn.

»Ich beginne mit meiner Nummer«, sagte er. »Dadurch haben Sie ungefähr zehn Minuten Zeit.«

Newland stapfte auf die Bühne, und die Pudel folgten ihm, sprangen in der geringen Gravitation mehr als einen Meter hoch.

Lindy half Cockspur zu einem Stuhl, griff dann nach dem Arm der ersten Person, die sie sah.

»Marcellin, bitte stellen Sie fest, ob Hikaru noch immer das Kostüm trägt. Mr. Cockspur...« Sie drehte den Kopf und beobachtete, wie der Schauspieler zu einer Sitzbank wankte. »Mr. Cockspur ist krank.«

Sulu bemerkte die veränderte Reihenfolge der einzelnen Auftritte, wurde auf Marcellin aufmerksam, der sich ihm näherte, noch immer die Schminke im Gesicht. »Sie müssen für Cockspur einspringen!« sagte der Pantomime.

Das ließ sich Hikaru nicht zweimal sagen. Er eilte in den Umkleideraum, begegnete dort Lindy.

»Sind Sie bereit? Kennen Sie das Soliloquium? Ich weiß, das Publikum ist schrecklich, aber...«

»Ja, ich kenne den Monolog – das Original, meine ich –, und die Zuschauer sind mir völlig gleich«, entfuhr es Sulu. »Eine Herausforderung, nicht wahr?«

Plötzlich merkte er, daß Cockspur hinter ihm stand.

»Ich habe mich erholt«, sagte er, ging hoch erhobenen Hauptes an Lindy und Hikaru vorbei und machte sich für seinen Vortrag bereit. Sulu sah im sprachlos nach.

»Hält man das aus?« Amelinda schnitt eine wütende Grimasse. »Es ist unglaublich! Er wollte unbedingt als letzter auf die Bühne! Ich... ich bringe ihn um! Ich... Ach, Hikaru, es tut mir ja so leid.«

Sulu seufzte. »Was soll's? Wahrscheinlich erteilt ihm das Publikum die Abfuhr, die er verdient. Vielleicht läßt es von ihm nicht einmal etwas für Sie übrig. Was mich angeht: Ich werde gleich feststellen, ob die Flieger in ihrem Weltschiff Tomaten anbauen.«

Mr. Cockspur stand in den Kulissen und straffte seine hagere Gestalt, gestattet sich kurze Schadenfreude darüber, daß Newland Rift nicht den üblichen Erfolg hatte. Insgeheim bewunderte er die Zuschauer. Die Klingonen waren Feinde, sicher, aber ganz offensichtlich verstanden sie den Unterschied zwischen wahrer Kunst und reinem Eskapismus.

Rift zog sich hinter den Vorhang zurück, trug auf seinen ausgestreckten Armen zwei Pudel-Pyramiden. Als ihn das Publikum nicht mehr sehen konnte, ließ er die Hunde zu Boden.

»Oh-oh«, machte er, und die bunten Tiere kläfften kummervoll.

Cockspur ließ sich von Lindy ankündigen, wartete einige Sekunden, um die Spannung steigen zu lassen, bevor er auf die Bühne trat. Dort blickte er in die Ferne über den steinernen Terrassen, holte tief Luft und begann mit seiner Fassung des berühmtesten Soliloquiums Shakespeares.

»Soll ich mich umbringen oder nicht? Diese Frage stelle ich mir dauernd. Ich sehe mich außerstande zu entscheiden, ob das Elend dem Tod vorzuziehen ist. Wenn ich schlafe, wenn ich sterbe, so findet meine so schmerzliche Sensibilität ein Ende. Das wäre wundervoll! Ich möchte sterben, möchte schlafen. Doch wenn ich träume? Daraus ergäbe sich ein ernstes Problem; dann würde sich niemand mehr einfach so vom Leben verabschieden. Und andererseits: Wer will alt werden, wer will all den Hochmut ertragen, wer will sich mit den hirnverkleisterten Verrissen verblödeter Kritiker auseinandersetzen, wenn er sich einfach nur einen Dolch in die nackte Brust stechen muß, um das Leid für immer zu beenden? Wer wäre bereit, die Bürde der Verantwortung zu tragen und unter ihr zu schwitzen, wenn er nicht fürchtete, in der Hölle zu enden? Was mag geschehen, wenn ›Hölle‹ bedeutet, daß man alles noch einmal durchmachen, vielleicht gar noch schlimmere Qualen ertragen muß – so als reise man ohne bewaffnete Eskorte durch unerforschte Regionen der Galaxis? Wir alle fühlen uns schuldig, und deshalb nehmen wir das Auf und Ab des Lebens hin, selbst wenn wir krank und gebrechlich werden, wenn wir trauern und verzweifeln. Denn wir wissen, daß unsere Mühen schließlich doch vergeblich bleiben.«

Hinter dem Vorhang hielt sich Hikaru die eine Hand vor die Augen. Er hörte Cockspurs Version jetzt zum erstenmal. »Das ist ja *entsetzlich*«, stöhnte er und schämte sich für den Schauspieler.

In den Zuschauerrängen herrschte völlige Stille.

Jim applaudierte höflich und hoffte, daß die Besatzungsmitglieder der *Enterprise* seinem Beispiel folgten.

Plötzlich sprang der Direktor auf und kreischte so laut und schrill, als habe er völlig den Verstand verloren. Er vergaß seine Würde, drehte sich um, heulte und fauchte wie eine Katze, der man auf den Schwanz getreten hatte.

Die übrigen Klingonen stimmten mit ein, und ihre Schreie ließen das ganze Amphitheater erzittern. Wie völlig außer Rand und Band geraten stampften sie mit den Füßen auf. Ihr lärmender Beifall dauerte einige Minuten, und zuerst wirkte Cockspur verwirrt. Dann begriff er, daß es sich um Applaus handelte, verneigte sich steif.

McCoy sagte etwas, aber das Heulen übertönte seine Stimme.

»Was?« rief Jim.

»Man sollte einen Mint Julep niemals unterschätzen!« verkündete der Arzt.

Cockspur verließ die Bühne, gab sich kühl und unbeeindruckt. Hinter dem Vorhang jedoch taumelte er. Die Begeisterung des Publikums zwang ihn mehrmals dazu, nach vorn zurückzukehren und sich erneut zu verbeugen. Schließlich schienen die Klingonen heiser zu werden, und ihr Kreischen verklang allmählich.

Der Direktor fiel vor Kirk auf die Knie.

»Bitte verzeihen Sie mir, Captain.«

»Selbstverständlich«, sagte Jim. »Äh, weshalb denn?«

»Ich ließ mich dazu hinreißen, an Ihrer Zivilisation Kritik zu üben, und das war in höchstem Maße ungebührlich! Jetzt weiß ich, daß ich Ihre Kultur völlig falsch verstanden habe. Die Vorstellung der Hexe ist mir nach wie vor suspekt, aber vielleicht erweisen Sie mir später die Ehre und erklären, warum Sie derartige Darbietungen erlaubten. Derzeit bin ich nicht zu einer profunden intellektuellen Diskussion imstande. Ich bin überwältigt vom letzten Auftritt, von der enormen Sensibilität des Künstlers, seiner Vermittlung so tiefer, intensiver Empfindungen! Oh, Captain, wäre es möglich... ich meine, darf ich darauf hoffen... daß Sie mich... ihm vorstellen?« Der Direktor erlag seiner emotionalen Aufwallung, sprang hoch, heulte und kreischte einmal mehr — bis Mr. Cockspur erneut auf die Bühne trat.

Auch die anderen Angehörigen der Varietégesellschaft nahmen noch einmal den Applaus der Zuschauer entgegen, und diesmal blieben die Klingonen keineswegs still, teilten den Enthusiasmus der Föderationsvertreter. Der Direktor brüllte von allen am lautesten. Es war, als seien ihm plötzlich die Augen geöffnet worden, als bedaure er nun sein Verhalten während der letzten beiden Stunden.

Lindy war nicht nur froh über den guten Ausgang der Show, sondern auch verwirrt. Es rauschte in ihren Ohren.

Ich schätze, in Hinsicht auf ein Außenweltpublikum muß ich noch eine Menge lernen, dachte sie.

Einige Minuten später betrat Jim Kirk den Umkleideraum, gefolgt vom Direktor, seinen Leibwächtern und der gefangenen Koronin. Der klingonische Würdenträger wandte sich sofort an Cockspur und kniete vor dem Schauspieler nieder.

»Oh, Herr, meine Ehrfurcht kennt keine Grenzen! Niemals zuvor hat mich Kunst so nachhaltig beeindruckt...«

Auf diese Weise fuhr der Direktor eine Zeitlang fort. Zuerst versuchte Cockspur, bescheiden zu bleiben, doch schließlich konnte er nicht der Versuchung widerstehen, auf die Feinheiten in seiner Vorstellung hinzuweisen, einige besonders subtile Stellen, auf die metaphorischen Formulierungen in der von ihm erarbeiteten ›modernen‹ Fassung Shakespeares.

Lindy hörte den beiden so unterschiedlichen Männern verwundert zu. »Die Klingonen fanden nichts an den ersten Nummern, aber Cockspur begeisterte sie?« flüsterte sie Jim zu. »Stimmt das?«

»Ich glaube, damit liegen Sie genau richtig«, erwiderte Kirk und lächelte schief.

»Herr«, sagte der Direktor, »würden Sie uns damit beglücken, am Hofe der Kaiserin aufzutreten? Unsere geliebte Herrscherin hält viel von Kunst. Es wäre ihr sicher ein großes Vergnügen, Sie bei einer Ihrer Vorstellungen zu erleben.«

Lindy versuchte, ernst zu bleiben.

»Ich glaube, das ließe sich arrangieren«, entgegnete Cockspur würdevoll.

»Direktor«, warf Jim ein, »das ist Amelinda Lukarian, Geschäftsführerin und Zauberkünstlerin der Varietégesellschaft.«

Es gelang Lindy, ein Kichern zu unterdrücken, als sie die Hand ausstreckte.

Der Direktor wich ein wenig zurück und erzitterte.

»Rühr mich nicht an, Hexe!«

»Hexe?« Diesmal lachte die junge Frau – und brach abrupt ab, als sie begriff, daß es der Klingone ernst meinte. »Ich bin keine Hexe, schaffe nur Illusionen! Darauf habe ich doch *ausdrücklich* hingewiesen, als ich mit meiner Darbietung begann.«

»O ja, es ist sehr schlau von Ihnen, Ihre teuflischen Fähigkeiten in das Tarngewand des Schwindels zu kleiden!«

»Ich bin *Illusionistin!«* wiederholte Lindy.

»Ich glaube Ihnen nicht. Um Ihre Leistungen zu vollbringen, braucht man echte magische Kräfte. Niemand kann aus einer mit Ketten versiegelten Kiste entkommen, die hoch über dem Boden schwebt...«

»Es war ein Trick.«

»Sie lügen!«

»He, einen Augenblick...«

Jim fürchtete eine Eskalation der Auseinandersetzung, griff ein, bevor einer der beiden Streitenden die Beherrschung verlor. »Lindy, warum zeigen Sie dem Direktor nicht, was hinter Ihren Illusionen steckt? Wie wär's mit der Kisten-Nummer?«

»Ich habe viele Monate gebraucht, um jenen Trick zu perfektionieren! Und ich bin nicht bereit, meine Geheimnisse zu verraten. Außerdem ist das gar nicht erlaubt.«

»Typisch Hexe«, fauchte der klingonische Würdenträger.

»Sie können doch nicht allen Ernstes an Hexen glauben! Himmel, man muß wirklich ziemlich blöd sein, um...«

Jim zuckte zusammen. »Lindy! Äh, Direktor, bitte entschuldigen Sie uns...«

Koronin, von den Leibwächtern des Direktors umgeben, beobachtete die Vorgänge mit hämischer Freude. Sie hoffte auf eine Schlägerei zwischen den kommandierenden Offizieren; das dadurch entstehende Chaos verhalf ihr vielleicht zur Flucht.

Jim nahm Lindy zur Seite und sprach einige Minuten lang auf sie ein. Mit finsterer Miene kehrte sie zurück.

»Ich zeige Ihnen, wie ich aus der Kiste entkomme«, sagte sie zum Direktor. »Aber Sie müssen mir schwören, daß Sie anschließend Ihr Wissen für sich behalten.«

»Dazu bin ich gern bereit – vorausgesetzt, es ist keine Hexerei im Spiel. Sonst klage ich Sie in aller Öffentlichkeit an.«

Lindy murmelte etwas. »Begleiten Sie mich.«

Der Direktor drehte sich zu Cockspur um. »Verzeihen Sie bitte, ehrenwerter Herr. Wenn ich wiederkomme, stelle ich ein Visum für Sie aus, das Sie in die Lage versetzt, sich frei im Imperium zu bewegen. Vielleicht können wir dann auch die Einzelheiten Ihres Auftritts am Hof der Kaiserin besprechen.«

Lindy hielt auf ihre Ausrüstungskammer zu. Koronin und die Leibwächter schlossen sich dem Gefolge an.

Plötzlich blieb Amelinda stehen. »He, ich beabsichtige keine öffentliche Vorführung, weihe *nur* den Direktor in mein Geheimnis ein.«

»Meine Garde darf nicht zurückbleiben«, erwiderte der klingonische Würdenträger ernst. »Und Koronin muß bewacht werden.« Er überlegte. »Wenn Sie unbedingt wollen, lege ich ihr eine Augenbinde an.« Er griff nach dem Schleier der Renegatin, zog ihn unter den Brauenhöckern straff. Koronin versuchte zurückzuweichen, aber die anderen Klingonen hielten sie fest.

Lindy zischte verärgert und riß den Vorhang beiseite.

Als Kirk Anstalten machte, ihr zu folgen, verharrte sie erneut und stemmte die Arme in die Hüften.

»Oh, nein, Jim, kommt nicht in Frage.«

»Ich kann Sie doch nicht allein lassen. Angenommen, der Direktor verliert die Geduld? Was mag geschehen, wenn er zu dem Schluß gelangt, daß Sie tatsächlich eine Hexe sind?«

»Das ist doch lächerlich. Und Sie kommen *nicht* mit, Jim. Selbst ohne Sie sind es bereits vier Personen zuviel.«

»Ich bin nicht bereit, Sie einem ungewissen Schicksal auszuliefern«, erwiderte Kirk. In seinem Mundwinkeln zuckte es.

Lindys Augen blitzten. »Na schön. Wenn Sie unbedingt darauf bestehen.« Sie sah sich um. »Mr. Spock!«

Der Vulkanier näherte sich ihnen. »Ja?«

»Würden Sie mich bitte begleiten? Jim meint, ich brauche jemanden, der mich schützt.«

»Was soll das denn?« entfuhr es Kirk verblüfft. »Warum wollen Sie ihm Ihr Zauberkunststück erklären – und mir nicht?«

»Weil er bereits Bescheid weiß.«

Lindy verschwand in der Kammer, und Spock schloß sich ihr an, zog den Vorhang wieder zu.

Jim kochte und wartete ungeduldig. Die Erläuterung des Tricks schien weitaus mehr Zeit in Anspruch zu nehmen als die entsprechende Bühnenaufführung. Kirk spielte bereits mit dem Gedanken, in die Kammer zu stürmen, um dort nach dem Rechten zu sehen, als die junge Frau und ihr Gefolge wieder zum Vorschein kamen. Koronin hob die gefesselten Hände und schob die Augenbinde beiseite.

»Sind Sie jetzt überzeugt?« wandte sich Jim an den Direktor.

»Sie benutzt keine Hexenmagie«, antwortete er. »Der Trick, den sie mir zeigte, ist kinderleicht. Ich hätte ihn sofort durchschaut, aber ich erwartete Unterhaltung, keinen Schwindel. Nun, jeder wäre dazu imstande.«

Jim sah, daß Lindy aus der Haut zu fahren drohte. Selbst Spock reagierte, hob eine Braue.

»Da das jetzt geregelt ist...«, sagte Jim, bevor sich jemand zu einer taktlosen Bemerkung hinreißen ließ. »Ich schlage vor, Sie setzen Ihr Gespräch mit Mr. Cockspur fort und treffen die formellen Vorbereitungen für seinen Besuch am Hof der Kaiserin.«

»Eine ausgezeichnete Idee.« Der klingonische Würdenträger sah Lindy an. »Ein Kinderspiel«, wiederholte er, bevor er davonmarschierte. Die Leibwächter folgten ihm hastig, zerrten Koronin mit.

»Ich wußte, daß er das sagen würde!« platzte es aus der jungen Frau heraus. »So was bekommt man immer zu hören!« Sie schlug die Hände vors Gesicht und ließ den Kopf hängen. Ihr Haar wogte wie ein Vorhang, und die Schultern bebten.

»Lindy«, murmelte Jim sanft. »He, Lindy, machen Sie sich nichts draus. Er wollte nur nicht das Gesicht verlieren.«

Die junge Frau wirbelte herum und floh in ihre Kammer.

Jim sah Spock am. »Ist alles in Ordnung mit ihr?«

»Keine Ahnung, Captain. Im Hinblick auf emotionale Aufwallungen habe ich nur begrenzte Erfahrungen.«

Plötzlich hörte Kirk Gelächter aus dem kleinen Zimmer. Er schmunzelte, folgte Lindy. Und Commander Spock hob beide Brauen, als Jim und Amelinda lachten, bis ihnen Tränen über die Wangen strömten.

Spock dachte über Unterschiede und Ähnlichkeiten nach, kam zu gewissen Schlußfolgerungen und machte sich auf den Weg zu seinem Vetter. Die Angehörigen der Varietégesellschaft packten ihre Sache zusammen, und Stephen hockte allein inmitten eines heillosen Durcheinanders.

»Stephen«, sagte Spock und begrüßte den Jongleur mit dem Namen, den er gewählt hatte.

Der blonde Vulkanier hob den Kopf. »Ein interessantes Erlebnis, nicht wahr, Spock?« brummte er. »Ein Künstler, der die heutige Vorstellung überstanden hat, braucht kein Publikum mehr zu fürchten.«

»Ich habe keineswegs die Absicht, Bühnenarbeit zu meinem Lebensinhalt zu machen«, erwiderte Spock.

»Ich meinte nicht Sie, sondern mich«, erklärte Stephen.

»Ich hatte den Eindruck, daß Sie an derartige Auftritte ebenso gewöhnt sind wie Lindy.«

»Ich kann jonglieren, aber ich habe nie behauptet, Bühnenerfahrung zu haben.« Stephen seufzte. »Bis jetzt.«

Er warf dem anderen Vulkanier eine mit Blei beschwerte Jonglierkeule zu. Spock fing sie auf, gab ihr einen Stoß, so daß sie zu Stephen zurücksegelte. Sein Vetter griff danach, schleuderte sie erneut, fügte andere Gegenstände hinzu: sechs kurze Stangen, ein langes Messer mit dicker Klinge, eine nicht angezündete Fackel. Als sich Spocks Hand um das Dolchheft schloß, stellte er fest, daß die Waffe trotz ihrer eher klobigen Beschaffenheit perfekt ausbalanciert war.

Die Objekte sausten zwischen den beiden Vulkaniern hin und her. Das daraus entstehende Muster faszinierte Spock, der nun zum erstenmal mit einem Partner jonglierte. Er nahm die Herausforderung an, indem er eine der Keulen hoch in die Luft warf. Stephen fing sie, machte sie wieder zu einem Bestandteil der allgemeinen Bewegungsstruktur, folgte Spocks Beispiel mit der Fackel. Dem wissenschaftlichen Offizier blieb keine Zeit für eine genaue Berechnung. Er hob den Arm, hoffte, daß sich die Hand dort befand, wo die Fackel herunterkommen mußte. Er handelte aus einem Reflex heraus, folgte einem tief in ihm verborgenen Instinkt, berührte einen Sekundenbruchteil später festes Holz.

Stephen kicherte, und Spock fragte sich, ob außer ihm noch jemand anders den hohlen Klang in der Stimme seines Vetter hören konnte. Wahrscheinlich fiel sonst niemandem auf, wie gekünstelt er lachte. Menschen erachteten meistens das als Wahrheit, was sie an der Oberfläche sahen, beschränkten sich bei ihrer Wahrnehmung auf Äußerlichkeiten. Spock hingegen hatte einen Blick in das innere Wesen Stephens geworfen, spürte noch immer die Resonanzen einer verzweifelten Suche, erinnerte sich an Freude, die unmittelbar darauf zu resignierter Niedergeschlagenheit wurde. Stephen war sich darüber klar, daß sein Streben nach Gefühl letztendlich erfolglos bleiben mußte.

»Wir sind ein großartiges Team«, sagte der blonde Vulkanier. »Vielleicht sollten Sie *doch* die Möglichkeit einer Theaterkarriere erwägen. Haben Sie nie daran gedacht, einfach wegzulaufen und zum Zirkus zu gehen?«

»Nein, nie«, erwiderte Spock. Die Keulen rotierten nach wie vor zwischen ihnen, und der Kontakt von Holz und Händen schuf einen interessanten Rhythmus. »Stephen...« sagte Spock langsam und versuchte, auf das eigentliche Gesprächsthema zurückzukommen.

»Wenn Sie kein Jongleur werden möchten, könnten Sie als Mentalist auftreten.«

Profundes Unbehagen regte sich in Spock, als er daran dachte, sein Bewußtsein vielen Personen gegenüber zu öffnen. Und zwar nicht nur einmal, sondern mehrmals am Tag.

»Daran liegt mir nichts«, gab er zurück. »Stephen, ich möchte in allem Ernst mit Ihnen reden.«

Der blonde Vulkanier seufzte.

»In der Vergangenheit bin ich Ihnen häufig nicht mit dem angebrachten Respekt begegnet«, sagte Spock. »Vielleicht wird das auch in Zukunft geschehen, denn nach wie vor sehe ich mich außerstande, die Entscheidungen zu verstehen, die Sie für Ihr Leben trafen. Aber ich... ich bin Ihnen dankbar, daß Sie sich in Gefahr begaben, um mich zu retten. Ich stehe in Ihrer Schuld.«

Stephen musterte ihn über die Jonglierkeulen hinweg, der Blick seiner blauen Augen kühl und abschätzend. »Ich habe Ihnen nicht geholfen, damit Sie mir verpflichtet sind«, erwiderte er.

»Trotzdem: Wenn sich eines Tages eine kritische Lage

für Sie ergeben sollte, aus der Ihnen selbst Ihr Einfallsreichtum keinen Ausweg bietet: Mir stehen diverse Mittel zur Verfügung, um...« Spock brach ab, als er mehrere Leute sah, die sich ihnen näherten, angelockt von den hin und her segelnden Jonglierkeulen. Der wissenschaftliche Offizier bedauerte es, daß sie Gesellschaft bekamen, zog es vor, unter vier Augen mit Stephen zu sprechen. »Worin auch immer Ihre Motive bestanden haben mögen: Ich danke Ihnen«, sagte er hastig, um die Unterredung zu beenden, bevor jemand zuhören konnte.

»Sie kennen meine Motive, Spock«, entgegnete Stephen und formulierte den Namen mit vulkanischer Betonung. »Ich strebe nach Aufregung, nach emotionalen Erfahrungen.« Er griff nach der Fackel, betätigte den kleinen Zündschalter und warf sie zurück, als eine Flamme aufloderte.

Spock fing die brennende Fackel problemlos auf, aber als er sie wieder davonschleuderte, fragte er sich plötzlich, wie er das Jongliermuster zu Ende führen sollte. Zwar fiel es ihm nicht schwer, alle Gegenstände in der Luft zu halten, doch er wußte nicht, wie man sie nacheinander auffing. Er bedachte Stephen mit einem kurzen Blick. Die Augen des blonden Vulkaniers offenbarten einen schelmischen Glanz: Offenbar ahnte er, welche Gedanken seinem Vetter durch den Kopf gingen, und für wenige Sekunden rührte sich echter Humor in ihm.

Diesmal konnte ihm Spock deshalb keinen Vorwurf machen.

Uhura saß in der Dunkelheit ihrer Kabine, strich mit den Fingerkuppen geistesabwesend über die Saiten der Harfe. Zarte Töne erklangen, wehten gestaltlos dahin, reihten sich jedoch nicht zu den Melodien der Flieger aneinander.

In Uhuras Gedanken erklang ein Lied. Sie wünschte, entweder seine Bedeutung zu verstehen oder sich endlich von den fremden Harmonien befreien zu können.

Es klopfte an der Tür, aber zunächst reagierte Uhura nicht. Ein Teil ihres Bewußtseins sondierte nach wie vor die Singsprache Scharlachs und der anderen Weltschiffbewohner. Das Klopfen wiederholte sich, wurde lauter.

Uhura seufzte und schaltete das Licht ein. Wie sollte sie erklären, in der Finsternis zu hocken? So etwas wirkte bestimmt seltsam.

»Uhura?« fragte Janice Rand.

Die dunkelhäutige Frau hatte bereits die Tür öffnen wollen, doch nun zögerte sie. Die Begegnung mit anderen Offizieren oder Besatzungsmitgliedern machte ihr kaum etwas aus, aber derzeit fehlte es ihr an emotionaler Stabilität, um Janice die moralische Unterstützung zu geben, die sie brauchte. Janice' ›Schutzpatron‹ auf Saweoure hatte ihr immer wieder eingehämmert, sie sei dumm und wertlos – bis sie schließlich daran zu glauben begann. Die junge Frau – das *Mädchen*, erinnerte sich Uhura – bezweifelte ihre eigene Kraft, stand immerzu am Rande der Verzweiflung. Doch wenn man ihr half, mochte es ihr irgendwann gelingen, wieder auf sich zu vertrauen.

»Bitte lassen Sie mich eintreten, Uhura. Ich mache mir Sorgen um Sie. Ist alles in Ordnung mit Ihnen? Sind Sie ... böse auf mich?«

»Herein«, sagte Uhura. Die Tür glitt auf. »Nein, ich bin nicht böse auf Sie, Janice. Wie kommen Sie darauf?«

Rand blieb wortlos im Korridor stehen.

»Kommen Sie.« Uhura winkte. »Ich habe nachgedacht und Ihr Klopfen zuerst gar nicht gehört.«

Janice trat zögernd über die Schwelle. »Sie waren nicht bei Lindys Show.«

»Ich bin hier in meiner Kabine geblieben.«

»Fühlen Sie sich nicht wohl?«

»Doch, schon«, behauptete Uhura und hoffte, daß Janice keine weiteren Fragen stellte. Sie fürchtete, die Wahrheit nicht länger zurückhalten zu können, und es erschien ihr absurd, Rand zusätzlich zu belasten, mit fremden Sorgen.

Außerdem kann ich wohl kaum von ihr erwarten, an meiner Enttäuschung Anteil zu nehmen, dachte Uhura. Sie ist banal im Vergleich zu dem, was sie durchmachen mußte.

»Warum sind Sie gekommen?« fragte sie freundlich. Vielleicht lenkt es mich ab, wenn *ich* jemand anders zuhöre, überlegte Uhura. Dann sehe ich die Dinge wieder aus der richtigen Perspektive.

»Ich wollte Ihnen nur sagen...« Janice suchte nach den richtigen Worten. »Ich habe mir Ihren Rat durch den Kopf gehen lassen. Und entschieden, ihn zu beherzigen.«

»Was meinen Sie?«

»Die Sache mit der Rechtskommission. Meine Aussage.«

»Oh, das ist wundervoll, Janice«, erwiderte Uhura mit aufrichtiger Freude. »Sie können sehr stolz auf sich sein, eine solche Entscheidung getroffen zu haben. Sie erfordert Mut.«

Rand errötete. »Ich glaube, ich bin nicht besonders tapfer.«

»Was hat Ihre Meinung geändert?«

»Sie. Nein, das stimmt nicht ganz«, fügte Janice rasch hinzu, als sie Uhuras Gesichtsausdruck sah. »Ich werde mich nicht an die Rechtskommission wenden, weil Sie mich dazu aufforderten. Ich sage aus, weil ich das für richtig halte. Aber... Sie sind für mich eingetreten, obwohl Sie dadurch in Schwierigkeiten geraten konnten. So etwas ist noch nie zuvor geschehen. Es war eine einzigartige Erfahrung für mich. Ich weiß jetzt, daß ich den anderen Leuten auf Saweore helfen kann. Und deshalb werde ich nicht länger schweigen. Wer schweigt, macht sich zum Komplizen. Ich möchte so stark sein wie Sie, Uhura. Und vielleicht schaffe ich das eines Tages.« Rand holte tief Luft. »Ich beginne damit, indem ich Captain Kirk das sage, was ich Ihnen erzählte. Bisher habe ich nur immer Leute kennengelernt, die ihre Macht nutzten, um sich das Leben einfacher zu machen. Doch Captain Kirk ist anders. Er ähnelt Ihnen. Wenn er handelt, gehorcht er dem Gebot der Notwendigkeit, denkt nicht an seinen eigenen Vorteil – oder an die Konsequenzen, die sich für ihn ergeben könnten.«

»Sie sind viel stärker, als Sie glauben, Janice«, warf Uhura ein.

»Komisch: Einerseits fürchte ich mich, doch andererseits bin ich auch froh. Ich fühle mich so, als könnte ich es mit allen Problemen aufnehmen!« Sie breitete die Arme aus – eine Geste, die das ganze Universum zu umfassen schien.

»Und wissen Sie was?« fügte Rand in einem verschwörerischen Tonfall hinzu.

Uhura musterte sie neugierig.

»Ich habe beschlossen, mein Haar wachsen zu lassen. Auf Saweore bekam ich nicht die Erlaubnis dazu, aber jetzt nehme ich die Gelegenheit endlich wahr.«

Uhura lächelte zufrieden, vergaß ihren Kummer.

Die Zuschauer verließen das Weltschiff. Bühne und Ausrüstungsgegenstände wurden zur *Enterprise* zurückgebeamt; Reinigungsroboter und freiwillige Helfer brachten das Amphitheater in Ordnung. Als die letzten Servomechanismen und Besatzungsmitglieder zurückkehrten, als sich die letzten Gegenstände im Transportfeld auflösten, sah sich Spock noch einmal um, betrachtete die leeren Steinterrassen und glaubte nach wie vor, den donnernden Applaus zu hören.

Er wanderte zum nun leeren Kulissenbereich und hielt nach Lindys Codeknacker Ausschau. Der Verlust des Geräts hatte sie sehr verärgert.

Spock fand nichts, kletterte die Terrassenstufen des Amphitheaters hoch.

Oben trat James Kirk auf ihn zu.

»Kaum zu glauben, was hier geschah«, sagte der Captain.

Einige Flieger schwebten hoch oben am Himmel. Spock

spürte vages Bedauern darüber, sich ihnen nicht anschließen zu können.

»Ich habe über Lindys Codeknacker nachgedacht«, brummte Kirk. »Meinen Sie, Mr. Scott würde die Vorschriften... äh... lange genug vergessen, um einen neuen zu konstruieren?«

»Es handelt sich um ein illegales Instrument, Captain«, erwiderte der Vulkanier.

»Das ist mir klar, Commander.«

Spock begriff, daß der Captain kein ethisch-moralisches Problem an ihn herantrug, sondern schlicht und einfach helfen wollte.

»Nur, Sir«, sagte er nach kurzem Nachdenken, »angesicht der derzeitigen Umstände würde Ihnen Mr. Scott sicher jede Bitte erfüllen.«

Scharlach segelte auf sie zu und landete, begrüßte Spock mit seinem in ihre Sprache übersetzten Namen. Der Vulkanier sah von einer entsprechenden Antwort ab, da er wußte, daß er das Idiom der Weltschiffbewohner nicht gut genug beherrschte.

»Ich bin froh, Sie beide noch ein letztes Mal zu sehen«, sagte Scharlach auf Standard.

»›Ein letztes Mal‹?« wiederholte Kirk verwundert. »Wollen Sie uns etwa verlassen, Scharlach? Warum denn? Die Lage hat sich gründlich verändert. Die *Enterprise* kann in der Nähe des Weltschiffs bleiben. Hier gibt es noch soviel für uns zu lernen...«

»Nein. Es ist unmöglich. Wir haben Ihnen keinen guten Dienst erwiesen, indem wir hierher kamen. Unsere Präsenz löste Gewalt aus, und unsere Unwissenheit führte zu physischen und psychischen Schmerzen...«

»Gewalt! Schmerzen! Lieber Himmel, das genaue Gegenteil ist der Fall. Ihre Anwesenheit ermöglichte den Frieden.«

»Aber er wird nicht von Dauer sein, James. Das wissen Sie.« Die rote Fliegerin zwinkerte. »Vielleicht sehen auch Sie, daß sich das Muster bereits verändert.«

Captain Kirk verzog das Gesicht. »Er wird zumindest für eine Weile Bestand haben...« erwiderte er leise.

»Wenn sich das Universum nicht verändert, geht er eher zu Ende, als Sie glauben. Das Weltschiff könnte zu einem — wie heißt es bei Ihnen? — ›Zankapfel‹ zwischen der Föderation und dem klingonischen Imperium werden. Das Potential unserer Heimat ist zu verlockend für jene, die Waffen lieben.«

»Koronin...«

»Koronin ist nicht einzigartig. Es gibt andere wie sie.«

Jim zögerte. »Ich weiß«, sagte er schließlich und nickte traurig.

»Wo befindet sich Uhura?« fragte Scharlach.

»An Bord der *Enterprise*«, antwortete Jim, überrascht von dem plötzlichen Themawechsel. Er bot der roten Fliegerin keine Erklärung an, wußte selbst nicht, warum Uhura den Bewohnern des Weltschiffs nicht noch einmal begegnen wollte. »Ihre Sprache fasziniert sie, aber die Schwierigkeit, sie zu erlernen...«

»Ich habe ihr großes Leid zugefügt«, sagte Scharlach. »Durch meine Schuld gerieten mehrere Personen in Lebensgefahr. Eines Tages mag Ihr Volk bereit sein, einen neuerlichen Kontakt mit uns herzustellen. Eines Tages mögen Weltschiffbewohner weise genug sein, mit Ihnen zu kommunizieren, ohne Pein zu schaffen. Doch das... bleibt der Zukunft überlassen.«

»Was meinen Sie mit ›eines Tages‹? Sehen wir uns wieder?«

»Nein«, antwortete Scharlach. »Ich bin dann nur noch eine Erinnerung, ebenso wie Sie. Personen leben und sterben. Vielleicht werden sich unsere Kindeskinder begrüßen.«

»Ich habe keine Kinder«, sagte Jim bitter.

Scharlach entfaltete ihre Schwingen, umhüllte Kirk damit. Das seidene Gewebe strich wie zärtlich über seine Schultern. »Sie sind noch jung«, gurrte die rote Fliegerin, berührte auch den Vulkanier. »Leben Sie wohl.«

Spock erwiderte den Gruß.

»Sie wollen das Weltschiff bewegen«, stellte Kirk fassungslos fest.

Scharlach schüttelte den Kopf, und einige Sekunden lang hoffte Jim, er habe sie mißverstanden.

»Ich kontrolliere nicht das Weltschiff, James«, sagte die rote Fliegerin. »Ich kontrolliere das Universum.«

EPILOG

Das Weltschiff glühte, ein Juwel in der Ferne. Sowohl die *Enterprise* als auch die klingonischen Schiffe flankierten es, achteten darauf, nicht in die starken Gravitationsstrudel zu geraten. Jim saß im Sessel seines Befehlsstands, beobachtete das gewaltige Raumfahrzeug und bedauerte den Abschied. Lindy und McCoy standen neben ihm. Spock wandte sich von der wissenschaftlichen Station ab und sah ebenfalls auf den großen Wandschirm. Uhura fehlte, und Kirk machte sich Sorgen um sie.

Scharlachs Abbild formte sich im Projektionsfeld.

»Ich möchte Ihnen noch alles Gute wünschen«, sagte sie. »Ihnen allen. Wir werden Sie nicht vergessen.«

»Wollen Sie es sich nicht doch noch anders überlegen?« fragte Jim.

»Nein. Das ist unmöglich.«

»Ich beneide Sie um das, was Sie erwartet. Fremde Welten, die Wunder des Kosmos...«

Scharlach zwinkerte, und ihre Zungenspitze berührte den Sinnesbart. »Das All steht nicht nur uns offen, sondern auch Ihnen. Wer weiß: Vielleicht wird es Ihr Volk sein, das den nächsten Kontakt zu uns herstellt.«

»Vielleicht«, sagte Jim.

»Lindy-Magierin... Ich hoffe, Sie finden einen Himmel für Athene.«

»Das hoffe ich auch«, gab Amelinda zurück. »Danke Scharlach. Für alles.«

»Mögen Sie mit den Blitzen fliegen.«

Die Tür des Turbolifts öffnete sich mit einem leisen Zischen. Janice Rand trat auf die Brücke, und Jim runzelte verwirrt die Stirn, als er sah, daß Uhura folgte. Seine Adjutantin nahm an der Ambientenkontrolle

Platz, doch ihre Begleiterin zögerte, beobachtete das Weltschiff.

»Uhura, Singende!« rief Scharlach.

»Ich konnte Sie nicht aufbrechen lassen, ohne Sie noch einmal zu sehen«, sagte Uhura. »Das erschien mir nicht... richtig. Scharlach, ich werde mich mein Leben lang an Ihre Lieder erinnern.«

»Das freut mich. Ich fürchtete schon...«

»Ich weiß. Ich auch. Aber es ist besser, auch nur einen kurzen Blick auf etwas Wundervolles zu werfen, als nicht zu wissen, daß so etwas überhaupt existiert.« Uhuras Stimme klang fest.

»Möge der Wind Sie tragen und in den Schlaf singen.«

Uhuras Augen glänzten feucht, doch es lösten sich keine Tränen daraus.

Schließlich wandte sich Scharlach an Spock.

Rein äußerlich wirkte dieser so ruhig und gelassen wie immer, doch tief in seinem Innern bedauerte er es ebenfalls, sich von den Fliegern verabschieden zu müssen. Die Mentalverschmelzung mit Scharlach hatte ihn in große Gefahr gebracht, aber ihre emotionalen und intellektuellen Erfahrungen faszinierten ihn nach wie vor. Wenn die Gedankenverschmelzung ständig zu solchen Resultaten führte, wäre er vermutlich bereit gewesen, sich Stephens Verhalten zu eigen zu machen und ebenfalls ›aufregende Erlebnisse‹ anzustreben.

Scharlach sang seinen Namen, sprach ihn anschließend auf Vulkanisch aus.

»Spock, Sie sind der zentrale Punkt in allen Geschichten, die wir erzählen werden. Ohne Sie hätten sie keinen Inhalt.«

»Ich weiß, daß sich dieser Teil des Universums nie wieder zum Weltschiff bewegen wird«, sagte der Vulkanier. »Es bleibt zu wenig Zeit, und der Weltraum ist zu groß. Es gibt so viele andere Orte, die es zu erforschen gilt. Aber ich bin froh, daß wir uns begegnet sind, und es freut mich auch, daß Sie die Erinnerung an uns bewahren wollen. Mein Volk wird Sie ebenfalls nicht vergessen.«

»Leben Sie wohl, Spock.«

Die Darstellung der roten Fliegerin verblaßte. Das Weltschiff gleißte wie ein Schwarm von Glühwürmchen, wie Stephens brennende Fackeln, wie eine Nova.

Dann verschwand es.

Nach einigen Sekunden ließ Jim den angehaltenen Atem entweichen. Er hatte *gewußt*, daß das Weltschiff sicher manövrieren konnte, aber dennoch blieb ein Rest von Zweifel. Erst jetzt war er überzeugt — und erleichtert. Es existierte nicht mehr in diesem Bereich des Kosmos, ließ nur eine langsam rotierende Masse aus massiv und undurchlässig gewordenen Wallsphären zurück.

Stephen saß im Kontrollraum der *Dionysus*, blickte durch die breiten Aussichtsluken und beobachtete, wie das Weltschiff entmaterialisierte. Er versuchte, sich Scharlachs hell glänzende Gedanken und Empfindungen ins Gedächtnis zurückzurufen, sich zu erinnern, welche Gefühle die Heimat der Flieger induzierte. Doch die Reminiszenzen lösten sich bereits auf, wichen neuerlicher Leere. Eine starke mentale Strömung trieb ihn immer weiter vom Zentrum fort, das er suchte, vom inneren Kern seines Wesens. Für einige wenige Sekunden hatte er ihn gefunden, ihn gespürt. Dann aber verschwand er ebenso plötzlich wie das Weltschiff.

Auf der Brücke der *Enterprise* beugte sich Uhura zu ihrer Konsole vor und begann mit einer Decodierung der Signale, die sie plötzlich empfing.

»Captain! Bei der klingonischen Flotte geschieht irgend etwas...«

Ein winziges Schiff — eine Rettungskapsel, vielleicht auch ein Kurierboot — entfernte sich mit hoher Geschwindigkeit vom Pulk der Kreuzer und hielt geradewegs auf die *Enterprise* zu. Es legte eine recht große Strecke zurück, bis die Schlachtschiffe reagierten und das Feuer eröffneten.

»Schilde hoch!« ordnete Kirk an. »Externe Kommunikation, Uhura! — Direktor, was hat das zu bedeuten?«

Die klingonischen Kampfschiffe beschleunigten.

Auf dem Wandschirm formte sich das Abbild des Direktors.

»Koronin!« entfuhr es ihm wütend. »Sie flieht!«

»Das ist noch lange kein Grund, auf *uns* zu schießen!« erwiderte Jim scharf.

»Entschuldigen Sie, Captain. Ich muß ein Entkommen der Renegatin verhindern...« Der Direktor unterbrach die Verbindung.

Das kleine Schiff wich den Photonentorpedos aus, drehte ab und flog in die Richtung, in der das Weltschiff verschwunden war. Es raste dicht an den Wallsphären vorbei, zerstörte eine mit den Heckphasern. Die Explosion löste eine Kettenreaktion aus, und innerhalb weniger Sekundenbruchteile herrschte energetisches Chaos. Die Sensoren schalteten die Lichtfilter ein, dämpften auch das bunte Aufblitzen, mit dem das Kurierboot in den Hyperraum tauchte.

»Donnerwetter!« entfuhr es Lindy.

Die Flotte begann mit der Verfolgung. In der Plasmawolke detonierten noch einige übriggebliebenen Wallblasen — ein kosmisches Feuerwerk, stumm und tödlich. Die klingonischen Schiffe wichen im letzten Augenblick aus, aktivierten ihre Warptriebwerke. Kirk kniff aus einem Reflex heraus die Augen zu, als schillernde Raumverschiebungsblitze über den großen Wandschirm zuckten.

Einige Augenblicke später schwebte die *Enterprise* allein im All.

Jim hörte schallendes Gelächter, hob den Kopf und drehte sich um. Lindy lag hinter seinem Sessel auf dem Deck und schnappte nach Luft.

»Fehlt Ihnen was?«

»Ist er weg?«

»Wer? Der Direktor? Ja.«

Die junge Frau stand auf und kicherte noch immer. »Als Sie mit ihm sprachen... Himmel, ich konnte mich kaum beherrschen...« Sie prustete erneut.

»Was *finden* Sie denn so ungeheuer komisch?«

»Das mit Koronin. Tut mir leid, Jim, ich weiß, daß sie es eigentlich verdient hat, in Ketten gelegt zu werden. Ich weiß auch, daß ich ihre Flucht bedauern sollte, aber... Meine Güte, mit ihrer Nummer wäre sie die Sensation bei jedem Varieté. Soll ich Ihnen sagen, wie sie entkam?«

»Ich bin ganz Ohr«, brummte Jim.

»Mit meinem Codeknacker. Sie hat ihn gestohlen.«

»Was? Wie denn? Sie trug doch eine Binde!«

Lindy winkte verächtlich ab. »Sie meinen den Tuchfetzen vor ihren Augen? So was ist kaum eine Behinderung.« Sie hielt die Hand unter Jims Brauen. »Sehen Sie jetzt an den Nasenseiten herunter.«

»Oh, ich verstehe, was Sie meinen«, entgegnete Kirk. »Aber wenn Sie verhindern wollten, daß Koronin von Ihrem Trick erfuhr — warum haben Sie dann nicht den Direktor gewarnt?«

»Weil ich ihm bereits ein Geheimnis verriet. Ich dachte: Das zweite behältst du besser für dich. Wie dem auch sei: Koronin hat den Codeknacker genommen, als ich ihn zur Seite legte — und ihn an Bord des klingonischen Flaggschiffs benutzt.« Lindy pfiff anerkennend. »Ziemlich gute Arbeit für eine Anfängerin.«

Jim räusperte sich. »Ich nehme an, der Direktor wird sie erneut stellen und gefangennehmen.« Es erging ihm ähnlich wie Lindy: Insgeheim bewunderte er die Renegatin, der es gelungen war, den Direktor und seine Schergen zu überlisten.

»Bis dahin dürfte es noch eine Weile dauern«, warf Spock ein. »Sie floh mit einem Kurierboot, einem Schiff, das für hohe Warpgeschwindigkeiten konstruiert ist. Hinzu kamen die Wallsphären, deren Explosion die größeren Kreuzer aufhielt. Sie konnten ihr nicht direkt in den Warpraum folgen. Bis der Direktor Koronins energetische Spur entdeckt und ihr folgen kann, ist sie längst Hunderte von Lichtjahren entfernt.«

McCoy sah den wissenschaftlichen Offizier neugierig an.

»Mr. Spock«, sagte er, »das klingt so, als begegneten Sie Koronins Flucht mit einer gewissen Genugtuung.«

»Ich habe nur die Situation analysiert«, gab der Vulkanier zurück. »Gefühle irgendeiner Art spielen dabei keine Rolle.«

»Vermutlich hätten Sie auch dann keine Gefühle, wenn Koronin Sie ins klingonische Imperium verschleppt und als Spion dem Aufsichtskomitee ausgeliefert hätte.«

»In einem solchen Fall würde ich wahrscheinlich nicht mit Freude oder Dankbarkeit reagieren, sondern eher mit Haß – wenn überhaupt. Ich kann nur hoffen, daß ich angesichts der von Ihnen geschilderten hypothetischen Lage imstande wäre, ebensolches Fluchtgeschick zu beweisen wie Koronin.«

»Daran zweifle ich nicht«, sagte Lindy. »Sie haben das Zeug zu einem großartigen Illusionisten.«

»Sie hat bestimmt recht, Mr. Spock«, warf Jim ein. »Ihr Verschwinden auf der Bühne ist sehr eindrucksvoll.«

»Danke, Captain«, erwiderte der Vulkanier.

»He, und was ist mit mir?« fragte McCoy vorwurfsvoll. »Auch ich nahm an der Nummer teil. Spock brauchte nur zu verschwinden. Aber ich mußte *erscheinen.*«

Kirk hatte tatsächlich vergessen, daß McCoy bei dem Trick mit der magischen Box mitwirkte. Er ließ sich nichts anmerken, wahrte ein diskretes Schweigen.

»Mr. Spock hat eine enorme natürliche Ausstrahlung«, stellte Lindy fest. »Darum wirkt er so gut, wenn er sich angeblich in Luft auflöst.« Als sie McCoys Schmollmiene sah, fügte sie hastig hinzu: »Womit ich Ihre Leistungen keineswegs schmälern will. Es ist nur...« Sie brach ab, als sie begriff, daß sie alles nur noch schlimmer machte.

»Ich glaube, Miß Lukarian möchte auf folgendes hinaus«, wandte sich Spock mit vulkanischer Offenheit an McCoy. »Sie sind Arzt, kein Zauberkünstler.«